KB079352

재일조선인 문학의 주체 서사 연구

-가족 · 신체 · 민족의 상관성을 중심으로-

윤송아 지음

지식과교양

머리말

2011년 초봄 탈고한 박사학위논문을 2012년 단행본으로 엮었다. 과분하게도 '2013년 문화체육관광부 우수학술도서'에 선정되기도 했으나 곧 사라지고 말았는데, 이번에 도서출판 '지식과교양'의 호의로 재출간하게 되었다. 개정판도 아닌 초판을 대문만 바꿔 슬쩍 들이밀자니 무렴하기 짝이 없으나 여전히 경계의 학문/문학의 영역인 '재일조선인 문학'을 조금 더 독자들에게 알리고 싶은 욕심에 일말의 면구스러움은 잠시 내려놓기로 했다. 그 대신 다행히 박사학위논문으로 끝나지 않은 재일조선인 문학 연구의 여정을 잠시 일별하는 것으로 변명 아닌 변명을 대신할까 한다.

박사학위 취득 후 한국연구재단에서 수행한 두 번의 개인 연구과제는 내가 재일조선인 문학을 지속적으로 연구할 수 있는 실질적 토대이자 견인차가 되었다. 2012년 박사후국내연수로 수행한 〈재일 한인 문학의 탈경계성과 수행성 연구〉, 2018년부터 현재까지 학술연구교수로 수행중인 〈미래를 열어가는 재일조선인 민족교육의 현장-재일조선인 문학 및 문화 · 매체를 통해 본 '조선학교'의 역사, 실천, 전망-〉은 재일조선인 문학자로서의 정체성을 다지고 그 가능성을 가늠해볼 수 있는, 말 그대로 연구와 생활이 합치된 행복한 연구자의 삶을 선물해주었다. 자신의 학문적 관심사를 오랜 기간 집중해서 탐닉해 나가기에 그리 녹록하지 않은 연구 현실 안에서 재일조선인 문학만을 10년 가까이 곁에 두고 공부할 수 있었다는 것은 어지간한 행운이라 하지 않을 수 없다. 그 세월의 공과는 일단 차치하고서라도 말이다.

이렇게 진행된 지난 10년간의 학문적 성과들도 조만간 갈무리해보자 바람만 갖고 있던 차, 그 마중물처럼 다시 한 번 재일조선인 문학 연구의 첫 마음을 오랜 서랍장에서 조심스럽게 꺼내와 보고 싶었는지도 모른다. 2012년 출간 당시 단행본 머리말에는 이런 풋풋한 출사표가 놓여 있다.

"재일조선인의 역사를 구성하는 개별인자들의 주체화 과정은 저마다 자기 혹은 세계와의 치열한 대결과 고투의 시간을 담보로 한다. 이 책은 재일조선인 문학에 나타난 그들의 숨가쁜 성장기를 따라 낯선 길을 배회하며 걸어온 일종의 추적담(追跡談)이다. 종종 길을 잃었고 자주 길섶에 주저앉아 숨을 골랐으며 끊어진 길 앞에서 망연히 머뭇거리기도 했으나 그래도 그 '길 위'에 있다는 사실 하나만으로 위안이 되는 시간들이었다. 학문적 성과와는 별도로 그들의 세밀한 생의 흔적을 더듬는 과정에 동참할 수 있어서 기쁘고 감사하다.(중략)

'나는 누구인가'라는 재일조선인 작가들의 끊임없는 자기 물음과 발맞추어, '한국문학 연구자로서 왜 재일조선인 문학을 연구하는가'라는 비판적 자기 검열과 존재 규명의 과정은 매순간 불편했고 불안했다. 그럼에도 불구하고 한국문학 연구자(혹은 한국인)로서의 위치성을 극명하게 자각하는 가운데 재일조선인 문학과 마주하는 순간들은 그 자체로 매혹적이었다. 그들과 나, 그 실존적 차이성, 틈새, 상충 지점에서 발현되는 모순과 갈등, 팽팽한 긴장감, 절망적인 단절감과 공명에의 환희 등은 그대로 내 삶과 연구의 치열한 화두가 되었다. 그러므로 이 책은 또한 재일조선인 문학을 탐구하는 일개 연구자의 고군분투의 성장기록 – 주체 서사 – 이기도 하다."

재일조선인 문학자로서 지난 10년간의 변화 중 가장 고무적인 것은 '그들의 세밀한 생의 흔적'을 문학작품 안에서만이 아닌, 재일동포들의 얼굴을 마주보고 손을 부여잡으며 가슴으로 나누었던 시간들이 포함되었다는 것이다. 2015년 이후 〈조선학교와 함께하는 사람들 몽당연필〉을 통해 일본의 '조선학교'를 방문하고 재일동포들과 우리학교 아이들을 만나면서, 학문이 생생한 몸을 입고 실천의 영역으로 육박해오는 경험을 했으며, 이는 재일조선인 문학 연구의 다채로운 가능성을 시사하는 계기로서, 향후 나의 연구이자 삶의 화두로서 놓여 있다. 풍요로운 재일조선인 문학 연구 10년을 마무리하고, 앞으로 이어질 실천하는 연구자로서의 미래를 기대하면서 다시 초심을 읽어본다.

2020년 11월에 즈음하여
윤 송 아

| 목차 |

I

서론

—

1. 연구 목적

본 연구는 가족, 신체, 민족의 상관성을 중심으로 재일조선인 문학에 나타난 주체 서사를 고찰하는 것을 목적으로 한다. 재일조선인 문학을 중심으로 재미한인 문학, 구소련 지역 고려인 문학, 중국 조선족 문학[1] 등, 세계 각 지역에 산포되어 있는 한민족문화권의 문학을 공유하고 이해하려는 노력들은 전지구적(全地球的)으로 다문화, 다민족 사회로 숨가쁘게 이동하는 세계사적 조류 안에서 한국사회의 현 위치를 적극적으로 전망하려는 역사적 인식에서 비롯된다. 식민의 기억과 분단의 지속이라는, 채 해결되지 못한 민족적 외상(外傷)과 치유의 문제는 현재에 이르러 더욱 증폭되고 있는 이산(離散)과 문화접변(文化接變)의 경험들과 밀접한 상응관계를 이루며, 따라서 이러한 문제의식의 연장선상에서 한민족문화권의 역사, 문화, 정치적 맥락을 재고하려는 노력들은 역사적 당위성을 담보한 필연적 과제로 제기된다.

---

1) 미국, 러시아, 중국의 해외 동포문학의 명칭은 김종회 편, 『한민족문화권의 문학』 (국학자료원, 2003.)의 논의를 따랐다.

한 사회의 구조적 맥락을 복합적으로 반영하는 성찰적 거울로서의 문학의 의미망을 고찰할 때, 한민족문화권의 문학이 가진 역사적 특수성과 첨예한 주제의식은 한국문학 안에서 재현되지 못한 통시적, 공시적 여백들을 촘촘히 메워줄 문학적 자산으로 기능하기에 충분하다. 식민의 잔재를 청산하고 분단의 아픔을 극복하며, 통일시대의 청사진을 적극적으로 모색할 실천적 동반자로서 한민족문화권의 문학을 적극적으로 사고하고 탐구하는 행위는 현시대에 요청되는 문학사적 임무 중의 하나라 할 수 있다.

한반도를 중심으로 일본, 중국, 러시아, 미주유럽 등지에 흩어져 각각의 고유한 문학적 성과를 이룬 한민족문화권의 문학들 중에서 본고에서 고찰할 재일조선인 문학은 한반도의 디아스포라적 상황을 직접적으로 배태한 식민 종주국 일본을 그 근거지로 한다는 점에서 더욱 복합적이고 중층결정된 의미망을 형성한다. 즉 강압적으로 유폐되었던 식민지 상황이 해방 이후에도 암묵적으로 통용되는 일본 사회 안에서 역사적 타자로, 내부적 식민지[2]의 구성원으로 존재해왔던 재일조선인들은 자신 안의 교란되고 왜곡된 실존적 경험들을 끊임없이 문학적으로 형상화해내면서 그 마이너리티성을 인식하고 적극적으로 극복할 내부적 힘들을 배양해 왔다. 남한과 북한, 그리고 일본의 교착

---

2) '내부 식민지' 개념은 『국내 식민주의 *Internal Colonialism*』의 저자 마이클 헥터가 사용한 개념으로 한 국가 내의 문화적 민족적 특수성을 지닌 주변지역 혹은 소수자가 중앙 혹은 다수자에 대해 식민지적 상황에 놓여 있다는 점에 착안한 용어이다.(Michal Hechter, *Internal Colonialism : The Celtic Fringe in British National Development, 1536~966*, London: Transaction Publishers, 1975. ; 엄운옥, 「야나기 무네요시와 '오리엔탈 오리엔탈리즘'」, 『역사와 문화』14, 2007, 243쪽에서 재인용.)

(膠着)되고 배리(背理)된 상호관계가 지속되어 오는 동안 그러한 역사적 착종의 순간들은 내부적 타자의 이질적 감수성을 바탕으로 새롭게 재구성되어 왔다. 재일조선인 문학은 이제 민족지향과 정주지향이라는 이분법적 길항관계를 넘어서 탈민족, 탈식민의 시대적 과제와 혼종의 가능성을 모색하는 단계로 나아가고 있다.

90년대 중반 이후 이한창, 유숙자 등의 일본문학 연구자들을 중심으로 발흥한 국내의 재일조선인 문학 연구는 세대별 개관, 작가별, 작품별 주제 연구, 정체성 구현 과정에 대한 탐구로부터 시작하여 경계적, 디아스포라적 존재인식, 탈식민, 탈근대적 관점에서의 접근으로까지 확장되었다. 무엇보다도 재일조선인 문학을 일본의 소수민족 문학이 아닌 한국문학의 한 지류로 인식하려는 노력들은 재일조선인 문학이 감당하고 있는 역사적, 실존적 무게들을 적극적으로 인식하고자 하는 민족적 관심사에서부터 출발한다. 이러한 범민족적 문제의식들은 우선적으로 재일조선인 문학 안에 내재한 민족지향적 작가의식을 추출하는 작업으로 이어졌으며 이러한 일련의 작업들이 재일조선인 문학과 한국문학의 접점을 모색하려는 적극적 태도의 표명인 것만은 분명하다. 하지만 한편으로 재일조선인 문학을 한국이라는 국가적 틀 안에 포섭하여 사고하려는 동일시의 욕망이 은연중 작용하고 있음도 간과할 수는 없을 것이다. '민족지향성'이라는 균일한 잣대로 재일조선인 문학을 판단할 경우 강한 민족지향성을 지닌 재일 1세대 문학과 정주지향성, 실존적 재일의식을 기반으로 한 재일 2, 3세대 이후 문학 사이의 변용과 계승의 발전 과정을 올바로 탐구하지 못하는 한계를 노정할 수 있으며, 새로운 형태로 제시되는 재일조선인 문학의 복합적 주제의식, 역사인식, 재일의 현실적 상황에 대한 다양한 접근 지점을 간과할 위험이 있다. 물론 이러한 문제의식은 아직까지 한국문학계 안에서 재일조선인 문학 연구에 대한 본격적인 성과물들이 충분히 제출되지 않은 상황을 감안한다면 시기상조의 우려일 수 있다. "한국문학계에서도 재일문학을 일본문학으로 간주한다면 그것은 일본의 '국민문학'의 테두리에 갇혀서 재일문학을 객관적으로 보는 시각을 마비시키는 것이며, 이는 나아가 한국문학 자체가 '국민문학'의 틀에서 벗어나지 못하는 한계로 작용할 것이다."[3]라는 재일조선인 노(老)작가의 우려 섞인 지적처럼 아직까지 재일조선인 문학에 대한 한국문학계의 접근 가능성은 그다지 용이하다고 할 수 없으며, 언어를 비롯한 복합적인 정치, 역사적 맥락, 문화적 상이성 등으로 인하여 그들을 바라보는 견제와 의혹의 시선에서 자유롭지 못하기 때문이다. 하지만 앞서 역설한 대로 한민족 문화권의 문학에 대한 통합적 연구를 통해 한국문학사 안에서 미처 감지하지 못한 역사적 이본들을 발굴하고 그 여백들을 채워나가는 작업은 더 늦기 전에 적극적으로 사고하고 수행해야 할 과제임에 분명하다. 그러한 맥락에서 재일조선인 문학에 대한 열린 시각과 유연한 접근성은 불가결한 조건이며, 연구의 시각 또한 '민족'이라는 단일한 주제로 환원되기보다는 다양한 주제적 프리즘을 통과하여 분광되는 문학적 성과물들을 적극적으로 포착할 필요가 있다.

근대 이후 식민지 정책에 따라 대거 일본으로 건너가 취락을 이루며 육체노동을 중심으로 한 생업에 종사하게 된 재일조선인은 일본인들에게 동일한 영토 내에 공존하는 최대의 이질적 타자였으며, 균질

---

3) 김석범, 「왜 일본語문학이냐」, 『창작과 비평』, 2007. 겨울, 121쪽.

화된 공동체 내부의 경계를 확정시켜주는 '외부'로서 존재했다.[4] 해방 이후 재일조선인을 바라보는 한국 사회의 시선 또한 이러한 타자적 시선과 다르지 않다. "한국 정부가 만든 내셔널리즘은 '모국어'를 구사하지 못하는 우리들을 백안시하였고, '모국어'를 유창하게 구사하는 재일조선인은 조선총련(朝鮮總連)의 간첩이 아닐까 경계하였다."[5]는 한 재일조선인 연구자의 육성은 한국 사회가 재일조선인을 바라보는 양가적 시선의 위협성을 보여준다. 일본에서는 내부적 타자로, 한국 사회에서는 편견과 무관심의 대상으로 존재했던 재일조선인에 대한 인식전환이 무엇보다 시급하며 '민족'이라는 가치판단 기준을 보완하는 다양한 접근 가능성을 통해 문학 및 문화, 역사 전반의 포괄적인 연구가 깊이있게 진행되어야 한다. '민족'이라는 개념을, '국민'의 내부로 포섭하고 단일한 국가 체제 안에 합치시키는 동일화 개념이 아니라 그 경계와 탈구축된 인식장 안에서 역동적으로 구현되는 접합과 길항의 유동적 개념으로 파악함으로써, 기존의 재일조선인 문학에 요구되었던 '민족적 정체성' 구현이라는 고정된 분석틀에서 벗어나 재일조선인의 역사적 배경과 사회, 문화적 차이들을 적극적으로 인식하고 포용하는 열린 자세가 현 시대에 요청되는 재일조선인 문학 연구자의 태도라 할 수 있을 것이다.

해방 이후 한국 현대문학의 흐름 속에서 분단문학은 문학사의 가장 큰 축을 형성해 왔으며 그 연구 작업 또한 역사적 사건과 맥락의 리얼리즘적 반영이라는 주제적 범주 안에서 대부분 이루어져 왔다. "문학

---

4) 윤상인, 「'재일 문학'의 조건」, 『문학과 근대와 일본』, 문학과지성사, 2009, 321쪽.
5) 송연옥, 「식민지주의에 대한 저항-재일조선인 여성이 창조하는 아이덴티티」, 『황해문화』, 2007. 겨울, 149쪽.

연구에 있어서 한국 전쟁과 문학의 관계는 주로 한국 전쟁이라는 역
사적 내용을 문학 속에 어떻게 객관적으로 반영해내고 있는가 하는
문제를 중심으로 진행되어 왔다. 한국 전쟁의 경험이 원형적으로 새
겨져 있는 1950년대의 작품들이 역사적 진실에 육박하지 못하는 '자
의식 과잉'의 산물로 평가되는 것은 이러한 연구 관점의 필연적 결과
이기도 하다."[6]라는 권명아의 지적은 현 시대 재일조선인 문학 연구에
있어서도 어느 정도 적용가능한 시사점을 던져준다. 재일조선인 문학
이 한반도와의 관계지형도 안에서 얼마나 민족적 지향성을 가지고 민
족적 정체성을 구현하기 위해 노력했는가를 일차적 관심사로 두고 그
러한 조국지향적 과정에 적절히 부응하지 못한 작품에 대해서는 민족
의식이 희박하다는 우려섞인 비판을 비쳐왔던 것이 그간의 재일조선
인 문학을 평가하는 암묵적 관행이었다. 재일의 고난과 상처를 민족
적 각성으로 승화시키지 못하고 개인의 불우한 내면에만 침잠하거나
조국과 일본 어디에도 소속되지 않는 경계인적 의식을 부각시키는 작
품에 대해서는 과연 '한국문학'으로의 범주화가 가능한가 하는 문제
의식이 지배적이었다. 또한 이와는 다른 측면에서 문학적 공과에 대
한 평가에만 치우쳐 일본 문단에서 주목받는 작가나 작품에 대해서는
한국계 재일조선인 작가라는 타이틀을 내세우며 일시적인 문학적 환
기를 추동하는 경향을 노정하기도 했다. 이러한 민족지향, 민족적 정
체성 구현이라는 하나의 거대한 축으로 재일조선인 문학을 가늠하는
관행, 혹은 대중적 인기 효과에만 편승한 일시적 관심은 그 성긴 그물

---

6) 권명아, 「한국 전쟁과 주체성의 서사 연구」, 연세대학교 국어국문학과 박사학위논
문, 2002, 2쪽.

망 사이로 무수하게 비껴가는 미세하고 다양한 목소리들을 일원화하
거나 배제할 위험이 있다.

근원적으로 분열된 주체의 서사일 수밖에 없는 재일조선인 문학은
이제 '민족적 정체성'이라는 단일한 분석틀에서 벗어나 혼종과 교란
의 주체 서사를 구축할 필연성을 내포한다. 재일조선인 문학은 주체
의 정체성 혼란과 위기의 단면 혹은 그 굴절되고 착종된 이면을 드러
냄으로써 재일조선인 사회가 내장한 경계적 위치를 적극적으로 사고
하고 식민과 분단의 기억을 다양한 입장에서 재기입하는 월경과 탈주
의 주체 서사로서의 가능성을 타진해야 한다. 전복적으로 전유된 재
일조선인의 주체 서사는 새로운 탈경계적, 탈구축적 주체 서사를 생
성하는 선험적 위치를 점유하고 있다. 본고에서는 이러한 경계적 정
체성, 분열적 주체 서사를 구현하는 재일조선인 작가로서 김학영, 이
양지, 유미리에 주목하고자 한다. 대체로 김학영은 이회성과 함께 재
일 2세대의 대표 작가로, 이양지와 유미리는 재일 3세대의 대표 작가
로 분류된다. 한국에서 태어나 일본으로 건너온 재일 1세대를 부모로
두었다는 점에서 이 세 작가는 모두 재일조선인 2세이지만, 연령이나
등단 및 문학활동 시기, 작품 경향 등은 세대별 차이를 보이며 각 시대
별 조류를 반영한다. 재일 2세대 작가로서 김학영이 내면적 고뇌와 말
더듬의 극복이라는 자기변혁의 과제를 수행하는 과정 안에서 민족과
개인의 갈등구조를 천착했다면 이양지와 유미리는 민족과 조국을 하
나의 객관적 상관물로 대상화하고 자발적 수용과 배제, 혹은 보편과
특수의 관계로 변용, 확장시키면서 조국과의 거리를 조율하는 문학적
감각을 보여준다. 이처럼 1960-70년대의 김학영, 1980년대의 이양
지, 1990년대의 유미리, 이들이 재일조선인으로서 조국(남한과 북한)

과 일본 사회를 바라보는 시각은 변별되지만, 그 비판지점이 외부에서 내부, 주변에서 중심을 응시하는 양가적, 복합적 피식민 주체의 위치를 점유하며 전복적 해체의 가능성을 내포한다는 점에서 일관된 주제의식의 자장 아래 함께 고찰할 의미망을 획득한다. 60, 70년대의 김학영이 가부장적이고 폭력적인 아버지와 천황제 이데올로기, 김일성 유일사상체제에 대한 구조적 상동성을 파악하는 단계로까지 나아가면서 중간자, 혼종적 주체로서의 비판적 지식인의 시각을 면밀히 주조한다면, 이양지는 80년대의 남한사회를 규율화된 권력체계의 국가조직으로 파악하고 치열한 모국체험 서사를 통해 해체와 탈주의 욕망을 폭로하면서 한국 사회를 이방인의 시선, 내부적 타자의 시선으로 조망할 수 있는 가능성을 제공한다. 유미리의 경우, 현대 사회에 있어서 가족 해체의 문제, 폭력과 성(性)의 문제 등 보편적 주제의 고찰에서 한 걸음 더 나아가 식민지 상황이 연출한 역사적 타자, 소수자, 피해자의 목소리를 기층 민중의 미시서사를 통해 구현함으로써 주권 너머에서 고통받는 타자의 목소리를 복원할 환대적 윤리 구현의 문학적 가능성을 제시한다.

이러한 탈경계적, 탈식민적 상상력을 주조하는 재일조선인 문학의 핵심 주제 양상으로 본고에서는 '가족', '신체', '민족'을 설정하였으며 그 상관성에 주목하여 재일조선인 문학에 나타나는 주체 서사의 구축 과정을 고찰하고자 한다. 재일조선인의 타자성, 주체 형성 과정의 결핍 지점을 확연히 드러내주는 구심점으로서 가족, 신체, 민족의 범주는 재일조선인 문학 전반을 아우르는 대표적인 주제적 흐름이라 할 수 있다. '가족'은 재일조선인 주체들에게 현실적 삶의 터전임과 동시에 조국과의 관계망을 형성하는 가장 일차적, 근본적 배경으로 존재한다. 또한 가족은 억압적인 재일조선인의 삶이 투사되는 트라우마적 대상이며 재일의 원체험으로서 재일조선인의 주체 형성 과정에 가장 직접적인 영향력을 행사하는 원초적 범주이다. '신체'는 재일조선인의 차별성, 열등성, 비체적 경험을 가장 직접적으로 드러내는 발현지점이면서 동시에 그들의 결핍된 존재성을 가장 효과적으로 부각시켜주는 장소이다. 신체는 가해자의 물리적 폭력뿐 아니라 비가시적인 언어의 폭력, 시선의 폭력 등이 관통하는 지점으로 불안과 위협의 장소가 되며, 신체의 훼손과 탈각은 그대로 재일조선인의 억압된 삶을 증명하는 흔적이 된다. '민족'은 재일조선인의 근거를 규정짓는 가장 중요한 키워드라 할 수 있다. 하지만 지금까지의 민족논의가 민족적 정체성을 구현했는가의 협소한 가치판단 기준에 방점을 두어 고찰되었다면, 본고에서는 중간자, 모방자, 내부적 고발자의 비판적 시선에 포착된 민족과 조국의 형상을 통해서, 새롭게 구성되는 민족의 형태, 민족의식의 발현가능성을 가늠해보고자 한다. 민족·국가와의 길항관계가 재일조선인의 경계의식을 더욱 부각시키고 탈식민적 문제의식을 발동시키는 지점으로 작동하는 순간, 우리는 민족이라는 고정된 범주에 파열음을 내면서 탈경계적 상상력을 흩뿌리는 새로운 민족담론을 상상해볼 수 있을 것이다. 이러한 '경계 위에서 춤추'는 재일조선인 문학의 도발적 행위는 이미 다문화적, 다성적 타자의 목소리가 이합집산하는 한국문학의 경계를 자극하면서 다양한 교섭과 혼종의 문학적 산출을 가능하게 하는 원동력으로 작용할 것이다.

2. 연구사 검토

　김사량, 장혁주, 김달수, 김석범, 이회성, 김학영, 양석일, 이양지, 유미리, 가네시로 가즈키, 현월 등의 재일조선인 작가들은 이제 국내에서도 그리 낯설지 않은 이름이다. 이들은 아쿠타가와상이나 나오키상 등 일본의 저명한 문학상 수상을 계기로 한국 내에서도 그 작가적 명성을 쌓아왔으며 대중적인 관심을 불러일으키기도 했다. 주로 일본문학 연구자들을 중심으로 이루어진 재일조선인 문학에 대한 연구 성과는 이제 일정한 영역을 구축하며 꾸준히 축적되고 있는 중이다. 한국문학의 범주 안에서도 재일조선인 문학을 적극적으로 인식하려는 노력들[7]이 서서히 이루어지고 있는 상황이며, 공동학술연구의 형태로

---

7)　김종회 편, 『한민족문화권의 문학』, 앞의 책.
　　_____, 『한민족문화권의 문학2』, 국학자료원, 2006.
　　김종회, 「한민족 문화권의 새 범주와 방향성」, 『국제한인문학연구』창간호, 2004.
　　_____, 「재외 한민족문학 연구-재외 한인문학의 범주와 작품세계」, 『비교한국학』14. 1, 2006.
　　_____, 「한민족 문화권의 문학과 디아스포라」, 『디아스포라를 넘어서』, 민음사, 2007.
　　_____, 「남북한 문학과 해외 동포문학의 디아스포라적 문화 통합」, 『한국현대문학

일련의 성과물들이 산출되기도 하였다. 하지만 해방 이전부터 일본 문학계 안에서 소수자 문학으로서 일정한 위치를 점유하고 있는 재일조선인 문학에 대한 한국 문학계의 관심은 이제 시작에 불과하다고 할 수 있다. 주로 한민족 문화권의 문학을 전반적으로 고찰한 논의들이 대부분이며, 몇몇 선행연구자들을 중심으로 특정 작가, 작품의 주제론적 연구들이 이루어지긴 했지만 아직까지 재일조선인 문학을 적극적으로 한국문학과의 접점 아래 고찰하려는 노력들은 미흡한 수준이다. 무엇보다도 언어적 제약에 따른 텍스트의 독해 문제가 일차적인 걸림돌로 작용하며, 일본어로 쓰인 문학을 한국문학의 범주 안에서 논할 수 있는가 하는 의구심이 아직도 한국문학계 안에 암묵적으로 통용되고 있는 까닭이다. 이러한 접근성의 한계, 범주 설정의 문제 등으로 인하여 학위논문을 비롯한 학술연구 작업은 거의 대부분 일본문학 전공자들의 연구 성과들로 채워져 있으며, 한국문학계 내에서의 연구는 홍기삼, 장사선 등의 연구와 윤정화 등의 학위논문을 통해 최근에 이르러 서서히 이루어지고 있는 상황이다. 이와는 별도로 최근 재일조선인 한글 문학을 대상으로 한 학술대회나 학술 프로젝트 등이

연구』25, 2008.
이명재,「나라 밖 한글문학의 현황과 과제들-한민족 문학의 통일을 모색하며-」,『통일시대 문학의 길찾기』, 새미, 2002.
서종택,「민족 정체성과 실존적 개인」,『한국학연구』11, 1999.
홍기삼,「재외 한국인 문학 개관」,『문학사와 문학비평』, 해냄, 1996.
리진·권철·강상구·가와무라 미나토·임헌영 좌담,「한민족문학의 오늘과 내일」,『한국문학』, 1996. 겨울.
염무웅,「세계화와 한민족문학」,『한국문학』, 1996. 겨울.
임헌영,「해외동포 문학의 의의」,『한국문학』, 1991. 7·8 합병호.

이루어지면서 재일조선인 한글 문학에 대한 관심과 연구 성과들[8]이
점차적으로 생겨나고 있는 추세이다. 이는 재일조선인 문학의 통합
적 연구를 위한 기초 작업이라는 점에서 큰 의의를 가지나, 본고의 연
구범위를 벗어나므로 본 장에서 구체적인 연구사 검토는 행하지 않을
것이다.

본 장에서는 국내에서 이루어진 재일조선인 문학 연구를 중심으로
그 성과들을 고찰해보고자 한다. 이한창, 유숙자 등의 선행 연구자들
을 중심으로 재일조선인 문학을 시기별, 세대별로 개관하는 연구 작
업이 우선적으로 이루어졌으며, 이후 주요 작가들을 중심으로 작가
연구, 작품 연구, 주제 연구 등이 이루어졌다. 본 장에서는 일차적으로
재일조선인 문학의 명칭 및 범주 설정 문제, 시기 구분 등의 재일조선

---

8) 2004년 12월, 와세다대학 조선문화연구회 · 해외동포문학편찬사업 추진위원회 ·
재일본조선문학예술가동맹 주관, 〈재일조선인 조선어문학의 현황과 과제〉라는 주
제로 와세다대학에서 개최된 학술대회는 한국과 재일조선인 연구자들이 합동으로
주최하여 재일조선인 한글 문학에 대한 통합적인 문학사적 고찰을 행한 주목할 만
한 자리이다. 2005년 해외동포문학편찬사업 추진위원회에서 편찬한 『해외동포문
학』〈재일조선인작품 편〉(해토, 2005) 총 6권(시 3권, 소설 3권)은 재일조선인 한글
작품을 집대성하여 한국에 소개한 첫 작업이라는 점에서 남다른 의미가 있다. 김
종회가 편찬한 『한민족문화권의 문학2』(앞의 책)는 재일조선인 일본어문학을 다
룬 『한민족문화권의 문학』(앞의 책)의 후속작업으로서 재일조선인 한글문학 작가
와 작품에 대한 개별연구를 싣고 있으며 재일조선인 문학의 통합적 범주화를 염두
에 두고 있다는 점에서 주목할 만하다. 또한 2005, 2006년 숭실대 인문과학연구소
에서 학술진흥재단 지원으로 진행된 〈재일동포 한국어 문학 자료 수집 및 민족문
학적 성격 연구〉의 결과물로 출간된 두 권의 연구서, 『재일동포 한국어 문학의 민족
문학적 성격 연구』(한승옥 외, 국학자료원, 2007), 『재일동포 한국어 문학의 전개양
상과 특징 연구』(김학렬 외, 국학자료원, 2007)는 재일조선인 한글 문학에 대한 본
격적인 연구 성과의 시발점이라는 점에서 큰 의의를 가진다. 이 연구서를 집필했던
연구자들을 중심으로 이후에도 후속적인 연구 작업들이 이루어지고 있으며, 대표
적인 연구서로는 이정석, 『재일조선인 문학의 존재양상』(인터북스, 2009), 김형규,
『민족의 기억과 재외동포소설』(박문사, 2009) 등이 있다.

인 문학에 대한 기초적, 개관적 논의들을 먼저 검토하고 이후 개별 연구소나 연구 집단에 의해 집약적으로 산출된 연구논문서들을 살펴보도록 하겠다. 다음으로는 주제별 연구, 비교문학적 연구, 그리고 작가, 작품별 연구를 본고에서 다룰 김학영, 이양지, 유미리를 중심으로 검토하도록 하겠다.

재일조선인 문학을 연구하는 데 있어 그 명칭과 범주 설정의 문제는 일차적인 해결 과제가 된다. 하지만 재일조선인 문학이 갖고 있는 역사적 복잡성을 그대로 반영하듯 명칭 및 범주 설정의 문제는 논자마다 상이하게 나타난다. 현재 재일조선인을 지칭하는 용어로는 '재일조선인', '재일한국인', '재일코리안', '재일한국·조선인', '재일(자이니치)', '재일한인' 등이 있다. 재일조선인이란 "현재 일본에서 조국의 국적을 유지하며 '특별 영주' 자격으로 거주하고 있는 동포(해방되기 전부터 일본에서 생활했던 1세와 그 후손)와, 일본 국적으로 전환하기는 했지만 스스로 한민족이라는 의식과 자부심을 가지고 있는 사람의 총칭"[9]이며 한국 및 조선 국적을 갖고 있는 재일조선인은 2000년 말 현재 63만 5천여 명 정도이다. 김인덕[10]에 의하면, '재일조선인'이 일본에 의한 식민 지배의 결과 구종주국인 일본에서 생활하게 된 민족 집단을 포괄적으로 아우르는 개념임에 반해, '재일 한국인'은 일본에 거주하는 대한민국 국민이라는 국민적 귀속 개념으로서 재일조선인이라는 민족적 귀속 범주에 포함되는 좀 더 작은 집합을 가리키는 용어이다. 또한 일본 사회와 매스컴에서 많이 사용되는 '재일한국·

---

9) 한일민족문제학회 엮음, 『재일조선인 그들은 누구인가』, 삼인, 2003, 5쪽.
10) 김인덕, 『우리는 조센진이 아니다』, 서해문집, 2004, 14-16쪽 참조.

조선인'이라는 용어는 다분히 분단 체제를 반영한 호칭이며, 이 밖에 '재일'이라는 용어는 재일조선인이 일본에 거주하게 된 역사적 경위를 은폐하고 재일조선인이 조국과 맺은 정치적·정신적 연관을 단절시키는 용어이다. 즉 '조선'은 '민족'을(북한을 지칭하는 용어와는 아무런 상관없는), '한국'은 '국가'를 나타내는 용어로서 관념의 수위가 다르다[11]는 것이다. 대체로 재일조선인 지식인들은 '재일조선인'이라는 용어를 역사적 배경과의 연관성을 강조하기 위하여 의식적으로 사용한다. 서경식이 대표적이며, 윤건차도 자신의 연구서[12]에서 지속적으로 '재일조선인', '재일'('재일조선인'의 약어(略語)로 보인다)이라는 용어를 사용하고 있다. 반면 재일조선인 정치학자인 강상중의 경우는 '재일'이라는 용어를 사용하고 있다.[13] 국내 연구자 가운데 윤인진과 권숙인은 '재일한인'이라는 용어를 사용하고 있는데, 윤인진은 한국 정부가 재외한인의 공식 창구인《재외동포재단》설립 이후 '동포'라는 용어를 공식적으로 사용하고 있지만 '동포'는 정서적이고 감정적인 측면을 많이 내포하고 있다고 보고, 객관적이고 과학적인 분석을 위한 가치중립적 명칭으로 '재외한인'이라는 용어를 제시한다. 이런 맥락에서 재일조선인 또한 기존의 논의에서 제기된 다양한 관점에 따른 불필요한 정치적, 이념적 오해를 피하기 위해 '재일한인'이라는 용어

---

11) 徐京植, 김혜신 역, 『디아스포라 기행』, 돌베개, 2006, 16쪽.
12) 尹建次, 정도영 역, 『現代日本의 歷史意識』, 한길사, 1990.
　　_____, 박진우 외 역, 『교착된 사상의 현대사-1945년 이후의 한국 · 일본 · 재일조선인』, 창비, 2009.
　　_____, 이지원 역, 『韓日 근대사상의 교착』, 문화과학사, 2003.
13) 姜尙中, 고정애 역, 『재일 강상중』, 삶과꿈, 2004.

를 사용[14]할 것을 권장하고 있다. 권숙인도 'Koreans in Japan'이라는
의미로 '재일한인'이라는 명칭을 사용하고 있다.[15] 이처럼 '재일조선
인'의 명명에 관한 문제는 다양한 맥락과 정치, 역사적 입장을 드러내
고 있으므로 쉽게 통합되지는 않을 것으로 보인다. '재일조선인'의 통
합적 명명에 대한 연구로는 김명섭·오가타 요시히로(緒方義廣)[16]의 연
구가 있는데, "하나의 호칭만을 고집하는 것은 그 인구집단의 입체적
성격을 추찰하는 데 있어서, 또는 그 집단의 정체성 인식에 있어서 장
애가 될 수 있다. 호칭 문제는 내적 정체성의 문제인 동시에 대상이 된
인구집단의 표상을 재생산할 가능성을 지니기 때문에 신중해야 할 것
이다."[17]라는 입장을 피력함으로써 '재일조선인'에 대한 통합적 명명
(命名)의 어려움과 명명 과정에서의 신중성을 강조하고 있다.

　다음으로 재일조선인 문학에 대한 명칭과 범주 설정의 문제를 연구
자별로 살펴보면 다음과 같다. 먼저 '재일교포 문학' 혹은 '재일동포
문학'이라는 명칭을 사용하는 논자로는 이한창, 김형규, 한승옥 등이
있다. 이한창은 '재일교포 문학'을 "중국과 구소련, 미국과 유럽 등 해
외 교포작가들에 의해 씌어진 해외 교포문학을 포괄적으로 수렴할 수
있는 보편적 용어"[18]로 인식한다. 김형규는 '재일조선인'의 '조선'이라
는 용어가 '한국'이라는 용어에 대응되는 국적 개념과 혼동될 여지가

---

14) 윤인진, 『코리안 디아스포라』, 고려대학교 출판부, 2004, 21-23쪽.
15) 권숙인, 「디아스포라 재일한인의 '귀환': 한국사회에서의 경험과 정체성」, 『국제·
　　지역연구』17권 4호, 2008. 겨울.
16) 김명섭 · 오가타 요시히로(緒方義廣), 「'재일조선인'과 '재일한국인': 통합적 명명
　　을 위한 기초연구」, 『21세기 정치학회보』17집 3호, 2007.
17) 위의 논문, 259쪽.
18) 이한창, 「재일 교포문학의 작품성향 연구-정치의식 변화를 중심으로」, 중앙대학
　　교 일어일문학과 박사학위논문, 1996, 3쪽.

있으며, '재일한국 · 조선인'이라는 용어는 현재의 국가적 경계를 민족 집단의 표지에 편의적으로 적용한 것으로 민족 개념 또한 이분하고 있다는 지적 아래, 탈정치적 차원에서 민족의 의미를 강조하고 거주국의 국적이나 분단된 모국의 국적에 따른 구분에서 벗어나 역사적 특수성과 민족적 기원에 입각해 일본 거주 한민족을 포괄하기 위한 명칭으로 '재일동포'라는 용어를 사용한다.[19] 이밖에도 학술진흥재단 지원으로 재일조선인 한글 작품을 체계적으로 발굴, 수집하여 그 내적논리와 민족문학적 성격을 규명한 두 권의 연구서,『재일동포 한국어문학의 민족문학적 성격 연구』(한승옥 외, 국학자료원, 2007.)와 『재일동포 한국어문학의 전개양상과 특징 연구』(김학렬 외, 국학자료원, 2007.)에서도 명시적으로는 '재일동포 문학'이라는 명칭을 사용하고 있다. 다음으로 '재일한국인 문학'이라는 명칭을 사용하는 논자로는 유숙자가 있다. 유숙자는 "한국, 일본 어느 쪽에서도 통용될 수 있는 호칭"으로 '재일한국인 문학'이라는 명칭을 사용한다.[20] 윤정화는 '재일한인문학'이라는 명칭을 사용한다. 윤정화는 '재일한인'이라는 명칭이 한민족의 기원을 포함하여 주체의 기원을 설명하면서 민족에 경도되지 않는 중도적 의미로 사용될 여지가 있으며 정치성으로부터 자유롭고 한국문학사 편입의 가능성을 놓치지 않을 수 있다고 보면서, 재일한인이 일본어로 쓴 문학을 '재일한인문학'으로 명명한다.[21]

---

19) 김형규, 『민족의 기억과 재외동포소설』, 앞의 책, 17-18쪽 참조.
20) 유숙자, 『在日한국인 문학연구』, 월인, 2000, 10쪽 참조.
21) 윤정화, 「재일한인작가의 디아스포라 글쓰기 연구」, 이화여자대학교 국어국문학과 박사학위논문, 2010, 4-6쪽 참조.

이밖에도 홍기삼은 '재일동포 문학'[22], '재일한국인 문학'[23]이라는 명
칭을 혼용하고 있으며 김환기는 '재일 코리언 문학'[24]이라는 명칭을
사용하고 있고, 장사선은 '재일 한민족 문학'[25]이라는 용어를 사용하
고 있다. 김종회는 각 지역마다의 특성을 살려 '재일조선인 문학'이라
는 명칭을 허용하면서도 '한민족 문화권의 문학'이라는 범주 아래 일
본, 중국, 소련, 미주 지역의 문학들을 아우른다.[26] 마지막으로 '재일조
선인 문학'이라는 명칭을 사용하는 논자로는 이정석, 김학동 등의 연
구자들이 있다. 이정석은 일본 현지에서 폭넓게 사용되는 '조선'이라
는 용어가 한국에서는 북한을 연상시킬 수 있다는 점, 다소 퇴행적인
느낌을 피할 수 없다는 점, 게다가 민족 차별적 정서가 담긴 부정적 어
휘라는 점에서 공식용어로 사용하기에 적절치 않을 수 있으나, 일반
적으로 '재일조선인'이라는 용어가 국적이나 정치·사상적 입장과 순혈
성 등을 가리지 않고 일본의 조선 강점에 기인하여 일본에 체류하게
된 모든 조선인과 그 자손을 가리키는 명칭(송혜원, 「재일조선인 문
학의 조선어로의 창작 활동의 변천(1945~1970)」, 『재일조선인 조선
어문학의 현황과 과제(와세다대학 조선문화연구회 · 해외동포문학편
찬사업 추진위원회 · 재일본조선문학예술가동맹 공동심포지엄 자료
집)』, 2004. 12. 11.)으로 이미 현지에서 폭넓게 사용되고 있으며, 재
일 조선인 자신이 '조선'이라는 말을 사용해 주기를 원하고 있다(徐京

---

22) 홍기삼, 「재외 한국인 문학 개관」, 『문학사와 문학비평』, 앞의 책, 22쪽.
23) 홍기삼, 「재일 한국인 문학론」, 홍기삼 편, 『재일한국인문학』, 솔, 2001.
24) 김환기 편, 『재일 디아스포라 문학』, 새미, 2006.
25) 장사선, 「재일 한민족 문학에 나타난 내셔널리즘」, 『한국현대문학연구』21, 2007. 4.
26) 김종회 편, 『한민족문화권의 문학』, 앞의 책.
　　　　, 『한민족문화권의 문학2』, 앞의 책.

植, 이목 역, 「한국어판을 내며」, 『소년의 눈물』, 돌베개, 2004.)는 점에 서, 그 사용의 합리적 근거를 상당 부분 확보하고 있다고 보고 '재일조 선인'이라는 명칭의 정당성을 주장하면서 '재일조선인 문학'이라는 명 칭을 사용한다.[27] 김학동은 일본의 동포에 의한 문학이 '재일동포 문 학'이나 '재일교포 문학' 또는 '재일한국인 문학'이라 불리는 것은 "본 국 중심주의 또는 분단 구도적 사고에서 비롯된 주관적인 것"(한일민 족문제학회 엮음, 『재일조선인 그들은 누구인가』, 삼인, 2003, 5쪽.)이 라는 견해가 타당하다고 생각하여, 일본문단에서도 통용되는 '재일조 선인 문학'이라는 명칭을 사용한다.[28] 한국에서 재일조선인 문학 연구 로 잘 알려진 일본연구자들도 대부분 '재일조선인 문학'이라는 명칭 을 사용한다.[29]

본고에서는 '재일조선인 문학'이라는 명칭을 사용하였다. 이는 '재 일동포(교포) 문학', '재일한국인 문학' 등의 명칭이 재외에 흩어져 있 는 동포들의 문학을 한국문학의 범주 안에서 적극적으로 이해하겠다 는 의지의 표명이라고 볼 수도 있지만, 수십 년간 독자적인 문학활동 을 전개해 온 재외 동포들의 문학을 조국, 또는 한국이라는 지역중심 의 민족 개념 안에 포섭하려는 의도 또한 은연중 내포하고 있다고 보 기 때문이다. 더불어 미주, 중국, 구소련 등 세계 각지에 흩어져 존재

---

27) 이정석, 『재일조선인 문학의 존재양상』, 앞의 책, 15쪽 참조.
28) 김학동, 『재일조선인 문학과 민족-김사량 · 김달수 · 김석범의 작품세계』, 국학자 료원, 2009, 20쪽 참조.
29) 川村湊, 「'재일(在日)하는 자(者)'의 문학」, 유숙자 역, 『전후문학을 묻는다-그 체험 과 이념-』, 소화, 2005.
磯貝治良, 「식민 제국과 재일조선인 문학의 조망」, 김환기 편, 앞의 책.
林浩治, 「해방 이후 재일조선인 문학과 민족분단 비극의 인식」, 김환기 편, 앞의 책.

하는 동포들의 문학을 '재미 한인 문학', '중국 조선족 문학', '구소련 고려인 문학'이라고 무리없이 지칭하는 것에 비해 유독 '재일조선인 문학'만을 '재일한국인 문학', '재일동포 문학' 등으로 환원하여 부르는 것은 아직 청산되지 않은 남한과 북한, 일본과의 갈등 관계를 반증하는 사례라 할 수 있다. 이러한 문제의식을 기반으로, 한국문학계 안에서 아직까지 구체적인 명칭에 대한 합의적 논의가 진행되지 않은 현 상황을 감안하여, 본고에서는 재일조선인들 스스로 사용하고 있는 '재일조선인', '재일조선인 문학'이라는 명칭을 사용하고자 한다.[30]

 다음으로 재일조선인 문학의 범주 설정의 문제는 크게 주체, 언어, 주제, 시기 구분 등으로 나누어 고찰할 수 있다. 가와무라 미나토(川村湊)는 재일조선인 문학을 "'재일조선인'(주체)이 '일본어로'(언어) '민족적 아이덴티티의 위기 속에서 그들의 고뇌와 저항'(주제)을 표현한 문학"[31]이라고 정의하고 있으며, 재일조선인 작가 김달수는 "재일조선인 문학은 조선인이 일본어로 조선적인 것이나 조선인의 생활을 그린 것으로 제한한다."라고 정의하고 있다.[32] 이러한 정의는 '①'재일조

30) 송연옥의 다음과 같은 발언은 본 연구자의 문제의식을 더욱 선명하게 촉발시켰다. "최근 일본에서는 재일조선인을 조선민주주의인민공화국(북한)에 귀속되어 있는 국민으로 오해해 스스로를 재일조선인으로 자칭하는 사람들에 대한 인종주의(racism)가 전보다 더 심해졌다. 패전 후 일본 사회 내에서 일관되게 복류(伏流)되어 있던 조선인에 대한 인종주의가 되살아난 듯하다. 이러한 상황에서 북한을 지지하는 사람들조차 스스로 '재일조선인'에서 '재일코리안'으로 집단 개명하고 있다. 구 식민지 출신자가 스스로를 역사적인 명칭으로 자칭할 수 없는 현실, 이 현실이야말로 식민지주의이며, 그 현실을 보면 여전히 식민지주의가 계속되고 있다는 것을 인정하지 않을 수 없는 것이다. 그렇기 때문에 나는 역사를 비추는 열쇠말(키워드)로서, 그리고 이 부조리한 현실에 맞서 나가기 위해서, 재일조선인이라는 용어를 고집하고 싶다."(송연옥, 앞의 글, 150-151쪽)
31) 川村 湊, 앞의 책, 179쪽.
32) 安宇植,「金達壽, 人と作品」,『直』11호, 1980, 7쪽: 磯貝治良,「金達壽の位置」,『新日本文

선인'이라는 주체적 위치를 어떻게 볼 것인가의 문제 ②일본 사회에서 일본어, 혹은 한국어로 쓰인 문학을 재일조선인 문학의 범주 안에 포함시키는 문제 ③'민족적 아이덴티티'라는 주제의식의 정도(程度)와 세대 문제'라는 복합적 접근지점을 산출한다. 먼저 ①'재일조선인'이라는 주체적 위치를 어떻게 볼 것인가의 문제는 국적이나 순수혈통과는 상관없이 '재일조선인'이라는 자각, '재일조선인'으로서 일본사회 안에서 살아가는 데 대한 문제의식(재일성(在日性)을 의식적, 무의식적으로 표출하든, 은폐하든 그 맥락을 추출해낼 수 있는 가능성)을 공유하고 있는 작가라면 '재일조선인 문학' 창작의 주체로 설정할 수 있다고 본다. 이는 외부적인 규정이 아닌 작가의 내부적 인식(혹은 그의 발현)의 문제이므로 연구자가 쉽게 판단할 수 있는 문제는 아니다. 하지만 윤정화의 논의대로 '재일한인이지만 자신의 이름을 일본명으로 밝히고 있는 작가들은 '귀화자'의 문학으로 따로 다루어야 한다'[33]는 재단적 논의는 통명 혹은 필명을 의식적으로 사용함으로써 재일조선인 문학의 혼종적 가능성을 드러내고자 하는 재일조선인 작가들의 다양한 시도가 가진 복합적 의미망을 놓칠 위험성이 있다는 점에서 주의를 요하는 부분이라 하겠다. 단순히 귀화 여부, 통명 사용의 여부로 창작 주체 혹은 재일조선인 문학의 범주를 가늠하는 일은 다소 편의적 구분이라 볼 수 있으며 다각적이고 폭넓은 관점 안에서 재일조선인 문학을 논할 가능성을 사전에 배제할 우려가 있다. 이양지처럼 일본 국적을 소지하고 있지만 민족적 각성 이후 한국명으로 창작활동

學』2, 1966.(이한창, 앞의 논문, 5쪽에서 재인용.)

33) 윤정화, 앞의 논문, 8-9쪽 참조.

을 하면서 재일조선인으로서의 경계적 정체성을 부단히 천착하는 작가라든가 가네시로 가즈키, 사기사와 메구무처럼 일본명으로 활동하면서 그 작품 안에 재일조선인에 대한 문제의식을 발양하고 있는 주요 작가들을 단순히 표면적 판단기준으로 누락시키는 오류는 경계해야 할 것이다. ②일본 사회에서 일본어, 혹은 한국어로 쓰인 문학을 재일조선인 문학의 범주 안에 포함시키는 문제에 대해서는 몇 가지 이견이 있다. 가와무라 미나토나 김달수의 정의에 의하면 재일조선인 문학은 재일조선인이 '일본어'로 쓴 문학만을 의미하는데, 이러한 관점에서 언어적 범주를 설정한 연구자는 이한창이다. 이한창은 김달수의 정의를 기초로 "교포작가가 쓴 작품이라 할지라도 한국어로 쓰여진 문학작품이나, 일본적인 것과 일본인의 생활을 그린 작품은 본 논문의 연구대상에서 제외하였다. 전자는 주로 '재일조선인문학예술가동맹' 소속 작가들이 한국문학이라는 의식을 가지고 쓴 작품들이기 때문에 한국문학의 과제로 남겨두는 것이 바람직하다."³⁴⁾고 언급한다. 이에 반해 홍기삼은 "일본에 거주하고 있는 조선인의 문학이면 어떤 언어로 씌어졌든 그것을 총괄해서 재일조선인 문학이라고 보아 잘못은 없을 것이다."³⁵⁾라고 언급함으로써 일본에서 재일조선인으로서의 삶을 영위하는 이들의 문학이면 그 언어와 상관없이 재일조선인 문학의 범주에 포함시켜야 한다는 입장을 보인다. 이러한 상이한 견해는 일본문학 연구자와 한국문학 연구자라는 각각의 입장 차이를 반영한다고도 볼 수 있다. 본 연구자 또한 남한과 북한, 한민족문화권의 문학

34) 이한창, 앞의 논문, 5쪽
35) 홍기삼, 「재외 한국인 문학 개관」, 앞의 책, 289쪽.

을 아우르는 통합적인 통일문학사 서술의 전망을 기대하는 한국문학
연구자의 입장을 감수하면서, 식민의 잔재가 남아있는 분단된 조국
의 상황을 답습하여 조성된 일본어, 한국어(조선어)라는 이분화된 범
주 설정과 정치적, 문화적 갈등을 넘어서는 통합적 재일조선인 문학
을 희구한다는 차원에서, 일본어, 한국어라는 언어에 상관없이 재일조
선인이 창작한 작품이면 우선적으로 재일조선인 문학의 범주에 포함
시켜야 한다고 본다. 다만 재일조선인 일본어 문학과 한글 문학을 통
합적으로 고찰할 수 있는 논의의 틀거리, 학문적 연구의 접점 마련은
우선적으로 제기되는 시급한 과제라 여겨진다. ③'민족적 아이덴티티'
라는 주제의식의 정도와 세대 문제는 민족적 정체성 구현을 지향했
던 재일 1세대의 경우는 논외로 하겠으나, 재일 2세대 이후 경계인, 중
간자로서의 재일의식을 소유하고 창작을 진행한 세대에게는 '민족'에
대한 다양한 의식구조와 대항논리가 성립하므로 치밀한 연구과정이
요구되는 지점이라 하겠다. 특히 유미리나 가네시로 가즈키 등 재일
3세대 이후 작가들의 주제의식이나 창작방향은 다분히 보편적, 대중
적 문학의식을 지향하므로 그에 따른 주제의식의 변용과 확장의 가능
성에 대한 심도있는 논의가 필요하다. 마지막으로 재일조선인 문학의
형성과정과 시기 설정의 문제는 아래의 통시적 연구사를 통해 살펴보
도록 하겠다.

　재일조선인 문학에 대한 통시적 연구로는 먼저 이한창, 유숙자의 연
구를 살펴볼 수 있다. 국내에서 재일조선인 문학에 대한 선구적인 연
구 작업들을 수행해 온 이한창은 그의 박사학위논문에서부터 최근
의 주제론, 작가론, 작품론에 이르기까지 지속적인 연구 성과들을 내
오고 있는 연구자이다. 이한창은 '재일교포(동포) 문학'의 시대 구분

을 ①초창기(1881~1920년대 초반) ②저항과 전향 문학기(1920년대
~1945) ③민족 현실 문학기(1945~1960년대 중반) ④사회 고발 문학
기(1960년대 후반~1970년대 말) ⑤주체성 탐색 문학기(1980년대~
현재)의 다섯 시기로 구분한다.[36] 1기인 초창기는 1882년 정부 사절단
의 일원으로 일본에 건너가 약 4년간 체재하면서 『조선천주교소사』
등을 저술한 이수정과, 1881년 신사유람단의 수행원으로 일본에 건너
가 『서유견문』을 남긴 유길준, 그리고 이광수, 최남선, 주요한 등의 일
본 유학생의 활동을 중심으로 이루어지며, 2기인 저항과 전향 문학기
는 김사량과 장혁주로 대표되는 재일조선인 작가의 활동으로 대변된
다. 해방 이후 시기 구분의 특징은 당시의 정치적 상황과의 밀접한 연
관 아래서 그 구분이 이루어지고 있다는 점인데, 이한창은 이 시기를
자신의 학위논문[37]에서 꼼꼼히 다루고 있다. 즉 정치의식의 변화를 중
심으로 3기부터 5기까지의 시기 구분을 제1기 정치 지향의 문학, 제
2기 정치 비판의 문학, 제3기 정치 부정의 문학(연대 구분은 같음)으
로 다시 대별한 후 각 시대의 정치사회사적 배경을 중심으로 당시의
문학이 어떻게 대응해왔는가를 고찰한다. 조국과 동포 사회의 첨예한
정치, 역사적 맥락을 반영하면서 독자적인 발전 과정을 구현해 온 재
일조선인 문학의 사적 흐름을 다양한 작품 분석을 통해 면밀히 고찰
하고 있는 이한창의 논문은 다소 도식적이고 이데올로기적 재단의 우
려가 있음에도 불구하고 재일조선인 문학을 통시적으로 고찰하면서
그 의의와 한계를 꼼꼼히 점검하고 있다는 점에서 주목할 만하다. 이

36) 이한창, 「재일교포문학 연구」, 『외국문학』, 1994. 겨울.
＿＿＿, 「재일 교포문학의 주제 연구」, 『일본학보』29, 1992.
37) 이한창, 「재일 교포문학의 작품성향 연구-정치의식 변화를 중심으로-」, 앞의 논문.

밖에도 이한창은 다양한 주제 연구,[38] 작가 연구[39] 등을 통해 재일조선
인 문학에 대한 지속적인 연구 성과들을 산출해내고 있다.

유숙자[40]는 일본의 식민지 지배라는 특수한 시대적 상황 아래에서
행해진 조선인의 문학 활동과 일본에 정주하여 재일이라는 삶의 기
반을 구축한 재일조선인에 의한 문학을 구분하려는 의도 아래, '재일
한국인 문학'의 범주를 1945년 광복 이후부터 현재까지 일본어로 창
작을 했거나 하고 있는 한국작가(귀화작가 포함)로 제한하고, '민족
적 정체성 모색'이라는 주제를 중심으로 재일조선인 문학을 재일 1세
대, 2세대, 3세대의 문학으로 나눈다. 이때 재일 1세대의 문학은 '일제
시대의 체험이나 광복 후의 조국과 '재일'의 상황을 소재로 하여, 지배
자의 언어인 일본어와의 긴장관계에서 생겨난 문체를 지니며, 민족의
냄새를 작품에 강하게 표출시키는 문학'으로 김달수, 김석범이 이에
속한다. 재일 2세대는 '일본 사회의 고도 경제성장이 본격화된 1960

38) 이한창, 「민족문학으로서의 재일 동포문학 연구」, 『일본어문학』3, 1997.
　　　　, 「아쿠타가와 상을 통해 본 재일동포 문학」, 『일본학』19, 2000. 12.
　　　　, 「재일 동포조직이 동포문학에 끼친 영향-좌익 동포조직과 동포작가와의
　　　　갈등을 중심으로-」, 『일본어문학』8, 2000.
　　　　, 「재일동포 문인들과 일본문인들과의 연대적 문학활동-일본문단 진출과
　　　　문단 활동을 중심으로-」, 『일본어문학』24, 2005.
　　　　, 「재일 동포문학에 나타난 부자간의 갈등과 화해-1, 2세대 작가의 작품을
　　　　중심으로-」, 『일어일문학연구』60, 2007.
39) 이한창, 「소외감과 내향적인 김학영의 문학세계-「얼어붙은 입」과 「흙의 슬픔」을
　　　　중심으로-」, 『일본학보』37, 1996.
　　　　, 「『광조곡』을 통해 본 양석일의 문학세계-택시 운전사 체험작품을 중심으
　　　　로-」, 『일본학보』45, 2000.
　　　　, 「양석일의 작품세계」, 『한국일본어문학회 학술발표대회논문집』, 2001.
　　　　, 「체제와 가치에 도전한 梁石日의 작품세계」, 『일본어문학』13, 2002.
　　　　, 「梁石日의 多樣한 文學世界」, 『한일민족문제연구』9, 2005.
40) 유숙자, 『在日한국인 문학연구』, 앞의 책.

년대 후반에 등장한 세대'로, '재일한국인이 직접 자신들의 실존과 생활, 사고방식에 대해 제 목소리를 내기 시작'한 시기로 보고, 이 시기를 대표하는 작가로 이회성과 김학영의 문학을 고찰한다. 재일 3세대는 언어면에서 모국어를 상실하고 있는 점에서는 재일 2세대와 유사하지만, 연령이나 문단 데뷔 시기, 작품 경향 등이 2세대 작가와 뚜렷이 구별되는 신세대 작가로서, 이들은 재일이라는 특수한 실존적 상황에서 맞닥뜨리는 개인적 문제를 언어와 인간 존재의 의미, 현대인의 고독 등 보편적 문제의식으로 승화시킨다. 대표적 작가로 이양지와 유미리를 고찰하고 있다. 유숙자의 연구는 재일조선인 작가들을 세대별로 구분하고 각 세대의 특징과 변별점을 중심으로 개별 작가의 의미들을 고찰하고 있다는 점에서 의의를 지닌다. 이 세대별 구분은 이후 연구자들에 의해 대체적으로 무리없이 받아들여지고 있다. 유숙자는 이후에도 다양한 작가 연구[41] 등을 통해 활발한 연구 작업을 수행하고 있다.

이한창, 유숙자 이외에 개관적인 시대 구분을 행하고 있는 연구자

---

41) 유숙자, 「재일한국인 작가의 문학세계」, 『문화예술』, 1996. 8.
_____, 「재일한국인 작가 유미리 문학 소묘」, 『문화예술』, 1997. 3.
_____, 「李良枝의 소설 「각(刻)」에 나타난 在日性 연구」, 『일본어문학』6, 1998.
_____, 「金鶴泳論」, 『비교문학』, 1999. 12.
_____, 「張赫宙의 문학행로 : 「餓鬼道」에서 「岩本志願兵」까지」, 『한림일본학연구』5, 2000.
_____, 「在日한국인 문학의 현주소」, 『리토피아』4, 2001. 겨울.
_____, 「李良枝論-언어와 정체성의 상관관계를 중심으로-」, 『한림일본학연구』6, 2001.
_____, 「타자(他者)와의 소통을 위한 글쓰기-柳美里 문학의 원점-」, 『일본학』19, 2000.

로는 홍기삼[42]을 들 수 있다. 홍기삼은 '재일동포 또는 재외동포 문학
이란 어떤 형태로든 한국인으로서 뿌리를 가진 채 외국으로 이주해
살면서 그곳에서 창작한 문학 작품을 의미할 수밖에 없'다고 보면서
1922년 정연규가 의병장의 이야기를 쓴 「혈전의 전야」를 발표한 것
이 일본문학계에 알려진 최초의 단편이며, 이어서 김희명, 한식, 한설
야, 김근열, 이북만, 김용제, 백철 등의 활동이 '재일동포 문학'의 발판
이 되었다고 언급한다. 그러나 '재일동포 문학'의 본격적 단서를 연 작
가로는 1930년대에 출현한 김사량과 장혁주를 가장 먼저 꼽고 있으며,
이후 1940년대에서 1960년대까지의 김달수, 이은직, 김석범, 1970년
대의 이회성, 김학영, 1980년대의 이양지, 이기승 등을 고찰하고 있다.
홍기삼은 정확한 시대 구분을 행하고 있지는 않지만 대체로 10년 단위
로 나누어 그 시대를 대표하는 작가들을 중심적으로 고찰하고 있다.

재일조선인 문학의 범주에 그대로 편입시키기에는 다소 무리가 있
지만, 시기 구분과 관련하여 일제 강점기 재일조선인의 문학활동과
문학의식을 다룬 연구서로 양왕용 외 3인의 저서[43]를 살펴볼 필요가
있다. 이들은 '재일이란 일본을 주 생활 근거지로 하고 있는 작가뿐 아
니라, 잠시 일본에 체류하다가 문학활동을 하고 돌아온 일본 유학생
들도 포함되는 개념'으로 설정함으로써, 이한창의 논의에 더욱 가깝
게 접근하고 있으며 이러한 폭넓은 범주 아래 시, 소설, 연극, 비평 등
다양한 장르의 문학활동들을 아우르는 꼼꼼한 연구 작업을 수행하고
있다.

---

42) 홍기삼, 「재일 한국인 문학론」, 앞의 책.
43) 양왕용·민병욱·박경수·김형민, 『일제 강점기 재일한국인의 문학활동과 문학
    의식 연구』, 부산대학교출판부, 1998.

최근 재일조선인 문학에 대한 활발한 연구 작업을 수행하고 있는 연구자로 김환기를 들 수 있다. 김환기[44]는 '재일코리언 문학'을 '이방인으로서의 삶, 타자와의 투쟁, 핍박의 역사로 상징되는 '한(恨)'의 정서와 자기 정체성의 문제가 대두되는 디아스포라 문학'으로 본다. 김환기는 가와무라 미나토, 임전혜, 다케다 세이지, 이한창의 논의를 참고하면서 '실질적으로 재일 코리언 문학이 일본 문단에 등장했던 것은 식민지시대 장혁주, 김사량에 와서'이며, 민족의식과 자율성을 토대로 식민 주체인 일본에 대한 고발과 저항, 조국과 민족에 대한 비판적 지향, 재일코리언으로서의 존재성을 문학적으로 심화한 해방 이후부터 '재일코리언 문학'의 본격적인 출발이 이루어졌다고 본다. 이런 관점에서 김환기는 '민족'적 관점을 고수한 재일 1세대 작가로 김달수, 정승박, 김석범, 김시종, 김태생, 허남기를 고찰하고 있으며, 자기 정체성의 실존 문제에 한층 더 다가가면서 내면 중심의 자기 반추라는 문학적 색채를 보여주는 재일 중간 세대의 문학으로 김학영, 이양지, 이회성 등의 작품을 언급한다. 또한 일본 사회에 적응한 현실감을 토대로 '개아' 중심의 실존적 글쓰기를 보여주는 신세대 문학으로 유미리, 현월 등을 고찰하고 있으며, '재일성' 자체가 해체된 개념으로 형상화되는 최근 '재일코리언 문학'의 동향을 사기사와 메구무, 이오 겐시, 이주인 시즈카의 작품을 통해 고찰하고 있다. 여전히 논의의 여지는 남지만, 탈국가, 탈민족, 탈이데올로기적 글쓰기 형태를 보여주는 최근 재일조선인 문학의 흐름을 새로운 차원의 문학적 변용으로 간주하

---

44) 김환기, 「재일 코리언 문학의 계보」, 김환기 편, 앞의 책.
　　　, 「재일 디아스포라 문학의 형성과 분화」, 『일본학보』74, 2008. 2.

는 김환기의 제안은 주목을 요하는 부분이라 할 수 있다. 이외에도 재일조선인 문학에 대한 다양한 주제론적 고찰,[45] 집중적인 작가 연구[46] 등을 수행함으로써 김환기는 자신의 연구 범위를 지속적으로 확장해 나가고 있다.

한국문학 연구자 중에서 가장 활발하게 재일조선인 문학 연구를 행하고 있는 연구자는 장사선이다. 장사선은 단독 혹은 공동 연구를 통해 재일조선인 문학의 다양한 주제적 흐름들을 짚어내고 있으며, 한국문학과 재일조선인 문학의 주제적 접합, 연관성에 주목하면서 재일조선인 문학에 나타난 내셔널리즘의 문제,[47] 죽음 의식,[48] 가족의 의미[49] 등을 천착하고 있으며 개별 작가 연구[50] 등을 수행하고 있다.

다음으로 연구소별, 연구자별 편저를 살펴보면 다음과 같다. 아직

---

45) 김환기, 「재일 디아스포라 문학의 '혼종성'과 세계문학으로서의 가치」, 『일본학보』78, 2009. 2.
_____, 「재일 코리언 문학에 나타난 '女性像' 고찰」, 『일본학보』80, 2009. 8.
46) 김환기, 「김학영론-에세이를 중심으로」, 『일본학』20, 2001.
_____, 「김학영의 『얼어붙은 입』론」, 『일어일문학연구』39, 2001.
_____, 「김학영 문학과 '벽'」, 홍기삼 편, 앞의 책.
_____, 「이양지의 『유희』론」, 『일어일문학연구』41, 2002.
_____, 「김학영 문학과 '恨'-'恨'의 내향적 승화를 중심으로-」, 『일본학』21, 2002.
_____, 「이양지 문학론-현세대의 '무의식'과 '자아' 찾기-」, 『일어일문학연구』43, 2002.
_____, 「金鶴泳 文學論-作家的 苦惱의 原質, 그로부터의 解放口 摸索」, 『한일민족문제연구』9, 2005.
_____, 「김길호(金吉浩) 문학을 통해 본 재일문학의 변용」, 『일본학보』72, 2007.
47) 장사선, 「재일 한민족 문학에 나타난 내셔널리즘」, 『한국현대문학연구』21, 2007. 4.
48) 장사선 · 지명현, 「재일 한민족 문학과 죽음 의식」, 『한국현대문학연구』27, 2009. 4.
49) 장사선 · 지명현, 「재일 한민족 소설에 나타난 가족의 의미 연구」, 『한국현대문학연구』23, 2007.
50) 장사선 · 김겸향, 「이회성 초기 소설에 나타난 원형적 욕망의 양상」, 『한국현대문학연구』20, 2008.

까지 국내에서 재일조선인 문학에 대한 연구는 시발점에 가깝다고 할 수 있는데, 이러한 연구 동향은 집단적인 연구 과정 혹은 연구 성과의 공동 출간이라는 형태로 표출되기도 한다. 물론 일본문학 연구자들을 중심으로 한 학술논문집이나 학술지에 재일조선인 문학에 대한 연구들이 지속적으로 축적되어 왔으며 그러한 개인적 성과들이 하나의 학술서 형태로 출간되기도 하였다. 그 중에서 주목할 만한 연구서로 동국대학교 일본학연구소의 『재일한국인문학』,[51] 김환기 편저의 『재일 디아스포라 문학』,[52] 전북대학교 재일동포연구소의 『재일동포 문학과 디아스포라』전 3권[53]을 들 수 있다. 『재일한국인문학』은 재일조선인 문학의 정체성을 고구(考究)하는 데서부터 시작하여 일본 역사와 문학, 그리고 한국문학사 기술에 있어서의 재일조선인 문학의 위치를 체계적으로 점검하고 재일조선인 문학의 역사적 전개 과정과 작가별 특징을 개별 연구자들의 논문을 통해 소개하고 있다. 재일조선인 문학에 대한 구체적인 연구 작업들을 일목요연하게 통합, 제시한 본격적인 연구서라는 점에서 의의를 가진다. 『재일 디아스포라 문학』은 편자인 김환기가 일본의 재일조선인 문학 연구자인 이소가이 지로, 오노 데이지로, 하야시 고지 등과 본인의 광범위한 연구 작업을 아울러 상재한 단행본으로 재일조선인 문학에 대한 계보와 주요작가론, 현장비평의 지형도를 상세히 제시하고 있다. 편자의 언급대로 '재일 코리언의 독특한 위치성, 이방인 의식, 배타적 현실주의, 조국과의 거리감,

---

51) 홍기삼 편, 앞의 책.
52) 김환기 편, 앞의 책.
53) 전북대학교 재일동포연구소 편, 『재일동포 문학과 디아스포라 1·2·3』, 제이앤씨, 2008.

민족적 정체성 등이 (문학작품을 통해) 어떻게 표상되고 있는지'를 다
각적인 관점에서 분석해내고 있으며 재일조선인 문학을 관통하는 복
합적인 의미망들을 세밀하게 추출해내고 있다. 전북대학교 재일동포
연구소에서 출간한『재일동포 문학과 디아스포라』는 재일조선인 문
학 연구자들이 3년간 공동연구한 학술논문 38편을 집대성한 책으로
재일조선인 문학의 역사와 연구 현황 및 방향성, 재일 시인, 여성작가
연구 등 재일조선인 문학의 개관적, 주제적 고찰과 더불어 정연규, 김
달수, 김태생, 고사명, 김석범, 이회성, 김학영, 이양지, 양석일, 원수일,
유미리, 현월, 사기사와 메구무, 가네시로 가즈키 등의 작가 · 작품론
을 아우르고 있으며, 한무부, 다치하라 마사아키, 마츠모토 토미오 등
의 지금까지 알려지지 않았던 소외된 작가군의 작품들도 아울러 소개
함으로써 재일조선인 문학을 광범위하게 고찰할 수 있는 연구적 토대
마련과 재일조선인 문학 연구의 입문서로서의 역할을 수행하고 있다.

　다음으로 재일조선인 문학에 대한 주제별 연구는 주로 가족의 문제
나 재일조선인의 디아스포라성 등에 집중되어 나타난다. 먼저 재일조
선인 문학에 나타난 가족 관계를 중심으로 작품의 인물상을 연구한
논문으로는 임헌영,[54] 이미숙,[55] 이한창,[56] 장사선 · 지명현[57] 등이 있
으며 재일조선인 문학의 탈근대성, 디아스포라성에 주목한 연구로는

---

54) 임헌영,「재일 동포문학에 나타난 한국여성의 초상」,『한국문학연구』19, 1997.
55) 이미숙,「재일 한국인 문학과 '집'-이회성과 유미리 문학을 중심으로-」,『한국문화연구』8, 2005.
56) 이한창,「재일 동포문학에 나타난 부자간의 갈등과 화해-1, 2세대 작가의 작품을 중심으로-」, 앞의 논문.
57) 장사선 · 지명현, 앞의 논문.

윤정화,[58] 김환기[59] 등이 있다. 임헌영은 재일조선인 문학에 나타난 여성상을 세대별로 개관하고 있는데, 장혁주, 김사량, 김달수, 이회성 등의 재일 1, 2세대 문학이 민족의식과 생존의 역사, 사회적 조건을 중시하면서 봉건적인 남성으로부터와 식민 종주국인 일본으로부터 이중적으로 핍박받는 식민지적 여인상, 인고와 희생의 여인상을 형상화하고 있다면, 이양지, 유미리 등에 이르러서는 민족의식이 표백되면서 후기 산업사회에서 소외된 개인의 내면적 갈등과 실존의식에 주목하는 여성상이 그려지고 있다고 본다. 이미숙은 '집'이라는 공간을 중심으로 이회성과 유미리 문학을 비교하면서 재일조선인 문학에 나타난 한국문화의 특수성과 보편성을 고찰한다. 이한창은 재일조선인 문학에 아버지의 형상화가 큰 비중을 차지하는 데 주목하여 고사명, 김태생, 이회성, 김학영, 양석일 등 1, 2세대 작가의 작품을 중심으로 작품 속에 나타난 아버지의 모습, 아버지에 대한 갈등과 화해의 모습, 화해의 성공과 실패의 원인 등을 각 작가별로 고찰하고 있다. 장사선·지명현은 재일 한민족 소설에 나타난 가족의 의미 특성과 그 변모 과정을 1세대 김달수, 김사량, 2세대 이회성, 김학영, 3세대 현월, 양석일 등의 소설을 통해 고찰하면서, 1세대에는 민족과 국가를 형성하는 기초집단으로서의 가족의 의미와 민족적 상징으로서의 어머니의 형상이, 2세대에는 가부장적이고 폭력적인 아버지에 대한 비판과 전통적 가족상의 붕괴가, 그리고 3세대에는 가족의 소멸을 넘어서 인간성의 철저한 포기와 파멸의 장소로서 가족의 양상이 나타난다고 언급한다.

---

58) 윤정화, 앞의 논문.
59) 김환기, 「재일 디아스포라 문학의 '혼종성'과 세계문학으로서의 가치」, 앞의 논문.

윤정화는 해방 이후 '재일한인 작가'들이 디아스포라라는 강제적 이
주의 상황 아래 어떠한 기억의 방식을 통해서 자신의 '이주적 정체성'
을 구현하며 그것이 어떠한 글쓰기 형식과 연결되는가를 세대별 작품
세계의 통시적 고찰을 통해 규명하고 있다. 김환기는 '혼종성으로 표
상되는 재일문학의 변용'을 고찰하면서 그 과정에서 확인되는 보편적
가치를 통해 재일문학이 세계문학으로 도약할 가능성을 내포하고 있
음을 역설한다. 이밖에도 작품 내 · 외적 분석에 근거한 주제별 연구
들로 김학동,[60] 고봉준,[61] 박유하[62] 등이 있다.

주로 소재적 차원에 착목하여 재일조선인 문학과 한국문학 간의 비
교문학적 연구를 행한 논문으로는 김재용, 이정석의 시도가 주목할
만하다. 김재용[63]은 제주도 4 · 3 항쟁을 다루고 있는 현기영의 단편집
『순이삼촌』, 『아스팔트』, 『마지막 테우리』와 김석범의 『화산도』를 비
교 고찰하고 있으며, 이정석 또한 같은 텍스트를 중심으로 4 · 3 항쟁
에 대한 비교문학적 연구[64]와 한국문학과 재일조선인 문학의 친연성
과 거리를 다룬 연구 성과[65]를 보여준다. 같은 소재를 다룬 문학 작품
들 간의 주제적 비교 연구뿐 아니라 다양한 접근방식을 통한 한국문

60) 김학동, 앞의 책.
61) 고봉준, 「재일조선인 문학에서 '기억'과 '망각'의 문제-재일 2세대와 3세대 문학을
중심으로」, 『우리어문연구』30, 2008.
62) 박유하, 「〈재일문학〉의 장소와 교포 작가의 〈조선〉표상」, 김태준 편, 『일본문학에
나타난 한국 및 한국인상』, 동국대학교출판부, 2004.
63) 김재용, 「폭력과 권력, 그리고 민중-4 · 3문학, 그 안팎의 저항적 목소리」, 역사문
제연구소 外 편, 『제주 4 · 3 연구』, 역사비평사, 1999.
64) 이정석, 「제주 4 · 3 사건을 기억하는 두 가지 방식-김석범의 「까마귀의 죽음」과
현기영의 「순이 삼촌」을 중심으로」, 『재일조선인 문학의 존재양상』, 앞의 책.
65) 이정석, 「한국문학과 재일조선인 문학, 그 친연성과 거리-신동엽의 『금강』과 허남
기의 『화승총의 노래』의 대비를 중심으로」, 위의 책.

학과 재일조선인 문학의 비교문학적 연구는 앞으로 한국문학계에서 적극적으로 시도해야 할 과제라 할 수 있다.

마지막으로 김학영, 이양지, 유미리를 중심으로 개별 작가 및 작품에 대한 연구를 살펴보면 다음과 같다. 먼저 김학영에 대한 연구는 대체로 '말더듬이', '민족', '아버지'라는 핵심 모티프를 중심으로 각각의 주제의식이 어떻게 연관되면서 작가적 고뇌와 불우의식을 형상화하는가에 초점을 맞춘다. 또한 작가의 개인사적 경험과의 상관성을 중심으로 그의 작품세계를 고찰하고 있다. 이한창은 김학영 작품 세계를 관통하는 주제의식을 크게 '반쪽바리'로서의 민족적 차별감, 말더듬이라는 불우성, 아버지의 폭력으로 구분하면서 이 세 주제를 아우르는 김학영 문학의 본질을 아버지의 폭력으로 규정한다.[66] 유숙자는 말더듬이라는 개인적 고뇌가 김학영 문학의 핵심을 이룬다고 보면서[67] 이로 인한 작가의 존재적 불안감과 이방인 의식이 인간 보편의 진실을 희구하는 방향으로 나아갔다고 평가한다.[68] 반면 김환기는 김학영 문학에서 재일 2세들이 직면한 민족적 고뇌와 전세대와의 갈등, 현실적 차별의 문제들을 '벽'이라는 키워드로 설명하면서,[69] 말더듬과 가족, 현실의 장벽 등이 김학영 문학의 내향적 자기 고뇌의 원질로 작용하지만 이러한 원죄격 고뇌에 대한 천착이 보편적 '타자화', 자기 해

---

66) 이한창, 「소외감과 내향적인 김학영의 문학세계-「얼어붙은 입」과 「흙의 슬픔」을 중심으로-」, 앞의 논문.

67) 유숙자, 「말더듬이의 고뇌와 존재의 불안」, 앞의 책, 93-116쪽.

68) 유숙자, 「金鶴泳論」, 위의 책, 190-209쪽.

69) 김환기, 「김학영 문학과 '벽'」, 홍기삼 편, 앞의 책.
　　　, 「김학영의 『얼어붙은 입』론」, 앞의 논문.

방과 내향적 승화의 단계로까지 발전하지는 못했다고 본다.[70]

김학영에 관한 학위논문은 대체로 그의 등단작인 「얼어붙은 입」과 유고작인 「흙의 슬픔」을 중심으로 하면서 여타의 작품들을 선별적으로 추가하는 방식을 취한다. 원덕회[71]는 김학영의 제반 작품과 수필을 아울러 살피면서 작품에 나타난 작가의 '과거' 경험의 의미를 청년 주인공의 연애관, 아버지의 폭력, 고독과 불안 등의 내면적 고통과 연관시켜 고찰하고 있으며, 동화와 저항이라는 작가의 이중적 갈등을 민족성 구현의 측면에서 살피고 있다. 이정희[72]는 「얼어붙은 입」, 「끝」, 「서곡」, 「흙의 슬픔」을 중심으로 작가의 존재적 고뇌의 원천인 '말더듬' 현상과 그 '말더듬과의 투쟁'의 의미, 말더듬과 폭력적 아버지의 관계, 그리고 나-아버지-할머니로 이어지는 '재일'의 삶의 형태에 대해서 고찰하면서 개인적인 작가의 체험이 재일이라는 공적인 구조의 천착으로 환원되고 있음을 역설한다. 이밖에도 박정이[73]는 김학영 소설에 빈번하게 등장하는 '정체를 알 수 없는'(得体のしれない)이라는 표현을 실증적으로 검토하면서 자아형성기의 청소년에게 나타나는 '불안', '우울', '슬픔'의 심리상태가 그러한 수사적 표현으로 구현되었

70) 김환기, 「金鶴泳 文學論-作家的 苦惱의 原質, 그로부터의 解放口 摸索」, 앞의 논문.
　　　, 「중간세대의 민족의식과 자기구제의 모색 : 김학영론」, 김환기 편, 앞의 책.
　　　, 「김학영론-에세이를 중심으로」, 앞의 논문.
　　　, 「김학영 문학과 '恨'-'恨'의 내향적 승화를 중심으로-」, 앞의 논문.
71) 원덕회, 「金鶴泳文學研究-作家의 經驗이 갖는 의미를 中心으로-」, 중앙대학교 일어일문학과 석사학위논문, 1994.
72) 이정희, 「김학영(金鶴泳)론-『얼어붙는 입』, 『끝』, 『서곡』, 『흙의 슬픔』을 중심으로-」, 세종대학교 일어일문학과 석사학위논문, 2007.
73) 박정이, 「김학영 문학에 있어 '정체를 알 수 없는' 표현의 의미」, 『일어일문학』34, 2007.

음을 밝힌다. 송명희 · 정덕준[74]은 김학영과 이양지의 작품을 우울증, 피해망상 등의 정신병리학적인 측면에서 검토하면서 재일조선인 2세들이 겪는 정체성 갈등과 혼란이 일본의 폭압적 차별과 그로 인한 민족콤플렉스의 결과적 현상에서 비롯됨을 밝히고 있다.

재일조선인 문학 연구 중에서 이양지에 대한 연구는 질적, 양적으로 축적된 면모를 보인다. 1988년 일본의 저명한 문학상인 아쿠타가와상 제100회 수상자로 선정되었으며 서른일곱이라는 젊은 나이에 요절한 여성 작가로서 재일조선인의 내적 분열 양상을 조국 체험이라는 독특한 소재를 통해 구현하고 있는 등, 이양지를 관통하는 다양한 주제적 맥락들이 연구자들의 관심을 촉발시킨 측면이 존재할 것이다. 이양지 연구는 아쿠타가와상 수상작인 「유희(由熙)」에 대한 연구가 다수를 차지하고 있으며 이밖에도 「나비타령」, 「각(刻)」 등 작가의 모국체험을 기반으로 형상화된 작품들이 주요한 연구 대상이 된다. 먼저 이양지 문학을 지속적으로 천착하고 있는 연구자로 윤명현을 들 수 있다. 윤명현은 그의 박사논문[75]에서 이양지 문학 전체를 고찰하면서, 현재의 삶을 직시하고 긍정적으로 수용하며 뚜렷한 실존의식과 미래의 상을 가진 성숙한 하나의 개체로서의 '재일적 자아'의 확립 과정을 추적하고 있는데, 이는 이양지 문학이 "'재일'로서의 아이덴티티를 기성의 조국 관념과 민족 이념에 의해서가 아닌 개아 의식과 인간적 해방의 의사로 확립하려는"[76] 제 3세대 작가의 대열에 놓여 있음을 보여준다.

---

74) 송명희 · 정덕준, 「재일(在日) 한인 소설 연구-김학영과 이양지의 소설을 중심으로」, 『한국언어문학』62, 2007.

75) 윤명현, 「李良枝 문학 속의 '在日的 自我'연구」, 동덕여자대학교 일어일문학과 박사학위논문, 2006.

76) 이소가이 지로, 「식민 제국과 재일 조선인 문학의 조망」, 김환기 편, 앞의 책, 63쪽.

이밖에도 윤명현은 이양지를 대상으로 한 주제적 연구 작업[77]을 꾸준히 수행하고 있다. 김환기는「유희」이전 작품에서는 현세대가 일본과 조국 사이에서 재일의 주체성과 이방인 의식을 둘러싸고 방황과 고뇌로 점철하는 데 비해,「유희」에서는 그와 같은 재일의 문제를 좀 더 본질적인 인간의 해방 차원에서 접근하고 있다[78]고 보면서, 가야금, 대금, 살풀이춤 등의 한국 전통 '가락'에 대한 천착이 내면 성찰을 통한 존재성 탐구로 나아가고 있다고 언급한다.[79] 작품 전반에 나타난 언어와 정체성의 문제, 집단의 언어로서 모국어의 타자성과 작가의 심층적 언어의식에 주목한 논의들 역시 이양지 문학의 주요 모티프를 내밀하게 증명해낸 작업으로, 유숙자,[80] 이한정[81]의 논의가 대표적이다. 유숙자는 모국체험에서 맞닥뜨린 모국어와의 갈등을 통해 작품 속 인물들이 자신의 재일조선인으로서의 경계적 정체성을 재확인하는 과정을 고찰한다. 이한정은 이양지의 작품 안에서 모국어가 어떤 언어로 그려지고 있는가에 주목하면서 모국어의 바깥에 위치한 인물들에게 '우리말'은 폭력적으로 경험되는 타자의 언어일 수밖에 없으며, 모국어를 모어로 사용하는 사람들에게조차 자기 외부의 언어로 경험될 수 있는 비결정적이고 유동적인 상징체계임을 밝힌다. 또한 작중인물들은 모국어의 외부에 서서 정치적 의미가 탈각된 자기의 언어, 개개

---

77) 윤명현,「李良枝 文學과 祖國」,『일본학보』53, 2002.
_____,「李良枝 文學-이질적 자아의 발견과 문학적 배경」,『동일어문연구』23, 2008.
78) 김환기,「이양지의「유희」론」, 앞의 논문.
79) 김환기,「민족적 아이덴티티와 전통의 문제 : 이양지론」, 김환기 편, 앞의 책.
_____,「이양지 문학론-현세대의 '무의식'과 '자아' 찾기-」, 앞의 논문.
80) 유숙자,「李良枝論-언어와 정체성의 상관관계를 중심으로-」, 앞의 논문.
81) 이한정,「이양지 문학과 모국어」,『비평문학』28, 2008.

인의 언어를 추구했으며 이양지 또한 작품을 통해 모어와 모국어의 양립 가능성을 모색했음을 역설하고 있다.

　이양지에 대한 학위논문으로는 강윤신,[82] 박종희[83] 등이 있다. 강윤신은 「나비타령」, 「유희」를 통해서 가출, 자살충동 등의 파행적 형태로 표출된 작중인물의 억압된 욕망이 살풀이춤을 통해서 승화되고 있음을 라캉의 욕망이론을 원용하여 분석하고 있으며, 박종희는 이양지의 「유희」를 중심으로 재일 2, 3세대의 개인적 정체성 구현과 보편적 문학의 가능성을 고찰하고 있다. 이밖에도 이양지에 대한 통시적 작가론, 개별 작품론, 주제론 등으로 조관자[84] 권성우[85] 김희숙,[86] 박정이,[87] 신은주,[88] 와타나베 나오키,[89] 지명현,[90] 후지이 다케시,[91] 강인

82) 강윤신, 「이양지 소설 연구-『나비타령』·『유희』를 중심으로」, 동국대학교 문화예술대학원 석사학위논문, 2003.
83) 박종희, 「이양지 문학의 경계성(境界性)과 가능성-재일한국인 문학의 계보 속에서」, 숙명여자대학교 일본학과 석사학위논문, 2005.
84) 조관자, 「이양지가 찾은 언어의 뿌리」, 『사이間SAI』3, 2007.
85) 권성우, 「재일 디아스포라 여성소설에 나타난 우울증의 양상-고(故) 이양지의 작품을 중심으로-」, 『한민족문화연구』30, 2009.
86) 김희숙, 「이양지의 『유희』를 통해 본 재일 문학의 현재적 의미」, 『한국문예비평연구』23, 2007.
　　　　, 「재일인의 현실인식-이양지의 『刻』, 『由熙』, 『돌의 소리』를 중심으로」, 『한국문예비평연구』25, 2008.
87) 박정이, 「재일 2세 문학의 변용(1)-이양지 『유희』와 이기승 『0.5』의 '신선함'을 중심으로」, 『일본어문학』38, 2007.
88) 신은주, 「서울의 이방인, 그 주변-이양지, 「유희(由熙)」를 중심으로-」, 『일본근대문학-연구와 비평』3, 2004.
89) 와타나베 나오키, 「관계의 불안 속에서 헤매는 〈삶〉-이양지(1955~92) 소설의 작품 세계-」, 『일본연구』6, 2006.
90) 지명현, 「이양지 소설 연구-공간에 나타나는 정체성의 변화를 중심으로-」, 『국제한인문학연구』2, 2005.
91) 후지이 다케시, 「낯선 귀환: 〈역사〉를 교란하는 유희」, 『인문연구』52, 2007.

숙⁹²⁾ 등의 연구를 주목할 수 있다.

유미리에 대한 연구는 대체로 아쿠타가와상 수상작인 「가족 시네마」와 「풀하우스」를 중심으로 현대 가족의 붕괴와 허위적 양상에 대해 조명한 논문들이 다수를 차지한다. 작가의 자전적 사실을 근거로 보편적인 가족 해체의 문제를 집중적으로 다루고 있는 유미리의 문학은 최근의 『8월의 저편』으로 이어지면서 현대 사회의 병리적 현상에 대한 천착을 넘어 민족적 소수자 및 타자에 대한 면밀한 재고의 단계로까지 작품세계의 폭을 넓혀가고 있으며, 그에 따른 다양한 주제적 연구 작업들도 서서히 이루어지고 있는 상황이다. 먼저 유미리의 작품을 전반적으로 고찰한 통시적 연구로는 유숙자, 변화영 등이 있다. 유숙자⁹³⁾는 유미리에게 있어 글쓰기는 존재의 확인과 타자와의 관계 맺기를 위한 절박한 행위의 소산이라고 본다. 『정물화』, 『해바라기의 죽음』, 『그린 벤치』, 『물고기의 축제』 등의 희곡은 현재를 제대로 살기 위해 과거를 매장시키는 생생하고 긴장감 넘치는 장례식의 현장이며, 「풀하우스」, 「가족시네마」, 「콩나물」 등은 붕괴된 가족 속에서 체험하는 개인의 소외와 고독감을 바탕으로 타인과 현실세계와의 단절된 관계성을 제시하고 있다고 본다. 또한 현대사회의 병리적 현상과 주변화된 인물을 형상화한 『타일』, 『골드러시』, 「여학생의 친구」 등을 통해서 그 주제적 영역을 넓혀가고 있다고 보면서 유미리의 전반적인 작품세계를 불우한 가족사와 병리적 현대사회의 형상화를 통한 타자

92) 강인숙, 「현실을 직시하는 자기극복의 서사-이양지론」, 김종회 편, 『한민족문화권의 문학』, 앞의 책.
93) 유숙자, 「타자(他者)와의 소통을 위한 글쓰기-柳美里 문학의 원점-」, 앞의 논문.

와의 소통 희구라는 측면에서 접근하고 있다. 변화영[94]은『돌에서 헤엄치는 물고기』에서부터『8월의 저편』까지의 작품을 통시적으로 고찰하면서 1인칭의 경험이 주변인에 대한 응시로, 그리고 디아스포라로서의 정체성 확인의 도정으로 확장되어가는 변모 과정을 면밀히 추적하고 있다. 작가의 자전적 경험에 기반한 1인칭 소설들은 자신의 경험을 서사화하는 가운데 스티그마적 존재인 재일조선인의 정체성을 가족이라는 필터를 통해 지속적으로 탐색해가고 있으며, 병리적 사회의 주변화된 인물들을 통해서 배금주의적 자본주의 체제를 비판적으로 천착하고 있는 3인칭 소설들은 작가가 사회적 존재로서의 자신을 객관적으로 통찰하는 과정이라고 본다. 미혼모로서의 삶을 선택한 이후 유미리는『8월의 저편』을 통해서 자신의 디아스포라적 정체성에 대해 천착한 작품을 상재하는데 이는 유미리가 자신의 경험을 바탕으로 한 일련의 작품들을 통해 재일조선인으로서의 '나'의 존재 근원과 정체성이 사회적 관계와 역사적 맥락 속에서 형성되고 유지되고 있음을 제시하는 것이라고 본다.

다음으로「가족시네마」,「풀하우스」등을 중심으로 유미리 작품 속에 나타난 가족의 의미를 고찰한 연구로는 남성달·박정이,[95] 윤명현[96] 등이 있다. 남성달·박정이는「가족시네마」가 부모에 의해 성(性)정체성이 망가진 주인공 모토미가 가족으로부터 벗어나려는 의지

---

94) 변화영,「재일한국인 유미리의 소설 연구-경험의 문학교육적 가능성에 관한 시론-」,『한국문학논총』45, 2007.

95) 남성달·박정이,「유미리『가족시네마』론-가족 관계를 중심으로-」,『한일어문논집』9, 2005.

96) 윤명현,「柳美里의 小說에 나타난 家族의 意味」, 동덕여자대학교 일어일문학과 석사학위논문, 1998.

를 담은 작품이라고 보며, 윤명현은 수필집『가족의 표본』, 소설집『풀하우스』,『가족시네마』를 중심으로, 현대 사회에 만연한 가족붕괴 현상의 맥락에서 유미리 소설에 나타난 가족의 의미를 고찰하고 있다.

한국과 일본에서 동시에 연재되었으며 유미리의 가족사를 중심으로 한국사회의 역사적 타자에 주목한 작품,『8월의 저편』에 대한 논의로는 변화영, 박정이 등이 있다. 변화영[97]은『8월의 저편』에서 개인의 가족사가 작가의 서사적 재현을 통해 집합기억의 범주로 보편화되는 과정을 고찰하고 있으며, 박정이[98]는『8월의 저편』의 '경계성'에 주목하면서 내용면에서는 역사적 사실과 소설적 허구의 경계, 구조면에서는 시간적 경계를 무너뜨린 작품으로『8월의 저편』을 평가한다. 이밖에 노현주,[99] 김인경[100] 등의 연구를 살펴볼 수 있다.

이처럼 재일조선인 문학에 대한 연구는 주요 연구자들을 중심으로 세대별 구분에 기반한 통시적 개관이나 개별 작가, 작품론이 주를 이루고 있으며, 주제 연구에 있어서도 디아스포라성이나 민족적 정체성, 가족의 의미망 등의 한정된 주제적 고찰이 대다수를 차지하고 있다. 일관된 주제의식 아래 작가의 작품세계를 비교 고찰한 연구 성과들은 미흡한 실정이며 세대별 구분 이외에 재일조선인 문학의 통시적, 공시적 흐름을 주재하는 주제적 맥락을 짚어내는 작업들도 요원한 상황

---

97) 변화영,「記憶의 敍事敎育的 含意-유미리의『8월의 저편』을 중심으로-」,『한일민족문제연구』11, 2006.
98) 박정이,「유미리『8월의 끝(8月の果て)』에 보이는 '경계'」,『일어일문학』38, 2008.
99) 노현주,「현대성의 중심에 선 글쓰기-유미리론」, 김종회 편,『한민족문화권의 문학』, 앞의 책.
100) 김인경,「'가족'에서 '민족'으로의 이동을 통한 정체성 모색-유미리론-」,『국제한인문학연구』6, 2009.

이다. 개별 작가, 작품에 대한 일정 수준의 연구 성과들이 축적되고 있는 현 상황에서 작가 간의 주제적 비교 연구나 새로운 주제적 담론의 발굴이 시급하며 그러한 통시적, 공시적 비교 연구를 통해서 재일조선인 문학의 다양한 교차적 접합 지점과 심화된 주제 의식을 발굴해내는 작업 또한 필요하다고 할 수 있다. 본고에서는 재일조선인 문학을 관통하는 가장 핵심적 화두로 가족, 신체, 민족이라는 주제를 설정하되 각각의 주제들이 어떤 상관성을 가지고 각 작가의 작품 세계 안에서 저마다 변용되고 표출되는지 고찰함으로써 재일조선인 문학의 핵심적 주제 맥락을 짚어내고 작가 간 비교문학적 연구의 가능성을 추출해 내고자 한다. 또한 그러한 주제적 상관성 안에서 복합적으로 구성되는 재일조선인 문학 주체 서사의 한 전형을 제시해 보고자 한다.

3. 연구 방법 및 범위

재일조선인 문학의 주체 서사 양상을 고찰하기 위한 선결 조건으로 '주체'의 개념과 범주 설정의 문제를 논할 필요가 있다. 데카르트의 '코기토(Cogito, ergo sum)' 개념은 절대적 자기의식적 사유에 기반한 주체 논의의 출발점으로, 이성적이고 자율적인 근대 주체 개념의 인식론적 근거가 되어 왔다. 전근대적 형이상학에서 지고한 지위를 누려왔던 객관적 실체로서의 신을 밀어내고, 근대의 관념론적 형이상학의 철학적 원리이자 핵심적 이념으로 정립된 절대 주체의 개념은 헤겔의 관념론, 후설의 현상학 등을 거치면서 서양 근대 철학의 역사적 흐름을 주도해 왔다. 절대 주체 개념에 의하면 인식의 유일한 주체인 '나'는 종전의 이데아나 신에게 부여되었던 초월적 지위와 자기동일적 지위를 부여받게 되며 그럼으로써 인식의 모든 대상 - 사물로 이루어진 비인간 세계뿐 아니라 인간 대상도 포함하는 - 을 객체로 규정하고, 그 객체의 의미를 인식자의 주관성에 의해서 정의한다. 따라서 절대 주체의 개념은 주체와 객체를 대립적으로 구분하여 객체에 대한 차별을 이념적으로 정당화하는 근거가 되며, 주체가 객체를 타자로 규정하고 그 타자를 자신의 동일성 속으로 전유 및 착취하는 과정이 성립된다.[101] 이러한 근대적 주체의 개념은 정치적 현실의 영역에서 봉건적 절대주의를 타파하고 근대 시민 의식의 발흥에 기여하는 중요한 역할을 하기도 했지만 한편으로는 부르주아적 지배, 제국주의적 지배, 절대 사회주의적 지배라는 또 다른 형태의 구현을 통해서 타자에 대한 억압, 정치적 지배와 침탈 및 착취를 정당화하고 재생산하는 이데올로기적 기능을 담당하기도 했다. 따라서 전통적 절대 주체 개념에 기반한 이성적이고 합리적인 자기의식적 존재로서의 주체란 고정된 실체가 아니며 그에 내포된 자기 동일성의 구조 또한 주체의 '진리'가 아니라는 비판은 주체성의 위기가 대두되는 20세기 후반부터 철학적 담론의 핵심 주제로 떠올랐으며[102] 데리다, 라캉, 알튀세, 푸코 등의 탈근대주의 이론가들에 의해서 체계적으로 비판되면서 근대적 주체 개념의 해체와 재구성 작업이 이루어지게 된다. 데리다는 서양의 형이상학적 전통을, 직관 · 본질 · 존재 · 의미 · 진리 · 의식 · 말 등을 일차적 · 근원적 가치로 특권시하고 이에 비해 재현 · 공간 · 시간 · 경험 · 외부 · 차이 · 분열 · 역사 · 타자 등은 이차적 파생물로 규정하여 배제하는 이원 대립적 구조의 "로고스 중심주의"라고 비판하면서 차연(差延) · 보충 · 치환 · 흔적 · 관계 · 변별 · 역사 · 산종 · 타자 등의 개념을 통해서 전통적 형이상학 개념들을 치환하고 그 대립적 구조를 무너뜨리고자 한다. 데리다는 동일성을 갖춘 실체로서

---

101) 윤효녕, 「제1장 주체 논의의 현단계 : 무엇이 문제인가?」, 윤효녕 · 윤평중 · 윤혜준 · 정문영, 『주체 개념의 비판』, 서울대학교출판부, 1999, 1-3쪽 참조.
102) 강계숙, 「1960년대 한국시에 나타난 윤리적 주체의 형상과 시적 이념-김수영 · 김춘수 · 신동엽의 시를 중심으로-」, 연세대학교 국어국문학과 박사학위논문, 2008, 11쪽 참조.

의 개념이 아니라, 타자 관계를 구성적으로 내포하고 있는 변별적 개념으로서의 새로운 주체 개념을 제시하는데 이는 관계성·변별성·차이성을 포함한 역동적 주·객체의 개념을 포괄하는 것이다. 라캉은 정신분석학적 방법론에 기반하여 주체의 형성 과정을 설명하고 있는데, 이때 주체는 오인의 구조로 형성된 에고(ego)가 상상계의 나르시시즘적 환상을 버리고 상징계－즉 문화와 언어의 상호주관적 구조－로 진입하여 욕망의 변증법적 운동을 통해 형성되는 것으로 늘 "과정 중에 있는 주체"를 말한다. 역사적 실천의 주체로서의 마르크스주의적 주체 개념을 비판하고 있는 알튀세는 개인을 구조의 대행자 또는 담지자(擔持者)로 보면서 이데올로기라는 이론적 개념을 통해 주체의 문제를 천착한다. 알튀세에 의하면 주체의 개념은 이데올로기 기구로부터 유래하며 이데올로기 기구들의 물질적 작용은 사회적 행위들 속에서 구체화되고 그 행위들은 구체적인 의례들에 의해 규정된다. 따라서 알튀세는 주체라는 개념보다는 주체화의 범주를 중요한 것으로 여기는데 결국 이데올로기적 기구에 의해 규정되는 사회적 의례와 행위들 속에서 구체적인 개인들은 주체로 호명되며, 주체의 문제는 이러한 호명의 기제, 즉 이데올로기적 기구들을 통한 주체화의 양식에 대한 고찰의 문제로 나아간다.[103] 권력으로서의 담론 이론에 주목한 푸코는 계보학적 방법론을 통해 이성적·자율적 주체가 자기 운명의 주인임을 설파하는 주관 철학의 허구성을 고발하면서 담론화된 권력은 어떤 대상을 지식을 통해 배제하고 억압하는 데 그치지 않고 적극적으로 개인을 구성하고 대상 영역 자체를 생산하며 주체에 관한 지

103) 권명아, 앞의 논문, 8-9쪽 참조.

식을 산출한다고 본다.[104]

　이처럼 서양의 형이상학적 철학 사상을 기반으로 구축된 절대적 사유의 주체로서의 근대 주체의 개념은 타자와 욕망의 문제, 이데올로기적 구성과 담론적 지식 생산이라는 범주 아래 그 근원적 토대 자체를 재구성하는 단계로 발전해왔으며 이러한 타자 혹은 외부세계와의 상호연관성 아래 재구축된 주체의 문제는 탈식민적 상황과 교섭하면서 혼종과 경계적 존재로서의 탈식민적 주체 생산의 과정과 연동한다. 서구의 주체 개념에 내재한 이분법적 사고 구조는 절대적 사유 주체로서의 서구적 주체와의 대척점에 비서구적 타자, 식민주의가 파생한 인종주의적 타자를 생성해왔으며, 인식적 토대로서 오리엔탈리즘적인 시선을 주조해왔다. 스스로를 열등한 타자로 내면화하면서 자기 부정적인 인종적 낙인을 재생산해왔던 피식민 주체들은 그러한 열등의 내재화 과정 속에서 억압되고 분열된다. 파농(Fanon, Frantz)은 이러한 피식민 주체의 분열 양상을 정신분석적 접근을 통해 규명하고 있는데, 식민주의의 결과 흑인은 열등감을 갖게 되고 이 열등감을 해소하기 위해 백인이 되고자 하며 이 과정에서 흑인은 필연적으로 '자기분열'에 빠진다는 것이다.[105] 자신들의 흑인성을 부정 혹은 보완하고 백인의 정체성을 획득하기 위해 백인 남성과 결합하는 흑인 여성의 열등적 심리 상태, 백인의 세계를 접한 유럽화된 흑인 남성이 백인 여성과 결합함으로써 백인의 정체성을 얻기 위한 의식적 행위를 도모하는 것은 모두 자신의 흑인성, 인종적 열등성을 해소하고자 하는 의

---

104) 윤효녕, 앞의 글, 6-13쪽 참조.
105) 양석원, 「탈식민주의와 정신분석학-마노니와 파농을 중심으로」, 고부응 엮음, 『탈식민주의 - 이론과 쟁점』, 문학과지성사, 2003, 77-78쪽 참조.

식적인 노력의 일환이지만 이러한 과정은 결국 백과 흑 사이에서 분
열되는 주체의 소외를 초래할 뿐이다.[106] 또한 그 과정에서 유럽화된
흑인은 백인에게 인정받지 못하고 흑인 원주민에게도 배척받는 이중
적 소외에 직면하게 된다. 백인이 되려는 흑인의 소망은 자신의 인종
적 차이로 인하여 필연적으로 좌절되며 흑인 고유의 정체성으로부터
도 소외되면서 흑인의 주체 형성 과정은 분열적 양상을 띠게 된다. 이
처럼 파농은 흑인의 주체 형성 과정에 주목하면서 "식민적 정체성의
비틀어진 양피지 속에 새겨진 자아의 타자성"을 해부하고 있다. "정체
성 속의 타자성"에 대한 파농의 해부가 혁명적인 이유는 서구의 형이
상학적 전통에서 "일원론적 역사 개념"과 더불어 가정되어온 "일원론
적 인간 개념"을, 그리고 개인의 "정신과 사회가 그들 사이의 차이를
아무런 손실 없이 역사적 총체성으로 투명하게 변형시키면서 서로를
반영하는", 즉 개인의 정체성이 역사적 사회 속에서 실현될 수 있다는
유토피아적인 세계관의 허구성을 파기했기 때문이다. 바바는 '파농의
비전'을 환기하면서 "동일시의 문제는 미리 주어진 정체성을 긍정하
는 것이 아니며" 항상 타자와의 관계 속에서 불가피하게 새겨지는 "분
열의 표식을 지닌다"는 점이라고 역설한다.[107]

이처럼 주체의 문제, 그리고 정체성 구현의 문제는 선험적으로 혹은
자기 동일시의 과정을 통해 통합적으로 이루어지는 것이 아니라 끊임

106) 이러한 흑인 여성과 남성의 분열 양상은 Fanon, Frantz, 이석호 역, 『검은 피부 하
    얀 가면』(인간사랑, 1998) 2, 3장에 서술되어 있다.
107) Homi Bhabha, "Remembering Fanon : Self, Psyche and the Colonial Condition,"
    ed. Patrick Williams and Laura Chrisman, *Colonial Discourse and Post-Colonial
    Theory : A Reader*(New York : Columbia University Press, 1994), pp. 113-18.
    (양석원, 앞의 글, 88-89쪽에서 재인용)

없이 타자와의 관계 속에서 분열적으로 생성되는 것이다. 일본과 한국, 혹은 북한과의 관계 속에서 재일조선인 또한 분열적인 주체 형성의 과정을 주조해 왔다. 강고한 단일 민족 이데올로기에 포획되어 있는 양국의 틈바구니에서 어느 쪽에도 동일시되지 못하고 경계적 위치를 존재적 근거로 삼아온 재일조선인들은 '중간자'라는 첨예한 자기 인식 속에서 교란되고 착종되며 혼종적인 정체성을 주조하게 된다. 재일조선인 문학은 이러한 자기분열의 양상, 피식민적 주체의 억압과 갈등의 경험을 체험적 서술을 통해 직접적으로 발설하고 있으며 역사적, 실존적 특수성과 보편적 진실을 기반으로 주체 형성의 과정들을 지속적으로 서사화해 왔다고 볼 수 있다. 이처럼 분열되고 타자화된 재일조선인 주체들의 정체성 성립 과정 및 구현 양상을 문학 작품 안에서 재현하고자 하는 시도들을 우리는 '재일조선인 문학의 주체 서사'라고 부를 수 있을 것이다. 이 때 '주체 서사'라 함은 재일조선인 문학의 담지자, 즉 체험적 주체로서의 작가의 정체성 주조 과정을 문학이라는 서사 장르를 통해 구축하고 재배열하면서 동시에 역사적, 민족적, 실존적 '관계성 · 변별성 · 차이성'에 착목하여 부단히 '과정중의 주체'로서 스스로를 구성해나가는 과정을 일컫는다. 재일조선인 문학이 선명하게 드러내는 서사적 증거들을 통해서 우리는 분열되고 착종된 재일조선인 주체들이 어떻게 자신의 식민적, 경계적 상황을 능동적으로 타개하고 새로운 혼종적, 탈식민적 주체로 거듭날 수 있는지를 검증해볼 수 있을 것이다.

　지금까지 재일조선인 문학 연구는 대체로 민족이라는 이데올로기에 호명되는 과정과 연동했다. 재일조선인의 역사적 특수성, 실존적 감각 등을 괄호 안에 넣은 채 민족, 조국과의 연계성에 주목하고자 하는 논의들이 그들을 규정짓는 일차적 분석 행위였다. 하지만 재일조선인 문학이 보여주는 자기 분열과 양가성, 혼종의 양상은 재일조선인 문학의 주체들이 자신의 경계적 정체성을 엄밀히 사유하고 월경하려는 구체적 실천 방침 아래, 부단한 도전과 자기 점검의 과정을 주조하고 있음을 역설한다. 그러므로 그러한 고투의 현장을 있는 그대로 직시하고 그들의 실존적 조건을 인지하는 가운데 새롭게 재구성되어온 재일조선인 문학의 주체 서사를 고찰하는 작업은 그들의 문학을 하나의 객관적 텍스트로 상정하고 그 내적 의미망을 분석하는 가운데 한국문학과의 긍정적 접합점, 혹은 상호의존적인 문학사적 보완의 거점을 마련하고자 하는 의도와 합치한다. 이러한 문제의식 아래 본고는 재일조선인 작가들이 처한 역사적 배경, 사상적 근거, 실존적 경험들을 우선적인 분석의 발판으로 하여 그들이 생산한 문학적 결과물들을 세밀하게 고찰하고자 하였으며 그들의 작품 세계를 아우르는 핵심 축으로서 '가족', '신체', '민족'이라는 키워드를 설정하고 그러한 주제적 관점 아래 그들의 작품세계와 작가의식을 재구성하고자 하였다.

재일조선인은 동일화와 타자화라는 식민주의의 이중성 논리를 내면화하는 가운데 중층적이고 혼성적인 주체 형성 과정을 주조해 왔다. 정주지로서의 일본과 '상상의 공동체'로서의 분단된 두 조국 사이에서 오리엔탈리즘적 시선에 포획된 '내부적 타자' 의식, 또는 '반쪽발이', '중간자'라는 부정적 자기 인식에 매여 있던 재일조선인 주체는 분열되고 교란된 정체성 구현 과정에서 양가적 모방과 응시를 통해 자신의 디아스포라성과 타자성을 극복할 탈식민적 주체 구현의 가능성을 획득한다. 김학영, 이양지, 유미리 등의 재일조선인 문학의 생성과정은 이러한 탈식민적 주체 형성 과정과 맞물려 있다. 재일조선인 작가는 자신의 억압적이고 폭력적인 자전적 경험을 집단적 식민 체험의 소산으로 확장하고 서사화함으로써 자신의 개별적 트라우마를 역사적 기억으로 환원시켜 재일조선인이라는 존재적 근거 아래 고찰하고 있으며, 이러한 재일조선인 문학의 주체 서사는 '가족'이라는 원체험의 공간, 타자화된 신체적 경험, 민족이라는 선험적, 현실적 범주 안에서 구체화된다. 본고에서는 재일조선인 작가의 탈식민성을 주조하는 모방과 양가성의 원리, 혼종성의 개념 등을 고찰함으로써 복합적으로 재구성되는 재일조선인 문학의 주체 형성 과정을 모색하고자 하며, 재일조선인 작가의 자전적 경험에 기반한 타자로서의 차별적 억압과 고뇌의 지점, 자기부정과 환멸의 순간을 주목함으로써 그러한 주체 형성의 과정이 어떠한 기억의 소환과 변형, 극복의 단계를 거쳐 서사화의 구현에 이르렀는지 살펴보고자 한다. 또한 식민 주체가 피식민적 타자를 관리하고 통제하는 일차적 장소로서의 '신체'에 주목하면서 인종주의적 차별의 대상인 동시에 근대 규율 체계의 미시적 권력망이 통과하는 장소이며, 역사적 트라우마가 출몰하는 지점으로서의 '신체', 그리고 '비체'화되고, '젠더화된 하위주체', '말할 수 없는 존재'로서의 여성적 신체와 연동하는 재일조선인의 수난사를 규명하고자 한다. 무엇보다도 재일조선인 주체는 환대받지 못하는 '비국민', 디아스포라로서의 자신의 경계적 위치, 분열적 존재성을 자각하고 '의도적인 혼종화'의 수행을 통해 실천적, 저항적 주체 형성의 가능성을 배태함으로써 지역, 민족, 언어, 문화적 범주를 초월한 탈식민적 사유를 전파하고, 탈경계적 상상력을 주조하는 강력한 위치를 점유하고 있음을 타진해보고자 한다.

재일조선인 문학의 주체 서사가 '가족', '신체', '민족'이라는 주제적 맥락을 통과하면서 어떠한 복합적 의미망과 결과물을 산출해내는지 살펴보기 위해, 본고는 김학영, 이양지, 유미리의 작품을 면밀히 고찰하면서 각각의 주제와 부합하는 작품의 내적 논리를 파악하고 그 각각의 주제들이 통합적으로 작용하면서 한 작가의 독특한 주체 서사를 구현하는 방식과 과정을 분석해보고자 한다.

먼저 II장에서는 탈식민 주체와 가족·신체·민족에 대한 이론적 고찰을 행함으로써 재일조선인 작가의 탈식민성이 어떤 역사적 배경과 저항성에서 기인하며 어떻게 양가적 모방자로서의 역할을 수행함으로써 보편적이면서도 특수한 재일조선인 주체 서사의 양상을 구현해 내는지에 대해 살펴보고자 한다. 또한 재일의 원체험으로서의 가족 서사, 신체에 각인된 재일조선인의 수난사, 디아스포라의 탈경계적 상상력을 작가의 자전적 기록, 다양한 '신체' 담론, 디아스포라와 혼종성 개념, 탈식민의 관점에 기반한 '민족' 논의의 복합적 범주 아래 고찰해보고자 한다.

III장에서는 김학영, 이양지, 유미리를 중심으로 재일조선인 문학의 주체 서사 양상을 고찰하고자 한다. 개별 작가의 작가의식, 시대적 환경, 가족사적 배경, 신체를 사유하는 방식, 조국 혹은 일본 사회와의 대면 양상과 민족적 정체성의 혼종적 구현 방식 등을 작품 분석을 통해 면밀히 살펴보고 각 작가를 특징짓는 주체 서사의 양상을 밝히고자 한다.

III-1장에서는 김학영의 작품에 나타난 아버지, 말더듬이, 민족의 문제를 천착하되 작가가 적극적으로 대립과 저항의 움직임 속에서 결핍된 주체를 세워나가려는 도전과 좌절의 서사를 구성하고 있다고 보고 그러한 주체 형성의 과정이 가족, 신체, 민족과 어떻게 연동하고 있는지 살펴보고자 한다. 애증병존(愛憎竝存)의 양가적 감정을 주조하는 재일 1세대 아버지와 '부성 은유'로서의 일본 사회 안에서 착종된 형태로 구현되는 주체 정립 과정을 '가족 로망스' 이론을 통해 분석하며, 거세된 신체적 징표와 글쓰기의 기원으로서의 '말더듬이', 그리고 '젠더화된 하위주체'로서의 재일조선인 여성의 존재를 규명함으로써 신체가 주체를 구성하는 방식에 대해 고찰할 것이다. 또한 조국에 대한 작가의 양가적 인식 과정과 탈민족적 성향이 어디에서 기인하는가를 살피면서 '중간자' 의식과 혼종적 정체성을 적극적으로 옹호하지 못하고 봉합의 지점으로 나아가는 과정을 살펴볼 것이다.

Ⅲ-2장에서는 이양지의 모국체험 서사를 중심적으로 고찰하면서 불우한 가족사와 비체적 재일성을 극복하고 민족적 정체성을 구현하기 위해 감행했던 모국체험이 역설적으로 주체를 교란시키고 억압하는 이질적 사건으로 경험되는 과정과 배경을 밝힌다. 신체에 구현되는 자기 해체와 결핍의 충족으로서의 섹슈얼리티, 이질적 감각을 배태하는 근대 조국의 규율화된 공간 안에서의 주체의 분열 양상은 경계적 자아로서의 재일조선인 여성 주체의 위치를 재확인하는 과정이 됨을 밝히고, 모국어와 모어, 조국과 일본, '조선적인 것'과 '일본적인 것' 사이에서 방황하던 주체가 부단한 자기 해체와 점검의 과정을 통해 혼종적 주체로서의 자기 긍정의 단계로 나아가고 있음을 고찰하고자 한다. 또한 이러한 과정이 '의도적 혼종화'를 표방하는 양립과 길항의 이중언어적 글쓰기를 통해 구체적으로 제시되고 있음을 밝히고자 한다.

Ⅲ-3장에서는 유미리의 작품을 중심으로 작가가 재일조선인으로서의 차별적 경험, 억압의 현실을 글쓰기라는 자기구원과 치유의 과

정으로 전유하여 재맥락화하고 있음을 밝히고자 한다. 가족의 붕괴와
물질만능의 소비지향 구조, 집단 따돌림, 학원 폭력 등의 일본 사회의
병리적 현상들과 마주치는 작가의 자전적 경험을 토대로 하면서 이러
한 작품들이 단순한 고발의 차원을 넘어 사회 문화적인 비판의 기제
로 사용되고 있음을 밝힐 것이다. 더 나아가 자신의 타자화 경험을 집
단의 경험으로 확장시켜 역사적 타자와 소수자에 대한 문제제기와 천
착을 시도함으로써 자신의 억압적 기억과 체험을 타자에 대한 환대의
윤리로 전유하는 방식에 대해 고찰하고자 한다.

Ⅳ장에서는 재일조선인 문학의 주체 서사가 담보한 미래지향적 방
향성을, 재일조선인 문학의 혼종적 가치와 전망, 역사적 대항의식, 한
국문학과의 접점과 통합적 모색의 관점에서 살펴보고자 한다.

본고에서는 김학영, 이양지, 유미리의 작품 중에서 가족, 신체, 민
족의 세 주제적 범주를 고찰할 수 있는 소설 작품들을 연구 대상으로
하되, 각 작가의 전기적 사실과 작품 창작 간의 상호연관성을 고려하
여 에세이 및 대담 등의 이차 자료도 참조, 분석하였다. 기본 텍스트로
는 일본에서 출간된 일본어 단행본과 국내 번역본을 모두 연구 대상
으로 삼았으며, 일차적으로 번역본을 인용문으로 채택하되 아직 국내
에 번역되지 않았거나 참조가 필요한 작품은 일본어 단행본을 대상으
로 삼아 인용, 비교 고찰하였다. 김학영은 여러 출판사에서 다른 번역
자들에 의해 중복 번역된 작품이 여럿 있는데, 서로 대조하여 참조하
였으며 각주에서 인용출처를 밝혔다. 이밖에 일본어 텍스트는 출전을
각주에 밝히고 번역문을 본문에 인용하였다. 본고에서 채택한 일본어
텍스트는 다음과 같다.[108]

金鶴泳, 『凍える口 金鶴泳作品集』, クレイン, 2004.108)

_____, 『土の悲しみ 金鶴泳作品集Ⅱ』, クレイン, 2006.

李良枝, 『李良枝全集』, 講談社, 1993.

柳美里, 『フルハウス』, 文藝春秋, 1996.(「フルハウス」, 「もやし」수록)

_____, 『家族シネマ』, 講談社, 1997.(「家族シネマ」, 「真夏」, 「潮合い」수록)

_____, 『水辺のゆりかご』, 角川書店, 1997.

_____, 『ゴールドラッシュ』, 新潮社, 1998.

_____, 『女學生の友』, 文藝春秋, 1999.(「女學生の友」, 「少年俱樂部」수록)

_____, 『男』, メディアファクトリ-, 2000.

_____, 『命』, 小學館, 2000.

_____, 『8月の果て』, 新潮社, 2004.

_____, 『石に泳ぐ魚』, 新潮社, 2005.

---

108) 김학영의 작품을 집대성한 『凍える口 金鶴泳作品集』(クレイン, 2004.), 『土の悲しみ 金鶴泳作品集Ⅱ』(クレイン, 2006.)에는 김학영의 주요 소설 작품 19편(金鶴泳, 『凍える口 金鶴泳作品集』(クレイン, 2004.) : 「凍える口」, 「冬の光」, 「あるこーるらんぷ」, 「鑿」, 「夏の龜裂」, 「軒燈のない家」, 「石の道」, 「郷愁は終り, そしてわれらは-」; 金鶴泳, 『土の悲しみ 金鶴泳作品集Ⅱ』(クレイン, 2006.) : 「緩衝溶液」, 「遊離層」, 「彈性限界」, 「まなざしの壁」, 「錯迷」, 「假面」, 「あぶら蟬」, 「月食」, 「剝離」, 「空白の人」, 「土の悲しみ」)과 에세이, 서평, 습작·소품, 일기 등이 망라되어 있으며, 이양지의 전 작품을 수록한 『李良枝全集』(講談社, 1993.)에는 「돌의 소리」1장을 포함한 총 10편의 소설 작품과 미완성의 「돌의 소리」2, 3장, 시, 에세이 등이 실려 있다. 그밖에 김달수, 허남기 등의 재일 1세 작가, 시인의 작품부터 최근의 시인, 작가에 이르기까지 재일조선인 문학 작품을 통시적으로 선별, 수록한 이소가이 지로(磯貝治良), 쿠로코 카즈오(黑古一夫) 편찬의 〈在日〉文學全集』第1卷~第18卷(勉誠出版, 2006.) 중에도 김학영과 이양지의 작품이 실려 있다. 제6권 김학영 편에는 「얼어붙은 입」을 비롯한 8편의 작품이, 제8권 이양지 편에는 「나비타령」을 비롯한 7편의 작품이 수록되어 있다.

磯貝治良・黑古一夫,『〈在日〉文學全集』第1卷~第18卷, 勉誠出版, 2006.

국내에서 출판된 김학영,[109] 이양지,[110] 유미리[111]의 번역본과 일본어

---

109) 지금까지 한국에서 번역된 김학영의 작품집과 수록 작품(작품 발표 연도)은 다음과 같다.

김학영, 하유상 역,『얼어붙는 입』(『한국문학』 1977. 9. 별책부록), 한국문학사, 1977. : 얼어붙는 입(1966)

_____, 하유상 역,『月食』, 예림출판사, 1979. : 月食(1975), 유지매미(1974), 끝 (1978), 겨울 빛(1976)

_____, 장백일 역,『알콜램프』, 문학예술사, 1985. : 錯迷(1971), 알콜램프 (1972), 外燈이 없는 집(1973)

_____, 강상구 역,『얼어붙은 입』, 한진출판사, 1985. : 얼어붙은 입(1966), 겨울 달빛(1976)

_____, 강상구 역,『흙의 슬픔』, 일선기획, 1988. : 흙의 슬픔(1985), 昏迷(1971), 얼어붙는 입(1966), 한 마리의 양(1972, 에세이)

_____, 강상구 역,『반추의 삶』, 일선기획, 1990.(1988판『흙의 슬픔』과 동일)

_____, 하유상 역,『얼어붙는 입・끝』, 화동출판사, 1992.

_____, 하유상 역,「鄕愁는 끝나고 그리고 우리는(Ⅰ)」,『北韓』141, 1983. 9.

_____, 하유상 역,「鄕愁는 끝나고 그리고 우리는(Ⅱ)」,『北韓』142, 1983. 10.

_____, 하유상 역,「鄕愁는 끝나고 그리고 우리는(Ⅲ)」,『北韓』143, 1983. 11.

_____, 하유상 역,「鄕愁는 끝나고 그리고 우리는(Ⅳ)」,『北韓』144, 1983. 12.

110) 이양지의 소설 작품은 총 10편으로 국내에서 모두 번역되었다. 지금까지 한국에서 번역된 이양지의 작품집과 수록 작품(작품 발표 연도)은 다음과 같다.

이양지, 이문희 역,『刻』, 중앙일보사, 1985.

_____, 신동한 역,『나비타령』, 삼신각, 1989. : 나비타령(1982), 오빠(1983), 그림자 저쪽(1985), 갈색의 오후(1985), 각(刻)(1984)

_____, 김유동 역,『由熙』, 삼신각, 1989. : 유희(1988), Y의 초상[來意](1986), 푸른 바람(1987), 해녀(1983), 나비타령(1982)

_____, 신동한 역,『돌의 소리』, 삼신각, 1992. : 돌의 소리(1992), 나에게 있어서의 母國과 日本(1990, 강연발표문)

_____, 이상옥 역,『해녀』, 삼신각, 1993. : 해녀(1983), 오빠(1983)

111) 김정혜(「유미리의 작가적 지향의식」, 전북대학교 재일동포연구소 편,『재일동포 문학과 디아스포라 2』, 제이앤씨, 2008, 293쪽 참조)에 의하면 2005년까지 일본

텍스트 중에서, 본고에서 직접적인 연구대상으로 삼은 작품은 김학영의 「얼어붙은 입」(1966), 「유리층(遊離層)」(1968), 「눈초리의 벽(まなざしの壁)」(1969), 「錯迷」(1971), 「알콜램프」(1972), 「外燈이 없는 집」(1973), 「겨울빛」(1976), 「끝」(1978), 「鄕愁는 끝나고 그리고 우리

에서 출판된 유미리의 작품은 소설 14편, 에세이 10편, 공저·기타 2편이다. 이 중에서 국내에 번역된 소설과 에세이 목록, 수록작품은 다음과 같다.
〈소설 목록〉
유미리, 함정연 역, 『돌에서 헤엄치는 물고기』, 동화서적, 1995.(장편소설)
_____, 곽해선 역, 『풀하우스』, 고려원, 1997. : 풀하우스, 콩나물
_____, 김난주 역, 『가족 시네마』, 고려원, 1997. : 가족시네마, 한여름, 그림자 없는 풍경
_____, 김난주 역, 『물가의 요람』, 고려원, 1998.(장편소설)
_____, 김난주 역, 『타일』, 민음사, 1998.(장편소설)
_____, 김난주 역, 『골드러시』, 솔, 1999.(장편소설)
_____, 김난주 역, 『여학생의 친구』, 열림원, 2000. : 여학생의 친구, 소년클럽
_____, 김유곤 역, 『남자』, 문학사상사, 2000.(장편소설)
_____, 김유곤 역, 『생명』, 문학사상사, 2000.(장편소설)
_____, 김난주 역, 『루주』, 열림원, 2001.(장편소설)
_____, 한성례 역, 『돌에서 헤엄치는 물고기』, 문학동네, 2006.(개정판, 장편소설)
_____, 김난주 역, 『8월의 저편 상·하』, 동아일보사, 2004.(장편소설)
_____, 김훈아 역, 『비와 꿈 뒤에』, 소담, 2007.(장편소설)
〈에세이 목록〉
_____, 권남희 역, 『창이 있는 서점에서』, 무당미디어, 1997.
_____, 김난주 역, 『가족 스케치』, 민음사, 2000.(原題 : 『家族의 標本』)
_____, 김난주 역, 『훔치다 도망치다 타다』, 민음사, 2000.(原題 : 『私語辭典』)
_____, 김난주 역, 『물고기가 꾼 꿈』, 열림원, 2001.
_____, 한성례 역, 『세상의 균열과 혼의 공백』, 문학동네, 2002.
_____, 송현아 역, 『그 남자에게 보내는 일기』, 동아일보사, 2004.
김정혜가 제시한 목록 중 3편의 소설(『魂』(2001), 『生』(2001), 『聲』(2002)은 국내에 번역되지 않은 것으로 보이며, 『비와 꿈 뒤에』가 2007년 추가 번역되었다. 『물가의 요람』은 국내에서 '자전에세이'의 형태로 출간되었다. 이밖에 희곡집으로 유미리 작·정진수 편, 『유미리 戲曲集』(도서출판 藝音, 1994. 수록작품 : 물고기의 축제, 해바라기의 죽음)이 번역, 출간되었다.

는」(1983), 「흙의 슬픔」(1985), 이양지의 「나비타령」(1982), 「해녀」
(1983), 「오빠」(1983), 「刻」(1984), 「그림자 저쪽」(1985), 「갈색의 오
후」(1985), 「由熙」(1988), 「돌의 소리」(1992), 유미리의 『돌에서 헤엄
치는 물고기』(1994, 2002), 「풀하우스」(1996), 「콩나물」(1996), 「가
족 시네마」(1997), 『물가의 요람』(1997), 『골드러시』(1998), 「여학생
의 친구」(1999), 『생명』(2000), 『8월의 저편 상·하』(2004)이다.

Ⅱ

가족 · 신체 · 민족의
이론적 고찰

1. 재일조선인 작가의 탈식민성

재일조선인은 일본 사회 안에서 동일화와 타자화를 끊임없이 강요받아온 '양가적 존재'이다. 즉 이들은 '화(和)'와 배외(排外), 차별과 동화(同化), 복종성과 공격성의 원리, 그리고 천황제 서열체계를 중심으로 집단적인 동질성 이데올로기를 강조[1]하는 '천황제 민족질서'의 자장 아래, 해방 이후에도 지속적으로 식민의 삶을 강요받아온 역사적 '영락물'[2]이다. 재일조선인뿐 아니라 아이누·오키나와 주민, 구식민지의 대만인 등을 포함하는 역사적, 지역적 타자들을 차별·억압하는 기제로 일본은 천황제 이데올로기를 근간으로 하는 단일민족관을 주창해왔다. 구미열강에 의해 식민화의 위기적 상황에 직면했던 일본은 메이지 정권 시기 흔들림 없는 정치적 권위, 절대적 충성의 대상으

---

1) 尹建次, 정도영 역, 『現代日本의 歷史意識』, 한길사, 1990, 67-72쪽.
2) Chow, Rey, 심광현 역, 「종족 영락의 비밀들」, 『흔적』2, 문화과학사, 2001, 81쪽. 줄리아 크리스테바의 'the abject'를 심광현은 '영락물'로 번역했다. 'the abject'는 흔히 '비천체(卑賤體)' '비체(卑體/非體)' 등으로 번역되는 용어이며 본고에서도 '비체'라는 용어를 채택하였지만, 인용 논문의 전체 맥락을 고려하여 본 인용문은 그대로 '영락물'로 옮겼다.

로 '만세일계(萬世一系)'의 천황제 논리를 내셔널 아이덴티티=국체의
근간으로 삼았으며 이러한 국민통합 기제로서의 천황제 실현과 일본
적 '자기'의 창조는 조선과 그 외의 아시아로 대표되는 '타자'의 발견
과 연동하는 것이었다.[3] 근대 일본의 문화적 동일성은 식민지 아시아
와의 차이에 의존하면서 그 차이를 부정해야 할 '타자성'으로 전화(轉
化)시킴으로써 성립될 수 있었으며,[4] '은폐된 자기'로서의 아시아, 특
히 가장 근접한 지리에서 차별적 대타의식을 유발했던 조선의 이산자
(離散者)들에게 이러한 배제를 동반한 동일성의 원리는 해방 이전부
터 지속적으로 행사되어온 지배적 규율체계였다. '단일', '동질', '등질
(等質)', '순수'라는 용어로 치장된 일본의 단일민족관은 재일조선인들
의 민족적 정체성, 실존적 자아를 부정하거나 혼란스럽게 만드는 억
압기제로 작동했으며, 부단히 자신의 위치를 점검하고 재정립하는 주
체화 과정을 산출해왔다. 피식민 주체를 민족적 · 종교적 · 인종적 성
분을 이유로 식민 주체와 구별(차별)함과 동시에 식민지의 지속적이
고 안정적인 경영을 위해 피식민 주체의 자국민 만들기에 전력하는
모순행위를 자기 동력으로 삼는[5] 식민주의의 '이중성'과 '양가성'은
재일조선인의 삶을 주조하고 중층결정하는 핵심 동인으로 기능해 왔
으며, '편입과 배제의 정치학'을 그 내재적 원리로 하여 신식민의 과정
을 지속적으로 수행해왔다.

'초과적이며 거부되었지만 그럼에도 불구하고 그것을 내버린 신체
에 도전으로 남아있는 어떤 존재가 지닌 문화적으로 종종 터부시되는

3) 尹建次, 이지원 역, 『韓日 근대사상의 교착』, 문화과학사, 2003, 141쪽 참조.
4) 姜尙中, 이경덕 · 임성모 역, 『오리엔탈리즘을 넘어서』, 이산, 1997, 80쪽.
5) 최현식, 「혼혈/혼종과 주체의 문제」, 『민족문학사연구』23, 2003, 140쪽.

조건[6]으로서의 '영락물'은 재일조선인의 중층적이고 혼성적인 경계 지점을 예리하게 포착하고 있는 개념이다. 이때 재일조선인에게 제시된 '신체'란 정주지로서의 일본과 '상상의 공동체'로서의 분단된 두 개의 민족국가를 모두 포괄한다는 점에서 그 의미가 한층 증폭된다. 즉 재일조선인은 식민 국가인 일본 사회의 하위계층을 형성하면서 그들의 오리엔탈리즘적 시선을 내면화한 타자로 기능함과 동시에 한국과 북한 사회 안에서는 '반쪽발이', '경계인'이라는 의혹어린 선별적 잣대에 노출된다. 한국 사회에 만연한 식민지 구종주국 일본에 대한 배타성이 은연중 그곳에 정주하는 재일조선인들에게 투영되어 그들을 또다시 내부적 타자로 배척하는 오류를 범하는 것이다. 해방 후 한국에서 만들어진 재일조선인에 대한 이미지는 반공군사독재정권하에서 배양된 것으로서, 대체로 한국말을 잘 못하는 '반쪽발이', 조총련 등에서 연상되는 '빨갱이', 그리고 경제대국 일본의 자본주의를 배경으로 한 '부자(졸부)'로 대표되는데, 이는 각각 '민족(식민지라는 역사적 경험의 공유)', '반공', '개발주의'라는 세 가지 필터가 작동되어 재일조선인에 대한 이미지를 증폭/왜곡시킨 결과이다.[7] 무엇보다도 남북으로 분단되어 적대적 이데올로기 대립을 심화시켜왔던 두 개의 국민국가는 일본이라는 복합적이고 파행적인 지형도 안에 배치된 재일조선인의 위치-구종주국 일본에서 과거 식민의 기억을 환기시키는 비극적 '피해자'이면서 동시에 민단과 조총련으로 양분되어 이념적 대립 양상을 극화하는-를 저마다의 국가논리 안에 포획시키면서 재일조선인

---

6) Chow, Rey, 앞의 글, 81쪽.

7) 권혁태, 「'재일조선인'과 한국사회-한국사회는 재일조선인을 어떻게 '표상'해왔는가」, 『역사비평』, 2007. 봄, 234쪽.

의 존재성을 이중, 삼중으로 교란시킨다.

일본의 식민지배와 디아스포라적 이주를 근간으로 형성된 재일조선인 사회가 직면한 억압적 사회 구조와 정체성의 혼란은 역설적으로 재일조선인 주체를 탈식민의 기획 안으로 포섭하면서 교섭[8]과 혼종의 복합적 정체성을 생성하도록 종용한다. 재일조선인은 식민 주체인 일본을 무의식적으로 모방하면서 대항하는 양가적 모방의 원리를 반복적으로 구현함으로써 탈식민적 거점을 형성한다. 호미 바바(Bhabha, Homi K.)에 의하면 모방(mimicry, 거의 동일하지만 아주 똑같지는 않음)은 그 자체가 부인(disavowal)[9]의 과정인 차이의 표상화로 나타나며 이중적 분절의 기호로 작동한다. 모방은 한편으로 개명(reform)과 규칙, 규율의 복합적 전략의 기호로서 이때의 전략은 권력을 가시적으로 드러내면서 타자를 전유한다. 그러나 다른 한편으로 모방은 부적합의 기호이기도 하며, 식민권력의 지배 전략적 기능에 조응하고 감시를 강화하게 하면서, 또한 규범화된 지식과 규율권력에 내재적인 위협이 되는, 차이와 반항의 기호이기도 하다.[10] 식민화 담론의 과정에서 모방의 양가성에 의해 만들어진 초과 혹은 미끄러짐은, 담론을 '분열'시킬 뿐만 아니라 어떤 불확실성으로 변형되어 식민지적 주체를 '부분적' – '불완전성'과 '실제성' – 현존으로 고정시킨다.[11] 끊임없

---

8) '교섭'이란 대립적인 요소들이 서로 동일성을 깨뜨리고 침투함으로써 제3의 공간 속에서 혼성되는 과정을 말한다.(Bhabha, Homi K., 나병철 역, 『문화의 위치』, 소명출판, 2002, 67쪽 각주 12) 참조)

9) '부인(Verleugnung)'은 프로이트의 용어로, 부인의 과정은 거세된 타자를 은폐하는(부인하는) 동시에 (완전히 부인하지 못하고 어쩔 수 없이) 차이를 드러냄으로써 자아의 분열 상태를 나타낸다.(위의 책, 179쪽 각주 5) 참조)

10) 위의 책, 179쪽.

11) 위의 책, 180쪽.

이 천황제를 중심으로 한 단일민족관의 정당성을 설파하며 동일시를 강요했던 일본 사회 안에서 재일조선인들은 그러한 동일시의 담론을 위협하고 균열시키는 '초과'된 양가적 모방자들이다. 강제된 동화나 귀화의 논리 안에 모순적으로 존재하는 차별적 근거들은 재일조선인들을 동일화하는 논리의 불완전성을 드러낸다. 또한 재일조선인들의 아이덴티티 위기를 촉발하는 민족지향과 정주지향이라는 내적 불일치의 갈등구조가 그들의 실존적 삶의 형태를 교란시키면서, 모순되고 착종된 결핍의 표징들을 내세워 동일화 담론의 틈새를 뚫고 나올 때, 그들의 모방은 새로운 탈식민의 담론을 생성하는 수행력을 담보한다.

이러한 재일조선인의 분열된 형상을 재현하는 재일조선인 작가는 '지배담론의 양식과 규범을 이질화시키는 식민지적 욕망의 환유적인 부분적 대상들이며, 지배담론 속에서 '부적합한' 식민지적 주체들'[12]이다. 식민국가의 감시적 시선은 이들의 문학적 '응시(gaze)'[13] 앞에서 분열되고 굴절된다. 자신들의 식민적, 차별적 존재성을 부각시키고 재일조선인 사회의 실상을 폭로함으로써 일본이라는 단일국가체제 아래 은폐되어있는 부정되고 착종된 타자들의 목소리를 복원함과 동시에 아쿠타가와상, 나오키상 수상 등을 통해 일본 주류 문단의 관심을 환기시키는 이중적 수행성은 재일조선인 작가들이 처한 대항적/수용적 위치를 대변하는 것이라 할 수 있다. 재일조선인 문학은 '일본인'

---

12) 위의 책, 184쪽.
13) '응시'란 식민자의 시선으로 동일화할 수 없는 타자(피식민자)의 위치에서 식민자에게 되돌아오는 것으로서 상상 속에서의 타자의 시선을 말한다.(위의 책, 119쪽) 응시는 나를 놀라게 하고 내게 부끄러움을 느끼게 하는 응시이다. 내가 접하는 응시는 보여지는 응시가 아니라 타자의 영역에서 나에 의해 상상되는 응시이다.(Lacan, Jacques, 민승기 외 역, 『욕망이론』, 문예출판사, 1994, 209쪽)

의 '일본어'에 의한 '일본'의 문학이라는 지금까지 극히 당연하게 간주
되어 온 '일본문학'의 정의를 사실상 뒤흔듦과 동시에 일본문학의 커
다란 흐름과 병행하여 일본근대문학을 보완하는 '일본문학'의 일부
로 존재[14]하는 양가적 면모를 보여준다. 이제 유미리, 양석일 등을 중
심으로 최근의 제3, 4세대에 이르는 재일조선인 작가들은 일본문학의
변방에서 중심으로 발빠르게 위치이동하면서 일본 내 마이너리티 문
학의 흐름을 주도하고 있다. 재일조선인 문학을 위시하여 '오키나와
문학', '아이누민족문학', '재일화교계문학', 그리고 리비 히데오 등의
구미계(歐美系)일본어문학자 등은 '재일하는 자'로서의 자신들의 생
존적 장소, '재일성'의 근거를 질문하면서 '일본근대문학이라는 환영
(幻影)의 문학사를 상대화하고 마침내 해체시키는 하나의 징후'로 작
동한다.[15]

물론 재일조선인 문학의 흐름이 애초부터 혼종과 모방의 자발적/
비자발적 교섭에서 비롯된 것은 아니다. 오랜 식민경험의 기억은 당
연히 그 식민종주국에 대한 저항과 대척의 지점에서 민족적 아이덴티
티와 존엄성을 회복하는 단계를 요구했다. 김사량, 김달수, 김석범으
로 이어지는 재일 1세대 문학가들의 탈식민적 저항성, 민족지향성, 체
제비판성은 일본문단 안에서도 새로운 문제의식을 환기할 뿐만 아니
라 한국문학사 안에서 탈각된 역사적, 이념적 공백들을 보완하고 통
합적 문학사 서술의 논의를 촉발시킬 만한 성과들로 평가된다. 남북
을 아우르는 사상적 접경의 지대에서 그들이 산출해낸 문학적 성과물

---

14) 川村 湊, 유숙자 역, 『전후문학을 묻는다-그 체험과 이념-』, 소화, 2005, 192쪽 참조.
15) 위의 책, 192-193쪽 참조.

들은 총체적 민족문학사 구현의 범례(範例)들로 추천할 만한 것이다. 물론 재일 1세대의 내면에도 일본에 거주하는 이산자로서의 생활적, 문화적 이질감과 낙차가 실존적 갈등의 한 지점으로 상정되었을 것이지만, 그러한 개인적 고뇌의 중추 또한 민족과 조국이라는 한 방향을 향하여 합류되었던바, 그들에게 일본 정주의 현실은 임시적이고 절충 가능한 타향살이의 한 형태로 인식된다. 즉 식민지배라는 물리적 폭력으로 말미암아 '고향을 박탈당한 자'로서 재일 1세대의 지향점은 그 물리적 폭력을 고발하고 저항하는 대항서사를 산출함으로써 인식가능한, 조국과 민족으로 귀결된다.

이러한 '신체적 타향살이'의 체험이 '정신적 타향살이'의 흔적으로 변용되는 것이 재일 2세대 이후 문학자들의 변별점이라 할 수 있다. 재일 2세대의 문학은 일본 사회 안에서 현실적인 정주 문제와 이상적인 민족 문제가 끊임없이 교착되고 갈등한다는 의미에서, "'재일조선인이' '일본어로' '민족적 아이덴티티의 위기 속에서 그들의 고뇌와 저항을' 그린, 가장 '재일조선인 문학'다운 문학"[16]이라 평가된다. 이때 '민족적 아이덴티티의 위기'는 재일조선인 작가들이 직면한 가장 큰 딜레마이면서 동시에 재일조선인 문학이 점유할 수 있는 특별한 자산이 된다는 점에서 양가적인 가치를 지닌다. 즉 그러한 위기 상황에서 민족적 정체성 구현을 위해 노력함으로써 존재적 위기를 타개하고 민족적 자아로 거듭나고자 하는 방향성과 더불어 그 위기 상황을 있는 그대로 재현하고 그 안에서 교란되고 착종된 실존적 자아를 드러냄으로써, 혼종적 정체성을 지닌 새로운 형태의 주체를 형성해낼 가능성

---

16) 위의 책, 182쪽.

이 동시에 존재하게 되는 것이다. 이때의 '고뇌'와 '저항'은 중간자, 경계인으로서의 '고뇌'이며, 그러한 중간자적 주체에 대한 '저항'임과 동시에 일본과 남북한 어디에도 동일시될 수 없는 혹은 동일시하지 않으려는 주체적 좌절/의지가 개입된 '저항'이라는 점에서 더욱 문제적이다. 이처럼 강렬한 조국지향적 의식을 표출하면서 민족적 글쓰기를 수행한 재일 1세대 문학과 달리 재일 2세대, 혹은 중간세대의 문학은 '타자'의식을 상대적으로 확장하고 심화시키면서 '자기정체성'의 실존 문제를 천착하며, 민족 개념에서 탈민족 개념으로 이행하는 과정에서 표상될 수밖에 없는 조국과 자신 간의 거리 인식, 자기 정체성 확립, 길항하는 현실과 이상 등의 문제를 자신들의 문학을 통해서 치열하게 조율한다.[17]

민족적 정체성을 구현하고자 하는 강고한 집단적 함의(含意)가 주체의 과제이던 시기를 지나, 개인의 실존적 정체성, 모방과 혼종이라는 식민 혹은 탈식민의 이중적 가능성을 내포한 개별적 정체성 모색의 추구로 이어진 재일조선인 문학의 흐름은 다시 타자의 경험을 기억하고 언어화함으로써 민족을 넘어선 소수자, 이산자, '주권 너머'에 존재하는 자들에 대한 환대를 수행하는 단계로 진입할 윤리적 과제를 부여받는다. 이제 재일조선인 작가는 "증언" – 타자와 기억을 분유[18](分有, 분할=공유, partage)하기 위해 소환되는 말[19]을 행하는 자

17) 김환기, 「재일 코리언 문학의 계보」, 김환기 편, 『재일 디아스포라 문학』, 새미, 2006, 31쪽.
18) '분유(分有)'라는 말은 장-뤽 낭시의 「소리의 분유」(1982)에서 처음으로 제기되었고 「무위(無爲)의 공동체」에서 일반화된 그의 공동체론의 핵심이 되는 말로, 인간은 뿔뿔이 분할되어 있지만 바로 그렇게 분할되어 있다는 것을 공유한다는 의미이다. 예컨대 죽음을 생각할 때 "죽음에 있어 서로 어쩔 수 없이 분리되어 있다

로 지정된다. 김학영, 이양지, 유미리의 문학을 중심으로 본고에서는 이러한 재일조선인 문학의 분투와 좌절의 현장, 협상과 교섭, 타자의 윤리가 생성되는 지점을 고찰하고 더불어 그들의 '증언'을 분유(分有) 하고자 한다. 재일조선인 주체의 경험과 소환된 기억을 공유하고 환대하는 과정은 한국문학이 재일조선인 문학을 '타자'가 아닌 '우리'로 사유함으로써 그 내면의 균열된 틈새를 분유하는 윤리적 경험이 될 것이다.

는 '한계'야말로 사람들 사이에서 분유(分有)되고 있는 것이다."(岡眞理, 송태욱 역, 「타자의 언어」, 『흔적』2, 문화과학사, 2001, 390쪽 각주 1) 참조)
19) 위의 글, 390쪽.

2. 가족 · 신체 · 민족의 이론적 고찰

가. 재일조선인의 원체험(原體驗)으로서의 가족 서사

김학영, 이양지, 유미리의 작품뿐 아니라 여타의 재일조선인 문학의
생성과정은 대체로 작가의 주체 형성 과정과 맞물려 있다. 그들에게
문학이라는 것은 우선적으로 자신의 삶을 갈무리하는 고통의 과정이
면서 동시에 새롭게 재탄생하고자 하는 신생(新生)에의 희구를 동반
한 작업이다. 글쓰기의 동인(動因)은 억압적인 과거의 기억들을 소환
하고 매장하며, 애도함으로써 새로운 출발의 가능성을 추출하고자 하
는 자기 구제의 내적 요구로부터 나온다. 타율적으로 감내해야 했던
고통스러운 경험의 흔적들은 글쓰기를 통해서 비로소 정화되며 미래
적 삶을 모색하는 동력으로 변환된다. 각 작가들의 글쓰기의 원류를
설파하고 있는 다음 예문들은 그들의 문학적 동기들을 드러냄과 동시
에 재일조선인의 원체험으로서의 불우한 성장 과정의 경험들을 환기

시킨다.

나는 나 자신일 수밖에 없다. 인간은 각각 그 저마다의 상태에서 이미 존재 이유를 갖고 있는 것이다. 문제는 이러한 자신을 어떻게 하는가가 아니고, 이러한 자신으로서 어떻게 살아가야 하는가, 어떻게 세계(외부현실)에 관여해야 하는가에 있을 것이다. (중략) 아무튼 내가 소설을 쓰기 시작한 것은 자기는 자기 자신을 살아갈 밖에 없다고 도사려 앉은 그때부터였다고 여겨지는 것이다.[20]

습작도 없었고, 작가가 되고 싶다는 야심도 전혀 없는 채 저는 글을 쓰는 행위를 통해 하나의 재생, 바꿔 말해서 지나간 세월을 정리하면서 자기 자신을 객관화하며 다시 살아가는 힘을 얻으려고 시도하고 있었는지도 모릅니다. (중략) 얼마나 자신의 모습을 멀리 던지고 거리를 두면서 자기 분석을 할 수 있는가? 당시의 저는 오직 이러한 마음과 목표로 매일 밤 원고지 앞에 앉아 있었습니다.[21]

18세 봄, 저는 희곡을 쓰기 시작했습니다. 그 당시 연극 기자의 "당신에게 있어 연극은 무엇입니까?"라는 물음에 저는 '장례식입니다.'라고 대답했습니다. 무언가를 매장시키기 위해 또는 죽을 수 없었던 자신을 연극 중에서 살해하고, 애도하기 위해서일지도 모른다고 생각했습니다. 특히 내 속에는 쓰지 않으면 안 된다는 "드라마"가 있었습니다. 그 드라마를 만들어 내는 것은 나를 매장하려 한(이라고 나는 생각했다) 이 세상의 현실 – 나의 과거, 말하자면 "학교"와 "가족"이 아닐까라고 생각합니다. 그리고 쓰는 것밖에 살아있다는 것을 확인할 수 없는 것,

20) 김학영, 강상구 역, 「한 마리의 羊」, 『반추의 삶』, 일선기획, 1990, 273-274쪽.
21) 이양지, 신동한 역, 「나에게 있어서의 母國과 日本」, 『돌의 소리』, 삼신각, 1992, 237쪽.

나의 과거가 살아온 "증오"를 초월한 언어를 창출해내고 싶은 것과 절
망에 의해서라고 생각합니다.[22]

말더듬이의 고통과 폭력적 아버지로 인한 암울한 유년시절의 기억
을 부여안고 내부로 침잠하던 김학영은 글쓰기를 통해서 비로소 사
회적 자아를 생성하고 '어떻게 살아가야 하는가'라는 세계와의 주체
적 교류의 의지를 피력한다. 부모의 불화와 이혼, 오빠의 죽음과 재일
조선인의 경계적 위치를 문신처럼 새기며 살아가던 이양지 또한 '유
서'와도 같은 글쓰기를 통해서 자신을 통찰하고 객관화하면서 새롭게
거듭나는 주체의 형상을 주조한다. 왜곡된 가정환경 속에서 자폐증
적 우울과 좌절감에 빠져 자살기도와 가출을 반복하고 집단 따돌림,
퇴학 등의 폭력적 경험에 시달린 유미리의 영혼은 글쓰기를 통해 지
난 과거를 장사(葬事)지내고 승화시킴으로써 비로소 '숨쉴' 공간을 획
득한다. 이처럼 작가들에게 글쓰기는 과거의 고통스러운 기억과 맞서
주체의 생성과정을 도모하는 장(場)이며, 폭력적, 억압적 경험의 주박
(呪縛)에서 풀려나는 제의적 공간이다.

재일 2, 3세대 작가의 글쓰기의 기원이 되는 자기 구제, 자기 변혁과
재생의 요구는 재일조선인의 역사적 배경을 그 근간으로 하고 있다는
점에서 각 개인의 개별적 경험의 결과를 넘어 집단적 식민 체험의 소
산으로 확장된다. 즉 재일조선인이라는 열등과 차별의 낙인이 그들의
성장과정과 가족관계에 직 · 간접적으로 영향력을 행사하면서 왜곡된
자기 인식, 타자화된 주체 형성 과정을 양산하며, 그러한 '부정해야 할

---

22) 유미리, 「큰 불안과 기대를 가지며」, 유미리 작 · 정진수 편, 『유미리 戲曲集』, 도서
출판 藝音, 1994, 8쪽.

자기(自己)'로서의 존재성을 탈구축하고 재인식해나가는 작업이 글쓰기 행위와 연동하게 되는 것이다. 따라서 이들의 작품은 일차적으로 자전적 글쓰기의 형태를 띠며 이러한 자전적 경험, 고통스러운 과거의 기억을 반추하고 재구성하는 과정을 통해서 작가들은 자신의 민족적, 실존적 외상을 치유할 가능성을 얻는다. 김학영은 등단작 「얼어붙은 입」을 통해서 자신의 말더듬이로서의 고뇌와 재일조선인으로서의 민족적 아이덴티티의 위기의식을 정치(精緻)하게 그려내고 있으며, 「錯迷」, 「겨울빛」, 「끌」, 「흙의 슬픔」 등의 작품을 통해 가정폭력에 노출된 유년시절의 트라우마와 '중간자'로서의 정체성 혼란 등을 반복적으로 형상화한다. 이양지 또한 「나비타령」, 「해녀」 등을 통해 암울했던 청소년 시절의 가족 불화와 오빠의 죽음으로 인한 내면적 상처, 그리고 재일조선인의 비체적 존재성, 희생양 의식 등에 주목하고 있으며, 「각」, 「유희」 등에서는 자전적 모국 체험의 실상을 분열되고 교란된 주인공의 심리 상태를 통해 서사화하고 있다. 가족뿐 아니라 학교라는 집단적 공간에서 거부당한 경험은 유미리를 글쓰기로 이끈 직접적 원동력이 되는데, 「풀하우스」, 「가족시네마」 등의 작품을 통해서 작가는 자신의 가족 해체 경험과 봉합될 수 없는 허위적 가족의 행태를 직설적으로 드러내며, 『물가의 요람』에서는 집단적 소외와 박탈의 경험을 거의 논픽션에 가깝게 서술하고 있다. 이들의 자전적 글쓰기는 그 창작의 기원이 재일조선인의 식민 경험이라는 집단적 기억의 근저로부터 비롯된다는 점에서 '작가가 자기 사생활의 세부를 거의 허구를 섞지 않고 충실하게 재현한 자전적 산문 작품(내러티브)'[23]으

---

23) 鈴木登美, 한일문학연구회 역, 『이야기된 자기』, 생각의 나무, 2004, 22쪽.

로 통념화된 '사소설(私小說)'의 범주를 뛰어넘어 사회적 문맥으로 확
장된다. 김학영이 아버지와의 적대적 관계, 화해할 수 없는 심리적 거
리감을 역설하면서도 결국에는 민족으로 환원되는 주제 의식에서 자
유롭지 못한 것도, 이양지가 자신의 실존적 아이덴티티를 구현하고자
하는 열망으로 끊임없이 모국의 소리, 몸짓, 언어 등의 민족적 실체를
천착한 것도, 그리고 유미리가 붕괴된 가족과 현대사회의 폭력적, 자
폐적 심리구조를 내장한 마이너리티의 삶을 조명하면서 결국에는 자
신의 가계도(家系圖)를 비롯한 민족적 타자의 목소리를 복원하는 방
향으로 나아간 것도 모두 재일조선인 작가라는 역사적 존재의 범주
안에서 가능한 것이다. 결국 이들의 성장 과정, 유년의 체험, 가족을
중심으로 한 자기 부정의 서사는 재일조선인의 원체험으로 작동하며
동시에 재일조선인의 신체적 경험과 민족적 아이덴티티의 모색, 위기
의식의 성찰과 더불어 주체 서사 구성의 기본 축으로 기능하게 된다.

　김학영, 이양지, 유미리 외에도 가족을 중심으로 한 자전적 경험을
글쓰기의 화두로 삼은 재일조선인 작가들로는 김태생, 고사명, 이회
성, 양석일 등을 들 수 있다. 이한창은 재일 1, 2세대 작가들이 가족,
특히 아버지와 겪은 갈등과 화해의 구도를 작품을 중심으로 살펴보고
있는데,[24] 이들의 경험 또한 작가적 글쓰기의 근간이 되는 재일조선인
의 원체험이라는 점에서 주목을 요한다. 이한창에 의하면 재일조선인
작가들의 성장 과정에서 세상과 소통하는 압도적인 창구로 아버지가
지목되고 있는바 이들의 아버지는 조선의 전통적 가부장 제도에서 자

---

24) 이한창, 「재일 동포문학에 나타난 부자간의 갈등과 화해-1, 2세대 작가의 작품을
　　중심으로-」, 『일어일문학연구』60, 2007.

란 봉건적 윤리관의 소유자로서, 합리적 의식을 가진 주인공들과 세
대 간의 갈등을 유발하며, 가난과 차별의 척박한 삶으로 일그러진 자
신들의 한(恨)을 가정 안에서 폭력의 형태로 표출함으로써 작가들로
하여금 자신이 체험한 물리적, 정신적 상처의 궤적들을 작품으로 형
상화하도록 종용한다. 이때 아버지의 모습은 가족에 대해 무책임한
무능력자이면서 자식을 방치하거나 유기하는 인물로 나타나기도 하
고(김태생, 양석일) 자식에게 헌신적인 아버지로 형상화되기도 하며
(고사명) 난폭하고 매정하고 이기적인 모습과 헌신적인 모습이 공존
하거나(이회성) 무차별적인 폭력을 행사하지만 가장으로서의 책임감
은 투철한 사람(김학영)으로 나타나기도 한다. 대체로 작품 속의 주인
공들은 성장 후 아버지의 삶을 민족적 고난과 결부시키면서 아버지와
의 화해를 시도한다. 물론 화해에 실패하거나(김학영) 화해를 거부하
는(양석일) 인물들도 존재하며 이는 작가마다의 역사의식, 체험의 정
도, 내면적 심리구조의 차이 등에서 비롯된 결과라 할 수 있다. 이처
럼 재일조선인이 원체험으로 수용하는 가족관계, 특히 재일 1세대 부
모와 재일 2, 3세대 자식 간의 관계는 이들의 민족적, 실존적 정체성을
형성하는 데 일차적인 긍정적/부정적 역할을 하며 대체로 세대 간 대
립과 소통불능의 과정을 거치면서 재일조선인의 억압적 삶의 형태를
간접적으로 반영하기도 한다.

나. 신체에 각인된 재일조선인의 수난사

식민 주체가 피식민적 타자를 관리하고 통제하는 일차적 장소는 '신

체'이다. 그들의 신체를 규정하고 인식하는 방식, 특정한 이미지를 주
입하고 각인시키는 과정을 통해서 그들의 열등하고 차별적인 존재성
은 반복적으로 재생산된다. 몸은 타인의 시선에 직접적으로 노출되는
무방비의 지점으로 대상화의 위험성을 항시 내포한다. 주체의 시각에
포착되는 타자의 몸은 인종 개념을 발명하고 인종주의 이데올로기를
구성하는 주재료[25]로 작동해왔다. 근대적 식민화, 제국의 흥성과 함께
육성된 인종주의는 근대적 주체의 대립항으로서 여성이나 하층계급,
피식민지인 등 '열등한 몸'으로 구획된 타자를 설정한다. 이러한 타자
의 구성을 통해 주체는 자신의 허구적 종족성을 구성하며[26] 자신 안의
부정성, 열등성, 야만적 속성 등을 타자에게 투사함으로써 비로소 동
일한 근대 주체로 규정된다. 식민 주체의 왜곡된 시선에 끊임없이 노
출된 타자, 피식민 주체는 그 시선을 스스로 내면화함으로써 '이중의
식'에 사로잡히게 된다. 이때 이중의식이란 '타자의 눈을 통해서 자신
을 바라봐야 하는 의식, 경멸과 동정이 뒤섞인 표정으로 자신을 쳐다
보는 세계에 비춰서 자신의 영혼을 평가해야 하는 의식'[27]이다. 해방
이전의 식민 지배 시기부터 해방 이후 현재에 이르기까지 암묵적인
차별과 배제의 민족적 수난을 감수해야 했던 재일조선인의 삶은 '이
중의식'의 속박에서 자유롭지 못했다. 더욱이 일본 사회 안에서 가시
적으로는 구별할 수 없는 재일조선인의 신체적 동질성은 재일조선인
의 내면을 더욱 교란시키면서 동화와 배제라는 치밀한 식민적 구획의

25) 염운옥, 「인종주의로 바라본 타자의 몸」, 몸문화연구소 편, 『일상속의 몸』, 쿠북,
    2009, 142쪽.
26) 위의 글, 146쪽.
27) Du Bois, *The Souls of Black Folk*, New York: Dover Publishers, 1994, p. 9.(김종갑,
    『타자로서의 몸, 몸의 공동체』, 건국대학교출판부, 2006, 111쪽에서 재인용)

암묵적 동조자로 그들을 견인했다. 하지만 이러한 비가시적 변별점이 폭로되는 순간 노골적으로 작동하는 인종주의적 잣대는 재일조선인의 역사성과 피식민성을 또다시 환기시킴으로써 내부적 타자로서의 재일조선인의 양가적 위치를 부각시킨다. 이러한 이중의식의 양가적 속성, 외부적 시선과 내부적 응시가 교차하는 착종된 지점이 재일조선인의 혼종적 정체성이 형성되는 자리이며 재일조선인 문학의 복합적 의미망이 생성되는 공간이다.

몸은 주체성을 주조하고 억압의 체험을 각인하는 곳일 뿐만 아니라, 욕망을 현시하며 감성을 내장하는 곳으로서, 또한 젠더, 인종, 계급, 세대 등의 다중적 코드들이 각인되는 장으로서 주체의 물질성을 담보한다. 몸은 고정된 본질이나 자연적 소여가 아니라 다중적 코드들이 횡단하는, 그래서 운동성을 가질 수 있는 장이다.[28] 몸은 끊임없이 유동하는 사회적 구성물이며, 따라서 주체와 타자의 몸은 고정된 실체가 아니라 역사적 맥락에 따라 항상 새롭게 구성되고 변용된다.[29] 몸이 근대 권력의 미시물리학이 작동하는 지점이자 사회적 문화적 구성물[30]이라는 인식은 미셸 푸코의 계보학적 연구에서부터 비롯된다. 푸코는 『감시와 처벌』에서 인간의 신체가 근대 권력과 지식 담론의 상호작용 안에서 어떻게 규율[31]화되고 감시, 통제되는가를 치밀한 역사

28) 태혜숙, 『탈식민주의 페미니즘』, 여이연, 2001, 142쪽 참조.
29) 염운옥, 앞의 글, 157-158쪽.
30) 위의 글, 142쪽.
31) 신체는 어떤 사회에서나 매우 치밀한 권력의 그물 안에 포착되어 왔으며 그 권력에 신체의 구속이나 금기, 혹은 의무를 부과해 왔다. 그러나 이러한 신체의 개념은 18세기에 이르러 '순종하는 신체'라는 개념으로 전화되면서 미시 권력의 영향권 아래 복속하게 된다. 즉 신체 구석구석에 작용하는 미세한 권력의 영향력, 훈련 의식과 더불어 '신체의 활동에 대한 면밀한 통제를 가능케 하고, 체력의 지속적인 복

적 재고를 통해 폭로한다. 근대적 형벌 제도에서 신체의 구속과 제재
는 개인의 권리와 자유를 박탈하는 하나의 상징적 체계이며[32] 동시에
'정치경제학'적 필요에 의해 구획된 신체적 배분과 복종의 문제를 포
함한다.[33] 학교, 군대, 병원 등의 근대적 규율공간에서 신체는 권력이
전략적으로 행사되고 규율화되며 통제되는 장소이면서 동시에 개인
을 주체로 생산하는 과정에서의 실질적 구축 대상으로 작용한다. 재
일조선인이 자신의 왜곡되고 분열된 존재성을 각인하고 재확인하는
지점 또한 신체적 경험이 주조되는 공간이다. 자기부정의 증거로서의
말더듬이, 강박증, 스티그마(stigma), 불구적 성의식 등은 재일조선인
의 억압적 역사성이 신체에 각인된 흔적이며 지속적으로 재경험되는
존재적 불안의식의 물질적 표상이다.

　생체권력에 포획된 신체의 구속과 분열의 양상, 폭력적 신체 경험
은 '트라우마(trauma)'의 형태로 재현되기도 한다. 가정폭력의 만성
화, 집단따돌림과 자살기도 등의 개인적 외상(外傷)은 민족적 학살(관
동대지진)의 추체험, 일본군 성노예로 유린당한 경험 등 민족적 외
상과 연결되면서 재일조선인의 집단적 신체 경험으로 확장, 전이된
다. 트라우마란 전쟁이나 재앙, 사고 등과 같이 극단적 충격을 낳음으
로써 정상적인 의식에 편입되지 못하고 이탈(dissociation)하여 무의

종을 확보하며, 체력에 순종-효용의 관계를 강제하는' '규율'이 신체 지배의 일반
적 양식으로 출현한다. 이때 신체에 대한 작업과 신체의 요소, 몸짓, 행위에 대한
계획된 조작이라는 강제권의 정치학이 형성되면서 인간의 신체는 그 신체를 파헤
치고 분해하며 재구성하는 권력장치 속으로 들어가게 되고, 이때 규율은 복종되
고 훈련된 신체, '순종하는' 신체를 만들어내는 장치가 된다.(Foucault, Michel, 오
생근 역, 『감시와 처벌』, 나남출판, 2003, 215-217쪽 참조)
32) 위의 책, 34쪽 참조.
33) 위의 책, 55-56쪽 참조.

식에 억압(repression)되어 있으면서 끊임없이 환각, 악몽, 플래시백 (flashback) 등의 형태로 돌발적으로 재귀하는 체험의 양상을 가리킨다.[34] 고통의 체험은 그것과 결부된 대상에 얽힌 정서적 흔적을 동반하며 그것은 온전하게 또는 부분적으로 몸에 각인된다. 주체는 고통스러운 기억이나 경험을 의식에서 추방(망각)함으로써 그것을 억압하려고 하지만 통증 흔적은 사라지는 게 아니라 몸의 기억으로 남는다.[35] 이러한 몸 기억의 대표적인 현상이 트라우마이다. 트라우마는 통합된 상태에서 건강하게 기능하는 정교한 자기 보호 체계를 파편화시킴으로써 자아에 손상을 줄 뿐만 아니라 개인과 공동체를 연결하는 애착과 의미의 체계에도 부정적 영향을 미친다.[36] 재일조선인의 역사는 그 자체가 하나의 트라우마를 간직하고 있는 집단적 경험의 총체라 할 수 있다. 은폐되고 억압된 재일조선인 공동체의 피식민 기억은 파편화된 망각의 시간을 재편하여 재일조선인 개개인의 현재적 삶 속으로 회귀한다. 트라우마는 때늦게 현실의 한가운데에 출현하여 현실을 마비시키며, 체험 그 자체에 잠재된 무엇인가를 증언함으로써, 기억할 수 없으나 생생히 온존하며, 현재에 적응하지 않으려하면서도 현재에 계속 영향을 끼치는 과거의 힘을 웅변한다는 점[37]에서 재일조

---

34) 전진성, 「트라우마, 내러티브, 정체성-20세기 전쟁 기념의 문화사적 연구를 위한 방법론의 모색-」, 『역사학보』193, 2007, 218쪽.
35) 김석, 「몸의 기억과 환상-사후작용의 논리를 중심으로-」, 몸문화연구소 편, 『기억과 몸』, 건국대학교출판부, 2008, 74쪽.
36) Herman, Judith Lewis, 최현정 역, 『트라우마-가정폭력에서 정치적 테러까지』, 플래닛, 2007, 69, 97-106쪽 참조.
37) Cathy Caruth, *Trauma: Explorations in Memory*, Baltimore, 1995.; *Unclaimed Experience, Trauma, Narrative and History*, Baltimore, 1996. (전진성, 앞의 논문, 224쪽에서 재인용.)

선인 문학의 윤리적 재현지점을 구성한다고 볼 수 있다. 즉 망각된 역
사의 타자들을 호명하고 그들의 폭력적 경험을 환기하며, '공감'을 통
해 그러한 역사적 외상을 공유하고 극복하는 것, 그것이 재일조선인
문학이 주목해야 할 지점이며, 우리가 재일조선인 문학을 주목하는
이유이다. 이때의 역사적, 집단적 사건으로서의 트라우마는 개개인의
개별적 트라우마를 넘어서 타인의 고통스러운 경험과 조우한다는 점
에서, 타인의 죽음과 관련된 생존자의 윤리적 책무를 일깨우는 '타이
성'을 담보한다. 트라우마는 사라진 타자와의 약속이며, 타자의 호소
에 적절히 응답하지 못했음을 일깨우는 동시에 그럼에도 불구하고 부
단히 응답의 노력을 경주해야함을 일깨우는[38] 각성의 계기가 된다.

　위와 같이 재일조선인의 신체는 인종주의적 차별의 대상인 동시에
근대 규율 체계의 미시적 권력망이 통과하는 장소이며, 역사적 트라
우마가 출몰하는 지점이다. 이러한 재일의 수난사는 비체화되고 젠더
화된 하위주체, 말할 수 없는 존재들의 재현을 통해 기술된다. 재일조
선인 문학에 나타나는 여성상, 특히 재일 1, 2세대 남성 작가들의 작
품에 나타나는 여성상은 대체로 가부장적 지배 담론에 복속하는 정
형화된 순종적 여성상으로 형상화된다. 식민주의적 차별 논리와 가부
장적 억압 논리가 이중으로 작용하는 재일조선인 여성의 삶은 '젠더
화된 하위주체'[39]의 전형을 보여준다. 스피박은 억압의 역사적 경험에

38) 민승기, 「라깡과 레비나스, 타자의 윤리학」, 김상환, 홍준기 엮음, 『라깡의 재탄
　　생』, 창비, 2005, 302-352쪽 참조.(전진성, 앞의 논문, 229-230쪽에서 재인용)
39) 스피박은 그람시의 subaltern(하위주체, 하위체, 하위계층 등으로 번역된다. 본고
　　에서는 '하위주체'라는 번역어를 사용한다) 개념을 활용하여 제3세계 여성들의
　　재현 가능성을 논한다. '하위주체'라는 용어는 그람시가 『옥중 수기』(*The Prison
　　Notebooks*)에서 농민과 프롤레타리아를 지칭하기 위해 처음 사용했으며, 후일

도 다양한 편차가 존재함을 역설하면서 탈식민 주체의 '이질성'을 구
성하는 핵심 범주로 '식민화된 하위 주체', '젠더화된 하위 주체'의 존
재를 부각시킨다.[40] 임헌영은 재일조선인 문학의 여성상을 고찰하면
서 남편으로부터 버림받고 온갖 수모를 견디는 여인, 남편에게 무조
건 복종하며 자식(특히 아들)을 위해서는 어떤 희생도 마다하지 않는
인고의 여인상을 재일 1, 2세대 문학의 전형적인 여성 형상으로 규정

역사기술학자들로 이루어진 하위주체연구회를 통해 일반화되었다. 구하(Guha,
Ranajit)는 『하위주체연구선집』(*Selected Subaltern Studies*, 1988)의 '서문'에서
'하위주체'라는 개념을 '몰락한 지주에서부터 중상층 소작농까지를 포함하는 인
도 사회, 특히 농촌의 비엘리트 계층을 지칭한다'고 설명한다. 스피박은 이 용어
의 범위를 확대하여 '빈농, 비조합 소작농, 씨족농, 길거리나 산간벽지의 기층 노
동자 사회'뿐 아니라 '경제적 불평등과 성적 예속으로 인해 이중으로 주변화된 여
성 하위주체'의 위치에까지 주목한다. 이처럼 하위주체란 생산위주의 자본주의 체
계에서 중심을 차지하던 프롤레타리아 계급을 포괄하면서도 성, 인종, 문화적으
로 주변부에 속하는 사람들로 확장될 수 있는 개념이다. 스피박은 하위주체의 젠
더화 과정을 중시하고 그 과정에서 여성 하위주체의 삶과 그 삶에 대해 '말하기'
나 문화적 재현에 결부된 문제들을 부각시킨다. 스피박은 「하위주체는 말할 수 있
는가?」(1988)라는 논문에서 몇 중으로 침묵되고 가려져 있는 소위 제3세계적 포
지션에 처한 보통 여성, 즉 여성 하위주체의 삶에 대한 '말하기'와 지식인의 '말걸
기'에 대해 언급한다. 스피박은 인도여성들의 순사(殉死) 관습을 연구하면서 인도
의 종교적 의식, 계급구성, 가부장제, 민족주의, 제국주의 담론이 겹쳐지는 역사
적 담론화 과정에서 여성하위주체의 목소리가 왜곡되고 은폐되는 과정을 추적한
다.(Moore-Gilbert, B., 이경원 역, 『탈식민주의! 저항에서 유희로』, 한길사, 2001,
198-199쪽 참조.: 태혜숙, 앞의 책, 116-123쪽 참조) 최근의 페미니즘과 탈식민
주의 이론 사이의 가장 중요한 충돌과 공모는 '제 3세계 여성'의 투쟁적인 형상을
둘러싸고 생겨나는데, 이들은 여성의 '이중 식민화'에 주목하면서 '제3세계 여성'
을 최대의 희생자-제국주의 이데올로기와 토착적 및 외래의 가부장제 양자의 잊
혀진 피해자-로 정식화한다.(Gandhi, Leela, 이영욱 역, 『포스트식민주의란 무엇
인가』, 현실문화연구, 2000, 106쪽 참조)
40) Moore-Gilbert, B., 앞의 책, 190-191쪽 참조.: 한국영미문학페미니즘학회, 『페미
니즘, 어제와 오늘』, 민음사, 2000, 235쪽 참조.

하고 있는데,[41] 이러한 식민 지배와 가부장적 논리에 희생당하는 여인상이 바로 '젠더화된 하위주체'로 설명가능한 형상이라 할 수 있다. '젠더화된 하위주체'로서 가부장적 식민지 이데올로기에 포섭되어 침묵당했던 재일조선인 여성은 재일 2, 3세대 여성 작가들의 작품에 이르면 '비체'적[42] 존재, 분열되고 왜곡된 여성의 이미지로 변용된다. 재일조선인이라는 차별적 존재의식은 신체의 훼손, 유린의 부정적 경험을 거쳐 하나의 고착화된 증상으로 표출되는데, 강박적 피해망상, 불구적 성의식, 자기 해체적 욕망 등이 그것이다. 이것은 타자화되고 거부된 자신의 존재를 재확인하고 구원하려는 역설적 의미망을 내포한다는 점에서 '비체'의 양가성과 상통한다. '비체'는 주체도 객체도 아닌 것, 주체와 주체 사이에 일어나는 관계의 한 물질적 양상을 나타내는 경계적 개념이다.[43] 크리스테바는 아이가 어머니와 분리되는 과정에서 겪게 되는 모성적 육체에 대한 부정과 천시를 아브젝션이라는

---

41) 임헌영, 「재일 동포문학에 나타난 한국여성의 초상」, 『한국문학연구』19, 1997, 242-245쪽 참조.

42) 크리스테바의 개념인 the abject, abjection, abject(동사)의 번역은 역자에 따라 조금씩 차이를 보인다. 『공포의 권력』(Kristeva, Julia, 서민원 역, 동문선, 2001)에서는 〈아브젝트〉, 〈아브젝시옹〉으로 번역했으며, 『크리스테바 읽기』(Oliver, Kelly, 박재열 역, 시와반시사, 1997)에서는 〈비천체(卑賤體)〉, 〈비천함〉으로 번역했다. 고갑희는 자신의 논문에서 the abject는 '비천체라는 의미를 갖는 비체(卑體)와 주체도 객체도 아니라는 의미에서 아닐 비의 비체(非體), 두 가지의 의미를 담고 있는 그러나 한자어로는 두 개를 다 포함하는 〈비체〉로 abjection은 '밀려남과 밀어냄을 동시에 포함하는 단어이며 쪼개고 갈라지고 분열된다는 의미를 띠고 있기에 단순히 〈비천함〉으로 번역될 수만은 없어 아브젝션으로 그냥 두기로 한다'고 밝히고 있다.(고갑희, 「시적 언어의 혁명과 사랑의 정신분석-줄리아 크리스테바의 경계선의 철학」, 한국영미문학페미니즘학회, 앞의 책, 203쪽) 본고에서는 고갑희의 번역을 따랐다.

43) 고갑희, 앞의 글, 212쪽.

개념으로 설명한다. 피, 토사물, 타액, 땀, 눈물, 고름, 체액, 시신 등은 내 안에 있지만 혐오스럽게 부정되며 배설의 욕망을 부추기는 비체들이다. 주체 밖으로 밀어내진 비체는 주체(의 신체)에서 과잉의 존재로 여겨진 거부된 타자성이다. 비체는 이전에 주체의 일부였지만 주체의 통일된 경계를 세우기 위해 거부될 수밖에 없는 존재이며, 주체 안에 존재하는 친숙한 것이지만 어느 순간 주체의 정체성에 위협을 가하는 이방인적인 존재다.[44] 아브젝션은 경계와 위치, 규칙을 존중하지 않으며 '정체성과 체계, 그리고 질서를 교란'하는 것이다.[45] 비체는 경계와 차별과 차이의 질서인 상징계를 위협하면서 경계 상에 있는 것이며, 애매모호하고 어중간하며 복합적인, 역겨우면서도 매혹적인 존재이다.[46] 어머니, 여성, 주변인, 하층민, 이방인이라는 타자적 존재가 드러내는 위협과 매혹의 양가성은 비체의 본질과 맞닿아 있다. "사이에 있는 것, 모호한 것, 합성된 것"이란 점에서 '가공의 기괴함'이라 부를 수 있는 비체(영락물)는 특정 사회나 문화의 경계와 위치, 규칙들을 위반함으로써 그 동일성과 체계, 질서를 불안하게 만드는 매우 실제적인 위협에 해당한다.[47] 재일조선인은 일본인과 거의 구별할 수 없는 동일한 외모를 지니고 동일한 언어를 사용하지만 어느 순간 자신 안의 피식민적 타자성을 드러냄으로써 일본 사회의 동일성을 해체하고 위협할 수 있는 비체적 존재들이다. 일본 사회에 소속되어 있으면서 동시에 배제되어 있는 재일조선인의 경계성, 불안정성은 일본 스스로 주

44) 위의 글, 214쪽 참조.
45) Creed, Barbara, 손희정 역, 『여성괴물, 억압과 위반 사이』, 여이연, 2008, 33-34쪽.
46) Oliver, Kelly, 앞의 책, 91-92쪽 참조.
47) 최현식, 앞의 논문, 139쪽.

조한 식민화의 결과이면서 동시에 재일조선인들이 자발적으로 전유한 내적 저항의 산물이다. 따라서 이러한 '비체적 존재성'을 극복하는 것, 또는 이를 극대화함으로써 일본 사회를 교란시키고 균열을 생성하며 그들의 존재를 환기시키는 것은 비체적 존재로서 재일조선인이 스스로를 견지하는 양가적 행동방식이라 할 수 있다.

이처럼 인종주의적 몸, 규율화된 몸, 트라우마적 몸, 젠더화된 하위주체, 비체로서의 재일조선인의 '신체'는 양석일의 '아시아적 신체'[48]라는 개념과 연동하면서 역사적 배경을 형성한다. 서구의 오리엔탈리즘적 시선에 포획된 일본의 이미지는 신체의 결손(缺損) 혹은 결여(缺如)로 표상된다. 게이샤[藝者],[49] 촌마게[丁髷][50]의 사무라이, 후지산[富士山] 등으로 상징되는 일본의 아시아적 외모, 식생활, 문화 등은 서양의 편견과 차별적 시선에 노출되면서 일본인의 열등감의 근원이 되고, 그 반동으로 일본은 서양인의 오리엔탈리즘적 시선을 일본 이외의 아시아 여러 나라들에게 돌려서, 일본인이 품고 있던 신체의 결손 혹은 결여를 복권하고자 했다. 부라쿠민[部落民, 일본의 신분 제도에서 최하층에 있었던 천민 계층], 아이누인, 재일조선인, 재일중국인, 류큐인에 대한 차별적 신체 표현, 불결한 이미지 생산 등은 이러한 맥락에서 고착화되었으며 따라서 차별의 본질에는 반드시 신체의 결손

---

48) 梁石日, 김응교 역, 「『아시아적 신체』와 『어둠의 아이들』」(고려대학교 일본연구센터 특별강연회 자료집), 2010. 4. 2.
49) 일본에서 요정이나 연회석에서 술을 따르고 전통적인 춤이나 노래로 술자리의 흥을 돋우는 직업을 가진 여성을 일컫는다.
50) 에도 시대 남자 머리 모양의 하나. 이마 위의 머리를 밀고, 후두부에서 머리를 모아 틀어올렸다. 신분에 따라 종류가 달랐으며 약 60가지 종류가 있었는데, 메이지 시대 때 단발령으로 사라졌다.

혹은 결여가 존재한다고 볼 수 있다. 양석일은 이처럼 결핍된 타자의 신체, 억압받고 사상(捨象)되어 가는 신체를 '아시아적 신체'라고 명명한다. 결국 신체란 식민지 역사와 타자화의 과정이 지속적으로 중첩되고, 확대 · 재생산되면서 재일조선인의 차별적 존재성을 직접적으로 규정하는 근본적 토대라 할 수 있다.

다. 디아스포라의 탈경계적 상상력

재일조선인 문학에 나타난 '민족'의 의미망을 고찰하기 위해서는 근대 국민국가 체계와 디아스포라의 범주를 동시에 사고할 필요가 있다. 근대 국민국가의 성립과 제국주의적 침탈의 도정에서 산출된 디아스포라는 환대받지 못하는 '비국민'의 대명사이며, 이러한 디아스포라적 위치가 재일조선인 문학이 생성되는 지점이기 때문이다. "근대 국민국가의 틀로부터 내던져진 디아스포라야말로 '근대 이후'를 살아갈 인간의 존재양식이 앞서 구현되고 있는 것"[51]이라는 서경식의 언명(言明)은 근대와 탈근대를 가로지르는 담론의 축이 디아스포라적 존재 안에서 구축되고 있음을 말해준다.

재일조선인 연구자 이효덕(李孝德)에 따르면, 디아스포라란 "본래 바빌론 유수(幽囚) 이후, 박해를 받아 세계로 사산(四散)한 유대교도/유대인을 의미하는 말이지만, 오늘날에는 난민이나 피난민으로 대표되는, 정치적 · 경제적 이유로 이주를 강요당한 집단 일반을 가리켜

---

51) 徐京植, 김혜신 역, 『디아스포라 기행』, 돌베개, 2006, 6쪽.

사용하게 된" 개념으로, "'집단성 파손'으로밖에 정의할 수 없는 집단적 경험을 겪는 주체"를 가리킨다.[52] 서경식은 디아스포라를 "근대의 노예무역, 식민지배, 지역 분쟁 및 세계 전쟁, 시장경제 글로벌리즘 등 몇 가지 외적인 이유에 의해, 대부분 폭력적으로 자기가 속해 있던 공동체로부터 이산을 강요당한 사람들 및 그들의 후손을 가리키는 개념"[53]으로 정의함으로써 디아스포라의 생성 원인을 좀더 구체적으로 제시한다. 카히그 톨롤얀(Tölölyan, Khachig)은 "유태인, 그리스인, 아르메니아인들의 산포를 가리키던 용어가 현재에는 이민, 추방자, 도망자, 해외초청용역자, 망명공동체, 해외공동체, 민족공동체와 같은 용어들을 포함하는 확장된 의미의 영역이 되었다"[54]고 언급함으로써 디아스포라의 개념이 현재에 이르러 전지구화 시대의 핵심적 논제로 부상하고 있음을 보여준다.

'코리안 디아스포라'에는 20세기 조선반도의 역사, 크게 나누어 전반은 식민지 지배, 후반은 민족분단에 기인하는 '집단성의 파손'에 의해 조선반도 외부로 '이주를 강요당'한, 20세기 조선인의 '집단적 경험'이 각인되어 있다. 그 수는 현재 500만 명 이상에 달한다고 한다.[55]

---

52) 李孝德, 「ディアスポラの名前, 歴史, 藝術」, 東京經濟大學 國際學術シンポジウム, 『ディアスポラ 藝術の現在』, 2004. 11. 28.(김부자, 「HARUKO-재일여성 · 디아스포라 · 젠더」, 『황해문화』, 2007. 겨울, 118쪽에서 재인용.)

53) 徐京植, 앞의 책, 14쪽.

54) Brubaker, Rogers, "The "Diaspora" Diaspora", *Ethic and Racial Studies* 28. 1, 2005, p. 3에서 재인용.(성정혜, 「탈식민 시대의 디아스포라와 혼종성: 살만 루시디의 『자정의 아이들』, 『수치』, 『악마의 시』」, 이화여자대학교 영어영문학과 박사학위논문, 2010, 7쪽에서 재인용)

55) 김부자, 앞의 글, 118-119쪽 참조. 서경식은 현재 코리안 디아스포라의 총수를 대략 600만 명이라고 언급하고 있으며(徐京植, 앞의 책, 14쪽), 윤인진은 2001년 외교통상부의 통계에 따르면 재외한인은 세계 151개국에 약 560만 명이 거주하고

윤인진은 코리안 디아스포라를 "한민족의 혈통을 가진 사람들이 모국
을 떠나 세계 여러 지역으로 이주하여 살아가는 한민족 분산"[56]으로
포괄적으로 정의하면서 한민족 분산의 역사를 크게 네 시기로 나누어
고찰하고 있다.[57] "한민족처럼 미국, 캐나다, 일본, 중국, 독립국가연합
처럼 다양한 정치경제 체제에서 다양한 형태의 적응을 시도했던 민족
은 역사상 찾기 어렵다"는 윤인진의 지적은 그대로 코리안 디아스포
라의 파란만장한 생존과 투쟁의 현장을 묘파하는바, 코리안 디아스포
라의 연원이 근대 초기 식민의 역사와 궤를 같이 하면서 얼마나 파행
적이고 강제적인 형태로, 혹은 역동적이고 자발적인 형태로 다종다기

있다고 언급하면서 더불어 외교통상부의 재외한인 관련 통계가 일관성과 정확성
이 떨어지는 점을 지적하고 있다. 즉 재미한인의 경우에는 민족성을 기준으로 삼
아 미국시민권자도 한인으로 포함하는 반면, 재일한인의 경우에는 국적을 기준으
로 삼아 일본국적 소지자는 한인 통계에서 제외시킴으로써 재미한인은 과대하게,
재일한인은 과소하게 추정한다는 것이다.(윤인진, 『코리안 디아스포라』, 고려대학
교 출판부, 2004, 7쪽 참조) 코리안 디아스포라에 대한 이러한 인식의 편차는 그
대로 정치, 역사적 배경의 비균질성, 불균등성을 드러내는 것이라 할 수 있다.

56) 윤인진, 앞의 책, 8쪽.

57) 한민족 분산의 첫 번째 시기는 1860년대부터 1910년(한일합방)까지로, 이 시기
에는 구한말의 농민, 노동자들이 기근, 빈곤, 압정을 피해서 경제적 이유와 사진결
혼 등의 형태로 중국, 러시아, 하와이로 이주하였다. 두 번째 시기는 1910년부터
1945년(해방)까지로, 이 시기에는 일제 통치시기에 토지와 생산수단을 빼앗긴 농
민과 노동자들이 만주와 일본으로 이주했고, 정치적 난민들과 독립운동가들이 중
국, 러시아, 미국으로 건너가 독립운동을 전개했으며, 일본의 만주국 건설 목적의
대규모 집단이주, 징병, 징용 등을 통한 강제적 이주 등이 이루어졌다. 세 번째 시
기는 1945년부터 1962년(남한 정부가 이민정책을 처음으로 수립한 해)까지로, 이
시기에는 한국전쟁을 전후해서 발생한 전쟁고아, 미군과 결혼한 여성, 혼혈아, 학
생 등이 입양, 가족재회, 유학 등의 목적으로 미국 또는 캐나다로 이주하였다. 네
번째 시기는 1962년부터 현재까지로, 이때부터는 정착을 목적으로 한 이민이 시
작되었는데 중국, 일본, 독립국가연합을 제외한 대부분의 재외한인 이민자와 그
후손은 이 시기에 이주하여 정착한 사람들이다.(위의 책, 8-10쪽 참조)

하게 형성되어왔는가를 보여준다. 이러한 사회, 역사적 배경은 현재의
코리안 디아스포라의 삶의 형태를 규정짓는 원형적 토대로 작동하는
바 면밀한 재고와 학제간의 통합적인 연구 작업이 요구되는 사안이라
하겠다.

각 지역의 코리안 디아스포라 중에서 '재일 디아스포라', 재일조선
인은 1920년, 약 3만 명의 이주민으로 시작하여, 1930년에 약 30만 명
이 식민지하에서 토지와 쌀 수탈 혹은 전시 전쟁동원을 배경으로 바
다를 건넜으며, 1945년에는 200만 명을 넘기에 이른다. 이는 당시 조
선인 인구의 약 10%에 달하는 숫자로, 이는 일본이 조선을 식민지배
하지 않았다면 일어날 수 없는 '강요된 이민·이산' 현상이며, 따라서
'식민지 디아스포라'라고도 불러야 하는 것이다.[58] 이러한 재일조선인
의 식민지 디아스포라적 상황은 자신의 의지와 상관없이 강압적으로
민족적, 문화적 뿌리를 이식당한 이산자, 이주자들에게 정체성의 문
제를 야기한다. 특히 정치·경제적 식민 지배로부터의 해방 이후에도
여전히 유효하게 재생되는 사회·정치적 예속과 차별, 문화와 언어의
이질성 문제 등은 이들의 정체성 형성 및 유지의 과정이 여전히 '식민'
의 굴레에서 작동하고 있음을 반영한다. 따라서 재일조선인들이 자신
의 정체성을 '발견'하고 '획득'하며 '존속'시키고자 하는 열망은 필연
적으로 '탈식민'의 과제를 동반한다. 이때의 '탈식민'은 비가시적으로
구조화된 일본 사회 내부의 식민적 시선을 응시하고 전유한다는 점
에서, 그리고 불가피하게 이접된 디아스포라적 경험이 새로운 형태의
교섭을 가능하게 한다는 점에서 양가적이고 혼종적인 주체 형성의 과

---

58) 김부자, 앞의 글, 124-125쪽.

정을 동반한다.

엘라 쇼햇(Shohat, Ella)은 '혼종성(混種性, hybridity)'이 탈식민주의 논의에서 "중심"(central)과 "변경"(peripheral) 문화 사이에 존재하는 상호 연관성(mutual imbrication)에 대한 주의를 요구하며, 이산으로 발생하는 다양한 정체성과 주체의 위치성에 대한 협상을 의미한다고 설명한다.[59] 기왓장처럼 겹친 미늘 구조(imbrication)는 식민자와 피식민자의 문화가 촘촘히 겹쳐가면서 새롭게 발생하는 디아스포라적 문화의 생성 가능성을 상징적으로 보여준다. 호미 바바(Bhabha, Homi K.) 또한 앞서 언급한 모방 개념과 연접하여 '혼종성'의 개념을 발전시키는데 혼종성은 "식민지 권력의 모방적이고 나르시즘적인 요구를 해체하고 그 동일화 과정을 전복의 전략 속에 재연루시켜서 권력의 시선 위에 피차별자의 응시를 되돌림으로써 권력의 대상들을 규율적인 동시에 산포적으로 만"들며 "담론의 대표성과 권위성을 얻으려는 권력의 축을 따라서 지배담론을 분열"시킴으로써 "차별과 지배의 모든 위치들에서 필연적으로 변형과 치환이 나타"나게 만든다.[60] 즉 바바는 한편으로는 지배담론을 강화하는 통치 수단이면서 동시에 지배담론에 위협을 가하고 분열시키는 무의식적 저항 기제로서 혼종성의 양가적 측면에 주목한다.

바흐친(Bakhtin, Mikhail M.)의 '의도적 혼종화(intentional hybrid)' 개념은 탈식민주의적 관점에서 재일조선인 문학을 인식하는 데 유효한 시사점을 던져준다. 바흐친에 의하면 다양성을 내포한 언어의 이

59) Shohat, Ella, "Notes on the "Post-Colonial"", *Social Text* 32/32, 1992, p. 108.(성정혜, 앞의 논문, 12쪽에서 재인용)
60) Bhabha, Homi K., 앞의 책, 225-228쪽 참조.

미지가 구현되는 '성공적'인 소설은 '혼종화(잡종화)', 언어의 대화적 상호 관계, '순수하게 대화적인 것'의 방법으로 구현되는데, 여기에서 '혼종화'란 "단 하나의 표현 내에서 두 가지 사회적 언어의 혼합, 그러한 표현의 스타디움에서 두 가지 서로 다른 시기와 사회적 차이를 통하여 분리된 언어적 의식의 충돌"을 뜻한다. 다시 말해 혼종화란 언어들의 '혼합'과 언어적 의식의 '충돌'이라고 할 수 있으며, 이러한 과정을 통과해야만 순수하게 대화적인 것에 도달할 수 있다. 바흐친이 설명하고 있는 혼종화 유형 중에서 그리스 문화에서 로마 문화로의 이행, 즉 통일적이고 폐쇄적이며 절대주의적인 '독백'의 언어 · 문화에서 다양하고 개방적이며 민주주의적인 '대화'의 언어 · 문화로의 이행과 같이, 모든 언어의 역사적 삶과 진화의 과정 중에서 나타나는 혼종화 현상이 '비의도적인 혼종화'라면, 위에서 언급한 '순수하게 대화적인 것'에 도달하기 위한 혼종화는 '의도적인 혼종화'로 유형화된다.[61] 이때 '의도적인 혼종화'는 두 언어의 혼합을 의미하는 것이 아니라 두 언어의 갈등을 통해 하나의 사회적 언어가 다른 것을 '밝히는 것', 즉 저항적 언어의 '살아있는 이미지'를 다른 언어의 영역에 '새기는 것'을 의미한다.[62] 이는 바바의 혼종성 개념과 일맥상통하면서도 주체의 '의도적'인 행위로 촉발되는 혼종화 과정을 의미한다는 점에서 실천적, 저항적 가치를 더욱 강하게 내포한다. 이러한 '의도적 혼종화'의 문학적 양상을 극명하게 보여주는 작가로 이양지를 들 수 있는데, 일본어

---

61) 김화임, 「미하일 바흐친과 잡종성」, 하이브리드컬처연구소, 『하이브리드 컬처』, 커뮤니케이션북스, 2008, 134-140쪽 참조.
62) 박상기, 「탈식민주의의 양가성과 혼종성」, 고부응 엮음, 『탈식민주의 이론과 쟁점』, 문학과지성사, 2003, 250쪽.

를 모어로 삼고 있는 이양지에게 모국유학을 통한 모국어 습득과정과 이중 언어적 글쓰기는 하나의 의도적인 혼종화의 수행적 행위로 볼 수 있다. 지배자의 언어였던 일본어가 폭력적 모어가 되고, 민족의 언어인 한국어가 이질적인 모국어가 되는 전복적 배경은 두 언어 간의 갈등과 문화적 이질감, 충격, 분열의 순간을 주조하며, 결국에는 재일조선인의 경계성이 두 언어에 동시에 새겨짐으로써 '의도적 혼종화'의 대화적 단계로까지 진입할 가능성을 얻는다. 이러한 '의도적 혼종화'의 과정은 일본 사회의 동일시의 욕망을 교란시킴과 동시에 한국 사회의 규율화된 권력체계를 문제시함으로써 재일조선인의 양가적, 경계적 위치를 극명하게 드러낸다. 이양지의 언어적 혼종화 외에도 김학영의 중간자 개념, 유미리의 역사 지우기와 역사 복원하기의 문학적 양상은 재일조선인 주체가 기입하는 혼종화의 역동성, 저항가능성을 고찰할 근거로 작동한다.

　이처럼 혼종성은 주체의 다원성을 긍정하는 힘을 갖고 있으며, 이 힘으로 인해 디아스포라는 균질함과 절대성의 논리를 가진 지배 이데올로기에 저항할 수 있을 뿐만 아니라 차이를 지닌 주체가 새로운 존재양태로 기능하는 것을 가능하게 한다.[63] 혼종성은 재일조선인의 경계적 위치를 부각시키면서 동시에 이를 극복하는 탈경계적 상상력을 주조하는 하나의 방법론으로서 유효성을 가진다. 최근 들어 재일조선인의 혼종적 정체성, 탈경계적 상상력과 그 유효성에 주목하는 논의들이 부상하고 있는데, 관련 논자로 김환기와 가와무라 미나토(川村湊) 등을 들 수 있다. 김환기는 코리안 디아스포라 담론이 전지구화 시

---

63) 성정혜, 앞의 논문, iv쪽.

대의 월경주의, 다양성과 혼종성을 배경으로 국가와 민족, 인종과 종
교를 초월한 다문화주의와 궤를 같이 한다는 점에 주목하면서, 특히
다민족사회의 다문화주의를 일찍부터 실천해온 주체로서 재일조선인
문학의 의의를 설파한다. 즉 일제강점기와 해방을 거쳐 오늘에 이르
기까지 다양한 문학적 변용을 통해 일본의 국가주의와 폐쇄성을 비판
하고 주류와 비주류, 중심과 주변이 공생하는 보편적 가치를 확장시
키고 있다는 점에서, 그리고 재일조선인 문학에 내재된 다양성과 '혼
종성'이 그러한 주류와 중심사회를 향한 소수민족의 안티문화로서,
저항의식, 자생력, 공생논리를 뒷받침하는 근간으로 작용하고 있다는
점에서 재일조선인 문학의 가능성과 세계문학으로서의 가치를 피력
한다.[64] 다문화주의가 내포하는 자본주의적 세계화 전략과의 공모성
을 논외로 한다면, 재일조선인 문학이 가진 '의도적 혼종화'의 전략적
가치와 의미망은 이런 논의의 맥락 안에서 적극적으로 사고해볼 필요
가 있다. 가와무라 미나토 또한 일본의 전후문학에서 '재일조선인 문
학'이 가지는 의의를 고찰하면서 재일조선인 문학은 단지 민족적 소
수자의 '특수'한 문학이라는 의미뿐 아니라, 일본어로 쓴 일본인의 문
학이라는 의미의 '일본문학'을 상대화시키는 거의 유일한 계기를 지
니며, 문학적 마이너리티(문학적 소수자)에서 마이너리티의 문학(소
수자의 문학)이라는 '세계문학'으로의 방향성을 나타낸다고 주장한
다.[65] 이러한 가와무라 미나토의 시각을 한국문학의 입장에서 전유해
본다면 재일조선인 문학이 한국문학의 외연을 확장하고 언어적, 문화

64) 김환기, 「재일 디아스포라 문학의 '혼종성'과 세계문학으로서의 가치」, 『일본학
보』78, 2009. 참조.
65) 川村 湊, 앞의 책, 177쪽.

적 범주를 월경하여 탈식민적 사유를 전파하는 '민족적/탈민족적' 한 국문학을 설계하는 하나의 교두보로서 기능할 가능성을 사고해볼 수 도 있을 것이다.

이처럼 민족적 지향성으로 무장했던 재일 1세대의 문학은 재일 2, 3, 4세대를 거쳐 오면서 끊임없이 변용되고 확장되며 새롭게 혼종화 되는 재일조선인 문학 특유의 영역을 구축해왔다. 탈민족, 탈국가의 화두가 이미 담론화되고 재고찰되는 시점에서, 민족의식, 민족적 정체 성이라는 단일하고 고정된 잣대로 재일조선인 문학을 판단하고 재단 하기에 그 잣대의 유효성이 과연 적합한지 먼저 심도있게 고민해봐야 할 지점에 우리는 서 있다. 민족이라는 개념을 폐기하자는 것이 아니 라 그것이 재일조선인의 삶을 규정하는 실천적 지점, 현실적 가치기 준 위에서 더욱 치밀하고 적확한 사유의 틀로 거듭나야 한다는 것이 다. 재일조선인들에게 있어 "본국의 정치 현실은 상상으로가 아니라 현실로서 거주국에서의 삶을 규정하는 조건"[66]이다. "재일조선인은 '상상의 고향'(imagined Heimat)으로서의 조선반도에 향수나 애착을 갖기 때문이 아니라, 오히려 '상상'으로는 귀속의식을 지니는 것이 거 의 불가능함에도 불구하고 조선반도의 정치적 현실에 의해 일상의 삶 을 구속받고 있기 때문에 자기-해방의 조건에서 본국이라는 요인을 제외시킬 수는 없는 것"[67]이라는 서경식의 발언은 한국 사회가 재일 조선인 사회와 어떤 관점에서, 어떤 자세로 교섭하고 상호관련되어야 하는가, 재일조선인 문학을 '읽어내는' 과정이 얼마나 정교하게 구조

66) 徐京植, 임성모 · 이규수 역, 『난민과 국민 사이』, 돌베개, 2006, 166쪽.
67) 위의 책, 166쪽.

화되고 실천을 담보로 수행되어야 하는가를 문제삼고 있다. 이런 문제의식에 부합하는 하나의 시도로서 본고에서는 디아스포라, 혼종성, 탈식민성의 관점에서 재일조선인 문학의 '민족'적 담론을 고찰하고자 한다.

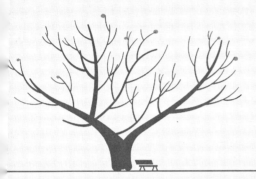

Ⅲ

재일조선인 문학의
주체 서사 양상

1. 김학영: 착종(錯綜)과 봉합(縫合)의 주체 서사

가. 아버지의 변용(變容)과 미완(未完)의 가족로망스

1) 재일 1세대 아버지와 애증병존(愛憎竝存)의 양가성

김학영(金鶴泳)[1]은 1966년 「얼어붙은 입」으로 재일조선인 작가로 서는 처음으로 일본의 저명한 문학상인 '문예상(文藝賞)'을 수상하면

---

[1] 김학영은 1938년 9월 14일, 일본 군마현(群馬縣)에서 출생했으며 본명은 김광정(金廣正)이다. 신마치(新町)소학교 입학 후 일본성 '야마다(山田)'를 사용하다가 1958년 동경대학교 이과대학에 입학하면서부터 한국성(姓)인 '金'을 사용하기 시작했다. 1965년 동경대학교 문과계열 학생들에 의한 동인지 『新思潮』(제17차)에 참여하였으며, 1966년 『新思潮』에 첫 작품 「途上」을 발표하고 그 해 9월, 「얼어붙은 입」으로 '文藝賞'에 당선되어 작품활동을 시작했다. 이후 「완충용액(緩衝溶液)」(1967), 「유리층(遊離層)」(1968), 「눈초리의 벽(壁)」(1969), 「착미(錯迷)」(1971), 「알콜램프」(1972), 「겨울빛」(1976), 「끌」(1978), 「향수는 끝나고 그리고 우리는」(1983), 「서곡」(1984) 등의 작품을 발표했다. 「겨울빛」(1976), 「끌」(1978) 등 4편의 작품이 아쿠타가와상 후보에 오르는 등 문단의 주목을 받았으나 수상의 기회는 따르지 않았다. 1985년 1월 4일, 생가(生家)에서 가스자살로 타계했다. 유작으로 「흙의 슬픔」(1985)이 있다.(상세한 연보는 유숙자, 『在日한국인 문학연구』, 월인, 2000, 93-95쪽, 김환기, 「김학영론-에세이를 중심으로」, 『일본학』20, 2001, 244-246쪽 참조.)

서 일본 문단에 데뷔했다. 동경대학교 공학부를 졸업하고 동대학원
박사과정을 중퇴한 독특한 이력의 소유자로, 그의 돌발적인 죽음은
등단작인 「얼어붙은 입」의 주인공, 이소가이의 자살과정과 유사하다
는 점[2]에서 더욱 세간의 이목을 집중시켰다. 그의 자살이 암시하듯이
김학영의 작품에는 유독 죽음의 형상이 하나의 문학적 정조를 이룬
다. 이는 이방인이자 내부적 타자로서의 재일조선인의 열등감과 불안
의식, 그리고 실존적 고뇌로 점철된 존재성을 극적으로 드러내는 소
설적 장치로 기능한다. 이러한 작품 전반의 분위기는 그의 자전적 가
족사와도 무관하지 않은데, 「얼어붙은 입」에서 변용되어 나타난 이소
가이 어머니의 죽음, 「겨울빛」, 「흙의 슬픔」 등에서 직접적으로 언급
되는 친할머니의 죽음은 작가의 암울하고 폭력적인 유년 시절의 기억
을 밑바탕으로 작품 속에서 끊임없이 환기되고 재구성되는 주요 모티
프로 작용한다. 이는 또한 일본 사회에서 받은 차별과 냉대를 가족에
게 고스란히 돌려주는 재일 1세대 아버지에 대한 부정적 인식과 태도
[3]에서 연유하는 것이기도 하다. 폭력적 아버지에 대한 치유할 수 없는
내면적 갈등과 반복되는 외상(外傷)의 발현은 김학영 작품을 관통하

---

2) 「얼어붙은 입」에서 이소가이의 죽음은 (고향집에서) '방학동안 그의 방으로 정해
   준 두칸짜리 구석방에서 이불도 깔지 않은 채 다다미 위에 벌렁 드러누워 있었는
   데, 얼굴 위에 하얀 타월을 뒤집어쓴 자세 그대로 이미 숨이 끊어졌더라는 것이다.
   수면제를 다량으로 먹은 데다, 마취약인 에텔이 밴 흰 타월까지를 얼굴에 뒤집어
   썼다니, 안 죽을 도리가 없었을 것이다.'(김학영, 강상구 역, 「얼어붙은 입」, 『반추의
   삶』, 일선기획, 1990, 209쪽.)라고 언급되어 있으며, 김학영 또한 생가에서 '가족들
   이 잠들기를 기다리듯 이층 방에 혼자 남아 있었는데, 발견했을 때는 흰 베를 얼굴
   에 덮고 이미 숨이 끊어진 다음이었다.'(사까가미 히로시, 「金鶴泳을 애도하다」, 김
   학영, 위의 책, 297쪽.)고 한다.
3) 장사선 · 지명현, 「재일 한민족 문학과 죽음 의식」, 『한국현대문학연구』27, 2009. 4,
   461쪽.

는 가장 근원적인 주제의식 중 하나이다. '그에게는 항상 〈말더듬이〉,
〈민족〉, 〈아버지〉라는 커다란 모티프가 있었지만 이 세 가지의 모티프
는 서로가 얽혀서 결국에는 문학적인 테마로 매듭을 이루는 것'⁴⁾이라
는 한 평자의 논의는 대체로 김학영 문학을 고찰하는 데 있어 별다른
이의 없이 통용되는 분석틀이며 각각의 주제가 서로 밀접하게 연관되
면서 작가적 고뇌와 글쓰기의 원형적 모티프를 이룬다. 특히 유년시
절부터 청·장년시절에 이르기까지 일관되게 작가의 내면을 장악하
고 있는 아버지와의 관계는 김학영 문학의 근저를 형성하는 원초적
체험이며 전 생애에 걸쳐 모색된 필연적 주제의식이라 할 수 있다.⁵⁾
작품 속에서 강박적으로 재생되는 아버지의 폭력적 이미지는 말더듬
이라는 신체적 장애로, 민족적 정체성에 대한 갈등과 동요로, 그리고
존재 자체에 대한 거부 의지로 이어진다. "나의 경우에는 마음에 무장
을 갖춰야 할 최초의 대상이 아버지였다"⁶⁾는 작가의 고백은 세계와의
대결을 통한 주체 확립의 과정에서 아버지가 행사한 근원적이고 절대
적인 영향력을 암시한다.

---

4) 竹田靑嗣,「괴로움의 原質」, 김학영, 앞의 책, 302쪽.
5) 이한창은 말더듬이나 민족의식보다 아버지의 폭력이 김학영 작품을 이해하는 데
   가장 중요하고 근원적인 문제라고 언급한다. 그 이유는 첫째, 말더듬이 문제와 민족
   문제의 배후에는 모두 아버지의 폭력이 자리하고 있으며, 둘째, 초기의 작품에서 많
   이 다룬, 주위 세계에서 거부당하는 말더듬이의 불우성이나, 민족의 이념에 동화되
   지도 못하고 일본 사회에 적극적으로 안주하지도 못하는 괴로움의 문제들은 크게
   후퇴하고, 후기의 작품에서는 아버지의 폭력 문제가 크게 대두하고 있으며, 셋째,
   부친의 폭력이 할아버지, 아버지를 이어 자신에게까지 대물림될지도 모른다는 두
   려움이 아버지와의 화해를 불가능하게 하고 결국 자살로 이끈 동력이 되었을 수도
   있기 때문이다.(이한창,「소외감과 내향적인 김학영의 문학세계-「얼어붙은 입」과
   「흙의 슬픔」을 중심으로-」,『일본학보』37, 1996, 387-388쪽) 이처럼 작가에게 있
   어 아버지의 폭력은 삶의 해결 불가능한 원초적 트라우마로 작용한다.
6) 김학영,「한 마리의 羊」, 앞의 책, 270쪽. 이후에는 작가, 작품명과 쪽수만 표시하였다.

프로이트에 의하면 어린아이가 부모로부터 독립하여 자기 주체성
을 형성하는 과정에서 아이의 내면에는 상상의 이야기인 '가족로망
스'가 구성된다.[7] 유일한 권위자이자 믿음의 근원이며 동일시의 대상
이었던 부모가 실제로는 미천한 부모라는 것을 발견하게 되면서 아이
는 자신을 입양아, 의붓자식이라고 여기게 된다. 그리고 자신이 낮게
평가한 부모에게서 벗어나기 위해 사회적 지위가 높은 사람들이 진짜
자기 부모라는 환상 속에 빠진다. 하지만 미천한 자신의 부모를 훌륭
하고 고귀한 부모로 대체하려는 욕망은 실제의 부모를 제거하거나 부
정하려는 것이 아니라 높이려는 것이다. 즉 현실 속의 부모를 지금보
다 나은 부모로 바꾸려는 노력은 가장 고상하고 힘센 사람이 바로 아
버지이며, 가장 아름답고 여성다운 사람이 어머니라고 느꼈던 사라

---

7) Freud, Sigmund, 김정일 역, 「가족 로맨스」, 『성욕에 관한 세 편의 에세이』, 열린책
들, 1996, 57-61쪽 참조. 프로이트는 신경증 환자의 심리를 연구하는 과정에서 '가
족로망스'라는 상상체계를 제시했지만, 이러한 가족로망스적 상상력은 아이들의
놀이나 사춘기 이후의 백일몽, 성인의 꿈속에서도 재생된다고 언급한다. 권명아는
가족로망스 개념을 프로이트가 개별 존재들의 자기 동일성이 상상적으로 구성되는
메커니즘을 분석하는 과정에서 도출된 이론 체계라고 본다. 가족 로망스 개념은 정
체의 중심(신성한 것, 혹은 카리스마)의 위치가 생산되거나 이전되는 메커니즘을
탐색하는 방법적 준거를 제공하며 이는 주로 근대적 기획에서 근대적 주체를 구성
하는 권위, 기원, 준거들의 형성을 고찰하는 데 유효한 틀이 된다. 근대적 주체의 중
요한 특징 중의 하나인 정치적 고아 의식은 아비를 부정하고 스스로를 고아, 서자
로 규정하는 가족 로망스 구조를 보여주는데, 이러한 서자 의식과 고아 의식은 아
비 부정을 통해 새로운 자기 정체성을 형성하는 과정에서 생산된다는 것이다.(권
명아, 「한국 전쟁과 주체성의 서사 연구」, 연세대학교 국어국문학과 박사학위논문,
2002, 12-13쪽 참조) 가족로망스를 근대주체 형성의 측면에서 고찰한 논문으로는
위의 권명아 외에 김명인(「한국 근현대소설과 가족로망스-하나의 시론적 소묘」,
『민족문학사연구』32, 2006), 강계숙(「1960년대 한국시에 나타난 윤리적 주체의 형
상과 시적 이념-김수영 · 김춘수 · 신동엽의 시를 중심으로-」, 연세대학교 국어국
문학과 박사학위논문, 2008) 등이 있다.

져간 행복한 시절에 대한 갈망의 표현이라는 것이다. 이처럼 '가족로 망스'라는 허구적 서사를 통해 어린아이는 미천한 부모를 고귀한 상 상적 부모로 대체하여 동일시하면서 새로운 자기 정체성을 정립해나 간다. 이러한 상상적 아버지와의 동일시를 통한 자기 정체성 확립 과 정은 오이디푸스 콤플렉스의 해소를 통해 상징계적 질서로 편입하는 주체 형성 과정과 맞물린다. 즉 개별적 주체는 상징적인 아버지의 법, '아버지의 이름'을 내면화하고 동일시하는 한편, 미천한 실제의 아버 지를 극복하고 이상적 자아로서의 상상적 아버지의 형상을 자기 안에 주조하면서 새로운 주체-아버지-로 거듭나는 과정을 통해 독립적인 자기 정체성을 확립해 나가는 것이다. 김학영의 소설에서도 폭력적이 고 광기어린 아버지의 세계와 불화한 가족으로부터 벗어나 자기 회복 의 가능성과 정체성 확립의 과정을 희구하는 인물들이 반복적으로 출 현한다. 김학영 소설의 기본 구조를 이루는 이러한 '성장과 탈출의 분 투기'는 현실의 부모를 상상적으로 부정하고 새로운 주체의 형상을 모색하는 '가족로망스'의 서사성을 구현하고 있다고 볼 수 있다.

하지만 이러한 탈출 과정은 필연적으로 고난과 좌절의 형태를 띨 수 밖에 없다. 이해할 수 없는 광기에 휩싸여 터무니없이 어머니를 학대 하는 아버지의 형상은 어린 자식들에게 근원적인 두려움과 공포, 슬 픔의 감정을 각인시킨다. 무방비의 상태로 그 잔혹한 광경을 목격하 고 그 절대적 권력에 굴복해온 자식들은 성장과 더불어 아버지의 세 계에서 도망침으로써 자신의 존재를 회복하고자 한다. 소설 속의 인 물들은 대학 진학이나 가출, 조국 귀환 등을 통해서 저마다의 탈출을 시도한다. 하지만 그러한 탈출의 여정은 이미 내재화된 부정적 자기 인식이나 강박적 자기 암시를 토대로 구성된다는 점에서 불가피한 비

극성을 내포하고 있다. 김학영의 작품 안에서 아버지의 형상은 주체
를 포박하는 억압의 근거이면서 동시에 갈등과 좌절을 유발하는 강압
적 주재자(主宰者)로서의 면모를 보이며, 주체들은 아버지의 폭력과
열등한 자의식 속에서 고뇌하고 방황하는 인물들로 형상화된다. 작품
에 투영되는 작중인물들은 일견 이러한 내·외면적 고난과 갈등에 굴
복하는 듯이 보인다. 즉 개별적 주체로서의 자신의 위치를 자각하고
갈등의 상황을 능동적으로 극복하기보다는 패배와 좌절의 경험들을
슬픔과 자기 비하의 정조로 포장하는 듯 보인다. 하지만 김학영 작품
에 나타난 주체의 투쟁 과정은 상당히 복잡다단하며 중층적이다. 무
수한 갈등과 고투의 흔적들이 내재해 있는 김학영의 작품에서 각 인
물들은 현실의 아버지를 극복하고 자신만의 주체-아버지-상을 세워
내기 위해 부단히 경주(傾注)한다. 그들은 주체를 구속하는 억압 기제
의 작동 지점들을 세밀히 짚어내고 아버지의 형상을 다양하게 변주시
키면서 결핍된 주체로서의 고뇌와 문제의식을 표출해내고자 한다. 즉
일방적인 아버지의 폭력에 무력하게 대응하는 아들의 서사가 아니라
끊임없는 대립과 저항의 움직임 속에서 결핍된 주체를 세워나가려는
한 인간의 고투의 과정, 도전과 좌절의 서사를 주조한다. 이처럼 주체
와 아버지의 복합적인 상관성에 주목하면서 본고는 작품 속에 내재한
주체 생성의 상징적 의미망을 추출해내고 그러한 부자간의 길항관계
가 어떻게 작품 생산에 투영되고 있는지를 살펴보고자 한다.

가) 성공한 아버지와 자조(自嘲)의 정서

김학영 작품에서 지속적으로 재구성되는 아버지의 형상은 대체로

몇 가지의 공통된 특징을 보여준다. 첫 번째는 재일 1세대인 아버지의 고난에 찬 삶의 여정, 즉 아버지가 일본에 건너온 이후 조부의 학대와 조모의 죽음, 가난과 차별적 현실 상황을 타개하고 자수성가한다는 내용의 기본 서사 구조가 제시된다는 점이다. 유년 시절, 부모와 함께 일본으로 건너온 아버지는 무책임하게 가족을 방치한 조부 대신 어린 시절부터 노동판에 뛰어들어 생계를 이끌어간다. 무학, 문맹에 재일조선인이라는 핸디캡을 극복하고 뛰어난 장사수완과 성실성을 발휘해 자립에 성공한 아버지는 한국음식점 등을 경영하면서 자식들을 대학에까지 진학시키는 등, 억척스럽고 열정적인 재일 1세대 아버지로서의 면모를 보여준다. 이러한 아버지의 형상은 비천한 아버지(조부)의 폭력과 경제적 무능함을 극복하고 스스로의 힘으로 새로운 아버지-되기에 성공한 전형적인 가족로망스 서사 구조를 보여준다. 즉 아비부정과 자발적 고아 의식을 통해 새로운 자기 정체성을 형성하고, 일본 사회 안에서 자신을 중심으로 한 재일조선인 가족을 구축함으로써 조부의 폭력과 차별적 일본 사회 안에서 살아남기라는 이중의 과업을 완수하고 성공적인 주체 확립 서사를 구현한 것이다. 해방 이후 피착취민족으로서의 고난과 역경을 극복하고, 강한 아버지로서 재일조선인 가족을 구성, 재건하는 과업은 이 시대 재일 1세대들에게 주어진 가장 큰 임무이자 자기회복의 기회라 할 수 있다.

그러나 한 가지 폭력인간이었지만, 아버지와 할아버지는 체질이 다른 데가 있었습니다. 아버지는 결코 가족을 잊지 않았습니다. 가족이 가난에 허덕여서는 안 된다는 것이 신념이어서, 경제적으론 한번도 가족을 곤란에 빠뜨린 적이 없었습니다. 정신적으로는 우리 가족이 어지

간히 슬픈 변을 당해왔지만, 물질적으로는 언제나 넉넉한 편이었습니
다. 아버지는 생활면에 있어서는 상재도 빼어나고, 노력형이기도 하였
습니다. (중략) 한국인으로서, 몸 하나로 현장 인부에서 출발하여 거기
까지 사업을 넓힌 아버지의 고생과 노력은 보통이 아니었을 것입니다.
더욱이 무학문맹(無學文盲)으로 말입니다. 아버지에겐 할아버지를 〈지
독한 아버지였다〉고 비난하고 비판할 당당한 자격이 있었던 것입니다.
아버지는 무서운 인간이라기보다, 무섭도록 강한 인간이었다고 말해야
하겠습니다.[8]

무엇보다도 가족의 안정된 삶의 기반을 마련하고 자식들의 미래를
위해 아낌없는 물질적 지원을 계속해온 아버지의 강인한 생활력과 헌
신성은 부정할 수 없는 현실적 가치를 지닌다. 아버지의 경제적 성공
의 최대 수혜자로서, 그의 전폭적인 지원 아래 학업에 매진할 수 있었
던 '나'의 입장에서는 그러한 아버지에 대한 부채감(負債感)으로부터
자유롭지 못하다. 장자(長子)로서,[9] 이후 가족의 앞날을 책임져야 하
는 "우리집의 유일한 희망의 등불"[10]로 묘사되고 있는 작중인물들은

---

8) 김학영, 「흙의 슬픔」, 『반추의 삶』, 앞의 책, 44-45쪽. 이후에는 작가, 작품명과 쪽수
　만 표시하였다.
9) 대부분의 작품에서 화자 혹은 주요 인물은 장남(長男)으로 등장한다. 「얼어붙은 입」
　의 화자이자 주인공인 나(최규식)는 누나 하나가 있는 장남이며, 그의 분신이라 할
　수 있는 이소가이도 장남이다. 작중화자이자 주인공으로 등장하는 「錯迷」의 나, 「外
　燈이 없는 집」의 나, 「겨울빛」의 현길, 「끌」의 경순, 「흙의 슬픔」의 나는 모두 장남으
　로 설정되어 있으며, 「알콜램프」의 화자인 준길은 차남이지만, 도쿄대를 다니며 아
　버지와의 정치적 대립으로 가족 간의 긴장감을 조성하는 신길은 장남이다. 김학영
　도 3남 5녀 중 장남으로 출생했다.
10) 김학영, 「昏迷」, 『반추의 삶』, 앞의 책, 82쪽. 이후에는 작가, 작품명과 쪽수만 표시
　하였다.

그러나 육체적, 경제적 '힘'을 소유한 아버지와는 대조적으로 창백한
인텔리의 모습을 한 '유약한 인간'으로 설정된다. 가족들의 기대를 한
몸에 받고 일본의 명문학교인 도쿄대학(T대학)에 진학한 그들은 답
답한 실험실에서 무의미하고 공허한 작업들을 되풀이하며 하루하루
를 견뎌나간다. 어둡고 암울한 아버지의 집을 탈출하기 위한 유일한
방편으로 대학 진학을 희구했던 이들에게, 명문대생이라는 타이틀은
자신의 삶을 주체적으로 모색하기 위한 하나의 교두보로 기능하기보
다는 그저 불안정한 임시의 도피처로 인식될 뿐이다. 아버지의 폭력
과 열등성의 낙인으로 인해 이미 부정적인 자기 인식으로 팽배해 있
는 이들에게, 아버지의 도움으로 유지되는 대학생활이란 결국 또 다
른 자기 열등감의 증거에 불과하다. "아버지를 미워해도, 아버지에게
반항을 해도, 이 아버지의 원조가 없으면 나는 공부는커녕 살아가기
조차 힘든 것이다"[11]라는 자조(自嘲)의 정서는 독립적인 주체의 형성
을 지체(遲滯)시키는 부정적 기제로 작용한다. 이들은 무학력의 육체
노동자이면서도 강인한 생활력으로 가족 안에서 자신의 위치를 공고
히 다져나간 아버지와 비교하여 고학력의 엘리트이면서도 뚜렷한 자
기 미래의 전망을 세울 수 없는 무능력자로 스스로를 규정한다. 또한
이들의 내면에는 자발적인 고아의식을 기반으로 주체적 삶을 개척하
려는 의지보다는 심리적으로 배척당하고 부정당한 타율적 고아의식
에 슬퍼하고 절망하는 약자(弱子)로서의 존재의식이 압도적으로 강하
게 드러난다. 이러한 무기력함은 재일조선인이라는 민족적 열등감의
표출로 인해 더욱 심화된다.

---

11) 김학영, 「昏迷」, 101쪽.

창환은 도오꾜의 사립대학을 나온 인텔리인 것이다. 그런데도 그런 일(폐품 수집 : 인용자 주)에나 종사하지 않을 수 없는 창환이 아닌게 아니라, 현길의 눈에도 딱하기만 했다. 동시에 창환의 그런 모습은 현길 자신의 전도를 생각할 때, 막연한 불안을 불러일으키게 했다. 이 고장 동포들은 곧잘 '한국사람(조센징)은 일본의 대학을 나와도, 결국은 기노시다상처럼 되는 수밖에 없다'는 투의 말을 주고받곤 하는 것이었다. 그런 말을 들을 때마다 언젠가는 자기도 대학을 나와서, 넝마장수라든가, 노가다라든가, 트럭의 운전수라든가 또는 호르몬구이집 같은, 고장의 동포들이 종사하고 있는 그런 업종과는 달리, 일본사람처럼 당당한 회사에 근무하는 어엿한 샐러리맨이 되리라고, 막연하나마 생각하고 있던 현길이는 어쩐지 자신이 걸어갈 길 앞쪽에는 어떤 장벽이 가로막고 있는 듯한 느낌이 들곤 하는 것이다.[12]

3년 전, 주종일(朱宗一)이란 동포 청년이 거리의 길바닥에서 얼어 죽은 사건을 그는 곧잘 회상한다. (중략) 주종일은 경순과 같은 고교를 졸업한 선배로, 경순이 초등학교에 다닐 때 도오꾜의 대학 법학부에 들어갔다. 열 몇 세대인가의 시내 동포 중에서는 처음의 대학생이었던 만큼 많은 동포로부터 장래를 촉망 받았었지만, 개중에는 '한국인이 일본 법률을 공부해서 뭐가 돼. 재판관이나 변호사가 되는 것도 아니겠구, 써먹을 데가 있어야 말이지.'하고 빈정대는 사람들도 있었다. 아니나 다를까, 대학을 졸업하자, 주종일은 또 다시 그 도시에 돌아왔다. 역시 국적 때문에 취직자리가 없어, 하는 수 없이 돌아왔다는 소문이었다. (중략) 어느덧 술주정뱅이가 돼 있어, 가끔 거리에서 보게 될 때마다 그 얼

---

12) 김학영, 강상구 역, 「겨울 달빛」, 『얼어붙은 입』, 한진출판사, 1985, 223쪽. 이후에는 작가, 작품명과 쪽수만 표시하였다.

굴에 일종의 붕괴(崩壞)가 더욱더 나타나 있었는데, 3년 전의 겨울 어느 날 밤, 곤드레가 되어 길바닥에서 잠들어 버려 그대로 얼어 죽고 말았다.[13]

이창환이나 주종일의 일화는 일본 사회에서 재일조선인이 어떤 위치에 놓여 있는가를 극명하게 보여주는 척도라 할 수 있다. 일제 강점기 일본 사회에서 최하위층 노동자로 일정한 거주지와 일자리 없이 근근이 살아왔던 대부분의 재일조선인들은 해방 이후에도 막걸리 암거래나 양돈(돼지치기), 폐품 회수업(넝마장사, 고철수집 등), 토목노동 등으로 생활을 유지해왔으며, 취업이나 생활에서의 여러 가지 차별적 제약과 외국인등록법, 출입국관리제도, 참정권의 부재 등의 열악한 법적 지위 아래 수많은 좌절과 분노의 경험을 맛보아야 했다. 이런 현실을 감안할 때, 어려운 가정형편으로 인하여 제대로 학교교육을 받지 못한 대부분의 재일조선인들에게 고등교육의 희망은 자신들의 사회적 지위를 상승시킬 수 있는 긍정적 가능성으로 제시되기도 했지만, 결국 민족적 차별의 벽을 넘지 못한 좌절과 불우의 상징으로 추락하기도 했다. 「겨울빛」의 현길이나 「끌」의 경순이 느끼는 미래에 대한 막연한 불안감은 이러한 재일조선인에 대한 체념적 인식에서 비롯된 것이다. 일본인과 어깨를 나란히 하고 명문대에서 공부하고 있지만, 결국은 차별적 현실 앞에서 전(前)세대의 전철(前轍)을 그대로 밟을지도 모른다는 두려움이 그들의 삶을 능동적으로 이끌어가지 못하게 하는 것이다. 이처럼 맨손으로 자수성가한 아버지의 입신(立身)의 과정

---

13) 김학영, 하유상 역, 「끌」, 『月食』, 예림출판사, 1979, 173-174쪽. 이후에는 작가, 작품명과 쪽수만 표시하였다.

은 아버지의 경제적 원조로 학업과 생활을 유지해가는 자신의 수동적
삶의 형태와 대비되면서 자조의 정서를 유발하고, 아버지의 지원으로
유지된 학업의 결과조차 긍정적인 자기 구제의 방향으로 순조롭게 진
행되지 않으리라는 불안감, 재일조선인의 차별적 근거에 기인한 체념
과 두려움은 아버지의 영향력에서 벗어나 자신의 세계를 구축하려는
주체 확립의 과정을 요원하게 만든다.

나) 폭력의 기원과 권력 의지의 정당화

김학영 작품에서 지속적으로 재구성되는 아버지의 공통된 특징의
두 번째는 잔인한 폭력성이다. 외면적인 성공 뒤에 숨은 아버지의 인
간적인 비애와 굴욕, 일본 사회 안에서 열등한 타자로 살아가야 하는
배타적 경험은 그대로 가족 안에 위치를 바꾸어 재생산됨으로써 비극
적인 결과를 초래한다. 자신의 욕구불만을 표출할 폭력의 대상이 정
복/쟁취가 불가능할 때 폭력은 그 대상을, 폭력을 초래할 아무런 명분
도 없는 다른 대상으로 대체한다.[14] 아버지는 자신이 일본 사회에서
겪은 차별과 억압의 경험을 일본에 대한 대항적 행위로 발산하지 못

---

14) Girard, Rene, 김진식 · 박무호 역, 『폭력과 성스러움』, 민음사, 2000, 11쪽 참조. 르
   네 지라르는 사회 내부의 증폭되는 갈등과 폭력의 위기를 극복하기 위한 방법으
   로 '희생양 메커니즘'이 작동한다고 주장한다. 사회 내부의 폭력이 극에 달하면 사
   회는 그 폭력의 방향을 그 사회와 무관한 '희생할 만한' 희생물에게 전가시켜 해
   소함으로써 질서와 평화를 회복한다. 이때 사회가 선택하는 희생양은 무엇보다
   도 복수할 수 없는 자들, 소수자, 사회적 약자, 주변인이어야 한다. 또한 그들은 도
   덕적으로, 사회적으로 비난받을 만한 자들이어야 한다.(김상기, 「폭력 메커니즘과
   기독교 담론윤리 구상-제주 4 · 3 사건을 중심으로-」, 연세대학교 신학과 박사학
   위논문, 2007, 97-107쪽 참조)

하고 대체용 희생물인 어머니에게 투사한다. 아버지는 끊임없이 어머니의 열등한 조건을 나열하며 그의 행동 하나하나를 집요하게 추궁한다. 그리고 자신의 분노를 어머니를 향한 폭력으로 해소한다.

> 우리 아버지는 툭하면 어머니를 때렸다. 어머니가 스물한 살 때 아버지에게 출가해 온 이래, 아버지는 몇 백 몇 천 번이 넘게 어머니를 구타해 왔다. 아버지는 육체적인 고통을 주는 것을 교육으로 생각하는 모양인데, 적으나마 아버지는 자신의 행위에 그런 구실을 붙이고 있는 성싶었다. 아버지는 번번이 이러한 말을 하는 것이었다.
> "예전부터 얼마나 가르쳤는지 몰라. 그런데도 이년 성질은 도시 고쳐지지 않는단 말야."[15]

가족 안에서 아버지는 자신을 중심으로 한 위계질서를 공고히 구축하며, 가장으로서의 자신의 위상을 확인하기 위해 수시로 독재적 폭력을 행사한다. 어머니의 결점을 들추어내며 훈육의 대상으로 삼는 아버지에게 어머니는 근본적인 결함이 존재하는 인간, 아내로서 부적합한 열등하고 쓸모없는 인간으로 취급된다. 어머니에 대한 이러한 부당한 인식은 일본 사회가 재일조선인에게 부과한 왜곡된 가치체계의 전도(顚倒)된 양상으로 볼 수 있다. 일본 사회 안에서 재일조선인들은 차별받은 존재, 낙오자, 잠재적 '범죄자'[16]라는 부정적 이미지로 표상되었다. 즉 일본 사회가 자기 안의 부정적 타자성을 재일조선인들에게 투사함으로써 재일조선인을 가난하고 열등한 하위계층, 타락

---

15) 김학영, 「昏迷」, 75-76쪽.
16) 姜尙中, 고정애 역, 『재일 강상중』, 삶과꿈, 2004, 77-78쪽.

한 군상으로 표상한 것처럼, 아버지는 그러한 폄훼된 인간적 가치와
모멸감을 어머니를 향해 극단적으로 표출한다. 피식민지의 젠더화는
제국주의의 식민화 과정에서 흔하게 나타나는 현상이다.[17] 정복당하
고 착취당하는 결핍된 존재로서의 피식민지의 이미지는 가부장적 사
회에서 열등한 제2의 존재로 규정된 여성의 이미지와 겹쳐진다. 작품
안의 어머니는 아버지의 폭력적 세계에 철저히 종속되고 무기력하게
고통받는 '젠더화된 하위주체'로 등장한다. 어떠한 반항도, 설득도, 변
명도 통하지 않는 무자비한 아버지의 폭력 앞에서 어머니는 그저 '말
할 수 없는 존재'로 규정될 뿐이다.

'문맹'의 아버지가 폭력적 계도(啓導)를 통해 어머니를 '가르친다'는
설정은 아버지의 가장 취약하고 열등한 지점이 어떻게 자극받고 반응
하는가를 역설적으로 드러내는 장치이다.

　　문맹인데도 불구하고 그만큼 사업을 넓힐 수 있었던 것은 오로지 아

---

17) 남성 중심의 서구 제국주의의 역사에서 여성은 경계선상의 존재이다. 그리하여
제국의 경계가 애매해지는 경계선이나 제국의 탐험가들이 발을 들여놓는 미지의
세계의 입구에는, 거의 여성의 이미지가 나타난다. 미지의 아메리카는 제국주의
남성을 맞이할 '버진' 아메리카였다. 아프리카 정복 역시 여성의 정복이라는 에로
틱한 이미지와 연결되었다. 유럽 제국들은 미지의 세계에 발을 들여놓을 때마다
그 경계와 범주를 의식적/무의식적으로 여성화해왔다. 경계선상의 존재는 범주화
될 수 없으므로, 위험하고 부정하고 불결하며 금기시된다. 일련의 서구 제국주의
가 기독교의 소명 의식 아래 수행된 것은, 식민지 정복을 불결하고 부정하며 위험
한 피식민지를 청소하고 정화하는 일종의 제식 행위로 이해했음을 말해준다. 더
나아가 피식민지의 입구를 여성으로 상징화함으로써 피식민지의 정복과 교화는,
가족의 평화를 위해 여자의 순응을 요구하는 가부장적 사회 논리에 자연스럽게
융합된다.(유제분, 「[서문]저항담론으로서의 탈식민페미니즘」, 유제분 엮음, 김지
영·정혜욱·유제분 역, 『탈식민페미니즘과 탈식민페미니스트들』, 현대미학사,
2001. 11~12쪽 참조)

버지는 남들보다 갑절 이상의 노력과 영리한 머리에 의한 것이지만, 그
런 패기에 찬 아버지인 만큼 글자를 모른다는 것은 더욱 고통스런 질곡
(桎梏)이 되어, 아버지를 초조롭게 하고 있는 것이 분명했다.[18]

어머니의 일상 하나하나를 지적하고 가르치는 행위를 통해서 문맹
의 재일조선인 가장인 아버지는 일본 사회에서 배제되고 실추된 자신
의 권위를 가정 안의 위계질서 구축을 통해 검증하고자 한다. 어머니
를 철저히 무력한 종속적 존재로 전락시키고, 자식들의 저항적 도전
은 가차 없는 응징으로 배격하면서 아버지는 자신의 절대적 위상을
공고화한다. 가족 내부에서 가부장을 정점으로 발생하는 수직적이고
위계적인 구조는 최고 권력자가 국가 권력을 대리, 표상하는 것과 상
당히 흡사하다.[19] 아버지가 북한의 김일성 주석을 민족의 아버지로 숭
배하고 자발적인 복종을 통해 민족구성원으로서의 동질성, 정당성을
부여받으려고 했던 것처럼, 아버지 또한 국적 선택의 문제, 결혼 문제
등에 있어서 가족들에게 맹목적인 복종과 자기중심의 가치관을 강요
함으로써, 민족적 동질성이 체현된 재일조선인 가족의 가부장으로서
의 권위를 표상하고자 하는 것이다.

이러한 아버지의 권위적 폭력은 광기의 발현이라는 맥락과 연결된
다. 작가는 작품 안에서 아버지의 폭력을 '광기', '충동적인 횡포', '흉
포한 노여움', '마귀의 조종' 등으로 묘사하는데, 이는 아버지의 폭력
성을 규정하는 작가의 인식 지점을 보여준다.

---

18) 김학영, 「끝」, 152쪽.
19) 남기혁, 「한국 전후시에 나타난 '가족' 모티브 연구」, 『한국문화』35, 2005, 122쪽.

아버지는 무학이고, 일자무식이고, 몽매하다. 아버지는 성깔을 참을
만한 이성을 지니지 못하여, 오직 맹목적인, 충동적인 횡포를 저지르고
있는데 지나지 않는다.[20]

만월(滿月)이 가까워질 때마다 아버지 속에는 으레 광기가 차오르게
되어 있는 것만 같았다.[21]

할머니가 죽었을 때 어쩐 까닭인지 그 시체를 매장하려고도 안했던
모양이었다. 기차에 갈려 토막난 할머니의 시체는 인수하는 사람도 없
는 채 기차 선로변에 가매장되었다가 후년이 되어서 아버지가 무덤을
만들어 막상 할머니의 뼈를 그곳으로 옮기려고 하니 뼈가 발견되지 않
았다. (중략) 그런 이야기를 들었을 때 그는 무심결에 "과연"하고 중얼
거렸다. (중략) 아버지 속의 정체를 알 수 없는 광기 같은 것, 더욱 자신
속의 불안한 피의 혼란의 그 근원을 찾아낸 마음이 들었기 때문일까.[22]

아버지의 '광기'는 이성적인 논리로 설명할 수 없는, 맹목적이고 충
동적인 폭력의 기원이며, '만월이 가까워질 때마다' 통제할 수 없이 솟
아오르는, 억압된 내면의 무의식적 발로이다. 하지만 이러한 아버지의
광기는 조모의 참혹한 죽음이라는 유년 시절 트라우마에 기인한 필연
적 결과이다. 이는 경제적 안정과 자녀의 고등교육 실현 등 외면적으
로는 성공한 듯 보이는 강인한 아버지의 내면에 억압된 슬픔과 분노

---

20) 김학영, 「昏迷」, 76쪽.
21) 김학영, 「겨울 달빛」, 211쪽.
22) 김학영, 「外燈이 없는 집」, 『알콜램프』, 앞의 책, 195-196쪽. 이후에는 작가, 작품명
   과 쪽수만 표시하였다.

의 정서가 고여 있음을 암시한다. 조부의 폭력과 방치, 조모의 돌연한 자살, 숙부의 안타까운 병사 등 아버지는 가난하고 못 배운 재일조선 인으로서 차별과 냉대의 경험을 견뎌왔을 뿐만 아니라 불행한 개인사 적 고통이라는 이중적 억압의 상황에 직면해 있었던 것이다. 아버지 의 개인사적 경험 또한 식민적 상황의 연쇄적 산물이라는 점에서 아 버지의 '광기'는 '시대적 억압질서에 대항하는 가운데 억압질서와 개 인 의지 사이의 팽팽한 긴장의 틈새에서 발생하는 내면적 분열을 표 상'[23]하는 징후로 해석할 수 있다. 아버지의 난폭하고 잔인한 폭력과 광기의 본질은 결국 아버지의 역사성, 시대적 질곡과 마주하는 가운 데 그 의미가 전복된다.

'아버지가 울고 있다!'
(중략) "너도 이젠 알겠지, 남에게 수모를 당하면서 살아가지 않으면 안되는 기분이 어떤 건지……"
(중략) 말이 끊겨진 고요 속에서 혼자 이유도 모른 채 어깨를 떨며, 괴상하고 얼빠진 음조의 북소리를 듣고 있노라니 참고 있던 것이 가슴 에 치밀어 올라 눈물이 넘쳐 왔다. 이빨을 악물고, 눈물은 잇달아 넘쳐, 그는 끌을 쥐고 있던 손을 포켓에서 빼고 얼굴로 가져갔다. 배 밑바닥 에서 치밀어 오르는 것에 몸을 맡기고, 낮은 오열(嗚咽)에 잠기며, 더욱

---

23) 권채린, 「전상국 소설 연구 : 악의 표출양상을 중심으로」, 경희대학교 국어국문학 과 석사학위논문, 2000, 89쪽. 권채린은 전상국의 소설에 나타난 광인형(狂人型) 인물들을 구체적인 형상의 지배자나 폭압적 시대현실 등 당대 사회의 시대적 억 압과 파행을 반영하는, 그로 인해 본래의 고유성이 훼손되어 나타나는 뒤틀린 인 간형으로 규정한다. 위의 인용구는 전상국 소설에 나타난 광인형 인물의 특성에 대한 설명이지만, 시대의 정형화된 억압 구조에 의해 야기된 광기라는 측면에서 김학영 작품에 나타난 아버지의 광기와 유사한 맥락에서 고찰가능하다고 본다.

더 어깨를 크게 떨고 울었다.[24)]

　나는 거기에 아버지의 늙음을 보았다. 이제 늙음이 감도는 아버지의
육체는, 극도의 횡포를 부리는 무신경한 성질에 비하여 너무나 무력했
다. 아버지는 가해자가 아니라, 어쩌면 이 아버지 역시 괴이한 마귀에
게 조종되는 피해자가 아닐까……. (중략) 아버지의 몸을 잡고 있는 내
손이 더없이 죄가 많은 것으로 생각되었다. 이미 고목의 느낌을 풍기
기 시작한 아버지의 육체, 나는 그 팔을 잡으면서 거기에 아버지의 〈역
사〉를 감지했다. 그 〈역사〉는 무겁고, 그 무게는 아버지를 붙잡은 나의
건방진 비판 따위를 일체 받아들이지 않는 것이었다. 나는 이 아버지를
몽매하다고 비난하지만, 그러나 나에게 아버지를 비난할 만한 권리가
있는 것일까. 하물며 그것이 아버지가 살아온 시대에 의하여 강요된 것
이라면? 그리고 어떤 무신경한 강인함이든 그것을 지니지 않고는 제대
로 살 수 없는 삶을 아버지가 살아왔다면?[25)]

　아버지의 폭력성은 민족적 피억압 상황의 왜곡된 결과물로 판명된
다. 아버지의 시대적 역사성을 감지하고 이에 공명하는 작중인물의
심리상태는 아버지와 아들의 관계에 있어 중요한 변화지점을 보여준
다. 아버지에 대한 살의가 극에 달한 지점에서 맞닥뜨린 아버지의 '눈
물'과 '늙음'은, 수십 년 동안의 폭력을 이해가능한 행위로 변형시키
는 면죄부로 작동한다. 폭력적 아버지 역시 민족적 피해자, 시대적 불
운아에 불과할 뿐이라는 인식은 아버지에 대한 극복의지, 저항의식을

---

24) 김학영, 「끝」, 185-186쪽.
25) 김학영, 「昏迷」, 120쪽.

무력화시키면서 아버지에 대한 역설적인 친밀감을 형성한다.

> 아버지도 또한 슬픔을, 사랑을 받지 못한 슬픔을 핥으며 살아온 인간입니다. 아버지가 번번이 보인 흉포한 노여움은 거기에 원인하는 것이 아니겠어요?[26]

> 아버지도 나와 마찬가지로 아픔에 괴로워한 것이 아닐까, 하고 요즘 어쩌다가 생각할 때가 있습니다. 말하자면 아픔을 뚝심으로 깔아눕히려고 하는 것이, 아버지를 폭력으로 이끌어간 게 아닐까고. 그리고 아버지는 그 강인한 의지력으로, 아픔을 깔아눕히는 데 성공한 인간이라고 생각하는 것입니다.[27]

> 방망이가 부러지도록 어머니의 머리를 후려치던 아버지의 광기의 근원도, 결국 할머니의 흙의 슬픔에 유래하는 것이라 나에게는 추리가 서는 것이었습니다. 흙의 슬픔이란 나라를 잃은 민족의 슬픔을 상징한다고 말할 수 있지 않을까요. 할머니가 죽음으로 덜어버린 그 슬픔을, 아버지는 무의식중에도 사나운 노여움으로 지워버리려 한 것이 아니겠어요?[28]

아버지의 폭력은 광기의 형태로, 그리고 다시금 슬픔과 아픔의 정조로 변환된다. 아버지의 폭력성은 민족적 비애의 불가피한 증거라

---

26) 김학영, 「흙의 슬픔」, 38쪽.
27) 김학영, 「흙의 슬픔」, 44쪽.
28) 김학영, 「흙의 슬픔」, 40-41쪽.

는 '성스러운'[29] 외양을 입고 정화된다. 아버지의 특수한 결함이 민족
이라는 보편적 논리 안에 흡수됨으로써 아들의 고유한 외상 또한 재
일조선인 2세들이 감당해야 할 보편적 문제로 환원된다. 아버지의 슬
픔과 자신의 슬픔을 동일시하고 아버지의 폭력을 정당화함으로써 폭
력적 외상에 노출된 자신의 억압적 상황을 타개할 가능성은 휘발된
다. 가해자이자 폭력의 근원인 아버지에 대해 '민족적' 면죄부를 행사
하고 그의 위치를 역사적 피해자의 자리로 전이시킴으로써, 폭력의
일차적 피해자인 어머니와 자식들의 대항성은 의미를 잃고 만다. 결
국 아버지의 폭력에 대한 주체의 인식은 순환논법의 오류에 빠지게
되며, 정치(精緻)하게 자신의 폭력적 경험과 대면하고 객관적인 시각
으로 아버지를 직시하는 과정을 누락시킴으로써, 대상을 잃은 분노와
존재적 불안 의식을 내면화하게 된다.

　유년 시절부터 성인 시기에 이르기까지 작중인물의 내면을 불안과
공포, 슬픔과 자기 비하의 상태로 황폐화시키며 삶의 의미를 훼손하
는 근원적 외상으로 작용했던 아버지의 폭력적 행위는 결국 아버지
를 '이해'하고 '공감'하는 차원에서 재구성된다. 하지만 그러한 이해의
도구가 작가가 끊임없이 회의(懷疑)했던 '민족의 이름'이라는 점은 그
비약적 화해구도만큼이나 설득력 있는 공감대를 이끌어내기 어려운
지점이다. 그러므로 아버지의 폭력성과 부정적 영향력을 '민족'이라는

---

29) 지라르는 희생제의가 결국 종교적 표상인 '성스러움'이라는 외양으로 나타나면서
　　그 안에 폭력을 숨기는 기능, 즉 사람들로 하여금 거룩한 희생물의 봉헌을 통하여
　　전혀 폭력을 인식하지 못하게 하는 효과를 드러내 보여주는 방식임을 지적하고
　　있다.(김상기, 앞의 논문, 105쪽 참조) 김학영의 작품에서는 민족이 종교를 대신
　　하여 '성스러운 희생제의'로서의 폭력의 정당성을 은연중 구현하고 있다고 볼 수
　　있다.

잣대 아래 억압받는 재일조선인의 보편적 행위로 간주하기 이전에, 작가에게 내재해 있는 무의식적 욕망의 구조를 살펴볼 필요가 있다. 아버지의 폭력적 '힘'을 저주하고 경계하면서도 경제적으로, 사회적으로 자신만의 '힘-권력'을 쟁취한 아버지에게 경도되는 현상은 작가가 끊임없이 아버지를 견제하면서도 지향했다는 사실을 보여준다. 아버지에게 인정받고 싶다는 욕구는 아버지의 폭력성에 대한 공포와 무력감 아래 자조의 형태로 변형되었으며, 아버지와 대등한 관계에서의 화해가 불가능한 현실에서, 또한 아버지와의 적극적 동일시가 실패한 상황에서, 작가는 아버지의 위치를 민족적 피차별자, 가족 폭력의 피해자, 사랑이 결핍된 인물로 변형시킴으로써 아버지와 자신이 '불안한 피'로 연결되어 있음을 역설적으로 드러낸다. 즉 아버지에 대한 증오와 공포의 이면에는 '아버지에 대한 기묘한 그리움', '호악이나 선악의 감정을 넘어선 어떤 친밀감[30]'이 존재하고 있는 것이다. 아버지의 형상에 대한 지속적인 고발과 환기, 재구성은 아버지에 대한 작가의 애증병존의 양가성을 표출하는 무의식적 기제이다. 사랑하는 아버지에게 거부당했다는 우울증적 자기 인식은 애증병존에 따른 갈등을 유발하며, 이는 김학영 작품에 만연한 죽음의 이미지, 자살의 의미를 추출해낼 수 있는 분석적 근거가 된다.

---

30) 김학영, 「外燈이 없는 집」, 199쪽.

2) '부성 은유(父性 隱喩)'로서의 일본과 결핍된 욕망충족 의 서사

가) '부성 은유'에 대항하는 욕망충족의 서사

폭력적인 재일 1세대 아버지에 대한 애증병존의 감정이 작가의 원초적 자의식을 형성하는 심리적 핵심축의 하나라면, 일본 사회에서 유사(類似) 일본인으로 성장해온 작가에게 일본은 또 하나의 배타적 지향점으로서의 모순된 욕망의 근원지가 된다. "〈金鶴泳〉은 한국어로는 〈김학영〉이라고 발음하지만, 내가 일부러 〈긴 카쿠에이〉라는 가나를 다는 것은, 한국식 성명을 일본식으로 읽는 것이 어쩐지 자기라는 인간의 실상을 상징하는 것 같아 적합했기 때문이다. (중략) 국적은 한국인이어도, 그리고 한국인으로서 자기회복을 지향하고 있어도, 나는 필경 〈金〉이라는 이름으로 불리는 일본인이라는 것이 적합한 인간이다."³¹⁾라는 작가의 고백은 하나의 존재, 혹은 하나의 육체 안에 양립하는 재일조선인과 일본인의 이중적 정체성을 적확하게 표현하고 있다. '〈김학영〉'이라는 기의가 '〈긴 카쿠에이〉'라는 기표로 읽히는 모순성, '〈金〉이라는 이름으로 불리는 일본인'이라는 존재의 불가해성(不可解性)은 '당위로서의 재일조선인 자아'와 '실존으로서의 일본인 자아'가 교착되어 생성된 김학영의 혼종적 정체성을 적나라하게 드러낸다. 그러한 이중적 존재 의식은 '일본인이기도 하고 한국인이기도 한 것 같은 적극적인 플러스의 중간자'가 아니라 '일본인도 아니고 한국

---

31) 김학영, 「한 마리의 羊」, 274-275쪽.

인도 아닌 것 같은 소극적인 마이너스'의 존재성을 내포한다는 점에
서 김학영의 근원적 고뇌와 연결된다.

재일 1세대 아버지가 생물학적 아버지로서 자신의 민족적 귀속을
표징(表徵)하는 기표로 작용한다면, '부성 은유'로서 일본 사회는 독
립된 주체로서의 작가의 존재 의미를 구현하기 위한 하나의 표적으로
기능한다. 라캉에 의하면 주체 형성의 필수 과정인 오이디푸스 과정
은 주체가 어머니의 욕망에 종속된 상상적 동일시에서 벗어나 아버지
가 부과하는 상징계의 질서로 편입되는 과정을 말한다. 라캉은 이를
다른 말로 '부성 은유(父性 隱喩)'라고도 지칭하는데 이는 주체가 '아
버지의 이름(Nom-du-Père)'을 수용하고, 이 기표에 동일시함으로
써 시니피앙의 주체로 탄생하는 과정이다.[32] 앞서 살펴본 대로 재일 1
세대에게 부성 은유로서 기능하는 것은 한민족이자 분단된 조국이다.
차별과 억압의 본거지인 식민지 국가 일본에서 생활하면서 끊임없이
조국과의 합일, 민족적 지향을 통하여 '아버지' 조국과의 동일시를 구
축하려는 욕망은 재일 1세대의 주체 형성 과정의 공식이었다. 하지만
이미 실존적 생활의 근거지를 일본 사회에 귀착시키고 정주 의식을
통하여 일본 사회 안에서 독자적인 주체 확립 과정을 모색하고자 하
는 재일 2세대들에게 동일시의 대상은 분열된 형태로 제시된다. 즉 아
버지의 부성 은유로서의 조국과 주체의 부성 은유로서의 일본 사회는
재일 2세대가 짊어져야 할 이중적 가치이자 서로 배타적으로 길항하
는 양립적 가치로 설정된다. 더욱이 이러한 양가적 지향성은 재일조
선인의 마이너리티성을 더욱 부각시키는 지점에서 발생한다는 점에

---

32) 김석, 『에크리-라캉으로 이끄는 마법의 문자들』, 살림, 2007, 128-129쪽.

서 주체의 좌절과 분열의 양상을 가속화시킨다. 김학영은 이러한 재일 2세대의 경계적 인식 지점과 분열 과정을 치밀하게 서사화하면서 내면의 무의식적 욕망을 정직하게 드러내는 욕망충족의 글쓰기, 고해성사(告解聖事)로서의 글쓰기[33]를 행한다. 이 장에서는 김학영의 등단작인 「얼어붙은 입」을 중심으로 이러한 작가적 욕망과 '부성 은유'로서의 일본 지향 혹은 극복 의지가 어떻게 상징적으로 드러나고 있는지 고찰해보고자 한다.

「얼어붙은 입」에서 작가는 폭력적인 아버지와 말더듬이의 고통, 재일조선인으로서의 민족적 콤플렉스라는 세 가지 주제의식을 액자형식의 이중적 소설 구조 안에 변형, 분산시켜 제시하고 있다. 소설의 화자이자 주인공인 재일조선인 2세, 나(최규식)는 도쿄대학 이과대학의 대학원생이다. 심한 말더듬이로 항상 타인에 대한 이방인적 소외의식과 열등감에 시달리고 있는 나는 연구 보고에 대한 불안과 두려움을 떨쳐내지 못하고 결국 심한 말더듬 현상으로 그날의 연구 보고를 망

---

33) 김학영은 「눈초리의 벽(壁)」에서 자신의 글쓰기에 대해 다음과 같이 의미 부여를 하고 있다. "이십 년 가까이 괴로움에 고통스러워 해왔던 말더듬이, 그 어떤 교정 연습을 해도 결국 극복할 수 없었던 말더듬이, 그것 때문에 몇 번이나 자살까지 생각했던 말더듬이가 고통을 기록하는 것만으로 거짓말처럼 잊혀졌다. 도대체 이것은 어찌 된 일인가. 수영은 그 때 처음으로 가톨릭신자가 신부(神父)에게 참회하는 의미를 어느 정도 이해할 수 있게 되었다. 예전의 수영은 가톨릭신자가 신부에게 죄를 고백하고, 그렇게 함으로써 마음의 가책으로부터 구원받는다는 이야기를 들었을 때 왠지 모르게 미심쩍어 했다. 때로는 예를 들어, 영화에서 여자가 오랫동안 자기 신세에 대해 이야기하고, 그 이야기가 끝나면 "가슴이 후련하다"는 식으로 말하는 장면을 보면 어이가 없어서 코웃음을 치곤 했다. 하지만 고백의 효용이라는 것은 분명 있을지도 모른다. 그것이 바로 '카타르시스'라는 것일지도 모른다." (金鶴泳, 「まなざしの壁」, 『土の悲しみ 金鶴泳作品集Ⅱ』, クレイン, 2006, 234쪽) 이후에는 작가, 작품명과 쪽수만 표시하였다.

치게 된다. 굴욕감과 고통스러운 마음의 상처는 자살한 친구, 이소가이에 대한 회상으로 이어지고, 그날 저녁 나는 애인인 이소가이의 동생 미찌꼬를 찾아가 육체적 합일을 통해 위로를 얻는다. 이소가이의 유서를 통해 제시되는 내부 이야기에서는 나와 같은 말더듬이이면서 폭력적 아버지로 인해 고통받았던 이소가이의 유년 시절의 체험, 그리고 최씨와의 관계에서 비롯된 어머니의 자살과 성병(性病), 폐결핵 발병으로 인해 죽음에 대한 자의식을 증폭시켜왔던 이소가이의 숨은 이야기가 전개된다. 이소가이는 나(최규식)의 분신이면서 동시에 작가의 분신이라 할 수 있다. 재일조선인이며 말더듬이인 나는 일본인 말더듬이인 이소가이로 변환되며, 폭력적 재일 1세대 아버지는 폭력적인 일본인 아버지로 변형된다. 여기에서 주목할 인물은 최씨인데, 재일조선인인 최씨는 이소가이의 오이디푸스적 욕망을 대리하는 인물이면서 동시에 나의 이상적 자아로서 기능하는 인물이다. 결국 나와 이소가이, 최씨는 폭력적 일본인 아버지라는 동일한 부성(父性)에 대항하는 변형된 세 명의 주체라 할 수 있다. 이로써「얼어붙은 입」에는 세 가지 형태의 오이디푸스 과정이 전개된다. 첫째, 폭력적 일본인 아버지와 대립하는 말더듬이 일본인 아들인 이소가이, 둘째, 폭력적 일본인 아버지로부터 일본인 어머니를 쟁취하고자 하는 재일조선인 최씨, 그리고 일본인 아버지의 침묵 아래 일본인 여성(미찌꼬)과 합일되는 나(최규식)의 구도가 형성된다. 이러한 세 가지 형태의 오이디푸스 과정을 중심으로 전개되는「얼어붙은 입」은 일본 사회에 대한 재일조선인으로서의 작가의 소망충족 과정을 반영함과 동시에 자기 안에 내재한 존재적 결핍을 상징적 죽음을 통해 말소시키려는 주인공의 중층적 욕망을 보여준다.

첫 번째의 부자(父子) 서사인 폭력적 일본인 아버지와 대립하는 말
더듬이 일본인 아들 이소가이의 이야기는 전형적인 오이디푸스 콤플
렉스의 과정을 보여준다. 폭력적인 아버지에게 학대당하는 어머니를
구원하고 싶은 이소가이의 욕망[34]은 아버지에 대한 증오와 살부(殺父)
충동으로 이어진다. 아버지의 잔인한 폭력행위와 애정의 결핍에 고통
받던 어머니는 서른셋의 나이에 철도자살로 생을 마감한다. 이소가이
는 어머니의 죽음을 궁극적으로는 아버지의 폭력에서 기인한 간접적
타살로 규정짓는데, 이러한 우매하고 폭력적인 아버지의 배경에는 그
와 유사한 할아버지가 존재한다.

> 나의 아버지는 전혀 배우지 못한 사람이야. 할아버지가 술고래여서,
> 술값에 쫓기느라 어렸을 때 아버지는 제대로 학교에도 다니지 못한 거
> 지. 아버지는 무학에다 우매했는데, 그 책임은 할아버지에게 있다고 볼
> 수 있네. 그렇다면 어머니를 죽게 한 원인이 아버지의 어리석음 때문이
> 면서 또한 그 책임의 태반은 할아버지에게도 있다고 하겠네. (중략) 그
> 래서 나는 아버지와 할아버지를 한꺼번에 증오하고 있는 걸세.[35]

이소가이 어머니의 죽음의 양상은 김학영의 여타의 작품(「外燈이
없는 집」, 「겨울빛」, 「끌」, 「흙의 슬픔」)에 나타난 할머니의 죽음의 형
태와 유사하다. 각각의 작품 속에 등장하는 주인공의 할머니 또한 할

---

34) 「눈초리의 벽(壁)」에서 주인공 이수영은 "T대학을 졸업하고 빨리 사회에 나가
서 어머니를 아버지의 횡포로부터 구해 주고 싶다."는 욕망을 직접적으로 표출한
다.(金鶴泳, 「まなざしの壁」, 256쪽)
35) 김학영, 「얼어붙는 입」, 『반추의 삶』, 앞의 책, 217-218쪽. 이후에는 작가, 작품명
과 쪽수만 표시하였다.

아버지의 학대와 고독감에 시달리다 동일한 형태의 죽음을 선택한다. 할아버지의 폭력과 할머니의 자살, 아버지의 증오라는 삼각형의 구도는 그대로 아버지-어머니-이소가이로 이어지면서 동일한 서사 구조를 이룬다. 따라서 이소가이가 "만약에 물을 주지 않으면 할아버지는 당장에 오늘밤에라도 죽어버릴지 모른다"[36]고 생각하며 할아버지의 요구를 묵살하는 행위는 어머니(할머니)를 고통에 빠뜨린 아버지(할아버지)를 처벌하고자 하는 아들의 오이디푸스적 욕망의 간접적 발현이라 할 수 있다. 하지만 이러한 오이디푸스적 욕망은 말더듬이이자 폭력적 아버지에 종속된 연약한 어린아이인 이소가이에게 실현 불가능한 욕망이다. 여기에서 이소가이의 오이디푸스적 욕망의 대리자로서 최씨가 등장한다. "부드러운 마음에서 우러나오는 애정, 따뜻한 애정에 몹시 굶주려 있"[37]던 어머니 앞에 나타난 최씨는 "찰나적인 순간이나마 불쌍한 우리 어머니에게 삶의 기쁨을 안겨준 최후의 사람이고 유일한 사람"[38]이다. '어머니를 고통에서 벗어나게 하고 괴로움으로부터 영원히 도망쳐 달아나게 한' 어머니의 죽음의 직접적 원인이기도 한 최씨에게 이소가이는 "감사하는 마음"[39]을 품는다. 폭력적 아버지에 대항하여 어머니에게 가정의 평화, 화목과 행복의 분위기를 선사한 최씨는 죽음의 형태로나마 어머니를 슬픔과 괴로움의 상태에서 해방시켜 영원한 안식처로 인도함으로써 어머니에 대한 이소가이의 사랑을 완성시킨다.

---

36) 김학영, 「얼어붙는 입」, 219쪽.
37) 김학영, 「얼어붙는 입」, 222쪽.
38) 김학영, 「얼어붙는 입」, 228쪽.
39) 김학영, 「얼어붙는 입」, 228쪽.

그러나 아버지와 대적하는 이소가이, 그리고 이소가이의 오이디푸스적 욕망의 대리자로서의 최씨는 결국 폭력적 아버지에 의해 거세위협에 직면함으로써 대리충족을 통한 아버지와의 대결은 실패로 끝난다. 이소가이는 이후 상징적 질서의 세계로 편입하여 도쿄대학에 합격하는 등, '부성 은유'에 순종하는 듯이 보이지만 정신적, 육체적 타락과 훼손을 통해서 아버지와의 동일시를 거부하며 결국 자살로 생을 마감한다. 여기에서 이소가이와 최씨의 존재는 다시 한번 나(최규식)의 존재와 중층적으로 연결되면서 더욱 확장된 의미 생성의 단계로 나아간다.

먼저 나(최규식)의 내면적 고뇌와 부정적 자기 인식은 이소가이의 죽음이라는 상징적 해소를 통해서 재생의 가능성을 타진한다. 이소가이는 재일조선인이라는 존재적 특수성을 괄호 안에 넣음으로써 폭력적 아버지에게 거세당하는 무력한 아들이라는 보편적 자아를 표상함과 동시에 말더듬이라는 존재적 결핍과 부정적 이미지를 극대화시키는 역할을 한다. "물정을 알기 시작할 때부터 이미 말더듬이"[40]였던 이소가이는 세상과의 의사소통이 단절됨으로써 자폐적 자의식에 매몰된 인생을 살게 된다. 이러한 세계와의 대결에서의 좌절과 실패의 경험은 아버지의 폭력과 그로 인한 어머니의 죽음으로 말미암아 더욱 큰 슬픔과 상처에 노출되며, 스스로를 "낙제 인간"[41]으로 규정하는 계기가 된다. 말더듬이와 유년 시절의 폭력적 기억이라는 정신적 외상과 더불어 성병과 결핵의 발병은 스스로를 '정신적으로 쓸모없는 인

---

40) 김학영, 「얼어붙는 입」, 215쪽.
41) 김학영, 「얼어붙는 입」, 229쪽.

간'이면서 동시에 '육체적으로도 쓸모없는 인간'이라는 전면적 자기 부정의 단계로까지 이끈다. 타락한 창녀의 육체성과 연결된 성적 욕망의 갈구는 '포악한 아버지의 피'를 물려받은 자신의 신체에 대한 역설적 거부 행위이며 자발적 훼손 의지의 표명이다.

이소가이는 타락한 육체를 소생시킬 정신적 구원의 도구로서 '아침 일곱시 사십분'에 창문 앞을 지나가는 여자의 존재에 주목하지만 결국 '타락의 밑바닥'에 놓인 육체와 '존엄하고 거룩'한 정신의 세계는 통합되지 못하고 분열된 주체를 죽음의 길로 인도한다. 말더듬이의 고통과 정신적 외상으로 인하여 타자와의 소통이 단절되고, 폭력적 아버지의 불온한 피로 말미암아 타락하고 결손(缺損)된 육체성을 담지한 이소가이의 형상은 말더듬이자 폭력적 아버지에 의해 훼손된 작가의 내면의식을 반영한다. 작가는 나(최규식)가 현실세계에서 추방하고자 하는 부정적 이미지를 이소가이라는 인물 안에 투영시켜 죽임으로써 새로운 자아로 거듭나고자 하는 재생의 욕구를 역설적으로 드러낸다.[42]

---

42) 송명희·정덕준은 이소가이의 자살을 오이디푸스 콤플렉스를 극복하지 못한 이소가이가 아버지에 대한 살부 충동을 실행할 수 없어 그 자신을 살해한 것이라고 보고 있다. 또한 작가가 이소가이를 동일시하는 주인공 나의 심리를 통해 자살에 대한 감추어진 내적 욕망을 간접적으로 드러낸다고 보면서 주인공에게도 자살은 말더듬이라는 굴욕적 현실에서 벗어나는 유일한 통로라고 언급한다.(송명희·정덕준, 「재일(在日) 한인 소설 연구-김학영과 이양지의 소설을 중심으로」, 『한국언어문학』62, 2007, 437-438쪽 참조) 이러한 작품 내적 해석은 작가의 글쓰기에 대한 욕망의 지점을 밝혀내는 과정과 연계하여 본문에 언급한 역설적 해석으로의 전이가 가능하다고 본다. 작가는 "삼십년 가까운 동안 어떻게도 피할 길이 없던 흘음의 괴로움, 거기서 파생하는 가지가지 신경증적 고통이 단지 그것을 현실 그대로 썼다는 한 가지만으로 소멸됐다는 것, 그것은 나에게 쓴다는 의미, 문학이 지닌 고마움에 대해 다시 생각하게 된 상징적인 체험이었다. (중략) 소설을 쓴다는 것은 적어도 나에게 있어서 철두철미한 자기 해방의 작업이며 자기 구제의 영위이다."(김

> 그가 자살했을 때, 나는 다른 누가 죽은 것도 아니오, 내 속의 일부분
> 이 죽은 것 같은 기분이었다.[43]

나(최규식) 안의 결핍되고 훼손된 자아를 상징하는 인물이 이소가
이라면 이상적 자아로서 제시되는 인물은 최씨이다. 이소가이가 불우
한 가족사와 말더듬이의 고뇌에 갇힌 일본인으로 설정된 것과 달리
최씨는 재일조선인 청년으로 설정됨으로써 나의 민족적 특수성을 드
러낸다. 최씨는 배타적 '부성 은유'로서의 일본에 대한 나(최규식)의
양가적 감정을 규명해내는 키워드로 작용한다. 즉 최씨는 일본인 아
버지와 대항할 수 있는 혹은 인정받을 수 있는 재일조선인의 긍정적
이미지를 보여줌으로써 일본 사회 안에서 새로운 주체로 생성될 수
있는 가능성을 부여받는다. 김학영의 작품에서 거의 유일하게 긍정적
인 재일조선인의 이미지를 투사하고 있는 최씨는 재일 1세대 아버지
와 '부성 은유'로서의 일본 사회를 극복하고 재일 2세대의 주체성 확
립을 가능하게 하는 '상상적 아버지'의 다른 이름이다.

> 노가다판의 죠센징 모두가 성씨개명을 해서 두 자로 된 일본 성을 썼
> 지만, 그 최씨만은 공공연하게 〈최〉라는 한국 성씨를 내세우고 다녔네.
> 그러니까 다른 죠센징처럼 어딘지 비굴하거나, 자신이 죠센징임을 숨
> 기려는 비겁한 태도 같은 것은 찾아볼 수가 없었지. (중략) 최씨에게는
> 비굴한 데라곤 한 군데도 없었네. 자네처럼 단지 죠센징이라는 이유 때

학영, 「한 마리의 羊」, 269쪽)라고 언급하면서, 자살 충동에 이끌릴 만큼 고통스러
웠던 말더듬이의 굴욕적 현실이 글쓰기를 통해 극복되었음을 시사하고 있다.
43) 김학영, 「얼어붙는 입」, 133쪽.

문에 자기자신을 모멸하거나, 아니면 일본인을 경멸하기 때문에 노출
되는 그런 오만성도 없었네. 적어도 최씨는 언젠가 자네가 말했던 민족
적 콤플렉스라는 것을 자네 말마따나 눈곱만치도 갖고 있지 않았던 걸
세.[44]

　재일조선인이면서 '민족적 콤플렉스'에서 해방된 최씨는 일본 사회
에 만연한 차별적 마이너리티성을 스스로 극복하고 '부성 은유'로서
의 일본과 대등하게 양립할 수 있는 이상적 인물로 그려진다. 그는 억
압과 배제의 기호인 '부성 은유' 일본에 대항하여 능동적으로 자신의
삶을 개척함과 동시에 일본 아버지와의 동일시를 통해 상징계적 질서
안으로 유입됨으로써 환유적 욕망의 대상인 일본인 여성과의 합일이
라는 지향가능성을 제시한다. 최씨는 '부성 은유'로서의 일본 아버지
의 극복/승인이라는 이중적 과제를 수행함으로써 재일조선인이라는
개별적 존재성을 훼손시키지 않은 채 일본 사회 안에 편입될 수 있으
리라는 작가적 욕망을 투사한다. 이러한 최씨의 오이디푸스적 욕망은
최종적으로 일본인 여성(미찌꼬)과 합일되는 나(최규식)의 경우를 통
해 구현된다.
　나는 이소가이의 죽음 이후 그의 여동생인 미찌꼬와 자연스럽게 교
제하게 되고 결혼을 전제로 사귀는 사이로까지 발전한다. 이소가이에
게 육체적 만족과 정신적 갈망이 창녀와 유리창 밖의 여자라는 극단
적인 두 인물 사이에서 분열되고 충돌했다면 나에게 미찌꼬는 정신
과 육체가 합일하여 자기 충족적인 구원의 이미지로 표상되는 욕망의

---

44) 김학영, 「얼어붙는 입」, 223쪽.

대상으로 자리한다. 미찌꼬는 "내가 말더듬이라는 것, 죠센징이라는
것"[45]에 전혀 구애받지 않고 전적인 사랑을 베푼다.

> 미찌꼬는 나를 순수한 한 인간으로 대할 뿐, 국적 같은 것은 아예 괘
> 넘치 않았다. 국적이란 인간을 표면적으로 분류하기 위한 단순한 부호
> 에 불과하며 말초적인 사항에 불과하다고 그렇게 믿는 듯하였다. 국적
> 을 문제 삼는 것이 현실적인 세계라고 한다면, 현실세계와는 등을 돌린
> 세계에 아니 현실세계보다도 한 단계 지하로 스며든 그런 세계에 살고
> 있는 여인상—미찌꼬가 살아가는 방식에는 그런 취향이 깃들어 있었
> 다. (중략) 나와 미찌꼬는 말하자면 존재의 근원적인 지점에 서서, 서로
> 가 서로를 이해하고, 서로를 사랑하고 있었다.[46]

말더듬이와 재일조선인이라는 결핍된 존재적 표식이 소멸한 자리
에는 '존재의 근원적인 지점'에서 발현되는 이해와 사랑의 융합적 경
험이 생성된다. 미찌꼬와의 사랑은 '부성 은유'로서의 일본 사회 안에
자신의 존재를 기입하는 하나의 상징적 행위이며 일본인 여성과 합일
됨으로써 일본 아버지와의 동일시에 성공했음을 알리는 암묵적 승인
의 표식이다. "일본인과의 결혼은 한국인 사이에서는 일종의 금기사
항으로 여겨지고 있음에도 불구하고, 나는 아무튼 미찌꼬와의 결혼을
당연하게 여기면서 전혀 저항감을 느끼지 않는다"[47]는 언급은 나의 내
면에 재일조선인으로서 대항적인 민족의식을 획득하는 과정과 일본

---

45) 김학영, 「얼어붙는 입」, 255쪽.
46) 김학영, 「얼어붙는 입」, 256쪽.
47) 김학영, 「얼어붙는 입」, 169쪽.

사회에서 인정받고자 하는 욕망충족의 서사가 교착되어 전개됨을 암시하며, 이러한 착종된 자의식은 재일 2세들의 양가적인 존재성, 실존적 정주(定住)의식과 조국 지향적 민족의식이 모순적으로 공존하고 있음을 단적으로 보여주는 예라 할 수 있다.

이처럼 말더듬이이며 재일조선인이라는 부정적 자기 인식을 극복하고 일본인 여성과의 정신적, 육체적 합일을 통해서 '부성 은유'로서의 일본 사회에 편입되고자 하는 주체의 욕망은 표면적으로 성공한 듯 보인다. 하지만 미찌꼬가 '국적을 문제 삼는 현실 세계'에서 유리되어 자기만의 세계에 갇혀있는 여성상으로 그려지고 있다는 점에서 이러한 욕망충족의 과정은 필연적인 결핍과 불안의 정조를 동반한다. 이소가이의 죽음과 최씨의 구현을 통해서 부성(父性)을 극복하고 새롭게 현실 세계와 대면하고자 하지만 여전히 "마음에 할례를 받지 아니한 자"[48]로서의 근원적인 결핍성은 주체의 해결 과제로 남는다.

나) 소통 부재와 상실의 기표로서의 일본인 여성

「얼어붙은 입」에서 할례는 타자와의 소통 불가능성, 자기 존재를 직접적으로 재현하는 것의 불가능성을 상징한다. '입에 할례를 받지 못한' 말더듬이로서의 이소가이와 나(최규식)는 세계와의 소통에 어려움을 느끼며 이러한 의사소통의 불가능성은 마음과 마음의 진정한 융합이 불가능한 '마음에 할례를 받지 못한' 상태로 확장된다.

---

48) 김학영, 「얼어붙는 입」, 264쪽.

자신의 의사를 있는 그대로 남에게 전달하지 못한다는 것, 그러니까 자기 자신을 남들이 진실 그대로 받아들일 수 없다는 것은, 결국 남과 자기 사이에 항상 허랑이 가로놓였음을 뜻한다. 그것이 슬픔이 아니고 무엇이겠는가.[49]

말을 더듬기 때문에 충분한 의사소통을 꾀하지 못했고, 또 그렇기 때문에 나를 남에게 이해시킬 수가 없었는지도 모르네. (중략) 인간은 그 어떤 경우에든, 나 자신을 완전하게 남에게 전달할 수는 없는 것이고, 이해시킬 수도 없는 것이며, 또한 이해해 주기를 바랄 필요도 없는 걸세.[50]

이소가이의 말마따나 마음에 할례를 받은 사람은 단지 하나님 여호와뿐이며, 그 아래 널린 모든 인간은 모조리 입에 할례를 받지 않았고, 또한 받을 수도 없으며, 그 마음에도 할례를 받지 않고 있는 것이 아닐까. (중략) 나는 거죽과 거죽만을 마주대고 비비다가 끝끝내 참다운 융합을 못한 채 끝나는 인간의 마음과 마음을 생각했다.[51]

「얼어붙은 입」에서 나는 미찌꼬와의 육체적 합일의 과정 속에서도 진정한 마음의 융합은 불가능함을 인식한다. 이러한 타자와의 소통의 불완전성은 김학영 작품 안에서 실연(失戀)의 경험을 통해 반복적으로 제기되는데, 작중인물은 이러한 실연의 경험을 선험적인 체념의 포즈로 받아들인다. 이는 재일조선인으로서 일본인 여성을 욕망하는

---

49) 김학영, 「얼어붙은 입」, 142쪽.
50) 김학영, 「얼어붙은 입」, 216쪽.
51) 김학영, 「얼어붙은 입」, 265쪽.

과정에 이미 실패와 좌절의 가능성이 내포되어 있음을 뜻한다. 여기에서 '마음에 할례를 받지 못한 자'라는 소통불가능성의 표지는 일본 사회에서 적자(嫡子)로 받아들여지지 못한 재일조선인의 차별적 존재성에 대한 낙인으로 그 의미가 중층화된다. 민족 구성원 혹은 종교적으로 구별된 자(하나님의 민족으로 택함을 받은 자)에게 행하는 통과의례(通過儀禮)로서의 할례는 한 개인이 어떤 집단, 어떤 국가의 일원으로 편입되는 것을 정식으로 승인하고 그에 수반하는 구성원으로서의 권리와 의무를 부과하는 과정을 포함한다. 따라서 '마음에 할례를 받지 못한 자'는 자신이 거주하는 일본 사회에서 정식적인 구성원으로 받아들여지지 못하고 차별과 억압의 시선에 포획되어 '부성 은유'인 일본 사회로부터 배제된 자를 말하며, 아버지와의 동일시를 통해 상징계적 질서로 편입되는 과정에서 누락된 재일조선인의 존재성을 선명하게 드러내는 지표로 기능한다.

타자와의 소통불가능성과 일본 사회로부터 배제된 재일조선인의 존재성을 드러내는 '할례'의 의미는 「유리층(遊離層)」, 「눈초리의 벽(壁)」, 「흙의 슬픔」을 통해 반복적으로 환기된다. 이들 작품에서는 직, 간접적으로 재일조선인이라는 존재적 부채감을 지적하며 일방적으로 결별 선언을 하는 일본인 여성과 그들과의 온전한 결합을 욕망하면서도 무력하게 이별의 상황을 받아들이는 재일조선인 남성이 등장한다. 「유리층(遊離層)」과 「눈초리의 벽(壁)」에는 거의 동일한 인물이라 추정되는 일본인 여성이 등장한다. 「유리층(遊離層)」의 박귀영-기노 후미코의 관계는 「눈초리의 벽(壁)」의 이수영-요시노 후미코의 관계와 거의 흡사하다. 중학교 동창으로 10여 년 동안 교제해 온 이들은 친구에서 애인 사이로 발전하고자 하는 주인공의 욕망이 발현되는 순간,

후미코의 일방적인 이별 통보로 결별한다. 이러한 후미코의 결별 선
언 뒤에는 주인공이 재일조선인이라는 사실을 폭로하는 일본인 아버
지의 '시선'이 존재한다.

> "이번 일도 내가 조선인이라서 그런 거 아니야?" "그런 것도 있어요."
> (중략) "역시 우리, 결혼은 무리인 것 같아요." 후미코는 단호하게 말했
> 다. "부모님도 모두 반대하실 거구요……" (중략) "조선인이라서?" 그
> 가 말했다. "그건 별도로 치더라도, 최근 들어 여러 가지로 많이 생각했
> 어요. 저, 당신은 생각해 본 적 없어요? 저와 당신이 결혼한다고 했을
> 때, 우리들 사이에서 태어날 아이에 대해서 말이에요. 저는 불쌍하다고
> 생각해요. 조선의 피가 흐르는 게 가엾은 게 아니라 혼혈이라는 게 가
> 엾어요. 여러 가지 문제가 생길 거구요. 혼혈아는 그것만으로도 이미
> 하나의 불행이라고 생각해요. 피할 수 있는 거라면 피하는 게 좋을 것
> 같아서……"[52]

> "8월에 아버지가 올라오셨어. 그리고 당신하고 더 이상 만나지 말라
> 고 하셨어."
> "아버님이?" 하고 그는 놀라서 다시 후미코의 얼굴을 바라봤다. "어
> 째서……? 내 국적 때문이야?"
> 그는 그것 이외의 이유가 떠오르지 않았다. 그러자 후미코는
> "응……"
> 하고 낮은 목소리로 말하면서 고개를 끄덕였다.[53]

---

52) 金鶴泳, 「遊離層」, 『土の悲しみ 金鶴泳作品集 II』, クレイン, 2006, 135-136쪽. 이후에
   는 작가, 작품명과 쪽수만 표시하였다.
53) 金鶴泳, 「まなざしの壁」, 271쪽.

일본인 여성과의 결혼(합일)을 금지하는 일본인 아버지의 '법'은 박귀영의 형인 박귀춘과 도치우치 히로코의 경우 더욱 명료하게 드러난다. 해방 이전 황해도에서 경찰관을 지내다 패전과 함께 일본으로 돌아온 히로코의 아버지는 귀향 과정에서 겪은 안 좋은 기억으로 조선인에 대한 강한 혐오감을 갖고 있다. 박귀춘이 '무나카타'라는 일본인으로 인식되었을 때는 딸과의 결혼을 적극적으로 추진하던 히로코의 아버지는 박귀춘이 조선인이라는 사실이 발각되는 순간, 두 사람 간의 교제를 엄격히 금지한다. 이러한 일본인 아버지의 금지와 차별의 시선은 작가 내부의 '일본인적 시선'의 직접적 투영이며 이러한 왜곡된 자기 시선을 작가가 스스로 폭로함으로써 엄격한 자기비판을 행하고 있다는 점에서 문제적이다. 작품 안에서 주인공들은 일본인 여성과의 관계에서 자기의 민족적 정체성 문제를 표면화시키지 않고 암묵적으로 묵살해 왔음을 각성한다.

> 중학교 때부터 십 년 가까이 후미코와 사귀면서 '무나카타 기에 즉 박귀영'의 문제에 대해서만큼은 한 번도 얘기를 나눈 적이 없었다. 물론 후미코는 그가 조선인이라는 것을 알고 있다. 이상한 것은 알고 있으면서도 '조선'이라든가 '조선인'이라는 말이 한 번도 후미코의 입에서 새어나온 적이 없다는 것이다. 그도 말하지 않았다. 왜일까. 말할 기회가 없었던 것일까. 후미코는 내가 조선인이라는 것을 납득한 상태에서 사귀었을 것이라고 그는 생각했다. 하지만 그것은 단지 스스로 그렇게 생각했을 뿐, 두 사람 모두 그것을 확인하는 말을 입 밖에 낸 적은 없었다.[54]

---

54) 金鶴泳, 「遊離層」, 135쪽.

지금 그는 후미코에게도 분명 그러한 시선이 있었다고 생각한다. 이
를테면 수영이 이미 '이(李)'라는 성을 쓰고 있었는데도 불구하고 그녀
가 그를 결코 '이'라고 부르지 않고 계속해서 '다니야마'라고 불렀다는
점, 또한 그가 조선인이라는 것을 알고 있었음에도 그녀가 '조선'이라
든가 '조선인'이라는 말을 한 번도 입 밖에 낸 적이 없다는 점 등에서 그
사실을 알 수 있다.[55]

결혼을 전제로 사귈 만큼 가까운 사이라고 믿고 있었음에도 불구하
고 후미코나 주인공은 '조선'이라는 기호를 의식적으로 외면한다. 재
일조선인이라는 존재적 근거를 부정하고 그 명백한 기표인 '박귀영'
이나 '이(李)'라는 이름을 자신들의 관계에서 배제시킨 것은 "내가 조
선인이라는 사실을 사상(捨象)한 데서, 나와 당신의 관계가 성립된
것"[56]을 의미한다. 이는 주인공 자신이 스스로를 '일본인적 시선' 즉
'부성 은유'로서의 일본 사회의 폭력적 시선의 '벽' 안에 가두고 왜곡
된 가치 판단의 기준으로 재단해 왔음을 고백하는 것이다. "예전의 나
는 오히려 적극적으로 일본인이 되려고 했던 면이 없었던 것일까. '좋
은 일본인'이 됨으로써 일본인으로서의 시민권을 얻고자 했던 면은
없었던 것일까. 후미코와 결혼함으로써 '일본'과 결혼하고자 했던 면
이 없었던 것일까."[57]라는 냉철한 자기비판은 '부성 은유'로서의 일본
사회에 적극적으로 포섭되고자 했던 자신의 숨겨진 욕망을 가감 없이
드러낸다. 결국 일본인 여성과의 합일 의지는 재일조선인이라는 마이

---

55) 金鶴泳, 「まなざしの壁」, 276쪽.
56) 김학영, 「흙의 슬픔」, 48쪽.
57) 金鶴泳, 「まなざしの壁」, 292쪽.

너리티성을 은폐시킨 채 일본 사회로 편입됨으로써 '부성 은유'로서
의 일본과 동일시되려는 작가적 욕망이 상징적으로 투영된 결과라 할
수 있다. 그러나 '일본인적 시선'에 포박된 채 이루어진 일본인 여성과
의 관계는 왜곡되고 와해될 수밖에 없다. 서로의 존재를 정직하게 받
아들이지 못하고 내부적 편견에 사로잡힌 관계는 필연적인 불완전성
을 내포할 수밖에 없기 때문이다. 결국 일본인 여성은 재일조선인으
로서 자신의 차별적 존재성을 자각하게 하는 상실의 기표로 작용하
며, 작품을 통해 지속적으로 환기되는 이러한 상실과 각성의 경험은
'민족적 콤플렉스'에서 자유로운 재일조선인이란 과연 가능한가라는
근본적 물음으로 이어진다. 즉 지금까지 자신에게 겨누어진 '일본인
적 시선'을 애써 묵살하고 초연하게 거부해 왔다고 생각한 자의식 속
에 은연중 자신이 재일조선인임을 숨기고 도피하려는 무의식적 욕망
과 더 나아가 그러한 '일본인적 시선'을 적극적으로 내면화하려는 의
지가 공존하고 있음을 작가는 예리하게 포착해내고 있는 것이다. 작
품 안에서 일본인 여성의 결별 선언과 재일조선인의 취업 문제가 동
시에 제기되는 것은 이러한 '시선의 벽'에 포위된 재일조선인의 상실
의 경험, 차별의 경험이 일상적 생활공간 안에 얼마나 만연해 있는가
를 암묵적으로 보여주는 것이다. 이처럼 일본 사회 안에서 하나의 온
전한 주체로 인정받기 위해 노력하던 작품 속 인물들은 재일조선인에
대한 일본 사회의 시선에 구속받고 '자기 속의 일본인에서도 벗어날
수 없는' 혼돈과 '몽롱한 불안'을 느끼면서 체념과 자기 상실의 단계로
나아가게 된다.

　위와 같은 사회 · 역사적 맥락에서의 상실 경험과 더불어 작품 속의
인물들은 사랑하는 사람과의 소통불가능성, 외면적 조건과 가치 판단

에 휘둘리는 사랑의 불완전성에 직면하여 자기 앞에 가로놓인 소통 부재의 현실을 다시금 자각하게 된다. 이미 말더듬이라는 세상과의 단절 경험을 통해 마음과 마음의 진정한 소통이 쉽지 않음을 간파한 인물들은 애인의 차가운 거부 행위 앞에서 자신의 사랑이 거절당하고 무력화되는 경험을 반복한다.

> 나는 초조해 주변에 사람이 없는 것을 확인하자, 길가의 큼직한 입목 (立木)에 별안간 당신을 밀어붙이고 그 입술에 나의 입술을 겹쳤습니다. 눈물이 흥건히 흘렀습니다. 당신은 별로 반항도 하지 않고, 그냥 당하는 대로 있었지만 그 입술은 참으로 차가웠습니다. 얼음처럼 차가웠습니다. 그 차가운 입술에 나는 오래도록 키스를 계속했습니다. 눈물을 흘리면서, 그리고 당신과의 사랑도 이것으로 끝났다고 다짐하면서 ──.[58]

「유리층(遊離層)」, 「눈초리의 벽(壁)」에서도 조금씩 변형되어 제시되는 이 장면에서 주인공들은 신체적으로 이질감을 표현하고 저항의 몸짓을 행사하는 일본인 여성의 완강한 거부 앞에 추락감을 느낀다. 상대방의 거부 반응은 그대로 자아에 대한 결핍으로 인식되는데, 이는 일본 사회에 편입되지 못하는 열등한 존재로서의 재일조선인, 타인과의 의사소통이 원활하지 못한 말더듬이로서의 자괴감, 그리고 폭력적 아버지와 불화한 가정에서 사랑의 부재를 경험할 수밖에 없었던 유년의 경험 등이 복합적으로 작용하여 근원적으로 결핍된 존재라는 자기 부정과 체념의 정조를 유발한 결과이다. 폭력적 재일 1세대 아

---

58) 김학영, 「흙의 슬픔」, 50쪽.

버지에 대한 애증병존의 양가적 감정을 해소하지 못하고 '부성 은유'
로서의 일본 사회에 편입하려는 주체의 무의식적 욕망마저 거세당한
지점에서 작가는 이러한 "모든 장벽과 역경에 맞서 이길 수 있는 강한
사랑"[59]을 희구한다. 그러나 이러한 사랑의 열망은 타자화된 주체의
좌절과 절망 앞에서 극단적 구현의 형태로 표면화되기에 이른다.

3) 폐쇄회로에 갇힌 상상적 아버지와 사랑의 희구

가) 가족로망스의 좌절과 '슬픔'의 의미

문맹과 재일조선인이라는 열등성을 극복하고 일본 사회 안에서 경
제적 생활의 힘을 획득한 긍정적 면모를 제시하면서도, 자신이 받은
차별과 억압의 경험을 가족들에게 폭력적으로 되풀이함으로써 정신
적, 육체적 고통의 근원이 되는 재일 1세대 아버지는 극복과 지향, 애
증병존의 양가적 대상이 된다. 또한 철저한 '일본인적 시선'으로 재일
조선인의 삶을 재단하고 가치판단하면서 그러한 왜곡된 시선을 재일
조선인의 내면에 동화(同化)시켜내는 한편, 일본 사회의 보편적 질서
안에 편입되려는 재일조선인을 노골적으로 배척하는 '부성 은유'로서
의 일본은, 결핍된 주체의 욕망충족 행위를 촉발시키면서 동시에 금
지하는 배리(背理)된 욕망/상실의 기표가 된다. 이렇게 착종되고 굴절
된 생물학적/상징적 아버지의 형상은 그대로 주체 형성 과정에 영향
을 미친다. 자신을 미천한 부모에게서 구출하여 더 높은 이상(理想)과

---

59) 金鶴泳, 「まなざしの壁」, 277쪽.

가능성을 소유한 상상적 아버지와 동일시함으로써 새로운 주체로 거듭나고자 했던 작가적 욕망은 탈출의 가능성을 발견하지 못하고 교착된 폐쇄회로에 갇히게 된다.

작가가 최초로 희구했던 이상적 자아로서의 상상적 아버지는 앞서 살펴본 대로 「얼어붙은 입」의 '최씨'이다. 최씨는 이소가이의 아버지 밑에서 일하던 재일조선인 청년으로, 일말의 애정도 없이 폭력적으로 어머니를 학대하는 아버지와는 대조적으로 사랑과 진심을 가지고 어머니와 자신들을 배려하는 인물이다.

> 아버지와 마찬가지로 체격이 건장했는데, 성격은 아버지와 반대로 늘 온화한 표정으로 싱긋싱긋 웃는 그런 사람이었네. 참으로 착하고 성실한 호인이었지.(중략) 최씨는 우리집에 올 적마다 나와 미찌꼬를 보고는, "많이 컸구먼! 어휴 많이 컸구먼!" 하면서, 우리들 마음을 봄눈 녹듯이 풀어지게 만드는 웃음을 띠면서, 머리를 쓰다듬어 주었던 것일세. 그 사람이야말로 우리들이 대환영하는 손님이었지. 그가 오기만 하면, 평소엔 우울하고 불안했던 우리들의 저녁시간이 갑작스레 밝고 명랑한 시간으로 바뀌었던 걸세. "맨날 최씨가 와 주었으면 좋겠다." 나는 은근히 그렇게 생각하고 기다렸었지.[60]

"성격이 안 맞는 데서 오는 갈등과 불화를 참고 억누를 만한 이성이며 인내심"[61]이 결여된 난폭하고 포악스러운 아버지와는 반대로 늘 온화하고 부드러운 성품을 지닌 최씨는 "공포의 대상이던 아버지가 없

---

60) 김학영, 「얼어붙는 입」, 223쪽.
61) 김학영, 「얼어붙는 입」, 222쪽.

는 집"[62]에 '가정의 평화'를 가져오는 인물로 제시된다. 또한 어둡고 '육중한 불안'으로 가득한 아버지의 집에서 불쌍한 어머니와 동생들을 구출해내는 구원자의 이미지로 형상화된다. 이처럼 최씨는 사랑이 결여된 폭력적 재일 1세대 아버지를 대체하고자 하는 작가적 소망이 투영된 이상적 인물상이다. 하지만 이러한 '고귀한 상상적 아버지'로 서의 최씨의 형상은 이후의 작품들에서 더 이상 구현되지 않는다. "일본에서 가장 좋다는 T대학에 들어가고 빨리 사회에 나가서 어머니가 더 이상 아버지의 횡포를 참고 견디지 않아도 될 만한 나의 생활을 구축하고 싶다"[63]는 열망으로 T대학에 진학했지만 대학원을 수료해도 몇 년째 취직자리를 구하지 못하는 「눈초리의 벽(壁)」의 이수영이나 "아버지나 가족 사이를 잇는 단 하나의 〈가교〉"[64]로 "분열된 이 집의 불행한 상태를 구"[65]해야 한다는 강박관념을 갖고 있으면서도 불화한 가정이나 폭력적인 아버지에 대적할 방법을 모색하지 못한 채 수수방관의 자세로 가족들을 바라보는 「錯迷」의 나(신순일)는 최씨와 같은 상상적 아버지의 현실적 구현이 용이하지 않음을 보여준다. 또한 몰락한 재일조선인 지식인을 표상하는 이창환(「겨울빛」)이나 주종일(「끌」)의 존재는 아버지의 열등 조건인 문맹과 비이성적 광기에 대적하고자 하는 주인공의 노력을 무의미한 소모행위로 폄하시킨다. 이처럼 재일 1세대 아버지를 극복하고 새로운 주체 서사를 기획하려는 주인공들의 노력은 번번이 좌절된다. '부성 은유'인 일본 사회에 대항하

62) 김학영, 「얼어붙는 입」, 226쪽.
63) 金鶴泳, 「まなざしの壁」, 257-258쪽.
64) 김학영, 「昏迷」, 83쪽.
65) 김학영, 「昏迷」, 83쪽.

여 민족적 주체를 정립하려는 과정 또한 요원하다. 재일조선인이라는 '민족적 콤플렉스'에서 해방되어 자기모멸감과 왜곡된 자의식을 극복함으로써 일본 사회 안에서 새로운 주체로 생성될 수 있는 가능성을 시사했던 최씨는 미완의 캐릭터로 남는다. 「눈초리의 벽(壁)」에서 적나라하게 묘파하고 있는 것처럼 도리어 주인공은 같은 민족인 재일조선인들을 탐욕스럽고 불결한 이미지로 부각시킴으로써 편견과 차별성에 노출된 '일본인적 시선'을 드러낸다. '일본인적 시선'에 포획된 주체는 일본 사회 안에서 타자화되고 소외된 시선을 스스로 학습함으로써 '민족적 콤플렉스'를 극복할 자생적 가능성을 차단당한다.

상상적 아버지인 최씨의 현실적 재현가능성이 좌절됨에 따라 주체를 중심으로 새로운 아비-되기의 완성된 서사를 구현하고자 하는 작가적 욕망은 동어반복의 굴레에 빠지게 된다. 스스로를 규명해낼 수 없음으로 인하여 알 수 없는 불안과 슬픔, 혼돈과 체념의 정조에 둘러싸인 작가는 아픔의 기원, 상실의 기억을 호출해냄으로써 이러한 좌절의 근원적 출발점과 대면하고자 한다. 말더듬이와 아버지의 폭력으로 인한 유년 시절의 고통스러운 억압의 기억들, 불우한 가족들의 상처 입은 삶과 내면화된 슬픔, 사랑의 상실로 인하여 방황하고 죽음에 경도된 청년 등 김학영 문학의 인물들은 착종된 자의식의 굴레 안에서 끊임없이 고뇌하며 스스로를 해부한다. 온전한 주체로 자리 잡지 못하고, 스스로 상상적 아버지가 되지 못한 주체는 슬픔과 우울의 정조에 침잠한다. 프로이트에 의하면 슬픔이란 사랑하는 사람의 상실, 혹은 사랑하는 사람의 자리에 대신 들어선 어떤 추상적인 것, 즉 조국, 자유, 어떤 이상(理想) 등의 상실에 대한 반응이다.[66] 김학영 문학에는 유년 시절 폭력적 아버지로부터 박탈당한 사랑의 결핍, 일본 사회에서 재일조선인으로 살아가면서 겪게 되는 다양한 차별과 상실의 경험에 대한 정서적 반응으로서의 슬픔의 정조가 만연하다. 이때의 슬픔은 상실의 대상을 무의식의 영역에 감추고 있음으로써 "그 원인을 알 수 없"[67]는 것이며, 대상과 관련된 상실감이 아닌 자아와 관련된 상실감[68]으로부터 비롯된다는 점에서 우울증적 슬픔에 가깝다. 이러한 슬픔에 빠진 자는 자신이 타자에게 침해당했다고 생각하기보다는 자신의 어떤 근본적인 결점, 선천적인 결여로 인해 고통받고 있다고 생각하는데, 이들에게 슬픔은 상실된 대상을 대신하여 그가 집착하고

---

66) Freud, Sigmund, 윤희기 역, 「슬픔과 우울증」, 『무의식에 관하여』, 열린책들, 1997, 248쪽. 프로이트의 '슬픔'은 흔히 '애도'로 번역된다. 애도는 애정의 대상을 상실한 후 다른 대상으로 전환하기까지 주체가 보이는 의식적인 반응(조현순, 「애도와 우울증」, 여성문화이론연구소 정신분석세미나팀, 『페미니즘과 정신분석』, 도서출판 여이연, 2003, 58쪽)으로 설명되는데, 본고에서는 우울증과 연관된 슬픔과 비애라는 정서적 효과와의 혼동을 피하기 위하여 프로이트의 슬픔은 '애도'로, 우울증에 동반된 정서반응으로서의 슬픔은 '슬픔'으로 명시하도록 하겠다.

67) 김학영, 「얼어붙는 입」, 142쪽.

68) Freud, Sigmund, 앞의 글, 254쪽 참조. 애도와 우울증의 차이점을 언급하면 다음과 같다. 첫째, 애도는 의식적인 대상과 관련되지만 우울증은 무의식적인 대상과 관련된다. 애도가 분명한 상실의 대상을 상정하고 극복가능성을 갖는 것에 비해 우울증은 상실의 대상을 분명히 인식하지 못하기 때문에 상실의 완전한 극복이 불가능하다. 둘째, 애도는 대상과 관련되지만 우울증은 나르시시즘, 즉 자아 형성과 관련된다. 우울증의 경우 상실된 대상은 자아 '합체'를 통하여 내면화된다. 즉 대상은 개인의 외부에 존재하는 객관적인 대상이 아니라, 이미 주체의 내부로 들어와 주체의 자아를 구성하는 일부가 되는 것이다. 셋째, 애도와 달리 우울증에서는 애증의 양가감정이 자아 내부로 투사되면서 사랑의 대상을 자아로 바꾸고, 자신의 자아는 초자아의 역할을 하면서 새디즘을 발현한다. 여기에서 대상상실은 자아상실로 전환되고 사랑하는 사람과 자아의 갈등은 '동일시로 변형된 자아(새로운 자아)'와 '자아의 비판적 활동(초자아)'의 분열을 초래한다. 사랑의 양가감정 중에서 사랑하던 마음은 증오로 바뀌고 그 증오감은 자신의 내부에서 자아가 되어버린 예전 애정의 대상에 대한 박해의 양상으로 표출된다. 초자아는 자아를 학대하고 징벌하면서 마치 떠난 연인을 비난하듯 가학적 쾌락, 즉 새디즘을 발현하는 것이다.(조현순, 앞의 글, 56-60쪽 참조)

길들이고 애지중지하는 대상의 대용물이 된다.[69] 작가는 말더듬이라
는 신체적 결함, 재일조선인이라는 존재적 열등성, 동일시의 대상으
로서의 아버지에게 부정당한 경험 등을 객관적인 대상 상실의 경험으
로 규정하고 애도하기보다는, 원초적으로 결핍된 자아의 불완전성에
서 비롯된 자기 상실의 흔적으로 상정함으로써 깊은 우울증적 슬픔과
비애의 정조에 침윤된다. 작가는 글쓰기라는 행위를 통해 말더듬이의
고통에서 해방되고자 노력했으며 재일조선인이라는 부성(負性)을 극
복하기 위해 부단히 민족적 각성의 계기들을 마련해 왔다. 그러나 아
버지의 세계에서 벗어나 자신만의 주체적 공간을 확립하고 자신이 희
구한 상상적 아버지의 형상을 몸소 체현하고자 하는 주체적 욕망이
좌절됨으로써 내면화된 자기 존재의 상실감은 해소되지 못하고 결국
자기 소멸의 단계로 나아가게 된다.

　이와 같이 김학영 문학에 나타나는 세 가지 층위의 아버지는 작가가
객관적 타자로 분리하지 못하고 자아의 내면으로 투사하여 '합체'한
상실된 대상과 연결된다. 작가는 끊임없이 재일 1세대 아버지의 폭력
성을 고발하면서도 그러한 외상을 자기비하와 자기 부정의 심리 상태
로 내면화함으로써 사랑 부재의 원인을 자기 내부로 환원시킨다. 또
한 '부성 은유'로서의 일본 사회를 사회 · 역사적인 맥락에서 고찰하
고 객관화하여 대항하기보다는 '일본인적 시선'을 자기 안에 흡수함
으로써 재일조선인의 경험을 타자화한다. 그리고 이러한 애증병존과
욕망의 대상으로서의 두 아버지의 존재를 '애도'함으로써 새로운 대

---

69) Kristeva, Julia, 김인환 역, 『검은 태양-우울증과 멜랑콜리』, 동문선, 2004, 23-24쪽
　　참조.

상애의 발견으로 나아가지 못하고 상실된 대상에 고착됨으로써 상상
적 아버지의 구현을 통한 새로운 주체 서사의 기획을 불가능하게 만든
다. 아버지의 세계에서 탈출하여 스스로 아버지가 되지 못한 자아는 젠
더화된다. 결핍된 타자적 존재로서의 여성과 자신을 동일시함으로써
좌절된 주체의 상실감은 더욱 확장된 존재적 슬픔으로 이어진다.

나) 젠더화된 자아와 사랑의 희구

김학영의 마지막 작품인 「흙의 슬픔」은 작가가 평생 고뇌해온 대상
상실과 자아상실의 문제, 즉 사랑의 부재와 존재적 결핍의 문제를 슬
픔이라는 작가적 아우라에 통합시켜 형상화한 작품이다. 말더듬이의
고뇌, 폭력적 아버지와 불행한 가족사, 할머니의 자살, 일본인 여성과
의 결별, 그리고 그녀의 죽음 등 「얼어붙은 입」에서부터 다양하게 변
주되어온 작가의 자전적 경험들이 거의 그대로 등장한다. 「흙의 슬픔」
은 제목이 암시하는 대로 작가의 '어디서 오는지도 모를 아픔'과 슬픔
의 기원을 드러내며, 동시에 작가의 유작(遺作)이라는 점에서 그의 죽
음과의 상관성을 유추해볼 수 있는 작품이다.

「흙의 슬픔」에는 모든 등장인물이 사랑의 결여와 그로 인한 슬픔이
라는 동일한 외상에 노출된 인물로 그려진다. '어머니에 대한 아버지
의 폭력이 횡행하는 무서운 가정' 속에서 치유하기 어려운 정신적 아
픔과 죽음의식에 시달리는 나로부터, 할머니의 자살과 숙부의 죽음
으로 피폐해진 내면을 광기어린 폭력으로 표출하는 아버지, 유골조
차 분실되어 한 줌의 흙으로밖에 자신의 존재를 증명할 수 없는 완전
한 '무(無)'적 존재로서의 할머니, 그리고 미국이라는 타향에서 스스

로 목숨을 끊은 '당신'까지, 이 모든 인물들의 아픔의 근원, 불행과 존재 상실의 근원은 바로 "사랑의 완전한 결여"[70]이다. 무엇보다 나의 아픔은 "할머니의 아픔이 흙의 슬픔으로 아버지를 거쳐 나에게로 전해진 것"[71]으로 그 유래가 뿌리깊고 견고하며, 근원적인 결핍의 조건을 내장하고 있다. "강인한 의지력으로, 아픔을 깔아눕히는 데 성공한"[72] 아버지와는 달리 나는 "아픔의 치유제로서의 사랑을 끊임없이 찾아 헤매었"[73]던 할머니와의 동일시를 통해 타자화된 '약자'로서의 자신의 위치를 부각시킨다.

요즘 내가 할머니에게 친근감을 느끼게 된 것은 약자끼리의 공명(共鳴) 때문이었습니다.[74]

비천한 아버지의 극복과 상상적 아버지와의 동일시를 통해 사랑이 부재한 가정을 재건하고 어머니(가족)를 구원하고자 했던 나의 욕망은 좌절되고, 이제 나는 유약한 여성, 사랑 잃은 여성과의 동일시를 통해 자신의 결핍을 메워줄 구원자를 찾아 헤매는 존재가 된다. 나는 "당신에게서 나의 아픔을 구원받을 무엇인가를 육감으로 느낀"[75]다. '당신'은 "할머니가 구하려다 구하지 못한 사랑, 아픔을 치유해 주는 사랑"[76]을 가능하게 하는 '메시아 구세주'로서 추앙된다. 여기에서 나

70) 김학영, 「흙의 슬픔」, 33쪽.
71) 김학영, 「흙의 슬픔」, 46쪽.
72) 김학영, 「흙의 슬픔」, 44쪽.
73) 김학영, 「흙의 슬픔」, 46쪽.
74) 김학영, 「흙의 슬픔」, 45쪽.
75) 김학영, 「흙의 슬픔」, 29쪽.
76) 김학영, 「흙의 슬픔」, 46쪽.

와 '당신'의 서사구조는 「유리층」, 「눈초리의 벽(壁)」에서 상실의 기표
로 등장한 일본인 여성의 경우와 유사하지만, 기존의 일본인 여성이
일본 사회에 대한 욕망충족의 대리물로 기능한 것과 달리 '당신'은 나
의 '사랑의 구원자'로 등장한다는 점에서 그 의미망이 전이, 확장되었
다고 볼 수 있다. '구원자'라는 맥락에서 '당신'은 「얼어붙은 입」의 '아
침 일곱시 사십분'에 창문 앞을 지나가는 여자, 그리고 미찌꼬의 형상
과 겹친다. 또한 타국에서 외로움과 애정 결핍에 못이겨 스스로 목숨
을 끊은 할머니의 슬픔과도 연결된다는 점에서 '당신'은 결국 '실패한
구원자'로서의 나의 모습과 겹쳐진다.

이로써 나와 할머니, '당신'은 사랑의 부재를 중심으로 하나의 동심
원을 그리며 소멸의 공간을 향해 나아간다. 나와 할머니, '당신'은 모
두 사랑이 결여된 '집'에서 추방된 자들이다. 이때의 '집'은 존재의 근
원으로서의 부성(父性) 공간이며, 떠나온 고향이며, 끊임없이 회귀하
고자 하는 결핍 이전의 충만한 사랑의 공간이다. 존재의 기원적 공간
에서 이산(離散)당한 이들, 사랑이 부재한 집에 갇혀 우울증에 시달
린 이들은 결국 원초적 공간으로 돌아간다. 여기에서 '자살행위'는 에
로스의 짝패인 타나토스의 욕망을 실현시키고자 하는 하나의 제의(祭
儀)로 기능한다. 사랑의 부재 이전의 태초의 공간으로 회귀하고자 하
는 이들의 욕망은 현실세계 안에서는 역설적인 자기파괴의 형태로 발
현되며 슬픔의 외양을 입고 참배된다. 작가는 「흙의 슬픔」에서 이러한
역설적 사랑의 공간으로의 회귀 욕망을 은연중 발설한다. 「흙의 슬픔」
에서 나는 잇달아 달려드는 죽음 충동과 정신적 고뇌로 신경안정제를
복용할 정도로 쇠약해진 가운데 밤마다 악몽에 시달린다. 악몽의 근
원지는 아버지의 집이다.

그러한 악몽 중에서도 요즘 가장 빈번하게 나타나는 것은 아버지와 격투를 하는 꿈, 혹은 아버지가 어머니를 학대하는 광경을 어린 내가 공포에 떨며 보고 있는 꿈입니다. 그리고 이상한 것은 무대가 영락없는 옛날 우리가 살던 시골집이라는 점입니다.[77]

'아버지와의 격투'[78]는 아버지로부터 부정당하고 패배당한 경험, 그리고 아버지와의 동일시에 실패하고 주체적 서사를 건설하지 못한 자아의 자조적 경험을 의미한다. 또한 어머니의 학대를 목격함으로써 공포에 떠는 장면은 사랑의 상실과 배제의 경험을 내면화했던 자아와의 대면을 뜻한다. 결국 악몽의 배경으로 등장하는 나의 고향집은 다름 아닌 아버지의 '집'이다. 아버지의 폭력이 난무하는 집, 불행과 공포의 근원지인 사랑 부재의 공간, 나는 이러한 공간을 반복적으로 환기하면서 사랑의 생성공간이자 소멸공간으로서의 아버지의 집, 고향집에 고착된다. 이는 사랑의 근원지인 부성공간으로의 회귀를 갈망하는 주체의 욕망이 역설적으로 발현된 결과이다. 작품 안에서 풀리지 않은 '악몽의 밧줄'은 결국 작품 외적 세계에서 극단적인 형태로 해소된다.

---

77) 김학영, 「흙의 슬픔」, 42쪽.
78) 「錯迷」와 「끌」에서 '나/경순'은 오랜 기간 축적되어 발효된 증오와 분노의 감정들을 한 순간 아버지를 향해 폭발시킨다. 하지만 아버지를 향한 대결 의지는 일방적인 패배의 형태로 종결된다. 오랜 육체노동으로 단련된 아버지의 물리적 힘 앞에서 유약한 아들의 절박한 도전의식은 패배가 예견된 무모한 저항에 불과하다. 아버지와의 대결 의지는 어떤 타협과 합리적 소통도 불가능한 절망적인 '벽'에 직면하여 자신의 육체적 무력함과 열등한 존재적 위치를 재검증하는 실패한 경험일 뿐이다. 이러한 좌절의 경험은 폭력적인 아버지의 세계를 극복하고 주체적인 자기 존재를 정립할 수 있다는 심리적 정당성과 실현가능성을 무력화시키면서 부정적 자기 인식을 내면화하는 요인으로 작용한다.

작가는 아버지의 집, 아픔의 원초적 기원인 고향집에 돌아가 죽음의 의식을 치른다. 사랑의 원초적 대상으로서의 아버지의 공간이면서 동시에 거부당한 사랑의 기억과 상실의 아픔이 내장된 근원적 공간인 아버지 집으로의 회귀와 죽음 의식은, 내 안에 '합체'되어 자아화된 아버지에 대한 복수이면서 동시에 아픔의 기원을 소멸시키려는 간절한 기도(企圖)이다. 내 안의 아버지를 죽임으로써 아픔의 근원으로부터 해방되는 것, 그것은 결국 자아의 죽음이라는 극단적 형태로 표출된다. 아버지의 사랑을 희구하고자 하는 작가적 열망은 자아화된 대상과 자아를 동시에 소멸시킴으로써 역설적인 아버지와의 합일을 구현한다. 이처럼 김학영의 작품 세계를 아우르는 슬픔과 아픔, 정신적 외상의 근원은 사랑의 부재의식이다. 작가에게 가장 중요한 문제는 사랑의 갈구, 특히 아버지의 사랑에 대한 희구였으며, 평생을 두고 작가적 괴로움의 원질이 된 사랑의 좌절과 애증의 양가감정은 마침내 자기상실, 자기파괴의 극단적 수행으로 막을 내리게 된다. "산 저쪽도 어둠이고, 산 이쪽도 역시 어둠, 자기에게는 돌아갈 곳이 아무데도 없다."[79]고 읊조리던 어린 소년은 "당신(작가)의 죽음(아버지 집으로의 회귀)으로 그 청춘(작가의 자기구원으로서의 글쓰기)이 명확히 끝났다는 것"[80]을 증명한다. 「흙의 슬픔」이 "이것이 나에게는 쓴다는 것의 마지막 작업이 되는 셈"[81]인 까닭이다.

---

79) 김학영, 「겨울 달빛」, 253쪽.
80) 김학영, 「흙의 슬픔」, 54쪽.
81) 김학영, 「흙의 슬픔」, 22쪽.

나. 거세된 신체/언어와 부재(不在)하는 여성

1) 상징적 거세와 글쓰기의 기원으로서의 '말더듬이'

흘음(吃音), 곧 말더듬이의 고통은 김학영 작품세계를 구별짓는 하나의 선명한 화인(火印)이다. "말더듬이가 받는 인간관계의 괴로움을 자연스럽게 말로 표현하지 못하는 데서 받는 주위의 압박감이 문학에 대한 관심을 갖게 한 첫 번째 결정적인 요소"[82]일 만큼 김학영에게 말더듬의 문제는 존재적 원체험(原體驗)이면서 동시에 세계와의 힘겨운 대결의 동인(動因)이다. 세계는 자기 증명의 투쟁적 공간이며, 부단한 모험을 통해 자신의 존재적 의미를 발견해나가는 주체 형성의 공간이다. 능동적으로 자신의 세계를 개척함으로써 긍정적 주체 확립의 발판을 마련해나가는 것이 대항적 주체 서사의 기본 동력이라면 김학영에게 있어 '공포의 대상'으로 각인되는 세계와의 대면은 불가피한 고난의 대결 과정을 예견한다고 볼 수 있다. 인간은 언어 속에서, 언어를 통해서 자신을 주체로 형성한다고 했을 때, 말더듬이라는 언어적 장애, 언어적 불구성은 자아로 하여금 세계 안에 자신을 개별적 주체로 확립시키는 데 치명적인 결손(缺損)이 있음을 암시한다. 인간의 모든 행위는 타자와의 관계를 전제할 수밖에 없으며 이러한 타자와의 관계는 언제나 언어에 의해 매개되기 때문에 언어는 모든 인간 행위의 조건이 된다. 인간은 언어를 매개로 자신의 신체적 욕구를 해소하고 세

---

82) 김학영, 「자기해방의 문학」, 『얼어붙는 입·끝』, 하유상 역, 화동출판사, 1992, 205쪽. 이후에는 작가, 작품명과 쪽수만 표시하였다.

계와의 관계를 조성한다. 따라서 언어를 벗어나는 것은 존재하지 않는 것을 의미한다고 볼 수 있다.[83] "세계는 한 사람의 인간이 말더듬이로서 존재하는 것을 허용하지 않는 것 같았다"[84]는 작가의 육성은 말더듬이라는 결핍된 존재성, 결함의 신체성을 세계가 어떤 식으로 판단하며 규제하는가를 드러낸다. 말더듬이라는 신체적 징후는 거부된 존재의 표식이며 열등한 타자성의 흔적이 된다. 무엇보다도 "한 사람의 인간 앞에 맨 먼저 세계를 대표하는 형태로 나타나는 아버지의 존재"[85]는 세계와 대면하는 주체의 최초의 인정/거부 경험을 추동하는 바, 김학영에게 있어서 아버지에 의한 부정적 낙인과 금지의 명령은 세계와의 필연적인 불화를 야기하는 선험적 체험이라 할 수 있다. 결국 작가에게 있어 말더듬이란 아버지의 법, 언어로 이루어진 상징계적 질서 안으로 매끄럽게 편입되지 못하고 고통스러운 자기부정의 과정을 통해 주체적 존재의 의미를 박탈당하는 '상징적 거세'의 신체적 구현이라 할 수 있다. 말더듬은 언어를 주조하는 정신적 현상이 입과 혀라는 신체적 구조의 원활한 작용을 통해 발현되지 못함으로써 결핍된 신체 안에 갇힌 소외된 언어-정신의 비극성을 드러낸다.

이렇게 불구적 신체 안에 갇혀 침묵하던 작가의 고통스러운 내면의 언어는 글쓰기라는 행위를 통해서 세상에 발신(發信)된다. 글쓰기는 작가가 세상과 소통하고 교류할 수 있는 유일한 수단이 된다. 또한 지금까지 자신을 얽매었던 '어눌의 고랑'에서 스스로 벗어나는 적극적 계기를 제공한다. "나에게 있어서 쓴다는 것은 자기를 자신 속에 구속

---

83) 김석, 앞의 책, 186쪽 참조.
84) 김학영, 「한 마리의 羊」, 270쪽.
85) 김학영, 「한 마리의 羊」, 270쪽.

하는 껍질(殼)을 하나씩 짓부수는 탈각작업처럼 여겨진다."[86]는 작가
의 고백은 삼십 년 가까이 작가의 인생을 구속해왔던 말더듬의 굴레,
신체적 억압의 껍질이 글쓰기를 통해 깨어짐으로써 작가가 '말하는
주체'로 새롭게 태어났음을 역설한다.

본 장에서는 상징적으로 거세된 신체/언어로서의 말더듬의 원인과
현상이 작품 안에 어떻게 형상화되고 있는지, 또한 작가적 고뇌의 한
축으로서 재일조선인이라는 존재성이 어떻게 말더듬이라는 외상(外
傷)적 경험으로 작동하는지 살펴보고자 한다. 더불어 근원적 체험으
로서의 말더듬 현상이 글쓰기를 통해 어떻게 해소되고 극복되었는지
를, 자기해방과 치유라는 글쓰기 본유(本有)의 가치와 연결시켜 고찰
해보고자 한다.

가) 자기부정과 재일의 표상으로서의 '말더듬이'

김학영은 등단작인 「얼어붙은 입」에서부터 "전체의 문제에 뛰어나
면 뛰어났지, 뒤떨어지지 않는 의미와 무게를 포함하는"[87] 작가 개인
의 실존적 문제로서 말더듬의 경험과 고통에 대해 천착하고 있다. '나'
에게 있어 말더듬은 '자기변혁'의 과제이며, '명료한 투쟁대상'이다.
"나로 하여금 폐쇄적 인간이 되게끔 하는 원흉이며, 나와 사회 사이에
뚫린 통로를 꽉 막아선 커다란 장애물"[88]로 인식되는 말더듬은 세상과
의 소통을 단절시키고 자신의 진실된 내면의 목소리를 은폐하고 왜곡

86) 김학영, 「한 마리의 羊」, 269쪽.
87) 김학영, 「일본 「文藝賞」 受賞의 말」, 『얼어붙은 입·끝』, 앞의 책, 3쪽.
88) 김학영, 「얼어붙은 입」, 150쪽.

시키는 숙명적 대결상대이다. 이때의 말더듬이란 단순히 신체적인 장
애에서 비롯된 선천적인 결함이라기보다는 타인과의 좌절된 사회적
관계로부터 연유한 심리적, 정신적 외상의 결과물이라 할 수 있다.[89]
'나'는 혼자서 암송을 할 때나 혼잣말을 할 경우에는 결코 더듬지 않으
면서도 타인과의 대화나 연구회의 발표 때는 '공포감'에 사로잡혀 심
각한 말더듬 현상을 반복한다. 이러한 '부질없는 공포감'은 타자와의
소통에 대한 좌절감, 타자의 경멸적 시선에 노출된 자신에 대한 굴욕
감, '자기 자신을 남들이 진실 그대로 받아들일 수 없'으리라는 자조와
설움으로부터 유발된다. 무엇보다도 이러한 공포감의 근저에는 아버
지에 의한 자기부정의 경험, 고유한 자기 존재에 대한 거부의 경험이
놓여있다.

> 아버지는 말더듬이인 나에게 때때로 견딜 수 없다는 기색을 나타냈
> 는데, 말더듬이로 운명지워진 나로서는 그것은 정말 정신이 아찔한 노
> 릇이었다. (중략) 자기 나름대로의 자신이 부정되고 있다는 의식, 자기

---

89) 말더듬은 생리적 · 기질적인 장애 없이 주로 심리적 · 환경적 원인으로 인하여 말
의 유창성(流暢性, fluency)에 장애를 일으키는 말장애이다. 말더듬은 말소리나 음
절의 반복, 소리의 연장, 소리의 막힘 등으로 인하여 말의 흐름이 순조롭지 않은
현상이다. 이러한 말더듬의 일차적 증상이 심해지면 얼굴의 찡그림, 눈 흡뜨기를
비롯하여 여러 가지 이차행동/부수행동이 나타난다. 말더듬에서 빠져나오려는 탈
출행동과 말을 기피하는 회피행동이 그것인데 이것은 '낱말공포(word fear)', '상
황공포(situational fear)'와 연결된다. 즉 자주 더듬는 말이 두려워서 그 낱말, 말소
리를 회피하는 현상이 생기고 말을 더듬게 되는 상황(대상자, 장소, 대화의 주제)
에서 필사적으로 도망가려 하는 것이다. 말에 대한 심리적 부담이나 두려움은 말
더듬을 지속시키거나 악화시키기도 하며 자신에 대한 부정적 고정관념을 야기하
기도 한다.(심현섭 외 8인 공저, 『의사소통장애의 이해』, 학지사, 2005, 22쪽, 229-
241쪽 참조.)

나름대로의 자신에 안주하는 것을 금지당하고 있다는 의식은, 그후 성
인이 된 뒤에도 오래도록 나를 붙들고 놓지 않았다.[90]

말더듬이인 작가는 아버지에게 한국전쟁에 관한 신문 기사를 읽어
주던 유년 시절의 경험을 '공포의 시간'으로 기억하면서, 그러한 아버
지의 경멸적 시선에 포획되어 "자신을 전부정(全否定)하고 자기가 아
닌 자기, 말하자면 타인으로 태어나고 싶다"[91]는 무모한 소망을 품을
수밖에 없었던 자기 환멸의 실존적 체험을 고백하고 있다. 이러한 말
더듬이로서의 굴욕감은 아버지에게조차 인정받지 못하는, '살아 있을
가치가 없는 인간'이라는 자기 비하와 존재 의미 상실의 단계로까지
나아간다. 작가에게 있어 말더듬이라는 신체적 결함은 가족 안에서조
차 소통되지 못하고 유의미한 구성원으로서 자리매김되지 못하는 존
재적 결핍의 기호로 작용한다. 라캉에 의하면 어린아이가 언어와 가
족이라는 상징계의 영역에서 자신의 자리를 차지하는 것은 곧 그가
가족집단과 전체적인 사회 속에서 자신의 개별성을 규정하는 것을 의
미한다.[92] 작품 안에 드러나는 말더듬이라는 신체적 결함은 단순히 개
인적 열등감의 표식을 넘어 가족과 사회 안에서 자신의 개별성을 규

---

90) 김학영, 「한 마리의 羊」, 271쪽.
91) 김학영, 「한 마리의 羊」, 271쪽.
92) 아니카 르메르, 『자크 라캉』, 이미선 역, 문예출판사, 1994, 130쪽. 라캉의 언어철
학에 의하면, 언어는 주체에게 자신이 〈주체성〉을 나타낼 수 있는 수단 혹은 준거
를 제공해준다. 어린아이에게서 의식의 자각은 그를 점차 사회 속으로 진입시켜
주는 언어습득과 동시에 일어난다. 인간은 언어 속에서, 언어를 통해서 자신을 주
체로 형성한다. 언어만으로도 실재 속에 〈자아〉라는 개념이 세워지기 때문이다.
그리고 〈자아〉에 대한 인식은 〈비아(非我)〉라는 개념을 나타내는 〈너〉와 대비되
었을 경우에만 가능하다. 주체성은 상호대립관계에 의해서 주체를 규정하는 나-
너의 변증법을 통해 성립된다.(위의 책, 95쪽 참조)

명하고 존재를 구축하며 자신만의 고유한 영역을 확보하는 과정의 어려움과 연결된다. 즉 언어를 통하여 자신을 명확히 규정하고 명명하는 과정을 통과해야만 타자와 구별되는 고유한 주체성을 정립할 수 있다는 측면에서, 말더듬이라는 언어적 불구성은 세계 혹은 아버지로 대표되는 타자와의 상호대립관계 속에서 자신을 개별적 주체로 세워 나가는 과정의 지난(至難)함과 실현불가능성을 상징적으로 드러낸다고 할 수 있다. 특히 이러한 말더듬이의 고통이 상징계적 질서 안으로 주체를 포섭하고 동일시의 과업을 추동해야 할 아버지의 폭력적 낙인에 의해 심화되었다는 사실은 작중 인물의 주체성 확립 과정과 말더듬이 현상, 그리고 폭력적 아버지와의 밀접한 상관성을 시사하는 것이라 할 수 있다. 이러한 작가의 자전적 경험은「겨울빛」의 현길이나「끌」의 경순의 경우를 통해 반복적으로 형상화된다.

　언제부터인지는 모르나 그는 말을 심하게 더듬는 바람에 괴로워하고 있었다. 친구나 허물없는 상대하고 이야기할 때는 별로 그렇지도 않으나 아버지와 같이 긴장을 느끼게 하는 사람 앞에서는 저도 모르게 말이 더듬어지는 것이다. (중략) 아침의 그 짧은 시간을 이용하여 요 반년 동안, 아버지는 현길이에게 신문을 낭독시켜 온 것인데, 팔을 흔들흔들하며 더듬더듬 읽고 있는 그를, 아버지는 처음엔 어이가 없는 듯이 바라보고 있었다. 마치 자신의 아들이 말더듬이 따위가 되어 있다는 사실이 믿어지지 않는다는 그런 얼굴이었다. 그러나 그것은 이내 신경질로 변하기가 일쑤였고, 때로는 모멸하는 어투로, "정말, 네 그 말더듬이를 어떻게 해야 되겠군." 하고, 그를 째려보며, 불쾌한 듯이 말하곤 했다. 신경질이야 어쨌든, 아버지가 이따금 내비치는 그같은 조소의 빛이 현길에게는 가슴에 와 박히는 못이 되고도 남았다. (중략) 자기는 아버지에게마저 인정을 받지 못하고 있다고 생각하니, 마치 자신이 살아있을 값어치가 없는 인간임에도 불구하고, 어쩔 수 없이 살아있는 것만 같은 생각이 들기도 했다.[93]

그가 자신의 말더듬을 깨닫게 된 것도 국민학교 3, 4학년 무렵 아버지에게 우편물의 대독을 명령받게 된 때부터의 일이다. 아버지 앞에서는 이상하게도 말이 막혔다. 아버지에 대한 공포감이 앞서, 그 때문에 목이 조이는 듯했다. (중략) 화를 잘 내는 아버지한테서 큰소리로 꾸중을 당했다. "그 말더듬을 어떻게 하렴." 하고 얻어맞은 일도 있었다.[94]

현길과 경순은 어린 시절, 자신의 언어습관에 대한 아버지의 부정적인 대응으로 인해 말더듬이라는 현상에 고착된다. 이미 아버지의 폭력적인 언사와 행동으로 인하여 어린 시절부터 내면의 공포감을 양산하고 있던 주인공들은 아버지의 '낭독' 명령을 자기 존재의 가치를 효율적으로 증명해야 할 시험으로 인식한다. 문맹인 아버지를 대신하여 신문과 우편물을 제대로 읽어내야 할 사명은 아버지에게 '인정'받기 위해 통과해야 할 하나의 관문이 된다. 하지만 이미 말더듬의 고랑에 빠져 있는 이들에게 아버지의 강압적인 낭독 요구와 거부반응은 주인공들을 더욱 깊은 자괴감과 심화된 말더듬의 단계로 몰고 간다. 아버지가 보이는 모멸과 조소의 태도는 주인공들의 내면에 심각한 타격을 입히며 주인공들은 자신들을 살 가치가 없는 부정적 존재로 받아들인다.

---

93) 김학영, 「겨울 달빛」, 200-203쪽.
94) 김학영, 「끌」, 153-154쪽.

어린 시절의 말더듬은 언어를 습득하는 과정에서 "선천적인 소인과 후천적인 발달ㆍ환경적 요인들의 상호작용"[95] 속에 발생한다. 선천적인 소인이 있는 사람이라도 후천적인 발달ㆍ환경적 요인들이 긍정적으로 작용하면 말더듬을 극복할 수도 있고 선천적인 소인이 없는 사람이라도 자라는 동안의 "언어환경"이 바람직하지 않을 때는 말더듬이 생길 수도 있다.[96] 김학영의 경우 8남매의 동기들 중에서 말더듬이 가 된 것은 유독 장남인 자신뿐이라고 언급하면서 스스로도 말더듬이의 원인을 아버지의 폭력과 가정의 불화에서 찾고 있다.[97] 그러므로 작품 속 인물들의 말더듬이 심화되고 고착된 원인은 아버지의 강압적인 낭독 명령과 부정적 태도라는 환경적 요인에서 비롯된다고 볼 수 있다.[98] 어린이의 비유창성(말더듬)에 대한 가족들의 걱정과 받아들이지 못하는 태도는 극히 부정적인 효력을 나타낸다. 그 가운데서도 어린이가 말을 더듬었을 때 가족들이 보이는 "참을성 없는 태도"는 치명적이라고 할 수 있다.[99] 아버지에 의한 부정적 표식으로서의 말더듬

---

95) 이승환, 『유창성장애』, 시그마프레스, 2005, 52쪽.

96) 위의 책, 52쪽 참조.

97) 김학영, 「자기해방의 문학」, 205-206쪽.

98) 따라서 이정희도 지적하고 있듯이(이정희, 「김학영(金鶴泳)론-『얼어붙는 입』, 『끌』, 『서곡』, 『흙의 슬픔』을 중심으로-」, 세종대학교 일어일문학과 석사학위논문, 2007, 18-20쪽.) "일반적으로 말더듬이라 하면 선천적인 병으로서 본인의 노력으로 극복할 수 있는 장애가 아니다. 개인적 노력이나 의지와는 상관없이 숙명처럼 받아들이고 살아갈 수밖에 없는 선대로부터 물려받은 신체적 결함이다."(김환기, 「김학영의 『얼어붙은 입』론」, 『일어일문학연구』39, 2001, 272쪽.)라는 김환기의 견해는 말더듬이라는 결핍성을 숙명적인 개인의 결함으로 봄으로써 말더듬이와 아버지, 즉 작가의 불우한 환경과의 상관성을 면밀히 규명하지 못하고 개인의 문제로만 환원시켜 고찰할 위험성이 있다.

99) 이승환, 앞의 책, 60쪽. 말더듬을 일으키는 환경요인으로는 부모, 말ㆍ언어환경, 중요사건 등이 있다. 말을 더듬는 어린이들의 부모의 경우, 말을 더듬지 않는 어린

은 인물들의 신체에 각인되며 끊임없이 자기부정의 기제로 환기된다. 가시적인 육체의 상처나 흉터가 망각에 의해 중단될 수 없는 지속적인 기억의 흔적을 보장[100]하는 것처럼, 아버지에 의한 거부와 배제의 경험은 말더듬이라는 육체적 환기를 통해 기억 속에서 끊임없이 재구성되고 고정된다. 아버지의 부정적 언명과 폭력적 반응은 '살 속에 박힌 기념물'[101]처럼 말더듬이라는 현상을 통해 신체에 각인되며 부정적 '기억의 고정장치'[102]가 된다.

이들의 부모보다 (1)어린이의 말에 대하여 더 비판적이고 더 보호본능이 강하고, 어린이를 좌지우지하는 태도를 더 보이며, (2)어린이가 사용하는 말과 언어보다 높은 수준의 능력을 기대하고, (3)거부하는 행동을 더 나타내며 일상생활에서 격정거리가 더 많고, (4)더 완벽주의적이며, (5)말의 속도가 빠르고, (6)어린이의 말을 방해하거나 말에 끼어들거나 부모와 어린이의 말이 겹치는 횟수가 더 많고, (7)어린이의 말을 수정하거나 개선해주려는 시도를 더 많이 한다는 특성을 보인다. 또한 가까운 사람의 죽음 또는 병으로 인한 입원, 부모의 별거 또는 이혼, 어린이의 발병, 학교선생님의 심한 꾸지람 또는 과민한 반응, 부모의 실직, 부모가 자주 또는 장기간 집을 비우는 등의 충격적인 사건으로 인해 어린이의 심리적, 정서적 안정에 타격이 가해지는 경우 말더듬 현상이 갑자기 생기거나 악화될 수 있다.(위의 책, 60-63쪽 참조)

100) 박은주, 「기억과 망각의 '역설적 결합'으로서의 글쓰기-카프카의 텍스트에 나타난 기억 구상」, 『뷔히너와 현대문학』21, 2003, 470쪽.

101) 위의 논문, 471쪽.

102) 알라이다 아스만은 언어를 비롯하여 격정과 상징 그리고 트라우마를 육체를 매개로 하는 "기억의 고정장치"로 명명한다. 아스만에 따르면 격한 감정의 기억은 외부의 증명이나 자기 자신의 교정에서 벗어나 있는 정신물리학적 경험에 기초하는 것이며, 이것은 기억의 진실성의 측면보다는 경험적 기억의 '진정성'과 관련된다. 왜냐하면 격정의 기억은 생생한 인상적 기억의 강렬성과 함께 존속하기 때문이다. 그리고 이러한 격정의 기억이 지닌 과거와의 생생한 관계는 역사적 진실과는 다를지 모르지만 개인의 정체성에 영향을 끼치고 개인사적인 증거가치를 지닌다. 이러한 개인적인 기억은 상징의 힘을 획득함으로써 특정한 의미관계의 틀 속에 자리매김된다. 어린 시절 격정에 의한 기억이 후에는 상징의 힘을 얻게 되며 이렇게 상징이 된 기억은 개인의 성장과 정체성 변화에 중요한 의미를 지닌다. 트라우마는 홀로코스트와 같은 끔찍한 일을 겪은 '손상된 자아'의 '비영

아버지의 비난으로부터 비롯된 낭독의 경험은 '상황공포'로 이어지고 이와 유사한 학교에서의 고통스러운 발화의 경험으로 확장된다. 말더듬이인 주인공들은 출석점호에 응답하거나 낭독이나 역독(譯讀)을 해야 하는 수업 시간에 선생님으로부터 비난을 받거나 무시를 당한다. 「겨울빛」에서 현길은 이마오까(今岡) 영어 선생에게 말더듬이라는 이유로 미움을 산다. "아버지처럼 성미가 급하고 화를 잘 내"[103] 는 영어 선생은 현길이 교과서 낭독 시 말을 더듬는 것을 참지 못하고 다른 학생을 지목하거나 아예 그를 무시하고 수업을 진행한다. 또한 「끌」에서 세계사 담당 오구라(小倉) 선생은 경순이 출석점호에 바로 대답하지 못하자 심한 욕을 하며 그를 비난한다. 「흙의 슬픔」에서는 학급위원 선거에서 위원장으로 선출되었는데도 말더듬이라는 이유로 부위원장으로 격하된 나의 이야기가 나온다. 이처럼 무서운 아버지 앞에서 신문이나 우편물을 대신 읽어야 했던 유년 시절의 공포스러운 체험은 그대로 주인공의 대인관계와 사회활동에 영향을 미친다. 자신이 아버지에 의해 말더듬이라는 부정적 존재, 결핍된 존재로 규정당한 경험, 그 이전까지는 무의식적인 습관으로만 인식했던 말더듬을 의식적인 장애의 형태로 각인시킨 아버지의 경멸적 태도 앞에서 주인공들은 위축되고 열등감을 느끼며, 자기부정의 심리를 반복적으로 내면화한다. 누군가가 자신을 말더듬이라는 결핍된 존재로 바라보고 있다는 두려움과 부정적 자의식은 타인들의 편견적 시선을 굴욕과

웅적 기억'에서 나타난다. 손상된 자아는 그가 겪은 트라우마를 해석 작업을 통해 상징화할 능력이 없기 때문에 공포의 경험은 의식의 그림자 속에서 잠재적으로 존속하는 외상으로 간직되고 기억된다.(위의 논문, 470-471쪽 참조)

103) 김학영, 「겨울 달빛」, 225쪽.

수치로 받아들이면서 세계와의 원만한 관계 형성을 이루어내지 못한다. 아버지의 부정적 시선은 모든 타인들의 부정적 시선으로 확장되어 자아를 포박하고 그러한 시선을 능동적으로 극복할 수 없는 자아는 그러한 자기비하의 굴욕감을 심화된 말더듬의 형태로 재(再)표출함으로써 악순환적으로 반복되는 자기부정의 굴레에 갇히게 된다.

이러한 자기부정의 기제로서의 말더듬은 재일조선인이라는 민족적 콤플렉스와 결합하면서 이중, 삼중의 억압된 상황을 연출한다. 재일조선인이라는 결핍된 기호는 말더듬이라는 신체적 억압성과 합치되면서 복합적인 부정의 효과를 양산한다.

> "뭐, 뭐, 뭐야, 죠, 죠 죠센징(朝鮮人). 너, 너, 넌 저기에 가, 가 있어."
> (중략) 경순은 말더듬이의 입흉내 하며, 대사며 더구나 장소 하며, 히라오의 한마디에 때려 눕혀졌다. 그 곳의 분위기에 별안간 튕겨져 나간 기분이 들었다. 안심하고 의지했던 받침대가 돌연 빠져버린 듯한, 그래서 보기 흉한 모습으로 땅바닥에 납작 나뒹구러지는 듯한 당혹(當惑)과 굴욕감에 휩싸였다.[104]

「끌」에서 민족적 열등성과 신체적 결핍성을 노골적으로 부각시키며 비웃음거리로 삼는 일본인 소년의 행위는 주인공인 경순에게 씻을 수 없는 모욕감과 패배감을 심어준다. 아버지로부터 거부당한 말더듬의 경험은 재일조선인이라는 또하나의 민족적, 신체적 각인과 접합되면서 이중부정의 상황에 놓인다. 이러한 굴욕적인 경험은 "문맹의 죠

---

104) 김학영,「끌」, 157쪽.

센징과 말더듬의 죠센징의 비참한 부합(符合)"[105]이라는 재일조선인
의 적나라한 현실 고발로까지 나아간다.

이처럼 말을 더듬음으로써 주위 사람들의 경멸어린 시선, 비웃음
에 노출되었던 경험은 그대로 재일조선인으로서 일본인들에게 재현
되는 열등의 이미지, 결핍된 시각적 이미지와 연결된다. 시각적 이미
지에 포착된 타자의 신체는 공격적 시선에 의해 파괴되고 노출된 뒤
에 남겨진 잔여물이다. 본다는 것은 이론적으로 말해서 폭력의 일차
적 동인(agency)이며 수동적 희생자의 위치에 놓인 타자를 시각적으
로 관통하는 행위이다.[106] '일본인의 시선'을 내면화한 이수영(「눈초리
의 벽」)의 시선에 포착된 재일조선인의 형상은 정형화된 인종적, 계층
적 차별의 이미지를 재생하는데, 이는 말더듬이라는 언어적 불구성과
마이너리티성이 신체적 특징, 인물적 속성으로 확장되어 표상된 것이
라 할 수 있다.

다소 엄해 보이는 얼굴도 그렇고, 살이 너무 붙어서 늘어진 느낌의
몸매도 그렇고, 또 기름이 질질 흐르는 물욕 때문에 신경이 우둔해져
있는 느낌의 언동을 봐도 그렇고 수영은 그런 것들에서 왠지 '조선인'
이 연상되었다. (중략) '그 사람 같은 조선인'이란 도대체 무엇일까. 탐
욕적이고 뻔뻔스러우며, 술 마시면 싸움을 잘 걸고, 빈곤하고 불결한
이른바 비문명적이고 감당하기 어렵다. 야만적인 인간—그러한 형용이
수영의 머릿속에 떠오른다. (중략) 프론트의 남자 같은 '돼지'의 인상은

---

105) 김학영, 「끌」, 158쪽.
106) Chow, Rey, 장수현 · 김우영 역, 『디아스포라의 지식인』, 이산, 2005, 52-53쪽 참
　　조.

없었지만, 얼굴이 어딘지 모르게 울퉁불퉁했는데 그것이 그에게 '조선
인의 용모'를 생각하게 했다. 게다가 남자의 어딘가 비굴한 언동도 '노
예근성'에서 비롯된 모종의 조선인을 연상시켰다.[107]

여행지의 여관에서 맞닥뜨린 부정적 인상의 인물들에 대하여 이수
영은 재일조선인에게 덧씌워진 편견적 시선을 적나라하게 투사한다.
그 사람의 실제 국적과는 상관없이 야만스럽고 비굴한 육체노동자
의 형상은 재일조선인을 지시하는 하나의 기표로 작용하며, 열등하고
비문명적인 존재로서의 재일조선인의 표상은 '일본인적 시선' 속에
서 고착화되고 재생산된다. 일제 강점기 이후 경제적 이유로 혹은 강
제 징용이나 징병으로 일본으로 이주해 온 조선 민족의 이질성(야만
성)에 대한 담론은 일본 사회 안에서 문명국으로서의 긍정적 내셔널
아이덴티티를 창출함과 아울러 정치적 현실로서 식민주의의 정당성
을 확보해주는 장치로 작용했다.[108] 다시 말해서 식민지 시기 이래 오
랫동안 주류 사회의 편견에 무방비 상태로 노출되어오면서 '무지하고
야만적이고 무섭고 더러운' 이미지로 재생된 재일조선인은 교양과 품
격을 갖추고 위생적이며 우월한 집단인 일본인의 동질성을 환기시켜
주는 열등한 타자로서 고정된 것이다.[109] 이러한 차별적 시선은 일본
에 동화된 이수영의 내면에 자연스럽게 녹아들어 재일조선인의 신체
를 사물화시킴으로써 자신의 민족적 정체성을 거부하게 만드는 폭력
적 기제로 작용한다. 작가는 이러한 타자화된 주인공의 시선을 작품

107) 金鶴泳, 「まなざしの壁」, 244-245쪽.
108) 윤상인, 「'재일 문학'의 조건」, 『문학과 근대와 일본』, 문학과지성사, 2009, 322쪽.
109) 위의 책, 322쪽.

안에 고스란히 형상화함으로써 재일조선인이라는 결핍된 신체성, 오리엔탈 오리엔탈리즘[110]적인 시선에 포획된 주체의 억압된 민족성을 드러낸다. 이는 말더듬이라는 존재적 결핍성과 복합적으로 상응하는 지점이라 할 수 있다. 재일조선인 지식인인 강상중은 자신의 청소년 시절에 체험했던 말더듬의 경험을 밝히면서 재일의 신체 언어로서의 말더듬의 상징성에 대해 언급하고 있다.

중학생 때 어느 날 갑자기 나는 말을 더듬기 시작했다. 그것은 대학에 들어가서까지 계속되었다. (중략) 이상한 것은 일상적으로 대화하는 것은 전혀 문제가 없는데, 국어 낭독이나 앞에 나가서 발표를 하려고 하면, 말더듬이가 되어버리는 것이다. (중략) 지금 돌이켜 보면, 말더듬이 증상의 이면에는 내가 재일이었던 것과 무관하다고 생각되지

---

110) '오리엔탈 오리엔탈리즘oriental orientalism'이라는 개념(Kikuchi Yuko, *Japanese Modernisation and Mingei Theory: Cultural Nationalism and Oriental Orientalism*, London and New York: Routledge Curzon, 2004)은 '동양'이면서 '서양'이기를 추구했던 일본, 지리상으로 '동양'에 위치하면서도 '상상의 지리the imaginative geography'상으로는 스스로를 '서양'으로 위치지우려 했던 일본 민족주의의 특징을 설명하는 데 유용하다. 일본의 '오리엔탈 오리엔탈리즘'은 '타자'에 대한 '포섭inclusiveness'과 '배제exclusiveness'라는 양가적 논리구조를 갖는다. '포섭'은 서양에 대항해 동양의 문화적 다양성을 포용하는 '다문화주의multiculturalism' 혹은 '문화적 상대주의'로 나타나며, '배제'는 대동아 공영권 하에서 '내부 식민지화'와 '외부 식민지화'라는 형태로 나타난다. 여기서 '내부 식민지'란 아이누와 오키나와를, '외부 식민지'란 타이완과 조선을 말한다. 오키나와, 홋카이도, 타이완, 조선은 모두 일본의 '타자' 만들기의 대상으로 일본의 '동양'이 된 지역이다.(염운옥, 「야나기 무네요시와 '오리엔탈 오리엔탈리즘'」, 『역사와 문화』14, 2007, 237, 241쪽 참조) 재일조선인은 일본의 '외부 식민지'인 조선이면서 동시에 일본 사회 안에서 차별적 소수 민족으로 구별된다는 점에서 '내부 식민지'로도 볼 수 있다. 이러한 재일조선인의 중층적 위치는 이중의 식민 경험에 노출된 재일조선인의 역사적, 존재적 피억압성을 함축적으로 보여준다고 할 수 있다.

않는다. 내가 속한 사회로부터 재일이라는 이유 때문에 소외당하지 않을까 하는 불안이 나를 말더듬이로 만들었지 않았나 하는 생각이 든다. 사회로부터 거절당할 것이라는 위화감이 나를 괴롭힌 것이다. (중략) '아저씨'의 일본어가 능숙하지 않았다는 것을 깊이 생각해 보면, 주위의 세계와 원만하게 타협하지 못한 것이 언어에 영향을 미친 것이라 생각된다. 신체적 언어라고 할까. 사회와의 관계가 매끄럽지 못하면, 병리현상이 나타난다. 그것이 말하는 행위에 드러났는지도 모른다. 그러므로 나의 말더듬이도, 필사적으로 세계와의 관계를 만들고 싶은데 그게 안 된다는 걸 알았을 때의 좌절과 안타까움의 표출이 아니었을까.[111]

강상중은 중학교 때 갑자기 발생한 말더듬이 현상이 자신의 재일성과 무관하지 않음을 언급한다. 즉 사적인 관계에서는 전혀 문제가 없는 언어 사용이 공적인 세계와의 관계에 들어설 때, 즉 수업 시간의 낭독이나 발표 시 자기 존재의 열등성에 대한 자각과 함께 장애로 작동하는 것이다. 이는 김학영 소설에 나타난 인물들의 반응과 거의 유사하다. '사회로부터 거절당할지도 모른다는 위화감', '재일조선인이라는 이유로 소외당할지도 모른다는 불안감'이 세계와의 대면과 소통을 가로막음으로써 말더듬이라는 신체적 현상을 유발하는 것이다.

이렇듯 아버지와 타인의 시선으로부터 포박당한 심리적 자기부정의 증거로서 말더듬은 재일조선인이라는 마이너리티성을 폭로하는 신체적 언어 현상으로 확장된다. 말더듬이라는 왜곡된 언어체계로 인해 사회와 굴절된 관계성을 형성함으로써 진실된 자아의 모습을 구현할 수 없는 주인공들은 세계와의 단절, 세계와의 소통불능의 아픔과

---

111) 姜尙中, 앞의 책, 96-99쪽.

좌절 속에서 상징적으로 거세된 자신의 형상을 주조한다. '말하는 주체'되기에 실패함으로써 아버지의 상징계적 권위를 자신 안에 구현하지 못하고 왜곡되고 열등한 주체의 위치를 재생산할 수밖에 없는 인물들은 자신의 언어적 불구성으로 인해 끊임없이 고뇌하고 세계와의 소통을 지연시키면서 억압적 신체성에 유폐된다.

나) 글쓰기의 기원으로서의 '말더듬이'와 치유의 가능성

세계 안에 자신을 구현함으로써 주체적 인간으로 거듭나고자 하는 욕망은 언어적 발화를 통해 충족된다. 언어를 통하여 타자와 만나고 소통하면서 새로운 자아상을 구축하고 세계와의 유기적 관계를 형성해나가는 주체 정립 과정은 김학영에게 있어서는 말더듬이라는 신체적 결손으로 인하여 구속되고 좌절된 경험으로 체현된다. 말더듬이라는 것이 자기 존재의 열등성을 심화시키는 자기부정의 기제이자 재일조선인의 결핍된 신체를 상징하는 표식이었다면, 글쓰기라는 새로운 도전을 통하여 자신을 구현하고자 하는 열망은 이러한 존재적 결핍을 해소하고 소통부재의 현실을 타개하려는 작가의 처절한 저항의 몸짓이라고 할 수 있다. 말더듬에 대한 엄중한 직시와 정면대응을 통해 자신을 속박하는 말더듬의 상황을 극복하고자 하는 작가의 의지는 글쓰기라는 또 다른 소통 수단의 획득으로 나타난다. "말더듬이가 아니었던들, 그대로 화학연구의 길을 걸었을 것"[112]이라는 작가의 말은 일상적인 삶의 흐름을 차단하고 존재의 의미를 박탈하는 말더듬이의 고통

---

112) 김학영, 「자기해방의 문학」, 205쪽.

이 무엇보다도 억압된 내면의 목소리를 분출해낼 발현의 공간을 요구했음을 보여준다. 내면의 고통을 해소하는 '카타르시스'적 글쓰기, '고통의 정직한 기록'으로서의 고해성사(告解聖事)적 글쓰기는 김학영에게 있어 자기 회복의 가능성을 열고 세계와의 소통, 융합의 시발점을 마련하는 표출 행위로 기능한다. 글쓰기를 통해 세상과의 접점을 마련하고 그 경계선 위에서 자신의 실존적, 역사적 정체성을 고민하고자 하는 존재적 욕망이 화학자에서 작가로, 김학영의 삶의 축을 전환시킨 것이다. 김학영은 끊임없이 자신의 과거 기억들을 현재적 의미로 재구성하고 냉엄하게 성찰하면서 글쓰기를 통한 '철두철미한 자기 해방의 작업', '자기 구제의 영위'를 행한다. 김학영의 소설은 자신의 이야기를 문학적 소재로 삼는다는 점에서 일본 근대문학의 사소설(私小說)적 전통과 맞닿아 있다. 그러나 김학영 문학의 사소설적 특징은 작가가 의도적으로 선택한 것이라기보다 작가의 기질과 요구에 의해 필연적으로 채택된 방법이라고 볼 수 있다. 즉 김학영에게 있어 문학적 출발은 처음부터 내면적 절박감을 동반한 실존의 문제와 깊이 연관되어 있었던 것이라고 볼 수 있다.[113]

이렇게 말더듬이의 고통으로부터 비롯된 김학영의 글쓰기는 "삼십년 가까운 동안 어떻게도 피할 길이 없던 흘음의 괴로움, 거기서 파생하는 가지가지 신경증적 고통이 단지 그것을 현실 그대로 썼다는 한 가지만으로 소멸됐다는 것"[114]에서 한 걸음 더 나아가 재일조선인으로서 자신의 위치를 자각하고 '한국인으로서의 자기 인식'을 확립하기

---

113) 유숙자, 「말더듬이의 고뇌와 존재의 불안: 김학영」, 앞의 책, 95쪽 참조.
114) 김학영, 「한 마리의 羊」, 269쪽.

위한 하나의 존재적 물음의 형태로 확장된다.

　수영은 쓴다고 하는 것에 불가사의한 작용이 있다고 생각한다. 자신에게 무엇이 문제이고, 무엇이 문제가 아닌지 확실히 알고 있다. 『겨울 날에』속에서 말더듬의 고통에 관한 것들을 모조리 쓰고 나자 그 후 그는 어찌된 영문인지 말더듬을 잊게 되었다. 말을 더듬는 것은 별반 변함이 없지만, 그것을 그다지 고통으로 여기지 않았다. 말을 더듬는다고 해도 별 문제 없는 게 아닐까 하고 생각하게 되었다. 말더듬이란 말을 더듬는 사람이라기보다는 더듬는 것을 고통으로 여기는 사람일 것이다. (중략) 말더듬을 잊은 대신에 이번에는 K에게 들은 그 시선에 관한 것이 점차 마음에 걸리기 시작했다.[115]

　(쓴다는 것은) 또한 자기 확인의 작업인 것이다. 자기정립의 작업이라 해도 좋다. 요컨대 몽롱한 안개 속에 묻힌 스스로의 모습을 선명하게 하는 작업이다. 나에게 있어서 선명한 자신이란 한국인으로서의 자신인 것은 타언(他言)을 요하지 않는다. 그래서 일본어에 의하더라도 내가 쓴다는 것은 한국인의 민족적 주체성의 좌표축(座標軸)으로 말한다면 마이너스의 지점까지 후퇴한 자기 내부의 민족적 주체성을 플러스의 지점에 돌리는 작업인 것이다.[116]

'일본인적 시선'에 포박된 마이너스적 민족 정체성을 플러스의 위치로 재정립시키는 것은 열등하고 결핍된 존재로 스스로를 재단했던 과거의 오류를 수정하고 작가 자신의 자존감과 삶의 의지를 각성시키려

---

115) 金鶴泳,「まなざしの壁」, 234쪽.
116) 김학영,「한 마리의 羊」, 275쪽.

는 적극적 행위이다. 글쓰기를 통해서 부단한 성찰과 자기 회복의 과정, '자기 확인의 작업'을 수행함으로써 재일조선인이라는 혼미(昏迷)하고 부유(浮游)하는 은폐된 존재성, 일본인도 아니고 한국인도 아닌 이중부정의 거부된 존재성을 선명히 각인하는 과정은 역설적으로 일본 사회에 대항할 역사적 당위성을 모색하는 기틀이 된다. 또한 재일조선인에 대한 차별적 시선과 억압적 환경을 적극적으로 극복하려는 주체적 힘의 발견을 추동한다. 작가에게 있어 글쓰기는 말더듬으로부터의 해방을 가능하게 했으며, "자기해방도 끝까지 파고 들어가 보면 민족의 해방으로 이어지는 것이라고 생각할 수 있다"[117]는 점에서 결국 김학영의 글쓰기는 말더듬이라는 개인의 고뇌를 넘어 재일조선인이라는 역사적 타자의 문제로까지 확장, 고찰되고 있다고 볼 수 있다. 그러한 각성과 반성의 과정을 작가는 「눈초리의 벽(壁)」에서 면밀히 추적하고 있다. 말더듬이라는 개인의 고통을 육성화하는 가운데 자기 해방의 가능성을 발견했던 작가는 개인의 욕망충족의 글쓰기가 민족적 보편성을 추구하는 글쓰기의 수행으로 나아가기 위해 겪게 되는 내적 갈등 양상을 소설가 주인공을 등장시켜 조명하고 있다. 재일조선인으로서 개인의 문제에 천착한다는 것은 결국 그 개인이 속한 집단, 민족의 천착과 무관할 수 없음을 예리한 자기 해부와 내면적 성찰을 통해 보여주고 있는 것이다.

내 안에는 항상 조선인과 일본인이 있었다. 그리고 예전의 나는 조선인이라기보다는 일본인이라고 하는 것이 어울릴 정도로 일본인 쪽에

---

117) 김학영, 「자기해방의 문학」, 207쪽.

중심을 둔 인간이었다. (중략) 일본에서 태어나, 일본에서 교육을 받고, 일본의 풍토 속에서 살아왔고, 앞으로도 일본에서 살아갈 자신은 자기 안의 일본인으로부터도 벗어날 수 없을 것이다. (중략) 그래도 상관없지 않은가? 그 시선을 받는 측의 인간, 동시에 그 시선을 보내는 측의 인간, 양쪽 모두 가지고 있기 때문에, 그러한 자신을 앎으로써 오히려 나는 그 시선의 정체를 끝까지 볼 수 있는 것이 아닐까. 그 시선을 만들어낸 국가, 혹은 민족, 혹은 인간이라는 것에 대해서 보다 깊게 생각할 수 있는 것이 아닐까. 그리고 그것에 대해서 전부 아는 것이야말로, 혹은 전부 알기 위해 노력하는 과정 속에서 자신에게 있어서의 진정한 해방이 있는 것은 아닐까. ……[118]

김학영의 자기비판과 내면 의식의 확장은 양가적이면서 복합적이라는 데에 그 변별점이 있다. 즉 개인의 문제를 집단의 문제, 민족의 문제로 일방향적으로 확대시키는 것이 아니라 개인과 민족의 길항 관계, 그 복합적인 혼종의 관계를 있는 그대로 주시하고 그러한 관계의 모순성을 자기 안에 투사함으로써, 비약적인 해결방식으로 문제의식을 흐리기보다는 불가피한 존재적 상황과 정직하게 대면하고자 한다. 경계적 존재, 모순적 존재로서의 자기 정체성을 수긍하고 거기에서부터 진정한 자기 해방을 모색하는 것, 그럼으로써 치유와 자기 복원의 글쓰기로 나아가는 것, 그것이 김학영이 궁극적으로 추구했던 글쓰기의 원체험이라고 볼 수 있다. 말 혹은 이야기하기를 통한 과거회상은 삶의 중요한 고비마다 받는 상처의 치유를 모색하는 글쓰기이며, 특히 여러 층위로(국가, 인종, 언어, 젠더 등으로) 주변화된 상태에서 자

118) 金鶴泳, 「まなざしの壁」, 292-293쪽.

신의 목소리인 글로 자신의 존재감을 드러내는 것이 쉽지 않은[119] 이 주자, 소수자 문학의 경우 글쓰기가 가지는 치유적 사명, 자기 복원의 의미망은 더욱 증폭된다. 김학영이 자신의 글쓰기를 통해 도달하고 자 했던 궁극적 이상향 또한 자기구원과 존재 증명의 가능성이 내포된 '자기해방'의 글쓰기였다. 결국 자기부정과 결핍된 신체로서의 말더듬이, 열등한 재일조선인의 표상을 극복하고 억압된 내면의 목소리에 귀기울이는 작업으로서의 작가적 글쓰기는 김학영 문학이 추구했던 자기구원과 슬픔의 치유라는 글쓰기 본유의 가치를 치열하게 구현하는 과정이었다고 할 수 있다.

2) '젠더화된 하위주체'로서의 재일조선인 여성

김학영의 작품에서 가장 중요하게 언급되는 인물은 아버지이다. 아버지와의 갈등 관계와 동일시 과정은 작가의 작품 세계를 관통하는 중요한 모티프가 되며 작가의 무의식적 내면을 관장하는 '보이지 않는 손'과 같다. 사랑과 증오의 양가적 감정이 난립하고 혼동되고 길항하는 가운데 주체의 형성 과정을 중층적으로 주조하는 원형적 인물이 아버지이다. 흥미로운 것은 작가의 원초적 트라우마가 되는 폭력적 경험이 자신을 향한 직접적인 폭력의 발현으로부터 비롯되기보다는 '어머니'라는 중간자를 매개로 간접적으로 경험되는 폭력의 형태라는 것이다. 아버지의 일방적인 폭력의 한가운데에서 고통의 시간을 침묵

---

119) 박정희, 「이주, 트라우마 그리고 치유의 글쓰기」, 『헤세연구』20, 2008, 364쪽 참조.

으로 견디는 어머니의 형상은 마치 무성영화의 한 장면을 보는 것처럼 객관적인 실체성을 감지하기 어렵다. 매맞는 어머니의 모습은 하나의 정물화처럼 자식들의 내면에 각인되고 대상화된다. 어머니의 고통과 슬픔은 공유하고 함께 해결해나갈 수 있는 성질의 것이 아니라, 그저 압도적인 공포감에 짓눌린 채 무기력하게 대면할 수밖에 없는 사물화된 감정인 것이다. 아버지의 폭력적 세계에 포박되어 자신의 목소리를 잃어버린 어머니는 '말할 수 없는 존재', 침묵 속에서 재현되는 고통받는 타자, '젠더화된 하위주체'로 설정된다. 존재적 근거로서의 자신의 언어를 강탈당한 여성-어머니는 침묵으로 자신이 겪은 신체적 폭력을 내면화함과 동시에 표출한다. 어머니의 침묵은 억압당한 존재, 차별당한 존재로서 소외된 자신의 위치를 드러내는 재현 방법이면서 동시에 고통받는 타자로서 자기를 증명하고 의미화하는 역설적 기제가 된다.

주체를 형성하고 세계와 소통하는 일차적 도구로서의 언어를 빼앗긴 여성-어머니의 침묵은 그것이 약자의 징표라는 측면에서 결핍된 남성-아들의 '말더듬'과 연결된다. 그러나 남성 주체의 '말더듬'이 글쓰기라는 자기 구원과 치유의 과정을 거쳐 새로운 전망을 시사(示唆)하는 것과는 달리, '말할 수 없는 존재'로서의 여성 하위주체는 스스로 말할 수 있는 기회를 획득하지 못한다. 즉 여성 하위주체의 '말하기'는 작가의 적극적인 '말걸기'의 부재로 인하여 실존적 재현의 가능성을 박탈당한다. 세계와의 교통이 단절되고 가족 안에서 철저한 피해자이자 약자로 규정된 어머니는 '구원의 대상', '슬픔을 유발하는 촉매제'로 상정될 뿐 폭력의 부당성에 맞서 스스로 자신의 목소리를 재현해 내는 데에는 실패한다. 은폐되고 왜곡된, 혹은 미화된 어머니의 형상

은 아버지와의 동일화를 추구함으로써 타자인 여성의 목소리를 은연
중 외면하고 있는 작가의 가부장적 가치관과 연결된다. 어머니 혹은
할머니의 고통과 슬픔은 자신의 경우와 일치하고 공명하는 범주 안에
서만 의미화되고 내면화된다. 타자의 고통을 객관적으로 응시하고 공
감하는 가운데, 그러한 왜곡된 폭력의 세계와 맞서 투쟁하기보다는
아버지의 법 앞에 투항하여 동일한 폭력체계를 재생산함으로써 주체
의 서사는 타자에 대한 공감과 저항의 윤리를 생산해내는 데까지는
이르지 못한다.

가) '말할 수 없는 존재'와 침묵의 발화

김학영 작품에 나타나는 폭력의 양상은 일반적인 인간 삶의 적응
능력을 압도하며, 생명과 신체적 안녕(安寧)을 위협하거나 폭력이
나 죽음과 직접 맞닥뜨리는 경우와 관련된다[120]는 점에서 외상(外傷,
trauma)의 한 형태로 볼 수 있다. 아버지가 어머니에게 행사하는 폭력
의 강도는 상상가능한 물리적, 정신적 타격의 정도를 상회하는 극단
적 형태를 보여준다.

> 나는 어머니가 한 대씩 맞을 때마다, 자기 몸이라기보다 마음이 한
> 대씩 얻어맞는 기분이었습니다. (중략) 순간 내 눈에 들어온 것은, 방망
> 이로 힘껏 어머니의 머리를 후려치는 아버지의 광포한 모습이었습니
> 다. 그리고 후려치자마자 방망이는 〈딱〉하고 둔한 소리를 내면서 부러

---

120) Herman, Judith Lewis, 『트라우마-가정폭력에서 정치적 테러까지』, 최현정 역,
플래닛, 2007, 68쪽 참조.

진 것입니다. 동시에 내 안에서도 무엇인가가 소리를 내면서 부러지는
것 같은 느낌이 들었습니다. (중략) 그때 어머니는 동생을 임신하여 어
지간히 배가 불러 있었습니다. 그러나 요행히도 맞은 자리가 위험한 부
분을 빗긴 탓일까요. 어머니는 실신하는 일도 없이 비실비실 쓰러지더
니, 그리하여 뱃속의 아이를 보호라도 하려는 듯이 사지를 뻗고 엎드렸
습니다. 창백한 얼굴이 푹 고개를 조아리며 가만히 고통을 참는 것 같
았습니다. 한줄기의 핏방울이 관자놀이의 머리칼 사이에서 줄을 긋듯
천천히 흘러내렸습니다.[121]

임신한 아내의 머리를 방망이로 내려치는 남편의 형상은 가족이라
는 개념 안에서 좀처럼 상상하기 어려운 난폭성을 보여준다. 이때 아
버지의 내면에서 소용돌이치는 '광기'의 분출은 앞서 살펴본 대로 아
버지가 겪은 '광기어린' 식민지 역사의 폭력성에서 전이된 대체 행위
라는 점에서 정당성을 획득한다. 즉 아버지가 유년 시절에 경험한 피
식민지인의 고통스러운 과거 기억을 심리적으로 보상받고 억압된 내
면의 분노를 해소하기 위하여 '어머니'라는 희생적 대체물이 요구되
는 것이다. 아버지의 억압된 역사성이 어머니의 지워진 역사성 위에
서 정당화된다는 점에서 재일 1세대 여성들의 경험은 이중적 소외를
겪는다. 일본 사회에서 조선인 어머니는 차별, 빈곤, 이산, 피억압자의
다부짐, 가족주의, 무한한 포용력을 상징한다.[122] 이러한 정형화된 어
머니상은 억압받고 수탈당하는 약자로서의 재일조선인의 형상을 대

---

121) 김학영, 「흙의 슬픔」, 25-26쪽.
122) 송연옥, 「식민지주의에 대한 저항-재일조선인 여성이 창조하는 아이덴티티」,
　　『황해문화』, 2007. 겨울, 171쪽 참조.

변함과 동시에 차별적 고난의 상황을 인고(忍苦)와 자식에 대한 헌신으로 극복해나가는 강인한 어머니상과 연결된다. 이는 "일본이라는 민족-가족 파괴적인 지역에서 생존을 위한 자기 방어적인 요인이 강하게 작용한 것"[123]으로 풀이될 수도 있으며, 근대적 여성규범인 '현모양처/양처현모'라는 가치관의 수행을 통해서 다음 세대의 남성 '국민'을 교육하고 남성 중심의 가정을 보필할 정숙한 여성상 육성이라는 내셔널리즘적 발상의 한 형태로 파악될 수도 있다.[124] 여성은 남성국민의 보조적 역할(아내, 어머니)을 충실히 수행함으로써 가정의 올바른 구성원으로 인정받을 수 있는 것이다. 「錯迷」에 등장하는 아버지는 '신경질적이고 성급하면서도 완벽주의자'의 성격을 지닌 인물로 어머니의 대범한 성질을 '둔중함이나 태평스러움'으로 전도시켜 사소한 일에도 분노하며 어머니를 비난하고 학대한다. 「끌」에서는 문맹인 아버지를 대신하여 가게의 경리와 사무를 보면서 "글자의 세계에서 아버지의 손발이 돼"[125] 준 마쓰무라 쥬꼬와 비교하여, 문맹이면서 가사노동도 변변히 해나가지 못하는 변변찮은 여자로 어머니를 매도한다. 가족 안에서 가부장으로서의 권위와 위계질서를 강요하는 폭력적 아버지에게 어머니의 태도와 행위는 '양처(良妻)'답지 못한 부적절하고 미흡한 행동으로 판단된다. 타고난 성실성과 강인한 생활력으로 일본 사회 안에서 경제적으로 성공하고 원만한 재일조선인 가정을 꾸려나가려는 아버지의 욕망은 자신을 철저히 보필하면서 순종적으로 자신

123) 임헌영, 「재일 동포문학에 나타난 한국여성의 초상」, 『한국문학연구』19, 1997, 244쪽.
124) 김부자, 「HARUKO-재일여성 · 디아스포라 · 젠더」, 『황해문화』, 2007. 겨울, 135-137쪽 참조.
125) 김학영, 「끌」, 153쪽.

의 가부장적 위치를 확인해줄 아내를 요구하며 이러한 이상적인 여성
상을 기준으로 현실의 아내를 학대하고 강압적으로 규제한다. 이러한
가부장적 가치관에 침윤된 아버지의 폭력적 행동은 어머니를 무기력
하고 체념적인 여성으로 변모시킨다. 「끝」에서 '푸른 유자 열매' 같은
희망을 안고 일본으로 건너왔던 어머니는 자신의 꿈이 무참하게 으깨
진 가정에서 폭력과 학대에 시달리며 살아갈 수밖에 없는 것이다. 이
처럼 김학영이 그리는 여성상, 어머니상은 약자이면서 강자라는, 상징
적 어머니상에서 비껴간다. 김학영이 형상화하는 어머니(할머니)는
가부장적 억압에 희생되는 철저한 약자의 모습으로 구현된다. 아버지
의 폭력 앞에서 무기력하게 사물화된 어머니는 언어를 잃은, '말할 수
없는 존재'로 그려지며, 일말의 비명조차 무시되는 완벽한 '타자'로 취
급된다.

> 전부의 식기를 부수고 나면 이번에는 부엌에 섰는 어머니한테로 가
> 서, 가슴이 얼어붙는 것 같은 음험한 목소리로 어머니에게 욕설을 퍼부
> 으며, 때리고 차는 처절한 폭행을 가한다. 어머니는 슬프다기보다 상심
> (傷心)과 공포에 이지러진 얼굴을 숙이고 그저 가만히 참고 있다. 아무
> 리 욕을 먹고 매를 맞아도 어머니는 잠자코 있다. 그런 때 서투르게 변
> 명쪼의 말대꾸라도 할라치면, 도리어 아버지의 분통을 건드려서 더 얻
> 어맞을 뿐이라는 것을 어머니도 알고 있는 것이다. 그런데 입을 다물고
> 묵묵히 있는 것도 역시 아버지의 비위에 거슬리는 것이었다. "너는 바
> 보냐! 벙어리냐!" 하고 미친 듯이 욕설을 퍼부으며 더욱 사납게 어머니
> 를 때리는 것이다.[126]

---

126) 김학영, 「昏迷」, 78쪽.

아버지의 폭력 앞에서 어머니의 대응 방법은 묵묵한 체념이다. 어머니의 언어는 아버지의 세계에서는 통용되지 않는 불구의 언어이다. 어머니의 말은 재현되지 않는 은폐된 언어이며, 발화되지 않는 침묵의 언어이다. 이미 부정당하고 열등한 존재로 규정당한 어머니의 신체는 자신의 언어를 주조할 가능성을 박탈당한다. 정신적으로('너는 바보냐!') 육체적으로('벙어리냐!') 거세당한 어머니의 언어 행위는 아버지의 폭력적 세계 안에서 자신의 부재를 증명하는 무의미한 몸부림일 뿐이다. 세계와 소통하는 도구로서의 '말'을 잃은 열등한 존재, 타자들의 이미지는 「겨울빛」에서 여러 형상으로 변주된다.

> 어머니가 특히 아버지에게 잘 맞추지 못하는 것은 언변이 부족한 점이 아닐까 하고 현길이는 문득 그런 생각을 해보았다. 아버지가 어머니에 대해 가장 불만스럽게 생각하고 있는 것은 붙임성이 부족하다는 점이었다. 손님이 와도 그럴싸한 인사말 한 마디 하는 법이 없는 과묵한 어머니가 아버지에게는 불만인 모양으로, 툭하면, "그래가지고는 장사하기 틀렸어."라고 어머니를 책하는 것이었다. 자기가 말을 더듬거려, 그 때문에 신문을 유창하게 읽지 못해 괴로움을 겪고 있는 것과 마찬가지로, 어머니도 자신의 과묵한 성격 때문에 괴로움을 당하고 있는 것은 아닐까. 말이 뜻대로 잘 나와 주지 않아, 아버지 앞에서 자기가 맛보고 있는 것과 같은 공포를 어머니 또한 느끼고 있는 것은 아닐까.
> 현길이는 다시 조모에 대한 생각도 해보았다. 구와다네 할머니는 언젠가, 조모가 일본말을 잘 하지 못해 말이 도무지 없는 사람이었다는 이야기를 한 적이 있었다. 조모 역시 과묵에서 오는 두려움과 서러움에 시달리고 있었던 것은 아니었을까. 자주 외롭다는 말을 했다는 조모의 그 말 속에는 말이 더듬어질 때마다 느끼는 자기의 슬픔이나 외로움하

고 공통되는 그 무엇이 포함되어 있었던 것은 아니었을까.

아니, 조모뿐만이 아닐 것이다. 일찍이 집에서 기르고 있었던 개 '흰발'도 거의 짖지를 않는, 과묵이라고밖에 형용할 길이 없는 그런 개였다. 이 흰발은 3년 전 여름, 아버지의 불의의 노여움에 걸려서 박살(撲殺)당하는 신세가 되고 말았는데, 지금 생각해보면 그 개 역시 과묵 때문에 희생된 것 같다. 어머니의 과묵과 자기의 떠듬거리는 말에 신경질을 내듯이 아버지는 흰발의 짖지 않는 과묵에 대해서도 신경질이 폭발했던 것이다.[127]

어머니의 과묵과 현길의 말더듬, 그리고 흰발의 '짖지 않는 과묵'은 모두 '쓸모'의 측면에서 판단된다. 붙임성 있고 조리있게 말하는 재주가 없는 어머니는 아버지의 '장사'에는 소용없는 존재가 된다. 순종적이면서 현명한 아내를 요구하는 아버지에게 어머니는 항상 부족하고 허점투성이인, 자신과 격이 맞지 않는 열등한 존재일 뿐이다. 이러한 어머니의 선천적 과묵함은 아버지의 비난과 부정적 낙인으로 인하여 더욱 왜곡되고 위축된 형태로 강화된다. 성격적인 과묵함이 육체적으로도 원활히 작동하지 않는 어눌함으로 심화되어 결국 신체적 열등성으로 고착화되는 것이다. 신문을 유창하게 읽지 못함으로써 아버지가 원하는 정보를 즉각적으로 제공하지 못하는 현길의 말더듬과 마찬가지로 어머니의 과묵함은 아버지의 개별적 요구를 충족시키지 못함으로써 '쓸모없고' '바보천치'와 같은 열등함의 표식으로 비하된다. '거의 짖지를 않는, 과묵이라고밖에 형용할 길이 없는' 흰발이도 같은 맥락에서 아버지에게 희생당한 존재이다. 현길이 애지중지 보살피며 키

---

127) 김학영, 「겨울 달빛」, 241-242쪽.

위온 개로 현길에게는 '없어서는 안 될 친구'였던 흰발은 아버지의 화풀이 대상이 되어 아버지가 내리친 장작에 머리가 부서져 죽는다. 집을 지키는 개로서 '짖지 않는 과묵'은 자신의 도구로서의 가치를 망각한 쓸모없는 행위로 간주된다. 이처럼 아버지에게 어머니, 현길, 흰발은 모두 '말하지 않음'으로써 쓸모없는 존재들이다. 하지만 역설적으로 이러한 과묵과 말더듬의 양태가 아버지의 폭력적인 부정적 낙인에 의해서 강화되고 재생산된다는 점에서 이들의 언어는 자발적인 폐쇄로서의 '말하지 않음'이 아니라 강압적으로 유폐되고 단절된 '말할 수 없음'의 결과물이다. 이처럼 활용 가치로서만 자신의 존재를 증명해야 하는 억압적 상황은 스스로의 존재적 가치를 비하하고 외부와의 적극적인 소통의 가능성을 차단함으로써 언어를 통한 세계와의 대면을 지연시킨다.

이러한 어머니와 현길의 언어 부재, 과묵과 어눌의 형상은 할머니의 '말없음'과 연결되면서 역사적 의미망 속으로 흡수된다. 할머니는 조국을 떠나 일본에 온 지 1년여 만에 건널목에서 달리는 기차에 뛰어들어 자살한다. 일본말이 서툰 할머니에게 낯선 일본땅에서의 생활은 고립감과 두려움에 가득 찬 낯선 경험이다. 더욱이 식민지 상황의 차별받는 재일조선인으로서 열악한 삶의 형태를 감수하며 정서적, 문화적 이질감과 충돌해야 했던 할머니에게, 가장 기본적인 의사표현의 도구이자 적응의 필수조건인 언어의 불능은 타국 생활의 어려움과 이방인으로서의 소외감을 한층 증폭시키는 계기로 작동한다. 피식민자로서 자신의 모국어를 박탈당한 경험은 강제적 이주로 말미암아 존재적 근거가 와해된 재일조선인의 디아스포라적 고통을 상징적으로 드러내는 장치이다. 이들의 목소리는 식민지 공간에서 통용되지 않는 사장(死藏)된 언어, 묵살된 언어만을 구현한다. 식민지 체계로 매끄럽게 유입되지 못하는 이들의 언어는 소외되고 억압된 민족적 타자의 선명한 표식이며, 이들을 침묵 속에 가두는 수인(囚人)의 코드로 작동한다. 어머니와 현길의 과묵과 말더듬 또한 이러한 재일조선인의 삶과 무관하지 않다. 아버지의 폭력, 아버지의 과도한 완벽주의는 일본이라는 차별적 사회에서 살아남기 위한 고투의 왜곡된 형태이며, 그러한 폭력적 세계에 갇힌 이중적 타자로서의 어머니와 현길, 할머니의 목소리는 침묵이라는 완곡한 형태로 발화될 수밖에 없다. 이처럼 '이중의 식민화'[128)에 감금된 '젠더화된 하위주체'로서의 재일조선인 여성 혹은 여성화된 주체는 '말할 수 없는 존재'로 규정된 자신의 존재를 침묵이라는 역설적 형태로 드러내면서, 피식민적 차별과 가부장적 억압에 억눌린 자신들의 고통을 표면화한다.

나) 폭력의 유전(遺傳)과 은폐된 타자

'말할 수 없는 존재'로서의 재일조선인 여성의 '이중적 식민화'에 주

---

128) 커스텐 홀스트 피터슨(Kirsten Holst Petersen)과 애너 러더포드(Anna Rutherford)는 여성이 식민주의와 가부장제라는 억압을 어떻게 동시에 경험했는지 하는 그 경험방식을 언급하려고 '이중의 식민화'라는 용어를 사용했다. '이중의 식민화'라는 용어는 여성들이 식민주의적 현실과 재현, 그리고 가부장적 현실과 재현으로 두 번이나 식민화되었다는 사실을 언급해준다. 이러한 '이중의 식민화'는 피식민지 여성과 식민주체 여성에게 모두 영향을 미친다.(McLeod, John, 박종성 외 편역,『탈식민주의 길잡이』, 한울아카데미, 2003, 203-211쪽 참조) 이 책에서 존 맥클라우드는 탈식민적 재현 안에서 존속되어 나타나는 가부장적 권위에 주목하면서, 탈식민주의가 젠더의 차이라는 문제에 민감하지 않는다면 탈식민주의는 식민주의처럼 여성의 목소리가 무시되고 침묵하게 된 남성 위주의, 궁극적으로 가부장적인 담론이 되고 말 것이라고 언급한다.

목하면서 침묵이라는 형태로 이러한 고통을 재현하고 있는 작가의 문학적 행위를 우리는 여기에서 좀더 면밀히 고찰해볼 필요가 있는데, 이는 그러한 여성들의 강요된 침묵과 자신의 '말더듬'의 고통을 동일시하면서도 은연중 작가가 그러한 침묵의 재현을 재생산하는데 공모하고 있다는 혐의에서 자유롭지 못하기 때문이다. 특히 작품 속에서 가장 직접적이고 잔인한 폭력에 노출된 어머니의 경우, 어머니의 정신적, 육체적 고통의 흔적은 연민과 슬픔의 정조 속에 스며들어 부지불식간에 소멸해버리고 만다. 어머니의 고통은 나와 아버지의 대립구도를 활성화시키는 하나의 기폭제로 작용할 뿐, 고통에 반응하는 어머니의 실존적 목소리는 부재하다. 할머니의 자살이라는 극적 죽음의 형태가 '나라를 잃은 민족적 슬픔'의 형태로 전이되면서 아버지와 자신의 역사성을 구성하는 견인차 역할을 하는 것과는 달리, 어머니의 폭력 체험은 아버지의 잔인함을 증명하는 도구로만 의미화될 뿐 그 이상 어머니는 어떠한 주체적 발화도 행사하지 못한다. 여기에서 우리는 '말할 수 없는' 하위주체가 기존의 지배적 질서체계 안에서 소비되는 두 가지 형태의 전형적 구성방식과 만나게 된다.

'서발턴은 말할 수 없다'라는 스피박(Spivak, Gayatri Chakravorty)의 언명은 '서발턴이 죽을 힘을 다해 말하려고 해도, 그 사람들에게 자신의 목소리를 듣게 할 수 없음을 의미'하며 이는 힘을 박탈당한 특정 집단들이 말을 할 수 없다는 얘기가 아니라, 그들의 발화 행위가 재현의 지배적인 정치체계 안에서는 다른 사람들에게 들리거나 인식되지 못한다는 뜻이다.[129] 존 맥클라우드(McLeod, John)는 스피박의 논

---

129) Morton, Stephen, 이운경 역, 『스피박 넘기』, 앨피, 2005, 127-129쪽 참조.

의를 언급하면서 하위계층 여성들이 말하지 못한다는 의미는 하위계층 여성들이 말을 할 때조차 그들의 개입을 정확하게 이해하지 못하는 개념적·방법론적 절차에 의해 해석된다는 뜻이라고 언급한다. 하위계층 여성이 말을 하지 않는다기보다는 다른 타자들이 경청하는 방법을 몰랐고, 화자와 청자 간의 거래 안으로 들어가는 방법을 몰랐다는 것이다. 하위계층은 그들의 말이 올바르게 해석될 수 없기 때문에 말을 할 수 없는 것이며, 따라서 하위계층 여성들의 침묵은 발화의 실패가 아니라 해석의 실패의 결과다.[130] 이러한 존 맥클라우드의 스피박 독해를 적용해 보면, 어머니의 실체적 고통을 침묵이라는 형태로 형상화하여 자신의 고통으로 전유한 작가적 의도가 은연중 가부장적 체계 안에 포섭된 작가의 편향적 해석 결과를 반증하는 것은 아닌가 하는 의구심을 불러일으킨다. 즉 김학영 작품 안에서 '침묵'하는 여성(화자)들은 실제로 침묵하는 것이 아니며 끊임없이 상대방을 향해 절박하게 외치고 있지만, 작가(청자)의 입장에서는 그러한 외침이 '침묵'의 형태로 잘못 '해석'될 수 있다는 것이다. 즉 작가는 어머니를 침묵'시킨다'. 철저한 약자로, 피해자로, 구원의 대상으로 상정된 어머니는 '침묵'함으로써만 자신의 대상화된 위치를 고수하고 강화할 수 있다. 침묵의 틈새로 비명처럼 새어나오는 발화의 흔적들은 '실패'한 침묵이 된다.

"너, 너무……" 하고 어머니는 말했다. 노여움에 목소리가 옥죄어 어머니는 그 분노를 목구멍에서 짜내듯이 말했다. "너무 사람을 바, 바보

---

130) McLeod, John, 앞의 책, 233쪽 참조.

취급 말아옷!" 날카로운 금속성의 목소리는 어머니의 목소리라고 생각 되지 않았다. 여자의 목소리라고도, 인간의 목소리라고도 생각되지 않 았다. 어머니는 모든 체면을 내동댕이치고 아버지에게 대항하고 있었 다. (중략) 어머니는 미친 사람처럼 "죽여요! 죽여!" 하며 울부짖고 있 었다. 나는 어머니의 뺨을 한 대 후려쳐서 입을 다물게 하고는, 끌어가 다시피하여 이층으로 데리고 갔다. (중략) "네 어미 봤냐. 그런 어미를 보고 너는 어떻게 생각하니. 그래도 여자냐, 으응? 도대체 그래도 여자 냔 말이야." (중략) 나는 시끄러운 매미울음처럼 마누라의 악담을 늘어 놓는, 아버지의 입언저리를 보고 있었다. (중략) 그 입술은 다만 마누라 의 결점을 들춰내기 위해서만 이 세상에 생겨난 것처럼 여겨진다. 마누 라의 결점을 들춰내고, 마누라의 어리석음을 매도하면서도 자기 자신 의 어리석음에는 생각이 미치지 않는 입술, 마누라를 해치는 언동만 일 삼으면서 자기 자신은 반성할 줄 모르는 입술, 이 처치하기 거북한 입 술—.[131]

아버지의 난폭한 폭력에 항상 흐느끼고, 체념하고, 도피하던 어머니 의 수동적 형상은 위의 장면에서 폭발적 분노의 형태로 변모한다. 아 버지의 폭언과 폭행에 견디다 못한 어머니의 처절한 몸부림과 응수 는 그러나 '나'에겐 낯설고 혐오스러운 광경이다. 약자, 피해자의 입장 에서 '침묵'함으로써 슬픔의 정당성을 획득했던 어머니의 형상은 아 버지와 똑같은 추악한 형태로 변형됨으로써 숭고한 슬픔의 가치를 상 실한다. 미친 사람처럼 울부짖는 어머니의 목소리는, 억압당하고 차 별받는 가운데 인고와 순종으로 '침묵'하는 어머니의 지배적 재현 방

---

131) 김학영, 「昏迷」, 117-122쪽.

식에 가담하지 않는 '이해할 수 없는' '개입'이다. 어머니의 비정형화된 목소리는 '경청'할 수 없고 '거래'될 수 없다. 결국 작가적 세계관 안에서 '해석'되고 포섭될 수 없는 어머니의 목소리는 강압적 형식을 통해 '침묵'으로 환원된다. '나는 어머니의 뺨을 한 대 후려쳐서 입을 다물게 하고는, 끌어가다시피하여 이층으로 데리고' 감으로써 어머니의 발화의 가능성은 배제된다. 아버지의 무차별적인 폭력 속에서 왜곡된 침묵을 강요당했던 어머니의 은폐된 발화는 아버지와 '유사 아버지'인 나의 개입으로 말미암아 '죽을힘을 다해 말하려고 해도 자신의 목소리를 듣게 할 수 없'는 상황에 직면하게 된다. 아버지를 중심으로 한 가부장적 위계질서가 작동하는 가족 안에서 어머니의 위치는 '나'의 공모로 인해 공고화된 침묵의 자장(磁場) 안에 놓인다. 나는 자신에 대한 일말의 반성이나 성찰 없이 어머니만을 일방적으로 매도하는 아버지의 언행에 혐오감을 느끼면서도 아버지의 역사적 무게에 압도당해 적극적인 중재를 행하지 못한다. 어머니의 발화가 금지된 '아버지의 법' 아래에서 이제 '침묵'의 대변인인 어머니는 '발작'하는 '마누라'로 격하되며 아버지의 '입술'을 통해서만 재현되는 은폐된 타자가 된다. 목소리를 빼앗긴 어머니를 대신하여 아버지는 자신의 인식 범위 안에서 어머니를 해석한다.

> "그래, 걱정이냐? 하지만 말야, 네 엄마는 돌아오지 않아, 돌아올 수
> 없단 말이야, 지금쯤 어딘가에서 기차에 치어 죽었을 거라." 모든 것에
> 서 버림을 받은 것 같은 무서운 목소리였다. 그때 아버지는 할머니의
> 일을 생각하고 있었던 것이 아닐까 하고 지금의 그는 생각한다. (중략)
> 만약에 아버지는 그때 자기 어머니와 같은 곳으로 여편네를 몰아넣고

있는 자신을 깨닫고는 지금 그가 휩싸여 있는 것과 같은 쓰고 떫은 함
정에 빠져 있었던 것은 아니었을까. 그리고 걱정이 되어 슬픈 얼굴로
자지 않고 있는 아이에게서 예전의 자기를 발견하고 뭔가 견딜 수 없
는, 말하자면 자기자신 속에 도사리고 있는 어찌할래야 할 수 없는 것
에 대한 자포자기같은 기분에서 그런 일을 엉겁결에 말해버린 것이나
아닐까. (중략) 지금까지 바깥쪽에서만 바라보았던 아버지라는 인간이
이제는 안쪽에서 바라다보이는 듯했다.[132]

「外燈이 없는 집」에서 '그'는 연달아 일어난 사소한 실수로 그의 심
기를 건드린 아내에게 주먹질을 한다. 아내가 가출한 빈집에서 그는
자기 안에 내재한 아버지의 분노의 피, '자신 속의 불안한 피의 혼란'
을 감지하며, 대를 이어 반복되는 폭력적 가정의 암울함을 떠올린다.
위의 예문에서 철도자살로 죽음에 이른 어머니(할머니)의 영상은 가
출한 아내(어머니)의 행보와 겹쳐진다. 어머니(할머니)에게 '버림'받
았다는 무의식적 외상이 아내(어머니)의 가출로 인해 환기되면서 아
버지의 자괴감과 슬픔은 극대화된다. 할아버지에서 아버지, 그리고
'그'에 이르기까지 자식들에게 자신의 불행한 경험을 대물림하고 있
다는 '업보'의 인식은 아내(어머니)의 경우에도 동일하게 투사된다.
가출한 아내가 기차에 치어 죽었을 것이라는 아버지의 독백은 자신의
고통스러운 상실의 경험을 그대로 아내에게 전가한 것에 불과하다.
어머니는 아버지의 세계 안에서만 존재의 의미를 부여받으며 어머니
의 실존적 고통의 목소리는 휘발된다. 아버지를 꼭 닮은 자신의 모습
에 곤혹감을 느끼면서도 그러한 아버지를 내면에서부터 공감하고 친

---

132) 김학영, 「外燈이 없는 집」, 197-198쪽.

밀함의 감정으로 받아들이는 그는 '육친의 애정'의 세계를 자신의 원형적 존재 공간으로 상정한다. 어머니가 부재한 곳, 어머니의 목소리가 은폐된 아버지의 공간에서 주체는 정당한 자신의 자리를 확보하는 것이다.

> 그는 지금에 와서 한쪽으로 아버지에게 기묘한 그리움 비슷한 감정을 느끼는 것이다. (중략) 생각의 대립에도 불구하고 이렇게 잡아당겨 합쳐지는 것 이것이 바로 육친의 애정이라는 걸까, 혈육의 정, 동포의식이라는 걸까.[133]

아내에게 폭력을 행사한 남편들(아버지와 그)은 그들의 원형적 고통, 개인사적인 불행의 경험 안에서 자신의 행위를 정당화한다. 아내에 대한 폭력은 그러한 '혈육의 정'과 '동포의식'으로 맺어진 남성 주체들의 동질감을 환기시키는 필연적 계기일 뿐이다. 폭력의 일차적 피해자인 아내들이 부재한 집에서 그들은 '버림받은' 포즈로 자신의 운명적 피내림을 되새기며 반성과 각성의 시간을 갖는다. 유년 시절 불화한 가정에서의 억압적 경험과 자신의 고통스러운 내면에만 매몰된 이들은 자신의 폭력적 행동이 유발한 타자의 상처에 대해서는 일견 무심하다. 아버지와의 동일성 회복을 통해서 자기 안에 내재한 폭력성의 유전적 원인을 규명해낸 '그'는 스스로 자신의 행위를 이해하고 '용서'한다.

> 아내는 한순간 어찌할 바를 모르다가도 금방 마음으로 자기를 용서

---

133) 김학영, 「外燈이 없는 집」, 199쪽.

해 줄 것이 틀림없다. 아이들은 또 아이들대로 재빨리 본래의 다정함으
로 되돌아선 아버지를 의아스럽게 생각하면서도 결국 깊은 안도의 기
쁨을 그 어린 가슴에 느낄 것에 틀림없다. 지난밤 겁에 질려 나간 그 아
이들의 활짝 개인 웃는 얼굴이 서서히 그의 마음속에 확대되어 갔다.[134]

아무런 반성도 없이 어머니의 행동을 매도하고 폭력을 휘둘렀던 아
버지에 비하여 자기 행동을 이성적으로 판단하고 성찰하며 적극적으
로 해소하려는 '그'의 태도는 분명 진일보한 면모를 보인다. 하지만 결
국 그러한 '용서'와 자기성찰이 타자와의 상호관계 안에서 이루어지
기보다는 자신을 타자화시킨 폭력적 경험의 무조건적 수용과 암묵적
화해를 통해 간접적으로 이루어짐으로써 또다시 타자(어머니, 아내)
의 목소리를 은폐시키고 가부장적 주체 담론 안에 포섭된다는 점에
서, 그러한 용서의 과정은 진정성을 담보하고 있다고 보기 어렵다. 크
리스테바(Kristeva, J.)에 의하면 "용서는 의미, 멜랑콜리, 그리고 아브
젝션(abjection)의 제거를 수행한다." 즉 그것은 분리된 개인들에게
전체적인 하모니를 만들어내며 새로운 유대를 향해 나아가게 만드는
것이 된다. 여기에는 고통이 반드시 전제되며 글쓰기는 바로 용서의
즐거움을 향유하는 행위가 된다.[135] 고통에 휘둘린 주체의 경험은 타
자와의 진정한 소통을 통해서만 용서의 길에 이를 수 있다. 아버지의
폭력적, 부정적 낙인에 의해 자기비하와 자기파괴적 충동에 시달리던
개인들이 자신과 동일한 상처에 고통받는 타자들(어머니, 할머니, 아

134) 김학영, 「外燈이 없는 집」, 200-201쪽.
135) 배대화, 「도스토예프스키, G. 프로이트, J. 크리스테바」, 『노어노문학』16권 2호,
2004, 146쪽.

내)을 이해하고 공감하며 연대하는 가운데 폭력의 경험들을 치유해나가는 과정이, 용서의 선행과제로 수행되어야 하는 것이다. 이러한 용서의 과정은 타자의 목소리에 먼저 귀기울이고 그들의 고통을 그들의 언어로 재현해낼 때 구현 가능한 것이라 할 수 있다. 자기 내면의 열등한 자아, 부정적 자아를 용서하고 극복하는 과정을 통해서, 그리고 또한 억압적 폭력에 의해 '말할 수 없는' 타자로 규정된 이들과의 상호소통, 정직한 대면, 그리고 그들의 고통을 기입하고 '말거는' 작업을 통해 용서와 자기구원의 단계로 나아갈 수 있는 것이다. 가해자의 고통을 피해자의 고통으로 전유함으로써 가해자가 행사한 폭력의 불가피성을 정당화하는 것이 아니라, 타자의 고통을 타자의 발화 방식으로 구현해냄으로써 자신의 고통의 순간과 정직하게 조우하는 것, 이것이 작가의 글쓰기가 전유해야 할 진정한 화해와 용서의 글쓰기라 할 수 있다. 완벽한 침묵 속에서 죽음으로 자신의 실존적 타자성을 증명했던 할머니의 '말없음' 또한 민족과 역사라는 지배적인 저항의 담론 안에 포섭되어 비약적인 의미망을 생산하기 이전에, 타자화된 할머니의 고통의 지점을 직시하고 스스로 발화의 주체가 되어 폭력적 세계에 대면할 수 있는 가능성을 제시해야 할 것이다. 은폐된 타자의 목소리를 복원하고 그러한 발화를 통해 자신의 타자성을 극복할 가능성을 마련하는 것, 그리고 아버지의 폭력을 객관적으로 직시하고 분노하고 대항하는 과정을 통과함으로써 침묵하던 어머니와 가족 스스로가 용서의 주체가 되어 스스로에게 구원의 가능성을 부여하는 것, 그것이 김학영 문학이 아버지의 권력망, 억압된 자기 존재성에서 벗어나는 구체적이며 윤리적인 한 방법이 될 것이다.

다. 저항(抵抗)과 지향(志向)으로서의 민족의식

1) 양가적 조국 인식과 탈민족적 성향

재일조선인은 일제 강점기 이후 한국 근현대사를 규정짓는 민족적, 국가적 역학관계를 가장 첨예하게 반영하고 있는 존재이다. 피식민자라는 차별적 기억의 속박 아래서, 그리고 적대적 이데올로기를 근간으로 분단된 두 개의 조국 사이에서, 민족을 바라보는 재일조선인의 시선은 착종되고 중층화된 갈등 구조를 생산할 수밖에 없다. 재일조선인은 남북으로 분단된 '두 개의 조국'을 안고 현대세계를 지배하는 국민국가체제 아래서 항상 '남'이냐 '북'이냐의 선택을 다그침받거나 또는 한쪽에의 충성을 강요당하고, 한편으로는 현실적으로 생활을 영위하고 있는 일본땅에서 천황 · 민족 · 국가를 한묶음으로 한 '일본'이라는 절대적 가치개념을 끝없이 강요당한다.[136] 일본 사회 안에서 차별받는 소수자로서, 끊임없이 배제와 동화라는 폭력적 국가 권력 시스템에 노출된 관리 대상으로서, 재일조선인은 '일반화된 억압을 드러내주는 일종의 가시적 환유(換喩)'[137]로 작동한다.

김학영의 작품에서는 교착된 존재인식이 민족이라는 관념과 조우하면서 무수한 갈등과 정체성 혼란의 과정을 주조하는데, 이는 무엇보다도 아버지와의 상관성을 중심으로 문제 제기되며, 일본 사회의 시대적 조류와도 감응하면서 한층 복합적인 민족의식, 역사인식을 보

---

136) 尹建次, 정도영 역, 『現代日本의 歷史意識』, 한길사, 1990, 5쪽.
137) Field, Norma, 김영희 역, 「선망과 권태와 수난을 넘어서-재일조선인과 여타 일본인의 해방의 정치학을 향하여」, 『창작과비평』, 1994. 봄, 362쪽.

여준다.

가) 아버지와 양가적 조국 인식의 상관성

　김학영 문학에 있어서 가장 핵심적인 주제라 할 수 있는 말더듬이, 민족문제, 아버지를 주제 구현의 빈도수에 따라 분류하면 전(全)작품인 소설 26편 가운데 말더듬이가 2편, 민족문제가 13편, 아버지가 12편이다.[138] 이처럼 민족문제와 아버지라는 모티프는 거의 비슷한 빈도로 나타나며, 그 중 여섯 작품에서 이 두 가지 모티프가 동시에 그려지고 있다.[139] 즉 작가에게 있어 민족문제, 즉 조국 인식의 문제는 아버지와의 밀접한 상관성 아래 형성되었다는 것을 알 수 있다. 이때 아버지와의 상관성 아래 구성된 작가의 민족의식은 한민족이라는 혈연중심의 '상상'의 민족공동체를 지향한다기보다는 남한과 북한이라는 분단된 두 조국의 첨예한 정치적 대립구도를 내포하는 '국가' 인식에 상응한다. 아버지의 절대적이고 맹목적인 북한 지향성은 폭력적인 아버지에 대한 거부감, 부정적 인식과 연결되면서 작가에게 편향적인 이데올로기 현상으로 경험된다. 스스로 자신의 민족적 근거에 대한 관심을 증폭시키고 체화해나가기도 전에 억압적인 경험으로 각인된 조국이라는 환영(幻影)은 작가에게 중층결정된 민족의식, 양가적 조국 인식을 배태시킨다. 「겨울빛」에서 언급되는 "어느 쪽이 승리를 해도 상관이 없다. 어쨌든 속히 결말이 나고, 전쟁이 끝나서, 빨리 신문에서

---

138) 箕倫美子, 「在日朝鮮人文學における苦惱の形-金鶴泳「凍える口」の場合-」, 경희대 석사학위논문, 1992, 50쪽.(유숙자, 앞의 책, 2000, 107-108쪽에서 재인용.)
139) 위의 책, 108쪽.

한국전쟁기사가 자취를 감추어 주었으면 좋겠다"[140]는 현길의 독백은, '민족'이라는 이름이 자신의 존재적 결핍 조건인 말더듬이의 괴로움을 증폭시킴으로써 부정적 인식 대상으로 작용해왔음을 보여준다. 재일조선인이라는 차별적 낙인과 함께, 아버지에 의한 자기부정의 경험은 조국이라는 대상이 한 개인을 억압하는 실제적 동인으로 작동했음을 시사한다. 이처럼 작가의 조국 인식 과정을 결정하는 중요한 실체로서 아버지의 형상은 「錯迷」, 「알콜램프」, 「유리층」 등의 작품에서 구체적으로 제시된다.

각각의 작품에 등장하는 아버지는 맹목적인 북한지향적 가치관에 사로잡힌 인물로 묘사된다. 「알콜램프」에서는 일제 강점기 일본으로 강제 연행되어 홋카이도 탄광에서 혹사당하다 탈출한 아버지가 등장한다. 일본의 탄압에 대한 강한 분노와 적개심을 간직하며 자식들에게 조선인으로서의 긍지와 민족의식을 강조하는 아버지 인순은 그 도시의 S동맹(조총련) 분회장을 맡을 정도로 북한과 김일성 수령에 대한 충성심과 가치지향성이 뚜렷한 인물이다. 이러한 아버지와 대립하는 인물로서 큰아들 신길이 등장한다. 신길은 도쿄의 대학에 진학한 이후 동포학생들 간의 교류와 역사 연구를 통해 스스로 민족적인 각성을 이룬다. 신길은 북한으로 귀국한 친구의 편지를 통해 북한의 폐쇄적이고 기만적인 정치 체제에 환멸을 느끼고 아버지의 '조국'인 북한과 대립적인 입장에서 그 체제와 활동방식을 비판한다. 아버지의 북한 숭배 논리가 감정적이고 무조건적인 지지에 기반하는 것과는 달리 신길의 역사 인식은 상당히 이성적이고 이론적인 성격이 강하다.

---

140) 김학영, 「겨울 달빛」, 203쪽.

남북통일이나 한국전쟁에 대한 역사적 연구 사료(史料)를 근거로 신길은 북한이 선전하는 역사관을 조목조목 반박하고 김일성 수령의 유일사상을 독재적 권력 행태라고 비판한다. 이러한 아버지와 아들의 정치적 대립 구도는 그들의 상반된 정치 지향의 결과로 볼 수도 있지만, 세대간 가치관의 대립과 갈등의 표출로 볼 수도 있다. 문맹의 열등감 속에서 가난과 차별을 극복하고 가계를 꾸려왔던 재일 1세들은 그 박탈감 때문에 자신의 아이들, 특히 아들을 교육시키고 학력을 높이는 데 필사적인 경우가 많았다. 그러나 이렇게 교육받은 재일 2세가 '무학' 1세의 지식과 세계관, 가치관을 경시하고 부정함으로써 종종 부모 자식 간의 비화해적인 갈등 요인이 생성되기도 한다.[141] 김학영의 작품에서도 종종 문맹인 아버지와 고등교육을 이수한 아들 간의 사상적, 문화적 가치관의 대립과 의견 차이로 인한 갈등이 표면화되는데, 이러한 상반된 가치관이 민족적 지향과 정치적 견해에 있어서도 갈등 관계를 유발하며 가족 간의 반목을 조성하기도 한다. 작품 안에서 그 대립 양상은 흔히 무력도 불사하면서 강압적으로 자신의 북한지향적 가치관을 관철시키려는 아버지와 냉정한 지식인의 입장에서 철저히 이론적으로 조국의 체제와 역사적 현실을 비판하는 아들의 불화로 형상화된다. 아버지와 아들의 갈등 관계는 북한지향과 남한지향이라는 분단구도적 색채를 띠면서 비화되기도 하는데 작가는 이러한 분단된 조국의 분열과 반목의 양상을 냉정하게 비판하면서 그러한 조국의 왜곡된 현실이 그대로 재일조선인 사회에 투영되어 작동하는 것에 강한 반발심을 보인다.

---

141) 김부자, 앞의 글, 128쪽.

　　문씨가 재일조선인 문제에 대해서 얘기를 하고 있었는데, 재일조선
인은 조국이 남북으로 분열되어 있는데다 젊은 세대는 일본이라고 하
는 부르조아적인 환경 속에서 태어나서 자랐기 때문에 여러 가지 문제
가 일어나고 있다는 내용의 말을 하고 있었다. 문씨의 말을 들으면서
준길은 자기 집이 역사의 물결에 희롱당하고 있다는 느낌이 들었다. 조
선은 식민지로부터 해방되어 독립하여 조선인은 이제 아버지처럼 강제
연행당하는 일도 없이 암흑에서 광명 속으로 나가는가 싶었는데, 해방
된 조국은 어느새 두 개로 분열되어 이번에는 동족끼리 싸우기 시작해
서 그 검은 구름이 우리집까지 덮고 있는 형국이었다.[142]

　　재일조선인에 대한 식민적 차별 의식이 만연한 일본 사회에서 긍정
적이고 미래지향적인 조국의 형상을 제시하지 못하는 분단된 민족의
현실은 일본에서의 현재적 삶을 더욱 암울하게 만드는 부정적 기제로
작동한다. 치욕적인 식민의 경험은 동족상잔의 비극을 야기한 분단의
형태로 변형되어 재일조선인의 현실을 '희롱'하는 시대착오적 반(反)
역사로 기능한다. 이러한 분단된 조국의 현실은 국적 논쟁을 통해 한
가족 안에서 축소된 형태로 재생되기도 한다. 「알콜램프」에서 신길은
'자신에게 있어서 조선이란 무엇인가'를 분명히 하기 위해서 한국을
방문할 계획을 세운다. 하지만 '조선' 국적을 가진 신길에게 한국행은
국적 변경이라는 하나의 정치적 결단을 감수해야 하는 행위이다. 여
기에서 아버지와 신길 간의 갈등 양상이 전개된다.

---

142) 김학영, 「알콜램프」, 『알콜램프』, 장백일 역, 문학예술사, 1985, 143쪽. 이후에는
　　작가, 작품명과 쪽수만 표시하였다.

"그러나 그렇게 하려면 수첩을 한국으로 변경해야겠지."

수첩이란 외국인 등록증을 가리키는 것이다. 준길이 일가의 등록증의 국적란은 모두 '조선'으로 되어 있었다. 한국으로 가려면 그것을 '한국'으로 변경하지 않으면 안된다. 그리고 '조선' 국적에서 '한국' 국적으로의 변경은 간단히 되지만, 그 반대의 경우는 일본 정부에 의해서 거의 인정되지 않고 있다는 것을 준길도 알고 있었다. (중략)

"그것은 한국인이 되겠다는 말이 아니냐? 네가 한국인이 된다는 것은 우리 집안에서 38선이 생긴다는 말이야. 애비와 자식이 총을 마주대는 원수지간이 된다는 것이다. 보통 큰 일이 아니지 않느냐?"

"아버지에게 있어서 한국인은 평화적 통일의 상대가 아니고 총을 마주대는 전쟁의 상대라는 말입니까? 아버지는 열심히 평화적 통일을 주장하고 있었잖아요. 전쟁의 상대라고 못박아 놓고 어떻게 평화적 통일을 한다는 말입니까?"[143]

국적을 둘러싼 부모형제, 가족 간의 다툼은 재일조선인이라면 누구나 경험하는 갈등 중 하나이다. 세계에 흩어져 있는 '코리안 디아스포라' 가운데 재일조선인은 거주국의 국적을 갖지 않은 채로 반세기 이상이나 조선반도에 대한 '국적표시'(한국적 · 조선적)를 유지하는 '특수'하고 '희귀'한 존재이다.[144] 재일조선인의 특수성은 국적과 민족적

---

143) 김학영, 「알콜램프」, 135-136쪽.
144) 재일조선인의 국적 변화 과정을 살펴보면 다음과 같다. 일제 식민지 정책으로 말미암아 강압적으로 '일본 신민'의 지위, 즉 허구적 일본 국적을 소지해야 했던 재일조선인들은 일본 패전 후 일본의 기만적인 책략으로 한순간에 난민의 지위로 전락하고 만다. 일본은 1947년 5월, '외국인등록령'을 공포 및 시행하고 조선인과 대만인 등 구식민지 출신자를 '외국인으로 간주한다'면서 일반 '외국인'으로 내몰아버리는 계책을 사용했다. 이로 인해 제2차 세계대전 종결 전까지 '일본 국민'이라는 미명 하에 혹사당했던 재일조선인에 대한 기본적 인권의 보장은 무시

인 아이덴티티를 둘러싸고 심각한 갈등을 겪는다는 점에 있다.[145] 재일조선인의 국적 문제가 남한과 북한, 일본 간의 역사적, 정치적 길항관계와 밀접한 상관성을 갖는다고 했을 때, 조선 혹은 한국 국적에서 일본 국적으로의 변경, 조선 국적에서 한국 국적으로의 변경은 개인의 자유의지로 행사할 수 있는 차원의 것을 넘어선다. 국적과 관련된 개인의 선택과정은 재일조선인의 민족적 정체성을 묻는 엄중한 판단기준으로 작용해왔으며, 개인 및 집단의 국가적 소속과 이데올로기적 방향성을 지시하는 정치사상적 근거와 직결되어 왔다. 그러므로 위의 예문에서 아버지가 신길의 국적 변경 문제를 단순히 서류상의 문제가 아닌 이데올로기적 대립으로 확대시키는 이면에는 이러한 재일조선인 사회의 복잡한 정치, 역사적 배경이 존재하는 것이다. 즉 국적에 대한 아버지의 완고한 태도는 조국에 대한 막연한 결연의식을 넘어서는, 분단된 조국의 적대적 길항관계를 은연중 폭로하며 재일조선인 사회에

되었으며, 일본은 '일본 국적이 아니다'라는 이유로 일본인에게는 모두 적용되는 군인 은급, 유족 연금, 장애 연금, 조위금 등 기타 일련의 전시 보상 법령의 적용을 거부해 버리는 조치를 취했다. '외국인등록령' 시행 당시 한반도에서는 아직 독립 국가가 성립되지 않았기 때문에 재일조선인은 1947년에 실시된 최초의 외국인 등록에서 국적 표시가 모두 '기호'로서의 '조선'으로 정해졌다. 이후 1948년 8월 대한민국 성립 이후 또 하나의 '기호'로서의 '한국' 국적이 존재하게 되었으며, 1965년 한일기본조약 체결 이후 재일조선인의 법적 지위를 결정하는 '한일 법적 지위 협정'이 맺어짐으로써, '한국' 국적은 정규 국적으로 인정되었다. 그 후 일본의 끊임없는 동화 정책과 억압적 차별로 말미암아 일본 국적을 취득하는 재일조선인들이 점점 늘어가게 되었으며, 이로 인해 현재는 '한국', '조선', '일본'이라는 세 가지 형태의 국적이 존재하게 된 것이다. 이 중 '조선' 국적은 국제적으로 무국적을 의미하는 '기호'에 불과하며 따라서 재일조선인의 법적 지위와 아이덴티티의 존재 양상은 여전히 불안정한 상태에 머물러 있다.(한일민족문제학회 엮음,『재일조선인 그들은 누구인가』, 삼인, 2003, 17-22쪽 참조)
145) 김부자, 앞의 글, 131-132쪽 참조.

만연한 남한 지향, 북한 지향의 대립적 기류가 그들의 일상 안에 내재해 있음을 방증하는 것이다. 이처럼 남, 북한의 분단된 조국을 각각 지향하며 서로에 대한 반목을 일삼는 재일조선인 사회의 분열상을 비판적인 시각으로 조망하면서 객관적인 거리두기를 유지하고자 하는 작가의 조국관, 민족관은 여타의 작품들에서도 일관되게 나타난다.

「錯迷」에서 주인공인 '나'(신순일)와 대학시절 동기인 정용신과의 대화를 통해서 구체적으로 언급되는 한국과 북한의 왜곡된 정치 현실, 독재 정권에 대한 신랄한 비판은, 재일조선인 사회 내에서도 양분되어 대립적 구도를 형성하고 있는 정치 조직들의 행태 고발로 이어진다. '한국, 민족 자주통일 K동맹'이라는 한국 입장의 재일조선인 통일운동 단체에서 활동하고 있는 정용신은 "남북 조선의 평화를 확보하고 남북 간의 교류를 촉진할 것을 남북의 양 정권에 요구하기 위한 서명운동"[146]을 진행하는 와중에 옛 친구인 '나'를 방문한다. '나'는 정용신과의 대화를 통해 이데올로기 대립이 무화되고 평화적 기운이 감도는 세계적 조류에 역행하여 분단의 현실을 자신의 권력 유지에 정략적으로 도용하는 남북한 독재 정권의 실태를 파악한다. 또한 재일조선인 사회 안에서도 민족 간의 평화적 통일과 협력을 이루지 못하고 상대 단체의 활동을 조직적으로 방해하는 정치세력이 있음을 발견한다. 아버지가 적극적으로 가담하고 있는 북조선계 재일조선인 단체인 S동맹의 일방적이고 북한추수적인 가치관과 활동방식은 그대로 북한 사회에 대한 인식, 그리고 아버지에 대한 가치 판단과 연결된다. 겉

---

146) 김학영, 「錯迷」, 『알콜램프』, 앞의 책, 45쪽. 번역상의 차이로 강상구 번역본과 장백일 번역본을 함께 사용하였다. 이후에는 작가, 작품명과 쪽수만 표시하였다.

으로는 평화와 통일, 단결과 화합을 외치면서 그러한 가치를 전혀 내
면화하지 못하는 이중적이고 모순된 이들의 행태는 '나'에게 편협하
고 신뢰할 수 없는 조국의 이미지로 다가온다.

> 그들은 항상 옳았다. 그들만은 항상 옳은 것이었다. 항상 옳은 그들
> 은 항상 나를 '구제' 대상으로밖에 보지 않았다. 그들은 어떤 특정한 이
> 데올로기를 신용하고 있고 내가 재일 조선인 2세로서의 생활 자세를
> 확립하지 못하고 방황하고 있는 것은, 그들이 보기엔 내가 아직 그들의
> 이데올로기를 잘 '연구'하고 있지 않으며 잘 이해하고 있지 않기 때문
> 이었다. 그들의 그 이데올로기를 이해하면 갑자기 조선인으로서의 자
> 부심에 불타게 된다는 것이다. 자기 자신의 미래가 태양에 비춰지는 것
> 처럼 밝아진다는 것이다. 그 특정한 단일 이데올로기만으로 그들은 세
> 계와 인간 전체를 뒤덮을 수 있다고 생각하고 있는 것 같았다. 나는 거
> 기에 어쩐지 수상쩍은 것을 느끼지 않을 수 없었던 것이다. 나는 그들
> 의 스타일에 '구제'되고 싶다고도 생각지 않았다. 또 그들의 스타일은
> 나로서는 조금도 '구제'는 아니었다. 그들의 인간관은 나로서는 너무
> 단순하게 생각되었다.[147]

김일성 수령을 중심으로 화합하고 일치단결하여 단일한 가치 체계
를 생산해내는 것, 북한 지향적인 가치관으로 무장함으로써 현실의
복잡다단한 차별의 장벽을 돌파하고자 하는 '그들'의 외침은 '나'에게
공허하고 '너무 단순한' 논리로 인식된다. 그것은 "어리석은 대중"[148]

---

147) 김학영, 「錯迷」, 51-52쪽.
148) 김학영, 「錯迷」, 54쪽.

에게나 통용 가능한 하나의 유토피아적 구호에 불과한 것이다. 그리고 그 '어리석은 대중'의 대표자로 표상되는 인물이 바로 '아버지'이다. 입으로는 허울 좋은 '단결'과 '평화적 통일'을 외치면서도 가정에서의 횡포는 반성하지 않는 아버지, 항상 자신만 옳다고 주장하면서 자기의 가치관을 가족들에게 강압적으로 관철시켰던 아버지, "권력자의 의사대로 움직이며 자기가 하는 말과 행위와의 사이의 모순도 깨닫지 못하며, 그저 그것이 권력자의 의향이라면 어떤 일이라도 해치우는"[149] '어리석은 대중', '대중 중의 대중'으로서의 '어리석은 아버지'는 '나'에게 조국에 대한 의구심과 냉소적 환멸을 조장하는 내부적 요인으로 작용한다. 자신이 절대적으로 북한을 지지하고 맹목적으로 수령을 찬양하듯이 가족들도 자신의 가치관을 일방적으로 따를 것을 종용하는 아버지의 강압적 태도는 '나'에게 반발심을 불러 일으키면서 조국에 대한 부정적 인식의 근거가 된다. 이처럼 아버지의 불합리하고 비이성적인 태도에 대한 거부감과 이질감은 그대로 북한에 대한 의구심과 비판적 시각으로 이어지고 둘로 갈라져 반목하고 있는 불완전한 조국에 대한 연민과 실망감 등 복합적인 내면 감정을 산출해낸다.

아버지의 북한지향성과 관련하여 작가가 지속적으로 주목하는 부분은 아버지와 북한 사회에 동일하게 나타나는 파시즘적 성향이다. 가족 안에서 가부장적 권력을 휘두르는 아버지의 모습은 김일성 유일체제의 일방적 국가논리와 연결되고 이는 또한 일본 사회의 사상적 근거를 이루는 천황제 이데올로기[150]에 대한 문제의식으로 확장되면

---

149) 김학영, 「錯迷」, 53쪽.
150) 근대 일본국가에서 국가와 천황제는 동일시되었고 국가에 대한 충성은 곧 천황에 대한 충성으로 간주되었다. 명치국가 성립 이후 교육칙어에 의해 국가의 기축

서 작가는 더욱 폭넓은 사회, 역사적 맥락 안에서 민족의 의미를 점검한다.

　조선인 사이에서, 특히 북한계 조선인들 사이에서는 북한의 지도자가 거의 신격화되어 있다. 그의 아버지 역시 K수상을 숭배하는 한 사람이었다. 그리고 대부분 북한계 조선인 가정에 K수상의 초상사진이 걸려있듯이 그의 집에도 사진을 액자에 넣고 걸어놓고 있었다. 그 액자가 걸려 있는 위치는 정확히 옛날에 천황과 황후의 사진이 걸려 있던 곳이다. 그 때문인지 귀영은 K수상의 초상사진이 왠지 천황의 경우와 마찬가지 종류의 것으로 보인다. 천황의 경우와 의미가 전혀 다르다고 해도 그것은 그에게 일종의 심리적 압박을 느끼게 하는 것이었다. 그리고 그는 때때로 아버지에게는 옛날의 천황 사진이나 지금의 이 K수상의 사

(基軸)은 천황에 있다는 정신이 일본 국민에게 강제된 것은 결국 천황·민족·국가를 하나로 묶은 '일본'이라는 가치개념이 절대불가침의 것으로 된 데서 연유한다. 천황제 국가체제를 떠받쳐준 지배이데올로기를 통례에 따라 '천황제 이데올로기'라고 하면, 천황제 이데올로기의 중심은 곧 천황의 신격화였다. 천황을 '아라히토가미'(現人神)로서 숭배하는 것은 국가에 충성을 다하는 유일한 길이며 동시에 국민이 되는 유일한 징표였다. 이러한 '천황제 이데올로기'는 민족의 관점에서 볼 때, 민족집단으로서의 일본인이 역사적 집단이며, 더구나 극히 근대의 역사적 산물이라는 사실을 모호하게 감추어버리면서 일본인은 태고적부터 천황을 중심으로 민족적 결합을 지켜왔다는 왜곡된 역사인식의 토대가 된다. 천황제 이데올로기는 천황은 곧 국가라는 일체관을 강조하면서 국민(신민, 공민, 황민)의 절대적인 복종과 의무를 강조한다. 이처럼 천황을 정점으로 일본사회에서 재생산되어온 '천황제 민족질서'의 이념은 '만세일계(萬世一系)'의 천황을 추앙하는 천황제 파시즘을 원리로 하는 국가주의적 특성을 가지고 있으며, '화(和)'와 배외(排外), 즉 차별과 동화(同化), 복종성과 공격성의 원리, 그리고 천황제 서열체계를 중심으로 집단적인 동질성 이데올로기를 강조하는 특징을 보인다. 단일민족관에 근거한 천황제 이데올로기는 아이누·오키나와 주민, 피차별 부락민 및 전전(戰前)의 대만·조선민중이나 전후의 재일조선인에 대한 차별·편견을 합리화하는 근거로 작용한다.(尹健次, 앞의 책, 57-73쪽 참조)

진이나 결국 마찬가지의 의미를 지니고 있는 것이 아닐까 하고 생각한
다. 오른쪽이 왼쪽으로 바뀌었을 뿐인 것, 혹은 국적이 조선으로 바뀌
었을 뿐인 것이 아닌가 하고 말이다. (중략) 당의 최고지도자인 K수상
은 이론에 전혀 흠이 없는 절대적인 것이고, 사람들은 그 입에서 나오
는 말을 흡사 여호와의 계시처럼 근청하며, 그것에 대해서 비판한다는
것은 상상조차 할 수 없다는 식이다. (중략) 귀영이 보기에 형은 북한에
대해서 그 사회주의건설의 방향에 다대한 관심을 보이면서도 정치제도
를 개인숭배로 단정했고, 개인숭배는 사회주의와는 관련이 없고 박헌
영 일파는 부당하게 숙청당했다고 말하곤 하면서 지금의 정권을 어쩐
지 미심쩍은 눈으로 바라보는 것 같았다. (중략) 그런 귀춘과 K수상을
마음으로부터 숭배하는 아버지와는 결국 언젠가는 충돌할 수밖에 없었
는지도 모른다.[151]

 "그리고 당신이 생각하는 것을 일방적으로 강요하려고 한다니까. 완
전한 독재야. 옛날에는 자나깨나 '덴노헤이까, 덴노헤이까(천황폐하,
천황폐하)'였지. 그것이 어떻게 변했지? 지금은 '김일성, 김일성' 아니
야? 광신이라구. 나는 일본의 천황제가 싫어. 모든 천황제적인 절대권
위를 만들어 내는 것 자체에 반대야. 절대권위를 만들어낼 때 좌우를
불문하고 그 본질은 똑같으니까 말이야. 터부를 만들어낼 때 민주주의
라는 것은 없어지고 마는 거야. (중략) 권력은 대중의 사고를 자기에
게 편리하게 단순화함으로써 권력의 기반을 굳히려고 한다. 권력에 대
한 비판의식을 거세해 버리는 거지. 그리고 개인의 자각이라는 과정을
겪지 않은 인간은 용이하게 단순화되어 버리는 거야. 마치 권력의 꼭두
각시처럼 되어 버리지. 조선은 아직도 전근대의 족쇄를 발에 차고 있는

151) 金鶴泳, 「遊離層」, 166-167쪽.

셈이야."[152]

'개인숭배'와 '절대권위'를 국민들에게 종용한다는 측면에서 북한의
김일성 유일체제와 일본의 천황제는 동궤에 놓인다. 이들은 민주주의
에 기반한 개인의 자유의지와 실존적 가치를 사장(死藏)하는 폭력적
집단주의로, 강압적 파시즘의 형태로 파악된다. 특히 천황제와 북한의
기민한 통치전략으로 전용(轉用)되어 나타나는 가부장적 가족질서는,
아버지를 중심으로 한 폭력적 가족경험을 환기시킨다는 측면에서 작
가에게 더욱 민감하게 반응된다. 천황제 국가체제에서는 일정한 생활
형태를 지탱하는 윤리로서 가부장제의 '효(孝)'의 덕목이 강조되고, 그
'효'와 '충(忠)'을 잇는 '충효일본(忠孝一本)'의 국민도덕이 자발적인 형
태를 취하도록 강요함으로써 '가(家)'를 중심으로 한 윤리가 형성되었
으며 또한 황실을 대종가(大宗家)로 하는 가족국가의 이념이 확립되
었다. 이러한 가부장제에 의해 만들어진 일본인의 인간관계에는 지배
와 복종의 관계뿐 아니라 항상 은혜 혹은 신뢰 따위의 정치적 범주에
서 벗어나는 일종의 '응석'의 요소가 그 사이에 개재되었다.[153] 이는 김
일성을 중심으로 한 유일체제 수립기인 1967년 이후 북한의 통치자가
단순한 충성의 대상이 아니라 모든 인민에게 어버이와 같은 존재로
부각[154]된 현상을 연상시킨다. 즉 북한은 아버지, 어머니라는 가족의
이미지를 차용하여 더욱 공고한 권력 체제를 강화해나가는데, "당을

---

152) 김학영, 「알콜램프」, 147쪽.
153) 尹建次, 앞의 책, 61쪽.
154) 김성보, 「북한의 주체사상·유일체제와 유교적 전통의 상호관계」, 『사학연구』
    61, 2000, 243쪽.

온화하고 자애로운 어머니로, 수령을 위대하고 전능한 아버지로 지칭하면서 인민 대중을 아들과 딸의 위치에 놓"[155])는 북한의 통치 전략은 혈연적 가족의 표상을 내세움으로써 국가와 국민 간의 절대적 유대관계를 형성하게 하며, 전통적인 유교적 가부장제의 가족 이데올로기를 기반으로 고착된 위계질서와 복종 관계를 가능케 하는 것이다. 이처럼 인민 대중을 폐쇄적이고 독단적인 유일사상의 장벽에 가두고 스스로를 신격화하여 개인숭배를 조장하는 북한 지도자의 반민주적 행태는 그대로 천황제를 기반으로 한 이데올로기적 속박으로 연결되면서 가부장적 권력구조, 파시즘적 집단주의에 대한 저항과 비판의 계기를 마련한다. 이때 "마음속으로부터 원수에게 도취하고 자기를 잊고 초연해 있는 것처럼 일종의 장엄한 신들린 것 같은 기척을 담고 원수의 사진을 응시"[156])하는 아버지의 형상은 그대로 '우매한 대중', 극복해야 할 대상으로 상정된다. 자신의 민족과 조국을 객관적이고 이성적인 자세로 탐구하려는 작중인물의 노력들은 분단된 조국의 적대적 관계를 그대로 재생하며 재일조선인 사회에서 반목을 일삼는 정치 조직들의 이중적인 태도와 맞닥뜨리면서 냉소적 심리상태를 유발한다. 또한 조국의 지도자에 대한 무조건적인 지지와 맹종의 과정을 그대로 가족들에게 투사하여, 파시즘적인 권력체계를 반복하여 주조하는 아버지에 대한 대항심리는 조국과 민족을 정치 편향적이고 부정적인 대상으로 인식하게 한다. 개인적인 '말더듬이'의 고통에 시달리며 자신의 실존적 문제를 천착해왔던 작가에게 일방적인 집단성의 강요로 경험된

---

155) 김수이, 「북한문학 속의 '어머니'」, 김종회 편, 『북한문학의 이해 3』, 청동거울, 2004, 279쪽.

156) 김학영, 「알콜램프」, 159쪽.

조국과 민족은 새롭게 제기되는 또 하나의 고뇌의 축으로 작용한다.

나) 내셔널리즘 비판과 냉소적 정치의식

이러한 실제적, 혹은 상징적 '아버지'에 대한 반골 정신은 '민족주의'
라는 이념적 대상에 대한 비판과 도구적 정치의식에 대한 환멸로 나
아간다. 식민지 조국에 대한 인식은 과거 역사에 대한 이론적, 실증적
인 접근을 통해 고난의 기억을 추출해내며 식민과 분단의 가해 당사
자인 일본과 미·소 강대국들에 대한 적대감을 발생시킨다. 특기할
것은 이러한 민족의식의 각성이 결국에는 내셔널리즘 비판의 형태로
발전한다는 것인데, 이는 작가가 가지고 있는 민족의식의 배경과 형
태를 보여주는 것이라 할 수 있다.

나의 경우 한국인으로서의 민족의식인즉, 언제나 일본이라든가,
미·소 양대국에 대한 증오심 같은 의식형태로 나타난다. 그런 것이
아닌 진정한 민족의식이란 뭘까. 나의 자식이 남의 자식한테 손찌검
을 당했을 때 느끼게 마련인 분개심, 그것과 동일한 류의 것일까. 그것
은 누구에게나 있게 마련인 본능에 불과한데, 그것을 과장하여 무슨 민
족의식이니 애국심이니 하고 떠드는 것은, 배타심을 조장하고 충동질
하는 짓밖에 되지 않는다. 민족적인 소외감에서 조국을 되찾기 위한 민
족의식의 강조라고, 일단은 마음속으로 수긍을 한다. 그러나 패전 후의
개방된 자유로운 일본사회에서 자란 나로서는, 민족의식이나 애국심
이 극단으로 강조될 때, 그것이 저 쿠릿쿠릿한 이른바 〈야마또다마시
이(大和魂)〉나 〈이찌오꾸 잇상(一億一心)〉, 〈돗고따이 세이신(特攻隊精
神)〉 따위, 일제 말기에 요란스럽게 외쳐대던 구호와 마찬가지 느낌이

들게 되거나, 지난날의 일본군국주의적, 제국주의적 민족주의와 하등
의 다름이 없는 편협한 민족주의, 에고이즘적인 민족주의의 냄새를 맡
게 되는 것이다. 그래서 나는 〈사회주의적 애국주의〉라는 좌경적인 말
을, 아주 기묘하게 양념을 바른 모순된 언어요, 자기 합리화를 위한 궤
변이라 생각하며, 혼돈과 의혹의 눈으로 바라보는 것이다.[157]

아버지처럼 식민지시대를 살아온 인간의 입장에선 나라가 독립했다
는 것만으로 충분히 감사한 일일지도 몰라. 개인숭배가 이러니저러니
하는 건 사치스런 불만에 지나지 않을지도 몰라. 실제로 자기 나라가
식민지인 것과 독립국인 것 사이에는 큰 차이가 있으니까 말이야. 나라
의 배경이 있다는 것은 마음 든든한 일이거든. 일본이 전쟁에 지고 조
선과 만주에 살고 있던 일본인이 귀환해야만 했을 때 그들은 입은 옷
그대로 비참한 모습으로 조선땅 남쪽 끝까지 유랑하게 되는데, 현지인
들의 증오어린 눈에 쫓겨 참혹한 꼴을 당하면서 방황해야만 했던 그들
의 비참함은 나라의 배경을 잃은 자의 비참함인 거지. 그 당시 일본인
들이 유랑하는 모습은 오랜 시간 방황하던 조선인들의 모습이기도 했
지. 국가 간의 이기주의가 서로 충돌하는 동안에는 나라의 배경이라는
게 필요하지. 조선인은 어쩔 수 없이 그것을 뼈저리게 느껴 왔지. 그리
고 나라의 확립을 위해 강력한 지도자, 그리고 그 주위에 집결하는 민
중의 강력한 단결이 요구된다고 하면 한 마디로 개인숭배든 뭐든 비판
할 수 없다고 느끼게 되지. 비판만 하는 것이라면 간단한 문제지만 말
이야. 난 내가 틀렸다고는 생각하지 않아. 하지만 현실적이지 않을지도
모르지.[158]

---

157) 김학영, 「얼어붙는 입」, 168쪽.
158) 金鶴泳, 「遊離層」, 170쪽.

김학영의 민족주의 비판은 한국의 민족주의라기보다 국가주의로 대표되는 일본의 내셔널리즘[159]에 대한 비판으로 볼 수 있다. 일본의 내셔널리즘은 엄밀한 의미에서 '천황제 내셔널리즘'[160]이라 불릴 만한

---

159) 한국에서는 '민족주의'라는 단어가 자주 사용되고 있지만, 일본에서는 '민족주의'라는 말은 거의 사용되지 않고 있으며 대신에 '내셔널리즘' 그리고 '국민주의'라는 용어가 비교적 많이 쓰인다. 이는 전후 일본 사회의 사상사적 흐름을 반영한 결과라 할 수 있다.(尹建次, 박진우 외 역, 『교착된 사상의 현대사-1945년 이후의 한국·일본·재일조선인』, 창비, 2009, 229쪽)

160) 尹建次, 이지원 역, 『韓日 근대사상의 교착』, 문화과학사, 2003, 149쪽.
일본의 내셔널리즘을 문제로 삼을 때 여기에는 천황제의 문제가 필연적으로 개입된다. 천황제 국가의 지배원리는 모든 조직과 집단이 각각의 서열에서 개인을 끌어안는 동심원적 공동체로 편성되어 그 총람자인 천황에게 궁극적인 가치를 부여하는 것이다. 근현대 일본의 역사 과정에서 일본 '국민'의 아이덴티티는 서구 숭배사상, 천황제 이데올로기, 아시아 멸시관에 의해 구성되었다고 할 수 있는데, 여기에서 서구 숭배와 아시아 멸시관은 동전의 양면을 구성하는 관계로 그 내실은 이질적인 타자에 대한 차별과 편견이다. 이처럼 천황제는 '일본'의 고유성과 우월성을 주장하는 내셔널리즘의 중핵을 형성하고, 대내외적으로 억압적·배타적 기능을 담당해왔다. 그 과정에서 조선은 일본인에게 가장 부정적인 존재로 각인되었으며 여기에서 '천황제와 조선'이 표리관계에 있으며 근대일본의 사상적 중심 줄기를 차지하고 있다는 인식이 가능해진다.(尹建次, 『교착된 사상의 현대사-1945년 이후의 한국·일본·재일조선인』, 앞의 책, 212-215쪽 참조)
박진우는 상징천황제의 탄생·존속과 '일본국민'의 재편이 동시 진행되는 과정에서 이질적인 타자로서의 재일조선인이 어떻게 차별·억압되어 가는가의 문제에 관심을 두고, 그러한 행위와 인식의 정신사적 배경과 문제점을 검토함으로써 천황제의 존속이 전후 일본사회의 마이너리티 차별에 대한 모순적인 근원을 이루고 있음을 밝히고 있다. 즉 천황과의 유대와 통합의 대상이 패전 직후 〈종전의 조서〉의 '신민'(구식민지인 포함)에서 1946년 천황의 〈연두 국운진흥의 조서〉('인간선언')의 '국민'(일본인만 지칭)으로 바뀐 것은 신일본 건설에 즈음하여 천황을 정점으로 순수한 '일본민족'만의 일치단결을 호소하는 것을 의미하며, 그것은 동시에 '일본국민' 속에서 재일조선인을 비롯한 식민지 민족을 배제하고 있다는 것을 의미하는 것이다. 이후 천황의 전쟁책임 면책, 일본국헌법의 제정과 시행, 그리고 평화조약의 발효로 재일외국인이 일본의 국적을 상실하는 과정은 상징천황을 중심으로 한 일본국민의 재편과 궤를 함께 하고 있으며 이러한 제도적 차별조치는 일본사회의 타자에 대한 차별과 멸시를 조장하고 나아가 자신들의 전쟁책임을 집단적으로 망각하는 결과로 이어지는 것이다.(박진우, 「패전 직후 천황제 존속과 재

개념이다. 즉 한국의 민족주의가 일제 강점기와 해방 이후 분단을 거치면서, 양극화된 두 개의 국가 이념을 강화하는 정치적 기제로서의 체제추수적(體制追隨的) 민족주의와, 식민주의에 저항하면서 민주국가를 건설하고 사회변혁을 이루는 대항적 의미로서의 민족주의로 나뉘어 발전해 온 것과 달리, 전후 일본에서의 민족주의는 천황제와의 암묵적 연계 속에서 새로운 형태로의 변용 과정을 거친다. 60년대 전후 새로운 시스템, 구조를 형성한 일본 사상의 전환기 속에서 내셔널리즘 현상은 적지 않게 전위(轉位)되어 갔는데[161] 이러한 전후 일본의 사상사적 흐름 속에서 김학영의 내셔널리즘을 고찰할 근거를 얻을 수 있다. 윤건차에 의하면, 전후 일본은 상징적, 정신구조적 천황제의 구축을 통해서 '국민적' 내셔널리즘을 확립하는 것을 민족 전체의 사상 과제로 삼고 있는데, 여기에는 조선 즉 아시아에 대한 문제의식은 배제되어 있다. 다시 말해서 일본을 단일민족국가로 구축해가는 과정에서 (일본)열도 내부의 입장만 고집함으로써 전전(戰前)에 깊이 관계를 맺고 있던 아시아와, 그 결과로 초래된 '자기 안의 아시아' 즉 구식민지 출신자 문제가 통째로 절단되어 있는 것이다.[162] 이러한 사상적 흐름 속에서 일본인의 민족적 자각은 뒤틀리고 결여된 형태로 발현된다.[163] 이 시기 민족주의에 대한 일본 사회의 사상사적 흐름은 과거 천

일조선인」, 김광열 · 박진우 · 윤명숙 · 임성모 · 허광무, 『패전 전후 일본의 마이너리티와 냉전』, 제이앤씨, 2006)

161) 尹建次, 앞의 책, 212쪽.

162) 위의 책, 216쪽.

163) 천황의식과 절대주의적 국가의식에 기반한 일본인의 민족의식 자체에서도 '민족적 자각'은 희박한 것이었으나, 전후 시기 좌익 · 진보적인 지식인들 사이에서도 '민족'이나 '민족주의', '민족적 자각'이라는 단어는 전전 회귀 즉 황국사관 사상이라고 혼동되어 거부감을 가지게 하는 경향이 강했다. 전후 개혁의 '보편주

황제 이데올로기를 근간으로 한 자기중심적, 자기동일적 내셔널리즘
에 대한 비판과 경계(警戒)적 심리를 반영한 소극적 형태의 내셔널리
즘이라 할 수 있으며, 민족주의가 대타적인 저항의 의미로 사용되는
경우, 과거 식민의 책임과 전쟁 책임을 철저히 반성하고 사죄하는 과
정이 배제되고 누락됨으로써 몰역사적 관점 안에서 민족주의의 보편
성을 논하는 한계를 보인다.

이처럼 60년대 일본 사회에 만연했던 사상사적 흐름[164]을 조망해볼
때, 김학영이 민족주의에 대해 지닌 일차적 관념은 작품에서 언급했

의'라는 가면 속에서 '민족' 문제는 암묵적으로 왜소화되고 잠재화되면서 오히려
가해의식은 봉인되고 민족의 피해의식이 전면적으로 표출된다. 가해의 역사를
지닌 일본인들이 '민족적 주체성'이라든가 '민족적 자각'이라는 단어에 거부반응
을 보이는 것도 한편으로는 이해 가능하지만, 현실에서 '민족'과 관련한 사고를 거
부하는 것은 역사에 대한 성찰을 게을리하는 것과 연결된다. 전후 사상가들 사이
에서는 '국민'과 '민족' 혹은 '민중'과 '민족'이 거의 같은 의미로 사용되었으며, '민
족'이 '평화'나 '민주주의' 등과 공존하기도 했으나 그 '민족'에 역사에 대한 반성이
나 아시아에 대한 시선은 결핍되어 있었고, 더구나 '민족'이 전후 운동가들 사이에
서 반미 · 독립 등 저항의 언어가 될 수 있었던 것은 어디까지나 과거에 대한 망각
이라는 대가를 치르고 나서이다. 즉 일본의 전쟁책임이나 전쟁체험의 사상화 혹
은 식민지 지배 · 아시아 침략 문제, 특히 '천황제와 조선'이라는 사상과제의 누락
은 일본의 내셔널리즘이 역사적 '민족' 문제를 망각하고 결락시킨 결과이다.(위의
책, 215-235쪽 참조) 따라서 일본의 내셔널리즘 문제는 과거의 아시아 침략을 어
떻게 반성하며, 극복하는가에 집약되며, '일본인', '일본국민'이라는 아이덴티티를
전제로 전쟁 책임, 전후 책임을 자신의 과제로 받아들여야 할 윤리적 각성과 연관
되는 사안이다.(尹建次, 『韓日 근대사상의 교착』, 앞의 책, 146-147쪽)

164) 패전 이후 50, 60년대를 거치면서 일본 사회에서 전쟁에 대한 사상적 책임을 추
궁하는 '전쟁책임론'과 아시아 각 민족에 대한 책임을 자각하는 '민족적 책임론'
이 주요 논자들을 중심으로 제기되었으며 70년대에 들어 여러 가지 세계사적 조
류와 맞물리며 심화되긴 했지만 그것이 일본 대중의 사상적 각성, 이질집단에 대
한 차별 · 멸시관의 소멸로까지 나아가지는 않았다. 특히 70년대 이래로 고도성
장의 단계로 들어선 일본 사회는 '국제화'라는 기치 아래 더욱 강압적 착취구조,
국수주의적 차별, 억압 구조를 재생산해낸다. 이에 관한 구체적인 내용은 尹建次,
『現代日本의 歷史意識』, 앞의 책, 77-85쪽 참조.

듯이 천황제에 기반한 '일본군국주의적, 제국주의적 민족주의'의 형태와 유사한 것이다. 억압과 착취, 차별적 상황에 놓여있던 식민지 시기 조선민족과 해방 이후 재일조선인의 고난의 생활상을 학습하고 인식하게 되면서 그러한 역사적 사실에 분노와 증오심으로 대응하는 것은 기본적으로 천황제 내셔널리즘에 대한 저항적 심리를 동반한 행위라 할 수 있다. 즉 조선민족에 대한 멸시와 탄압이 천황제의 왜곡된 민족주의관과 연결되고 그러한 천황제 내셔널리즘에 대한 반발은 유사한 종류의 강압적 민족주의 앞에서 생래적인 거부감을 형성하게 되는 것이다. 하지만 이러한 천황제 내셔널리즘에 대한 비판이 조선민족에 대한 각성과 민족의식의 직접적인 확보로 연결되지는 않는다는 점이 작가가 지닌 '민족의식'의 딜레마이다. 재일조선인의 역사적 과거 사실에 대한 탐구로부터 발흥되었던 작가의 민족의식은 더욱 첨예한 역사인식의 단계로까지 나아가지 못한다. 즉 과거 일본의 침략적 식민 행위가 역사적 단죄의 과정을 생략함으로써 상징천황제를 기반으로 현재까지 은폐되고 변형된 형태로 지속되고 있다는 역사인식이 결락되어 있는 것이다. 이는 '패전 후의 개방된 자유로운 일본사회에서 자란' 작가가 전후 일본의 사상적 흐름의 자장 안에 놓이면서, 전쟁과 식민지배라는 역사적 과오에 대한 사죄와 책임의식의 각성이라는 윤리적 책임을 망각했던, '민족적 자각'이 결핍된 전후 일본의 민족주의 사상을 자신의 민족의식의 발판으로 삼았기 때문이다. 따라서 작가의 민족의식, 역사인식은 단순히 식민지 시기 잔혹했던 일본의 행위를 고발하고 비판하는 데에 머무르게 되며 그 이상의 민족의식은 '배타심을 조장하고 충동질하는' '편협한 민족주의, 에고이즘적인 민족주의'로 폄훼되는 것이다. 이처럼 작가는 정서적 '실감'과 민족적 역사의식을 담보하지 못한 일본적 '지식'과 '관념'으로서의 민족의식, 민족주의의 범위에 머무르게 된다.

이러한 김학영의 민족주의, 민족관이 은연중 표출되는 장면이 두 번째 예문인데, 여기에서 김학영은 '국가 간의 이기주의'라는 관점으로 조선과 일본을 동일한 위치에 놓고 고찰한다. 주목할 것은 여기에서 피해자로서의 일본인의 모습이 우선적으로 형상화된다는 점인데, 이는 다소 비약적으로 해석하자면 앞서 언급한 패전 이후의 일본인의 피해의식이 내면화된 서술이라는 의구심을 불러일으킨다. 어느 민족에게나 고난의 시기는 있으며, 그것은 상대 국가의 이기적인 행위로 말미암은 보편적 결과라는 인식은 일본에 의한 식민 침략 과정과 그 의미를 상대화시키면서 자칫 몰역사적인 환원론에 빠질 위험성을 내포한다. 즉 일본의 아시아 침략과 식민 행위의 치밀한 원인 규명과 전개 과정, 사후 처리에 대한 역사적 고찰 없이 이를 단순히 민족 간의 일반적 충돌의 형태로 파악하는 것은 식민시기 조선인과 여타의 아시아 국가들이 겪었던 고난과 억압의 과정을 은폐하고 일본의 침략행위를 은연중 정당화할 가능성을 부여하는 것이다. 이러한 상대주의적 역사관은 북한을 바라보는 시선에도 암묵적으로 작용한다. 즉 북한의 개인숭배 사상을 비판하면서도 그것을 유사 시기의 어쩔 수 없는 선택의 과정으로 치부하는 것은 결국 작중인물의 혼미한 역사인식, 민족의식을 드러내는 것이라 할 수 있다. 이는 아버지의 정치관, 민족관을 바라보는 작가적 시선의 갈등구조와 미봉책의 해결 과정을 반영하는 것이기도 하다.

이와 같이 김학영의 내셔널리즘 비판은 명확한 역사인식에 근거한다기보다는 일본의 사상사적 흐름에 기반한 생래적인 거부감에서 비롯된다는 점에서 한계를 지닌다. 즉 아버지의 강압적인 횡포에 대한 거부감이 천황제와 김일성 숭배사상에 내재한 폐쇄적인 전근대성, 개인의 자유를 박탈하는 집단주의적, 독재적 발상에 대한 배격을 종용하지만 이러한 거부감이 대항적 심리에만 머무름으로써, 천황제를 기점으로 한 일본 국가주의에 대한 철저한 비판과 과거 제국주의적 침략에 대한 사죄와 보상 문제, 전쟁책임의 문제에 대한 촉구로까지 나아가지 못하고 '민족주의'에 내재한 보편적 논리에만 천착하는 한계를 보인다. 하지만 이러한 작가적 한계는 당시 일본 사회의 역사인식의 한계와 동궤에 놓인다는 점에서 작가 개인의 문제라기보다는 재일조선인 공동체가 처한 집단적인 역사의식의 공백상황을 시사하는 것이라 할 수 있다. 일본 사회가 추구해온 동화와 배제의 논리 속에서 재일조선인은 일본인의 가면을 쓴 유사일본인으로 살아가거나 민족지향이라는 극단적인 대항의 지점에서 재일조선인의 존재성을 구축할 강고한 민족논리를 생성해내야만 했다. 김학영은 "일본에서 태어나, 일본에서 교육을 받고, 일본의 풍토 속에서 살아왔고, 앞으로도 일본에서 살아갈 자신은 자기 안의 일본인으로부터도 벗어날 수 없을 것이다."[165]라는 처절한 존재적 각성 속에서 이러한 자신의 인식의 한계를 정직하게 드러냄으로써 역설적으로 이 시기 재일조선인의 역사인식의 한 궤적을 보여주고 있는 것이다.

이러한 역사적, 사상적 배경을 기반으로 한 김학영의 내셔널리즘 비판은 도구적 정치의식에 대한 냉소적 배격으로 이어진다. 특기할 것은 남한 지향, 혹은 통합 지향의 정치의식은 긍정적으로 사유하는 반

---

165) 金鶴泳, 「まなざしの壁」, 292쪽.

면, 북한 지향적인 정치의식의 경우 작가가 혹독한 비판을 수행하고
있다는 점이다. 이는 앞서 살펴본 바와 같이 김일성 숭배사상의 경도
를 담보로 한 정치의식의 경우 도구적이고 위선적인, 표리부동한 정
치의식으로 인식되는바, 이 또한 아버지에 대한 부정적 인식과 무관
하지 않다.

> 나는 진정한 의미의 공산주의자는 균등사회 실현을 몽상하는 점에
> 서 이상주의자와 통한다고 보고, 일종의 경외심 같은 걸 품고 있다. 그
> 렇지만 정치를 빼면 아무것도 안 남는다는 식의 메말라빠진 공산주의
> 자를 나는 인정해줄 도리가 없는 것이다.
> 죠센징에는 공산주의가 꽤 많다. 역사적 또는 사회적 조건으로 심한
> 시달림을 받다 보니 쉽게 공산주의 이론에 감염되기 마련인 것이다. 죠
> 센징에게 있어선 극성맞은 공산주의자들의 일방적 논리공세도, 어찌보
> 면 일리가 있는 말로 들리기 때문에 그렇게 된 것이라고 생각하는 것이
> 다. 자칭 공산주의자 가운데는 〈진짜배기 공산주의자〉도 더러 있지만,
> 단순히 공산주의자들의 〈집단 체제〉에 편승한, 상황이 바뀌면 하루아
> 침에 표변해버릴 주둥이만의 공산주의자가 허다함을 나는 피부로 느끼
> 고 있다.[166]

> "한시창씨(라고 집에 자주 오는 북한계 단체의 지부위원장의 이름
> 을 대며), 그 사람 같은 이론가까지 'K수상의 가르침을 따르라'는 식으
> 로 말하는 것을 들으면 정말 당황스러워. 공산주의는 내 앞을 걷고 있
> 는 건지, 내 뒤를 걷고 있는 건지 알 수 없게 되거든. 우리들 하고는 전
> 혀 감각이 다른 것 같아. 김기태나 조경오도(라고 형이 중학교 다닐 때

---

166) 김학영, 「얼어붙는 입」, 243쪽.

의 동급생의 이름을 들며) 어쩐지 갑자기 애국적 공산주의자가 돼 버린
것 같은데, 개나 소나 공산주의자가 돼 가는 걸 보면 왠지 모르겠지만
공산주의자가 되기는 어려울 것 같은 느낌이 드는 건 왜 그런 걸까"하
고 귀춘은 쓴웃음을 지었다. "A에서 B로 바뀌기 쉽다는 건 반대로 B에
서 A로도 바뀌기 쉽다고 할 수 있지. 난, 사상개조라는 걸 인정할 수 없
어." 예전에는 깡패집단에 들어가서 여자 꽁무니만 쫓아다니던 김기태
가 어느 날 갑자기 조직에 들어가 별안간 애국적 공산주의적 언사를 입
에 담기 시작하게 된 것은 그를 아는 사람들을 깜짝 놀라게 한 사건이
었다. 사람들은 그의 변한 모습을 기뻐하며, 조직의 힘과 K수상의 사상
이 가진 위대함을 다시금 절감하게 되었지만, 예전의 김기태를 잘 알고
있는 귀춘은 뭔가 석연치 않은 것을 느꼈다.[167]

　철저한 자기 각성과 사유의 집적 과정을 거치지 않은 '공산주의자'
들의 형상은 작중인물들에게 의심과 환멸의 대상이 된다. 조변석개
(朝變夕改)의 위선적인 공산주의자, '자기변혁'의 치열한 과정 없이 '위
대한 수령사상의 영도'로 '애국적 공산주의자'로 변모한 주위인물들의
모습은 천황제 내셔널리즘에 내재한 '은혜', '신뢰' 따위의 비정치적
수사(修辭)로 장식된 '응석'의 한 형태로 파악된다. 작가 자신이 화학
자로서, 한 치의 오차도 허용하지 않는 자연과학적 엄중함을 생활적
기반으로 했을 것이라는 가정을 더해보면 이러한 비이성적, 사이비종
교(似而非宗敎)적인 공산주의자들의 '승화'는 생리적으로 받아들이기
어려운 '거짓 공산주의자'의 증거로 인식되는 것이다. 「얼어붙은 입」
에서 '나'가 동료인 김문기를 '정치적인 인간'으로 치부하며 거리를 두

---

167) 金鶴泳, 「遊離層」, 170-171쪽.

는 것은 그가 '죠센징=공산주의자=정치가'라는 잣대로 모든 인간을
판단하기 때문이다. 즉 북한지향의, 수령유일체제에 복속하는 인간만
을 진정한 '죠센징=공산주의자=정치가'로 환원시키는 그의 폐쇄적이
고 독단적인 가치판단이 '나'와 같은 '비정치적인 인간'의 허용범위를
제한하고, 진정한 공산주의자의 의미를 훼손시키기 때문이다. 이처럼
말더듬이의 구속에서 벗어나는 '자기변혁'의 과제를 '사회변혁'의 우
선적 과제로 삼고 치열한 자기 구제의 과정을 진행시켜나가는 '나'에
게 있어 강압적인 위세로 정치적 입장과 행동수칙을 강요하는 '공산
주의자'들은 회의와 환멸을 조장하는 냉소적 대상으로 각인된다. 이
러한 공산주의의 도구적 가치관, 획일적 집단주의 체제는 작가의 '사
랑' 회구, "생각하는 마음이 배려가 되고, 위안이 되고, 자비가 되고, 넓
게 말하자면 타자(他者)의 존재를 존중한다는 것"[168]이 되는 사랑의 가
치관과 일견 배치되는 입장이라 할 수 있다. 「錯迷」에서 '나'가 친구인
정용신의 정치적 입장에 동의하고 자신 또한 바람직한 정치적 행위에
대해 소극적인 형태로나마 참여하고자 하는 것은 민족의 화합, 민족
적 대의의 과정에 동참하고자 하는 민족적 의지를 간직하고 있기 때
문이다. 하지만 그러한 '정치적 행위'는 결국 '이질적 언어'로서 나의
내면과 이화(異化)되며 결국 '민족'이란 이름으로 행해지는 재일조선
인 사회의 정치, 사상적 행위는 자신의 중간자적 존재를 더욱 교란시
키는 혼돈의 장소, 혼미의 대상이 된다. "나는 나 자신일 수밖에 없다.
인간은 각각 그 저마다의 상태에서 이미 존재 이유를 갖고 있는 것이
다. 문제는 이러한 자신을 어떻게 하는가가 아니고, 이러한 자신으로

---

168) 김학영, 「흙의 슬픔」, 33쪽.

서 어떻게 살아가야 하는가, 어떻게 세계(외부현실)에 관여해야 하는 가에 있을 것이다."[169]라는 작가의 실존적 고민은 그러한 외부현실-식민 잔재가 청산되지 않은 차별적 일본 사회, 남과 북으로 분단된 조국과 재일조선인 사회의 대립 구도-의 틈바구니에서 내·외면적 갈등과 반목 현상을 겪게 된다. 이 과정에서 산출되는 왜곡된 정치 세력과의 반목과 혐오적 관계는 작가의 민족의식, 정치의식에도 균열과 교착의 지점을 생성한다.

2) '중간자' 의식과 재일의 근거

아버지와 김일성 수령, 천황으로 이어지는 폭력적 권력 구조에 대한 반발과 비판적 조국 인식은 재일조선인이라는 민족적 정체성의 문제와 연동하면서 더욱 복합적이고 중층적인 주체 형성 과정을 주조한다. 재일조선인으로서의 작가의 자기 인식은 여러 인물들의 증언을 통해 역설된다.

> 나는 중간자(中間者)였다. 일본인과 한국인 사이의 중간자. 그것도 일본인이기도 하고 한국인이기도 한 것 같은 적극적인 플러스의 중간자이기보다는, 오히려 일본인도 아니고 한국인도 아닌 것 같은 소극적인 마이너스의 그것이었다. 나는 나와는 동포인 정용신을 외국인으로 보았고, 그런 나는 내 자신이 동포처럼 생각했던 일본인으로부터는 외국인으로 취급되었으니—나는 글자 그대로 어중간한 인간일 따름이었다.[170]

---

169) 김학영, 「한 마리의 羊」, 273쪽.
170) 김학영, 「昏迷」, 63쪽.

나는 어째서 조선 사람일까? (중략) 주위는 모두 일본인인데 어째서 자기 혼자만이 조선인일까? 태어나고 보니까 조선인이었다. 조선인으로 태어나려면 조선에서 태어났으면 좋았을 텐데, 고르고 골라서 아마도 세계를 통틀어 가장 조선인을 학대하는 일본에서 태어나 버렸다. 이렇게 재수가 없을 수가 있을까?[171]

많은 일본인이 한국인을 편견의 눈으로 보고 있는 것처럼, 나도 내 내부의 한국인을 편견의 눈으로 보고 있었습니다. 한국인과 일본인의 낙차(落差)랄까를 느끼고 있었습니다. 그 낙차가 나와 당신 사이에 가로놓인 절대의 거리같이 여겨졌습니다.[172]

대체로 재일 2세대로 설정된 작중인물은 자신의 존재성을 '소극적인 마이너스의 중간자', 식민지 지배국가에 태어난 피착취민족, 스스로를 차별과 편견의 시선으로 응시하는 열등한 국민으로 인식한다. 작가는 "내 자신은 한국인이라고 하는 이유로 차별을 받거나 바보 취급을 당했거나 학대를 받은 경험이 전혀 없다"[173]고 언급하면서도 "(한국인에 대한) 차별과 편견의 말을 노골적으로 내던져오는 그들 무심한 일본인과의 접촉, (중략) 오직 일본이나 일본인에 대한 반발과 증오"[174]를 민족의식 각성의 주요한 계기로 설명한다. 작가의 내면에는 재일조선인이 일본 사회에서 짊어져야 하는 억압과 차별의 역사적 굴레를 인식하고 그것을 자신의 부채감으로 받아들이면서, 일본 사회

---

171) 김학영, 「알콜램프」, 140쪽.
172) 김학영, 「흙의 슬픔」, 19쪽.
173) 김학영, 「자기해방의 문학」, 206쪽.
174) 김학영, 「差別·偏見이란 反面敎師」, 『월식』, 하유상 역, 예림출판사, 1979, 258쪽.

에 대한 의식적인 반발로 이끌어내려는 강한 자의식이 작용한다. 후천적으로 '획득'되는 민족 정체성은 공동체 안에서 자신의 귀속을 결정하고 민족이라는 범주 안에 개인의 정체성을 구현하려는 주체 정립 과정과 맞물린다. 하지만 이러한 민족적 정체성의 자각이 개인의 일상적 삶의 근거지에서 표출될 때 거기에는 적지 않은 갈등이 유발된다. 선험적 고향으로서의 조국의 형상을 내면에 간직하고 있는 재일 1세대가 조국지향의 민족적 정체성을 유지하고 일본에 대한 대타적 의식을 고수해왔다면 일본에서 태어나 일본의 문화와 언어를 존재 근거로 삼아온 재일 2세대들에게 조국과 일본은 그들과는 다른 정서적, 실존적 대상으로 다가온다. 즉 의식적으로는 재일조선인이라는 민족적 지향을 긍정적 아이덴티티 모색의 발판으로 상정하지만 정주지인 일본 사회 안에서 그들이 겪게 되는 현실적 제약과 차별적 인식은 그들의 '경계인', '중간자'로서의 불안정한 존재 의식을 부각시킨다. 전(前) 세대를 통한 추체험만으로 공유되는 조국에 대한 막연한 지향은 배타적인 일본 사회 안에서 '마이너스'의 존재성을 자각할 수밖에 없는 좌절된 경험과 맞부딪치면서 재일 2세대의 정체성에 불가피한 균열을 생성한다.

가) '후천적 획득'으로서의 민족의식

자신에게 있어 '진정한 한국인'으로서의 민족적 정체성은 "회복하는 것이 아니고 새로이 획득해야 하는 것"[175]이라는 작가의 언명은 재

---

175) 김학영, 「한 마리의 羊」, 275쪽.

일 2세대들이 일본 사회에서 민족적 정체성을 구현한다는 것이 얼마나 의식적인 노력과 각성을 필요로 하는 사안인가를 명확히 보여준다. 재일 2세대들에게 '민족'이란 새롭게 발견하고 구축해가야 할 미지(未知)의 지향점이 된다.

재일조선인들에게 우선적으로 자신의 민족적 존재를 환기시키는 표식은 '국적'과 '이름'이다. 인종적으로, 겉모습으로는 전혀 일본인과 다를 것이 없는 재일조선인에게 그들의 '국적'과 '이름'은 자신의 존재를 새롭게 재구성해야 할 당위성을 부여하는 무형(無形)의 낙인이다. 앞서 살펴본 대로 재일조선인에게 국적을 유지하는 문제는 식민지 청산이 제대로 이루어지지 않고 천황제를 중심으로 한 조선멸시관이 암묵적으로 통용되는 일본 사회에서 자신의 민족적, 실존적 존재가치를 증명하는 하나의 시금석 역할을 한다. 국적이 차별의 근거가 되기도 하지만 그렇기 때문에 더욱 민족적 저항과 자기정체성 확립의 교두보가 되는 것이다. 이름 또한 '차별'과 '저항'이라는 양가적 의미망을 내포하고 있다. 고등학교를 졸업할 때까지 '야마다(山田)'라는 일본성(日本姓)을 사용하다가 대학 입학 이후 본성(本姓)인 '金'을 사용[176]하기 시작한 김학영의 경우도, 이름이 내포하는 민족적 귀속의 마이너리티성을 다음과 같이 인식한다.

"기껏해야 이름을 갖고 그런다고 하지만 그 이름이라는 것이 일본에서는 무시할 수가 없다니까." (중략) "그것은 일본에서는 흑인의 피부색깔에 해당하는 셈일세. 백인은 피부색깔을 보고 흑인을 박해하지만

---

176) 유숙자, 앞의 책, 93쪽.

일본인은 이름을 보고 우리 조선사람을 멸시하는 거야."[177]

　대부분의 재일조선인은 본명(本名, 민족명)과 통명(通名, 일본식 이름)을 동시에 가지고 있다. 여타의 외국국적 소유자들이 자신의 본명을 자연스럽게 드러내는 것과 달리 재일조선인의 '본명선언'은 재일조선인으로의 자신의 출자(出自)를 밝히는[178] 의식적인 행위가 된다. '조센징'이라는 명칭이 갖는 폭력적 의미망과 마찬가지로 일본 사회 안에서 민족적 '본명'을 드러낸다는 것은 자신의 마이너리티성을 폭로하는 것이며, 재일조선인이라는 차별적 존재성을 감수하겠다는 의지의 표명인 것이다. 이러한 민족적 이름에 대한 자의식, 자신의 열등한 민족적 지위를 표상하는 기표로서의 '이름'에 대한 내면적 갈등 양상은 작품 곳곳에서 드러난다.

　그러자 남자는 "저, 성함은요?"라고 물었다. 거기에 대답하려고 했을 때 수영은 왜 그런지 모르겠지만 더듬고 말았다. "이(李)입니다."라는 말이 목구멍까지 올라왔지만 나오지 않았다. 그는 살짝 당황하여 잠시 아무 말도 하지 못하고 수화기를 잡고 있었다. 그러자 남자는 "성함 말입니다. 손님의―"라고 재촉했다. "도쿄의……"라고 수영은 무의미한 접두어를 붙여 그 기세로 말하려고 했다. 하지만 변함없이 "이(李)입니다."가 나오지 않았다. "도쿄의?"라고 남자가 말했다. "도쿄의 누구신지요?" 남자의 목소리에는 이미 의심스러워하는 느낌이 섞여 있었다. 수영은 더욱 당황하여 "도쿄의"를 세 번 정도 반복하고 나서 겨우 "이(李)

177) 김학영, 「알콜램프」, 99쪽.
178) 이은영, 「이름과 언어를 통해 본 재일한국인의 아이덴티티」, 중앙대학교 일어일문학과 석사학위논문, 2005, 3쪽.

라고 합니다." 하고 말할 수 있었다. "리씨, 군요" 그 남자의 목소리에는 뭔가를 확인하려고 하는 불쾌한 울림이 느껴졌다. (중략) 게다가 심하게 더듬은 끝에 말한 이름이(여관 남자는 그것이 무척 망설인 끝에 말한 것이라고 생각할 것이다) '이(李)'라는 것에서 남자는 수영이 그 이름을 말하는 것을 망설였다고 판단했을 것이다. 충분히 그렇게 생각할 수 있는 일이라고 여겨졌다. 그 남자가 자신이 조선인임이 알려지는 것을 부끄러워하고 있다는 식으로 받아들였을지도 모르는 것이 그는 분하고 불쾌했다.[179]

또 교수는 어느 날 "자네는 귀화할 생각은 없나?"라고 그에게 묻곤 했다. "귀화는 안 한다 치고 이름을 바꿀 생각은 없나?" 교수는 쉽게 취직이 되지 않는 그를 불쌍하게 여겼고, 이른바 선의에서 그렇게 말한 것임에 틀림없다. 하지만 솔직히 말해서 그는 그 말을 교수에게 들었을 때 자신의 귀를 믿을 수 없는 기분이었다. 교수는 자기 입으로 하고 있는 말의 의미를 알고 있는 것일까? 알고 있는데도 그런 말을 하는 것일까? "이름 바꿀 생각이 없냐"고 묻는 것은 말하자면 "자네의 용모는 다소 보기 안 좋으니까 일본인의 얼굴을 한 가면을 쓸 생각은 없는가?"하고 묻는 것과 같은 것이었다. 귀화한다고 해도 지금의 일본과 조선의 관계는 아무런 죄의식도 없이 조선인이 일본으로 귀화할 수 있는 관계는 아니다. 일본 정부가 조선인에게 억압적인 자세를 취하는 한 일본으로 귀화하는 것은 일본에 대한 굴복이고, 바로 조선민족에 대한 배신인 것이다. 그는 일본인화되고 있다고는 해도 여전히 거기에 저항을 느끼는 민족의식만은 가지고 있었다.[180]

179) 金鶴泳,「まなざしの壁」, 239-240쪽.
180) 金鶴泳,「まなざしの壁」, 286쪽.

말더듬으로 말미암아 이름을 묻는 여관 주인의 물음에 바로 대답할 수 없었던 이수영은 그러한 자신의 태도가 '이(李)'라는 재일조선인적 근거를 은폐하고자 하는 시도로 비춰지는 것에 불쾌감을 느낀다. 하지만 이미 그러한 내면적 꺼림칙함, 자신의 이름을 둘러싼 심리적 부담감은 오랜 차별적 경험으로 말미암아 축적된 자기방어의 한 형태라 할 수 있다. 자신의 이름이 타자에게 노출되었을 때 타자로부터 돌아오는 차별과 멸시의 눈초리는 재일조선인에 대한 부정적 인식이 재현되는 방식이다. 이처럼 재일조선인에게 '이름'을 드러내는 행위는 무언의 폭력을 조장하는 도구가 되어 재일조선인의 내면을 장악하고 조종하게 된다.

하지만 국적과 마찬가지로 자신의 마이너리티성을 은폐하기 위하여 이름을 바꾸는 행위는 자신의 민족적 존재성을 훼손하는 굴욕적 패배의 결과로 인식된다. 재일조선인이라는 이유로 취직자리를 얻을 수 없는 주인공에게 귀화와 이름의 변경을 요구하는 지도교수의 '선의'는 일본인의 이중적 태도를 극단적으로 보여주는 실례(實例)이다. 즉 재일조선인에 대한 차별적 근거를 제공한 당사자로서 일본 스스로 자신의 과오를 뉘우치고 역사적 부채의식을 청산할 우선적 책임이 있음에도 불구하고 그러한 차별적 관행의 원인을 재일조선인의 마이너리티성에 전가시킴으로써 자신의 행동에 대한 면죄부를 얻고자 하는 것이다. 이러한 역사적 불감증은 윤리적 책임 의식과 민족적 자각이 결락(缺落)된 전후 일본 사회의 왜곡된 현실 인식의 구체적 발로(發露)이며, 이는 앞서 살펴본 바와 같이 '천황제 파시즘'을 국가원리로 하는 일본 사회의 '화(和)와 배외(排外)', 즉 차별과 동화의 원리를 그대로 적용한 결과이다. 천황을 중심으로 하는 동일성 이데올로기에 포섭되지 않는 소수민족들은 공격적으로 배제하면서, 한편으로는 동화를 통한 절대적 복종을 강요하는 이중적 국가 관리 시스템은 식민지 시기부터 현재에 이르기까지 지속적으로 재일조선인의 실존적, 민족적 삶을 위협하는 억압적 굴레이면서 동시에 민족적 저항의식을 배태하는 각성의 근거가 된다.

이처럼 일차적으로 자신의 민족적 귀속을 표시하는 '국적'과 '이름'에 대한 주체의 태도는 무엇보다도 스스로 획득한 민족적 자각과 정체성 인식의 정도에 좌우된다고 할 수 있다. 등단작인 「얼어붙은 입」에서 작가는 자신의 성장배경을 중심으로 재일 2세대의 일반적인 민족의식 획득 과정을 고찰한다.

한국인이면서 나는 아직 한국말을 모른다. 일본에서 태어나 유치원에서 대학까지 쭉 일본학교만을 다녀온 나는 한국으로부터 격리된 곳에서, 혹은 조국과 단절된 세계에서 자라왔다. 그래서 나는 한국에 대해 생소하며, 민족의식도 희박하다. 어쩌면 망각하기 십상인 내 내부의 한국인을, 나는 전차 안에서 독서를 통해서나마 조금씩 회복해가기보다 회복하려 애쓴다고 말할 수 있을 것이다. (중략) 나에게는 원래 없었던 한국인으로서의 의식을 깨닫게 하며, 그 의식을 북돋우려는 것이니까, 회복한다기보다 차라리 각성시킨다든가, 포착한다든가, 하는 말이 알맞을 것이다. 나는 내 속에 잠든 한국인으로서의 의식을 깨닫거나 획득함으로써, 내가 한국인이지 일본인이 아니라는 사실을, 아무리 내가 일본인과 똑같은 낯짝을 하고 일본인과 똑같은 형태로 살아간다 해도, 나는 절대로 일본인이 아니라는 사실을 자각하기 위해서 독서를 한다. (중략) 죠센징, 곧 한국인이 일본인에게서 한국인 문제를 배우고, 자기 자신이 한국인인 점을 일깨움 받는다면— 그것은 기묘하고, 숫제 부끄

러워할 일임에 틀림없다. 하지만 실상 그 기묘한 죠센징이 다름아닌 나
자신이라는 인간인 것이다. 나뿐만이 아니라, 일본에서 태어나 일본에
서 자라남으로써 민족교육도 받지 못한 채 일본학교를 나온, 재일 한국
인 이세라든가, 삼세들의 대부분이 나와 비슷한 처지라고 나는 생각한
다.[181]

위의 예문은 재일 2, 3세대들이 처한 민족적 환경의 딜레마를 단적
으로 보여준다. 후쿠오카(福岡安則)에 의하면 재일조선인 청년의 민
족 정체성은 일본 사회로부터의 차별이나 불평등에 의해 수동적으로
규정되지 않고 독자적이고 자생적으로 형성된다고 한다. 특히 성장한
가정 내의 민족적 정통성, 본인의 학력, 민족단체에의 참가 경험 등이
중요하고, 그 중에서도 민족교육이 다른 모든 요인들을 압도할 정도
로 민족적 정체성 형성에 커다란 영향을 미친다.[182] 그러므로 작가가
지적하듯이 특별한 민족교육도 받지 못한 채 일본학교에서 일본인과
똑같은 국민교육을 받아온 대부분의 재일 2, 3세대들에게 민족이라는
것은 '독서'를 통해 이론적으로, 혹은 상상적으로 구상할 수밖에 없는
'관념'의 영역이 된다. 실생활에서 전혀 겪어보지 못한 조국의 언어와
민족적 감각은 역설적으로 또 하나의 결핍을 내장한 '극복'의 문제로
다가온다. 신체적으로 경험하지 못한 생소한 조국을 자기 정체성의
근거로 삼기 위하여, 그리고 자신이 재일조선인임을 망각하지 않고
일본인과 동화되지 않기 위하여 그들은 끊임없이 각성의 칼날을 세워

---

181) 김학영, 「얼어붙는 입」, 160-162쪽.
182) 福岡安則·金明秀, 『在日韓國人靑年の生活と意識』, 日本 : 東京大學出版會, 1997.(윤인
　　진, 『코리안 디아스포라』, 고려대학교 출판부, 2004, 191쪽에서 재인용.)

야 하는 것이다. 하지만 민족적 정체성을 새롭게 획득하기 위한 과정은 후천적으로 각성된 당위적 관념과 생경한 민족의식의 주입으로만 채워짐으로써, 즉 민족적 '육체성'을 담보하지 못함으로써 결국 중간자, 경계인으로서의 불완전한 자아를 재인식하는 계기가 된다. 체질화되지 못한 민족적 각성은 일본사회에 대한 이성적인 분노와 증오심을 유발하면서도 그로 인해 발생하는 실생활과의 간극, "여태까지 친밀하게 지내왔던 내 주변과의 사이에 돌연 단층이 생기고, 내가 이방인임을 의식하게 되"[183]는 것에 대한 두려움을 동반한다. 이는 지금까지 자신을 지탱해왔던 생래적인 일본적 감각을 생소한 민족적 감각으로 대체함으로써 감수해야 하는 이질감과 격절감(隔絶感), 그리고 일본적인 자아를 의식적으로 거부하고 자기 극복의 과제로 삼는 과정이 관념적 지식의 고양(高揚)에 의해서만 이루어짐으로써 "실감이 나지 않는, 정서가 다져지지 않은 관념으로서의 민족의식"[184]이 동시에 체험된 결과이다. 결국 조국을 알아가는 과정은 '우울'과 '답답함'을 동반한 부정적 자기 인식과 은연중 연동하게 된다. 그리고 일본 사회의 현실적 부조리와 왜곡된 역사 인식을 깨닫고 민족의식을 근간으로 하는 정체성 구현의 가능성을 실현하고자 했던 작가의 노력은 말더듬과 유년 시절의 폭력적 경험이라는 개인적 고뇌의 범주 안으로 포섭되어 자기 내부에 갇히게 된다. 즉 재일조선인의 역사성, 타자성에 대한 인식이 충분히 육화(肉化)되어 고찰되지 못하고 이론적인 사상 습득에만 머무름으로써, 개인의 정체성 문제 또한 사회, 역사적인 맥락으

---

183) 김학영, 「얼어붙는 입」, 166쪽.
184) 김학영, 「얼어붙는 입」, 169쪽.

로 확장되지 못한 채 현실 세계와 갈등하는 혼동과 불안의 무의식적 내면을 생성하게 되는 것이다. 작가는 여타의 작품을 통해 민족교육에 대한 필요성(「유리층」)과 직접적인 조국체험 시도를 통한 조국인식의 심화 가능성(「알콜램프」) 등을 제기하지만, 그러한 문제의식이 구체적인 작품을 통해 형상화되지는 않았다. 김학영의 작품은 그러한 중간자적 고뇌, 혼돈과 갈등 속에서 방황하는 재일조선인 주체의 모습을 있는 그대로 표출함으로써 현 상황에서 재일조선인이 처한 모순된 현실의 심각성, 현장성을 면밀히 구성해내고 있다고 할 수 있다. 일본인도 한국인도 될 수 없는 '소극적 마이너스'로서의 중간자적 존재의식은 김학영의 교착된 민족의식과 혼종적 정체성이 구성되어 가는 과정을 주조한다. 이처럼 '후천적 획득물'로서의 민족의식조차 끊임없이 재확인하고 자기비판하는 작가의 결벽성은 앞서 살펴본 바와 같이 가부장적 아버지, 북한의 유일사상체제, 천황제 국가질서로 이어지는 획일적인 정치사상적 의식화 과정에 대한 거부와 반발의 대항심리와도 연관된 복합적 고뇌의 산물이라 할 수 있다.

나) 상상적 '실감'과 혼종적 정체성

김학영은 에세이 「한 마리의 羊」에서 조국의 역사적 사건(남한의 4월 혁명)과 맞닥뜨린 직후, 자신의 내면을 장악하고 있던 마음의 '싸늘함'에 대해 언급한다. 모든 학생들이 조국의 현실에 대한 자발적인 동참을 감행하고 있는 시점에, 작가는 마음의 표면에 와닿지 않는 세계 혹은 외계와의 단절감, 소외감으로 괴로워한다.

큰 변이 일어났다. 그러나 그 가운데는 큰 변이 일어났다고 생각하지 않으면 안된다는, 실감이 나지 않는 의무감 같은 것이 섞여 있는 것이었다. (중략) 그들은 왜 그렇게 외부현실의 문제를 자기자신의 내면에 관한 문제로서 혹은 자기자신의 내면에 관한 문제처럼 실감할 수가 있었을까. 그러한 의문이 아프게 나를 괴롭혔다. 동포 학생도 일본인 학생도 외계의 사건에 관여하는데, 나의 마음은 묘하게 싸늘한 것이었다. (중략) 머리는 적극적인 관여를 명하고 있지만 실제적인 행동에 필요한 절실감이랄까가 결여된 느낌이었다. (중략) 자신의 내면과 외계 사이를 잇는 관계항이라는 것이 아마도 나에게는 단절된 것만 같았다. 어쩌면 흘음의 습벽이 크게 그것에 원인하는지 모르겠다. 나는 나 자신의 감각에 묶여 유폐되고 있는 것인데, 그로 하여 자신이 관여 않는 외계의 사건은 물 건너의 불이라는 거리감이 있었다.(방점은 번역본)[185]

　작가에게 있어 자신의 존재를 명확히 인식할 수 있는 순간은 '실감'이 작동하는 때이다. 자신의 불안정한 경계인으로서의 존재감을 해소하고 민족적 자아로 거듭나기 위하여 끊임없이 식민지 시대의 역사적 경험들을 반추하고 치열하게 조국의 현실적 사안들에 대해 촉각을 집중시키면서도 '실감이 나지 않는 관념', '실감이 나지 않는 의무감', '절실감이 결여된 사건'으로 조국의 상황을 인식하는 작중인물들은 이러한 이성적 판단과 '정서적 감각'의 괴리로 말미암아 심리적 박탈감을 경험한다. 이는 「얼어붙은 입」에서 '나'(최규식)가 사랑하는 미찌꼬와의 육체적 합일을 이루었음에도 불구하고 결국에는 마음과 마음의 진정한 융합에 실패한 것처럼, 여전히 세계와의 불화, 타인과의 절대적

185) 김학영, 「한 마리의 羊」, 272-273쪽.

거리감, 소통불능의 좌절감이 이들의 세계 인식 과정에 무의식적으로 작동하고 있음을 반영한다. 여기에서 '말더듬'이라는 신체적 결핍 조건은 '자신의 내면과 외계 사이를 잇는 관계항'을 단절시키는 일차적 도구로 기능한다. 하지만 '말더듬'으로 인해 자기 내부로 유폐된 감각의 영역은 개인사적인 공간을 넘어 집단적인 '감각'의 유폐로 연결된다는 점에서 문제적이다. 개인의 신체적, 심리적 감각은 이제 공동체의 문화적 감각의 차원으로 이동한다. 일본에서 출생하여 정주하면서 일본적인 생활 감각을 원초적으로 습득하고 체화한 재일조선인들에게 새롭게 획득해야 하는 민족적 감각의 생경함, 이질감은 자신의 재일적 존재를 민족의 이름 아래 전면적으로 재구성함으로써만 극복 가능한 것이다.

그러므로 작중인물의 이러한 민족적 '실감'의 결여, 조국지향 의식의 비판적 검열은 실제적인 삶 속에서 선험적으로 받아들인 일본인적 감각이 자신을 규명하고 증명하는 실제적 '실감'임을 정직하게 고백하는 행위로부터 나온다. 논리적, 당위적으로 민족의 이름을 자신 안에 각인하고 새롭게 민족적 정체성을 구현하고자 하는 작중인물들의 욕망은 자신의 무의식적 자아가 세계 안에 표출되는 순간, 그 의식의 틈새로 비어져 나온 일본적 자아와 마주치게 되며, 자신의 실제적 경험에 기반한 생래적인 일본적 감각을 본래적 감각으로 경험하게 되는 것이다. 즉 재일조선인의 정체성은 한국과 일본이라는 두 이질적인 문화의 교섭으로서의 혼종적 형태를 담보한 복합적 실체로 확장되며 이러한 혼종성이 구현되는 공간은 언어적, 문화적 '감각'이 발현되는 지점이다. 작가는 두 민족의 감각이 충돌하면서 새롭게 재구성되는 재일적 감수성의 지점을「錯迷」의 한 장면을 통해 예리하게 포착해내고 있다.

　　그때 갑판 위의 명자의 얼굴이 싹 달라졌다. 그때까지 조용하고 무표정했던 명자의 얼굴에, 갑자기 동요의 빛이 지나갔다. 마치 자기는 지금 어머니나 가족으로부터 혼자 떨어져 낯선 고장에 가려하고 있다는 것을 비로소 깨달은 것처럼, 나에게는 익숙한 그 두려움의 표정이 별안간 명자의 얼굴에 떠올랐다. 이제는 어머니를 우리말로 〈어머니〉라고 부르기로 되어있던 명자가, 불현듯 이전의 명자로 돌아가 이렇게 외쳐대기 시작했다.

　　〈오까아상! 오까아상!〉

　　명자는 상반신을 뱃전 밖으로 내밀고 창백한 얼굴로, 신음하는 듯한 목소리로 부르짖었다.

　　〈아끼꼬! 아끼꼬!〉

　　하고 어머니도 울면서 소리쳤다.

　　〈오까아사앙! 오까아사앙!〉

　　〈아끼꼬! 아끼꼬오!〉

　　그리고 명자의 얼굴이 갑자기 이지러지더니 눈에서 눈물이 넘쳐흘렀다. 참고 참았던 것을 끝내 참을 수 없게 된 것처럼, 명자는 얼굴이 쭈굴쭈굴해져서 뱃전에 얼굴을 부딪치며 몸부림하듯 울어댔다.[186]

　북한의 귀국선을 타고 집을 떠나는 여동생 명자의 순간적인 심리 변화 과정을 절묘하게 포착하고 있는 이 장면은 관념적으로, 의식적으로 주입된 민족의식의 허상적 본질을 극명하게 드러낸다. 학습을 통

---

186) 김학영, 「昏迷」, 109-110쪽.

해 익힌 '어머니'라는 조국의 단어는, 인간 본능의 감정 표출이 절박해
진 순간에, 보다 심층적인 기억과 습관에 의해 체득된 자연스런 언어
인 일본말 '오카아상'으로 전환된다.[187] 가장 자연스럽게, 본능적으로
감각되어야 할 조국의 언어가 이성적, 논리적 인식의 형태로 작동하
며, 철저한 민족적 각성을 통해서 극복하고자 한 일본적 감수성이 '실
감'의 형태로 되돌아오는 모순된 상황을 위의 예문은 적확하게 묘파
하고 있다.

　이렇게 정신적으로 상상된 조국의 감각과 육체적으로 체화된 일본
적 실감이 충돌하고 길항하는 경계선 위에서 김학영의 실존적 고뇌는
더욱 증폭된다. 머리는 민족을 향해 있지만 몸은 일본적 습성에 침윤
되어 버린 재일조선인 2세의 분열된 정체성의 양상을 김학영은 등장
인물의 '실감'에 대한 집요한 추적과정을 통해서 제시한다. 분열되고
고착된 자기 인식을 해소하는 방법, 즉 조국을 희구하며 민족적 정체
성을 찾아가는 과정은 다름 아닌 민족적 '실감'을 획득해가는 과정과
연결된다. 신체에 와 닿는 실감으로서의 민족의식, 일본인적 생활감각
이 아닌 조선적 생활감각, 민족적 신체감각을 구현하는 것이 김학영
이 민족과 조우하는 근본적 방법이 되는 것이다. 민족적 실감을 획득
하는 가장 좋은 방법은 아마도 모국을 실제적으로 체험하고 신체적으
로 지각하는 형태일 것이다. 김학영은 「鄕愁는 끝나고 그리고 우리는」
이라는 작품을 통해 이러한 실감의 문제를 은연중 제기하는바, 여기
에서 우리는 일본과 조국의 경계에서 재일조선인이 느끼는 실감의 문
제가 당위적 민족의식이나 일본에 대한 인식적 거부의 차원을 넘어서

---

187) 유숙자, 앞의 책, 111쪽.

는 가장 원초적이고 개인적인 감각적 영역의 산물임을 발견할 수 있으며 재일조선인만이 감지할 수 있는 혼종된 '실감'의 차원을 구상해 볼 수 있다.

「鄕愁는 끝나고 그리고 우리는」은 북한에 대한 체제비판적인 주제 의식이 다소 경직되게 표출된 작품이다. 이시지마 세이이찌(박성식)라는 귀화한 재일조선인 사업가가 북한에 거주하는 가족을 만나기 위해 북한으로 밀입국한 후 북한당국으로부터 강압적인 스파이 활동을 사주 받고, 남한에서 북한의 지하 공작원에게 자금을 조달하는 간첩 활동을 하다가 체포당한다는, 다소 도식화된 서사구조를 지닌 작품이다. 이전의 김학영 작품이 자신의 유년시절이나 청, 장년시절의 경험을 기반으로 말더듬이의 고뇌, 아버지와의 불화, 중간자 의식이라는 일관된 주제의식을 밀도있게 형상화했다면 「鄕愁는 끝나고 그리고 우리는」은 이러한 김학영의 주제적 맥락과 자전적 인물 구성에서 벗어나 북한사회에 대한 직접적인 비판과 반공의식의 일단을 보여준 작품이라 할 수 있다. 주인공인 이시지마는 14세 때 혼자 몸으로 황해도에서 일본으로 건너와 자수성가한 사업가로, 자신이 재일조선인이라는 사실을 철저히 숨기고 살아온 인물이다. 가족과의 연락도 끊긴 채 40년 동안 고향땅을 등지고 사업에만 매진하며 고독한 생활을 영위하던 이시지마는 젊은 여성 경리사원인 하세 노리꼬와 내연의 관계를 맺게 되면서 조국과의 파행적인 연결고리를 갖게 된다. 불임과 남편의 외도로 이혼한 과거가 있는 하세 노리꼬는 이시지마에게서 "살아 있는 것의 슬픔, 인간이란 것의 고독함"[188]이라는 공통분모를 발견한다. 일

---

188) 김학영, 「鄕愁는 끝나고 그리고 우리는(Ⅰ)」, 하유상 역, 『北韓』141, 1983. 9, 157쪽.

본인 여성 하세 노리꼬의 육성으로 서술되고 있는 이 작품이 처음부터 끝까지 이시지마에 대한 연민과 안타까움, 공감의 정서로 일관되는 것은 단순히 작중인물 간의 애정 관계를 표출하는 것 이상으로 작가가 재일조선인 주인공에 대해 정서적인 공감대를 형성하고 있다는 암시를 준다. 화자인 하세 노리꼬는 헌신적인 이해와 배려를 통해서 재일조선인 이시지마의 고뇌와 존재적 아픔을 조건없이 받아들이고 위로하는 여성으로 등장하는데, 이는 작가의 내면적 욕망을 드러내는 의도적 장치로 볼 수 있다. 즉 일본인 여성 하세 노리꼬는 재일조선인의 실향과 경계적 존재위치를 인식하고 이해하고자 하는 작가적 시선이 투영된 인물이며 이시지마 또한 작가의 동일한 처지를 대변하는 인물이라 할 수 있다. 이시지마와 하세 노리꼬는 작가의 역사적 배경과 현실적 상황을 효과적으로 드러내는 작가의 두 분신이며, 일본인 여성 하세 노리꼬가 재일조선인 이시지마를 바라보는 연민의 시선은 작가가 스스로를 위무하고자 하는 하나의 의식적 행위와 연동하는 것이다. 이는 이양지가 「해녀」에서는 일본인 의붓여동생을, 「유희」에서는 한국인 여성을 화자로 내세워 재일조선인을 타자의 시선으로 바라본 것과 대비되는 것으로, 김학영은 일본인 여성의 포용적 시선을 통해 재일조선인인 자신을 응시함으로써 은연중 자기구원에의 욕망을 재생하고 있다고 할 수 있다.

　「鄕愁는 끝나고 그리고 우리는」에서 재일조선인의 혼성화된 감각을 상징적으로 보여주는 것은 '향수'를 느끼는 주인공의 이중적 심리 상태이다. '향수'는 고향을 잃은 자의 감정이면서 역설적으로 고향을 떠나 있을 때에만 유효하게 작동하는 감정의 영역이다. 이시지마가 북한 공작원의 주선으로 고향을 방문하고 헤어졌던 가족들과 상봉하는 순간, 그의 향수는 '끝나버린다'.

> 향수는 끝나고
> 그리고 우리는 오후의 강변에서 돌아왔다.
> 우리라기보다도 이시지마 씨의 향수는 끝난 거죠. (중략) 확실히 그
> 詩처럼 이시지마 씨의 향수는 끝난 거였어요. 향수가 채워진 게 아니라
> 꺼져버린 거죠. 흩날려버린 겁니다. 그리고 그 뒤에 남은 건 어딘지 울
> 가망스럽고 흥이 가신 기척이 감도는 공허한 오후의 강변의 이미지 그
> 자체였지 뭡니까.[189]

고향과 조국에 대한 향수와 그리움은 남한에서의 스파이 활동이라
는 북한 정부의 강압적 공작 과정에서 혐오와 두려움, 환멸의 형태로
변형된다. 북한에 거주하는 가족들을 볼모로 '토대인(土臺人)'[190]의 역
할을 강요받은 이시지마는 그동안 조국을 향하여 품고 있던 '향수'의
감정이 얼마나 허약하고 순진한 것이었는가를 깨닫는다. 직접적인 조
국과의 대면은 고향에 대한 상상적 감각, '실감'의 허상을 폭로하고
'향수' 안에 내재한 조국의 이미지를 훼손시키는 상처의 경험으로 인
식된다. 재일조선인에게 실감으로서의 조국, 향수어린 고향이란 신체

---

189) 김학영,「鄕愁는 끝나고 그리고 우리는(Ⅳ)」, 하유상 역, 『北韓』144, 1983. 12, 227
쪽. 이후에는 작가, 작품명과 쪽수만 표시하였다.
190) "이시지마 씨처럼 북한에 가족이 있는 재일 북한인이나 귀화 일본인을 그곳에선
土臺人이라 부르고 있다는군요. 그쪽에서 파견돼 오는 지하공작원은 그런 토대인
을 회유한다든지, '협력하지 않으면 저쪽에 있는 가족이 딱하게 된다'는 따위의
말을 써서 여러 가지 정치 공작을 위한 거점으로 한답니다. 우리도 그와 마찬가
지로 토대인으로서 이용당하게 된 셈이죠."(김학영,「鄕愁는 끝나고 그리고 우리
는(Ⅳ)」, 227-228쪽)

적으로는 이를 수 없는, 실체가 결핍된 환상통(幻想痛, phantom limb pain)[191]의 대상이며 이러한 '육체가 결핍된 실감'이 역설적으로 재일조선인의 디아스포라적 감각을 구성한다. 직접적인 조국 체험이 상상 속의 민족적 '실감'을 파괴한다면 일본에서 간접적으로 경험하는 조국의 문화는 재일조선인의 상상적 '실감'을 충족시키는 대리물로 작용한다는 점에서 아이러니하다.

> 가야금의 음조라든지, 창의 어조라든지 확실히 그건 한국의 독특한 것으로, 말뜻은 모르지만 일종의 설명하기 어려운 애수가 가슴에 부딪쳐 오는 가락이었어요. (중략) 그 때의 이시지마 씨 눈물이야말로 향수의 눈물이 아니었을까요. 소년 시절에 고향을 떠나 조선의 국적도 버리긴 했지만, 그래도 이시지마 씨의 넋의 고향은 여전히 조선이어서 그 넋의 고향에 대한 향수를 그 때 용희 씨의 뜻하지 않은, 마음에 스며드는 창과 가야금 가락에 자극돼 눈물로 넘쳐난 게 아닐까요. 이시지마 씨는 지금 향수를 충족시키고 있다고 난 생각했던 겁니다. 이 눈물은 향수의 결정이며, (중략) 향수를 일본에서 충족한다는 건 얼마나 아이러니컬한 일일까요.[192]

조국 방문에서 느끼지 못했던 '향수'의 감정은 다시 일본에 돌아와 한국의 가야금과 창(唱)의 가락을 접하는 순간 재생된다. 이때의 '향수'는 실향의 아픔, 디아스포라적 슬픔이 각인된 재일조선인의 '실감'과 동의어로, 결국 재일조선인의 향수는 남한이나 북한으로 대변되는

---

191) 환상통(幻想痛, phantom limb pain)이란 이미 절단하여 상실한 팔과 다리가 아직 있는 것처럼 느끼고 그곳에 통증을 느끼는 것을 말한다.

192) 김학영, 「鄕愁는 끝나고 그리고 우리는(Ⅳ)」, 233-234쪽.

국가적 실체에 기인한 것이 아니라 '기호로서의 조선'을 향해 품어왔던 재일조선인의 '상상의 고향'에 대한 '향수'이며 '민족적 실감'인 것이다.

바로 이 지점에서 재일조선인의 독자적 감수성, 중간자 의식, 혼종성에 기반한 정체성이 출현한다. 조국과 유리된 채 일본 사회에서 실제적 삶을 주조하는 재일조선인들에게 민족, 조국에 대한 '향수'는 유토피아적 열망의 상상적 결과물에 가깝다. 조국은 끊임없이 희구하지만 성취될 수는 없는, 그리워하지만 다가갈 수 없는 상상 속의 공간이며, 역설적으로 결핍되어야만 존재적 의미를 유발하는 욕망의 대상이다. 따라서 자신의 정당한 존재 근거, 혈통적 뿌리로서의 조국에 대한 지향, '실감'나는 조국과의 해후에 대한 갈망은 성취의 순간, 또다른 결핍을 생산하며 주체를 분열시킨다. 작품 곳곳에서 언급되듯이 김학영이 실제적으로 맞닥뜨렸던 조국의 실체는 민단과 조총련으로 대변되는 재일조선인 민족단체의 구성원들이었을 것이다. 특히나 아버지에 대한 부정적 인식과 연동하여 북한지향적인 민족 조직에 대한 강한 반발과 의구심은 더욱 작가의 상상적 '실감'을 훼손하고 좌절시키는 원인으로 작용했을 가능성이 크다. 그러므로 재일조선인으로서 작가가 끊임없이 천착했으나 결국은 납득할 만한 화해의 지점에 이르지 못한 '민족'과의 관계는 '실감이 나지 않는 관념'으로서의 민족의식, 신체화되지 못하고 생리적인 거부감을 조성했던 실제의 조국 현실과의 부단한 길항관계, 대항심리에서 비롯된 고뇌의 산물인 것이다. 그것은 또한 재일조선인으로서 민족의 실체에 다가갈 수 없는, 결핍된 민족구성원으로서의 자각과 연동하는바, 이는 "민족이란 언어·지역·경제생활 및 문화의 공통성 속에 나타나는 심리 상태의 공통성

을 기초로 해, 역사적으로 구성된 견고한 공동체"라는 스탈린의 정의
앞에서 "자민족의 '민족'으로서의 자격을 주장하면 할수록, 그 '민족'
의 틀에서 떨어져 나오고 마는 분열을 맛보았"던 서경식의 '결격의 아
픔'[193]과 일맥상통하는 것이다. 그들의 실존적 근거이며 신체적, 문화
적 토대인 일본 안에서의 생활감각은 그러한 상상적 '실감'과 갈등을
겪으면서 동시에 그러한 '관념으로서의 실감'을 강화하는 역할을 한
다. 상상적 실감으로서의 민족의식과 현실적 실감으로서의 일본적 생
활감각의 갈등과 괴리, 그리고 그로 인한 굴절된 실존적 자의식의 팽
창은 다음과 같은 인물 묘사를 통해 적확하게 제시된다.

> 일본 사회에 취직하는 것을 거부했던 형은 일본 풍토와 문화에 완전
> 히 익숙해져 있는 사람이었지만, 역시 자신을 조선인으로 살 수밖에 없
> 는 인간으로 의식하고 있었을지도 모른다. 그리고 조선인으로서 살아
> 가고자 했을 때 형은 우선 공산주의와 직면해야 했음에 틀림없다. 그리
> 고 현실적으로 조선 북부가 공산주의국가가 된 이상, 게다가 형이 만나
> 는 사람들 중 모든 조선인들이 북한계 사람들이었던 것을 보면, 그것은
> 옳다, 옳지 않다의 문제가 아니라 수용할 것인지 수용하지 않을 것인지
> 의 문제로서 형을 압박했을지도 모른다. 이러한 것들과 직면하게 되었
> 을 때 아마도 아쿠타가와처럼 자기 일에만 관심을 갖고, 자기중심적으
> 로밖에 살지 못하고, 또 공산주의와 함께 해야 할 생활역사도 갖지 못
> 한 데다가 사상개조라는 것을 부정했던 형은 마침내 자신의 생의 궤도
> 를 조선에 둘 수 없었을지도 모른다. 현실적으로 자신이 살고 있는 살
> 기 힘든 배척적인 사회로부터의 해방구로써 북한의 공산주의사회를 느

---

193) 徐京植, 임성모 · 이규수 역, 『난민과 국민 사이』, 돌베개, 2006, 28-29쪽 참조.

끼면서도 결국에는 하나의 쁘띠 부르주아 인텔리겐차에 불과했던 형은 거기에서 '자신과는 완전히 단절된 신문화'를 느꼈으며 이렇게 자신이 살아가야 할 장소를 찾지 못한 것이 형 내부에 '망연한 불안'을 키웠는 지도 모른다.[194]

「유리층」에서 박귀영이 자살한 형 귀춘의 졸업논문을 통해 유추해 본 형의 내면적 혼란과 고뇌는 조선인이면서도 조선의 현실적 감각 - 북한 사회와 조총련의 공산주의자들을 중심으로 한 - 에 익숙해질 수 없었던 자신의 실존적 한계에서 비롯된다. '자신과 완전히 단절된 신 문화'로서의 '민족의식', 민족적 감각을 감지하고 '망연(茫然)한 불안' 을 키울 수밖에 없었던 존재적 격절감, 자기 체념적인 정서는 민족에 대한 의식적 지향성이 높았던 만큼 더 큰 좌절의 경험으로 다가온다. '후천적으로 획득한' 민족의식이 결여한 선천적인 생활감각으로서의 '민족성', 자연스럽게 몸으로 체득한 민족적 실감을 소유하지 못한 재 일조선인 주체는 결국 자기 자신의 실체성을 명확히 감지하지 못한 채 분열하거나 자살하고 마는 것이다. 이처럼 김학영에게 민족문제는 사고하면 할수록 한층 어느 한 쪽의 이데올로기나 정치적 성향에도 가담할 수 없는 자신의 상황인식을 심화시키며, 일본인도 아니고 조 선인도 아닌, 동시에 북쪽도 아니며 남쪽도 아닌 그 어느 쪽에도 속할 수 없는 재일이라는 존재상황에 대한 인식을 확인시킨다.[195] 그러므로 이러한 '중간자'로서의 자기 인식은 끊임없이 환원하는 존재적 딜레 마이자 분열적, 혼종적 주체 형성의 근간이 된다.

---

194) 金鶴泳, 「遊離層」, 188-189쪽.
195) 유숙자, 앞의 책, 113쪽.

일본인도 되지 못하고 손을 흔들면서 귀환선을 타고 가는 민족의식 넘치는 텔레비전 화면의 조선인도 되지 못하고 그 중간에 유리되어 표류하고 떠돌고 있는 자신[196]

조선인인데도 나는 조금도 조선인답게 살고 있지 않다. 즉 나는 조선인인데도 '조선'과 상관이 없는 곳에서 살고 있는 것이다. 나의 공허감은 그런 데서 오는지도 모른다. 그러나 내가 조선인으로서 살 수 있기 위해서는 나는 좀더 '조선'을 가까이 느껴야 할 게다. 그런데 아버지로부터 달아나려고 해온 나는 어느새 여동생들과는 반대로 '조선' 자체로부터도 달아나려고 해 온 것같이 여겨진다. 그러나 아무리 달아나려고 해도 필경 완전히 달아날 수는 없을 게다. 아버지를 뛰어넘지도 못하고 아버지로부터 완전히 달아나지도 못해 나는 그 중간에서 어찌 할 바를 모르고 방황하며 서성거리고 있는 인간일 뿐이다.[197]

민족의식, 조국지향적 이상(理想)이 아버지와 불가분의 관계를 가진다는 점은 더욱 이들을 옭아매는 존재적 구속의 표징이 된다. 아버지에 대한 애증병존의 감정은 그대로 민족과 조국에 대한 애증병존의 감정으로 전이되며, 선험적인 자기 존재의 근거로서의 아버지와 민족이라는 두 대타자와의 관계를 원활히 조성할 수 없는 주체는 정신적 파탄에 이르거나 육체적 파괴에 이르게 되는 것이다. 김학영은 유작인 「흙의 슬픔」에서 보이듯이 역사와 민족이라는 거대서사의 범주 안에 아버지를 겹쳐놓음으로써 이러한 첨예한 갈등지점의 고민을 서

---

196) 金鶴泳, 「遊離層」, 193-194쪽.
197) 김학영, 「錯迷」, 83쪽.

둘러 봉합해 버린다. 전 작품을 통해 끊임없이 아버지의 폭력성과 그로 인해 훼손당한 자기 존재에의 천착을 시도해왔던 작가는 그 애증의 감정을 더욱 치열하게 주체 내부의 문학적 성과로 승화시키지 못하고 긴장의 끈을 놓쳐버리고 만다. 재일 1세대인 아버지와 재일 2세대인 작가 자신의 민족에 대한 가치지향성과 대응 방향, 감각적, 의식적 접촉 지점과 실감의 정도가 다를 수밖에 없음에도 불구하고 그러한 차이의 의미망과 가능성을 끝내 아버지와 자신에게 설득시키지 못하고 아버지의 역사성 안에 자신의 혼종적 자의식을 봉합해버림으로써 모순되고 착종된 균열의 지점을 생성하게 되는 것이다. 그러한 착종된 봉합의 지점 속에서 작가는 더 이상 치열한 존재 규명과 주체 형성의 복합적 조건들에 대한 천착을 지속하지 못한 채 추상적인 사랑과 슬픔의 정조로 나아갈 수밖에 없었다. 그리고 역설적이게도 그러한 갈등의 포화지점은 현실 세계에서의 작가의 죽음이라는 자기 파괴적 현상으로 표출됨으로써 결국 그 착종된 균열의 지점이 주체의 소멸로 이어지는 충격적 결말을 보여준다.

'중간자'라는 소극적인 마이너리티성을 적극적인 내파의 근거로 전유함으로써 혼종적 주체의 긍정적 가능성을 주조할 수 있으리라는 희망은 김학영에게 너무 때 이른 과제였을지도 모른다. 일본 사회에서의 정주지향적 입지를 강화하면서 동시에 민족지향의 의식적 각성을 더욱 객관적으로 주조할 수 있는 복합적 토대를 마련하고, 일본과 조국의 강압적인 동일화 이데올로기에 저항할 수 있는 역설적 가능성을 내포하면서 '의도적 혼종'의 힘을 밀고나가는 재일조선인 주체의 혼종적 정체성 구현의 과제는 봉합과 자기 파멸이라는 이중적 선택을 동시에 감행한 김학영의 문학 세계에서는 아직까지 시기상조의 가능태로 존재한다. 재일조선인의 실존적 감각에 기반한 민족과 조국 인식, 민족지향과 정주지향의 혼종적 길항관계의 주조는 이제 이양지, 유미리 등의 이후 세대의 문학적 과제로 넘어간다. 당위로서의 민족담론에 실감으로서의 개인적 실존 논리로 맞서지 못하고 봉합을 통하여 그러한 변혁의 가능성을 누락시킬 수밖에 없었던 김학영의 고뇌야말로 작가적 딜레마이자 시대적 한계를 반영한 정직한 작가적 태도라 할 수 있을 것이다.

2. 이양지: 교란(攪亂)과 양립(兩立)의 주체 서사

가. 해체된 재일(在日) 가족과 경계적 자아의 분열 양상

1) 해체된 재일 가족과 '조선적인 것'의 변용

재일조선인 문학을 가늠하는 중요한 잣대 중 하나는 '정체성' 혹은 '경계성'의 문제일 것이다. 과거 식민지 시대, 강압적으로 이루어진 민족 정체성 박탈과 왜곡의 경험은 해방 이후 구종주국에 남겨진 재일조선인들의 삶 속에 암묵적으로 재생되어 왔다. 분단된 조국의 현실, 그리고 '조센징'에 대한 노골적인 차별과 타자화의 폭력적 시선은 재일조선인들로 하여금 자신의 역사적, 실존적 위치가 어디인가를 끊임없이 모색하게 했으며, 불확실성에 근거한 자아의 규명과 극복을 삶의 화두로 삼도록 종용했다. 일본 땅에 살면서 일본어를 모국어로 사용하고 일본의 문화와 자연에 길들여져 있는 재일조선인, 이러한 자기모순의 뼈아픈 자각과 그럼에도 불구하고 '재일'의 현실을 있는 그대로 받아들여야 하는 생존의 논리, 그리고 한국인으로서의 근원 탐

색을 통해 자아 정체성을 회복하려는 의식적인 고투의 과정이 서로
맞부딪히고 혼합되면서 재일조선인의 자아 찾기는 다양한 스펙트럼
을 형성한다. '나는 누구인가'라는 존재적 물음의 양태가 사회·역사
적 맥락과 날카롭게 조우하면서 '재일적 자아'의 세대별 유형들이 출
현하고, 그들은 '반쪽발이', '경계인', '디아스포라'라는 명칭을 스스로
에게 부여한다.

 재일조선인의 경계적 위치, 혹은 이중적 타자의 위치를 문학 작품
을 통해 가장 적나라하게 묘파하고 있는 작가로 이양지[198]를 빼놓을

---

198) 이양지는 1955년 3월 15일, 일본 야마나시현(山梨縣)에서 출생했다. 1940년에
    제주도에서 일본으로 건너온 이양지의 아버지는 그녀가 아홉 살 때 귀화했으며
    이양지의 일본명은 다나카 요시에(田中淑枝)이다. 철저하게 일본적인 생활을 영
    위하면서 일본인으로 성장했던 이양지는 이후 재일조선인으로서의 열등의식과
    불안감, 부모의 장기적인 불화와 이혼 소송 등의 이유로 고등학교 2학년을 마치
    고 중퇴, 교토(京都)의 관광여관에서 일하기도 했다. 교토 오오키(鴨沂) 고등학
    교 3학년에 편입학 후 역사교사인 가타오카 히데카즈(片岡秀計)선생과의 만남을
    계기로 민족의식에 눈뜨게 된 이양지는 이러한 민족적 각성과 정체성에 대한 문
    제의식을 심화시키기 위해 와세다 대학 사회과학부에 입학하여 한국문화연구회
    (韓文硏)에서 활동하게 된다. 하지만 관념적이고 정치적 이념만을 강조하며 귀화
    한 재일조선인을 배척하는 한문연의 태도에 실망한 이양지는 한 학기 만에 대학
    을 중퇴하고 이후 재일조선인이 경영하는 슬리퍼 공장에서 일하거나 재일동포 1
    세 이득현의 구명운동에 참여하는 등 적극적으로 삶의 운동성을 모색하게 된다.
    하지만 이양지가 민족의식을 고취하게 된 직접적 계기는 가야금 연주를 통해서
    이며 이후 가야금 명인인 지성자, 박귀희 등의 주선으로 한국에 유학할 기회를
    얻게 된다. 1980년 5월 한국에 건너와 가야금, 살풀이춤 등을 본격적으로 배우게
    된 이양지는 재외국민교육원의 일 년 과정을 마치고 1981년 말 서울대학교 국어
    국문학과에 입학했으나 두 오빠의 연달은 사망으로 인하여 일본으로 돌아와 소
    설 집필을 시작하게 되며 이후 『群像』11월호에 「나비타령」을 발표하면서 작품
    활동을 시작한다. 「나비타령」(1982), 「해녀」(1983), 「각」(1984) 등의 작품이 연
    달아 아쿠타가와상 후보에 오르며 문단의 주목을 받기 시작한 이양지는 1988년
    「유희」로 제 100회 아쿠타가와상을 수상한다. 1988년 서울대학교 국어국문학과
    를 졸업하고 이화여자대학교 대학원 무용학과에 입학하였으며 1992년 대학원
    수료 후 일본으로 돌아가 장편『돌의 소리』를 집필하던 중 급성심근염으로 1992

수 없을 것이다. 한국 유학이라는 작가의 모국 체험을 기반으로 일본 뿐 아니라 한국 안에서 재일조선인이 겪는 정체성의 혼란과 긴장관계 를 가감 없이 작품 안에 드러내고 있는 이양지는, 이분법적이고 단일 적인 민족 정체성 논리를 넘어 중층적이고 모순적이며, 경계에 직면 한 자아의 복합적 내면을 폭로하는 예리한 관찰자이자 경험자로서의 시선을 보여준다. 「나비타령」에서부터 「각」, 「그림자 저쪽」, 「갈색의 오후」, 「유희」에 이르기까지, 이양지의 문학 작품에는 유학 생활에서 겪은 새로운 모국 체험의 의미, 문화적 충격과 정신적 방황, 이방인 의 식 등이 언어, 생활, 문화, 인간관계에 이르는 폭넓은 갈등 구조 속에 서 세밀하게 그려지고 있다.

  이러한 정체성 혼란과 타자적 인식의 근원으로서 이양지 또한 불우 한 가정환경으로 인한 소외와 고통의 과정을 작품 안에 드러내고 있 다. 자전적인 가족 경험을 바탕으로 한 작품들에는 가족들의 불화와 죽음 등에 직면하여 방황하고 좌절하면서도 자아의 실존적 의미를 희 구하려는 인물들이 등장하며, 재일조선인이라는 존재적 부성(負性)을 내면화하면서 자기파괴, 혹은 자기구원의 단계로 진입하려는 인물들 이 그려진다. 본 장에서는 불우한 가족사와 재일조선인이라는 열등한 위치가 작품 속 인물들의 자아형성에 어떠한 영향을 끼치며, 작중인

년 5월 22일, 37세의 나이로 타계했다. 작품으로 위의 소설 외에 「오빠」(1983), 「그림자 저쪽」(1985), 「갈색의 오후」(1985), 「Y의 초상」(1986), 「푸른 바람」 (1987), 미완(未完)의 유작 「돌의 소리」(1992) 등 10편의 소설과 19편의 산문, 그 리고 시 한 편이 있다.(이양지, 「나에게 있어서의 母國과 日本」, 『돌의 소리』, 삼신 각, 1992, 201-259쪽. ; 유숙자, 앞의 책, 120-124쪽. ; 윤명현, 「李良枝 문학 속의 '在日的 自我' 연구」, 동덕여자대학교 일어일문학과 박사학위논문, 2006, 13-15쪽 참조.)

물들이 어떠한 고투와 모색의 과정을 거쳐 민족적, 실존적 자아를 구축해 가는지 살펴보고자 한다.

가) 불우한 가족사와 거부된 재일성(在日性)

이양지의 등단작인 「나비타령」은 부모의 불화와 이혼 소송, 아버지와의 대립과 갈등, 두 오빠의 죽음, 모국 유학 등 작가의 자전적인 사건을 배경으로, 한 여성 주인공이 성장해가면서 자신의 실존적 자아를 모색해가는 과정을 그리고 있다. 10년간 지속된 '나'(아이꼬, 愛子, 이하 아이꼬)의 부모의 이혼 소송은 단순히 결별 선언과 재산 분배를 결정하는 법적 분쟁의 과정이 아니라 가족 간의 인격과 기본적인 인간관계를 침해하고 훼손하면서 개인의 존재성을 부정하는 좌절과 고통의 경험으로 묘사된다. 두 오빠는 아버지 편에서, 아이꼬와 여동생은 어머니 편에서 이혼 소송에 휘말리는 동안, 서로의 입장을 반박하고 서로의 결점과 불의함을 들춰내면서 온 가족은 서로 반목하고 불신하는 관계로 치닫는다. 그 중에서 고교 중퇴, 가출, 자살 미수, 자해, 알코올 중독 등의 일탈 행동을 통해 가장 격렬하게 내면의 혼란과 자아상실의 과정을 표출하면서 자신과 가족을 부정하고자 하는 인물이 주인공인 '아이꼬'이다. "공중분해될 수밖에 없는 가정"에서 "도망쳐 봤댔자 도망칠 수도 없는" 혈연의 고리에 얽매여 자신의 존재를 저주하며 폐기하고자 하는 아이꼬의 왜곡된 욕망이 작품 전면에 부각되면서 그녀의 존재적 근거에 대한 물음이 제기된다. 아버지의 불륜이라는 직접적인 불화의 원인이 있음에도 불구하고 그녀는 끊임없이 아버지의 혐오와 경멸의 시선에 포착되는 어머니의 형상을 목격하는데,

이러한 어머니의 부정적 이미지는 은연중 맏딸인 그녀에게로 전염되어 재생된다.

> "어머니의 교육이 돼먹지 않았기 때문에 맏딸이 가출한 것으로 돼 있어."[199]

> "아버지, 왜 귀화 같은 걸 했죠?" 혀가 돌아가지 않는 소리로 나는 다그쳤다.
> "아이꼬, 여자가 그게 무슨 말버릇이냐?"
> "농담이 아냐. 여자 말버릇이라니, 그게 무슨 소리야. 아버지, 왜 일본 같은 데 귀화했느냐 말야."
> "너희들의 행복을 위해서 그런 거야."
> "뭐? 행복? 뭐가 행복이야. 도대체 누가 행복하게 됐어?"
> "아이꼬, 이제 돌아가라. 여자가 그게 무슨 짓이냐?"
> 아버지는 나를 때리고 싶은 것이다. 하지만 아버지는 방구석에서 서류를 들추면서 나를 돌아보려고도 하지 않았다.
> "아버지, 그렇게도 일본이 좋아? 일본 여자가 좋아? 일본 여자가 좋아서 귀화한 거야?" (중략)
> "네 엄마는 뭘 하고 있나? 딸이 술을 그렇게 퍼먹어도 가만히 있나?"
> "엄마와는 관계가 없어, 엉터리야. 생사람 잡지 말아요. 아버지, 당신도 관계없어……"[200]

---

199) 이양지, 신동한 역, 「나비타령」, 『나비타령』, 삼신각, 1989, 11쪽. 이후에는 작가,
   작품명과 쪽수만 표시하였다.
200) 이양지, 「나비타령」, 39-40쪽.

일본 사회에서 경제적으로 성공하여 사회적 입지를 다져온 아이꼬의 아버지는 그러한 자신의 지위에 걸맞은, 교양 있고 남들에게 칭찬받을 만한 중산층 가정의 형상을 꿈꾼다. 순종적이고 다소곳한 아내와 아버지를 존경하며 구김살 없이 반듯하게 자라나는 아이들, 이러한 맞춤식의 전형적인 가부장 중심 가족을 구현하고자 했던 아버지의 바람은 어머니와의 불화, 어머니에 대한 불만과 환멸의 감정에 휘둘리면서 지난한 이혼 소송의 과정을 배태하게 된다. 아이꼬의 방황과 탈선행위는 아버지에 의해서 어머니의 잘못된 교육과 교양없음의 소치로 치부되며, 이혼 소송 과정에서 어머니에 대한 공격의 빌미가 된다. 아이꼬의 내면에 잠재한 아버지에 대한 애증의 감정, 청소년 시절의 예민한 감수성, 이혼 과정에서 상처받고 좌절에 빠진 자기상실의 경험 등은 아버지의 상식적이고 구태의연한 가부장적 시선에 의해 더욱 증폭되며, 화해와 갈등 해소의 출구를 찾지 못하고 왜곡된 형태로 가족 안에서 표출된다. 어머니에 대한 아버지의 경멸적 시선, 여성에 대한 억압적 인식은 성적 차별구조를 넘어 인종적인 결핍의 차원으로 상승함으로써 이중적인 타자의 위치를 주조하게 되며, 재일조선인 여성으로서 아이꼬의 내면적 불안과 고뇌를 촉발시키는 직접적 원인이 된다. 즉 아이꼬의 어머니는 순종적인 일본 여성과 대비되는 부정적 여성의 이미지, 즉 과격하고 교양 없으며 즉물적인 감정에 휘둘리는 여성의 이미지로 암시되는데, 이는 곧 아버지의 '일본적인 것'과 대비되는 어머니의 '조선적인 것'[201]으로 확대, 변형되면서 새로운 결핍과

---

201) 본고에서 사용하는 '조선적인 것'이란 1930년대 식민지 조선에서 부흥되었던 민족주의 계열의 문화운동과 '조선주의 문화운동', '조선학' 등 다양한 문화 담론 차원에서 이루어진 표상체계로서의 '조선적인 것'과는 별개의 개념으로, 재일조선

차별의 근거로 작용한다.

"제주도 여자는 교양이 없어. 결국은 남자를 남자로 생각하지 않는단 말이야. 너에게 이런 말을 하고 싶지는 않다. 하지만…… 왜 아버지와 어머니가 이 꼴이 되었는지는 너도 알아야 돼. 너희들이 모르면 엄마처럼 되고 말 테니까."[202]

"그 Y변호사 있지? 아버지의 변호사이기 전에 일본인이라는 사실을 잊지 않는 게 좋겠어. 그럼 안녕." (중략) 양지쪽에서 솟아오르는 환성에 이어서 지방법원에서 들은 Y변호사의 음성이 되살아난다. "사장님, 당신들 나라의 여성이란 저렇게 많은 사람들 앞에서도 저토록 사납게 울부짖는 것이군요. 저래서야 남성들도 못 당하지요."[203]

아버지가 일본 여자를 구하는 것처럼 뎃짱도 일본 여자를 구할 것이다. 가까이에 있는 한국 여성인 나는 너무나도 격정적(激情的)이어서 보기 흉했다.[204]

작품 속에 나타난 아이꼬의 아버지와 어머니의 대립, 일본적인 것과

인들이 일본 사회에서 겪게 되는 역사적, 문화적 충돌과 대립 지점을 부각시키기 위해 필자가 고안한 용어이다.

202) 이양지, 「나비타령」, 16쪽.
203) 이양지, 「나비타령」, 20쪽.
204) 이양지, 「나비타령」, 56쪽.
위의 번역본에는 '격정적이어서 보기 흉했다'가 '걱정이 되어 보기 흉했다'로 잘못 번역되어 있다. 원문에는 '激情的で見苦しかった'(李良枝, 「ナビ・タリョン」, 『李良枝全集』, 講談社, 1993, 46쪽.)로 되어 있다. 즉 '너무 감정적으로 격하게 행동해서 보기 싫었다'는 의미이다.

조선적인 것의 대립 구도는 이양지의 자전적인 가족 환경과 무관하지 않다. 어머니에 대한 아버지의 혐오와 비하적 발언은 어머니의 조선적인 성향에 대한 비판으로 볼 수 있는데 이는 이양지의 부모가 겪어온 이질적인 가치관, 생활환경에 기인한 것이라 할 수 있다. 이양지의 아버지 이두호는 고향인 제주도에서 15세에 도일한 이후 '일본에 뿌리내리기'를 인생의 목표로 삼고 철저하게 일본인적인 삶을 지향했던 인물이다.[205] 완벽한 일본인이 되어야 일본에서 살아남을 수 있다는 판단 하에 그는 일본으로 귀화한 후 자식들 또한 전형적인 일본인으로 키우고자 재일조선인과 완전히 단절된 지역과 언어, 문화 안에서 생활한다. 결국 그는 일본 사회 안에서 사회적, 경제적으로 큰 성공을 이룬 '일본인'으로 거듭난다. 이와는 대조적으로 어머니 오영희는 같은 제주도 출신이지만 조선적인 풍물과 문화-제사, 굿, 한글 등-가 지배적으로 고수되는 오사카 지역의 친지들과 밀접한 관계를 유지하면서, '조선적인 것'을 외적으로도 자연스럽게 표출하는 인물이다. 그러므로 조국의 정서를 갖고 있는 아내, 그것도 자신이 버리고 떠나온 제주도 출신인 아내와 조국의 것은 다 버리고 일본인보다 더 일본인다워지려고 하는 남편과의 관계는 어긋날 수밖에 없으며, 아버지가 어머니의 '조선'을 전면 부정함에 맞서 어머니는 모국 특유의 격렬한 감정으로 대항해온 것이다.[206]

이러한 일본적인 것과 조선적인 것의 대립으로서의 아버지와 어머니의 형상은 「해녀」에서 변형된 형태로 재구성된다. 의식적으로 '일본

---

205) 윤명현, 앞의 논문, 34쪽.
206) 위의 논문, 35-36쪽 참조.

인 되기'를 철저하게 수행하며 일본 사회에 적응하고자 한 아이꼬의
아버지의 형상은 「해녀」에서는 '그녀'의 어머니로 바뀌어 제시된다.

> 약지와 가운데 손가락의 살 속에 파고 든 자줏빛 반지와 다이어 반지
가 그녀의 눈에 어지럽게 빛났다. 이 엄마는 지금 틀림없이 행복한 거
다. (중략) 엄마는 한국인으로서, 게다가 데리고 들어온 자식까지 있다
는 일종의 부담을 엄마 나름대로 극복하면서 살아왔다. 언제나 일본옷
만을 입고 있는 엄마를 한국인이라고 미심쩍게 보는 사람은 아무도 없
었다. 부지런히 일하고 잘 견뎌내는 엄마에게 의붓아버지는 어떤 면에
서는 의지하고 있는 듯이 보였다. 엄마는 제주도로 돌아가버린 아버지
를 지금, 가슴 속에서 떠올리고 있음에 틀림없다.
> "한국 사람이라면 지긋지긋하다. 두 번 다시 함께 살지는 않을 거야."
> (중략)
> 이 엄마는 이제 아무리 슬퍼도, 아무리 괴로워도 결코 〈아이고, 아이
고〉 소리내어 우는 일은 없으리라는 생각이 들었다. 그 꺼칠꺼칠하고
단단한 턱, 술독이 오른 커다란 붉은 코, 시큼한 냄새를 풍기는 숨결, 술
주정뱅이에다 가난하고 배울 점이 아무 것도 없는 아버지—. 그녀는 눈
을 감고 고개를 떨구었다. 울퉁불퉁한 아버지의 커다란 손이 괜히 그리
워지면서 가슴이 죄어들어 왔다.[207]

술을 마시고 함부로 폭력을 휘두르는 친아버지가 제주도로 돌아간
후, 경제적으로 안정된 일본인과 재혼한 '그녀'의 어머니는 철저하게
일본인으로 거듭나기 위해 노력한다. 남편의 폭력에 시달리는 여성으

---

207) 이양지, 김유동 역, 「해녀」, 『由熙』, 삼신각, 1989, 257-258쪽. 이후에는 작가, 작
품명과 쪽수만 표시하였다.

로서의 삶은 개선되지 않았지만, 경제적으로 풍족한 중산층 일본중년 여성의 면모를 갖추면서 '일본적인 것'의 자장 안에 놓이게 된다. 반대로 「나비타령」에서 '안면신경통'으로 일그러진 얼굴이 되어 표정을 잃은 어머니, 아버지와의 힘겨운 위자료 협상을 벌이는 무기력한 어머니의 형상은 「해녀」에서 "술주정뱅이에다 가난하고 배울 점이 아무것도 없는 아버지"로 변용되는바, 이는 열등하고 차별받는 존재인 '조선적인 것'의 상징적 표상이 된다. 이처럼 '일본적인 것'과 '조선적인 것'의 대립과 반목 양상, 그에 따른 작중 인물들의 정체성 혼란과 부정적 자기 인식은 이양지 소설이 일관되게 보여주는 불안한 경계성, 교란된 주체 서사의 근간이 된다.

　「나비타령」에서 아이꼬가 선택한 존재의 기원은 '조선적인 것'이다. 이는 의식적인 각성의 결과[208]이기도 하며, 재일조선인의 결핍된 존재성이 여성이라는 타자성과 공명하는 부분이기도 하다. 혹은 자신 안에 이미 내재한 '조선적인 것'의 발현이 자신의 존재를 구속하고 있다

---

208) 작품에서 아이꼬는 자신이 재일조선인이라는 자의식을 강하게 표출하고 있는데, 이는 오빠인 뎃짱의 경우와는 대조적이다. 즉 뎃짱이 귀화 이후 자신을 일본인이라고 생각하며 허무적인 자세로 일관하는 것과는 달리, 아이꼬는 "귀화해도 조센징은 조센징이야. 그렇게 간단하게 니혼징이 될 순 없어."(이양지, 「나비타령」, 30쪽)라며 자신의 존재 근거를 확실히 내세운다. 작품에서 구체적인 이유를 제시하고 있지는 않지만(김환기는 이양지의 작품에서 "작가에게 조국이라는 이미지를 심화시키고 정신적으로 그 속으로 빠져들게 한 압박 요인", 즉 "현세대의 고뇌의 실체"가 "거의 무형처리"되어 있다고 보면서 이것이 "일그러진 조국의 근대사가 남긴 상처의 원인이나 책임 소재를 나무/기보다 작금의 현실을 수용할 수밖에 없는 재일 현세대의 정신적 삶의 좌표 설정에 역량을 집중시킨" 결과라고 본다.(김환기, 「민족적 아이덴티티와 전통의 문제 : 이양지론」, 김환기 편, 『재일디아스포라 문학』, 새미, 2006, 379-380쪽 참조)) 은연중 작가의 민족적 자의식이 아이꼬를 통해 표출된 것이라 여겨진다.

는 자발적 체념에 근거한 선택일 수도 있다. 차별의 근거가 되는 재일성이 자신의 뿌리를 형성한다는 것을 무의식적으로 감지하는 아이꼬는 그러한 부정적 존재 근거를 저항적으로 받아들인다. '엄마처럼 된다는 것'은 곧 '조선인처럼 된다는 것'을 의미하며 이는 아이꼬의 존재적 결핍감, 열등성을 증폭시키면서 정체성 혼란을 야기하는 단서가 된다. 부모의 반목과 대적 관계 속에서 격렬하게 반항하며 끊임없는 탈출을 시도하면서도 "아무래도 자식을 그만둘 순 없"어서 가족불화의 탁류 속에 휘말려가는 아이꼬는 불화의 한 축인 어머니를 경원시하고 "어머니 집에 하숙하고 있는 것 같은 불편함을 느끼면서"도 재일조선인 여성으로서의 어머니의 존재와 자신을 동일시하고 내면화한다. "교양 없고" "많은 사람들 앞에서도 저토록 사납게 울부짖"으며 "너무나도 격정적(激情的)이어서 보기 흉"한 부정적 이미지의 여성상은 그대로 아이꼬에게 적용되며, 그 스스로 그러한 혐오스러운 이미지를 주조하면서 재일조선인 여성이라는 자신의 정체성이 거부당하고 지탄받는 그 지점에 속박당한다. 이처럼 가족 안에서 부정당한 자신의 존재는 재일조선인 여성으로서의 자기 부정으로 이어지며 계속적으로 환기되는 존재적 두려움과 공포의 환각에 둘러싸이게 된다.

> 얼굴을 들면 안쪽 틈새에서 천황일가의 사진이 보인다. 나는 그때마다 불쾌한 현기증을 느껴 온 몸 안의 뼈마디가 부딪는 소리를 들었다. 그것은 우리집과는 다른 또 하나의 어두운 밀실에 있는 자신을 통감하는 순간이었다.[209]

---

209) 이양지, 「나비타령」, 23쪽.

두려움은 끊임없이 나를 엄습해 왔다. 비록 이 여관을 그만둔다 하더라도 내가 조센징이라는 것은 어디를 가나 따라다니는 것이 사실인 것이다. (중략) 나는 다른 종업원들과 마찬가지로 아무 데도 갈 곳이 없는 흘러온 사람들 중의 하나에 지나지 않았다. 나는 때때로 조센징에 지나지 않았던 것이다. (중략) "조센징이지만 꾹 참고 일을 시켜 온 거야!" (중략) "조센징은 원래 은혜도 모르고 수치도 모르는 거야. 할 말이 없어."210)

"죽여라, 죽여……. 죽이고 싶으면……" (중략) 옆구리에 나이프가 박혀 있다. 옆구리를 만져 보았다. 칼은 없었다. 아무런 상처 자국도 없었다. 니혼징(日本人)에게 피살당한다. 그런 환각이 시작된 것은 그날부터였다. (중략) 여기서 피살되어 나는 피투성이가 된 채 객사하는 것이다. (중략) 내가 층계를 하나 오르는 순간, 아래 있던 누군가가 내 아킬레스건을 끊는다. 나는 니혼징들에게 깔려 질식당한다. (중략) 가쓰라는 중국인의 목을 자른 그 손으로 쌀을 만지고 있었던 것이다. 피 묻은 그 손으로 밥을 담고 있었던 것이다.

나의 진바지 포킷에는 언제나 돌맹이 몇 개가 들어 있었다. 파출소 앞을 지날 때, 순경과 마주칠 때, 포킷 속의 돌맹이는 땀으로 젖었다. 내 머릿속에는 〈일본에 대한 싸움의 뒤처리〉라는 한 마디밖에 없었다. (중략) 피살된다는 공포와 그 반대로 죽인다는 살의(殺意)가 내 마음속에서 꿈틀거리고 있었다.211)

불화한 가족환경을 견디지 못하고 가출하여 화풍여관의 종업원으

---

210) 이양지, 「나비타령」, 25-29쪽.
211) 이양지, 「나비타령」, 38-39쪽.

로 취직한 아이꼬는 주인집 안방에 걸린 천황사진을 보며 위화감과 불쾌감을 느낀다. '어두운 밀실'로서의 일본 사회는 재일조선인의 존재를 위협하고 감시하며, 끊임없이 열등하고 부정한 존재로 낙인찍는 폐쇄적 공간이다. 가족 안에서 일본적인 것과 조선적인 것이 서로 반목하고 대립해온 것처럼 일본 사회 안에서 '조센징'의 존재는 일본 사회의 가장 낮고 더러운 곳에 위치하면서 그들의 안위를 위협하는 '불가촉천민'의 존재로 인식된다. "곰팡내와 말할 수 없는 썩은 냄새"를 풍기며 여관에서 허드렛일을 하는 오지까는 주인집과 다른 종업원들에게 멸시를 받고 매질을 당하면서도 아무런 변명도 대항도 하지 않는 인물이다. 그런 오지까를 사람들은 "저거 조센(朝鮮) 아냐?"하며 무시한다. 이때의 '조센징'은 일본 사회에서 가장 경멸받고 더럽고 천하며, "은혜도 모르고 수치도 모르는" 결핍된 군상들의 대명사이다. 아무리 자신의 존재를 은폐하고자 해도 결국에는 발각되고 마는, 재일조선인이라는 존재적 화인에 구속당한 아이코는 불안정하고 혼돈스러운 공황 상태에 직면하게 되며 일본인에 대한 피살 공포와 살해 충동을 동시에 경험하게 된다. 채 청산되지 않은 식민 지배라는 과거의 유물이 여전히 현재의 시점에서 작동되는 차별과 억압의 공간에서, 일본이라는 국가는 재일조선인의 안위를 실제적으로 위협하고 강제적으로 축출해내는 공포의 지대로 기능한다. "중국인의 목을 자른 그 손으로 쌀을 만지고" "피 묻은 그 손으로 밥을 담고 있"는 가쓰라의 모습은 일본의 이중적인 속성을 상징적으로 드러낸다. 일상 속에 폭력이 내재하고 삶의 행위 속에 죽음을 담보하는, 은폐된 감시 속에 경멸과 차별의 시선을 번득이는 일본 사회의 이중적인 면모를 작가는 아이꼬의 강박적 심리 표출을 통해 극단적으로 보여주고 있다. 피살당

할지도 모른다는 강박적 공포와, 역으로 그러한 공포 심리를 연출하
는 일본 사회에 같은 형태의 폭력적 행위로 보복하려는 자아의 욕망
은 가족과 사회 어디에서도 존재의 의미를 인정받지 못하는 재일조선
인 여성의 타자성을 표면화하면서 동시에 그러한 타자성을 극복하고
자 하는 주체의 욕망이 양가적으로 표출된 것이라 할 수 있다. 이러한
거부된 재일성을 자신의 존재적 기원으로 받아들이는 고투의 과정은
「해녀」에 이르면 더욱 극단적인 학살의 공포와 자해 행위, 정신병리
학적 증상을 동반하며 파괴의 양상을 보인다. 희생양의식에 포박당한
주체는 끊임없이 좌절하고 타락하면서 자신의 비체적 존재성을 부각
시킨다. 이는 재일조선인의 열등한 신체성이라는 부분과 연동하는바,
〈2-나〉장에서 더욱 구체적으로 다루도록 하겠다.

　가족 안에서 그리고 일본 사회 안에서 '일본적인 것'과 '조선적인
것'의 적대적 대립 관계 안에 놓이면서 존재적 불안과 정체성 혼란, 열
등한 자아의식에 몸부림치던 인물들은 부정적인 자기 존재를 극복하
고 새로운 자아 정체성을 확립하기 위해 '모국 체험'이라는 모험을 감
행하게 된다. '조선적인 것'을 자신의 존재 근거로 받아들일 수밖에 없
었던 주체들은 그러한 '조선적인 것'의 원류를 찾아 한국으로의 여행
을 떠나게 되는 것이다.

나) 전통문화 체험을 통한 민족적 자아의 발견

　일본 사회에서 '일본적인 것'과의 대척점에서 열등하고 억압적인 이
미지를 주조했던 '조선적인 것'은 가야금, 판소리, 살풀이춤 등 한국
전통문화와의 조우를 통해 그 의미가 전복된다. 신체적, 문화적 열등

감을 조장했던 '조선적인 것'에 대한 인식은 민족 고유의 소리, 인간의
내면과 정신세계를 관장하며 한층 고양된 민족적 감각과 정서를 표출
하는 전통문화와의 만남을 통해 새로운 전환점을 맞이하게 되며, 직
접적인 신체적 체험을 통해 자신 안에 내재한 새로운 민족성, '조선적
인 것'의 출현을 경험하게 된다. 이양지에게 있어 한국 전통문화의 세
계, 특히 한국무용으로 대표되는 "민족적이고 토속적인 세계"는 "궁극
적으로는 민족이라는 테두리를 초월할 수 있다는 역설을 실감나게 제
공해 주는 바로 정신적 보편성이라는 문제의 근거를 알려 준 세계"²¹²⁾
이며 이러한 한국무용의 "율동성과 사상성"이 "자기의 속성이나 자기
의 삶에 대한 의문이나 고민으로부터 도피하지 않고 철저히 고집하고
직면하는 태도를 통해서만이 의문과 모순으로 얽혀있는 존재 그 자
체의 모습을 밝히고 풀어낼 수 있다는 하나의 진리"²¹³⁾를 절감하게 하
는 토대가 된다. 다시 말해 '조선적인 것'의 대표격이라 할 수 있는 전
통문화의 습득과 철저한 대면을 통하여 작가는 역설적으로 '조선적인
것'을 초월하는 보편적 진리의 회구를 열망하며, '조선적인 것'의 완벽
한 구현을 통해서 민족적 경계를 넘어서는 인류 공통의 정신적 보편
성, 인간 본류의 정서적 감수성을 표출할 수 있다는 하나의 체험적 깨
달음을 제기한다. 부정적이고 열등한 존재의 상징이었던 '조선적인
것'은 전통문화와의 접합, 교섭을 통하여 새로운 민족적 각성의 계기,
민족적 자아의 발견을 추동하며 한걸음 더 나아가 인류 보편적인 민
족문화의 가능성을 배태한다. 작가로서의 글쓰기와 병행하여 전문적

---

212) 이양지, 「나에게 있어서의 母國과 日本」, 앞의 책, 207-208쪽. 이후에는 작가, 작
    품명과 쪽수만 표시하였다.
213) 이양지, 「나에게 있어서의 母國과 日本」, 209쪽.

인 무용가의 길을 걸으면서 "나에게 있어 춤은 숙명"[214]이라고 고백하는 이양지는 자연스럽게 전통문화에 대한 긍정적 시각과 심리적 경도를 그의 문학 작품 안에서 피력하고 있으며, 민족 발견의 중요한 모티프로 제시하고 있다.

「나비타령」에서는 열등하고 부정적인 '조선적인 것'의 이미지를 상쇄하는 전통악기로서 '가야금'이 제시되고 있는데, 이는 모국과의 긍정적 대면을 가능하게 하는 매개체로 작용한다. "반외세(反外勢), 반사대(反事大), 그런 말로만 알 수밖에 없었던 우리나라에도 소리가 있다"[215]는 깨달음은 적극적으로 '조선적인 것', '민족적인 것'과의 교감, 연대를 추동하는 직접적인 계기가 된다.

> 내 등만한 작은 악기 속에 우리나라가 깃들여 있는 것이 내게는 자랑스럽게 느껴졌다. 1천5백 년 전부터 계속 타 왔다는 가야금을 탈 때마다 먼 실감없는 말만의 우리나라가 아니라 음색이 확실하고 굵은 밧줄이 되어 나와 우리나라를 한데 이어 주었다.[216]

어머니를 통해서만 어렴풋이 감지해왔던 '조선적인 것'은 가야금의 확실한 음색을 통해 민족적 실감을 획득하며, 가야금을 통해 아이꼬는 비로소 '우리나라'라는 구체적인 대상과의 정서적 교감을 체득한다. 중학생 때부터 일본의 전통 악기인 고토(琴)를 배우고, 장래에 고

---

214) 이양지 · 김경애 대담, 「춤 사랑은 宿命的인 것 - 作品 「由熙」로 日本 「아쿠다가와 文學賞」 받은 李良枝씨와」, 『춤』 160호, 1989. 6, 80쪽.
215) 이양지, 「나비타령」, 35쪽.
216) 이양지, 「나비타령」, 35쪽.

토 선생이 되는 것이 꿈이었던 시절도 있었던[217] 이양지에게 일본의
고토와 비견되는 한국의 가야금은 실제적으로 조국을 체험할 수 있는
가장 적합한 도구가 된다. 악기를 통한 문화적 소통, 음악을 통한 정서
적 공감대가 고토에서 가야금으로 전이되어 체험되면서 동일한 강도
의 문화적 자극과 내면화를 가능하게 하는 것이다. 이러한 정서적 합
일의 경험을 바탕으로 가야금은 "정치적, 관념적 세계에서만 조국과
만나고 있었던 저에게 구체적이며 상징적인 것"[218]으로 나타난 조국의
대리적 상관물이 되며, 그 "음(音)을 통해 역사에 참여하고, 조상들이
사랑해 온 음 속에 자신의 존재를 투영해 보기도 하면서 당시 부딪히
고 있던 많은 벽들을 극복해나갈 수 있는 길을 모색"[219]하게 하는 자기
회복의 추동력이 된다. 가야금, 즉 조국의 전통문화와의 만남, 교류를
통해서 아이꼬는 비로소 조국과 직접적으로 연결된 자신의 역사성을
실감하게 되며, 정서적, 신체적으로 체현되는 자신의 민족적 정체성을
감지하게 된다. 문화적 충격으로 발흥된 모국과의 접합 의지는 일본
에서의 불안정한 삶과 대비되면서 더욱 강렬한 조국 지향 의지를 발
현시킨다. 가야금 연주에 몰두하고 민족 전통문화에 눈뜰수록 일본에
서의 가야금 연주는 가야금을 배우는 동안에만 일시적으로 내면의 충
족을 이끌어내는 미완의 행위로 치부되며 상대적으로 '일본적인 것'
을 더욱 통감하게 하는 존재적 환기의 도구로 상정된다. 또한 아이꼬
는 내연의 관계인 마쓰모또의 애정을 애타게 갈구하면서도 그의 사랑
만으로는 채울 수 없는 내면의 허무함을 느끼게 되며, 애증이 뒤얽힌

---

217) 이양지, 「나에게 있어서의 母國과 日本」, 226쪽.
218) 이양지, 「나에게 있어서의 母國과 日本」, 227쪽.
219) 이양지, 「나에게 있어서의 母國과 日本」, 228쪽.

부모와의 혈연관계가 벗어날 수 없는 운명적 굴레라는 사실을 절실히 깨닫는 순간 다시 한번 근원적 모태로서의 자신의 재일성을 각성하게 된다. 마침내 아이꼬는 이 모든 억압적 상황을 타개할 구원의 가능성이 가야금의 선율 속에 나타나는 '하얀 나비' 안에 있음을 발견한다. 이때의 '하얀 나비'는 일본에서의 모든 속박과 자기부정의 악순환을 청산하고 자유로운 자아의 생성을 도모할 수 있는 유토피아적 공간으로서의 '우리나라'를 상징한다. 아이꼬는 일본에서의 모든 관계를 정지시키고 '도망치'듯 한국행을 선택한다.

이처럼 자신을 조국으로 인도했던 '하얀 나비'의 날갯짓은 한국에서 새롭게 접한 '살풀이'와 오버랩되면서 죽음에 직면한 두 오빠와 자신의 암울했던 과거의 '한(恨)'을 '풀어내는' 제의적 행위로 승화된다.

> 중얼거리자 하얀 나비가 보였다. 눈앞의 칠흑 속에서 나비는 지난날의 온갖 기억을 끌어내듯이 날고 있다. 추억이 집요하게 되살아난다. 죽어 가는 물고기처럼 입을 움직이고 있던 나. 목구멍의 불타는 듯한 갈증, 그 찌르는 듯한 목마름. 까다로움 속에서 웅크리고 있던 그 무렵 —. 뎃짱은 죽었다. 왼쪽 유방 아래가 아프기 시작한다. 가즈오 오빠의 바싹 마른 가슴, 빛없는 두 눈, 역시 쿡쿡 아프다. 나는 아직 날고 있다. 몇 번이나 눈을 감고 머리를 두드려도 하얀 나비는 춤을 계속하고 있었다. (중략) 나는 살풀이를 보면서 마음속으로 합장했다. 살풀이를 보고 있으면 뎃짱이 우리나라에 있다는 생각이 점점 확실하게 되고, 그것이 차츰 미묘한 목쉰 소리를 동반한 절창으로 변해가는 것이다. 하얀 나비는 그 절창을 끌어내듯 내 머릿속에서 춤추기 시작했다.[220]

---

220) 이양지, 「나비타령」, 75쪽.

일본에서 언제나 '불타는 듯한 갈증과 목마름'에 시달리며 '죽어가
는 물고기'처럼 몸부림치던 아이꼬는 한국에서 살풀이의 장단과 접촉
하는 순간, 자신뿐 아니라 두 오빠의 삶에도 내재해 있던 '한(恨)'의 정
서를 비로소 이해하게 된다. 불의의 죽음을 맞이한 큰오빠 뎃짱, 식물
인간으로 연명하다 결국 사망한 둘째 오빠 가즈오는 아이꼬의 살풀이
를 통해서 비로소 평안한 안식을 얻으며, 재일조선인이라는 이산자로
서의 '한'을 씻어내고, 조국으로 귀환한다. 아이꼬 또한 이질적 발음으
로 소외감을 유발했던 한국어와는 달리 "내게 아무런 위화감을 느끼
게 하지 않"고, "몸 안에 이미 있던 장단이 자연히 끌려 나오는 것 같"
은, "내 안에 기다리고 있던 무엇이, 애타게 기다리며 숨어 있던 무엇
인가가 고대하고 있었던" 살풀이춤을 통해 비로소 조국과의 정서적
합일을 이루며, 온전한 신체적, 정신적 실체로서의 모국을 경험하게
된다.

> 소리가 윤무를 추고 있다. (중략) 소리가 장단을 타고 몸 주위를 윤
> 무하고 있었다. 그렇게 느낀 순간 목구멍이 열리고 아랫배에 힘을 넣자
> 도저히 나지 않는다고 생각했던 높은 소리가 수월하게 나왔다. (중략)
> 나는 하얀 나비를 바라보았다. 결코 나비에게서 눈을 돌리지는 않는
> 다. 나비는 비상할 때마다 흰 선을 남겼다. 그것을 쫓아가면서 나는 계
> 속 불렀다. (중략) 우리나라는 살아 있다. 풍경은 변천된다. 나는 그 속
> 에서 살아 있다. 가야금을 타고, 판소리를 하고, 그리고 살풀이를 춘다.
> 나는 그런 모양대로 살아갈 수밖에 없다. 살아간다는 것은 어디서나 변
> 함없다. 가야금이 선율을 연주하기 시작했다. 하얀 나비가 날기 시작한
> 다. 나비를 눈으로 따르면서 나는 살풀이를 추었다. 끊임없이 가야금은

율동하고 불어대는 바람 속에 수건이 날아올랐다.[221]

　조국의 낯선 풍경, 생활적인 이질감, 한국어에 대한 두려움에도 불구하고 애자(愛子, 아이꼬)[222]는 '살풀이'를 통해 한국적인 정서와 감각을 내면에 받아들이면서, 한국인으로서 호명된 자기 존재를 긍정한다. "마치 저승과 이승을 매어 주듯이 길게 펼쳐"진 살풀이의 흰 수건은 재일조선인으로서의 자기 존재를 부정하고 죽음의 나락으로 돌진했던 일본에서의 삶을, 자신의 존재적 가치를 회복하고 삶의 희망을 주조하는 한국에서의 삶으로 전화(轉化)시켜주는 상징적 매개체로 작동한다. '우리나라'에서 "살아 있다"는 것을 깨닫고 "살아간다는 것은 어디서나 변함없다"는 일상의 진리, 삶의 보편성을 인식하는 과정은 "돌담은 아직 이어지고 있다"는 희망적인 메시지와 함께 한국에서의 민족적 정체성 구현의 가능성을 시사한다.

　이처럼 관념적, 이념적 민족관, 정치관에 시달리며 일본에서의 재일적 존재성에 포박당해 온 작중인물들은 '모국유학'이라는 좀더 적극적인 민족 정체성 탐구의 과정을 통해 복합적이고 포괄적인 존재 규명의 단계로 나아가게 된다. 그 일차적 계기는 전통문화에 대한 관심과 열정, 그리고 그를 통한 민족적 자아 발견의 의지이며 또한 재일적 존재성의 정화와 재생 욕망이 투영된 적극적 자기 구원의 모색이라 할 수 있다. 모국유학의 과정에서 주조되는 정서적 합일로서의 민족

---

221) 이양지, 「나비타령」, 77-78쪽.
222) 아이꼬(愛子)는 마쓰모또에게 자신을 '愛子'가 아닌 'エジャ'로 불러줄 것을 요구하는데,(이양지, 「나비타령」, 42쪽. ; 李良枝, 「ナビ・タリョン」, 『李良枝全集』, 講談社, 1993, 36쪽.) 그 이후부터 작품에서는 '나'의 이름이 아이꼬(愛子)에서 애자(エジャ)로 바뀌어 표기된다.

문화의 신체 경험은 「각」, 「유희」 등의 작품에서 굴절되고 변형된 형태로 재생된다.

> 가야금을 상기했다. 홀쭉하면서 작은 몸통을 한 그 나체의 선을 눈앞에 떠올린다. 끌어당겨 무릎 위에 놓는다. 단단한 현의 감촉이 손끝에 되살아난다. 제5현을 튕겨본다. 음이 생생하게 가슴 속에 번진다. 그 여운을 뒤쫓으며 제10현을 엄지손가락으로 누른다. 그리움을 일깨워주는 화음이다. 산조를 타기 시작한다. 진양조의 느린 장단이 마음을 느긋하게 만들어준다.[223]

> 대금 좋아요
> 대금 소리는 우리말입니다[224]

> ―피리는 가장 소박하고 정직한 악기로 생각한다고 유희는 말했지. 입을 닫기 때문이라는 거야. 입을 닫기 때문에 목소리가 소리로 되어 나타난다고도 했어. 이런 소리를 지니고, 이런 소리에 나타난 목소리를 말로 해 놓은 것이 우리 겨레라고. 우리말의 음향은 이 소리의 음향이라고 유희는 말했지.[225]

「각」에서 가야금은 '나'의 정신적, 신체적 변화과정을 민감하게 포착하여 심리적 전이를 일으키는 대상이다. 자신을 옥죄는 시간의 압

---

223) 이양지, 신동한 역, 「각」, 『나비타령』, 삼신각, 1989, 333쪽. 이후에는 작가, 작품명과 쪽수만 표시하였다.
224) 이양지, 김유동 역, 「유희」, 『由熙』, 삼신각, 1989, 59쪽. 이후에는 작가, 작품명과 쪽수만 표시하였다.
225) 이양지, 「유희」, 75쪽.

박 속에서 팽팽한 정신적 긴장감을 이기지 못하고 분열되는 '나'의 모습은 '끊어진 현을 늘어뜨린 채 거꾸로 매달려 있는 나체의 여자'인 가야금의 형상과 일맥상통한다. '나'의 규율화된 신체 상태, 내면의 정서적 균열 상태에 따라 사물화된 '물건'으로의 전락과 '사람을 압도하는 존재감'을 동시에 구현하며 자아의 교란된 심리 구조를 그대로 대변하는 가야금은 '나'의 또다른 자아의 현실태라 할 수 있다. 가야금의 선율 안에서 안정된 정체성을 유지하고자 하는 '나'의 바람은 모국체험의 이질적 생활문화와 규율화된 국가체제 안에서 끊임없이 유랑하고 교란되며, 그러한 분열된 주체의 시각은 가야금에 투영되는 자아의 심리 상태에 그대로 반영되어 혼란과 모순의 양상을 주조한다. 이는 한편으로 가야금이 상징하는 민족문화에 대한 작중인물의 양가적 심리 상태를 표상하는바, 조국과 작중인물 간의 복합적 길항 관계가 가야금과 주체의 밀접한 상관성을 통해 표출되고 있다고 할 수 있다. 이처럼 「나비타령」에서 아이꼬의 모국행을 추동했던 민족적 상관물로서 가야금은, 모국과의 직접적인 대면과정을 통해 주체의 내면이 굴절되고 변형되는 그러한 변모의 과정을 면밀하게 반영하는 대상물로 기능한다. 즉 민족적 자아의 발견과 교란된 경계적 자아의 표출이라는 이중적 역할을 동시에 수행해내는 것이다.

이러한 자아의 심리적 변모 과정을 반영하는 민족적 상관물로서 가야금의 형상은 「유희」에서 한국의 전통 가락인 대금 산조로 변형되는데, 대금의 가락에 심취해 모국유학을 결심하게 된 유희는 '최루탄처럼 맵고, 쓰고, 들뜨고, 듣기만 해도 숨막히는 한국어'의 대척점에 대금 소리를 놓는다. 즉 모국에 대한 문화적 이질감이 한국어를 사용하는 사람들에 대한 거부감으로 이어지고, 결국에는 그들의 목소리, 그들이 사용하는 한국말에 대한 적대적인 감정으로 확대되면서, 유희는 결국 그러한 혐오스러운 한국말로 둘러싸인 모국에서의 삶을 포기하게 된다. 이때 유희에게는 오로지 대금소리와 하숙집 숙모와 '나'의 한국말만이 자신이 감당할 수 있는 '우리말'이 되며, 폐쇄적 심리상태가 주조한 개인적 민족어가 된다.

이처럼 가야금, 살풀이춤, 대금 등으로 이어지는 모국의 전통문화에 대한 관심과 경도, 적극적 구현의 열망은 모국유학이라는 새로운 환경을 배태하면서 주체의 민족적 각성의 주요한 계기가 된다. '일본적인 것'과의 대척점에서 조국을 회구하고 조국의 긍정적 측면을 환기하는 상징적 매개체로서 '조선적인' 전통문화의 발견과 체득의 과정은 이양지 문학의 핵심적 주제 맥락을 형성하면서 그 의미망을 변형, 확대시켜 나간다.

2) 모국 귀환을 통한 재일의 각성과 교란된 자아 정체성

가) 모국 귀환을 통한 재일의 각성

「나비타령」이 아이꼬라는 한 여성의 성장기를 중심으로 해체된 가족 안에서의 한 개인의 실존적 고뇌와 방황, 그리고 재일조선인이라는 민족적 근원에 대한 천착 과정을 고찰하고 있다면, 「오빠」는 민족과 계급 지향이라는 운동성의 실천과 실생활의 영위라는 두 대립항 가운데에서 좌충우돌하며 삶의 진정한 의미를 찾아가는 한 여성의 분투기를 그리고 있다. 일본인 어머니와 전쟁 중에 일본으로 건너와 귀화한 재일 1세 아버지를 둔 세 남매, 히데오, 가즈꼬, 다미꼬 가운데 막

내딸인 다미꼬가 요절한 오빠 히데오에게 독백하는 형식으로 서술된
「오빠」는 다미꼬의 언술을 통해 주로 언니 가즈꼬의 생활적, 의식적
변모과정을 묘사하고 있다. 가즈꼬는 "우리 가족의 근심거리"이자 "품
행 사나운 망나니처럼, 줄이 끊긴 연과 같은 생활"[226]을 하면서 끊임
없이 자신이 추구해야할 가치를 찾아 무모한 도전을 감행하는 인물이
다. 성실하게 직장생활을 하며 일본 사회에 무리없이 적응하여 살아
가는 히데오와 다미꼬와는 달리 가즈꼬는 민족이나 계급성에 경도된
자신의 가치관을 실생활에 구현하고자 고군분투한다. "오늘의 일본에
서 일한다는 사실은 그것이 어떤 내용의 것이 되었건, 반드시 이적행
위로 이어지"[227]며 따라서 "일본에 귀화해서 돈 벌 궁리밖에는 하지 않
는 아버지는 민족적으로나 계급적으로 용납될 수 없는 파시스트가 된
다는 묘한 논리"[228]를 펼치며 가즈코는 아버지와 불화한 채 자신의 의
지대로 살아가고자 애쓴다. 하지만 부유한 집안에서 경제적인 어려움
없이 살아온 가즈꼬에게 의식적인 각성만으로 실생활의 엄중한 현실
논리를 헤쳐나간다는 것은 상당한 시행착오와 어려움을 감수해야 하
는 일이다. '밑바닥 노동자와 함께 일하는 가운데에서만 민족의식은
자라나게 된다'며 교외에 있는 동포 부락의 샌들공장에 취직해 8개월
간 노동자의 생활을 맛본 가즈꼬는 스스로의 나약함, '생활한다'는 것
의 어려움, 이론과 현실 사이의 간극을 여실히 깨닫고 좌절한다. 이후
히데오의 집에서 기식(寄食)하며 술과 외박 등으로 생활을 소모하던

---

226) 이양지, 신동한 역, 「오빠」, 『나비타령』, 삼신각, 1989, 88쪽. 이후에는 작가, 작품
　　　명과 쪽수만 표시하였다.
227) 이양지, 「오빠」, 90쪽.
228) 이양지, 「오빠」, 90쪽.

가즈꼬는 히데오의 갑작스러운 죽음과 그에 대한 죄책감으로 죽음의
주술에 속박되어 방황하다가 마침내 한국유학이라는 형태로 '생활의
두려움'을 다시 한번 극복해보고자 노력한다.

「오빠」에서 다미꼬가 묘사하는 가즈꼬의 모습은 다소 희화적으로
그려져 있는데, 이는 작가자신의 청년시절에 대한 연민적 시선이 은
연중 드러난 대목이라 할 수 있다. 작가의 자전적 담화에서도 알 수 있
듯이, '서적'을 통하여 민족과 처음 접하게 된 작가는 불가피하게 관념
적이고 이론적인 형태로 민족관, 민족의식을 받아들이게 된다. 이후
"적어도 일본 국적을 갖고 있다는 사실에서 얻어지는 자기 이익적인
삶은 거부해 나가야 한다고 그렇게 결심"²²⁹⁾하고 와세다(早稻田)대학
을 중퇴한 뒤, 재일조선인이 많이 모여 사는 아라카와구(荒川區)에서
살면서 동포가 경영하는 슬리퍼 공장에서 일하거나 재일동포 1세인
이득현의 구명운동에 참여하는 등의 실제적인 활동을 하게 되는데²³⁰⁾
이러한 자전적 경험들이 「오빠」나 「그림자 저쪽」 등의 작품에 주요 소
재로 등장한다. 천방지축이고 몰염치한 기식행위를 자처하는 가즈꼬
가 혐오나 환멸의 시선이 아닌 연민과 공감의 시선으로 그려진 것은
작가가 자신의 불완전하고 방황으로 점철되었던 과거의 기억들을 다
시 한번 반추하고 재점검함으로써 "지나간 세월을 정리하면서 자기
자신을 객관화하며 다시 살아가는 힘을 얻으려"는 시도로서 자신의
글쓰기를 수행하고 있기 때문이다. 「오빠」에서 그려진 가즈꼬는 비록
현실적으로 무능력하고 별 볼 일 없는 문제아에 불과하지만 그러한

---

229) 이양지, 「나에게 있어서의 母國과 日本」, 223쪽.
230) 이양지, 「나에게 있어서의 母國과 日本」, 224-226쪽 참조.

치열한 고민과 정열적인 자기인식의 과정이 일본 사회 안에서 자신의 존재성을 부각시키는 하나의 방법으로 제시되는 것이다.

> 오빠한테서 풍기던 허무적인 경향과 무관심이 지니는 차가움과 온화함의 양면성, 어쩌면 나 자신도 비슷한 점을 지니고 있었기 때문에 재빨리 그것을 느낄 수 있었던 게 아닐까 하는 생각이 듭니다. 그렇듯 자기 멋대로 편리하게 살고 있는 언니 쪽이 사실은 오히려 인간을 신뢰하고 있는 따뜻한 인품일는지도 모릅니다.[231]

> "난 말이다, 가즈꼬한테서 전에 에고이스트라는 소리를 들은 적이 있단다."
> 불쑥 오빠가 얘기를 꺼냈습니다.
> "왜 오빠가 에고이스트라는 거죠?"
> "개인의 행복밖에는 생각하지 않는다던가, 뭐라던가, 연설을 한바탕 들었지만." (중략)
> "언니는 세상 물정을 모른 거예요."
> "하지만 다미꼬, 그만한 정열이 도대체 어디에서 솟아나는 것일까, 그런 생각 안 드니?"[232]

세상 물정 모르고 불나방처럼 '생활의 두려움' 속으로 뛰어드는 재일조선인 청년의 무모한 자기 각성의 과정은 자신의 존재적 증명이자 민족적 정체성을 구현해가는 필연적 계기로 제시되며, 작가는 현실적인 감각과는 이질적인 주체적 인식의 과정이 결국 자신을 모국으로

---

231) 이양지, 「오빠」, 99쪽.
232) 이양지, 「오빠」, 105쪽.

이끌었음을 가즈꼬의 행보를 통해 역설하고 있는 것이다. 가즈꼬를 불신의 눈으로 바라보던 다미꼬 또한 자신을 속이고 다른 여자와 관계를 유지했던 애인을 다시 받아들이기로 하면서 '살아간다는 것'의 '과정'의 중요성, 현실적 가치를 깨닫게 되는데, 이로써 가즈꼬와 다미꼬는 서로 다른 삶의 형식을 하나의 방향으로 일치시켜내면서 주체적 자아로 자신들을 세워낼 가능성을 보여준다.

> "언니, 나 말야, 어젯밤에 생각한 게 있어." "뭔데?" "희망이라는 거짓에 관해서." "······"
> 잠자코 있던 언니가 입을 열었습니다. "다미코" "······" "절망이라는 거짓도 있단다."
> 나는 정신이 번쩍 났습니다. 그 사이에 어찌된 영문일까? 몸이 그대로 날아가버릴 듯한 거센 바람, 크나큰 힘이 솟구치는 것을 느꼈습니다.[233]

다미꼬가 일본 사회 안에서 일본인과 똑같은 감정과 생활감각을 가지고 자신의 생활을 영위할 수 있다는 위선적인 '희망'의 허상을 은연중 깨닫고 자신의 의지와 감정에 충실하고자 애인 사노와의 동거를 선택한 것처럼, 가즈꼬 또한 그동안 위악적인 '절망'의 포즈로 방치해왔던 자신의 혼란스러운 삶을 정리하고 한국에서의 새로운 생활을 기대하게 되는 것이다. '희망'과 '절망'이라는 극단적인 자기 암시에서 벗어나 재일조선인이라는 실존적 위치에서 스스로를 객관적으로 재고하려는 의식적 각성은 다미꼬와 가즈꼬의 주체적 자아 확립의 시발

---

233) 이양지, 「오빠」, 140쪽.

점으로서 의미를 가지며 가즈꼬의 한국행은 관념적인 재일의 각성이 실제적인 민족적 자아 추구로 이어지는 계기를 마련한다.

등단작 「나비타령」에서 제시된 모국체험을 통한 궁극적 자아 찾기는 「오빠」, 「각」, 「그림자 저쪽」, 「갈색의 오후」, 「유희」 등의 작품을 통해 꾸준히 천착되며 다양한 주제적 변주를 통해 변모, 확장된다. 이중에서 「나비타령」, 「오빠」, 「갈색의 오후」는 오빠의 죽음이라는 작가의 자전적 경험을 하나의 모티프로 삼고 있는데, 이때 오빠의 죽음은 일본에서의 억압적인 재일의 삶을 청산하고 한국에서 새로운 자아 정체성을 모색하는 하나의 계기이자 원동력으로 제시된다. 귀화 후 일본인으로 살아가는 오빠의 체념과 달관의 포즈는 여동생인 주인공과의 갈등, 불화를 조장한다. 일본과 한국 사회에 대해 비타협적인 비판적 입장을 견지하는 나와 사회적 이슈에는 무관심한 오빠와의 평행적 관계는 이후 오빠의 갑작스러운 죽음을 통하여 새로운 의미망을 형성하게 된다. 오빠의 평범한 삶에 숨겨진 재일조선인으로서의 내면적 고뇌를 이해하고 이러한 오빠의 '한(恨)'을 모국으로의 귀환을 통해서 풀어내고자 하는 주인공의 행위는 이후 자기 각성의 단계를 촉발하는 하나의 시발점으로 작동하게 되는 것이다. 「나비타령」에서 아버지와 어머니 편으로 나뉘어 서로 대립적인 입장을 고수할 수밖에 없었던 오빠 뎃짱이 불의의 사고로 죽은 뒤, 아이꼬는 도망치듯 찾아온 한국에서 오빠의 흔적을 발견한다. "뎃짱은 우리나라에 있다"[234)]고 되뇌이며, 마침내 살풀이를 통해서 뎃짱과 가즈오 오빠의 죽음을 애도하고 모국으로의 귀환과 합일을 기도하는 아이꼬는 외면적으로는 일본

---

234) 이양지, 「나비타령」, 73쪽.

인의 삶을 영위했지만 내면적 갈등과 고뇌 속에서 재일조선인의 억압적 상황을 감내했던 오빠와의 사후적 대면을 통해 자신의 모국체험의 정당성과 가능성을 획득하고자 한다.

오빠와의 직접적인 대립과 화해의 과정이 그려지고 있는 「갈색의 오후」는 조국에 대한 오빠의 막연한 그리움을 의식없는 행동으로 치부하며 경멸했던 주인공이 모국체험을 통해 오빠의 삶을 이해하고 조국에서의 새로운 삶을 다짐하게 되는 과정을 보여준다. 4년 전 오빠가 '쿠모막하 슛케츠'라는 병으로 사망한 후 그 이듬해 서울로 유학 온 경자는 오빠의 죽음과 그에 대한 부채감을 떨치지 못하고 매주 토요일마다 서울역 주변을 배회한다. 경자가 매번 들고 나오는 숄더백에는 "하늘색 스카프로 싼 빨강빛 슈우트 한 벌과 한 장의 사진"이 들어 있다. "거의 대다수 일본 지식인들 사이에서는 반(反)한국을 표방하고 반한국을 주장해야만 양심적인 지식인임이 증명되는 것과 같은 통념이 널리 퍼져 있"[235]던 일본 사회에서 그저 모국이라는 이유만으로 한국에 가고 싶다는 오빠의 소망은 무절제하고 생각없는 행동으로 간주된다.

> 몹쓸 놈의 나라라구요.
>
> 교차하는 기억 속에서 자신의 목소리가 뚜렷이 들려 온다.
>
> 한 움큼의 인간들이 정치도 경제도 그 중추를 걸머쥐고 이치에 합당찮은 압박으로 국민들은 허덕이고 있다구요.
>
> 경자는 오빠를 향해 지껄여댔다.

---

235) 이양지, 「나에게 있어서의 母國과 日本」, 230쪽 참조.

진정한 민주주의, 진정한 애국주의……. 서울에 가보고 싶다고 무심결에 말했던 것이 누이동생을 화나게 했다.

한국에 간다는 건 그런 정치를 인정하는 일이 되는 게 아니야. 오빠의 무절제도 알아줘야 해.

너는 가고 싶지 않니.

가고 싶지. 그렇지만 가지 않아. 신조라는 것이 용서치 않아.

난 어려운 것은 아무 것도 몰라. 그렇지만 가고 싶다. 아버지 어머니가 태어난 나라를 보고 싶다. 내가 혹 거기에서 태어났을지도 모르는 나라를 어떻든 보고 싶다.[236]

죽어야 해, 라고 생각하고 있었습니다. 무능한 오빠따위 죽어야 해, 언제나 그렇게 생각하고 있었습니다. 미워했었다. 나는 오빠가 미워서 견딜 수가 없었다. (중략) 오빠는 국가의 일도, 민족의 일도, 정치, 계급, 차별, 무엇 하나 나와 대등하게 이야기할 수 없었다. 나는 정체모를 증오와 초조함을 언어를 사용하여 정당화하는 방법에 어느 결엔지 익숙해 있었다. 나는 오빠의 무능, 오빠의 평범을 업수이 여겼다. 오빠 생활의 유약함을 고발하고 사상이 없음을 비웃었다.[237]

재일조선인으로서의 정치적, 역사적 자각을 드러내지 않은 채 그저 일본인과 동일하게 평범한 삶을 유지하고 있는 오빠를 경자는 무능하며 유약한 인간으로 취급하며 경멸한다. 민주주의에 대한 개념도 애국주의에 대한 열망도 소유하지 못한 무절제하고 사상적으로 빈약한

---

236) 이양지, 신동한 역, 「갈색의 오후」, 『나비타령』, 삼신각, 1989, 219쪽. 이후에는 작가, 작품명과 쪽수만 표시하였다.
237) 이양지, 「갈색의 오후」, 229쪽.

재일조선인의 대표명사로서, 오빠의 평범한 모습은 자신의 민족적 자각에 대한 노력과 비교하여 열등하고 절조없는 행위로 치부된다. 그런 오빠가 '아버지 어머니가 태어난 나라, 혹 내가 태어났을지도 모르는 나라를 보고 싶다'고 말할 때, 경자는 그러한 오빠의 태도를 감상적이고 일시적인 욕구로 폄훼하며 비난한다. 하지만 '무능한 오빠 따위 죽어야 해'라고 극단적으로 대응하며 오빠의 '일본인적인' 삶을 증오하는 경자에게 오빠의 침묵은 역설적으로 자신의 존재를 지탱하는 하나의 버팀목이 된다.

> 오빠는 지긋이 참고 있었다. 언제나 잠자코 있었다. 나의 어떤 면박에도 침묵하고 내가 내뱉는 말을 그저 가만히 듣고 있었다.(중략) 나는 마음속으로 침묵을 지키는 오빠를 선망하고 동경하고 있었다. 감사하기까지 했다.…… 정말로 그 침묵에 매달려 있었다.[238]

여기에서 오빠의 침묵은 재일조선인으로서 감내하며 살아야하는 역사적 부채감, 열등한 자기존재성에 대한 처절한 자기반성의 행위이다. 경자의 공격적인 비난과 매도, 경멸과 모욕의 시선을 그대로 받아내면서, 그러한 시선을 내면화하여 스스로를 처벌하고, 역사적 단죄를 달게 받고자 하는 무언의 각성행위인 것이다. 표면적으로 드러내진 않지만 조국에 대한 갈망과 애정의 감정을 간직하고 그것을 모국 귀환의 열망으로 표출했던 오빠의 항상성(恒常性)은, 민족적, 정치적 입장을 공고히 하며 사회적 활동을 통해 자신의 민족의식을 검증받고

---

238) 이양지, 「갈색의 오후」, 229-230쪽.

자 하면서도 끊임없이 자신의 존재를 의심하고 초조해하는 나에게 하나의 회기점으로 작동했던 것이다. 자신의 실존적 고통을 감당할 수 없어 정체모를 증오의 형태로 외부를 향해 발산되었던 나의 분열된 내면과 격정(激情)은 오빠의 침묵을 통해 해소되고 위로받으면서 지탱되어 온 것이다. 그러므로 갑작스러운 오빠의 죽음은 자신의 존재적 위무의 공간이 소멸된 것을 뜻하며 방황과 시행착오 속에서 자신의 정체성을 주조해가던 일련의 과정들이 단절되었음을 의미한다. 증오하면서도 동경하고 경멸하면서도 선망했던 오빠의 침묵이 사라진 자리에서 경자는 스스로 자신의 존재와 행위를 책임져야 하는 상황에 직면한다. 오빠의 장례식 때 "입술은 새빨갛게 빛나고 눈 가장자리에 짙은 아이섀도우, 정장을 하고 이제 곧 호사스런 파티에 갈 것 같은 분위기"로 사진을 찍은 자신의 왜곡된 심리 상태, 오빠의 49제에 빨간 슈트를 입고 참석한 자신의 위악성을 감당하지 못하고 오빠 대신 모국으로의 귀환을 시도한 후 "오직 혼자서 오빠의 장례식을 하고 추억을 매장하려는 의지"를 고수하던 경자는 마침내 난지도에 그 죄책감의 흔적들을 사장함으로써 조국 안에서 새롭게 거듭난 실존적 자아를 구축하고자 한다.

시작하는 거다, 계속해가는 거다.
경자는 중얼거렸다.
무엇을.
자기 자신과의 관계를, 그 관계에 있을 수 있는 모든 것을.
그렇지만 왜.
그러니까 왜라고 묻는 그 관계까지도 포함해서.

그럼 이미 시작하고 있다.
그래, 그리고 끝은 없다.[239]

오빠의 침묵에 기대어 어리광부리며 자기 자신과의 엄중한 대면을 회피했던 그동안의 유약한 모습을 직시하고 그러한 위악의 포즈를 걷어냄으로써 비로소 경자는 진실된 자기 자신과의 관계를 생성하고, 조국과의 객관적이고 대등한 관계 형성의 의지를 관철하게 된다. 이제 오빠는 나의 왜곡된 내면을 투사하는 객체가 아니라 서울 거리를 나와 함께 걸으며 '이 풍경을 함께 보고 있는' 동행자로 설정된다. 지난 과거의 오류와 암울한 기억들은 모두 '난지도'에 버려진 쓰레기와 같이 끝없는 풍경 속에서 소멸되고 그러한 기억의 아픔을 딛고 선 자리에서 새로운 도전이 시작되는 것이다.

오빠도 저 푸른 하늘을 황홀해 했을 테지. 다만 그래서 돌을 하늘을 향해 힘껏 던져보고 싶었겠지.
그런 심정을 알고 있던 어린 자기는 그러니까 의심하지도 놀라지도 않고, 무서워하지도 않았었다. 빛나고 흐뭇한 그것은 훌륭한 선물이었다.[240]

어린 시절, 오빠가 하늘을 향해 던졌던 돌에 맞아 피 흘렸던 기억, 푸른 하늘이 갈색으로 변하던 기억을 떠올리며, 경자는 현재 자신에게 중요한 것은 푸른 하늘을 향해 끊임없이 돌을 던지는 행위, 재일조

---

239) 이양지, 「갈색의 오후」, 243-244쪽.
240) 이양지, 「갈색의 오후」, 249쪽.

선인이라는 자신의 열등성, 억압성을 극복하고 민족과 조국을 향한 존재적 물음을 지속적으로 수행하는 것임을 깨닫는다. 비록 그러한 물음으로 자신이 상처입고 좌절하더라도 새처럼 비상하는 존재적 고양을 실현하기 위해 '계속해가는 것', 그것이 자신과 오빠가 화해하는 과정이며 오빠의 죽음을 의미화하는 지점인 것이다.

이처럼 오빠의 죽음은 작중 인물들에게 자신의 존재적 근거를 환기시키고 그에 대한 탐구와 질문을 제기하는 하나의 추동력으로 작용한다. 정치적, 사상적으로 각성하고 민족의식에 경도된 주인공과는 다른 축에서 일본 사회에서 자신의 존재성을 은폐하고 평범한 형태로 삶을 이어가는 대다수의 재일조선인을 대표한다고도 볼 수 있는 오빠의 모습은 한편으로는 작중 인물의 이면에 놓인 또다른 자아의 형상이라 할 수 있다. '일본적인' 자아와 '조선적인' 자아의 갈등과 반목 관계를 다양한 인물들의 양태를 통해 보여주면서 작가는 재일조선인 주체의 실존적 자리매김의 과정을 정직하고 치열하게 드러내고 있으며 모국 귀환이라는 소설적 장치를 통해 재일조선인의 역사적, 존재적 각성 과정을 치밀하게 재고한다.

나) 부유(浮游)하는 자아와 분열의 양상

재일조선인으로서의 부정된 자기 존재와 불우하고 결핍된 가족 환경을 극복하고 진정한 주체적 자아를 발견하고자 하는 적극적 시도로 감행된 모국 체험은 그러나 실제적인 생활의 과정 속에서 미처 예비하지 못한 혼동과 어려움에 직면한다. "'이렇게 살고 있는 나'와 '저렇게 되어야 하는 나', 이러한 실체와 희망의 사이에서 정신적 아이덴티티의 중심선이 언제나 동요하는 가운데"[241] 재일조선인의 모국체험은 내면적 좌절과 자아의 분열이라는 외상에 노출되면서, 일본과 한국, 어디에도 적용될 수 없는 재일적 자아의 '예외적 존재성'을 부각시킨다. 한국에 발을 들여놓는 순간 재일조선인으로서의 불완전한 존재성이 확실한 근거를 확보하고 그러한 민족적 의식의 발판 위에서 자신의 안정된 정체성을 구현할 수 있으리라 여겼던 작중 인물들은 새롭게 인식되는 자신의 경계성, 이중적 태도, 여전히 합일되지 못하고 부유하는 관념과 실생활의 괴리감 등과 맞닥뜨리면서 더욱 복합적으로 주조된 자아의 분열 양상을 경험한다. 일본에서의 이방인적 소외감, 타자로서의 결핍감을 보상해줄 욕망의 대리물로 상정되었던 모국은 실제적인 유학 생활을 통해서 '실감'으로 체험되는 순간, 동일한 형태의 결핍감과 이질감을 유발한다. 가야금과 살풀이로 대변되는 민족문화와의 무의식적인 합일의 경험과는 달리 의식적으로 습득하고 고취해야 하는 모국의 언어와 생활 문화는 자신의 원초적 유년의 기억과 격절되는 이질적이고 혐오스러운 억압체계로 인식된다. 여기에서 경계적 자아, 중간자로서의 재일조선인의 분열과 해체의 양상이 드러나는 것이다.

이때 하나의 개별적 자아 안에 통합되지 못하고 끊임없이 부유하고 변용되면서 진정한 자신의 본질을 찾아 배회하는 작중 인물의 고뇌와 존재적 천착의 과정은 두 가지 측면에서 진행된다. 하나는 재일조선인이라는 존재성에 기인한 자기 분열과 내면적 좌절의 양상으로, 일본 사회에서 '일본적인 것'과 '조선적인 것'으로 대립되어 자기 존재를

---

241) 이양지, 「나에게 있어서의 母國과 日本」, 247쪽.

규정했던 이분법적 도식은 한국 사회에서도 그대로 적용되어 자신을 옭아매는 잣대로 기능하게 된다. 즉 일본에서 '조선적인 것'의 열등감, 이방인 의식에 시달렸던 인물들은 한국에서는 '일본적인 것'의 표출에 따른 배척과 의혹의 시선에 노출되거나 그러한 이질적 시선에 대항하는 하나의 방어 기제로서 '일본적인' 문화, 경제의 우월감을 드러냄으로써, 또다시 이중적인 가치 판단의 기준을 통해 자기 자신을 규정하는 모순논리에 빠지게 된다. 일본인도 아니고 조선인도 아닌, 중간자로서의 복합적 존재성이 자아의 내면을 혼란스럽게 하고 끊임없이 분열의 순간들을 주조하는 것이다.

> 나는 '우리나라'에도 겁내기 시작했다. 내가 '일본' 냄새를 풍기는 기묘한 이방인이라는 것을 알아차리는 데는 그다지 많은 시간이 걸리지 않았다.[242]

'일본'에도 겁내고 '우리나라'에도 겁나서 당혹하고 있는 나는 도대체 어디로 가면 마음 편하게 가야금을 타고 노래를 부를 수 있을까. 한편으로는 우리나라에 다가가고 싶다, 우리말을 훌륭하게 사용하고 싶다는 생각이 드는가 하면, 재일동포라는 기묘한 자존심이 머리를 들고 흉내낸다, 가까워진다, 잘한다는 것이 강제로 막다른 골목으로 밀려든 것 같아 이쪽은 언제나 불리하다. 처음부터 아무 것도 없다는 입장이 화가 난다. 아무튼 좋아서 이런 얄궂은 발음이 된 것은 아니다. 25년 동안 일본에서 태어나 자랐다는 사실에 어쩔 수도 없는 결과라고 한숨 돌

---

242) 이양지, 「나비타령」, 67쪽.

려 본다.[243]

> 어디로 가나 비(非)거주자── 찌그러진 알몸을 이끌고 부유하는 생
> 물로 있는 이외엔 별 수 없는 것일까.[244]

살풀이를 통한 모국과의 정서적 교감, '한(恨)'을 풀어내는 위로의
제의의식을 통해 우리나라에 대한 막연한 친밀감, 정서적 감응을 주
조했던 「나비타령」의 주인공은 실제적으로 맞닥뜨린 사소한 경험들
을 통해 무의식적 차별과 이질감 조성의 맥락들을 읽어낸다. '조선적
인 것'의 부정성을 스스로 감수하며 민족적 자아로 거듭나겠다고 결
심한 인물들은 자신이 모국에서 '일본 냄새를 풍기는 기묘한 이방인'
이라는 사실을 깨닫는 순간, 일본과 조국 어디에도 속할 수 없는 '비거
주자'임을 인정해야 하는 역설적 상황에 직면하게 된다. 숭고한 민족
적 관념의 주입으로는 메워지지 않는 일상적인 생활습관의 차이와 정
서적 교감의 불일치는 결국 신체적, 감각적 경험으로서의 모국체험을
생리적으로 거부하고 배척하게 만든다. 「각」과 「그림자 저쪽」은 이러
한 이질적인 모국 생활 경험이 주인공들을 어떠한 내면적 갈등과 고
뇌의 상황으로 내모는가를 순이와 쇼오꼬라는 재일조선인 유학생들
을 통해서 세밀하게 묘사해내고 있다. 「각」은 작가의 재외국민교육원
수학 경험을 토대로 모국의 도시풍경, 생활문화, 규율화된 학교 시스
템 등의 일상적 시·공간에 포박당한 자아의 다양한 신체 경험과 분
열 양상을 세밀하게 그려내고 있는 작품으로, 한국이라는 또다른 근

---

243) 이양지, 「나비타령」, 67-68쪽.
244) 이양지, 「나비타령」, 69쪽.

대 국민국가의 자장 아래서 재일조선인 자아가 억압당하는 지점을 비
판적으로 그리고 있다.[245] 「그림자 저쪽」의 쇼오꼬 또한 일본에서의
진보적 사상과 운동을 경험하면서 재일조선인으로서의 '삶의 방식'을
획득하고자 모국 유학을 하고 있는 여성이다. 일본에 귀화한 아버지
를 설득하여 이장자(李章子)라는 이름으로 S대학에 입학한 쇼오꼬는
그러나 애초의 각오나 기대와는 달리 한국 생활에 염증을 느끼고 소
외감과 불안감에 시달리는 자신을 발견한다.

자기 스스로 모국 유학을 결심하고 힘들여 아버지를 설득했음에도
날이 갈수록 자신이 한국어를 혐오하고 생활습관의 차이에 일일이 화
를 내고 동요하게 되는 것을 억제할 수가 없었다. 끊임없이 남 앞에 까
발리어지는 것 같은 일종의 강박감은 재일 한국인, 혹은 일본 태생이라
는 열등감을 자아내게 하고 동시에 이상한 일로 우월의식이라고밖에
말할 수 없는 감정을 한층 부추기기도 한다.

미화도 모욕도 속임수라고 하는 것을 알고 있었다. 현재 자신은 자유
롭지 않다. 감정을 정리해 가는 과정에는 언제나 어디엔가 무리가 있고
변명의 성격을 띠고 있다는 것도 알고 있었다. 모국에 대해서 일단 품
기 시작한 슬프다고밖에 말할 수 없는 의문은 단순한 의문으로 그치지
않았다. 모두가 쇼오꼬 자신에게로 돌아와서 의문을 품는 일 그 자체의
의미를 쇼오꼬에게 물어대는 것이다.[246]

스스로를 외국인이라 생각하고 〈한국에 보내는 편지〉를 작성하라

---

245) 이에 대해서는 〈2-다〉장에서 더욱 면밀히 고찰하도록 하겠다.
246) 이양지, 신동한 역, 「그림자 저쪽」, 『나비타령』, 삼신각. 1989, 173-174쪽. 이후에
　　　는 작가, 작품명과 쪽수만 표시하였다.

는 국어 숙제 앞에서 쇼오꼬는 끊임없이 자신이 한국인인가, 외국인
인가를 되묻는다. 자신이 재일조선인으로서 분명한 민족적 정체성을
소유하고 싶다는 욕망을 피력했음에도 불구하고 한국 유학을 통해서
너무나 상이한 가치관의 차이, 생활 습관의 차이, 감각적인 이질감을
체험하게 된 쇼오꼬는 그러한 희구가 과연 가능한가, 혹은 그것이 자
신의 진실한 욕망이었는가를 질문하게 된다. "역사, 문화, 생활, 생활
의 형태, 그리고 의식…… 말로써 묶어버리면 바로 그 순간에 모든 것
은 그림자가 되어 버"[247]린다는 쇼오꼬의 자각은 조국에 대한 자신의
욕망이 일종의 그림자놀이, 허구적 환상의 이면을 쫓는 관념적 각성
에 근거하고 있음을 드러낸다. 그러므로 자신의 '생활'화되지 못한, 하
나의 생활적 습관(habitus)으로 고정되지 못한 민족의식은 스스로의
경계성, 이질성을 드러내는 순간에 존재적 불안과 불쾌감을 조성하게
되는 것이다.

> 쇼오꼬는 대학에서도 한국어로 말하는 것을 겁내고 있다. 때로는 한
> 국어를 혐오하고 듣지 않겠다, 받아들이지 않겠다고 필사적으로 거부
> 하는 자신도 알고 있다. 그런데 남자의 일본어, 남자가 일본어를 사용
> 하는 태도에 역정이 나서 마치 심술부리듯이 유독 한국어로 말한다. 그
> 런 자신을 쇼오꼬는 어딘지 치기가 있다고 느끼고 있었다. 자신의 못난
> 점에 스스로 화가 나고, 노여움은 겉돌고, 생각은 응어리져갈 뿐이었
> 다.[248]

---

247) 이양지, 「그림자 저쪽」, 200쪽.
248) 이양지, 「그림자 저쪽」, 179쪽.

사귀던 상대 남자가 쇼오꼬를 배려해서 일부러 사용하는 일본어는 쇼오꼬에게 "일본에서 나서 일본어를 말할 수 있고 일본 냄새를 마구 풍기고 있던 자신을 끊임없이 들춰내고 끊임없이 돌이키게"[249] 하는 부정적 환기 장치로 기능한다. 자신이 한국에 제대로 적응하지 못하는 이방인이라는 사실을 여실히 드러내는 '일본적인 것' 앞에서 쇼오꼬는 '듣기 거북한' 한국어로 대응함으로써 자신의 결핍된 민족성을 만회하려고 애쓴다. 하지만 '일본적인 것'을 소멸시키고 '조선적인 것'을 성취하고자 하는 쇼오꼬의 욕망은 그럴수록 더욱 일본적인 자신을 발견하는 모순적 상황에 직면함으로써 분열과 정체성 혼란의 과정을 반복한다.

이처럼 재일조선인이라는 자신의 존재성이 한국 사회 안에서 자기 분열과 내면적 좌절의 양상으로 나아가는 과정은 또하나의 문제의식을 내장하는바, 인간으로서의 진정한 '삶의 방식'이란 무엇인가라는 존재적 물음이 바로 그것인데, 작중인물들은 이러한 문제의식 앞에서 더욱 모순되고 혼란스러운 자의식을 생성한다.

> 징옥이쪽에서 본다면, ○○사건, 다음에는 무용, 방한, 이번에는 S대학 유학,…… 자신은 변신이 빠른 사람으로 비추었을 것이다. 옛날에는 무용 수업료도 못내고, 대학 수업료도 낼 수 없었다면서 지금은 아무런 구애도 받지 않고 일본과 한국을 왔다 갔다 하고 있다. (중략)
> ― 삶의 방식……, 방식과 의식…… (중략)
> ― 더불어 산다…….
> 엇갈리는 무제한의 자문자답은 이 말에 겁을 먹고, 이 말의 여운에

---

249) 이양지, 「그림자 저쪽」, 177쪽.

용기를 얻고 있기도 했던 예전의 자신의 모습을 차례로 떠오르게 한다.

'동정'도 아니고, '지원'도 아니며 '더불어 산다'고 하는 것……

일과 삼아서 집회에 나가고 삐라를 뿌리고, 사건에 대해 호소한다. 과연 그런 것이 노인과 '더불어 산다'고 하는 일이 될 수 있을까. 당시의 쇼오꼬에게 있어서 그것은 미로와 같이 성가시고 숨막히는 의문이었다. (중략)

지원하는 모임회의 회원으로서 그 역할을 다해 가는 것도, 노인과 같이 살며 침식을 함께 하는 것도 삶의 방식의 선택임이 틀림없다. 그러나 방식의 선택은 자기 내면에 명백한 필연성과 납득이 있지 않는 한 '더불어 산다'고 하는 것을 동정심이나 일시적인 자기만족으로 바꿔쳐 버린다는 것을 알고는 있었다. (중략) '더불어 산다'라는 것은 우선 '자기 자신이 자기로서 살아낸다'고 하는 것으로부터 시작되는 것이 아닐까……. (중략) 그러나 '자기자신이 자기로서 살아낸다'고 하는 생각으로 한국에 와서 좋아하는 무용을 배우고, 지금은 S대학에 유학하고 있는 자신은 역시 어떤 삶의 방식을 선택한 것이 되는 게 아닐까. 방식이 문제가 아니다, 라고 하면서도 결국 방식을 선택하고 방식을 통해서밖에 노인과 대할 수는 없었던 것이 아닌가.[250]

일본에서 어느 원죄(冤罪)사건에 휘말려 23년간의 무고한 옥중생활을 했던 이상(李さん)을 지원하면서 단식데모를 하기도 하고 그의 집에서 숙식하며 반신불수의 노인을 보살피기도 했던 쇼오꼬는 그러한 자신의 의식적인 행위가 과연 노인과 '더불어 사는' 진실된 행위였는가를 되묻는다. 민족적, 계급적 관점을 견지하며 어떤 실천적 삶의 방

---

250) 이양지, 「그림자 저쪽」, 188-190쪽.

식을 선택한다는 것의 문제는 단순히 하나의 자기만족적인 '선행'의 차원이 아닌, 그것과 완전히 동화되어 삶의 방식 자체를 일치시키는, 급진적인 자기변혁의 과제로 제기되는 것이다. 그 당시의 자신의 행동은 정당했으며, 확고한 실천의식 아래 실행되었음에도 불구하고 10년이 지난 현재의 자신의 모습-아버지의 경제적 후원으로 안락한 아파트에서 모국유학 생활을 영위하는 것-은 그러한 과거의 '의식'적 행동이 그저 하나의 '삶의 방식'의 선택에 불과하지 않았는가 하는 의문을 제기하게 하며 그녀를 자기반성과 자책감에 빠지게 한다. 사회적 불의 앞에서, 민족적 정체성 구현의 문제 앞에서 "쇼오꼬 자신의 삶의 자세를 묻는" 이러한 자의식적 물음은 모국에서의 생활적 부적응의 문제와 더불어 자신의 존재 자체를 환기시키는 고뇌의 축으로 작동한다. 즉 모국유학을 결심했던 처음의 마음가짐과는 달리 실생활에서 겪는 어려움과 이질감 속에서 한국에 대한 혐오와 환멸감만을 상승시켜가는 현재 자신의 상황을 돌아보며, '더불어 산다'는 삶의 당위성, 더 나아가 '자기자신이 자기로서 살아낸다'는 삶의 명제를 실천하지 못하고 그저 하나의 낭만적 '삶의 방식'으로서 한국행을, 민족을 선택한 것이 아닌가 하는 뼈저린 자기번민의 순간과 마주치는 것이다. 이처럼 쇼오꼬의 모국 체험은 노인에 대한 기억과 연결되면서, 치열한 자기반성, 분열적 자기해부의 과정을 생성하며, 일본과 한국, 어디에도 안주하지 못하고 '삶의 방식'뿐 아니라 '삶의 자리'조차 찾지 못해 방황하는 재일조선인 유학생의 표본적 실상을 묘사해낸다. 한국에서 '더불어 살기'의 어려움은 노인과 안델센의 '히토리(ひとり, 혼자)'의 정서와 연결되면서 백조가 되지 못한 '미운오리새끼'로서의 자신을 불안한 시선으로 바라보게 한다. 그림자같은 모국생활, 죽음의 소리

로 가득찬 모국의 풍경은 '꼭두각시'처럼 조종당하는, 부유하는 자아를 생성하면서 더욱 치열한 자기 해체의 과정을 추동한다. 이러한 쇼오꼬의 문제의식은 「오빠」에서 가즈꼬가 끊임없이 고민했던 "성실해진다는 것은 〈누구와 어디서 어떠한〉 〈생활〉을 할 것인가, 하는 생활의 형식의 문제이고, 〈생활〉이란 〈노동〉하는 것, 그리고 〈누구와 어디서 어떠한〉 〈노동〉을 하는가, 그것이 곧 〈민족의식〉의 내용을 시험하게 하는 시금석"251)이라는, 자기성찰적 물음의 연장선상에 있으며, 이것이 또한 경계적 지식인으로서 작가 이양지가 천착했던 근원적 고뇌 및 자기검증의 한 축이라 할 수 있다.

나. 비체적 재일성과 신체에 체현되는 아이덴티티

1) 비체적 존재로서 재일조선인의 형상252)

본 장에서는 이양지의 「해녀」를 중심으로 신체에 나타난 비체적 존재로서의 재일성에 대해 고찰해 보고자 한다. 「해녀」는 이양지의 여타 작품들과는 달리 조국 체험이나 실존적 정체성 확립의 문제 등을 중점적으로 다루고 있지 않으며, 주인공이 파탄에 이르는 비극적 결말로 인해 "현세대가 '일본의 소리'를 분명한 민족의식이나 개인적 자아로 극복하지 못하고 환각 상태에서 자멸해 가는 재일의 '불우성'을 극

---

251) 이양지, 「오빠」, 100쪽.
252) 이 장은 졸고, 「이양지 〈해녀〉 연구」(『국제한인문학연구』6, 2009, 89-111쪽)를 수정, 보완한 것이다.

명하게 보여주었다"[253]는 평가를 받는 작품이다. 하지만 「해녀」는 재일조선인 사회에 무의식적으로 내재해 있는 불안의식과 강박적 공포, 희생양 의식 등을 다양한 비체적 이미지와 연결시켜 형상화함으로써 그러한 타자화된 존재 의식이 어디에서 기인하는가를 보여줌과 동시에 이러한 부정적 자기인식을 '상상의 아버지'라는 이상적 대상을 통해 상징적으로 해소함으로써, 표면적인 불우성을 뛰어넘는 복합적 의미망을 산출해내고 있다. 또한 「해녀」는 재생과 정화의 공간인 '물속'을 '제주도', '해녀'라는 민족적 이미지와 연결시킴으로써, 자신의 존재적 근원을 조국체험, 민족 정체성 탐구를 통해 고찰하고자 했던 이양지 초기 소설의 문제의식과 연결된다. 더불어 '그녀'와 그녀의 일본인 의붓여동생 게이꼬가 번갈아 화자로 등장하며 전개되는 「해녀」의 서술방식은 이중, 삼중의 시선에 노출되면서 중층 결정된 재일조선인의 복합적이고 모순된 정체성의 단면을 보여준다.

가) 학살의 공포와 희생양 의식의 내면화

「해녀」는 재일조선인인 주인공 '그녀'(이하 그녀)가 학살당할지도 모른다는 공포감과 고문의 환각에 빠져 불안과 자학에 시달리다가 결국 자살의 형태로 삶을 마감하는 이야기를 그리고 있다. 재혼한 어머니를 따라 일본인 의붓아버지의 집에 살면서 일상적 가정 폭력과 근친에 의한 상습적 성폭행, 그리고 노골적인 멸시의 시선을 받아온 그녀는 어머니의 죽음 이후 가출하여 매춘 등으로 연명하다가 죽음에

---

253) 김환기, 「이양지의 「유희」론」, 일어일문학연구』41, 2002, 237쪽.

이르게 된다. 의붓여동생 게이꼬에 의해 밝혀진 그녀의 기이한 행적과 그녀의 시점에서 전개되는 고통스러운 과거의 장면들이 번갈아 제시되면서, 그녀의 삶은 재구성되어 하나의 줄거리를 이룬다. 그녀의 삶을 옥죄는 고통의 원인은 무엇보다 자신이 재일조선인이라는 사실인데, 그녀가 재일조선인으로서 망상에 가까운 피해의식에 시달리며 스스로를 가학적인 파멸로 이끌 수밖에 없었던 심리적 불안과 압박감의 기저에는 과거 재일조선인에게 행해진 학살 사건의 추체험이 내재해 있다.

> "또다시 간또오(關東) 대지진과 같은 큰 지진이 일어난다면, 한국인들은 학살당하게 될지 모르겠죠? 〈이찌엥 고짓셍(一圓五十錢)〉이라고 말해 보라면서, 마구 죽창으로 찔러댈까요? (중략) 아니에요. 이번엔 절대로 학살 같은 건 안 당할 거예요. 하지만 그래서는 곤란해요, 나를 죽여주지 않으면―. 나는 쫓기면서 이리저리 달아나는 거예요. 그 뒤를 광란한 일본인들이 죽창과 일본도를 가지고 쫓아와요. 나는 도망가다가 결국 잡혀 등을 콱 찔리고, 가슴도 찔려 피투성이가 된 채 몸부림치며 나뒹구는 거예요.(중략) 음, 여보, 나는 학살당할까요? 음, 어떻게 될 것 같아요? 만약 살해되지 않는다면, 나는 일본인인 셈인가요? 하지만 어떡하죠? 그건 끔찍하게 아프고, 피가 마구 쏟아지는데……"[254]

재일조선인의 역사 속에서 관동대지진 사건[255]은 단순히 과거의 고

---

254) 이양지, 「해녀」, 252-253쪽.
255) 관동대지진은 1923년 9월 1일에 발생했다. 집이 무너지고 곳곳에서 화재가 일어나며 사람들이 죽어가 집과 가족을 잃은 사람들은 공황 상태에 있었다. 이때 "조선인이 폭동을 일으켰다. 방화를 했다. 우물에 독을 풀었다"는 유언비어가 난무

통스러운 기억에 그치지 않는다. 현재 재일조선인의 삶 속에서 지속되는 노골적인 혹은 "눈에 보이지 않는 차별"[256]과 맞물려 상기되는 원초적 두려움의 기원이기 때문이다. 일종의 희생양 이데올로기[257]가 피해자의 내면에 계속적으로 환기되고 확대 재생산되면서 자기처벌의 단계에까지 이르는 극단적 상황이 「해녀」의 그녀를 통해 형상화된다. 그녀의 내면에 무의식적으로 각인된 희생양 의식은 다양한 형태의 강박적 불안감을 조성하며 그녀의 삶을 교란시킨다. 사회과 교과서에 인쇄된 '조선'이라는 단어로 인해 자신의 은폐된 신분이 발각될지도

하기 시작했다. 민간인뿐 아니라 일본정부도 나서서 이 유언비어를 확산시켰다. 그래서 각 지역단위의 민간인을 중심으로 자경단을 조직해서 조선인을 색출하기 시작했다. 그 색출과 학살은 지진 이후 15일 동안 계속되었는데, 그때 통계가 정확치는 않지만 대략 6천 명 이상의 조선인이 무참하게 살해되었다. 이때 조선인을 찾아내는 데는 인상과 풍채는 물론 언어와 풍속, 역사의 차이 등이 이용되었다고 한다. 통행인들에게는 그 유명한 "쥬고엔 고쥬고센(十五円 五十五錢)", "파피푸페포(パピプペポ)"를 발음하도록 시키고, "기미가요(きみがよ), 도도이쓰(とといつ), 이로하(いろは), 아이우에오(あいうえお)"를 발음하도록 해서 발음이 이상한 사람은 체포했다. 이외에도 납작한 뒤통수, 외꺼풀의 눈, 큰 키, 긴 머리, 머리수건 등도 기준이 되었다. 이러한 조선인 식별법이 관에 의해서 유포되고 경찰과 자경단에 의해서 이루어졌다. 이때 자경단의 살인방식은 갈고리, 철사, 권총, 일본도, 죽창 같은 온갖 무기가 사용되었고, 살인과정도 산 채로 톱질을 하는 등 잔인한 방법이 총동원되었다.(강덕상 지음, 김동수·박수철 역, 『학살의 기억』, 역사비평사, 2005, 214쪽 외 참조.(윤명현, 앞의 논문, 29-30쪽에서 재인용)
256) 이양지, 「나에게 있어서의 母國과 日本」, 214쪽.
257) 지라르가 주제화한 '희생양 이데올로기'는 한 사회가 어떻게 타자의 제의적 희생에 기반하여 통합되고 성장해 나가는가를 설명한다. 한 부족 안에서 한 사람이 이웃과 갈등하게 만드는 모든 호전성·죄악·폭력의 운반자로서의 혐의를 어떤 아웃사이더에게 투사하여 뒤집어씌우고 그를 희생자로 만들면, 희생양이 된 이방인의 희생은 '사람들(인종, 민족)' 사이에 연대의 의미를 발생시키는 데 봉사하게 된다. 공동체는 타인에 대한 박해를 공유함으로써 재통합되는 것이다. 희생양은 내부적으로 분열된 사회가 자신의 내적 투쟁을 일소하고 그 증오의 포커스를 사회 외부로 돌리게 하는 것을 용이하게 하는 작용을 한다.(Kearney, Richard, 이지영 역, 『이방인, 신, 괴물』, 개마고원, 2004, 69쪽 참조)

모른다는 불안감은 원인모를 고열과 혼수상태를 유발하고, 재일조선인을 교묘하게 살해하거나 자궁이나 난소를 떼어버림으로써 재일조선인의 생명을 통제한다는 두려움은 병원치료를 거부하게 만든다. 특히 관동대지진의 학살 장면을 스스로 재현하여 부엌칼로 가슴과 손목에 상처를 내고 쇠망치로 다리를 내리치거나 한겨울 날씨에 벌거벗고 스스로를 추위에 방치하는 등, 자신을 가해하고 처벌하는 모습은 가해자의 행동을 모방하고 재현함으로써 희생양으로서의 자신의 타자성을 내면화하고 강화하는 악순환의 과정을 보여준다. 이는 희생양 의식에 잠식당한 한 개인의 피폐화된 내면을 극단적으로 재생한 하나의 실험 보고서라고 할 수 있다.

그녀의 희생양 의식은 재일조선인이라는 존재적 근거에, 불행한 가족사와 타자화된 여성의 문제가 복합적으로 얽혀 이중, 삼중의 폭력적 상황에 노출되면서 더욱 강화된다. 고향인 제주도로 돌아간 전남편과 헤어지고 일본인 남자와 재혼한 그녀의 어머니는 되풀이되는 남편의 폭력과 의붓자식들의 멸시 속에서도 가정부처럼 일하며 일본인으로 거듭나기 위해 노력한다. "한국 사람이라면 지긋지긋"해 하고 "언제나 일본옷만 입고 있는" 어머니, 자신의 친딸보다 일본인 의붓딸을 더 귀여워하며 적극적으로 일본사회에 동화되어가는 어머니를 통해서 그녀는 재일조선인으로서의 자기 존재에 대한 좌절과 거부감을 직접적으로 체험한다. 부재하는 아버지와 존재적 이질감을 유발하는 어머니, 그리고 다양한 폭력적 행위로 자신을 괴롭히는 의붓식구들 속에서 그녀는 자기부정과 고립의 절망적 순간들을 반복적으로 학습하게 된다. 그러면서도 그녀는 이러한 가족 안에서 살아남기 위해 스스로를 "숨을 쉬는 소도구, 표정을 지니는 소도구, 어른에게 있어 자못

아이다운 소도구"258)로 물화시킨다. 불화한 가족의 분위기를 의식하여
"협박을 받으면서 억지로 입 속에 우겨넣는 듯한 태도로" 폭식과 구토
를 번갈아 하고, 아무런 항변 없이 부조리한 상황을 견뎌낸다.

　그러나 그녀의 불행은 이것으로 그치지 않는다. 두 의붓오빠의 상습
적인 성폭행은 고문의 환각과 더불어 자신의 존재를 부정하게 만드는
또 하나의 폭력적 기제로 작용한다. 이러한 자기 상실, 자기 환멸의 점
층적 과정은 결국 여성으로서의 자기 존재성을 부정하려는 행동으로
까지 나아가는데, 스무 살 때 병원에서 자궁과 난소를 떼어내려고 했
던 사건이 바로 그것이다. 학살의 공포 때문에 병원 가기를 두려워했
던 그녀가 스스로 자신의 자궁을 적출하려고 시도한 행위는 타자화되
고 물화된 자기 존재의 근원을 스스로 훼손함으로써 존재 자체를 무
화시키려는 기도(企圖)이다. 재일조선인으로서 자신의 혈통을 부정하
고 그 혈연의 고리를 끊어버리려는 시도이면서 동시에 성폭력에 유
린당한 자신의 여성성을 부정하고 제거하려는 이중적 의미를 담고 있
다. 재일조선인, 의붓자식, 여성으로서 사회와 가족 안에서 중층적으
로 소외되고 희생된 그녀의 형상은 비체적 경험으로서의 재일조선인,
여성의 존재와 연결된다.

나) 비체적 경험과 구원의 모색

　「해녀」에서는 그녀의 존재를 부정하거나 천시하게 만들고 정체성
의 갈등을 유발하는 비체와 아브젝션(abjection)의 이미지가 곳곳에

---

258) 이양지, 「해녀」, 237쪽.

등장한다. 재일조선인인 자신의 신분이 발각될지도 모른다는 불안감
은 현기증과 열을 동반하며 그녀를 원인모를 혼수상태에 빠뜨린다.
은폐하고 싶지만 드러날 수밖에 없는 것, 부정하고 거부하고 싶은 내
면의 억압된 존재가 치솟는 열의 형태로 발현되는 것, 이것은 재일조
선인이라는 근원적 자기 존재를 외부로 밀어냄으로써 타자화하려는
절박한 행위의 소산이다. 눈에 보이지는 않으나 젖은 발밑에서 꽥꽥
거리며 자신을 위협하는 '개구리'의 존재처럼, 끊임없이 자신을 규정
하고 비체로 전락시키는 재일조선인이라는 낙인은 정체성의 혼란을
야기하고 존재의 경계선을 와해시킨다.

재일조선인과 여성이라는 비체적 존재 이미지는 '더러움', '구토',
'악취'의 형태로 발현된다.

> 언니가 열여덟 살 나던 해에 계모는 암으로 세상을 뜨고, 그 장례식
> 이튿날 언니는 아버지의 사무실에서 거액의 돈을 훔쳐 집을 나가버렸
> 다. 야간고교에 다니면서, 낮에는 아버지 사무실의 사무를 돕고 있던
> 언니는 입원중인 계모 대신 부엌일까지 도맡아 했기 때문에 집안의 어
> 디에 돈이 있는지를 환히 꿰뚫고 있었다. 아버지는 믿는 도끼에 발등을
> 찍혔다며 발을 동동 굴렀고, 오빠들은 더러운 물건에 관한 이야기라도
> 하는 것처럼 언니의 일을 헐뜯었다. 그날부터 소식이 끊긴 언니에 관해
> 서 들려오는 소문들은 열이면 열 모두 차마 입에 담을 수 없는 것들뿐
> 이었다. 언니의 이름을 입에 올리는 것조차 집안에서는 금기사항이 되
> 었다. 그리고 식구들은 언니가 처음부터 아예 이 집안에 없었던 인간
> 처럼 무시하게 되었고 결국 언니는 식구들의 기억에서 점차 사라져 갔
> 다.[259]

"뭐냔 말예요, 도대체, 뭣 땜에 그렇게 한국인 편을 드느냔 말예요, ……아버지, ……아버지, ……엄마가 죽는 것을 기다리기라도 했다는 듯이 이런 모녀를 데려다가 ……더러워요! 난, 이런 더러운 집, 나가버리고 말 거란 말예요……"[260]

부엌 앞의 마루 통로까지는 간신히 느린 걸음으로 걸어갈 수 있었지만, 거기서부터는 종종걸음으로 화장실에 뛰어들었다. 그녀는 변기를 향하여 먹은 것을 토해 냈다. 한동안 변기 옆에 쪼그리고 앉아 숨을 가다듬은 뒤 그녀는 다시 밥상 있는 데로 돌아왔다. 반찬에 젓가락을 뻗쳐 닥치는 대로 입에 넣기 시작한다. 밥과 국을 몰아넣는다.[261]

성기에서 악취를 내뿜기 시작한 엄마는 이미 때를 놓친 상태에서 병원으로 운반되었다. 병명은 자궁암이었다. 그녀는 커튼을 바라보면서 답답해지는 가슴을 억누르고 있었다. 병실의 냄새가 역해서 견딜 수가 없었다. 하지만 그녀는 엄마의 임종을 지켜보아야 한다는 일념으로 이를 악물며 악취를 견디고 있었다.[262]

코를 찌르는 스스로의 인간의 악취.[263]

재일조선인 의붓딸이라는 이유로 "한 마디 항변도 없이 애원하듯" 살아온 그녀는 허드렛일을 도맡아 하고 심지어 근친간 성폭력에 시

---

259) 이양지, 「해녀」, 230-231쪽.
260) 이양지, 「해녀」, 259쪽.
261) 이양지, 「해녀」, 238쪽.
262) 이양지, 「해녀」, 270쪽.
263) 이양지, 「해녀」, 275쪽.

달리면서도 '더러운 물건', '금기사항', '처음부터 아예 이 집안에 없었
던 인간' 취급을 받는다. 그녀의 의붓가족은 피해자인 그녀에게 그 피
해의 책임을 전가하면서 그녀를 자신들의 영역에서 밀어내려고 한다.
그녀는 '과잉의 존재'이며 '거부된 타자성'이다.

이러한 재일조선인이면서 여성이라는 강제된 타자성과 이방인 의
식은 비체적 이미지와 연결되면서 자기혐오와 배제의 형태로 나타난
다. 암울한 식사 분위기를 완화하기 위해 끊임없이 음식을 입에 집어
넣고 또 바로 토해버리는 행위, 그리고 상식적인 성행위와 쾌감을 엄
격히 금지하면서 자학적인 매춘을 통해 "변기를 향하여 세 손가락으
로 혀뿌리를 우벼 파고 있던 옛날의 자신"264)을 재현하는 것, 이는 비
체적 자기 존재를 끊임없이 토해내려는 의지를 반영한다. 또한 자궁
암으로 성기에서 악취를 내뿜기 시작한 어머니의 존재는 재일조선인
의 피를 담지하며 성적으로 유린당한 그녀의 자궁과 연결되면서, 오
염된 여성성을 부정하고 밀어내려는-자궁을 떼어내려는- 행위를 촉
발한다. 초점이 흩어진 사팔뜨기 소년을 살해자로 의심했던 그녀는
이러한 무의식적 공포에 갇힌 비체적 자기 존재를 '코를 찌르는 인간
의 악취'로 규정하면서 혐오한다. 이 밖에도 틱, 자해, 절도 행위 등은
그녀의 비체적 이미지를 강화하는 다양한 표본으로 제시되며, 그녀
주변의 인물들-절름발이면서 얼굴이 지워진 모리모또, 사또 선생, 오
사나이 도시오-도 비체적 존재로 규정할 수 있다.

그 중에서도 중학교 2학년 때 수학 선생인 '사또 선생'에게 그녀가
느꼈던 감정과 표출 행위는 비체적 존재에 대한 동질감과 동시에 그

---

264) 이양지, 「해녀」, 272쪽.

에 대한 혐오를 양가적으로 보여주는 사건이라고 할 수 있다. 볼품없는 몰골과 말투로 아이들에게 무시당하고 놀림감이 되는 사또 선생을 '위로해 주고 싶다는 일념'으로 일부러 질문거리를 만들어 사또에게 다가갔던 그녀는 '사또의 지독한 구취'와 성희롱적 접근에 후회와 수치심을 느낀다. 또한 아이들에게 '알랑방구'라는 비난을 받게 된다. 멸시받고 무시당하는 자신의 처지를 투사하여 사또에게 동질감과 연민을 느꼈지만 결국 역겨움과 혐오스러운 감정에 휩싸이게 되고 그녀 또한 아이들에게 손가락질을 받는 처지에 직면함으로써 그 스스로 비체적 경험을 반복하게 된다.

이처럼 작품 안에 출몰하는 다양한 비체적 이미지들은 재일조선인 여성으로서 타자화된 그녀의 형상을 적나라하게 보여주는 상징적 기제로 작용한다. 그러나 역설적이게도 이러한 비체적 이미지는 그녀 자신이 스스로에게 부과한 존재 증명의 단서와도 같은 것이다. 즉 재일조선인 여성이면서도 자신의 존재적 근원을 부정하고 적극적으로 일본사회에 편입한 그녀의 어머니가 상징계적 질서 안에 자발적으로 포섭된 인물이라면, 그녀는 '위협과 매혹의 양가성'을 지닌 재일조선인의 비체적 속성을 스스로 드러내는 인물이라고 할 수 있다. "만약 살해되지 않는다면, 나는 일본인인 셈인가요?"[265]라는 그녀의 물음 안에는 자신은 결코 일본인일 수 없으므로 살해당할 수밖에 없다는 자발적 체념의 의미가 담겨 있다. 살해당하지 않는다면 자신이 재일조선인임을 증명할 수 없고, 자신이 재일조선인이 아니라면 자신의 존재 자체가 성립되지 않으므로 그녀는 어쩔 수 없이 비체적 이미지 안

---

265) 이양지, 「해녀」, 253쪽.

에 갇힐 수밖에 없는 것이다. 즉 현실과 환각의 경계, 주체와 타자의 경계 위에서 모호하고 복합적이며 삶을 교란시키는 비체적 경험을 내면화할 수밖에 없다.

그렇다면 이렇게 내면화된 비체적 경험들은 결국 그녀를 파멸로 이끌 수밖에 없는가? 작가는 결말에서 자살, 혹은 사고의 형태로 그녀의 죽음을 그린다. 그러나 이러한 표면적 죽음의 이면에는 존재 구원의 모색이라는 양가적 의미망이 도사리고 있다. 비체적 존재라는 부정적 자기인식을 긍정적으로 변모시키는 '상상의 아버지'의 등장은 이양지 초기 소설에서 보여주었던 민족적 혹은 실존적 자아 정체성 탐구라는 맥락에서 고찰 가능한 것이다.

유년 시절, 신열에 빠진 그녀는 무녀의 굿이 진행되는 동안 "들어가라, 물속으로 들어가라"는 '낮은 신음소리'에 이끌린다. 두려우면서 동시에 매혹적인 '물속으로 들어가라'는 메시지는 그녀의 존재적 근원을 환기시키고 분리 이전의 '어머니'의 흔적을 각인시키는 내면의 목소리이다. 자궁과 난소를 떼어내는 것으로 성인식을 치르려던 과정에서 죽음의 유혹에 시달리던 그녀는 "온갖 고난으로 이어진 칠전팔도(七顚八倒)의 내 삶조차도 속속들이 모두 꿰뚫어 보고 있는" "아주 터무니없이 커다란 존재"가 있음을 깨닫는다.

물속─바람도 없고, 소리도 빛깔도 아무 것도 없는, 마치 진공을 연상시키는 물속, 거기에 자신이 잠겨 있는 듯한 기분이 들었어요. 자기 자신과, 자신을 둘러싼 온갖 것들을 모조리 그저─그럼 그렇군, 하고 조용히 수긍할 수 있을 듯한, 같은 높이에서 가만히 바라볼 수 있을 듯한, 무엇에건 떠밀려서 비틀거리지 않고 겁낼 것도 없이, 아니, 여유있

게 빙긋 웃고 있을 수 있을 듯한 기분조차 들어서······266)

"들어가라 물속으로 들어가라"

머리속 깊은 곳에서 나지막한 신음소리가 되살아났다. 그 소리에 쫓
기듯 그녀는 욕조 속에 몸을 가라앉히고, 머리를 가라앉혔다.

그녀의 귓전으로 제주도의 바위 표면에 와 부딪는 파도 소리가 들려
왔다. 그녀는 사납게 포효하는 파도 사이로 뛰어 들었다. 부서지는 해
면(海面)의 소리가 멀어져 가고 자신의 몸뚱이를 물속에 풀어 놓았다.
두 손과 두 다리가 자유로이 물의 감촉을 만지작거리기 시작했다. 세상
에 태어나서 한 번도 맛본 적이 없는 편안함이 온 몸 깊숙이 스며들고,
물속에서 그녀는 언제까지나 흔들거리고 있었다.267)

'낮은 신음소리' 혹은 '커다란 존재'가 인도하는 '물속'은 그녀의 비
체적 존재를 정화시켜주고 긍정의 기운을 발산하는 안식의 공간이다.
"바람도 없고, 소리도 빛깔도 아무 것도 없는, 마치 진공을 연상시키
는 물속"은 재일조선인 여성으로서 유린당하고 배척당한 비체적 자기
존재를 극복하고 '상상의 아버지(Imaginary Father)'268)에 의해 인도된
새로운 정화와 재생의 공간이다. 그곳은 자신의 기원으로의 회귀가

---

266) 이양지, 「해녀」, 268쪽.
267) 이양지, 「해녀」, 275쪽.
268) 크리스테바는 한 인간이 어떻게 말하는 존재가 되는가를 설명하기 위해 상상의
아버지의 개념을 전개한다. 그녀는 거세 위협을 하는 엄한 오이디푸스적 아버지
는 모성적 육체라는 안전한 안식처로부터 아이를 끌어내는 데에 충분치 않다고
주장한다. 그녀는 나르시수스적 구조의 설명을 전개하는데, 이 구조 속에는 모성
적 육체와 큰상징적 질서 사이를 아이가 무난히 통과할 수 있도록 만들어 주는
상상의 사랑의 대행자가 나타난다.(Oliver, Kelly, 박재열 역, 『크리스테바 읽기』,
시와반시사, 1997, 114쪽)

이루어지는 공간이면서 동시에 외부세계와 단절된 죽음의 공간이다. 하지만 고통과 비체적 이미지로 가득 찬 현실 세계와 대비되는 역설적인 생명의 공간이기도 하다.

크리스테바에 의하면 아이가 아브젝션을 극복하도록 도와주는 자는 사랑하는 아버지이다.[269] '상상의 아버지'는 모성적/부성적 이원성을 붕괴하며, 라깡의 엄한 아버지의 법의 권위를 붕괴한다.[270] 아가페적 사랑으로 무장한 '상상의 아버지'는 권위적이고 위압적인 현실 세계의 법칙을 전복시키면서 풍요롭고 자애로운 어머니의 형상을 지닌 '어머니 아버지'로 기능한다. '상상의 아버지'는 사랑의 대화와 따뜻한 손길을 통해 아이가 비체적 경험에서 벗어나도록 돕는다. 그녀의 암울한 과거의 기억 속에서 유일하게 긍정적인 감정을 환기시키는 대상은 아버지이다. 폭력적이고 자신을 버린 아버지이지만 따뜻한 아버지의 가슴에 안겨 잠든 기억을 떠올리며 그녀는 친아버지를 그리워하고 그 사랑을 갈구한다. 의붓아버지의 무릎에 얼굴을 묻었을 때 "정체를 알 수 없는 달콤하면서도 새콤한" 감정에 휩싸이는 것 또한 친아버지에 대한 그리움의 연장선이라 볼 수 있다. 자신의 개인적인 행복을 위해서 철저히 일본인으로 변신하여 현실의 법칙에 순응하는 삶을 살았던 어머니에 대한 이질감, 소외의 경험과는 반대로 그녀는 자신의 존재적 근원을 찾아 제주도로 돌아간 친아버지에게 강한 동질감과 애착을 느낀다. 그녀를 '물속'으로 인도하는 '낮은 신음소리' 혹은 '커다란 존재'는 '상상의 아버지'의 다른 이름이면서 동시에 그녀를 구원하

---

269) 위의 책, 100쪽.
270) 위의 책, 114쪽.

는 사랑의 메시지이다. '상상의 아버지'와 대면하고 그 목소리에 귀기울이는 행위를 통해 그녀는 "세상에 태어나서 한 번도 맛본 적이 없는 편안함"을 온 몸 깊숙이 느끼며 자유롭게 유영한다. 오염되고 악취를 풍기는 비체적 자기 존재를 극복하고 '상상의 아버지'의 공간으로 이동함으로써 그녀는 '떼어내고 싶은 자궁'인 부정적 여성성을 회복하고 재일조선인이라는 비체적 이미지로부터 벗어나게 된다.

　이러한 '물속'의 상징성은 '제주도의 바다'와 연결되면서 더욱 확대된 의미를 생산한다. 제주도는 친아버지가 돌아간 고향이면서 동시에 재일조선인인 그녀의 정체성의 근간이 되는 곳이다. 아버지에 대한 원초적 갈망은 비단 생물학적인 아버지에 대한 동경을 넘어서 조국에 대한 회구, 민족적 정체성 탐구에 대한 근본적 접근으로까지 나아간다. 결국 죽음이라는 통로를 거쳐 '제주도의 바다'에 도달한 그녀는 "두 손과 두 다리가 자유로이 물의 감촉을 만지작거리"는 해녀의 형상으로 탈바꿈한다. 아버지의 고향, 자신의 존재적 기원으로서의 제주도-조국-에 거주하면서 그 안에서 이방인이 아닌 공동체-가족, 사회-의 한 구성원으로 인정받을 수 있는 '해녀'라는 존재는 그녀가 가장 갈구하던 자신의 형상이다. 현실 세계 안에서 억눌리고 고통받는 재일조선인이라는 비체적 존재는 '제주도의 바다'에 이르러 가장 매혹적이고 자유로운 존재로 변모한다. 이처럼 현실 세계에서 부정되고 거부되었던 재일조선인, 여성이라는 그녀의 존재성은 '상상의 아버지'를 통해 '아버지(제주도)의 바다'인 '물속'으로 회귀하면서 정화되고 새로운 정체성을 모색하게 된다.

　이처럼 「해녀」에 드러난 주인공의 병적인 심리 상태와 표출 행위들은 역사적 추체험에 기인한 희생양 의식의 강제된 내면화에서 비롯된 것이며, 다양한 비체적 이미지로 발현되는 부정적 세계와 자아의 첨예한 갈등 구조는 재일조선인 여성으로서의 그녀의 억압적 상황을 상징적으로 드러낸 장치라 할 수 있다. 이러한 주인공의 고통과 좌절의 경험은 '물속'으로의 회귀를 통해, 즉 '상상의 아버지'와 대면하고 그 목소리에 응답하는 과정을 통해 비체적 자기 존재를 극복할 힘을 얻게 된다. 작가는 죽음이라는 절박한 행위를 통해 재일조선인, 유린당한 여성이라는 비체적 자기 존재를 극복하고 정체성 모색의 순간으로 나아가는 한 지점을 완성한다.

「해녀」에서 한 가지 주목할 점은 그녀와 그녀의 일본인 의붓여동생 게이꼬가 번갈아 화자로 등장하며 전개되는 작품의 서술방식이다. 서로 교차되어 제시되는 다양한 인물들의 증언과 시선들은 한 재일조선인 여성의 복합적이고 중층 결정된 자아의 형상을 다면적으로 보여준다. 작가는 그녀의 과거를 복원하며 새로운 사실들을 드러내는 발견자로서 게이꼬를 등장시키는데, 이는 재일조선인을 바라보는 일본인들의 양가적이고 경계적인 시선을 그대로 재현하는 소설적 장치라 할 수 있다. 한편으로 작가는 게이꼬라는 제3자적 인물을 통해 그녀의 암울한 과거를 현재에 복원함과 동시에 그러한 대면의 순간들이 어떻게 게이꼬의 내면에 감정의 동요와 반성의 계기를 만들어 내는가에 주목함으로써, 그녀의 삶이 타자화된 한 개인의 고통과 좌절의 주관적 기록에 그치지 않고 하나의 객관적 실체로 존재하는 것을 가능하게 한다.

그러나 게이꼬는 재일조선인으로서 자신의 언니가 겪은 삶의 고통과 존재적 의미를 인식하지 못한 채 발견자이자 관찰자로서의 위치에만 머무르는데 이는 그녀와 게이꼬의 존재적 거리를 드러내는 것이라 할 수 있다. 게이꼬가 모리모또와 가요와의 만남을 통해서 발견한 언니의 형상은 강박적 살해공포와 피해망상에 시달리며 기이한 형태의 매춘으로 연명하다 사고로 죽은 이해할 수 없는 존재이다. 거기에는 그녀가 피해자의 입장에서 재일조선인으로, 혹은 여성으로 겪을 수밖에 없었던 고통과 좌절의 이유가 제시되지 않는다. 그저 드러난 현상과 결과만으로 그녀의 불행을 인지하고 공감할 수 있을 뿐이다. 따라서 게이꼬는 언니의 비체적 이미지와 강박적 행동을 이해하거나 받아들이기보다는 두려워한다. 자신이 건 전화벨 소리와 죽은 언니의 욕조에서 울려나오는 전화벨 소리가 오버랩되는 마지막 장면에서 게이꼬는 연결된 상대방의 전화를 엉겁결에 끊어버린다. 비체적 존재인 언니와의 대면을 무의식중에 차단함으로써 언니에 대한 연민과 배제라는 양가적 심리 상태를 표출한 것이다.

이처럼 작가는 재일조선인인 그녀의 경험적 시선과 그녀를 둘러싼 인물들의 관찰자적 시선을 교차시키면서 모호하고 어긋난 시선의 경계를 드러낸다. 이중, 삼중의 시선에 노출되면서 중층 결정된 재일조선인의 복합적이고 모순된 자기 인식은 정체성의 혼란과 긴장관계를 유발하면서 재일조선인의 삶 속에서 갈등 구조를 심화시킨다. 작가는 희생양 의식과 비체적 이미지로 재일조선인의 극단적 실존 양상을 드러내고 '상상의 아버지'를 통해 구원의 가능성을 제시하면서 한편으로는 일본사회 안에서 왜곡되고 모호하게 규정되는 재일조선인의 정체성을 교차적 서술방식을 통해 표면화시킨다.

2) 신체에 구현되는 섹슈얼리티와 이질적 감각의 조국 표상

가) 자기 해체와 결핍의 충족으로서의 섹슈얼리티

재일조선인으로서의 존재적 결핍감을 안고 살아가는 인물들, 민족적 자아와 실천적 자아의 구현을 희구하지만 세상과의 대결 속에서 좌절하고 분열되는 이양지 소설 속의 인물들은 특징적인 몇 가지 형태의 섹슈얼리티 구현 양상을 보임으로써 자아의 해체와 모순된 자의식의 편린들을 상징적인 신체 행위를 통해 표출한다. 이때의 작가적 구성물로서의 섹슈얼리티는 일상적인 신체 경험의 형상화에 그치는 것이 아니라 자아와 타자, 자아와 세계의 관계양상, 그 안에서 분열된 자의식을 상징적으로 드러내는 상관물로서 기능하며 따라서 작품 속에 구현된 섹슈얼리티의 양상은 자아의 주체 형성 과정과 밀접한 연관성을 지니며 내밀한 의미망을 주조한다. 이양지 작품에 드러나는 섹슈얼리티의 양상은 크게 두 가지 유형으로 나뉜다.

첫 번째는 자기부정 기제로서의 섹슈얼리티로, 「해녀」의 주인공 '그녀'(이하 그녀)가 자기파멸의 과정에서 선택하는 자기 처벌적, 자기 훼손적 행위로서의 섹슈얼리티이다. 그녀에게 최초로 경험된 성적 경험은 의붓오빠들에 의한 성폭력이다. 재일조선인이라는 자신의 존재성을 선험적인 결핍의 흔적으로 인식하고 관동대지진으로 상징되는 고문의 환각에 시달리던 그녀는 재혼한 어머니의 딸린 식구라는 소외적 위치마저 감수한 채, 열등감과 공포에 짓눌린 삶을 영위한다. 그런 그녀의 약자로서의 입장을 악용하여 그녀의 육체를 유린하고 모욕하는 두 의붓오빠 도시히꼬, 도시유끼의 폭력적 행위는 그녀의 인간적 존엄성을 무참히 훼손하며 그녀의 삶을 극단의 벼랑 끝으로 내모는 직접적 계기가 된다. 성폭력, 즉 강간은 사람에 대한 신체적 침해일 뿐만 아니라 심리적, 도덕적 침해를 동반하는 복합적인 폭력의 양상이다. 이때 강간범의 목적은 피해자를 공포에 떨게 하고, 지배하고 모욕하며, 완전히 무력하게 만드는 데 있으며, 따라서 강간은 그 특성상 심리적인 외상을 불러일으키려는 의도적인 계획이다.[271] 의붓여동생에 대해 반복적으로 성폭력을 행사하고 결국엔 원치 않는 임신과 낙태라는, 여성적 몸에 대한 치유할 수 없는 고통과 상처의 결과물을 배태한 가해자로서 도시히꼬, 도시유끼가 보여주는 파렴치하고 적대적인 태도는 이러한 강간범의 심리를 그대로 대변하고 있다고 할 수 있다. 범인으로 지목된 도시유끼가 자신의 행위를 반성하고 그녀에게 사죄하기는커녕 한국인과 재혼한 아버지를 원망하면서 두 모녀를 '더러운' 존재로 치부하는 장면은, 재일조선인이라는 열등의 조건과 여성이라는 약자의 위치가 중첩되어 이중적 타자화의 굴레가 조성되는 과정을 여실히 보여준다. 이처럼 재일조선인과 여성이라는 존재적 근거에 대한 침해와 훼손, 그리고 그로 인한 심리적 불안정과 도덕성의 파손은 이후 그녀의 행보를 결정짓는 불가피한 요소가 된다. 어머니가 자궁암으로 사망한 후 거액의 돈을 훔쳐 집에서 도망친 그녀는 스낵바나 술집을 전전하며 매춘 등으로 생활을 이어간다. 항상 학살의 공포에 시달리며, 그러한 학살의 추체험을 자해라는 형태로 자신의 몸에 재현하기도 하고, 자신의 유린당한 자궁과 난소를 제거하려고 산부인과를 찾아가는 등, 그녀는 자신의 비체적 존재성을 극복하지 못하고

---

271) Herman, Judith Lewis, 앞의 책, 107-108쪽.

스스로 타락하면서 파멸의 나락으로 전진한다. "그녀가 유일하게 성교를 용납한 것은 모리모또 이찌로뿐"이며 모리모또는 그녀에게 진심 어린 사랑을 주었던 사람이다. 그 외의 매춘과정을 통한 성적 행위는 모두 성교하지 않는 조건으로 이루어진다. 사랑하는 사람과의 성관계 이외의 모든 성적 행위는 성폭력으로 상처입은 자신의 육체와 심리적 외상을 환기시키는 고통의 과정과 연결되기 때문이다. 또한 더 이상 자신의 육체적 존엄성을 훼손할 수 없다는 강력한 의지의 발산이기도 하다. 단지 모리모또와의 관계만이 상처받은 자신을 치유할 수 있고 회복시킬 수 있는 가능성을 내포하지만 모리모또와의 관계 또한 그녀의 피해망상과 병리적 행동으로 인하여 결국 파국을 맞게 된다. 그 이후 그녀는 파행적인 성관계에 매몰되고, 극단적으로 육체적인 쾌락을 조장하는 성매매를 통해서 자신의 육체와 정신을 학대한다. 이는 자신의 훼손된 육체를 계속적으로 동일한 상황에 투여함으로써 스스로를 부정(不淨)하고 결핍된 존재로 재각인시키는 과정이며 동시에 재일조선인이라는 자신의 타자성, 열등성을 극단적으로 강화하는 핵심적 기제로 작용한다. 이처럼 자기부정의 기제, 훼손된 자아에 대한 자기 처벌적 도구로서의 섹슈얼리티에 포획된 그녀는 제주도로 상징되는 민족적 공간으로의 이동을 통해 구원의 가능성을 얻는데, 이는 부정당한 육체, 훼손된 육체를 정화(淨化)하는 작업이면서 동시에 열등한 타자로서의 재일조선인의 신체적 근거지(根據地), 존재적 의의를 회복하려는 작가적 의도를 반영하는 것이다.

재일조선인과 여성이라는, 이중으로 타자화된 자아를 왜곡된 섹슈얼리티의 발현을 통해 극적으로 재현함으로써 역설적인 극복의 가능성을 암시하는 상징적 형상화가 첫 번째 유형이라면, 이양지 소설에 나타난 섹슈얼리티 구현 양상의 두 번째 유형은 작중인물의 존재적 결핍감을 충족시키는 대리물로서의 섹슈얼리티의 구현이다. 이는 「나비타령」, 「각」 등의 작품에서 비중있게 다뤄지고 있으며, 여타의 작품들에서도 비슷한 유형의 관계망이 제시된다. 이때 작품에서 형상화되는 남녀관계의 형태는 몇 가지 특징을 보여주는데, 먼저 작품에서 대개 젊은 여성으로 등장하는 작중화자, 혹은 등장인물들은 대체로 자신과 월등히 나이 차이가 나는 결혼한 중년의 남성을 섹슈얼리티의 대상으로 삼는다는 것이다. 「나비타령」에서 아이꼬는 자신보다 스무 살이나 연상이며 아내와 아이가 있는 일본인 마쓰모또와 불륜의 관계를 가지며, 「오빠」의 가즈꼬도 부인과 별거중인 중년 남성 다까나까와 동거생활을 한다. 가즈꼬의 여동생인 다미꼬는 두 번의 이혼 경력이 있는 회사의 상사와 사랑에 빠지며, 「그림자 저쪽」에서 쇼오꼬는 "처자가 있고 지위도 있는 남자"와 밀회를 즐기기도 한다. 「각」에서 이러한 섹슈얼리티의 양상은 주인공의 내면적 분열 구도와 밀접한 상관성을 가지며 등장하는데, 모국유학생인 순이는 일본에서 두 명의 중년 남성과 성적인 관계를 유지한다. 의사이며 경제적 후원자인 후지다는 49세, 최교수는 51세이며, 순이는 동시에 두 남성과의 난교를 상상하며 성적 쾌락의 충족을 통해 규율화되고 선분화된 근대의 시간을 교란시킨다. 이처럼 젊은 여성과 중년의 유부남과의 애정 관계, 섹슈얼리티 재현 양상은 「나비타령」의 주인공, 아이꼬의 발언을 통해 그 배경을 유추해 볼 수 있다.

이 어머니와 나, 그 아버지와 나ㅡ.
나는 마쓰모또를 기다리고 있다. 어머니를 울려온 여인 곁의 한 사람

으로 나는 있다. 가정으로 돌아가지 말라고 아버지께 다가붙는 여인 곁
의 한 사람으로 나는 있다. 법정을 나설 때부터 목구멍에 막혀 있던 쓰
디쓴 것이 소리를 내며 깨어지기 시작했다.[272]

아버지의 불륜 현장을 포착하기 위해 카메라를 들고 아버지의 집 앞
에서 추위에 떨며 서 있었던 아이꼬의 암울한 경험은 역설적으로 자
신이 그러한 불륜적 행위의 당사자가 되어버린 현실을 배태한다. 가
족을 배반하고 가족의 불화와 붕괴의 과정을 주조한 아버지의 불륜
행위는 아버지에 대한 증오심과 더불어 훼손되고 박탈당한 아버지
의 사랑에 대한 갈구를 욕망하게 한다. 즉 그러한 아버지의 행위를 비
난하고 용서하지 못하면서도 한편으로는 아버지의 사랑을 받는 여인
의 한 사람으로서 아버지 곁에 있고 싶은 양가적 욕망을 은연중 자신
의 연애 행위를 통해 드러내는 것이다. 그러므로 마쓰모또를 비롯한
작중인물들의 섹슈얼리티 대상이 아버지와 동일한 위치와 형상을 지
닌 남성인 것은 이런 맥락에서 고찰 가능한 것이다. 자신보다 20살 이
상 연상의 남성이면서 자신을 경제적으로, 심리적으로 후원하고 보호
하는 입장에 놓인 그 남성들은, 결국 아버지에 대한 애정 결핍의 욕구
가 투사된 '아버지의 대리물'인 것이다. 상대 남성들이 대체로 일본 남
성으로 상정되는 것 또한 아버지의 '일본적인' 속성을 반영하는 하나
의 상징적 표식이다. 아이꼬가 "니혼(日本) 남자를 범하고 싶다"[273]는
생각으로 마쓰모또와 불륜의 관계를 시작한 내막에는 '일본적인 것'
의 구현체인 아버지에 대한 적대감과 그것을 침해하고 싶은 욕망이

---

272) 이양지, 「나비타령」, 51쪽.
273) 이양지, 「나비타령」, 42쪽.

내재해 있다고 볼 수 있다. 아버지에 대한 애증의 양가적 감정이 중년 남성에게 투영되어 섹슈얼리티의 대상으로 상정되는 한편, 가정을 가진 남성과의 불륜 관계가 주요 사건의 하나로 설정되는바 이는 기존의 가족 관계를 위협하고 불안에 휩싸이게 하는 행위로서, 작중 인물들은 '가족'이라는 허구적 공동체에 대한 불신과 상실감을 '가족'에 대한 해체적 행위를 통해 배출하고자 하는 것이다. '법정이라는 해부실에 가족 전원이 발가벗고 누워 마취도 하지 않고 배를 째고 내장을 도려내는, 상상도 못할 심한 아픔에 허둥대면서도 상대편을 감시하고 증오심을 더해 가는' 가족의 모습은 작중인물들에게 혈연으로, 법적으로 맺어진 가족 관계가 서로에게 더욱 무자비한 고통과 좌절감을 안겨줄 수도 있다는 뼈저린 각성을 체험하게 한다. 그리고 작중인물들로 하여금 가족의 허위성을 환기시키며 가족애라는 강요된 의무감의 부당성을 고발하도록 종용한다. 이처럼 아버지에 대한 애증의 양가적 감정이 표출되는 지점으로서, 그리고 '가족'이라는 불신의 공동체에 대한 거부 행위로서 작품 속의 젊은 여성들은 가정을 가진 중년 남성을 자신의 섹슈얼리티 대상으로 삼으며, 그러한 무의식적 욕망을 그 남성들을 향해 투사함으로써 자신의 존재적 결핍감을 충족시키고자 한다.

아버지와 가족이라는 개인사적 욕망의 투영으로서의 섹슈얼리티의 구현과 더불어 이들 중년 남성들은 재일조선인이라는 작중 인물의 역사적 존재성에 대한 인식 과정을 주조하는 길항적 대상으로도 기능함으로써 작품 안의 섹슈얼리티의 양상은 좀더 복합적인 존재 규명 및 욕망 충족의 과정으로 확장된다.

먼저 「나비타령」에서 마쓰모또는 아버지의 대리물에서 한 걸음 더 나아가 재일조선인과 여성이라는 아이꼬 자신의 존재 규명에 대한 대항작용의 한 축으로 상정된다. 상대가 '일본인'이라는 자의식을 가지고 마쓰모또와의 관계를 시작했던 아이꼬는 "내 몸이 마쓰모또에 의해 다시 조립되고, 창조된 인형이라고 느꼈을 달콤한 순간"[274] 앞에서 이러한 의식적 각성이 무화되며 마쓰모또에게 육체적, 정신적으로 깊이 의지하는 자신을 발견하게 된다. 또 한편으로는 마쓰모또에게 '애자'라는 본명을 호명해줄 것을 요구하면서 재일조선인으로서의 자신의 존재를 환기하고자 하는 욕망을 투사한다. 모국유학 이후에도 의식적으로는 마쓰모또의 존재를 거부하면서도 내면적으로는 그에게 종속되고 싶은 욕구를 느끼며 그 경계의 지점에서 갈등하는 아이꼬(애자)의 모습은 마쓰모또라는 인물과의 관계를 통해 작중 인물의 의식의 혼란 과정을 상징적으로 보여준다.

'일본'에도 '우리나라'에도 겁내는 나는, 그렇다고 해서 마쓰모또의 여자로 돌아가는 것도 망설인다. 그것은 여자라는 사실의 상쾌한 기분에 대한 두려움이라고 해도 좋다.

재일동포라는 쑥스러운 자존심을 느끼면서도 한편으로는 적당한 흉내를 몸서리칠 만큼 혐오하고 있는 자신에게 마쓰모또의 여자로 종속하는 것을 기뻐하면서 그 기쁨을 허망하게 보고 마는 자신을 겹으로 맞추어 본다.[275]

모국유학을 통해서 민족적 정서를 체화하고 확실한 민족의식을 구

---

274) 이양지, 「나비타령」, 52쪽.
275) 이양지, 「나비타령」, 69쪽.

현할 수 있으리라고 믿었던 아이꼬의 기대는 한국에서의 생활적 이질
감, 일본인적인 발음으로 인한 심리적 위축감과 기묘한 자존심이 공
존하는 모순적 상황 속에서 교란되고 좌절을 겪게 된다. 일본적인 자
아와 민족적인 자아, 독립적 정체성을 형성해가는 여성과 한 남성의
소유물로서의 여성이라는 이중적 자기 인식의 과정은 마쓰모또의 존
재로 말미암아 내면적 갈등과 혼란을 겪으면서 더욱 첨예한 자기 대
면의 과정을 촉발한다. 결국 이러한 갈등과 고뇌의 과정은 살풀이를
통해 자신과 오빠들의 '한'을 풀어내는 과정을 거치면서 해소되는데,
이 해소의 지점에서 아이꼬는 마쓰모또에게 '이별의 편지'를 쓴다. 이
는 '사랑가'를 부르는 자신에게 바보라며 비웃는 조국의 낯선 사람들
이 "도무지 신경쓰이지 않"으며 "일본말의 '바까'라는 울림보다 '바보'
라는 우리말이 훨씬 따뜻하다"고 느끼는 아이꼬의 각성 과정과 궤를
같이 하는 것이다. 즉 일본과 한국, 주체적 여성과 종속적 여성의 경계
지점에서 방황하던 자아가 민족적 각성의 단계로 나아가며 조국에 대
한 친근감을 형성하는 지점에서, 자신을 지탱하던 마쓰모또의 존재는
유효성을 상실하고 아이꼬는 새로운 자기 존재성을 구축하게 되는 것
이다.

「나비타령」에서 재일조선인과 여성이라는 중층적 존재의 규명을
촉발했던 마쓰모또의 존재는 「각」에서는 후지다와 최교수로 분산되
어 제시된다. 후지다는 '나', 순이에게 경제적 후원을 하면서 육체적으
로 깊은 관계를 유지하는 인물이다. 최교수 또한 순이와 육체적 관계
를 지속하지만 순이는 최교수에 자신의 이름을 끊임없이 호명하도
록 종용함으로써 자신의 민족적 존재 의미를 계속적으로 환기하고 강
화한다.

저는 선생님을 생각하고 있어요. 사랑하고 있어요. (중략) 선생님, 저 오늘은 부탁드릴 게 있어서 편지하는 겁니다. 순이의 소원을 들어주세요. 멋진 가야금을 발견한 거예요. 모양도 좋고 음색도 훌륭합니다. 그 것이 다른 사람의 손으로 넘어간다고 생각하면 가슴이 쓰립니다. 선생님, 꼭이에요. 은행구좌에 돈을 불입해 주세요.[276)

"순이"

귓전에 속삭이는 최교수의 목소리가 들린다. (중략) 그 냄새를 맡고, 순이라고 부르는 음성을 듣는 것만으로도 나의 육체는 바들바들 떨리기 시작한다. (중략)

"순이, 하고 불러줘요."

이렇게 말하면서 입술을 복부로 옮겨간다.

"더 자꾸 불러주세요."[277)

"순이"

그 목소리에 나의 몸은 움찔하고 경련한다. (중략) 순이, 하고 부르는 단 한마디의 짧막한 단어가 후지다의 입에서 나올 때와 최교수에게서 나올 때와는 그 울림이나 억양이 미묘하게도 다르다.[278)

후지다, 최교수…… 두 남자의 옆얼굴이 몇 번이나 겹치고 엇갈리면서 눈 앞을 스쳐갔다. 순이야, 하고 나를 부르는 소리가 목덜미를 간지럽힌다. 아랫배에 얼굴을 파묻은 후지다의 머리를 두 다리로 감싸쥐인

---

276) 이양지, 「각」, 260-261쪽.

277) 이양지, 「각」, 271쪽.

278) 이양지, 「각」, 341쪽.

다. 나는 두 개의 성기를 쥐고 있다. 움켜쥐고, 그리고 혀끝으로 애무를 계속했다.[279]

'나'는 자신을 경제적으로 후원하고 있는 후지다에게 신체적 애무를 요구하는 것과 달리 최교수에게는 '순이'라는 자신의 이름을 불러줄 것을 요구한다. 즉 최교수에게 계속적으로 호명당하며 한국인으로서의 자기 존재를 환기시키고 싶은 욕망과 후지다의 후원을 통해 일상적 생활의 근거를 유지하려는 욕구가 이 두 남성과의 이중적 관계를 통해서 발현되고 있다고 볼 수 있다. 후지다와의 육체적 내연관계, 성적 쾌락의 향유는 자신의 실제적, 현실적 생활의 필요에서 말미암은 것으로 위선적이고 도구적인 친밀성과 애정 행위를 요구한다. 이와는 달리 최교수와의 육체적 관계는 '순이'라는 재일조선인적 존재를 의미화하고자 하는 욕망에 근거한 것으로 순이는 최교수를 통해서 모국에서 위축되고 왜곡되어 가는 자신의 역사적 존재성을 재확인하고자 한다. 순이의 모국체험은 최교수의 정신적인 지지와 후지다의 경제적인 지원으로 성립가능한 것으로 순이는 이 두 남성 사이에서 교묘한 양립을 지속하는데, 이는 일본과 한국이라는 두 국가에 대한 순이의 양가적 심리 상태와 조율된 정서적 거리를 반영한다고 볼 수 있다. 즉 '나'의 '파트론(パトロン)'인 후지다와 최교수와의 관계는 순이가 처한 경계적 상황을 상징적으로 보여주면서 그 관계의 모순성, 자기분열적인 길항 관계의 이율배반성을 암묵적으로 보여주는 일종의 알레고리화된 섹슈얼리티의 양상으로 해석할 수 있다. 두 남성과의 관계를 환

279) 이양지, 「각」, 370-371쪽.

기하고 그에 속박당하면서 자기분열의 과정을 가속화하는 작품 속 섹슈얼리티 양상은 생식이 거세된 불모의 성관계를 중심으로 성립된다는 점에서 그 모순성이 강화된다. 생식과 연결되지 않는 성적 쾌락의 도구로서의 섹슈얼리티는 그 자체의 열락을 향유하려는 성적 욕망의 발현으로 볼 수도 있지만 한편으로는 생식을 거부함으로써 개별적 존재성을 재생하고 유지하려는 욕망을 폐기하고, 자기 존재를 의식적으로 거부하고자 하는 행위로 볼 수도 있다. 이는 앞서 살펴본 '가족'에 대한 불신과 부정적 인식에 기인한 결과이기도 하다. 이처럼 불모의 성관계를 중심으로 한 섹슈얼리티의 발현 양상은 순이의 생리일에 육체적 관계를 맺는다거나, 파이프 컷(パイプ・カット, 정관수술)한 두 남성과 성관계를 맺는 등의 구체적인 현상의 제시를 통해 계속적으로 강조된다. 불모적 성관계, 생식이 거세된 성관계의 묘사는 이양지의 작품 전반을 관통하는 불구적 성의식의 연장선상에 놓인 것으로 여성적 자아의 부정과 분열된 내면의식을 암시하는 상징적 기제로 작동한다. 이는 또한 재일조선인의 존재적 불균형과 불안 의식, 그리고 부정적 자기 인식을 드러내는 효과적 장치라고 할 수 있다.

나) 이질적 감각에 노출된 근대 조국의 신체 경험

이양지 문학이 지닌 가치 중의 하나는 재일조선인이 일본과 한국에서 겪는 이중적 소외의 현실을 세밀하게 그려내면서 동시에 그 경계의 갈등 지점을 정직하게 드러냈다는 점이다. 재일조선인으로서 식민의 흔적이 남아있는 일본에서 자기 존재를 긍정적으로 확립해 나간다는 것, 또한 '반쪽발이'를 바라보는 이질적 시선에 노출될 수밖에 없는 한국에서 실존적 자아 정체성을 모색해 나간다는 것은 부단한 자기 성찰과 냉철한 현실 판단이 전제되어야 하는 고투의 과정일 것이다. 그 고투의 내밀한 결과물들을 이양지는 자신의 문학작품 속에 등장하는 모국유학생들을 통해서 구현하고 있는데, 주목할 것은 이때 재일조선인들이 한국 사회에서 겪는 이질적 체험, 소외의 과정이 일방적으로 이루어지는 피해자의 경험이 아니라는 점이다. 즉 이들은 한국 사회라는 외부적 시선에 수동적으로 반응하는 것이 아니라 끊임없이 그러한 시선을 능동적인 응시의 행위로 되돌려주고 스스로 자신의 시선을 주조하면서 조국과의 긴장관계를 조성한다. 그러나 그러한 대응적 시선은 일본 사회 안에서 왜곡되고 억압된 재일조선인의 존재성을 복원하기 위해 '조선적인 것'의 극단적인 발현을 생성해낸 것과 같이 한국 사회 안에서는 '일본적인 것'의 습관과 문화를 무의식적으로 표출함으로써, 결국 일본과 한국, 양 국가의 경계에서 '반쪽발이'라는 자신의 정체성을 재확인하는 아이러니한 상황을 연출한다. 이양지는 이러한 한국에 대한 문화적 이질감, 환멸과 거부의 양상을 한국과 한국인에 대한 신체적 거부감을 통해 직접적으로 드러내고 있는데, 이는 가야금과 판소리, 살풀이 등을 통해 한국적인 정서와 문화를 자신의 긍정적 신체 경험으로 내면화한 것과 대조적으로 한국에 대한 부정적 인식과 경험을 또다른 형태로 신체화함으로써, 한국을 신체화하는 양가적 시선을 보여준다.

먼저 이들 재일조선인 유학생들은 한국인의 검열적 시선에 노출된다.

"미숙이, 난 그럼 재일동포? 아니면 일본 사람?"

"......"

"미숙이, 말해 봐, 괜찮아."

"언니 방에는 냄새가 나요."

"뭐, 어떤?"

"뭐라고 할까, 화장품 냄새, 향수 같은."

"......"

내가 입을 다물어버리자 미숙이는 부드럽게 위로하듯 말했다.

"언니는 우리나라에서 이제부터 쭈욱 공부할 작정이죠?"

"......그럴 작정이야."

"언니, 우리나라에 있으면 언젠가는 꼭 우리나라 사람이 될 수 있어
요."

"......우리나라 사람이 될 수 있어?"[280]

"아아, 그 원피스 멋지네." 자리에서 돌아앉은 여자가 이렇게 말하며
나에게로 다가온다.

"일제겠죠?" "네" 가야금 학원에서나 무용 강습소에서나 내 이름에
는 일본식으로 〈씨〉(일어로는 さん)자가 붙어다닌다. 그리고 누구나가
일본에서 가지고 온 내 옷들을 칭찬하고 악세사리를 부러워한다.[281]

―일본에서는 동포들이 여러 가지로 차별을 받고 있는 모양이더군.
돌아가신 주인 양반도 화를 내고 있었고, 신문이나 TV에서도 종종 볼
수 있거든.

―그런가 봐요.

---

280) 이양지, 「나비타령」, 69-70쪽.
281) 이양지, 「각」, 336쪽.

―학생도 알고 있겠지.

―네. 전에는 그런 것을 알고 저도 놀랐지만요, 하지만, 나는 직접 차별을 받거나 놀림을 받거나 한 일이 없어요.

―하지만 일본 사람은 역시 용서할 수 없고 싫어. 과거의 일이 있으니까. 이 감정만큼은 어쩔 도리가 없다구.

숙모의 말에 유희는 꿈틀하고 눈썹을 씰룩이더니 시선을 떨구었다. (중략)

―제가 살던 곳은 온통 일본 사람들뿐이었어요. 부모가 모두 한국인이지만 동포들과의 만남은 거의 없었어요. 대학까지는 쭉 일본학교에 다니고 있었고, 일본인 친구밖에 없었고요. 어느 시점까진 제가 한국 사람이라는 걸 감추고 있었으니까, 감추려 해왔던 불안감 같은 것까지도 차별이라 한다면 그럴 수도 있겠지만요. 그래도 저 자신은 여기서 말하는 그런 심한 차별을 직접 받고 지낸 건 아니에요.[282]

한국인들에게 재일조선인은 '화장품, 향수', 일제 '원피스' 등으로 상징되는 세련된 외모의 소유자, 경제적, 문화적 선진국인 일본 사회의 혜택을 받은 유사 일본인으로 취급된다. 동시에 구식민 종주국에서 억압과 차별을 받는 불쌍한 동포로 여겨지기도 한다. 해방 이후 한국 사회의 재일조선인상은 '냉전=분단'이라는 조건 속에서 한국의 '국가 만들기' 과정과 함께 생성 발전되어 왔다.[283] 즉 민족, 냉전(반공), 개발주의라는 한국사회 구축의 주요 기제는 재일조선인에 대해 '반쪽발이', '빨갱이', '부자(졸부)'라는 고정된 이미지를 확대재생산해내는

282) 이양지, 「유희」, 32-33쪽.
283) 권혁태, 「'재일조선인'과 한국사회-한국사회는 재일조선인을 어떻게 '표상'해왔는가」, 『역사비평』, 2007. 봄, 260쪽.

필터로 작용해왔으며,[284] 일본, 북한과의 복합적이고 적대적인 관계를 노골적으로 반영하면서 편견이 내재된 타자화의 시선을 통해 재일조선인에 대한 자의적 판단을 감행해 왔다. 위의 예문에서처럼 작중인물들은 한국인들에게 '부자'의 이미지, 세련되지만 왠지 이질적이고 접근하기 까다로운 인상을 풍기는 인물들로 그려진다. 이는 재일조선인을 일본인과 유사한 존재로 규정하면서 그들을 타자화시키는 방법이며, 그들의 신체적, 문화적 차이를 표면화함으로써 한국인과 구별되는 이방인으로서의 재일조선인의 위치를 재확인하는 작업이다. 이러한 타자화, 변별화의 기제는 한국인의 민족관을 반영한 이중적 형태로 작동함으로써 재일조선인 유학생들을 더욱 혼란스럽고 위축되게 만든다. 「각」이나 「유희」에서 보이듯이 유독 한국인들은 '모국어를 하지 못하는 재일조선인에 대한 우려'를 표방하며, 그러한 '모국어와 모국문화에 대한 무지'를 민족성 유무의 잣대로 사용한다.[285] 또한 그들의 '사상'에 대해 검증하고자 하거나[286] 오직 '일본'이라는 국가로부터의 차별이라는 코드를 통해서만 재일조선인을 해석하려고 한다.[287] 이

---

284) 위의 글, 244-245쪽 참조.

285) 「유희」에서 '나'는 숙모에게 유희의 한국말에 대해서 불평을 늘어놓는다. "유희의 한국말, 이 집에 와서 조금도 늘지 않았어요. 발음도 여전히 엉망이고 국문과 학생이라고는 생각할 수 없을 정도로 문법도 잘못투성이였어요. (중략) 유희는 말이죠, 한국 소설 따윈 전혀 읽지도 않고 일본 소설만 읽었으니까요. 난 알고 있어요." 이러한 '나'의 불평에 숙모는 "일본에서 나서 자랐으니까 어쩔 수 없어. 그리고 유희밖에는 알지 못할 사정도 있을 거구. 넌 숙부 같은 민족주의자구나."라고 응대한다. 재일조선인이라는 이유로 무조건 한국말 학습에 힘써야 한다는 '나'의 당위론에 숙모는 유희의 존재적 한계를 지적하며 '민족'이라는 잣대로 유희를 판단하는 '나'의 일방적 논리를 비판하고 있다.(이양지, 「유희」, 67쪽 참조)

286) 「유희」에서 숙모는 일본에서 보내진 유희의 책을 보고 "사상 관계의 책은 아니지?"라고 묻는다.(이양지, 「유희」, 42쪽 참조)

287) 권혁태, 앞의 글, 264-265쪽 참조. 권혁태는 작가가 「유희」에서 한국 유학 중인

처럼 재일조선인을 일본의 경제적 혜택과 문화적 자장 안에 놓인 유사 일본인으로 취급하며 타자화함과 동시에 언어의 습득과 생활문화의 적응을 통해 한국인으로서의 '자격'을 갖출 것을 요구하는 자기동일화의 강제는 재일조선인이 한국 사회에서 맞닥뜨려야 할 실제적 어려움, 정체성의 혼란, 민족적 자질의 결핍으로 인한 열등감 등을 주조하면서 그들을 교란하는 현실적 장벽으로 존재한다. 이러한 한국 사회의 요구사항은 재일조선인 스스로 내면화한 민족적 '명분'과 '의무감'으로 인하여 더욱 복잡한 형태로 갈등구조를 생성한다. 작가는 이러한 현실과 실체의 모순적 관계를 다음과 같이 언급한다.

　　재일동포의 경우, 한일간의 불행한 역사와 깊은 관계가 있는 존재이기 때문에 (중략) 하루빨리 모국에 순응해야만 한다는 명분이 재일동포의 경우 특히 심각해질 수밖에 없고, 또한 사실 그러한 명분 이상의 것을 한국 사회에서 요구받기도 하는 존재가 재일동포이기 때문입니다. 그래서 내면적으로도 외면적으로도 명분만 선행하고 현실과 이상의 격리는 더욱더 심각해질 수밖에 없는 상승작용을 스스로가 받아들이게 되며 거기에 대한 해결도 스스로가 해야 하기 때문에 실존적인 문제를 당연히 지니게 되는 것입니다.[288]

'관념'적인 민족의식의 고양과 민족적 정체성을 구현하고자 하는

재일조선인 유학생의 신경질적이고 신경쇠약증적인 모습에 전혀 교감이 없는 하숙집 식구들이 당혹해하면서도 일정한 이해를 표시하는 것으로 그려내는 것은, 재일조선인과 한국인의 상호교감에 대한 작자의 기대라기보다는 유학생의 갈등(아이덴티티)의 원인이 일본사회의 혹독한 차별에 있기 때문이라는 이들 가족(한국사회)의 시점을 말하고 싶었기 때문이라고 언급한다.
288) 이양지, 「나에게 있어서의 母國과 日本」, 245-246쪽.

'명분'으로 모국유학을 결심한 재일조선인 유학생들에게 그러한 이상
적 명분과 모국에서의 현실적 생활상을 조화시킬 시간적, 정신적 적
응기간이, 외부적인 검열의 시선과 이질적인 생활문화에 대한 거부와
두려움 등에 의해 격절되고 어긋남으로써 이들은 실존적인 분열의 상
태에 직면하게 된다. 몸에 대한 경험은 누가 나를 바라보는가 하는 문
제, 몸이 속해 있는 생활세계의 상황과 떼어놓고서 생각할 수 없다.[289]
즉 한국 사회가 자신의 몸을 타자화하는 시선에 노출되는 과정, 그리
고 자신이 속해 있던 일본 사회와 문화적으로 이질적인 한국 사회에
서 신체적으로, 생활적으로 적응해가는 과정은 이중적인 자아분열의
양상을 배태한다. 일본과 한국이라는 두 나라 간의 반목 상태, 경제적,
문화적 격차가 이들의 생활과 의식을 교란하고 굴절시키며 이러한 갈
등과 길항의 대척 양상은 이양지의 작품 안에서 다양한 신체 경험, 한
국인과의 접촉 경험을 통해 구체적으로 언급된다.

어디를 걸어도 남의 어깨에 부딪치고 열기와 땀으로 도로가 굽어 보
인다. 콧구멍에 배기가스와 흙먼지가 달라붙어 나는 마실 만한 공기를
찾으면서 걸었다. 엔진을 울리며 시내버스 떼가 달려간다. 연발총 같은
뉴스방송, 가게 앞에서 들려오는 조용필의 목쉰 노래, 땀이 사타구니
사이에 흐른다. 열 집에 한 집은 무슨 약국, 신약의 산더미, 입구에 붙어
있는 무좀의 컬러 사진 앞에 멈칫 섰다. 나는 숨이 막혀 양손으로 가슴
을 누른다. 교성을 지르며 지나가는 여인들, 성형을 한 쌍커풀 눈, 하이
힐, 소맷부리의 더러움.[290]

289) 김종갑, 『타자로서의 몸, 몸의 공동체』, 건국대학교출판부, 2006, 91쪽.
290) 이양지, 「나비타령」, 72쪽.

버스는 차 안의 라디오가 시끄러워서 질색이에요, 라고 말해 볼 수도 없었다. 가요곡이나 뉴스 방송의 큰 음향을, 승객이나 운전기사는 어떻게 예사로 넘기고 있는 것일까. 사람들의 훈김이나 체취로 숨이 막힐 것 같아서 그래요, 라고도 말할 수 없었다. 차장을 보는 것도 괴로워요, 라고 말할 수도 없다. 차에 탈 때나 내릴 때 부산을 떨어야 하는 일에도 나는 아직 익숙해져 있질 못하다. 꾸물거리기만 하는 자신의 동작이 안타까왔다. 빨리, 빨리요, 하고 차장에게 등을 밀릴라치면 심장이 뻐근해질 때가 있다. 차장은 나를 쏘아본다. 내가 입은 양복을 노려본다. 좋은 옷을 걸치고 동작이 둔한 내가 지금 차장 아이의 눈에는 어떤 여자로 비치고 있을까, 이런 생각을 해보게 되는 것도 스스로 못마땅했다.[291]

—조용한 동네이고, 저 바위산을 매일 볼 수 있겠구나 생각하니 썩 마음에 들었어요. 동네가 조용할 뿐만 아니라 조용히 살아가고 있는 사람들을 간신히 만난 것 같아서 그 점도 좋아요.
(중략) '조용한'이라는 형용사의 발음은 정확했다. 그뿐 아니라, 그 소리에 유희의 독특한 심정이 깃들여 있음을 감지할 수 있었다.[292]

재일조선인 모국유학생의 눈에 비친 서울의 거리와 사람들의 일상적 생활 풍경은 더럽고, 소란스러우며, 과격한 형태로 형상화된다. 매연과 분주한 사람들의 열기와 땀으로 가득한 숨 막히는 거리, 무차별적으로 들려오는 라디오의 소음과 사람들의 고함소리 등 작중인물들이 느끼는 모국의 생활적 감각, 실감으로서의 신체적 체험은 낯설고

---

291) 이양지, 「각」, 284쪽.
292) 이양지, 「유희」, 40쪽.

이질적인 문화적 충격으로 다가온다. "부자인데다 어느 나라보다도 청결하기로 유명한 일본에서 왔으니 보는 일 듣는 일 모두에 깜짝 놀라서 쇼크를 받"[293]을 수밖에 없는 이들은 끊임없이 손을 씻거나 옷을 갈아입는 등, 혐오스러운 조국의 신체 경험으로부터 벗어나고자 애쓴다. '손 씻을 장소가 많지 않으며, 수돗물을 그냥 마실 수도 없는' 서울에서 작중인물들의 청결에 대한 욕구, 강박적 손씻기 등은 이러한 조국의 환멸적 풍경으로부터 자신을 구제하고자 하는 의식적 행위이다. 자주 작품의 배경으로 처리되는 무더운 여름의 날씨는 이러한 작중인물의 고통스러운 경험을 증폭시키는 의도적 장치라 할 수 있다. "하루 중에서 이를 닦거나 손을 씻거나 할 때에만 〈살아 있다〉는 행복감을 소박하게 맛볼 수 있는 것 같다"[294]는 주인공들의 독백은 언어적 문제, 문화적 단절감 등 모국과의 심리적, 생활적 갈등으로 말미암아 애초의 의도와는 달리 미끄러지고 소외되는 조국과의 합일 의지, 당위적 각성의 과정을 신체적 감각을 통해 암묵적으로 표출하고 있는 것이다. 이러한 이질적인 생활 경험으로서의 신체 감각은 단순한 신체적 환멸과 혐오감을 넘어 한국인에 대한 고정된 편견과 차별적 시선을 주조함으로써 재일조선인 유학생들과 한국 사회의 심리적 격절감이 심화, 굴절되면서 하나의 대결구도로까지 전개되는 양상을 보여준다.

창가로 몰려간 남학생들 쪽에서 담배 연기가 피어오르기 시작한다. 원군(原君), 원군, 하고 지껄이는 소리가 귀에 거슬린다. 재일동포 학생의 일부에서는 은어처럼 본국의 한국인을 〈원주민〉이니 〈원군〉이니 하

---

293) 이양지, 「유희」, 68쪽.
294) 이양지, 「각」, 289쪽.

고 부르고 있는 것이다.[295]

"깔깔 웃고 있는가 하면 별안간 악을 쓰기 시작하고……. 성가셔서 견딜 수가 없어. 아침부터 대뜸 돈 이야기, 노상 돈, 돈, 골치가 아플 지경이에요." (중략) "오늘만 해도 아침에 집을 나설 때 또 무슨 얘기를 꺼내는가 했더니, 혜자 아가씨, 여름 방학에 일본에 돌아가거든 전자밥통 사다 줘. 이러잖아요." "이것저것 부탁을 받게 되는 모양이죠?" "정나미가 떨어질 만큼."[296]

"냈잖아." "안 받았어요!" "아까 줬잖아."
둘 사이에 욕설이 오가고 시비는 쉽사리 끝날 것 같지 않다. (중략) 그러다가 여인은 굉장한 힘으로 안내양을 밀어붙였다. 보도에 엉덩방아를 찧은 안내양은 여인을 노려보며 덤벼든다. (중략)
"야만스러워" 춘자가 뇌까렸다.[297]

이 나라 학생은 식당 바닥에도 침을 뱉고, 쓰레기를 쓰레기통에 버리려 하지 않는다고 유희는 말했다. 화장실에 들어가도 손을 씻지 않는다. 교과서를 빌려주면 볼펜으로 메모를 끄적인 채 아무렇지도 않게 돌려준다. 이 나라 사람은 외국인임을 알면 비싼 값으로 팔려 한다. 택시에 합승을 해도 인사 한번 없다. 발을 밟고 부딪쳐도 아무 말도 없다. 금방 호통을 친다. 양보할 줄 모른다…….[298]

295) 이양지, 「각」, 296쪽.
296) 이양지, 「각」, 299쪽.
297) 이양지, 「각」, 359쪽.
298) 이양지, 「유희」, 54쪽.

이제 모국을 바라보는 작중인물의 시선은 부적응과 이질감에 의한 혼란을 넘어서 한국 사회를 외면하고 가치판단하며 적극적으로 비판하는 타자화된 시선의 단계로 넘어간다. 한국인이 재일조선인을 민족, 사상, 개발주의적 입장에서 재단한 것처럼 재일조선인 유학생들은 한국을 경제적으로 낙후한 나라, 야만적이고 비위생적이며 수치를 모르는 무식한 국민들로 치부한다. 소매치기와 식모살이하는 어린 소녀, 불구의 걸인, 십대의 소녀 차장 등은 가난하고 불평등한 한국 사회의 구조를 드러내는 즉물적 기표로 기능하며, '돈전쟁', 일제 물품 선호 등으로 대표되는 물질만능, 물신주의에 대한 경도는 직설적이고 노골적으로 표출된다. 이처럼 한국 사회와 재일조선인 사이에 은연중 조장된 상호 배척과 경멸의 감정은 한국과 일본이라는 두 국가 간의 해묵은 적대감에서 유발된 것이다. 이때 재일조선인은 일본에서도 소외되고 한국에서도 적대시되는 예외적 국민, 중간자적 입장에 속박될 수밖에 없으면서도 이러한 심리적 대척 관계, 소외의 관계를 타파하기 위해 자신의 '일본적인 것'을 표출함으로써 스스로의 경계적 존재성을 왜곡된 형태로 강화한다. 재일조선인 유학생들이 이러한 '타자의 몸', '타자의 신체 경험'에 대한 차별과 편견의 시선을 노골적으로 보여주는 방식은 일종의 인종주의적 관점에 기반한 것이라 할 수 있는데, 한국 사회를 바라보는 작중인물들의 시선은 일본의 인종주의적 시각을 재생산하는 과정과 연동한다. 불결하고 신뢰할 수 없는 조국의 신체 경험, 실제적 생활 문화의 거부는 일본 사회가 재일조선인을 내부의 '열등한 타자'로서 투사해 온 방식, 즉 '불결하고 병을 옮기는 하층민의 몸은 '사회적 몸'의 건강을 해치는 존재로서 위생학적 관리와 통제의 대상으로 구획되어야 한다'[299]는 인종주의적 시각을 역으로 한국 사회에 적용, 투사한 결과이다. 한국인을 '원주민'이라고 격하시켜 표현하거나 일본의 음식문화와 한국의 음식문화를 대비해 문화적 선호도를 표시하면서 자신의 중간자적 입장을 일본적 자만심과 우월감으로 만회하고자 하는 태도, 그리고 일본에서 가져온 티백 상자, 포커레몬(일본에서 판매되는 레몬즙-역주), 컵 누들, 인스턴트 커피 등을 하숙방에 쌓아놓고 치약조차도 한국제는 쓰지 않으며 모든 물건을 일본에서 조달하는 재일조선인 유학생의 예화 등은 왜곡된 형태로 자기 안에 각인된 인종주의적 시각을 타인을 향해 무의식적으로 재생하는 하나의 표본이라 할 수 있다.

이처럼 한국 사회에서의 이질적이고 왜곡된 신체 경험을 극복하는 하나의 모순된 방식으로 자기 안의 일본적인 시각, 내면화된 일본인 의식을 표출하고 강화함으로써 한국 사회에 대한 반목과 환멸 의식을 재생하는 과정은 작품 속의 재일조선인들을 더욱 교란시키는 고뇌의 기제로 작용한다. 일본어와 한국어의 교착 과정에서 생성되는 한국어에 대한 정서적, 신체적 거부감, 문화적 격차와 단절감에서 주조되는 이질적 감각의 생경함, 그리고 한국 사회의 국가발전 논리에 포획된, 재일조선인에 대한 한국인의 고정관념과 편견적 잣대는 그들의 모국 체험이 민족적 각성과 정체성 구현이라는 본래의 의미를 상실하고 왜곡된 형태로 퇴색되어 가는 좌절의 과정을 촉발한다. 이러한 작중인물들의 한국 사회에 대한 불만과 환멸 의식은 곧 조국(한국)의 구체

---

299) 염운옥, 「인종주의로 바라본 타자의 몸」, 몸문화연구소 편, 『일상속의 몸』, 쿠북, 2009, 149쪽 참조.

적인 현실에 대해 제대로 생각해보지 못한 디아스포라가 지닐 수밖에 없었던 관념적 낭만과 환상에서 연유하는 것으로[300] 그러한 조국에 대한 환상이 신체적, 문화적 경험을 통해 직접적으로 체현되는 순간, 현실적 기반이 부재한 관념적 민족의식, 민족적 각성의 희구는 내부적 균열을 맞이하게 된다.

다. 모국 체험 서사의 아이러니

1) 근대적 시 · 공간 경험의 해체와 탈주 욕망[301]

이양지 작품의 주요 모티프인 모국체험 서사는 다층적 해석과 복합적 의미망의 산출을 가능케 한다는 점에서 흥미롭다. 한 개인이 국가라는 근대적 공간과 맞닥뜨리며 겪게 되는 언어, 문화, 심리, 신체적 충격과 갈등을 예민한 감수성으로 포착하고 있는 이양지의 작품은 관념적이고 추상적인 조국지향의식이 어떻게 한 개인의 구체적인 일상과 내면세계, 신체 감각과 마찰을 일으키고 굴절되면서 새로운 형태로 변용될 수 있는가를 보여준다.

"일본말의 '바까'라는 울림보다 '바보'라는 우리말이 훨씬 따뜻하다"[302]고 느꼈던 이양지 작품 속의 주인공들은 "맵고, 쓰고, 들뜨고, 들

---

300) 권성우, 「재일 디아스포라 여성소설에 나타난 우울증의 양상-고(故) 이양지의 작품을 중심으로-」, 『한민족문화연구』30, 2009, 114쪽.
301) 이 장은 졸고, 「근대적 시 · 공간 경험의 해체와 탈주 욕망-이양지 「각(刻)」을 중심으로-」(『국제어문』48, 2010. 4, 183-208쪽) 를 수정, 보완한 것이다.
302) 이양지, 「나비타령」, 79쪽.

기만 해도 숨막"[303]히는 최루탄 같은 한국어, 한국 사회를 피해 결국
일본으로 돌아간다. 당위적으로 한국과 한국어를 자신의 삶 속에 이
식하려고 했던 작품 속 인물들은 몸 안에서 "시각을 쪼으며" 자신의
존재를 위협하는 불안의식과 강박관념에 사로잡히고 끝내 조국과의
접붙이기에 실패한다. 하지만 조국지향의 내면화 과정의 '실패'가 역
설적으로 획일적 국가 이념에 의해 통제되고 규율화된 조국, 상상의
자민족 공동체로부터의 '탈주'라는, 또 하나의 새로운 관점을 제시할
수 있다는 측면에서 이 '실패'는 이양지 문학의 경계성, 탈구축성을 생
성하는 하나의 분기점으로 파악될 수도 있다. 동일성 공동체인 일본
사회 안에서 타자화된 이방인으로 원초적 피해의식과 죽음 강박에 시
달리던 인물들은 자신의 아이덴티티를 발견하고 새로운 존재 의미를
획득하기 위해 낯선 조국으로 탈출한다. 하지만 한국 사회 또한 억압
적 규율 체계와 공고한 단일 민족의식에 기반한 배타적 공동체로 경
험되며, 결국 재일조선인이 민족적 정체성을 획득한다는 것은 자신의
실존적, 역사적 상황을 배제한 채 허구적이고 당위적인 국가의 목소
리에 호명당하는 과정임을 이들은 자각하게 된다.

「나비타령」에서 오빠의 죽음 이후 도망치듯 한국으로 건너와 "찌
그러진 알몸을 이끌고 부유하는" "비거주자"의 형태로나마 "가야금
을 타고, 판소리를 하고, 살풀이를 추"면서 조국에서의 삶을 살아내
려 했던 '나'(애자)는 「각」에 이르러 그러한 이상적 삶의 희구가 얼마
나 기만적인 자기 암시에 불과했는가를 깨닫게 된다. '왜?'라는 물음

---

303) 이양지, 「유희」, 69쪽.

이 탈각된 '육하원칙'[304]의 끊임없는 반복은 멈추지 않는 시간의 흐름 속에서 자아를 소외시키고 무의미한 일상을 재생산하는 하나의 표징이 된다. 개인의 내면적 갈등과 추이를 전혀 고려하지 않는 "언제어디서누가무엇을어찌하여어떻게되었다"라는 문장은 인간의 행동과 감정을 하나의 '물건'으로 치환시키는 일종의 주문이며, 재일조선인으로서 한국 사회에 기계적으로 적응하기 위한 불가피한 통제 방식으로 기능한다. 이러한 '육하원칙'은 째깍거리는 초침의 분절된 단위에 맞춰 '나'(순이)의 행동과 언어를 규격화시키며 '바람직한 재일조선인의 상'에 맞춰 '나'의 삶을 재단한다. 하지만 '육하원칙'의 고정된 모범답안 사이로 끊임없이 미끄러지고 흩어지는 자아의 분열된 기억과 망상의 돌발적 출현은 근대적 시·공간의 엄격한 규율이 지배하는 일상적 삶의 형태를 은밀히 교란시키면서, 객체화된 자아를 거부하는 저항 기제로 작동한다.

본 장에서는 이양지의 작품 「각」을 중심으로 시간과 공간으로 표상되는 근대적 규율 기제가 어떻게 자아의 내면과 신체를 조정하고 억압하면서 분열시켜 나가는지, 그리고 재일조선인의 모국체험 서사가 근대화된 조국의 물화된 속도성과 어떻게 충돌하면서 해체되고 변모

---

304) 이양지는 한 대담에서 '육하원칙'에 대한 자신의 소견을 다음과 같이 피력했다. (신문을 안 읽게 된 동기가 있느냐는 질문에) "신문 문장이 싫어서죠. 일본에서 신문을 봤는데 너무너무 이상한 기분이 됐어요. 사실의 나열이면서도, 순수한 사실 같으면서도 그렇지 않은, 주관을 띠고 있는 것 같은 문장이면서도 아주 사람을 당황하게 하는 노골적인, 뒤에 어떤 사정이 올지도 모르는데 딱 잘라버리잖아요.(중략) 당시 구토를 느꼈던 그 순간은 어떤 감정이었는지는 설명할 수는 없는 메스꺼움이었지요. 이제 와서 정리해 보자면 〈6하원칙〉에 대한 메스꺼움이었어요."(이양지·김경애 대담, 「正義具顯도 춤을 통해서-作品 「由熙」로 日本 「아쿠다가와 文學賞」 받은 李良枝씨와(2)」, 『춤』 161호, 1989. 7, 69쪽.)

하는지에 대해 고찰해 보고자 한다. 또한 일본과 한국을 바라보는 주인공의 이중적 시선, 모순된 자기 인식이 모국체험의 현실 안에서 어떻게 굴절되고 폭로되는가도 함께 살펴보고자 한다.

가) 근대적 규율 공간의 선분화된 일상과 지연(遲延)되는 시간

이양지는 1981년 서울대학교 예비과정인 재외국민교육원을 마친 후 1982년 서울대 국어국문학과에 입학한다. 「각」은 재외국민교육원에서 수학하던 당시 작가의 경험을 중심으로 자전적으로 서술된 작품이다. 작가가 「각」에 대해 한 대담에서 언급한 내용들[305]은 「각」이 내포하고 있는 혼란스럽고 우울한, 자기부정적인 정서가 작가의 당시 내면 상태를 무의식적으로 반영하고 있다는 전제를 가능하게 한다. 오빠의 죽음이라는 전기적 사실에 기인한 충격과 더불어 모국체험 당시의 혼돈과 부정적 내면 상황이 "언제까지 이대로 살아 있을 셈일까"[306]라는 자기존재에 대한 회의로까지 이어지고 이러한 소설적 정조가 이 작품 전반을 지배한다고 할 수 있다. 하지만 이러한 작품 내적 성격이 전적으로 작가의 개인적 경험과 주관적 의식의 흐름에만 의존하고 있다고 볼 수는 없다. 근대적 산업사회 건설이라는 국가적 기

---

305) "「나비타령」, 「해녀」, 「각」 등을 발표할 적에는 그때마다 자폭하는 〈작가〉라는 소리를 들었습니다. 사실 「각」까지는 쓸 적마다 〈이것이 마지막이다〉라는 마음가짐에서 유서처럼 느껴지곤 했으니까요."(이양지·김경애 대담, 「춤 사랑은 宿命的인 것-作品「由熙」로 日本「아쿠다가와 文學賞」 받은 李良枝씨와」, 앞의 책, 84쪽.)
"「각」이란 작품을 쓸 때는 그런 것(정서가 데카당한, 복합적인 특징-필자 주)이 강했던 것 같아요. 심지어는 아침에 일어나서 살아있는 자신을 발견하곤, 아니 자신뿐 아니라 타인도 살아있음을 느끼고 놀랐거든요." (위의 대담, 87쪽)
306) 이양지, 「각」, 258쪽.

치 아래 당시 한국 사회에 만연했던 물질적 풍요의 추구, 성공지향적 가치관, 학교와 공공기관 및 대중매체를 중심으로 확산된 민족중심의 국가발전 논리가 내부적 타자인 재일조선인 작가에게 더욱 억압적이고 배타적으로 경험되었을 가능성이 있다. 작가가 희구했던 조국의 긍정적 이미지를 내면화하고 대금과 살풀이로 대변되는 자유롭고 자기 구원적인 행위를 완성하기 위해 자발적인 모국체험을 감행했던 작가는 예측할 수 없었던 조국에서의 생활을 겪으며 자신의 기대가 왜곡되고 전도(顚倒)되는 아이러니한 순간에 직면하게 된다. 민족 국가를 중심으로 근대적 규율과 통제, 발전과 풍요의 논리가 관철되었던 80년대 한국 사회의 단면을, 작가는 학교와 하숙집, 도시의 거리 등 근대적 공간을 따라 전개되는 개인 내면의 분열 양상과 부정적 조국 인식을 통해 예리하게 드러내고 있다.

「각」은 밤 1시 53분부터 다음날 새벽 3시 몇 분의, 만 하루의 시간 안에 벌어지는 주인공 '나'(순이)의 행동과 심리 변화, 에피소드 위주의 사건과 산발적인 과거의 기억을 '나'의 이동경로(하숙집-학교-하숙집-가야금 학원-무용 강습소-지하상가 간이음식점-하숙집-포장마차-하숙집)를 따라 배치하고 있다. 학교와 하숙집, 학원으로 이어지는 단조로운 일상의 흐름 속에는 그녀의 이방인적 시선에 포착된 80년대 초반 한국 사회의 풍경도 하나의 축으로 포함되어 있다. '나'의 눈에 서울의 거리는 '야만'과 '발전'이 뒤엉켜 가속도로 전진하는 근대화된 조국의 '풍경'으로 다가온다. 식민 지배와 전쟁의 폐허를 딛고 제3세계 안에서 개발도상국으로서의 위상을 한껏 세우고 있던 80년대의 한국 사회는 근대와 전근대, 풍요와 빈곤, 자유와 억압이 혼재되어 표상된 다양한 지표들을 중심으로 적나라한 한 편의 풍속도를 연출해낸다.

"낭떠러지를 따라 서로 엉켜 붙듯이 다닥다닥 늘어서 있"는 작은 집들과 광범위한 재개발 공사, 라디오 소음, 사람들의 훈김과 체취로 가득 찬 만원 버스, 지하철 공사와 매연으로 혼잡한 거리, 육교 위의 거지와 소매치기, 십대의 버스 차장, '빨리빨리' 콤플렉스와 물질 중심의 풍조('돈전쟁', '저축', 일제물품 선호 등), 공중변소에 붙어있는 성병 예방 플레이트와 지하철 벽의 (피임)정제 광고, '先進祖國의 創造', '새 생활, 새 질서' 등의 표어가 적힌 횡단 현수막, 수업 시작 전에 제창하거나, 영화관과 공연장, 그리고 저녁 여섯시 국기하강식 때 일률적으로 울려 퍼지는 애국가의 음률까지, 작가는 평범한 일상적 도시풍경 속에 내재해 있는 근대적 국가 장치들을 세밀하고 냉정한 시선으로 포착해낸다. 이러한 개발도상국 한국의 혼잡한 활기, 직설적인 화법은 이미 선진국의 대열에 들어선 일본 사회와의 암묵적 대조 속에서 '나'에게 불편한 이질감, 혐오스러운 조국의 이미지를 생성시킨다. 서울이라는 대도시를 중심으로 요란스럽게 표상되는 근대화 논리와 국가 중심, 자본 중심의 개발정책으로 강압적이고 외면적인 고속성장의 신화를 배태했던 조국은 그러나 그 구조적 억압성과 문화적 후진성으로 말미암아 혐오와 배척의 대상이 된다. 가야금과 춤으로 대변되는 조국의 문화를 제대로 배우고 싶다는 '나'의 욕망은 생경한 조국의 문화, 거부감을 일으키는 조국의 풍경 앞에서 위축되고 변형된다. 그러면서도 끊임없이 타인에게 조국에 대한 당위적 지향성을 설파하는 '나'의 양가적 심리와 행동 방식은 소설 곳곳에서 자기 분열의 형태로 드러난다.

시장생산과 화폐경제의 본거지로 근대성의 핵심을 분명히 드러내는 공간[307]인 대도시 안에서 이질적이고 상대적인 다양한 가치들은 동일하고 균질적이며 표준화된 하나의 근대적 가치로 환원되며 그 안에 통합되지 못한 개별적 존재들은 소외되거나 삭제된다. 동일한 민족국가체제를 주장하는 일본사회 내에서 이질적 타자로 철저히 배척당하거나 소수자로서의 자신의 존재근거를 은폐하고 살 수밖에 없었던 재일조선인인 '나'의 입장에서는 또 하나의 통합적 민족국가시스템을 강요하는 한국에서의 생활에 거부감을 드러낼 수밖에 없다. 가장 사적이고 은밀한 영역인 성(性)문제조차도 '거국적인 성교육'을 통해 국가가 관리하고 규제하는 사회, 끊임없는 이데올로기 교육과 강제적 애국사상의 고취로 국민의 내면을 관장하는 사회, 이러한 근대적 국민국가 이데올로기에 포획된 지점에서 '나'의 억압된 내면은 분열적 자아의 모순된 심리와 '결벽적인 손씻기' 등의 강박적 행동으로 표출된다.

개인의 일상과 가치관을 통제하고 계도하면서 획일적인 민족국가의 국민을 양성하는 근대적 공간으로서 무엇보다 '학교'의 역할은 중요하게 대두된다. 학교에서의 계획적이고 지속적인 국가 이념의 주입과 이식을 통해 국가를 지탱해나갈 구성원들을 양성하고 재생산하는 것은 국가가 시행할 일차적 과제가 된다.[308] 근대 이후 인쇄자본주

---

307) 구수경, 「근대성의 구현체로서 학교: 시간·공간·지식의 구조화」, 한국교원대학교 교육사회전공 박사학위논문, 2007, 22쪽.

308) 학교는 시·공간의 배치를 통해 학생 개개인이 갖고 있는 이질성을 줄임으로써, 분업과 전문화로 지칭되는 근대 산업구조에 걸맞는 인간을 효율적으로 길러낼 수 있다. 즉 학교는 연령과 능력별 등급화에 따른 '공간의 분할'과 시간표에 의한 '시간의 선분화'에 따라 학생을 분할 배치하여 효율적으로 통제·관리하고 이렇게 길러진 개인은 근대적 사회질서에도 쉽게 적응할 수 있는 것이다.(위의 논문, 3쪽)

의의 발달은 '제한되고 주권을 가진 것으로 상상되는 정치공동체'[309]
인 '민족'의 발명에 큰 공헌을 했으며 자국어의 확산을 통한 민족의식
고취는 근대 국민국가를 형성하는 초석이 되었다. 문자는 정치권력
이 국민의 이데올로기 통일을 꾀하고 국민대중을 자기에게 충실한 국
민으로 만들기 위한 도구로 사용되었고 그것을 가르치는 학교도 또한
국가권력에 봉사하는 사상을 생산하는 국민공장으로 간주되었으며,
이에 따라 학교를 국민대중을 대상으로 하는 국가의 기관으로 생각하
게 되었다.[310] 국가 이념 학습의 근대적 기획으로서의 학교의 역할은
작품 안에서도 그대로 드러난다. 「각」에서 '나'는 학교교육[311]을 통해
한국어와 한국사, 한국 문화에 대해 학습한다. 학교와 교사는 그야말
로 권위적이고 강압적으로 국가 이념과 규율을 전수하고 국민 양성의
소임을 완수하는 매개자로 작동한다. 하지만 한국인으로서 제대로 한
국말을 구사하고 한국적 정서에 익숙해지려던 '나'의 애초의 바람과
는 달리 학교에서의 주입식 교육은 자신의 민족적 정체성을 더욱 혼
란스럽고 의심스럽게 만드는 부정적 기제로 작용함으로써 나의 기대
를 배반한다. 교사가 계속적으로 지적하는 "일본인적인 발음"은 재일
조선인의 민족적 정체성을 교란시키며 한국 사회로의 순조로운 편입
을 좌절시키는 하나의 징표로 작용한다. 한국 사회가 부과하는 의무

---

309) Anderson, Benedict, 윤형숙 역, 『상상의 공동체-민주주의의 기원과 전파에 대
한 성찰』, 나남출판, 2002, 25쪽.
310) 梅根悟, 『세계교육사』, 김정환·심성보 역, 풀빛, 1990, 418쪽.(구수경, 앞의 논문,
57-58쪽에서 재인용)
311) 「각」의 공간적 배경이 되는 재외국민교육원은 보편적인 정규 학교의 모델로 볼
수는 없으나 한국 대학 입학을 전제로 한국어 및 기타 교과내용을 일정한 시간표
및 교육 지침에 맞춰 가르치고 있다는 점에서, 유사 학교의 형태로 파악했다.

와 요구사항에 자발적으로 응답하면서도 수동적으로 자신의 위치를
받아들일 수밖에 없는 타자성이 재일조선인의 불안의식과 정체성 혼
란을 가중시킨다.

　이처럼 '민족'이 상정하는 민족적 소속 방식은 철저히 조건을 갖추
었는지를 따지는 특정 기준에 맞추어진다. 내부의 외부에 위치한 국
가 없는 자는 단순히 민족에서 누락되는 것이 아니라 어떤 기준에 의
한 분류에 따라서 모자란 것으로 인식되고, 적극적으로 '모자란 자'로
만들어진다.[312] 일본 사회에서 자신의 적법성을 박탈당해 왔던 재일조
선인들은 한국 사회가 요구하는 민족적 필요조건들을 학습함으로써
'적법한 민족 구성원'으로 거듭나기 위해 노력한다. 「각」에서 '나'는
매일 아침 애국가를 부르며 수업을 시작하고, 국어의 문법과 읽기를
통해 '일본인적 발음'을 교정하며 군사부일체의 유교적 권위를 내재
화하도록 교육받는다. 또한 국민윤리 시간에는 '국가관의 형성과 대
한민국의 위치와 전망, 대한민국의 발전을 위한 재일동포의 사명'에

---

312) Butler, Judith · Spivak, G.의 대담, 주해연 역, 『누가 민족국가를 노래하는가』, 산
　　책자, 2008, 37쪽 참조. 이 책에서 버틀러는 아렌트의 논의를 들어 다음과 같이
　　민족국가의 적법성에 대해 설명하고 있다.
　　"아렌트는 민족국가라는 형태, 즉 국가의 설립 자체가 민족적 소수집단을 지속적
　　으로 추방하는 것과 구조적으로 긴밀히 얽혀 있다고 얘기합니다. 민족국가는 민
　　족이 특정한 방식으로 민족적 정체성을 표현한다고 가정합니다. 그리고 민족 공
　　동의 합의에 기반하여 설립되었고, 민족과 국가가 일치한다는 가정 아래 존재한
　　다고 말합니다. 이러한 관점에서 민족은 단일하고 동질적인 것으로 이해되며, 국
　　가의 요구에 맞추기 위해서 단일화되고 동질화되어야 합니다. 국가의 적법성은
　　민족에서 나오기에, '민족적 소속'에 어긋나는 민족적 소수집단은 '적법하지 않
　　은' 거주자가 됩니다. 민족적 소속의 문제가 얼마나 복잡하고 이질적인지를 생각
　　해 본다면, 민족국가가 자신의 적법성을 주장할 수 있는 방법은 그 적법성의 기
　　반이 되는 민족을 문자 그대로 만들어내는 수밖에 없습니다."(위의 대담, 36-37
　　쪽 참조)

대해 배운다. 하지만 국가정책에 따라 획일화된 내용과 방식으로 주
입된 한국의 언어와 역사, 문화의 습득은 그저 타율적으로 이루어진
국가 편입과정의 일부일 뿐이며, 육하원칙의 죽은 문장으로 해설되는
조국은 그저 "국(國), 이라는 문자의 덩어리, 나라, 우리나라, 라고 하
는 문자의 집단"[313]으로 경험될 뿐이다. "서울은 훌륭해. 한국은 훌륭
해."라고 되뇌이며 한국인으로서의 자각과 자기 최면, 당위적 언설로
무장해 보지만, 결국 '나'는 "일본에서는 재일 한국인이라는 이유로 열
등의식에 시달려야 했고 우리나라에 와도 또 멸시를 당해야"[314] 하는
이중적 타자로서의 환멸적 존재 의식에 사로잡히게 된다. 그리고 그
순간, 자신의 부정적 내면과 위선적 행동의 불일치에 당황하고 혼돈
에 빠지면서 분열된 자의식에 시달린다.

　마지막으로 '나'의 사적인 생활이 이루어지는 하숙집의 경우, 철저
하게 개인적인 공간임에도 불구하고 하숙집 사람들의 시선과 간섭,
침해에 지속적으로 노출되면서 경계(警戒)와 불안의 장소로 전락한
다. 여기에서 하숙집은 자유로운 사생활의 보장이 가능한 사적 공간
이라기보다는 집단적 규율과 통제가 우선시되는 공적 기숙 공간의 변
형된 형태라 할 수 있다. 깊은 밤중의 발자국 소리, 집안에서 온종일
울려나오는 소음과 욕설, 옆집과 거리에서 들려오는 텔레비전과 장사
꾼 소리, 예고 없이 들이닥치는 하숙집 사람들, 절약과 저축, 돈의 중
요성을 강조하는 주인아주머니, 적대적인 감시의 눈초리로 자신을 위
협하는 개의 존재 등, '나'는 자신의 방에서조차 평안하거나 안전할 수

---

313) 이양지, 「각」, 254쪽.
314) 이양지, 「각」, 291쪽.

없다. 몇 번씩 재확인하며 굳게 잠근 자물쇠는 이러한 '나'의 불안감과 보호 욕구를 해소하는 무기력한 하나의 방편에 지나지 않는다. 자신의 사생활과 개인적 의식 상태가 일일이 검열당하고 관찰되는 공간 속에서 '나'는 공적 생활에 적합한 모범적인 언행을 드러내는 '교활한' 자아와 그러한 작위적인 위장술로 무장한 자신을 혐오하며 조소하는 또 하나의 내면적 자아로 분열되고 만다. 이처럼 모국체험의 중심 공간이 되는 집, 학교, 거리는 모두 '나'의 존재를 압박하면서 규율화된 국가 제도와 민족적 이데올로기를 강압적으로 주입하는 거대한 공공 장소가 된다. 이러한 모국체험의 공간에서 '나'는 한국 사회에 대한 예측하지 못했던 문화적 이질감, 정서적 거부감과 맞닥뜨리면서 자신이 상상했던 조국의 이미지가 얼마나 추상적인 감상에서 추출된 허구적 실상이었는가를 깨닫는다. 정신적으로 희구했던 조국과의 합일적 만남, 민족적 정체성 구현의 소망은 미시적이고 신체적인 생활 경험, 실존적 자아의 일상적 습관(Habitus)과 충돌하는 지점에서 그 취약성을 드러내고 만다. 모국체험을 통해 자기 존재에 대한 명확한 인식이 가능하리라 믿었던 '나'는 그 안에서 더욱 부각되어 드러나는 존재적 특수성, 경계적 시선을 감지하며 혼란에 빠진다. 결국 "소외조차도 하나의 가치일 수 있"다는 역설적 결론에 도달한 '나'는 어디에도 숨을 곳 없이 적나라하게 자신을 드러내야만 하는 모국체험의 공간 안에서 은연중 "숨어 사는" 삶을 꿈꾼다.

　이처럼 근대적 공간으로서의 도시, 학교, 하숙집 등과 함께 '나'의 일상적 삶을 규제하고 획일화된 동선 안으로 밀어넣는 또 하나의 근대적 기제는 바로 '시간'이다. 근대의 표상으로서 시간은 인간의 생활리듬을 결정하는 주요한 변인[315]이다. 시계적 시간은 단지 시간을 측정하는 수단일 뿐만 아니라 사람들의 활동을 특정한 방식으로 절단하고 채취한다는 점에서 '기계'[316]라고 말할 수 있다. 시간-기계는 사람들의 활동을 포섭하고 강제하며, 포섭된 사람들의 신체를 통해 내면에 침투한다. 또한 그것은 특정하게 코드화된 행동이라는 양상으로, 혹은 습관(Habitus)이라는 양상으로 신체에 새겨지는 일종의 생체권력인데, 그 결과 그것은 자신의 신체에 대한 내적인 통제형식으로 일반화된다.[317]

　작품의 제목이 암시하듯이 「각」에서는 강박적 시간관념에 시달리며 자신의 기억과 행동을 통제하고 구획하는 '나'의 하루 일상이 제시된다. 일 분 일 초의 분절화된 시간 속에서 '나'의 일상은 하나의 통합적 유기체로 경험되지 못하고 미시적 단위로 분할된 단속적(斷續的) 사건의 나열로 인식된다. 방과 후 가야금 학원과 무용 학원을 마치고 하숙집에 돌아와 예습과 복습으로 하루를 마감하는 반복적 생활은 "뭔가에 흥분해 있는 자신을 자기가 필사적으로 뒤쫓"는 기분으로 모국유학을 결심하고 낯선 모국에서의 생활을 시작했던 애초의 설레임과 각오가 망각된, 타율적으로 강제된 삶의 형태에 불과하다. 하지만 이러한 단조로운 생활의 반복은 일정한 시간의 배분을 통해 '나' 자신

---

315) 구수경, 앞의 논문, 14쪽.

316) 들뢰즈와 가타리는 다른 어떤 요소와 결합하여 어떤 질료적 흐름을 절단하고 채취하는 방식으로 작동하는 모든 것을 기계라고 정의한다. 이런 정의에 따르면 기술적인 기계민이 아니라, 인간이나 동물의 신체나 신체의 일부도 기계요, 경계를 갖는 사회들도 또한 기계다. 공간과 시간 또한 사람들의 다양한 활동이나 실천의 흐름을 특정한 방식으로 절단하고 채취하는 기계다.(이진경, 『근대적 시·공간의 탄생』, 푸른숲, 2002, 128-129쪽 참조)

317) 위의 책, 254-255쪽 참조.

이 스스로 규정하고 내면화한 삶의 패턴이다. 몇 해 동안 변하지 않고 순서를 지키도록 스스로를 타일러 온 엄격한 화장의 순서 또한 자신의 일상을 예측가능한 범위 안에서 통제함으로써 불규칙적이고 예외적인 삶의 위험에 대비하고자 하는 보호막으로 기능한다. 이처럼 시계적 시간으로 잘게 분해된 '나'의 일상은 표준적이고 습관화된 양상으로 구획됨으로써 한국 사회라는 근대적 시·공간에 적합한 형태로 구조화된다. 외출 시 항상 휴대하면서 매시간 자신의 일정과 행동을 점검하는 '손목시계'는 낯설고 불안한 한국 생활에 규칙적이고 일관되게 적응하려는 '나'의 강박적 의지가 투영된 물건이다. 하숙집의 방 안에서, 거리에서, 학교에서 '나'는 끊임없이 시간을 확인하고 자기 존재의 현재성을 확인한다. 작품 속에서 '나'의 일상과 행위를 엄격하게 규정하는 선분화된 시계적 시간은 근대적 시간관에 기초한 기계적 일상의 리듬이 근대적 인간의 내면을 무의식적으로 조종하고 있음을 보여준다.

　이러한 분절화된 시계적 시간과 강박적 시간관념은 개인의 삶을 통제하고 균질화함으로써 각 개인의 고유한 내면세계를 억압하고 사물화한다. 외면적으로는 근대적 시간에 부합하는 몰아적 개인으로 표상되지만 '나'의 내면은 이러한 억압적 상황에 동요하고 번민으로 요동치면서 강제된 규율적 시간으로부터의 탈주를 욕망한다. 후지다 혹은 최교수와의 육체적 관계를 회상하고, 성적인 환상에 빠지며, 자신도 기억하지 못하는 이야기들을 중얼거림으로써 '나'는 획일적인 일상의 틀로부터 탈출하고자 한다. 그러나 이러한 기억의 영상이 끊어질 때마다 그 틈새로 침입하여 쪼아대듯 울리는 규칙적인 초침 소리는 현실에서 도피하고 싶은 '나'의 일탈 욕구를 은밀히 감시하면서 다시금 현실 세계로 '나'를 되돌려 삶의 긴장감을 환기시키는 반복적 기계 장치로 작동한다. 일정한 각(角), 균일한 도형의 형태로 시간을 주조하는 시계의 움직임은 "무엇인가를 향하여 나를 몰아붙"이고 "가슴에 압박감을 느끼"게 하며 시간의 구획 속에 강제적으로 나를 비틀어 넣는다.

> 기억의 영상이 끊어진다.
> 그 틈새기를 비집고 들어오듯, 초침이 다시 생생하게 소리를 쪼아대기 시작한다. 째각, 째각, 째각,…… 나는 베개에 뺨을 비벼대며 드러누운 채였다. 자신이 지금 서울의 이 방에서 이렇게 누워 있다 하는 현재의 현실감이, 생생한 초침 소리 때문에 오히려 맥락을 잃어간다.
> 「존재의 현실감, 현실의 존재감……」
> 나는 내 음성을 들었다.[318]

모국에서의 유학 생활을 통해 자기 존재의 의미를 발견하고자 했던 '나'는 시간의 분절된 리듬에 따라 일률적으로 편성되는 반복적 삶의 패턴과 일상의 긴장감이 오히려 개인을 압박하고 추상화시킴으로써 존재적 실체감을 상실하게 하는 역설적 상황에 직면한다. 재일조선인으로서 한국에서 자신의 실존이 놓일 자리를 찾지 못한 채 맥락 없이 시각의 도형이 지정한 좁은 틈바구니에 구속되어 버린 '나'는 시간을 증오하고 "시각의 도형을 짓뭉개어버리고 싶"은 충동에 시달리면서도 강박적 시간관념의 유혹을 떨쳐버리지 못한다. 즉 자신의 불안정한 이방인으로서의 삶을 지탱하고 자신의 존재를 증명해 줄 하나의 축으로서 "설명을 용납하지 않는, 전적으로 설명을 거부하는 강렬한

---

318) 이양지, 「각」, 270쪽.

존재",[319] 선험적 '시간의 존재'를 상정하고 "시간의 은혜"를 입음으로써 자신의 존재에 역사성을 부여하기 원한다. 하지만 이러한 시간에 대한 강박적 기대는 내면적 불안과 정체성 혼란을 더욱 증폭시킬 뿐이다.

기계적이고 균질적인 시간의 리듬을 누락시키고 지연시키면서 억압된 개인의 내면에 균열을 일으키는 것은 근대적 시간의 리듬과 대비되는 자연적 리듬의 출현이다. 작품 안에서 월경(月經)과 더불어 평범했던 일상의 균형이 깨지면서 무의식 속에 침잠해 있던 내면의 목소리들이 구체적 형상을 입고 출몰한다. '나'는 감흥없이 지루한 모국의 수업시간에, 화장의 순서가 바뀌었음을 깨닫는 순간, 춘자와의 만남을 의식적으로 피하고 있는 자신의 내면을 발견하는 순간마다, 어떤 위험신호처럼 아랫배의 격통을 경험한다. 예측할 수 없이 간헐적으로 찾아오는 생리통처럼 자연적 시간은 균질적이고 억압적인 시계적 시간을 지연시키고 전복하면서 근대적 시·공간에 얽매여 있던 자아의 분열적 내면 상태를 폭로한다. 가위로 가야금의 현을 끊어내는 순간, "소용돌이치고 있었던 자신의 목소리도 초침 소리도 전혀 들리지 않"게 되는 것은 자신 안에 잠재해 있던 일탈의 욕구, 자기 파괴적인 욕망의 발현이 근대적 시간을 식별할 수 없게 무화시키기 때문이다. "게으른 자가 꾸는 꿈"[320]은 '빨리 빨리'가 지배하는 한국 사회에서 '나'가 온전히 숨쉴 수 있는 불가피한 소망이 된다. 이렇듯 시계적 시간에 감금되어 모국에서의 일상을 이상적 시간표에 맞춰 정렬하고 통

---

319) 이양지, 「각」, 356쪽.
320) 이양지, 「각」, 318쪽.

제해 오던 '나'는 그러한 근대적 시간의 리듬을 파괴하는 신체적이고 일탈적인 자연적 리듬이 생성되는 순간, 자신의 내면을 억압하고 있던 근대적 시간으로부터 탈주하려는 자아를 발견하게 되고, 무수한 '나'의 형태로 분열된 자아는 근대적 규율이 암묵적으로 강제되는 모국체험의 의미를 은밀히 교란시키며 변형시킨다.

나) 포박(捕縛)된 신체와 자기 해체의 수사(修辭)

　모국체험을 통해 '나'가 의식적으로 구현하려고 했던 이상적 자아의 모습은 '공부하는 나'의 형상이다. 한국의 언어와 문화, 역사에 대해 탐구하고 학습하면서 민족적 정체성을 형성하고 한국의 정서와 이데올로기를 자신 안에 합일시키려는 노력이 '나'의 학교생활이나 당위적 언어 구사에서 드러난다. 우수한 재일조선인 유학생으로서 다른 학생들의 부러움을 사며 그들의 어려움을 대변하거나 훈계하는 등, '나'는 자신의 의식이나 생활 방식을 스스로 강제하면서 자신이 희구했던 모국체험의 의미를 완성해나가려고 노력한다. 하지만 이러한 표면적 노력의 밑바닥에는 의심과 조소로 가득 찬 또 다른 '나'의 분신들이 존재한다. '공부하는 나'는 자기 안에서 파생되는 무수한 개별적 목소리들에 둘러싸여 매시간 분열되고 해체된다. 끊임없이 타인의 시선을 경계하면서 '화장'을 통해 내면의 불안과 혼란을 은폐하고 위장하는 의식적 자아의 이면에는 그러한 자신의 행동에 환멸을 느끼고 부정적으로 반응하는 무의식적 자아의 파편들이 존재한다. 이는 애초의 모국체험 의도가 변질되고 오염된 탓이다. 가야금이나 살풀이 등 민족의 소리와 춤을 통해 조국과 공명하고자 했던 '나'의 바람은 '학교'

라는 획일적 공교육 체계에 포획됨으로써 그 의미망을 상실하게 된다. 재일조선인의 역사성이나 특수성을 고려하지 않고 일방적으로 민족과 국가의 이념을 주입하려는 한국의 교육시스템은 '나'에게 거부감을 일으키는 억압적 도구로 다가온다. 모국어 습득 과정에서 한글을 "아무리 해도 의미와 결부되지 않는" 타자의 언어, 숨 막히고 넌덜머리나는 폭력적 언어로 인식하는 것은 한국어를 조국의 언어가 아닌, 한국이라는 한 국가의 국민 양성 도구로 경험하기 때문이다. '수백 혼의 소음'으로 둘러싸인 한국이라는 시·공간에서 '나'의 실존은 억압당하며 하나의 '물건'으로 객체화된다.

하나의 '물건'으로 존재하는 한 주체는 자신의 언어로 세상과 소통할 수 없다. '발니바비'에서처럼 언어가 완전히 폐지되고 오로지 '물건'으로만 의사소통이 가능한 공간에서는 그저 상품화된 '화장한 나'만이 자신의 존재를 증명할 수 있을 뿐이다. 자신의 내면을 대변할 언어는 더 이상 존재하지 않으며 발화된 언어는 또 하나의 '물건'으로 취급된다. 자신도 의식하지 못하는 사이에 자신의 의지와 상관없이 상대방에게 전해지는 언어들은 그저 미화되고 상품화된 언어일 뿐이며, '가슴 속에서 중얼대고 있는 나의 목소리'는 몸 밖으로 빠져나가지 못하고 닫힌 내면에서 정처없이 부유한다. 결국 내가 '저주'받은 목을 통해 발화하는 언어들은 나의 언어가 아닌 남의 언어, 타자화된 언어, 강제된 모국의 언어이다.

입을 뻐끔뻐끔 움직이고 있다. 너절하다, 하고 가슴 속에서 씹어뱉는 소리도 들려온다. 반복연습이다. 내가 하는 말은 언제나 남의 말의 인용, 반복이다. 나는 이야기를 할 때, 나라고 하는 어떤 사람에 의존하여

언어에 억양을 붙인다. 반복에 싫증을 느끼지 않도록 하기 위해 언어를 치장해 간다.[321]

늘 타인의 시선을 의식하고 그들의 사고범위 안에서 자신의 언어를 통제해 온 '나'에게 언어란 그저 '남의 말의 인용'이며 '반복'적으로 재생되는 무의미한 행위일 뿐이다. 주체적 동기에 의해서 유발된 발화가 아닌 당위적 관념에 의해서 조종되는 '나'의 언어는 그러므로, 끊임없이 스스로를 배반하면서 미끄러져 내린다.

가슴 속에서 나의 온갖 목소리가 연달아 엇갈리기 시작했다. 불쾌해하는 표정으로 무식하다 하고 씹어뱉는 남매의 솔직성이 부러웠다. 동시에 자신의 생각을 통째로 표정에 드러낼 수 있는 춘자도 부러웠다.[322]

"게다가 한국어는 단순한 외국어가 아니거든. 이상하게 감정이 이입되어가지고 거리를 둘 수가 없게 되는 거야." 나는 나의 목소리를 추적함에 흥미를 잃고 입을 다물고 말았다.[323]

이 무슨 수작이란 말인가. 입이 그만큼 더 피곤해질 뿐임을 알면서도 무슨 소리를 또 지껄이고 있는 것이다.[324]

조국을 바라보는 당위적 시선과 그것을 대변하는 언어적 행위에 거

---

321) 이양지, 「각」, 377쪽.
322) 이양지, 「각」, 360쪽.
323) 이양지, 「각」, 368쪽.
324) 이양지, 「각」, 302쪽.

부감을 느끼면서도 내면의 목소리를 솔직하게 드러내지 못하는 '나'의 억압된 심리는 결국 재일조선인이라는 존재적 결핍감, 일본과 한국 어디에도 소속될 수 없다는 소외의 실존적 경험과 무관하지 않다. "하루빨리 모국에 순응해야만 한다는 명분"[325)]이 내면적 자아의 목소리를 외면한 채, 민족적 정체성을 구현한 재일조선인 형상의 주조로 나아갔지만, "실체로는 모국어인 한국어는 어디까지나 외국어이며 이국의 언어로밖에는 받아들일 수 없"[326)]는 상황에 직면하여 모국의 언어는 결국 자신의 실존적 존재를 은폐하는 가면(假面)적 언어, 사물화된 장식적 언어에 머물고 만 것이다. 이처럼 민족의 언어와 문화, 생활방식을 자신의 정체성과 합일시키려는 '의식적' 노력들은 한국을 바라보는 '나'의 이중적 시선, 현실과 이상이 괴리된 관념적 시선에 포박당하면서 결국 내면적 갈등과 분열의 표출을 통해 자기모순성을 폭로하고 스스로를 해체하는 지점으로 나아가게 된다.

한국의 대도시와 학교라는 규율적 공간, 분절된 근대적 시간에 포획되어 모범적인 재일조선인의 상을 구현하려고 했던 '나'는 결국 내면적 자아와 대립하는 가운데, 스스로 분열된다. 한국에서 당위적이고 사물화된 시선에 감금당한 채 분열적 자아와 맞닥뜨릴 수밖에 없었던 재일조선인 '나'의 모습은 일본 사회 안에서 은폐되고 왜곡된 채 또 다른 차별적 시선에 노출되어 왔던 이전의 재일조선인 '나'의 짝패로 존재한다. 「나비타령」, 「해녀」 등에서 강박적으로 드러난 존재적 불안과 자기 부정의 논리가 「각」에서도 그대로 반영되어 나타나는 것이다. 양

---

325) 이양지, 「나에게 있어서의 母國과 日本」, 245쪽.
326) 이양지, 「나에게 있어서의 母國과 日本」, 244쪽.

립할 수도 없으며 어느 한 쪽으로 포섭될 수도 없는 재일조선인의 경계적 정체성이 '나'의 모순된 행동과 사고방식 등을 통해 드러난다. 한국인으로서의 자긍심과 애정을 갈구하면서도 끊임없이 한국인과 한국 사회를 대상화하여 그에 대한 경멸감과 우월의식을 드러내는 '나'의 모습327)은 추상적이고 관념적으로 주입된 조국관, 민족관과 이미 자기 안에 내면화된 일본인적 감수성이 갈등하면서 야기되는 불가피한 결과이다. 생리적, 문화적으로 받아들이기 어려운 모국체험의 실상을 당위적 명제로 포장하여 스스로에게 납득시키려는 '나'의 과장된 포즈는 앞에서 살펴본 바와 같이 억압적 근대 규율과의 마찰을 통해서 더욱 자폐적인 형상을 띠게 된다. 일본에서는 타자화된 한국적 자아가, 한국에서는 내면화된 일본적 자아가 출현하면서, 어디에도 소속되거나 안주할 수 없는 재일조선인의 이중적 자기 정체성을, 작가는 '나'의 자기모순적인 언행과 심리 묘사를 통해 보여주고 있다.

이와 같이 '나'의 모국체험에서 드러나는 대립적, 자기 분열적 양상은 근대적 시·공간의 억압적 규율체계가 개인에게 부과하는 강제적 내면화에 대한 반발 및 갈등의 심화와 더불어 재일조선인의 모순적이

---

327) 이양지는 다음의 글과 작품에서 이러한 모순된 감정을 직접적으로 표현하고 있다. "실체로서는 어떻게 노력해도 한국 사람이 되기가 힘든 그러한 불안과 좌절감 속에 시달리면서도 동시에 일본이라는, 소위 선진국에서 왔다는 자기도 모르게 몸에 배어 있는 자만심과 우월감 등 상반되는 감정이 항상 굴절된 채 얽혀져 있는 것이 거의 대부분의 재일동포의 모습이 아닌가 생각됩니다."(이양지, 「나에게 있어서의 母國과 日本」, 246쪽), "자기 스스로 모국 유학을 결심하고 힘들여 아버지를 설득했음에도 날이 갈수록 자신이 한국어를 혐오하고 생활습관의 차이에 일일이 화를 내고 동요하게 되는 것을 억제할 수가 없었다. 끊임없이 남 앞에 까발리어지는 것 같은 일종의 강박감은 재일 한국인, 혹은 일본 태생이라는 열등감을 자아내게 하고 동시에 이상한 일로 우월의식이라고밖에 말할 수 없는 감정을 한층 부추기기도 한다."(이양지, 「그림자 저쪽」, 173쪽)

고 부정적인 자기 인식, 그리고 경계적 시선이 복합적으로 투영된 결과라 할 수 있다. 이러한 내·외면적 긴장관계는 자신의 분신과도 같은 가야금의 현이 끊어지는 순간 파열되며, '나'의 내부에 감금되어 무의식의 영역에 침잠해 있던 내면적 목소리, 실존적 언어들은 파괴적인 형태로 분출된다. "신체가 걷잡을 수 없이 허물어져 조각조각 흩어져 버리는 듯한 착각에 사로잡"힌 '나'는 가위로 가야금의 모든 현을 끊어버린다. 근대적 시·공간, 위장된 자아의 시선 아래 포박되어 있던 신체의 언어들이 파열되어 일상의 경계를 뚫고 현실 공간으로 침입해 들어오는 것이다. 자신을 얽매었던 억압된 일상에서 탈주하고자 하는 '나'의 욕망은 계속 증식된다. 산발적으로 성적 환상과 과거 성행위 장면들을 떠올리고, 몸속에 삽입된 알약이 자궁과 난소를 침해하여 생식이 불가능하게 되리라는 상상을 통해 자신의 여성적 존재를 폐기하고자 하며, 끊임없이 누군가를 후려갈기거나 밀쳐버리고 싶은 충동에 시달린다. 출구가 막힌 채 분출되지 못한 내면의 목소리들은 포화 상태에 이른 '피투성이'의 육체 속에서 부패하고 팽창해 간다.

> 팔목이 묵지근하여 견딜 수가 없었다…… 순이랑 이렇게 일본어로 이야기를 하고 있으면 살 것만 같아…… 춘자의 목소리가 되살아온다 …… 사람에게 길들여진, 물건, 에게…… 나의 목소리도 되살아온다 …… 뭔가에 휩쓸려 들어서…… 손목시계와 저금통…… 째각, 째각, 째각, 째각, 째각, 째각, 째각, 째각, 째각,…… 언제어디서누가무엇을어찌하여어떻게되었다언제어디서누가무엇을어찌하여어떻게되었다언제어디서누가무엇을어찌하여어떻게되었다언제어디서…… 지금, 여기서, 내가, ……피투성이의 여자가, 소주를, 마시고 있다…… 여자의 육체는

보기 흉하게 부어 있다…… 마음껏 토해 버릴 수 없는 목소리, 토해 버
릴 수 없는 체액, 토해 내지 못 하는 냄새…… 언제까지 계속 부어오를
것인가. 째각, 째각, 째각, 째각.[328]

근대적 시간관에 강박적으로 짓눌린 신체, 자아의 의식세계와 불일
치하는 모국어, 자본주의와 육하원칙의 명쾌한 논리로 재단되는 일상,
일본과 한국, 모어와 모국어의 위치를 당위적으로 자기 안에 재배열
할 수 없는 모순된 심리 등, 자기 분열적인 모국체험 속에서 '나'의 내
면은 마침내 폭발한다.

도형이 찢어지고, 풍경이 찢어지고, 시간을 쪼는 소리도 찢어졌다.
여인은 양손에 구두를 움켜쥐고 개들을 두들겨 패고 있었다. 팔을 내려
칠 때마다 어깨에 둔한 아픔이 뻗쳤다. 흰 색의 옷은 흙투성이가 되어
있었다. 양 다리는 오물을 밟아 헤치고 있었다.
눈물이 주룩주룩 흘러내린다. 이를 악문 입술의 양 끝에 괸 흰침과
함께 튀어 흩어진다.[329]

자신을 끊임없이 압박하던 시계의 도형이 파괴되고, 근대화된 조국
의 혐오스러운 풍경도 사라진 자리에서 내 안의 '여인'은 자신을 조롱
하고 적대시하던 억압적 대상을 향해 격렬하게 대항하며 물리적 폭력
을 행사한다. 분출되지 못하고 몸 안에 갇혀 부패해 가던 비체적 자아
의 흔적들은 마침내 몸 밖으로 흘러내려 자신의 존재를 증명한다. 자

---

328) 이양지, 「각」, 376쪽.
329) 이양지, 「각」, 379쪽.

기 내면의 실존적 목소리를 외면하고 모국에서의 근대적 시 · 공간 경험을 타율적으로 학습하고자 했던 '나'는 자신의 규율화된 일상을 해체하고 내면에 잠재한 탈주 욕망을 성취함으로써 왜곡된 모국체험의 허구성을 자각하게 된다.

이양지의 「각」은 처녀작 「나비타령」에 이어 모국에서의 자전적 경험을 중심으로 형상화된 작품이다. 「나비타령」에서 주인공이 가야금과 살풀이라는 신체적 언어, 감성적 언어로 모국을 체험한 것과는 달리, 「각」에서는 '학교', '도시의 거리' 등을 통해서 모국의 언어와 역사, 문화를 습득하게 된다. 국민국가의 이념과 체제를 반복적으로 주입하고 일정한 규율과 시간표에 따라 개인의 일상을 통제하는 근대적 시 · 공간의 편재는 재일조선인의 예외적 상황을 외면하고 괄호 안에 넣음으로써 그들의 실존적 자아가 와해되고 왜곡되는 부정적 결과를 야기한다. 자기 내면의 목소리를 신체 안에 감금한 채, 강제된 타자의 언어만을 앵무새처럼 반복하던 '나'는 결국 무수한 자아로 분열되면서 위험한 일탈을 감행하게 된다. 하지만 「각」의 결말에서 이러한 분열된 자아의 분출은 일시적인 충동의 발현으로 서둘러 규정된다. 거대한 시계적 시간은 다시 순환하여 '나'를 원래의 자리로 되돌리고 '나'는 또다시 "화장을 하기 시작"하면서, 억압된 일상으로부터의 탈주는 미완의 과제로 남는다.

「각」에서 내면적 자아와 일상생활의 불일치 속에 갈등하고 부유하면서도 결국은 그러한 공적 체계에 편입되고자 스스로를 강제했던 '나'의 모국체험 서사는 「유희」에 이르러 마침내 파국을 맞게 된다. 학교에서 요구하는 답안지에는 사물화된 공적 언어인 한국어를 사용하고 자기 내면의 목소리와 삶의 기록들은 사적 언어이며 자신의 모어인 일본어로 대체하면서 자의적인 분리와 타협의 지점을 모색하던 '유희'는 결국 자신이 '위선자'이며 '거짓말쟁이'임을 폭로하며 모국에서의 생활을 정리한다. 그러나 이렇게 표면적으로 좌절과 실패로 끝난 듯 보이는 이양지 작품의 모국체험 서사는 그 실패가 억압적 근대 국가체제로부터의 '탈주'라는 역설적 가치를 내포한다는 점에서 지속적인 반향과 문제의식을 야기한다.

2) 양립(兩立)하는 모어와 모국어

이양지에게 언어는 자신의 실존적 정체성을 구성하는 삶의 원리이면서 동시에 민족과 국가라는 거대서사에 포획되거나 대항하는 양가적 존재 구현의 실천적 대상이다. "마치 한국어의 바다와 같은 국문과에서의 유학생활을 통해 인간에 있어서의 언어, 다시 말해서 인간에 있어서의 모국어와 또한 모어라는 것은 무엇인가 라는 문제를 저 자신의 존재, 즉 실존의 문제와 직결하는 심각한 과제로 생각"[330]했던 이양지에게 모어인 일본어와 모국어인 한국어의 양립과 길항 관계는 작가의 문학 세계를 관통하는 가장 중요한 화두이면서 동시에 재일조선인 문학의 경계적 정체성을 모색하는 존재적 근거로 작용한다. 본 장에서는 이양지가 부단히 천착했던 언어의 문제, 모어와 모국어의 의미망과 작품 구현 양상에 대해 고찰해보고자 한다.

---

330) 이양지, 「나에게 있어서의 母國과 日本」, 243쪽.

가) 모어/모국어의 간극과 교란의 양상

일본의 언어와 문화를 자신의 근원적 바탕으로 삼고 있는 이양지에게 민족의 언어, 당위적 각성의 언어로서의 한국어의 존재는 자신의 정체성을 규명하는 중요한 단서가 된다. 특히 구종주국의 식민지 언어인 일본어로 작품 활동을 하는 재일조선인 작가라는 입장에서 모국어의 습득과 체화의 문제는 자신의 민족적 정체성을 증명할 하나의 당위적 수행과제로 상정된다. 그러나 '명분상, 또한 관념상으로 한국어는 모국어이며, 작가의 아이덴티티의 중심에 위치해야만 하는 언어'임에도 불구하고 "실체로는 모국어인 한국어는 어디까지나 외국어이며 이국의 언어로밖에는 받아들일 수 없"331)는 모순된 상황에 직면하여 작가는 모어와 모국어의 간극 사이에서 교란되는 내면적 분열 양상을 작품을 통해 표출한다.

'모어(母語)'란 "태어나서 처음으로 몸에 익힘으로써 무자각인 채로 자신 속에 생겨버리는 언어", "일단 몸에 익히게 되면 그 다음부터는 몸으로부터 벗어날 수 없는" "근원적인 언어"이다.332) 그러므로 "폭력적이라고도 할 수 있을 만큼 인간의 사고를 지배하며 존재를 좌우하"333)는 언어로서 모어는 한 인간의 의식과 주체 형성 과정에 가장 근본적인 영향력을 행사하는 일차적 언어이며 '감수성'과 '생활습관'이 투영된, '몸'으로 수행하는 육체적 언어이다. 반면 모국어란 자신이 국

---

331) 이양지, 「나에게 있어서의 母國과 日本」, 244쪽.

332) 田中克彦, 『ことばと國家』, 岩波新書.(徐京植, 「모어와 모국어의 상극-재일조선인의 언어 경험」, 『황해문화』, 2007. 겨울, 12쪽에서 재인용)

333) 이양지, 「나에게 있어서의 母國과 日本」, 244쪽.

민으로서 속해 있는 국가, 즉 모국의 국어를 가리키며, 근대 국민국가에서 국가가 교육과 미디어를 통해 구성원들에게 가르쳐 그들을 국민으로 만드는 장치이다.[334] '단일민족 국가관에 입각한 국어 내셔널리즘'[335]이 뿌리깊은 한국과 일본 사회에서 '모어'와 '모국어', '국민'의 범주는 동일하게 설정된다. 즉 한 국가의 국민으로 상정된 사람들은 그 나라의 언어인 모국어를 사용하며 그 언어가 바로 모어가 된다. 그러나 모어와 모국어가 일치하는 경우는 국가 내부의 언어 다수자들뿐이며, 실제로 어느 나라에든지 모어와 모국어를 달리하는 언어 소수자가 존재한다.[336] 그 첨예한 일례(一例)가 재일조선인의 경우라 할 수 있다. 특히 재일조선인의 경우 모어와 모국어의 관계가 식민의 경험과 억압의 기억을 토대로 하고 있다는 점에서 쉽게 타협할 수 없는 반목의 상관관계를 내포하는바, 이들의 언어적 고뇌는 그대로 재일조선인의 존재적 고통의 시발점이 된다.

이양지는 등단작 「나비타령」에서부터 이러한 모어와 모국어의 간극, 그로 인한 분열과 내부적 교란의 양상을 형상화하고 있으며, 이러한 작가적 주제는 전 작품을 통해 더욱 심화, 확장된다.

"애자, 다끼(瀧)는 우리말로 폭포. 당신은 봇보, 완전히 틀리죠?"
하지만 나는 발음의 차이를 잘 잡을 수가 없었다. 다시 노래를 고쳐본다.
"애자, 폭포는 입술을 세게 파열시켜 발음하는 거예요. 당신의 봇보

---

334) 徐京植, 김혜신 역, 『디아스포라 기행』, 돌베개, 2006, 18쪽.
335) 徐京植, 앞의 글, 16쪽.
336) 徐京植, 앞의 책, 18쪽.

는 '다끼'가 아니라 키스한다는 뜻이 된다니까." 억지로 참고 있던 웃음은 폭소가 되어 내 등을 짓눌렀다.[337]

그 한국말만 해도, 언어학을 전공하고 있는 푼수치고는 유희의 발음이 너무나 불확실하고 문법적으로도 초보적인 잘못이 눈에 띄는 등 자꾸만 신경에 거슬렸다. ㅋ, ㅌ, ㅍ 같은 파열음도 전혀 되지 않는 데다가 ㄲ, ㄸ, ㅃ 등도 분명치 않아, ㄱ, ㄷ, ㅂ과 구별이 되지 않은 채 발음되고 있었다. 유희의 한국말을 듣고서는 무슨 말을 하고 있는지 잘 알아듣지 못할 한국 사람도 있을 것이 틀림없다.[338]

"그렇게 읽는 건 말야, 자네, 그건 일본인적(日本人的) 발음이라고 하는 걸세." 어쩌다가 입을 열라치면 맡아놓고 이 말이 버릇처럼 튀어나오곤 했다. 낭독을 한 학생에게 같은 단어를 몇 번씩 반복해서 발음하도록 시킨다. 그러다가 별 도리없군 하는 심술궂은 표정이 되면서 혀를 찬다.[339]

"야아, 재일동포가 이렇게 우리말을 잘 하다니 놀랐어."[340]

"오빠, 그리고 다미꼬야, 민족의식은 말이지, 우선 언어를 배우는 데서부터 시작되는 거예요." (중략) 언젠가 레슨을 받고 돌아오는 길에 오빠와 술을 마시면서 주고받은 이야기를 기억합니다.
"오빠, '우리말(母國語)'에 대해서 좀 저항 같은 것 느끼지 않아요?"

---

337) 이양지, 「나비타령」, 67쪽.
338) 이양지, 「유희」, 36-37쪽.
339) 이양지, 「각」, 289-290쪽.
340) 이양지, 「각」, 376쪽.

"응, '우리말'이라는 언어 자체가 나한테는 벌써 외국어이니까."

나도 동감이었습니다. '우리'라는, 소유를 나타내는 어휘를, 순순히 자신의 언어로서 당당히 발음할 수 없을 것 같은 기분이 들었던 것입니다.[341]

한국어와 일본어는 유사한 문법구조와 한자를 기반으로 한 어휘체계를 갖고 있어 타 언어에 비해 문자언어의 상호간 습득이 용이한 편이다. 반면 두 언어의 음운구조는 상당히 다르며 쌍방 간에 발음도 어렵다. 일본어에는 기본적으로 홀소리(모음)가 5개밖에 없지만, 한국어는 21개나 되며, 한국어의 거센소리(격음)나 된소리(경음, 농음)가 일본어에는 없다. 반대로 한국어에는 일본어의 울림소리(탁음)나 장음이 없다. 또 일본어는 기본적으로 항상 홀소리(모음)로 끝나기 때문에 받침이라 불리는 한국어의 자음 종성을 발음하는 것도 어렵다.[342] 이러한 발음적 특성, 음성언어의 차이는 한국어를 배우는 재일조선인들에게 중층적 어려움을 부가하는데, 발음의 기술적 어려움과 더불어 단순히 '외국어'로서만 한국어를 받아들일 수 없는 역사적, 민족적 부채 의식이 존재하기 때문이다. 태어나면서부터 무의식적으로 각인된 '모어'인 일본어와 달리 의식적 각성, '민족의식'의 배양을 위해 당위적으로 학습하는 '우리말[343](모국어)'인 한국어는 실제적으로는 '외국

<hr />

341) 이양지, 「오빠」, 92-93쪽.
342) 徐京植, 앞의 글, 23-24쪽.
343) 이양지는 원문에서 '우리말'을 'ウリマル'로 표기하고 있으며, 경우에 따라서 'ウリ マル'만 표기하거나 괄호로 母語, 母國語를 덧붙이기도 한다. 「유희」에서는 '우리말'이라는 한글 표기 위에 'ウリマル'라는 첨자를 달아놓기도 하였다. 이러한 표기의 다양성은 그 각각의 의미 맥락에 따른 작가적 의도를 반영한 것이며 의도적인 언어적 혼종의 표식으로 해석할 수도 있다.

어'임에도 불구하고 그 사용의 유무가 '정치적·윤리적 의미'를 지닌 다는 점에서 재일조선인의 정체성을 구속하는 하나의 판단 기준이 된 다. 이들에게 '일본인적인 발음'은 자신의 피식민자로서의 출신을 폭 로하는 일종의 스티그마이다. 재일조선인의 민족성의 정도를 가늠하 는 가장 일차적이고 표면적인 기제로서 한국어의 완벽한 구현을 요구 하는 한국인의 태도는 일본어를 모어로 하는 재일조선인의 역사적 배 경을 무형 처리한다는 점에서 실존적 억압과 차별의 가능성을 배태한 다. 재일조선인의 '일본적인 한국어 발음'을 철저히 지적하고 순화시 키고자 하는 모국어 사용자들의 이면에는 또한 그들의 존재를 타자 화시킴으로써 모국어의 영역에서 배제하려는 무의식적 의도가 표출 되기도 한다. 즉 모국어를 제대로 구사하지 못하는 재일조선인을 비 난하는 한편, 모국어를 제대로 구사하는 재일조선인에 대해서는 '재 일동포가 이렇게 우리말을 잘 하다니 놀랐어'라는 포즈를 취함으로써 은연중 그들을 '외국인', 이방인으로 취급하는 양가성을 보인다. 결국 재일조선인은 일본에서는 다수의 언어인 일본어를 모어로 하지만 민 족적 소수자로서 주변화되며, 한국에서는 한국인이면서 모국어인 한 국어를 모어로 향유하지 못하는 언어적 소수자로서 타자화된다. 그러 므로 재일조선인이 "우리'라는, 소유를 나타내는 어휘를, 순순히 자신 의 언어로서 당당히 발음할 수 없을 것 같은 기분'에 휩싸이는 것은 당 연한 결과이다. 국어 내셔널리즘에 포획된 '우리말'의 범주에 일본어 를 모어로 하는 재일조선인이 편입되는 과정은 선험적인 한계를 내포 하기 때문이다. '언어를 배우는 데서부터 시작되는 민족의식'은 모국 어의 폐쇄성과 모국어 사용자들의 양가적 판단 기준과 맞닥뜨리는 순 간 분열과 혼란에 빠지게 되며 정체성 위기를 유발하게 된다. 모어와 모국어, 민족과 국가가 서로 일치하는 것으로 확고하게 인식되는 한국 사회 안에서 재일조선인의 언어 문제는 또 하나의 내부적 타자를 배출하는 일련의 과정이 되며, 결국 재일조선인에게 '우리말'은 실제로 존재하는 말이 아닌 허상의 언어가 된다.[344] 재일조선인은 애초부터 '우리'의 바깥에 위치하고 있음을 작가는 '우리말'의 역설적 의미망을 통해 제기하고 있는 것이다. 이러한 '우리말'에 대한 재일조선인의 복합적 시선과 모어와 모국어의 상관성에 대해 본격적으로 천착한 작품이 「유희」이다. 작가는 「유희」를 통해서 그동안의 모국체험 안에서 갈무리된 한국 사회와 재일조선인 자아의 갈등과 좌절의 양상을 "인간의 존재 모두와 깊은 관련이 있는, 다시 말해서 감수성 전체의 산물이면서 동시에 감수성 전체를 지배하고 구속하는, 마치 살아 있는 생명체와 같은"[345] '언어'라는 매체를 통해서 면밀히 고찰하고 있다.

「유희」에는 세 명의 주요 인물이 등장한다. 일본에서 모국으로 유학 온 재일조선인 '이유희'는 S대학 국문과 4학년에 재학중인 소년같은 외모를 지닌 27세의 여성이다. 유희를 한국인의 관찰자적 시선으로 고찰하며 그의 내면적 갈등과 고뇌의 과정을 서술하는 작중화자인 '나'는 E여대 국문과를 졸업하고 잡지사에 근무하는 30대 중반의 여성이다. 그리고 결혼한 딸을 미국으로 이민 보내고 조카인 '나'와 함께 살며 하숙집을 운영하는 미망인 '숙모'가 등장한다. 이 세 인물은 각각 작가의 내면에 존재하는 분열된 자아의 현실태이다. "「유희」 속에 나오는 언니도, 아주머니도, 그리고 유희도 모두가 저 자신의 분신"[346]

---

344) 이한정, 「이양지 문학과 모국어」, 『비평문학』 28, 2008, 269쪽 참조.
345) 이양지, 「나에게 있어서의 母國과 日本」, 244-245쪽.
346) 이양지, 「나에게 있어서의 母國과 日本」, 211쪽.

이라는 작가의 언급처럼 그 이전의 작품에서 하나의 자아 속에 분열된 형태로 존재했던 다양한 목소리들이 저마다의 형상을 입고 각각의 인물 속에 투영되어 각축을 벌이게 되는 것이다. 한국어와 한국문화를 배우기 위해 모국유학을 왔으면서도 학교에서의 공적 언어 행위-과제, 시험 등- 이외에는 한국어를 배척하는 유희의 모순적인 태도는 '나'에게 이해할 수 없는 비타협적 행동으로 비춰진다.

> 유희는 시험이 있기 전과 제출해야 할 리포트가 있을 때 이외는 거의 한글을 쓰지도 않았고, 읽지도 않았다. 유희 방의 책장에는 대학에서 쓰는 교과서와 자료 말고는 모두 일본어로 된 책이 꽂혀 있었다.[347]

"일본 말투라고 할 수밖에 없는 발음의 불확실성과 억양의 기억"[348]으로 표상되는 유희의 한국어에 대한 불성실하고 거부적인 태도는 한국어를 자신의 모어이자 모국어로 삼고 한국 사회의 구성원으로 살아온 '나'에게 위협적이고 불편한 상황으로 인식된다. '나'는 유희의 한국어 습득 과정, 한국어를 대하는 태도 등을 하나하나 지적하며 유희를 '온전한 한국인'으로 만들기 위해 노력한다.

> ─유희, 그렇게 얘기했는데 어째서 띄어쓰기를 못 하는 거야. (중략) 띄어쓰기 버릇을 빨리 길러야겠어. 일본글처럼 줄줄이 써 나가기만 하면 안 되는 거야, 알겠지. 유희가 쓰고 있는 건 일본말이 아니야. 이런 리포트는 첫눈에 진저리가 나 버리지 않겠어. 답안지라면 읽어주지조

---

347) 이양지, 「유희」, 42쪽.
348) 이양지, 「유희」, 16쪽.

차 않을지 몰라. 일본말만 읽고 있으니까 그렇지. 이 부분의 표현도 몇 번 주의해야 되겠니, 좀더 잘할 수 있을 텐데. 유희는 조금도 노력을 하려 하지 않거든. 일본어 책만 읽기 때문이야.[349]

　놓아 둘 수 없다고 생각하고, 한국에 대해 느끼고 있는 불만을 일일이 내 일처럼, 어떤 때는 미안하다고까지 생각하며 조금이라도, 하루라도 일찍 유희가 이 나라의 생활에 익숙해지기를 바라고 있는 나의 성의가 유희의 이들 일본어 글자들에 의해 배반당한 것 같은 느낌이 들어서 견딜 수 없었다.[350]

　유희의 일본말에 대한 집착이 한국말에 대한 반동에 의한 것이라는 식으로는 도저히 생각할 수 없었다.[351]

'나'는 유희가 하루빨리 민족적 정체성을 회복하고 한국에서의 생활과 환경에 적응함으로써 한 사람의 완전한 한국인으로 거듭나기를 종용한다. 일본적인 감수성과 생활양식에 젖어있는 유희를 이해하고자 노력하고 배려하면서 유희가 한국에 유학 온 목적을 올바로 수행할 수 있도록 물심양면의 지원을 아끼지 않는다. '나'의 태도는 「각」에서 표면적으로 드러난 '순이'의 모범적 태도와 일맥상통한다. 적극적으로 한국어를 익히고 한국문화에 적응하려고 애쓰며 한국인으로서의 새로운 정체성을 구현하고자 하는 당위적 자아의 모습은 그대로 '나'의 의식 속에 스며있다. 즉 '나'는 유희의 '일본적인 것'을 비판적으로 정

---

349) 이양지, 「유희」, 43쪽.
350) 이양지, 「유희」, 54쪽.
351) 이양지, 「유희」, 77쪽.

화시키며 의식적으로 한국인의 생활방식을 익히고, 민족의식을 고취하고자 하는 '명분'과 '의무감', '이상'으로 무장한, 작가의 당위적 의식을 반영한 인물이라 할 수 있다. 이러한 '나'의 태도는 한국인이 재일조선인을 바라보는 일반적인 시선을 반영함과 동시에 그러한 강요된 시선을 내면화한 작가의 무의식적 부채감을 표출하고 있다. 한국어와 대척 지점에 놓인 일본어에 대한 경도(傾倒)는 작가의 내면적 부성(負性)의 근거가 되며 이러한 부채감은 작품 안에서 유희가 일본어 책을 읽고 일본어로 글을 쓰는 것에 대한 '나'의 강한 배신감으로 표현된다. '일본어에 대한 집착'을 '한국어에 대한 반동'과 연관시켜 바라보는 것에 대해 '나'가 강한 거부감을 표출하는 것은 일본어를 단순한 외국어의 하나가 아닌 한국어를 통해 극복하고 소멸시켜야 할 민족적 저항의 대상으로 상정하며 한국어를 당연히 받아들여야 할 모국의 언어로 인식하기 때문이다. 그러므로 유희의 '일본어에 대한 집착'은 작가가 모국유학을 하게 된 애초의 의도를 배반하고 교란시키는 내적 분열의 원인이 된다. 작가는 「유희」에서 한국인인 '나'를 통해 이러한 일본어와 한국어의 모순된 관계를 지적하고 있는데, 이는 한국인이라는 타자의 시선, 즉 일정한 심리적 거리를 유지함으로써 객관적 인식이 가능한 한국인을 통해 재일조선인인 자신을 검증하고 투사함으로써, 그러한 착종된 내적 분열에서 한 걸음 물러나 자신의 존재를 정직하게 성찰하고자 하는 작가의 의도를 반영하는 것이다. 더불어 작가의 내적 부채감을 타자의 목소리를 통해 발현함으로써 좀더 자유로운 발화 범위 안에서 자신의 실존적 정체성을 모색하고자 하는 의지를 반영한다. 이제 내부적 검열에 의해 분열된 형태로 존재했던 재일조선인 자아는 타자의 객관적 시선 아래 역설적으로 '일본적인 것'을 있는 그대로 표출하면서 자신의 존재와 솔직하게 대면하게 된다. 이로서 일본적인 것, 일본어는 한국어의 대척점으로 존재하는 것이 아니라 선험적으로 유희의 내면에 구축되었던 원초적인 언어였음이 규명된다. 일본어가 모어로서 유희의 내면에 먼저 존재했으며, 우선적인 자기 정체성 구현의 도구로 상정되었던 것이다. 그러므로 유희의 일본어에 대한 경도는 한국어에 대한 반감에서 비롯된 것이 아니라 당위적으로 거부된 자신의 존재적 근거에 대한 회귀 욕망, 내면적 분열과 자기부정의 과정을 주조했던 한국어로부터 자기를 보존하려는 욕구의 발현이며 이에 대한 사후적 반응으로서 한국어 배척이 일어나는 것이다. 앞서 살펴본 대로 유희에게 경험된 한국어, '나'가 유희에게 강요한 한국어는 관념으로서의 언어, 허구적이고 사물화된 언어이다. 이는 작가가 한국어를 근대 국민국가의 도구적 언어, 강요된 민족의 언어로 받아들이는 과정에서 재일조선인 자아의 역사적 근원성이 박탈당하고 자신의 생래적인 생활 습관, 일본인적 감수성이 배척되는 생경한 문화적 변용을 겪었기 때문이다. 관념과 실제가 충돌하고 이상과 현실이 괴리되는 지점에서 작중인물들의 내면은 분열될 수밖에 없었다. 작가는 「유희」에 이르러 그러한 모순된 갈등관계를 직시하고 "있는 그대로를 보고 받아들이는 용기와 삶에 대한 자세"[352]를 성취함으로써 비로소 다음 단계로 상승할 힘을 얻게 된다.

이제 유희는 분열된 내면의 은폐된 목소리가 아닌 자신의 직접적인 발화 행위를 통해 모국어인 한국어에 대해 언급하면서 자신의 현실을 직시하는 단계로 나아간다. 유희에게 한국어는 '언니와 아주머니의

---

352) 이양지, 「나에게 있어서의 母國과 日本」, 251쪽.

한국말'과 '학교에서나 거리에서 사람들이 말하는 한국어'로 나뉜다.

> ―언니와 아주머니의 한국말이 좋아요. ……이런 한국말을 하는 사람들이 있다는 것을 안 것만으로도 이 나라에 머무른 보람이 있었어요. 나는 이 집에 있었던 거예요. 이 나라가 아니라 이 집에 말예요.[353]

> ―아주머니와 언니의 목소리가 좋아요. 두 사람의 한국말이 좋아요.…… 두 사람이 하는 한국어는 모두 쏙하고 몸 안으로 들어오거든요.[354]

> ―학교에서나 거리에서 사람들이 말하는 한국어가 나에게는 최루탄과 마찬가지로 자꾸만 들리는 거예요. 맵고, 쓰고, 들뜨고, 듣기만 해도 숨막혀요. 하숙엘 가도 모두 내가 싫어하는 한국어를 쓰고 있었죠. 좋아요. 방 안에 마음대로 들어와 커피를 가져가기도 하고 책상에서 펜을 가져가기도 하고 옷을 마음대로 입고 가기도 하고, 그런 건 아무래도 좋아요. 그 행위가 싫은 게 아니에요. 돌려받으면 되고, 주어버리면 되는 것이니까 아무래도 좋아요. 하지만 그 사람의 목소리가 싫어지는 거예요. 몸짓이라는 목소리, 시선이라는 목소리, 표정이라는 목소리, 몸이라는 목소리,…… 참을 수 없게 되고 마치 최루탄 냄새를 맡은 것처럼 괴로워져요.[355]

유희에게 언어는 관념과 대치되는 현실의 언어, 정신과 대비되는 육

---

353) 이양지, 「유희」, 61쪽.
354) 이양지, 「유희」, 82쪽.
355) 이양지, 「유희」, 69쪽.

체성이 구현된 언어이다. 숙모와 '나'의 한국어를 '쏙하고 몸 안으로 들어오'는 언어로 체험하는 것은 이들의 언어를 신체적 실감의, 정서적으로 공감하는 언어로 받아들이기 때문이다. 이때의 언어는 문자로 표기된 객관적 형태의 모국어가 아니라 인간의 목소리에 구현된 주관적이고 감정적인, '어머니의 목소리'인 '모어'와 일치한다. "대금 소리는 우리말"[356)]이라는 표현 또한 정서적으로 합일되고 몸을 통해 구현되는 '소리'로서의 신체적 언어가 진정한 '우리말'임을 역설하는 것이다. 재일조선인인 자신의 처지를 이해하고 따뜻하게 배려하는 숙모와 '나'의 하숙집은 유희에게 '우리'의 가능성을 시사하는 '모어'적 공간이다. 따뜻한 온돌방, 정성스러운 음식, 진지한 대화 등은 유희가 바라는 모국의 실체, 자신의 존재적 가치를 일깨우는 유토피아적 공간이다. '이 나라'가 아닌 '이 집'은 모국어가 모어로 체험되는 통합적이며 혼종적인 공간인 것이다. 하지만 유희의 모국체험은 '이 나라'와의 대결구도에서 좌절하고 후퇴하는 양상을 보인다. '이 집'을 나서면 맞닥뜨리게 되는 모국의 현실은 '맵고, 쓰고, 들뜨고, 듣기만 해도 숨막'히는 최루탄처럼 유희를 위협한다. 숙모와 '나'의 하숙집의 긍정적 신체경험과는 상반된, 자신의 생래적인 생활 태도와 유리된 억압적이고 위협적인 한국인의 일상 행위는 유희에게 참을 수 없는 존재적 침해로 다가온다. 한국인의 몸짓, 시선, 표정, 몸을 대변하는 '목소리'는 '이 나라'에 대한 부정적 인식을 배태하는 근원적인 공간이다. 한국인의 무례한 행동, 자신을 타자화하고 이질적인 이방인으로 취급하는 노골적인 시선 등은 '목소리'라는 신체적 행위에 집약되어 나타나며, 이러

---

356) 이양지, 「유희」, 59쪽.

한 이질적 목소리에 대한 거부감은 그 목소리가 발화하는 한국어에 대한 배척과 좌절감으로 전이된다. 이처럼 관념적인 조국의 언어로서의 한국어는 실제적인 개인의 육체적 실감으로 전화되지 못함으로써 이질적인 타인의 언어에 머무르고 만다. 한국어를 통해 자신의 민족적, 실존적 존재성을 규명하는 데 실패한 유희는 결국 자신의 근원적 모어인 일본어로 회귀하게 된다.

> 유희는 이들 일본어를 씀으로 해서 일본어 글자 가운데 자신을, 자신의 내면에서 남에게 보이고 싶지 않은 부분을 아무런 눈치도 꺼림직함도 없이 몽땅 드러내놓고 있었다는 생각이 자꾸만 들었다.[357]

> 나에게 무슨 말을 하고, 나에게 무엇을 던져 오면서도, 스스로가 내뱉은 말과 표정의 씁쓰레한 여운들. 유희는 그럴수록 한국어를 더욱 자기 것으로 만들고, 좀더 이 나라에 접근하려는 노력으로 이겨내려 한 것이 아니라, 그와 반대로 일본어 쪽으로 되돌아가려 하고 있었다. 일본어를 씀으로써 자기 자신을 드러내고, 자신을 안심시키고 위로하기도 하며, 또 무엇보다도 자신의 생각과 흥분을 일본어로 생각하려 하고 있었던 것이다.[358]

자신 안의 '일본적인 것'을 정화하고 '조선적인 것'을 되찾기 위해 감행한 모국체험에서 유희는 역설적으로 자신의 '일본적인 것'이 자신의 모어이며, 존재적 근원임을 발견한다. 자신이 그토록 벗어나고자

---

357) 이양지, 「유희」, 53쪽.
358) 이양지, 「유희」, 55쪽.

했던 '일본적인 것'이 일상의 세세한 습관 하나하나에서 발현되는 양
상을 목격하며 유희는 당위적 민족의식을 배반하는 자신의 신체적 존
재성, 혹은 개인의 실존적 진실을 외면하고 왜곡해온 위선적 자아의
형상에 환멸을 느끼며 고뇌한다.

> 언니,
> 저는 위선자입니다
> 저는 거짓말장이입니다 (중략)
> 우리나라 (중략)
> 사랑할 수 없습니다 (중략)[359]

> ─이젠 무슨 일이 있어도, 이런 일은 끝내야지……. '우리나라'라고
> 쓸 수 없어요. 이번 시험이 이러한 위선의 마지막이고, 마지막이 되어
> 야 한다고 생각해요. (중략) 나는 썼어요. 누구에게인지는 분명치 않지
> 만 누구에겐지 아첨하는 것 같은 느낌을 가지면서 '우리나라'라고 썼어
> 요. (중략) 그 누군가는 세종대왕이었어요. 빨리 집에 돌아가 대금을 들
> 어야겠다고 생각했어요. 세종대왕은 믿어요. 존경하고 있어요. 하지만
> 지금 이 한국에서 사용되고 있는 한글은 나는 싫어요. 그런데도 '우리
> 나라'라고 쓰고 있어요. 쓰고 나면 칭찬받고요. 세종대왕은 모든 것을
> 보고, 알고 있어요.[360]

일본과 한국의 경계선 위에서 '우리나라'의 의미는 교란된다. 이제
유희는 '우리나라'라는 단어를 아무런 위화감 없이 사용할 수 없다.

---

359) 이양지, 「유희」, 59쪽.
360) 이양지, 「유희」, 69-70쪽.

‘우리나라’는 과연 어디인가 하는 물음은 스스로의 민족적 정체성을 묻는 질문이면서 동시에 그것을 부정하는 실존적 존재성을 드러내는 이중적 장치이다. ‘우리나라’에 속하지 못한 타자화된 ‘우리’로서 유희의 고뇌는 위선적인 자신의 행동을 더 이상 받아들일 수 없다는 데 있다. 실재하는 조국으로서의 한국 사회가 아닌 상상의 조국으로서의 ‘우리나라’, 이상적이고 몰역사적인 세종대왕의 전통적 공간이 자신이 회구하던 조국의 형상이라는 것을 깨닫는 순간, 유희는 자신의 관념적 민족의식에 대한 엄중한 자기비판을 행한다. 한국어를 자신의 모어로 받아들이지 못하고 한국 사회를 ‘우리나라’로 받아들이지 못한 유희는 자신의 존재적 근원지인 일본으로 회귀한다. “결국 유희는 일본인 비슷한 거야”[361]라는 숙모의 단언은 모국유학을 통한 유희의 자기 모색의 과정이 경계적 정체성, 중간자로서의 재일조선인의 위치를 재각인하는 갈등과 좌절의 행로였음을 보여준다. 하지만 이러한 유희의 좌절과 실패의 과정은 숙모와 ‘나’의 의식적 변모과정을 동반함으로써 새로운 의미망을 생성한다. 이전의 작품들에서 재일조선인 유학생의 모국체험 서사가 자아의 내면적 분열 양상의 재현에 머물렀다면 「유희」에서는 그러한 자기 정체성 모색의 과정이 모국인인 ‘나’의 고정된 정체성을 교란시키고 해체하는 기제로 작동함으로써 근대조국의 국어 내셔널리즘이라는 폐쇄적이고 견고한 장벽에 균열을 내는 역설적 효과를 주조하고 있음을 보여준다.

지팡이를 빼앗겨 버린 것처럼 나는 걷지를 못하고 계단 밑에 뻣뻣이

---

361) 이양지, 「유희」, 68쪽.

섰다. 유희의 두 종류의 글자가 가느다란 바늘이 되어 눈을 찌르고, 안구 깊은 곳까지 그 날카로운 바늘 끝이 파고드는 것 같았다.

다음이 이어지지 않는다.

'아'의 여운만이 목구멍에 뒤엉킨 채 '아'에 이어지는 소리가 나오지를 않았다.

소리를 찾으며, 그 소리를 목소리로 내 놓으려는 나의 목구멍이 꿈틀거리는 바늘다발에 짓찔리며 불타오르고 있었다.[362)]

이제 언어의 문제, 모국어와 모어의 충돌과 접합의 길항관계는 재일조선인의 특수한 언어적 상황에만 기인하는 것이 아니라 모국어의 자장 안에 놓인 민족구성원 안에서도 어느 순간 출현할 수 있는 보편적인 분열의 경험으로 확장된다. 견고하게 자기 안에 구축되었다고 믿었던 '나'의 신념체계, 고정관념이 유희의 분열적 경험을 공유하는 순간, 동일한 형태로 교란되며 해체되는 것이다. 이양지는 '나'라는 한국인을 화자로 내세워 재일조선인 유학생 유희의 모순되고 자기분열적인 내면을 객관적인 타자의 시각에서 고찰하고자 했으며, 모어와 모국어의 갈등 양상을 중심으로 재일조선인의 정체성 문제에 접근하고자 했다. 한편으로는 숙모의 관대한 시선을 통해 유희의 현실적 근거, 일본인적인 정체성을 가감없이 표출하면서 그러한 '일본적인 것' 또한 재일조선인의 무의식적 자아와 생활양식을 대변하는 존재적 표식임을 정직하게 드러낸다. '나'를 통한 민족적 자아의 구현도, 숙모의 시선에 포착된 일본적 자아의 내면화도 모두 '있는 그대로의 자신의 모습'임을 깨닫고 경계적 자아의 각성과 좌절의 현장을 겸허히 직시

---

362) 이양지, 「유희」, 88-89쪽.

하고자 하는 것이 작가가 「유희」를 통해 역설하고 있는 중층적 의미 망이다.

나) 양립과 길항의 이중 언어적 글쓰기

유희가 한국에서의 생활을 정리하고 일본으로 돌아간 것은 당위적 이고 위선적인 민족의식을 벗어나 다시 한번 진지하게 자아의 혼종 적 정체성을 고찰해보고자 하는 작가의 의지가 반영된 것이다. 사랑 할 수 없는 '우리나라' 안에서 왜곡된 자기 암시를 주조하고 분열된 내 면의 상처를 은폐, 재생하는 것이 아니라 폭력적인 모어가 자신의 내 면을 관장하는 실존적 언어라는 것을 인정하는 가운데, 관념적인 모 국어와의 길항관계를 통해서 자신만의 개별적 언어를 배태할 수 있다 는 가능성을 견지하고 새로운 글쓰기 작업으로 나아가는 것, 이것이 「유희」이후 새로운 '말의 지팡이'를 찾아 나선 작가의 행보이다. 일본 어와 한국어, 그 경계적 지점에서 다시 시작하는 것, 어느 한쪽으로의 포섭이나 봉합이 아니라 두 언어를 자기 안에 양립시키고 그럼으로 써 두 언어가 동시에 작동하는 혼종적 글쓰기를 구현하는 것, 이것이 이양지가 궁극적으로 구현하고자 한 재일조선인의 '이중 언어적 글쓰 기'의 새로운 형태이다. 작가의 갑작스러운 타계로 완성을 보지는 못 했지만 이양지의 유고작 「돌의 소리」는 두 언어가 재일조선인 자아 안에 혼합되고 서로 길항하면서 혼종적 주체 형성의 근간이 되는 과 정을 암시하고 있다.

「돌의 소리」는 총 10장으로 집필될 예정이었던 이양지 최초의 장편소설이다. 각 장의 제목은 미리 정해 놓은 상태였으며[363]『李良枝全集』
(講談社, 1993)의 '해제(解題)'에 의하면 1장은 완벽한 형태로, 2장은
퇴고를 전제로 한 상태에서『군상』편집부에 넘겨졌으며, 사후 이양
지가 사용하던 워드프로세서에 삽입된 디스켓에서 당시 집필 중이던
3장 원고의 일부가 발견되었다고 한다. 이것이 현재 남아 있는「돌의
소리」의 전 내용이며, 이는『李良枝全集』에 수록되어 있다.[364] 국내에
는 이 중에서 1장만 번역되어 있다.「돌의 소리」1장은 전체 소설의 서
두 부분인 만큼, 주요 등장인물의 개인사적 배경과 이양지가 소설에
서 천착하고자 한 여러 주제가 암시되고 있다.「유희」이후 '있는 그대
로 보는 눈과 마음'으로 일본과 한국, 재일조선인이라는 자신의 역사
적, 실존적 위치를 직시하고 정면돌파하려는 의지를 피력한 만큼,「돌
의 소리」에서는 의욕적인 주제적 시도들이 곳곳에 드러난다. 언어와
자아정체성의 관계에 대한 문제제기, 바리공주, 삼신(三神 ; 桓因, 桓
雄, 桓儉), 단군, 삼재(三才 ; 天, 地, 人), 세종대왕, 삼신할머니 등의 한
민족의 고유한 역사와 전통설화에 대한 천착, 정신과 관념, 의식과 자
아에 대한 철학적 고찰, 한국을 바라보는 일본인의 시선, '재일한국인
증후군'에 대한 구체적 제시 등, 이양지는 그동안 자신이 천착해온 중
심적 화두들을 이 작품을 통해 집대성하고자 했던 것으로 보인다. 그
중에서 일본어와 한국어의 길항관계, 언어와 자아정체성의 문제는 1

---

363) 각 장의 제목은 다음과 같다. 〈제1장 갖추고, 제2장 늘어놓고, 제3장 붙박이, 제4
　　장 축제, 제5장 다시(금), 제6장 씨앗을, 제7장 흩뜨리지 않고, 제8장 맺음, 제9장
　　거두고, 제10장 마음 가라앉히고〉
364) 심원섭,「「유희」이후의 이양지 : 수행으로서의 소설 쓰기」, 홍기삼 편,『재일한국
　　인문학』, 솔, 2001, 150쪽 참조.

장에서 집중적으로 제기되고 있으며, 한층 첨예화된 형태로 그 갈등
과 양립의 형상을 드러내고 있다.

작품의 화자이자 주인공인 '나', 임주일(イム・スイル)은 재일조선인
2세로서 모국유학을 통해 일본어와 한국어, 언어와 자아정체성의 관
계를 의식적 글쓰기를 통해서 검증하려는 인물이다. 고등학교 때부
터 시를 썼으며, 대학 졸업 후 무역회사에서 근무하다가 '재일조선인'
으로서의 자신의 불우한 가족사, 관념적 자아를 규명하고자 하는 의
지로 서울대 경영학과에 편입하여 모국 생활을 시작한다. '나'에게는
'가나(加奈)'라는 재일조선인 애인이 있으며 그녀는 한국의 고전무용
을 배우기 위해 서울에 유학 온 여성이다. 이전의 작품에서 대학의 국
문과에서 모국유학을 하며 전통악기와 무용을 배우던 여성인물들은,
'시'를 통해 언어에 대한 근본적인 물음을 던지는 남성화자와 무용을
통해 한국의 전통문화에 접근하려는 여성 인물로 분리된다. 이는 글
쓰기와 언어, 춤과 전통 문화라는 각각의 화두를 더욱 집중적으로 고
찰하고자 하는 작가의 의도가 반영된 것으로, 언어에 대한 분열적 자
의식과 갈등을 전통 문화에 대한 정서적 합일이라는 형태로 보완해
왔던 기존의 모국체험 서사에서 한 걸음 더 나아가, 각각의 화두를 그
자체의 의미망 안에서 풀어가려는 작가의 기획이 작용한 것이라 할
수 있다. 「돌의 소리」 1장에서는 '나'의 의식의 흐름과 과거의 기억, 글
쓰기의 세밀한 과정들이 제시되면서 한국어와 일본어의 양립, 그리고
시를 통해 구현되는 수행적 글쓰기의 실질적 장면들이 구현된다.

'나'는 모국유학 이후 한국어와의 접합 속에서 시를 쓸 수 없게 된
자신의 글쓰기 과정을 각성시키고자 자신만의 '의식의 과정'을 행한
다. 아침에 눈을 뜨자마자 〈뿌리의 광망(光芒, 빛살)〉이라 불리는 의식

의 1단계—눈을 뜬 후 20, 30분 동안 이불 속에서 낱말이나 시구를 떠올림—를 행한 후 의식의 2단계에서는 〈아침의 나무〉라는 노트에 그러한 의식의 영상들을 기록한다. '〈아침의 나무〉의 오른쪽에는 눈뜬 뒤에 떠오른 낱말이나 시구를 쓰고 그 옆 왼쪽에는 어제의 일기를 단숨에 씀'으로써, 철저한 의식 과정을 통해 구현된 어휘들과 글쓰기의 단초들을 세밀하게 기록하는 작업을 행한다. 이러한 의식화와 기록의 작업은 가방 속에 언제나 넣고 다니는 휴대용 노트인 〈낮의 나무〉로 이어지면서 『르상티망 X씨에게』라는 장편 서사시의 창작과정과 연결된다.

『르상티망 X씨에게』는 '나'가 "오늘까지의 나와 지금 현재의 내 모습을 스스로 확인해 가기 위해서 일종의 장편 서사시와 같은 형식으로"[365] 일본어로 쓰고 있는 시이다. '나'는 자신의 '분신'인 '르상티망 X씨'라는 시적화자를 통해서 재일조선인으로서의 자괴감, 패배감, 원한, 분노, 한(恨) 등의 '르상티망(Ressentiment)'에 휩싸였던 과거 자신의 모습을 직시하고 그러한 자신을 극복하고 떠나보내는 과정을 묘사함으로써 "나 자신을 향한 반항의 시, 분기(奮起)의 시"를 주조하고자 한다. 식민지 구종주국인 일본 사회에서 태어난 재일조선인이라는 사실, 그리고 자기 가족을 버리고 한국으로 건너와 세 명의 부인과 결혼 생활을 유지하는 아버지에 대한 증오심과 거부감 등은 '나'에게 자신의 존재에 대한 부정적 인식과 회의감을 조성하며 "이 세상에 태어나고, 또 일본이라는 나라에서 태어났다는 사실은 이중으로 낳아서

---

365) 이양지, 신동한 역, 「돌의 소리」, 『돌의 소리』, 삼신각, 1992, 36쪽. 이후에는 작가, 작품명과 쪽수만 표시하였다.

버림받은 것"366)이라는 생각을 증폭시킨다. 재일조선인이라는 피해의
식과 열등감, 불만족은 일본인 애인인 에이코를 학대하고 일본인 동
료의 한국 비하 언행에 비굴한 태도로 동조하는 왜곡된 형태로 발현
되며, 그러한 패배자로서의 원망(怨望)과 혼돈의 자기 인식을 벗어나
고자 하는 '결투의 각오'로 '나'는 마침내 한국행을 결심한다. 이처럼
자신의 열등한 존재성과 가족사에 구속되어 방황하던 '나'—'르상티
망 X씨'는 자신을 버린 부모의 생명을 살리고 중생을 구제하는 '바리공
주', 'Y녀'와의 만남을 통해 자기구원의 가능성을 얻게 된다. 이때의 Y
녀는 주일의 애인인 가나를 의미하며, 가나와의 약속인 『르상티망 X씨
에게』를 창작하는 과정을 통해 '나'는 비로소 스스로 각성하고 의식적
으로 자기 존재를 환기하는 자기 규명의 작업을 시작하게 된 것이다.

위에서 살펴본 대로 '나', 임주일의 행보는 이전의 작품들에서 작가
가 형상화한 인물들의 형태와 무관하지 않다. 일본 사회에서 재일조
선인이라는 열등한 위치를 감수하고 피해의식과 존재적 불안에 시달
리다 자기정체성을 구현하기 위해 한국유학을 감행한다는 점, 불우한
가족사가 자신의 근원적 부성(負性)으로 존재한다는 점 등은 이전의
자전적 작품에서도 동일하게 제시된 개인사적 배경이다. 하지만 그러
한 혼돈과 분열의 양상을 첨예한 자기 대면의 글쓰기 작업을 통해 '결
산'한, "하나의 단계적 마무리로서, 또한 새로운 중심선의 설정을 원하
고 그것을 추구"367)하는 과정으로서의 「유희」를 통과한 지점에 「돌의
소리」가 놓여져 있다는 것은 「돌의 소리」가 이전의 작품들을 포괄하

---

366) 이양지, 「돌의 소리」, 37쪽.
367) 이양지, 「나에게 있어서의 母國과 日本」, 247-248쪽.

고 극복한 지점 너머에서 출발한다는 점을 시사한다. 그 출발 지점이
바로 철저한 글쓰기의 의식으로서의 〈뿌리의 광망〉, 〈아침의 나무〉,
〈낮의 나무〉의 수행이며, 『르상티망 X씨에게』라는 장편서사시의 창
작 과정이다. 작가는 작품 안에서 시를 창작하는 글쓰기의 주체를 주
인공으로 내세움으로써 드디어 작가 자신을 객관적으로 바라보고 자
신 안의 언어적 갈등, 모어와 모국어의 간극과 길항의 과정, 언어와 창
작의 관계를 정밀하게 고찰하고자 한다. 이제 작가의 목표는 어떤 언
어를 선택할 것인가를 넘어서 두 언어를 어떻게 양립시키며 언어와
자아의 관계를 어떻게 통합시킬 것인가의 문제로 넘어간다.

　작가는 「돌의 소리」에서 시를 창작하는 임주일의 입을 빌려 '언어와
나와의 관계'를 다음과 같이 정의한다.

　　언어와 나와의 관계가 노트와 노트를 사용하는 나와의 관계에도 적
　용된다. 무엇보다도 나 자신이 어떻게 존재하는가가 물어지고 있다고
　생각된다. 언어에 대해 절실하고 착실해지는 것이야말로 쓰는 행위와
　자신이 일체화되어 갈 수 있다. 바로 그러한 나와 언어의 관계처럼 포
　착하고 포착되고, 때로는 끄집어내고 끄집어내어지는 과정 속에서 쓰
　는 일은 스스로를 정화하고 단련하며 다시 만들어져 간다는 느낌이 든
　다.[368]

잘못 쓰거나 쓴 것이 마음에 들지 않을 때 바로 찢어 버릴 수 있는
용수철 노트는 자신의 글쓰기에 대한 '긴장감의 이완'과 언어에 대한
불성실한 태도를 유발한다. 자신이 창조한 언어 그 자체에 대해 절실

---

368) 이양지, 「돌의 소리」, 17쪽.

하고 착실해지는 것, 언어를 쓰는 그 순간, 그 행위 자체에 집중함으로써 자신의 언어를 어떤 규율화된 기준에 맞춰 가치판단하거나 재단하지 않고 그러한 과정 모두를 자신 안에 포함하고 인정하는 것이 작가/시인으로서의 자기 자신의 존재 형태를 가늠하는 하나의 정직한 글쓰기 과정이 되는 것이다. 이러한 언어와의 첨예한 대결과정, 순수한 대면과정의 직조(織造)는 한국어와 일본어라는 이분화된 언어적 속박에서 벗어나 두 언어를 한층 자유롭게 구사하고 그 안에서 자신만의 새로운 언어적 가능태를 창조하고자 하는 의식적 욕망의 발현으로 나아간다. 「돌의 소리」에서 한국어와 일본어를 바라보는 작가적 시선의 변모는 이러한 창조적, 혼종적 언어 구현의 과정을 반영하는 시발점이된다.

　「유희」에서 '최루탄같은 한국어'에 맞서 유희가 작성한 수백 장의 일본어 문장은 「돌의 소리」에서 〈아침의 나무〉, 〈낮의 나무〉로 옮겨져 자신의 일상과 의식 하나하나를 점검하는 내적 도구가 된다. 이때 〈아침의 나무〉를 작성하는 과정을 통해서 '나'는 "의외이게도 꽤 뚜렷한 형태로 나의 내부에 있는 한국어와 일종의 대결을 시작하게"[369] 된다. '나'는 〈아침의 나무〉를 작성하는 동안 "번역불가능한 고유어 이외는 일체 한글을 사용하지 않을 것, 아무리 귀찮아도 한자로 써야 할 말은 한자로 쓸 것"[370]을 철칙으로 삼는다. 「유희」에서 '몸' 안으로 들어오지 못하고 의식의 영역에서 배회하던 모국어—한국어는 「돌의 소리」에 이르러 자신의 사고체계를 방해할 만큼 일상적인 생활언어로 표현된

---

369) 이양지, 「돌의 소리」, 89쪽.
370) 이양지, 「돌의 소리」, 89쪽.

다. 한국어는 나의 내부에서 "미묘하면서도 대담하게 사고(思考)를 지배하고, 또는 변화시키면서 좌충우돌하는 아슬아슬한 파도"[371]로 존재한다. 이제 한국어는 '나'의 존재적 근거를 위협하는 타자의 언어가 아니라 내 안의 사고를 지배하면서 일본적인 것과 적극적으로 공존하며 혼종되는 자기 내부의 언어로 변화된다. 한국어와 일본어는 마침내 모국어와 모어라는 이항대립적 구도를 넘어서 서로 간에 길항하며 긴장관계를 조성하는 이중 언어적 글쓰기의 도구가 된다. 한국어에 대한 인식의 변화와 더불어 '폭력적 모어'였던 일본어에 대한 작가의 인식도 정직하게 그 현상을 마주하는 단계로 나아가는데, 이는 「유희」 이후 '후지산'에 대한 심정의 변모과정과 연동하는 것[372]으로 이제 일본어는 하나의 '시어'로 상정된다.

> 서울에서의 생활에는 많이 익숙해졌다고는 해도 이른바 '재일한국인'으로서, 일본어로 계속 시를 쓰고 있는 사람으로서 자신을 둘러싼 환경과의 갈등은 없어지지 않았다. 익숙해졌다는 것은 어디까지나 표

---

371) 이양지, 「돌의 소리」, 89쪽.
372) 이양지는 '후지산'에 대한 감정의 변화 과정을 다음과 같이 언급하고 있다. ① 어린 시절 후지산의 장엄함과 당당함은 한편으로는 존경과 감탄의 대상이면서 동시에 인간의 왜소함을 비웃는 것처럼 보여 미움의 대상이었다. ② 민족에 대해 생각하기 시작한 후 후지산은 일본제국주의와 조국을 침략한 군국주의의 상징으로, 부정하고 거부해야 할 대상이 되었다. ③ 모국유학 이후 내 자신 속에 배어 있는 일본을 인식하면 할수록 부정하려고 하는 것 자체가 부자연스럽고 오히려 애착과 집착의 증명이 되는 것과 같은 심정을 느끼며 후지산의 존재가 내 마음 속에 깊숙이 자리하고 있는 것을 느꼈다. ④ 드디어 「유희」를 완성하고 나서 이제야 특별한 사랑도 미움도 없이 있는 그대로의 모습으로 후지산과 마주볼 수 있을 것이라는 자신을 갖게 되었다.(이양지, 「나에게 있어서의 母國과 日本」, 253-257쪽 참조)

면상의 것에 불과했다. 그곳이 모국이든, 어디든 자기가 태어나서 자란 곳이 아니어서 일상적으로 일본어를 듣거나, 일본어가 스며든 공기를 맡을 수 없다는 사실은 끊임없이 마음의 밑바닥에 말할 수 없는 공동감 (空洞感)을 만들어 내었다.[373)]

일본어에는 나에 있어서 시(詩)가 걸려 있다. 대화나 독서나 사고를 위한 수단, 또는 도구 이상의 것이라 해도 과언이 아니다. 거슬리게 들 릴지 모르지만 시는 나에게 있어 자기라는 존재의 증거라고도 할 수 있 는 정신적 비밀의식이며, 무엇하고도 바꿀 수 없는 행위라는 것은 앞에 서도 말한 대로이다.[374)]

일본어에 대한 이러한 인식은 「유희」가 이질적이고 거부감을 유발 하는 한국어에서 도피하기 위하여 어쩔 수 없이 일본어의 자장 안으 로 숨어들어간 것과는 성격이 다르다. 「돌의 소리」에서 '나'는 일본어 를 단순한 모어를 넘어서 나의 내면의 목소리를 증명하고 나의 존재 적 근거를 규명할 '시적 언어'로 전환시킨다. 모어와 모국어의 반목 속 에서 갈등하고 분열되며 자폐적 증상에 시달렸던 인물들은 일본어에 도 한국어에도 수동적으로 접근했던 자신의 태도를 변모시켜 적극적 으로 그 언어들을 자신의 의도대로 주조하고자 한다. 하지만 그 언어 의 사용은 전적으로 자신의 존재적 뿌리를 끊임없이 각성하고 기억하 는 과정과 동행한다. '육친의 언어'로서의 한국어, 그리고 '모어'로서 의 일본어는 "나라고 하는 존재의 뿌리 밑바닥에서 나의 현재를 묻고,

---

373) 이양지, 「돌의 소리」, 55쪽.
374) 이양지, 「돌의 소리」, 90쪽.

어떤 때는 나의 현재를 단죄(斷罪)조차 하는 것"[375]이다. 재일조선인에게 한국어는 단순한 외국어가 아니며, 그렇게 간주할 수도 없는 역사적 배경을 지니고 있다. 일본어 또한 자신의 존재적 근거이면서 동시에 '시' 창작—글쓰기의 동력이 되는 언어라는 인식이 언어와 글쓰기에 대한 이양지의 치열한 작가 의식과 마주치면서 새로운 단계의 문학 세계를 전망하는 것이다. 이제 일본어와 한국어에 대한 인식은 일상적 신체 언어와 관념적, 당위적 언어의 대립적 수용이라는 내부적 적응의 문제를 넘어 '시를 택할 것인가, 아니면 민족적인 행로를 택할 것인가 하는 갈등 경험'으로 확장되면서 '시적 자아'와 '민족적 자아'가 통합적으로 양립하는 언어의 세계를 구축하고자 한다.

> 시에 대한 구애(拘礙)와 나는 누구인가라는 것에 대한 구애는 상통한다. 그러나 경계선을 확실히 정할 수 없을 정도로 복잡하게 얽히면 상통하여도 어떤 곳에서는 서로 반발하고, 어떤 곳에서는 서로의 구애의 내용을 묻는 등의 형태로 싸운다.[376]

> '재일한국인'이라는 집합명사로 규정되는 것을 누구보다도 싫어했던 내가 어쩔 수 없이 '재일한국인'이라는 것을 모국에서 접함으로써 알게 되고, 시에 대해서는 일본인 이상으로 '일본인'이라 하여도 좋을 정도로 일본어에 구속받고 있었던 것이다. 그리고 그 주술과 속박은 인간에게 있어 언어란 무엇인가 하는 존재의 근본 부분에 얽혀 있었던 것이다.
> 시는 포기할 수 없었다.

---

375) 이양지, 「돌의 소리」, 91쪽.
376) 이양지, 「돌의 소리」, 76쪽.

동시에 내 피에 대한 구속도 버릴 수 없었다.[377]

'정신적 비밀의식'으로서의 '시'와 '나는 누구인가'라는 물음—재일
조선인이라는 '내 피에 대한 구속'은 '존재의 근본 부분'을 형성하는
두 개의 강고한 중심축이다. 어느 하나도 포기하거나 버릴 수 없는 존
재적 기원이자 삶의 동력이며, 궁극적 목표가 되는 것이다. 이제 작가
는 자신의 실존적 정체성을 구성하는 일본어로 쓴 '시'와 한국어로 구
현되는 '자아정체성'을 어떤 방식으로 양립시키면서 통섭할 것인가에
대한 의식적, 미학적 방법론을 탐색하는 단계로 나아간다. 「돌의 소
리」 1장에서 이러한 방법적 모색이 구체적으로 이루어지고 있지는 않
지만, 상징적으로 제시된 몇몇 단초를 중심으로 이러한 혼종과 양립
의 글쓰기의 가능성을 예측해볼 수 있다.

　펼친 노트를 위아래로가 아니라 좌우로 사용하게 된 것도 용수철로
철한 노트에서 보통 노트로 바꾼 뒤부터였다. 따라서 종서든, 횡서든
그 날의 기분에 따라 마음내키는 대로 쓰기로 하였다.
　일상적으로 한국어는 횡서로 쓰거나 읽거나 한다. 그래서 일본어로
계속 시를 쓰고 싶은 마음과, 일상적으로 사용하고 있는 한국어에 대한
염원은 충돌할 수밖에 없었다. 횡서의 한국어, 그리고 한국어의 음운
(音韻), 울림, 이들에 대한 구애됨이나 저항감이라고밖에 표현할 수 없
는 감정이 이러한 의식(儀式)을 생각해 내게 한 것이기도 하였지만 시
간이 지나는 사이에 종서로 할 것인가, 횡서로 할 것인가는 그다지 큰

377) 이양지, 「돌의 소리」, 95-96쪽.

문제가 되지 않게 되었다.[378]

—바하의 평균율과 무반주 첼로, 그리고 푸가의 기법을 잘 조합해서 그것으로 살풀이를 추고 싶어요. 고전무용 살풀이를, 더 숨 자리를 낮게 해서 동작의 중심(重心)을 수평적으로 이동시켜서 만들면 될 것 같아요. 바하의 음악은 크리스찬인, 서양인의 살풀이라고 나는 생각하고 있어요. 그러므로 반드시 서로 통하는 것이 발견되리라 생각해요.[379]

「유희」에서 한국어의 가로쓰기에 대해 불편한 심경을 드러냈던 작중화자는 「돌의 소리」에 이르러 한국어의 횡서와 일본어의 종서에 구애받지 않는 글쓰기 작업을 수행한다. 이는 한국어와 일본어의 형식적 차이로 말미암은 언어적 의식의 '충돌'을 적극적으로 사유하려는 '혼종화'의 과정을 의미한다. 두 언어는 서로 배타적으로 존재하며 서로간의 저항적인 길항관계를 주조할 수밖에 없는 역사적 배경으로 말미암아 끊임없이 충돌하고 반목할 수밖에 없다. 그러므로 두 언어를 한 자아 안에 통합시키는 과정은 의식적 각성을 담보로 한 '의도적 혼종화'를 통해서 이루어진다. 단순히 두 언어의 편의적 혼합이 아닌 '두 언어의 갈등을 통해 하나의 사회적 언어가 다른 것을 밝히는 것, 즉 저항적 언어의 살아있는 이미지를 다른 언어의 영역에 새기는 것을 의미'하는 '의도적 혼종화'는 이양지가 한국어와 일본어라는 대척적인 두 언어를 동시에 사용함으로써 재일조선인으로서의 경계적 자기 존재성을 구현하려는 과정과 언동한다. 즉 자신의 억압적이고 왜곡된

---

378) 이양지, 「돌의 소리」, 17-18쪽.
379) 이양지, 「돌의 소리」, 39쪽.

삶의 근원을 주조하고 존재적 고뇌의 원질을 제공한 일본의 언어를 통해 자기 내면의 본질과 의식의 정수(精髓)를 정제된 미적 언어로 추출하는 문학적 작업을 수행함과 동시에, 혈연적 근원이 되는 민족적 언어이면서 재일조선인이라는 '우리' 안의 타자성을 극명하게 일깨웠던 한국어를 일상의 언어로 내면화함으로써 자신의 신체적 언어로 전이하고자 하는 노력은 자기 안의 '일본적인 것'과 '조선적인 것'을 통합시킴으로써 혼종적 자기 정체성을 구현하려는 의지의 발현으로 볼 수 있다. 이러한 '의도적 혼종화'에 의한 두 언어의 길항관계는 '대립적인 요소들이 서로 동일성을 깨뜨리고 침투함으로써 제3의 공간 속에서 혼성되는'[380] '교섭'의 공간을 주조하며 전복적이고 창조적인 사유의 가능성을 배태한다. 일본 사회의 동일시의 욕망을 교란시키고 한국 사회의 규율화된 국가체계를 문제시하는 재일조선인의 경계적이고 양가적인 혼종성의 공간은 일본어 시와 한국어 일상어가 양립하고 서양의 음악과 한국의 춤이 접합하며, 수많은 X축과 Y축이 서로 횡단하고 교류하면서 새로운 민족 언어, 민족 문화의 좌표축을 형성하는 무한확장의 공간으로 재탄생하는 것이다.

이제 모어와 모국어에 대한 작가의 부성(負性)과 의무감은 일종의 글쓰기의 '권리'로 전이된다. 문학적 언어와 역사적 언어, 존재의 언어와 일상의 언어를 재일조선인이라는 실존적 맥락 안에 재기입하면서 서로를 견제하며 상승 발전하는 과정, 그 과정은 서로를 배제하는 개념이 아닌 양립 가능한 개념으로서의 '모국어의 권리'와 '모어의 권리'의 향유로 나아간다. 즉 "일본에 대해서는 '모국어의 권리'를 주장하면

---

380) Bhabha, Homi K., 나병철 역, 『문화의 위치』, 소명출판, 2002, 67쪽.

서, 동시에 한국 또는 북한에 대해서는 서로 다른 모어를 지닌 같은 공동체의 일원이라고, 다시 말하면 '모어의 권리'를 주장"[381] 하는 전환적 발상이 이양지의 문학적 작업을 통해서 구상되고 있는 것이다.

---

381) 徐京植, 앞의 글, 42-43쪽.

3. 유미리: 전복(顚覆)과 전유(專有)의 주체 서사

가. 허위적 가족의 전복과 대체가족(代替家族)의 구상 (構想)

1) 균열된 가족의 허위성과 신(新)가족풍속도

폭력적 아버지에 대한 치유할 수 없는 내면적 갈등과 반복되는 외상(外傷)의 발현이 김학영 작품을 관통하는 가장 근원적인 주제의식이 되며, 불우한 가정환경으로 인한 소외와 고통의 과정 속에서 자아의 실존적 의미를 희구하려는 치열한 내적 작업이 이양지 문학의 출발점이라면 유미리[382]에게 있어 '가족'은 그의 글쓰기 작업과 등가(等

---

[382] 유미리는 1968년 6월 22일, 가나가와현(神奈川縣) 요코하마(橫浜)에서 출생했다. 어린 시절 부모의 불화와 별거, 학교에서의 이지메 등으로 불안정한 유년시절과 청소년 시절을 보냈으며, 가출과 자살미수 등을 거듭하다 고등학교 1학년 요코하마 공립 고등학교를 중퇴했다. 1984년 극단 〈도쿄 키드 브라더스〉에 입단하여 배우로 활동했으며, 1988년 극단 〈청춘오월당(靑春五月黨)〉을 결성하여 극작가, 연출가로 활동하기 시작했다. 1993년 「물고기의 축제」로 제37회 기시다 구

價)에 놓이는 창작의 현장이라 할 수 있다. "사람의 기억 자체가 픽션"
이며, "내가 쓴 소설은 픽션이자 사실이다. 그래서 자전(自傳)의 형식
을 취하고 있다"[383]라고 작가적 입장을 밝히고 있는 유미리에게 '기억
=픽션'의 원초적 공간으로서의 '가족'은 창작의 기원이며 동시에 창작
의 원료가 된다. 불화한 현실과 '화해'하기 위해서 글쓰기를 시작한 유
미리는 자신 안에 내재한 세상과의 불화의 원인이 '한(恨)'이라는 것
을 깨닫고 이러한 '한'을 초월하고자 하는 욕망을 소설의 테마로 삼는
다.[384] 이때의 '한(恨)'은 "현실은 항상 사람을 위협하지만 그 위협과
대처하지 않으면 살아가는 의미를 알 수 없기 때문에 사람이 태어나

니오 희곡상을 수상했으며, 이후 소설을 창작하면서 1994년 처녀작『돌에서 헤
엄치는 물고기』를 비롯하여,『풀하우스』(1996),『가족 시네마』(1997) 등의 작품
을 상재하기 시작했다. 1996년『풀하우스』로 제24회 이즈미교카 문학상, 제18회
노마분케 신인상을 수상했으며, 1997년 상반기에『가족 시네마』로 제116회 아
쿠타가와상을 수상했다. 이후『물가의 요람』(1997),『타일』(1997),『골드러시』
(1998),『여학생의 친구』(1999),『남자』(2000),『생명』(2000),『魂』(2001),『루
주』(2001),『生』(2001),『聲』(2002),『돌에서 헤엄치는 물고기(개정판)』(2002),
『8월의 저편』(2004),『비와 꿈 뒤에』(2005) 등의 작품을 발표했다.(상세한 연보
는 유미리, 김난주 역,『물가의 요람』, 고려원, 1998. ; 유숙자, 앞의 책, 135-138
쪽. ; 김정혜,「유미리의 작가적 지향의식」, 전북대학교 재일동포연구소 편,『재일
동포 문학과 디아스포라 2』, 제이앤씨, 2008. ; 유미리 작 · 정진수 편,『유미리 戲
曲集』, 도서출판 藝音, 1994, 5-10쪽 참조.)

383) 김정혜, 앞의 논문, 287쪽.

384) 희곡 창작으로 글쓰기를 시작한 유미리는『돌에서 헤엄치는 물고기』이후 소설
로 장르를 전환하는데 이에 대해 작가는 "한을 초월한다는 것은 제 소설의 테마
입니다만, 연극으로는 좀처럼 표현하기가 힘듭니다. 일본어로 말하는 증오라든
기 분노라면 쉽게 무대화할 수 있지만, '한'이라는 자신에게 엄습해오는 것, 일상
에서 쌓인 한을 어떤 식으로 풀고 초월해나가는가 하는 부분은 소설로만 가능
한 게 아닌가 생각합니다."(李恢成, 柳美里 對談,「家族, 民族, 文學」,『群像』, 1997. 4,
139쪽.(유숙자,「타자와의 소통을 위한 글쓰기 : 유미리 문학의 원점」, 홍기삼 편,
앞의 책. 209쪽에서 재인용.)라고 언급한다.

면서부터 등에 진 무거운 짐(숙명)같은 것"[385]이다. 유미리를 '위협'하는 일차적인 현실은 바로 '가족'이다. 유미리가 자전소설『물가의 요람』(1997)에서 밝히고 있듯이 평탄치 못한 유년시절의 기억과 성장 이후에도 끊임없이 자신을 옭아매는 가족의 굴레는 작가가 자신의 존재를 규명하기 위해 명철하게 직시하면서 뚫고 나가야 할 '숙명적 대상'이다. 첫 소설인『돌에서 헤엄치는 물고기』(1994)에서부터「풀하우스」(1996),「가족 시네마」(1997),『골드러시』(1998),「여학생의 친구」(1999) 등의 작품에 나타난 가족의 모습은 모두 개인의 소외와 좌절, 세계와의 소통 불능의 과정을 주조하는 일차적 배경이면서 동시에 유미리의 작품 세계를 규명할 전제적 단서가 된다. 유미리의 작품에 드러난 '가족'의 형상은 그 구성원 개개인이 모두 이러한 불화와 단절의 상황에 노출된다는 점에서 작가 개인의 특수한 경험을 넘어 현대 자본주의 사회의 병리적 현상과 인간소외의 문제를 환기하는 단계로 나아간다. 본 장에서는 이러한 가족의 의미망이 작가의 작품을 통해 어떻게 구현되고 있으며, 어떠한 양상으로 변모, 확장되고 있는지, 그리고 그러한 '가족'의 양상이 주체의 형성 과정과 어떠한 영향관계를 맺고 있는지 살펴보고자 한다.

가) 공동(空洞)의 '풀하우스(Full House)'와 균열의 '집짓기'

유미리의 소설 등단작인『돌에서 헤엄치는 물고기』는 1994년 9월, 『신초新潮』에 발표되었으나 그후 작중인물의 모델이 된 인물로부터

---

385) 유미리, 권남희 역,『창이 있는 서점에서』, 무당미디어, 1997, 30쪽.

고소를 당해 출판금지를 당했다. 재판중 제출한 '개정판'은 출판이 가능하게 되어 2002년에 新潮社에서 출간되었다. 국내에서 출간된 1995년판(함정연 역, 동화서적)은 개정 전의 작품을 번역한 것으로 2006년 개정판(한성례 역, 문학동네)과 표현상 약간의 차이만 있을 뿐 전체적인 내용과 주제적 맥락은 거의 같다.[386] 부모의 불화와 방치로 인해 저마다의 상처를 안고 뿔뿔이 흩어진 가족과의 관계 속에서 방황하고 소외되어 가는 주인공의 피폐한 삶의 풍경과 얼굴에 종양을 가진 '박리화'라는 한국인 친구를 통한 구원에의 의지, 그리고 한국과 일본에서 겪게 되는 재일조선인으로서의 이중적 타자성을 뛰어난 비유적 표현과 유려한 문체로 드러내고 있는 『돌에서 헤엄치는 물고기』는 유미리 작품 세계의 기본적 주제의식을 포괄적으로 제시한 모태적 작품이라 할 수 있다.

『돌에서 헤엄치는 물고기』에는 작가의 자전적 경험에 기반한 가족사가 간략하게 제시되어 있다. 화자인 '나(양히라카, 梁秀香)'의 가족의 현 상황은 「풀하우스」와 「가족 시네마」에서 약간의 변형만 가했을 뿐 거의 유사한 인물 구성과 기본적 서사구조를 가지며, 작품 출간 순서에 따라 시간적 흐름을 반영하는 몇 가지의 내용들이 첨가된다. 『돌에서 헤엄치는 물고기』에는 '나'의 가족 구성원으로 아버지와 어머니, 남동생 스미아키와 여동생 요시카가 등장한다. 빠찡꼬 기계의 기술자인 아버지는 월급을 전부 경마에 탕진한 채 집에는 생활비 한 푼 가져

---

386) 작품에 제시된 한국 방문 관련 내용의 모티프가 되는 사건들과 〈출판정지 가처분〉 소송의 경과와 표현에 대한 작가의 견해는 유미리, 『창이 있는 서점에서』(위의 책)에 자세히 서술되어 있다. 본 논문에서는 두 판본을 모두 인용 대상으로 삼았다.

오지 않는다. 생활비를 벌기 위해 카바레 '미카도'의 호스티스가 된 엄마는 결국 다른 남자들과 불륜의 관계를 맺다가 십 년 전 '나'와 요시카를 데리고 가출하여 최근까지 기타야마라는 남성과 반(半)동거생활을 했다. 아버지와 함께 사는 스미아키는 경마 게임에 중독되어 현실과 유리된 자폐적 생활에 빠져 있다. '나'는 고등학교에서 퇴학당한 후 가자모토의 극단에서 극작가로 데뷔하여 활동하면서 독립적인 생활을 하고 있으며, 엄마와 함께 생활하는 여동생 요시카는 고등학교 이학년을 중퇴하고 가자모토의 지인이 운영하는 프로덕션에 탤런트로 소속되어 있으면서 일종의 성매매 시스템인 '전화사서함' 등을 통해 용돈을 조달하는 생활을 이어간다. 자신의 허위적인 욕망에 빠져 가족들을 생활고에 몰아넣으며 폭력적으로 대처하는 아버지의 형상은 비참하게 붕괴된 재일조선인 가족의 현실태를 주조하는 시발점이 된다.

> 그런데 어느 날인가는 전화를 받은 엄마가 무심코 수화기를 아버지에게 건넸다. 우리는 늦은 아침을 먹고 있었다. 아버지는 벌떡 일어서는가 싶더니 밥상을 뒤집어엎고 전화선을 가위로 잘라버렸다. 그러고는 엄마의 머리채를 휘어잡고 한국말로 욕지거리를 퍼부으면서 엄마의 머리를 거울에 처박았다. 몇 번이나 몇 번이나. 거울은 산산조각이 나고 엄마의 눈과 귀에서 피가 줄줄 흘렀다. 엄마의 입에서 비명과 함께 쥐어짜듯 터져나오는 말도 한국말이었다. 그날 엄마는 왼쪽 귀의 고막이 터져 들리지 않게 되었다. 된장국을 뒤집어쓴 동생들은 소리죽여 갓난아기처럼 가냘픈 울음소리를 냈지만 나는 텔레비전 화면만을 바라보고 있었다.[387]

---

387) 유미리, 한성례 역, 『돌에서 헤엄치는 물고기』, 문학동네, 2006, 36-37쪽. 이후에

  사소한 일에도 폭력적으로 대처하는 아버지의 형상은 기존의 재일
조선인 문학에서 형상화된 재일 1세대 아버지의 모습과 유사하다. 폭
력과 불화한 부모, 두려움에 떨면서 반복되는 외상에 노출되는 자식
들, 유미리의 소설 또한 재일조선인의 암울한 가족 풍경을 재생하면
서 내면적인 상처와 억압에 고통받는 재일 2, 3세의 모습을 적나라하
게 보여주고 있다. 하지만 유미리의 작품에서 주목할 것은 이러한 재
일조선인의 불화한 가족의 모습이 인내와 굴종의 형태로 봉합되는 것
이 아니라 가족 개개인의 욕망의 지점들을 폭로하면서 극단적인 붕괴
와 자기소외의 단계로 나아간다는 점이다. 도박과 자기 치장 등의 이
기적인 쾌락에만 매몰되어 가족들을 경제적, 정신적으로 방치하는 아
버지의 폭력적이고 허위적인 행동의 반대급부에는 아버지에 대한 어
머니의 증오와 분노, 그리고 탐욕스러운 성적, 물질적 욕망의 표출양
상이 자리한다. 아버지의 신체적, 경제적 학대에 못 이겨 카바레의 종
업원으로 취직한 어머니의 이후 행로는 '가족'이라는 허위적 관념의
실체를 부정하고 실질적으로 자신의 욕망을 구현하는 '타락한 어머
니'의 형상을 보여준다. 남편과의 별거와 정부(情夫)와의 동거생활, 자
식들의 이산과 방치 등 "분노와 정욕의 광채가 번갈아가며 빛나고 있
는 것 같"[388]은 어머니의 모습은 자식들의 파행적인 삶의 경로를 암시
하는 바로미터로 작용한다. 자아가 맞닥뜨리는 최초의 세계인 '가족'
에게 유린당하고 버림받은 기억, 부모들의 왜곡된 욕망의 산 제물이
되어야 했던 자식으로서의 자신의 위치에 환멸을 느끼고, 정처없이

  는 작가, 작품명과 쪽수만 표시하되, 2006년판은 작품명만, 1995년판은 작품명
  과 연도를 함께 표시하였다.
388) 유미리, 『돌에서 헤엄치는 물고기』, 172쪽.

부유하며 삶의 의미를 스스로 훼손해가는 주인공 '나'는 "내 안에서 머물 곳을 잃어버리고 늘 어딘가로 도망치려고 초조해"[389]하면서도 늘 가족들에게 '호출'당하는 속박된 자신을 느낀다.

> 나는 핸드백과 하이힐을 철망 밑에 가지런히 놓았다. 그리고 철망을 기어올랐다. 비 때문에 손발이 자꾸만 미끄러졌다. 왠지 다리부터 떨어지는 건 싫다는 생각이 들었다. 머리부터 거꾸로 떨어지고 싶었다. 철망을 타고 넘어 마지막 순간에 임하려는 순간 호출기가 울렸다. 몸이 후들거렸다. 나는 곱은 손으로 철망에 매달려 있었다.[390]

> "언니는 특별하잖니."
> 엄마는 차 열쇠를 찾으며 말했다.
> "언니가 엄마를 쏙 빼닮아서 그런 거지?"[391]

'나'는 늘 아버지가 사준 호출기의 신호음에 긴장하며, ""언니는 엄마를 쏙 빼닮았으니까"라는 여동생의 저주에 묶여 꼼짝할 수가 없다."[392] 경마게임에 중독되어 결국 정신병원에 입원한 남동생 스미아키에게 죄의식을 느끼며, 서로를 조소하면서도 낙태 수술 등의 위급한 순간에는 여동생에게 자신의 치부를 내보이며 의지한다. 「가족 시네마」에 이르러 아버지와 어머니의 파행적 욕망의 증거물들을 카메라라는 객관적이고 사물화된 시선으로 냉정하게 묘파했던 작가는 『돌에

---

389) 유미리, 『돌에서 헤엄치는 물고기』, 160쪽.
390) 유미리, 『돌에서 헤엄치는 물고기』, 160-161쪽.
391) 유미리, 『돌에서 헤엄치는 물고기』, 41쪽.
392) 유미리, 『돌에서 헤엄치는 물고기』, 51쪽.

서 헤엄치는 물고기』에서는 아직까지 가족이라는 관계의 그물망에서 벗어나지 못하고 그 안에서 연민과 환멸의 감정을 동시에 감지하는 균열된 목소리의 흔적을 보여준다. '가족'이라는 틀에서 벗어나고자 하면서도 어쩔 수 없이 서로에 대한 애증관계로 얽혀 구속받는 한 인물의 방황과 고뇌의 과정이 자신의 상처와 한(恨)을 정면대응하고 치유하려는 절박한 행위와 함께 작품을 구성하는 하나의 큰 줄기로 제시된다. 이처럼 연민과 환멸의 이중적 시선에 사로잡혀 있던 가족에 대한 의구심은 역설적으로 아버지의 '집짓기' 계획과 마주치면서 그 본질의 허약성과 허위성을 확연히 간파하는 단계로 진입하게 된다.

아버지의 눈은 내 쪽을 향하고 있었으나 아무것도 보고 있지 않았다. 발밑으로 시선을 떨어뜨리자 내 발이 물웅덩이 속에 빠져 있음을 알았다.

할말 같은 건 아무것도 없다. 그저 아버지 앞에서 이 시간을 참고 견딜 수밖에 없겠다고 각오를 했을 때 아버지가 말을 꺼냈다. 놀라움이 다시금 전신을 휩쌌다.

"미도리 구에 있는 땅에다 새 집을 지어 다시 온 가족이 다 함께 모여 살았으면 한다."

아버지는 희미하게 웃어 보이며 내 코트 주머니에 접힌 종이를 밀어 넣었다.

"아버지가 그린 설계도인데, 나중에 한번 보거라."

나는 아버지를 바라보았다. 흙빛의 주름투성이 얼굴, 흰 머리칼이 더 늘어난 머리. 만나지 않은 일 년 사이에 아버지는 놀랄 만큼 폭 늙어버렸다. 아버지의 반쯤 열린 입에서 나오는 한숨에는 시큼한 노인의 냄새

가 섞여 있었다.[393]

'나'의 가족들은 결코 서로의 눈을 마주치지 않는다. 각자의 내면에 고여있는 욕망의 편린들이 폭로되는 것이 두려운 까닭이다. 이미 붕괴되어 파편화된 가족 구성원을 새로운 '집'이라는 실체 없는 공간 안에 모으려는 아버지의 의도는 나에게 이해할 수 없는 뒤늦은 제스처일 뿐이다. '내 안에서 가족은 벌써 끝나버'린 허구와 환멸의 대상이다. "어떻게 하면 같이 살 수 없다는 얘기를 아버지가 상처받지 않게 할 수 있"[394]는가가 '나'가 아버지를 배려할 수 있는 최선의 방법이다. 이처럼 부유하는 재일조선인으로서 일본 사회에 온전히 정착하지 못하고 자신의 상황을 그대로 '가족' 안에 주조한 아버지는 '새 집짓기'라는 새로운 욕망을 촉발함으로써 자신의 왜곡된 과거를 만회하고자 한다. 하지만 아버지의 '새 집' 또한 '가족'이라는 기만적 이름 아래 소통불능의 상황을 재생하는 하나의 '빈 공간(空洞)'에 불과하다.

아버지의 '집짓기' 욕망은 「풀하우스」에 이르러 그 형체를 드러낸다. 결국 자신의 목숨을 담보로(생명보험) 5천만 엔의 빚을 내 고호쿠에 새 집을 지은 아버지는 가족들이 다시 새롭게 모여 살기를 희망하며 〈하야시 쇼지(아버지), 기요코(어머니), 모토미(큰딸), 요코(작은딸)〉라는 문패를 내걸고 이층저택을 지어 딸들을 불러 모은다. 주워 온 물건으로 메워진 현재 거주하는 니시쿠의 집과는 대조적으로 고호쿠의 새 집은 신상품으로만 채워진다. 아버지는 남의 집에서 주워 온 가전제품이나 훔쳐 온 물건들로 니시쿠의 집을 가득 채우는 기이

---

393) 유미리, 『돌에서 헤엄치는 물고기』, 164쪽.
394) 유미리, 『돌에서 헤엄치는 물고기』, 167쪽.

한 행적을 보이는 한편, 궁핍한 살림에도 본인의 모자, 양복, 시계, 구두는 모두 일류품으로 치장해서 "인색함과 낭비 사이를 왔다갔다하는"[395] 이중적 모습을 보이던 인물이다. 이러한 허위와 과시 욕구에 근거한 모순적 태도는 새 집에서 새로운 삶을 시작하려는 현재의 모습에도 이어져, 고호쿠의 새 집은 실용 여부와는 상관없이 최신 생활용품과 레저용품, 장식품 등으로 포장된다. 목적 없는 사물들로 채워진 아버지의 '집'은 '나'에게 '침몰할 지경에 놓인 군함'처럼 위태롭고 '고스트 타운'처럼 실체 없는 유령의 공간일 뿐이다. 물질적 과시를 통해 자신의 뿌리없는 삶을 과대 포장해왔던 아버지는 '평당 단가가 비싼 집을 짓고 가구를 갖'춘 집 앞에서 "자기를 끌어안고 감사하다는 말을 연발하지 않는 나와 동생을 이해할 수 없"[396]다. 가족들을 경제적으로 곤란하게 하고 폭력적으로 학대하며 유년 시절의 트라우마를 주조했던 아버지는 가족들에게 항상 터무니없이 값비싼 선물을 함으로써 이러한 자신의 과실을 무마해왔다.

> 성인식 때 받은 것은, 어머니 말에 의하면 백오, 육십만 엔이나 하는 밍크 코트였다. 또 지금 다니는 회사에 취직되었다고 알리자, 한 자루에 칠, 팔만 엔이나 하는 몽블랑이니 워터맨이니 파카니 하는 만년필을 여섯 자루나 보내 주었다.[397]

---

395) 유미리, 곽해선 역, 「풀하우스」, 『풀하우스』, 고려원, 1997, 20쪽. 이후에는 작가, 작품명과 쪽수만 표시하였다.
396) 유미리, 「풀하우스」, 24쪽.
397) 유미리, 김난주 역, 「가족 시네마」, 『가족 시네마』, 고려원, 1997, 26쪽. 이후에는 작가, 작품명과 쪽수만 표시하였다.

자식에 대한 아버지의 애정표현은 늘 자본주의적 가치관에 침윤된 물질적 보상으로 대체된다. '새 집' 또한 이러한 아버지의 왜곡된 애정 표현의 한 양상에 불과하다. 가족들을 방치했던 지난날의 과오나 잘 못은 언급되지 않는다. 용서와 사죄의 과정이 생략된 채 자식들 앞에 놓인 '새 집'은 진정한 가족의 화해와 소통의 가능성이 배제된 기만적 인 선물일 뿐이다. 이처럼 '가족이 함께 모여 살아갈 가능성'은 시작에 서부터 난관에 부딪친다. '새 집'에 들어갈 출입구는 봉쇄되어 있다.

> "현관 열쇠는 없다."
> 아버지는 짓궂은 웃음으로 입술을 비틀며 〈공사가 끝나면 대금을 지 불한다고 약속했는데, 아직 지불을 안했다. 그래서 땅은 내 것이지만 집은 아직 내 것이 아닌 셈이다. 사실은 전기나 가스를 연결하는 것도 안 되고 사는 것도 안 된다. 어떻게 얼버무려서 부엌문 열쇠는 받았지 만 시공업자가 현관 열쇠는 아무리 말해도 건네주지를 않는구나〉하고 남의 일처럼 설명했다.[398]

가족을 '새 집'으로 불러 모을 '열쇠'는 존재하지 않는다. 이때의 열 쇠는 이중적인 의미를 지닌다. 하나는 앞서 언급한 대로 가족들을 하 나로 모으고 사랑과 유대감을 회복할 출발점으로서의 '열쇠'이다. '새 집'은 있지만 그 집에서 새롭게 시작할 각성의 시간은 전혀 준비되지 않는다. 아버지의 실효성 없는 '권위'와 무모한 변명만이 그 집의 효용 성 없는 존재가치를 셈해줄 뿐이다.

---

398) 유미리, 「풀하우스」, 48-49쪽.

나는 이제까지 단 한 번도 아버지와 둘이서 이야기한 적이 없다. 나뿐만 아니라 아버지도 역시 교묘하게 피해 왔다. 그런 긴장이 집을 지음으로써 풀어져 이제 아버지답게 거동하려 하는 것이다.

"그 여자가, 네 엄마가 집을 나간 게 내 탓이라고 생각할 테지. 하지만 적어도 나는 폭력을 휘두르지는 않았다." (중략)

나는 볶음밥을 입으로 가져가며 기억을 더듬어 엄마가 맞은 횟수를 세었다. 한 숟갈이 한 번.

"네게 성적 학대를 한 적도 없다. 기억이 있니?"

세 숟갈째에 스푼을 놓고 기억에 뚜껑을 덮고는 조용히 고개를 저었다.[399]

'새 집'에서의 생활은 결국 이전의 '가족'상을 재생하는 데 불과하다. '집'이라는 틀, 혈연이라는 미약한 끈, 공동의 상처라는 외면하고 싶은 기억만 남은 가족에게 이 '새 집'은 니시쿠의 낡은 집처럼 과거의 왜곡된 기억들과 쓸모없는 관계의 흔적만이 가득 찬 '쓰레기장'에 불과하다. 전기도 가스도 들어오지 않음으로써 실제적인 생활의 가능성은 거세된 상상으로서의 공간이면서 '땅은 내 것이지만 집은 아직 내 것이 아닌', 혈연 외의 아무런 재생의 조건도 제공되지 않는 불모와 미완의 공간이다. 그러므로 공사는 끝났지만—새 집은 마련되었지만— 대금은 지불되지 않은—가족들을 다시 연결할 수 있는 가족적 유대감 형성은 불가능한— 공간에서 나와 아버지의 대화는 계속적으로 어긋날 뿐이다.

'열쇠'의 첫 번째 의미가 가족 간의 유대감을 회복하는 출입구의 '열

---

399) 유미리, 「풀하우스」, 43-44쪽.

림장치'로서의 열쇠라면 두 번째 의미는 타인과 외부 사회로부터 자신을 보호해줄 안식처이자 안전한 거처, 즉 '닫힘장치'로서의 열쇠이다. '나'는 6, 7세의 유년 시절, 낯모르는 사내로부터 성폭행을 당한 기억을 갖고 있다. 엄마와 동생이 외출한 집에 혼자 남아 있던 나는 집에 침입한 사내로부터 성폭행을 당한다. '집'이라는 공간은 외부의 침입과 폭력적인 행위로부터 전혀 나를 지켜주지 못한 장소로 상징된다. 이때의 경험은 단순히 하나의 불행한 개인적 체험에 그치는 것이 아니라 가족 구성원을 지켜주지 못하는 방치의 공간으로서의 '집', 사회적인 편견과 유린의 경험, 이지메와 상습적 학원 폭력 등 한 개인을 세상의 타자로 내모는 외부적 억압으로부터 자신을 지켜주지 못하는 근원적 결핍으로서의 '집'을 환기시키는 상징적 사건을 표상한다. 존재적 근거없음, 뿌리없는 정체성으로 말미암아 아무 곳에서도 정착하지 못하고 끊임없이 안식처를 찾아 배회하는 '나'의 모습은 『돌에서 헤엄치는 물고기』에서도 계속적으로 추적되어 온 '나'의 형상이다. 이처럼 출구이자 보호장치로서의 '열쇠'의 부재는 '가족'이라는 '새 집'이 가진 허구적 의미망을 폭로하고 단죄하면서 '새 집'의 무의미성을 환기시킨다. 이제 '나'에게 사랑과 유대감에 기반한 가족이라는 이데올로기는 더 이상 유효하지 않다. 자식들에게 '새 집'에서 살 것을 강요할 아무런 권리도, 능력도 없는 아버지는 폐쇄된 현관문 앞에서 무기력하게 물러나 '도둑'처럼 부엌문으로 출입할 뿐이다.

아무도 살지 않는 이 빈집에 요코하마 역에서 노숙자 생활을 하던 한 가족이 등장한다. 그리고 이 노숙자 가족은 이 빈집을 자신들의 집으로 만들어간다. 거실을 차지하고 앉은 사내, 부엌살림을 주재하며 안주인 노릇을 하는 중년 여자, 자신과 여동생의 방에서 스스럼없이 기숙하는 아이들. 잠시 머물다 가리라 생각했던 이 노숙자 가족은 점점 새 집을 자신들의 공간으로 점령하며 꾸며간다. 아버지의 공간을 축소시키고, 역할을 전도시키며 새 집의 의미를 무화시킨다. 사내는 아버지의 생각을 무시하고 자기 뜻대로 마당에 연못을 만드는가 하면, 아이들은 아버지가 나와 동생을 위해 마련한 수영복을 입고 연못에서 수영을 한다. 아버지는 점점 위축된 모습으로 부엌문을 통해 이 집과 내통하면서, 욕실에서 빨래를 하고 세탁기를 돌리고 허드렛일을 하며 생활비를 건네고, 밥을 '얻어먹고' 간다. 결국 아버지의 새 집은 점점 이 노숙자 가족의 새 보금자리로 탈바꿈한다. 온 가족이 한데 모여 새로운 가족공동체를 이루고자 소망했던 아버지의 바람은 새로운 노숙자 가족의 웃음과 유희로 채워진 '풀하우스'의 구현을 통해 왜곡된 형태로 충족된다.

> 바야흐로 이 집을 점거한 갈 데 없는 이 가족은 연못가에 웅크리고 앉아 여자가 슈퍼마켓에서 사 온 불꽃놀이 화약에 연신 불을 당긴다. 초대받지 않은 손님처럼 떨어져 선 채로 아버지와 나는 터져오르는 불꽃이 연못 수면에 비치는 걸 보고 있었다. (중략) 문득 시선을 느껴 올려다보니 근처 2층 창에 불이 들어온 집이 없었다. 나는 가족이 모두 모여 이 집마당의 광경을 응시하고 있는 게 아닌가 하는 상상을 하며 어두운 창을 바라보았다. 옆집 마당에 얼굴을 돌려 보니 노파가 센 불꽃에 비춰져 떠올랐다.
> "풀 하우스(Full House)구나."[400]

---

400) 유미리, 「풀하우스」, 110-111쪽.

아버지는 이 새 가족을 통해 가족의 의도된 화목함을 '연기(演技)'하도록 종용한다. 노숙자 가족의 모습을 통해서 모여 사는 가족에 대한 소중함을 나에게 일깨우려고 하지만 나는 이미 가족이라는 구성원 안에서 '초대받지 않은 손님'이며, '유희'와 '연극'으로서의 가족의 허구성을 직시하고 있는 인물이다. '불꽃놀이' 뒤에 남겨진 잔해의 공허감처럼 이미 가족에 대한 기대는 체념과 의혹의 감정으로 무화된 지 오래다. 그러므로 이 새로운 '풀하우스'는 채워졌으되 비워진 양면적 공간이다. 16년 전처럼 함께 모여 새로운 가족의 모델을 형성해보려던 아버지의 바람은 무산되고 조롱된다. 이방인의 손길과 존재감만이 난무하는, 텅 빈 '풀하우스'는 허위의 공간이면서 동시에 붕괴된 가족의 현실을 역설적으로 환기시키는 환멸의 공간이다.

텅빈 공간으로서의 '풀하우스'는 더 나아가 가족 구성원 간의 소외를 부추기고 소통 불능의 현실을 주조함으로써 회복의 가능성은 사장시킨 채 불신과 적대감으로 팽배한 왜곡된 공간을 구성한다. 나는 노숙자 가족의 딸인 가오루를 통해 그 가족 또한 자신의 가족과 유사한 상처와 균열의 흔적을 가지고 있다는 것을 감지한다. 자신의 새 집을 채우면서 동시에 비워나가는 노숙자 가족 또한 일상적인 가족의 범주에서 일탈된 가족의 형태를 보여준다. 그 중에서 주인공인 '나(모토미)'가 연민과 동일시의 시선으로 바라보는 소녀 가오루의 존재는 '나'의 어린 시절을 대변하는 하나의 재생 장치로 기능한다.

"저 아이가 1학년 때 담임선생님이 불러서 갔지요. 애가 말을 안 한다는 거예요. 집에서는 했는데. 보통으로. 그런데 점점 말수가 적어지더니 2학년쯤 되기 전부터 한마디도 안하게 됐어요. (중략) 가오루는

요, 여럿이 괴롭히는 일을 당했던 게 아닌가 의심이 가요. 한 번은 바지를 입지 않고 돌아온 적이 있어요."[401]

   동생은 소녀를 찬찬히 바라보고 헤아려 본 뒤에 내뱉듯이 말했다.

   "언니하고 똑같아."

   땀이 천천히 옆구리를 흘러 내려가는 게 느껴진다. 동시에 손가락부터 저린 느낌이 올라오는 것을 느꼈다.

   "언니 어릴 때도 어항 속의 금붕어를 버리고 귀뚜라미를 넣었잖아."[402]

   '나'의 유년 시절의 성폭행의 기억, 꿈인지 생시인지 모를 방화의 환영, 어항 속의 금붕어를 버린 행위 등은 소녀의 이지메 혹은 성폭행의 가능성, 실어증, 방화 등으로 이어져 거의 똑같이 재현되면서 '나'의 어린 시절 암울했던 기억들과 연결되고 내면의 고통과 상처를 추출해내는 기제로 작용한다. 가오루의 생김새나 행동 하나하나는 과거의 앨범 속에서 빠져나온 '나'의 분신인 듯, 익숙하게 다가오며 '나'와 가오루는 서로의 상처를 알아보듯이 처음부터 서로를 스스럼없이 대한다. 소녀에 대한 '나'의 애정과 관심, 연민의 시선은, 상처받은 어린 시절의 자아를 보듬고 치유하려는 하나의 시도로 볼 수 있다. '나'는 가오루를 통해 어린 시절의 소외의 경험, 가족의 사랑과 보살핌이 결여된 채 외로움에 시달렸던 과거의 기억을 보상받고자 한다. 소녀의 양말을 추켜올려주는 행위, 정성스럽게 소녀를 목욕시키는 장면, 함께

---

401) 유미리, 「풀하우스」, 73-74쪽.
402) 유미리, 「풀하우스」, 109-110쪽.

잠자리에 들면서 평안함에 젖는 장면, 머리를 묶어주는 장면, 손톱과 발톱을 깎아주는 장면, 신발끈을 묶어주는 장면 등은 스스로가 어머니가 되어 어린 시절 자신이 받지 못했던 어머니의 사랑을 환생한 자신의 분신인 가오루에게 대신 베푸는 행위라 할 수 있다. '나'는 소녀와 함께 있는 시간에 늘 정신이 나간 듯 환각에 사로잡히는 경험을 한다. 어린 시절로의 회귀가 자신을 현실의 척박하고 불안한 삶으로부터 한 발자국 떨어진 무의식의 영역으로 인도하기 때문이다.

> 내가 전에 누군가가 지켜보는 가운데 잔 적이 있었던가? (중략) 이 집에 발을 들여 놓으면 이내 엄습해 오는 불안이, 소녀의 머리 냄새와 숨소리의 물결 가운데 깨끗이 사라져 가는 듯하여 나는 어느 사이엔가 잠이 들었다.[403]

이렇듯 가오루의 존재는 자신의 결핍된 어린 시절을 환기시키면서 스스로를 위무하고자 하는 욕망을 불러일으키는 대상이다. 무엇보다도 가오루의 '실어증'은 가족과의 사이에서 올바로 소통되지 못하는 단절된 관계성, 소통불능성을 상징적으로 보여주는 장치로서, 어린 시절 자신을 억압했던 고통의 중추가 어디에 기인하는가를 암시적으로 보여준다. 학교에서 집단 따돌림을 당한 흔적은 가오루에게 '실어증', 즉 '침묵의 방벽'에 둘러싸이는 형태로 나타난다. 가족들에게는 막연한 추측만이 난무할 뿐이며, 어떠한 처방과 방법으로도 소녀의 실어증은 고쳐지지 않는다. 하지만 '나'와의 정서적인 소통, 교감의 가능성

---

403) 유미리, 「풀하우스」, 87쪽.

을 감지한 가오루는 '나'에게 자신의 실어증이 어디에서 유발되었는
가를 단말마와 같은 발화를 통해 암시한다.

　　소녀는 시선을 내게로 돌렸다. 나는 적어도 몇 분간은 꼼짝도 하지
　않고 소녀가 바라보는 대로 가만히 있었다.
　　소녀가 입을 열었다.
　　아빠, 이리 와, 이리 와, 적(敵)이다, 아빠, 아빠, 이리 와, 간다, 가, 가.
　　별안간 철사를 뭔가에 대고 문지르는 듯한 목소리였다.[404]

　아버지와 '나'의 관계는 소녀와 사내의 관계망을 통해서 간접적으
로 고찰된다. 소녀의 실어증처럼 '나'는 자신의 의견을 직접적으로 아
버지에게 발설하지 못한다. 아버지의 구차한 변명과 이해할 수 없는
행동 앞에서도 섣불리 자신의 생각을 드러내지 않는다. 그저 침묵으
로써 그 상황을 지나쳐갈 뿐이다. 아버지를 바라보는 '나'의 시선과 내
면의 감정은 명백히 제시되지 않는다. 자신을 '새 집'에 묶어두려는 아
버지의 터무니없는 책략 앞에서도, 자신의 어릴 적 사진을 떨리는 손
으로 바라보는 아버지 앞에서도 '나'는 아무런 포즈를 취하지 않는다.
"옛날부터 아버지가 귀여워한 사람은 언니뿐"이라는 여동생의 말은
아버지에 대한 '나'의 복합적 감정을 더욱 부추기는 억압적 단언일 뿐
이다. 오랜 시간 억눌려온 아버지에 대한 '나'의 애증의 감정의 근원은
소녀의 목소리를 통해서 비로소 드러난다. 소녀가 실어증 이후 처음
으로 입을 연 장소는 택지가 조성되는 중인 무성한 풀밭으로, 어린 시
절 나의 방화 경험이 이루어진 장소와 유사하다. 학교에 불을 지른 나

---

404) 유미리, 「풀하우스」, 101-102쪽.

의 행위는 사실인지 아닌지 분명히 밝혀져 있지 않다. 다만 그 장소에
서 '나'가 눈물을 흘리며 서 있을 수밖에 없었던 이유, 즉 학교 안에서
이루어진 집단 따돌림이나 학원 폭력 등의 가능성을 추측해볼 수 있
는데, 이는 소녀에 의해 '적(敵)'으로 상징되는 집단으로부터의 소외,
사회적 타자화의 경험과 연결된다. 다급하게 '아빠'를 부르는 소녀의
목소리는 일종의 구원을 요청하는 행위라 볼 수 있다. 하지만 소녀—
'나'의 목소리는 빈 벌판에 공허하게 메아리칠 뿐이다. 학교라는 외부
적 공간, 자신을 소외시키고 배척하는 외부 공간으로부터 자신을 보
호해주지 못한 아버지에 대한 무의식적인 원망(怨望)과 체념은 소녀
의 비현실적인 목소리를 통해서 비로소 발설된다. 이는 앞서 살펴본
대로 자신을 세상의 억압적 시선으로부터 보호해 주지 못하고 불행의
상황에 방치해버린 무책임한 '가족'에 대한 무언의 항변이며 가족의
불행을 주조한 아버지에 대한 거부와 반감의 표시라 할 수 있다. 한 걸
음 더 나아가 소녀의 '실어증', 그리고 나의 '침묵'은 아버지로 대변되
는 가족과의 소통불가능성, 불신의 경험과 연결되면서 그 의미가 정
교화된다.

　앞마당에서 불꽃놀이를 하고 있던 노숙자 가족은 갑자기 들이닥친
소방차에 어리둥절해진다. 사내의 아들인 요시하루가 소방서로 장난
전화를 건 것이다. 소년의 거짓말에 분노한 사내는 소년을 구타한다.
그 순간 가오루는 집안에 불을 지른다. 방화의 이유는 명쾌하다.

　　"가오루, 너!"
　　사내는 소녀의 뺨을 때리려고 오른팔을 높이 쳐들었다. 그 순간 소녀
　　의 시선이 사내의 시선에 가 박혔다. 그리고 소녀는 두 주먹을 눈에 갖

다 댔다.

　"그러니까, 이젠, 거짓말이 아냐!"

　소녀의 외침이 내 귀를 찔렀다. 내게는 귀에 익은 그리운 울림이었
다.[405)]

　용서해. 내가 불을 놓았다는 것은 거짓말. 너만큼 강해질 수는 없어.
아마 거짓말이었을 거야. 부탁해. 기다려. 아무도 널 때리지 않으니까.
어른이 되면 맞지 않아도 돼. 애야, 그 자전거만이라도 돌려다오. 그 자
전거는 내 거니까.[406)]

　여기에서 '거짓말'은 그 행위의 진위 여부를 떠나 상대에 대한 가치
판단의 기준으로 작용한다. 소년의 거짓말이 가오루의 행위를 통해
진실이 되어버리는 역설적 상황은, 거짓말과 진실 사이에 놓인 사실
관계의 불확정성, 진실의 허약성을 드러낸다. '거짓말'은 진실의 반대
말이 아닌 불신과 소통불능의 기호이다. '그러니까, 이젠, 거짓말이 아
냐!'라는 가오루의 외침은 서로의 목소리에 귀 기울이지 않고 서로 간
의 의견을 거짓말로 치부해온 소통불능의 '가족'을 고발하는 행위이
다. 가족에게 거부된 경험, 자신의 진실이 올바로 받아들여지지 않는
다는 체념과 좌절감은 가오루를 침묵하게 만들고 가족에 대한 불신
과 환멸을 조장한다. 끊임없이 거짓말을 함으로써 거짓말이라는 불신
의 관계에서 도망치고자 하는 역설적 몸부림, 진실 여부와 상관없이
가족에게 주목받기 위해서, 혹은 가족을 거부하는 형태로 재생산되

---

405) 유미리, 「풀하우스」, 115-116쪽.
406) 유미리, 「풀하우스」, 117쪽.

는 '거짓말'은 가족 안에서 자신의 존재를 증명하기 위한 하나의 절박한 행위가 된다. 사실의 여부와 상관없이 '거짓말이 아니'라는 나의 진실된 목소리를 믿어주는 상호신뢰의 관계, 소통의 관계를 지향하고자 하는 작가의 간절함이 가오루의 역설적 행위를 통해서 표출되고 있는 것이다. 이처럼 허위의 토대 위에 지어진 아버지의 '풀하우스' 계획은 가족 간의 불신과 소통불능의 상황, 그리고 그러한 좌절과 억압의 내면적 상처를 실어증과 방화, 절도 행위 등의 자기파괴적 행위로 분출하는 가족 구성원의 균열로 말미암아 실패로 끝난다. '속이 텅 비게 되어도 넘어지지 않는 나무처럼' 공동(空洞)의 풀하우스와 일체가 된 아버지는 불타는 '새 집'을 보면서 회복의 가능성이 봉쇄된 허구적 '가족'의 붕괴를 목격한다.

나) 유희와 연극으로서의 허위적 반(反)가족의 출현

『돌에서 헤엄치는 물고기』가 불행한 가족사로 말미암아 어디에도 안주하지 못하고 정처없이 부유하는, 그러면서도 끊임없이 가족 관계 안에 속박당하는 한 인물의 방황기를 서술하고 있다면 「풀하우스」는 '집'이라는 허구적 구조물을 통해 붕괴된 가족 구성원을 한 곳에 모으려는 아버지의 허위적 환상과 좌절의 과정을 그리고 있다. 이미 오래 전 붕괴되어 서로에 대한 증오와 환멸만 남은 각각의 가족 구성원들은 이제 「가족 시네마」를 통해 각 인물들의 억압과 욕망의 지점들을 속속들이 드러내면서, 자본주의적 사회 구조에 포획된 소외된 '가족'의 만화경적 풍경을 주조한다. 누구보다도 아버지와 어머니의 인물상은 주목할 만한 외형적, 내면적 특이성을 보여주는데, 이는 '가족'이라는 기존의 관념을 전복시키는 새로운 형태의 부모상을 보여주며, 이러한 부모의 형상이 1960, 70년대의 일본 사회의 풍속도를 적나라하게 재현하면서 그 속물성을 여실히 드러내고 있다는 점에서 재일조선인의 새로운 인물상 창조에 기여하고 있다고 볼 수 있다.

1960년대 이후 가속화되기 시작한 일본의 고도경제성장[407]은 합리화·효율화를 중심적 가치기준으로 하면서 경제이익을 첫째로 하는 경제대국을 출현시킨다. 고도경제성장의 흐름에 맞춰 국민의식도

---

407) 패전 이후 물자부족, 악성 인플레이션, 대흉작 등으로 말미암아 경제 불황에 빠졌던 일본은 1950년 한국전쟁으로 인한 유엔군 군수품 조달 등의 경제적 특수를 통해 점차적인 경제 호황의 시기로 접어들게 된다. 쌀의 대풍작으로 식량난이 해소된 1955년부터 호황으로 돌아선 일본 경제는 1973년 10월의 오일쇼크 때까지 18년간 연평균 10%의 고도성장을 기록하며 급속도로 발전했다. 국민총생산(GNP)은 이 기간 동안 5.4배(실질)로 늘었으며 1968년에는 서독을 추월함으로써 미국에 이어 세계 제2위의 경제대국이 되었다. 고도경제성장의 결과로 제1차 산업에서 제2·3차 산업으로의 노동력 대량이동과 산업구조 고도화, 국내시장의 확대에 따른 대량판매와 대량소비의 정착 등이 일어났으며, 급속한 성장의 폐해로 공해문제와 도시문제가 대두되었다. 전후개혁이 가져온 민주화의 진전과 고도경제성장에 따른 대중사회 출현으로 국민의 생활과 의식도 크게 변화했다. 도시를 중심으로 '이에(家)'의 해체와 핵가족화가 진행되었으며 개인주의와 마이홈주의가 확대되고 '남들만큼' 되고자 하는 '중류의식'과 기업에 대한 귀속의식이 강해진 반면, 정치적 무관심도 증가했다. 도시의 중심부에는 고층빌딩, 지하철, 맨션 등이 출현하고 교외에는 대규모개발로 주택단지나 분양주택지가 형성되었다. 고도경제성장에 따른 국민소득수준의 향상으로 텔레비전, 냉장고, 자동차 등의 보급과 인스턴트식품과 외식산업의 등장, 다종다양한 외국상품의 수입, 슈퍼마켓이나 컨비니언스 스토어(편의점)의 출현 등 소비혁명이 일어났으며, 고속도로, 신칸센, 항공로 등 교통망이 정비되어 국내외여행이 용이해지고 스포츠나 레저도 다양화되어 '쓰고 버리기'를 특징으로 하는 대량소비사회가 출현했다. 1973년 오일쇼크로 고도경제성장이 멈춘 뒤에도 완만한 안전성장을 계속해왔던 일본 경제는 80년대의 '거품경제', '버블경기'가 90년대에 이르러 붕괴되면서 심각한 불황 위기를 맞았으며 구조조정과 실업자 양산 등을 초래했다.(朝尾直弘 엮음, 서각수·연민수·이계황·임성모 역,『새로 쓴 일본사』, 창비, 2003, 541-570쪽 참조)

크게 변화하여 '중류의식'을 기반으로 한 새로운 대중사회가 출현한다. 이 중류의식은 현실을 긍정하는 생활 보수주의로서, 스스로의 생활을 지탱하고 있는 기만, 그리고 그것에 바탕을 둔 객관적 불안을 바로보기를 싫어하며, 자주적이고 주체적인 자기의식을 갖기보다는 자기보다 상위에 서는 자의 가치 전반을 모방함과 동시에 자기보다 하위에 있는 자의 존재를 늘 의식한다.[408] 이처럼 대량소비와 중류의식을 기반으로 하는 대중사회의 출현은 사회 구성원들의 생활적, 정신적 의식 상태를 물질중심, 소비지향의 가치관으로 변모시켰으며 스스로 자가발전하면서 속물적이고 허위적인 인간관의 증식을 조장한다. 민주주의와 자본주의적 가치 체계의 접합은 개인적 욕망의 발견과 충족의 과정을 부추겼으며, '가족'이나 '공동체'적 가치의 추구보다는 개인의 자아실현에 더욱 큰 비중을 두게 만들었고 이로 말미암은 개인의 소외와 차별적 억압의 양상을 주조하기도 하였다. 유미리 작품에 만연한 학교 내 이지메 현상, 아버지의 과도한 소비욕, 어머니의 물질만능주의와 성적 욕망의 추구 등은 이러한 일본 사회의 고도경제성장의 가치들이 개인 안에 왜곡된 형태로 각인된 결과들이다. 특히 「가족시네마」에는 60, 70년대 일본 사회의 이면을 적나라하게 반영하는 속물성—허세와 물질적, 성적 욕망에 근거한—의 화신(化身)으로서 아버지와 어머니, 여동생 등이 등장하는데 작가는 그들에게 카메라라는 객관적 시선을 들이댐으로써 각 인물들의 시대적, 개별적 속성들을 면밀하게 부각시키고 있다.

　먼저 '나(모토미)'의 아버지(하야시)는 파친코점 〈아사히 궁전〉의

408.)尹建次, 『現代日本의 歷史意識』, 앞의 책, 82-83쪽 참조.

총지배인으로 팔십만 엔이라는 고액의 월급을 받으면서 경제적으로
풍족한 삶을 누리는 인물이다. 「가족 시네마」에서 아버지에 대한 묘사
는 주로 상품의 적나라한 제시와 함께 이루어진다. '짙은 재색 소프트
모자에 던힐 양복', '로렉스 손목시계', '백화점에서 방금 구입한 티롤
리언 모자, 두터운 양말, 등산화에 피켈까지 갖춘 중장비' 등 아버지를
설명하는 가장 정확한 방법은 그가 자신을 표출하기 위해 구비하는
상품의 목록을 훑어보는 것이다. 이러한 소비지향적 생활 패턴과 자
기 과시적 욕망의 발현은 물질중심의 가치관으로 팽배한 일본 사회의
허위적 '중류의식'을 대표하는 것이라 할 수 있다.

> 옛날에 아버지는 외출하기 전이면 모자를 몇 개나 상자에서 꺼내 거
> 울 앞에서 써 보고는, 〈다들 날더러 앨런 래드를 닮았다고 하는데 그렇
> 게 닮았나〉라고 물었다.[409]

> "헤비스모커는 말씀이죠, 상표를 바꾸지 않는 법입니다. 내가 피우는
> 것은 팔러먼트, 당신은 마일드세븐."[410]

> 아버지는 코스는커녕 공을 치기만 하는 연습장에도 간 적이 없는데,
> 클럽이 한 세트 들어있는 골프백을 항상 현관 신발장에 세워 두었다.[411]

개인은 자신이 소유한 상품의 이미지와 액수로 가치 판단되며 스스
로 그러한 판단 기준에 매몰된다. 이들에게는 거울에 비춰진 자신의

---

409) 유미리, 「가족 시네마」, 19-20쪽.
410) 유미리, 「가족 시네마」, 33쪽.
411) 유미리, 「가족 시네마」, 51쪽.

나르시시즘적 욕망만이 스스로의 존재를 구축할 수 있는 단 하나의 단서가 된다. 이러한 과도한 자기 과시의 욕망은 단순한 자기만족의 단계를 넘어 가족들을 방치하고 외면하는 가운데 이루어진다는 점에서 왜곡된 허세적, 속물적 욕망과 연결된다.

> "생활비는 한 푼도 주지 않고, 나하고 자식들은 끼니를 때울까 말깐데, 자기는 실크 와이셔츠나 주문하고, 백금에 다이아몬드 넥타이핀이랑 카우스 버튼까지 끼고."[412]

아버지는 어머니가 카바레에 나가야 할 만큼 생활비는 거의 주지 않으면서도 자식들에게는 항상 터무니없이 값비싼 선물을 한다. '나'의 생일 선물로 에메랄드 반지를 선물하는가 하면 '백오, 육십만 엔이나 하는 밍크코트', '한 자루에 칠, 팔만 엔이나 하는 몽블랑이니 워터맨이니 파카니 하는 만년필' 등을 선물로 준다. 자식에게조차 물질적 보상을 통해서 자신의 존재를 환기시키려는 아버지의 태도는 자식들에게 기만적인 소외의 경험으로 다가올 뿐이다. 이처럼 외면적으로는 물질적 부요의 상징이면서 가족들에게는 무능과 불신의 대상이었던 아버지가 자기 과시적 허세의 속물성에 빠져 있는 인물이라면 어머니는 '돈과 섹스'라는 또다른 형태의 물신에 붙들려 있는 인물이다.

"마흔다섯 살 기념이라며 수치심 한 조각 보이지 않고 유방을 풍만하게 수술"[413]한 '나'의 어머니는 아버지의 폭력과 경마중독, 그리고 경제적 학대에 시달리다가 카바레에서 일하기 시작하면서 '미련없이

---

412) 유미리, 「가족 시네마」, 34쪽.
413) 유미리, 「가족 시네마」, 13쪽.

어머니역을 내던'진 인물이다. 아버지가 자기 과시적인 물질적 욕망에 몰두한다면 어머니는 자신의 성적 욕망을 만족시켜줄 남성과 불륜의 관계를 맺거나 방종한 성적 생활을 영위함으로써 인생의 의미를 찾는다.

> 젊은 남자의 육체에 매력을 느끼기는커녕 닭살이 돋는 것은 어머니 탓이라고 할 마음은 없지만, 어머니가 아버지와 헤어진 것은 성적 불만이 원인이 아니었을까 의심하고 있다. 어머니의 입에서 〈하야시 씨는 말이지, 성교 불능자라구〉란 야유를 들은 것이 한두 번이 아니다. "남자는 돈, 아니면 섹스야. 어느 쪽이든 하나만 있으면 어떻게든 살아갈 수 있는 법이라구."[414]

남편을 성교불능자로 치부하면서 '남자는 돈, 아니면 섹스'라는 욕망의 공식을 재생하는 어머니는 자식들에게 환멸의 대상이면서 동시에 동일시의 불안을 야기하며 여성으로서의 자기 존재를 구속하는 강박적 암시의 대상이다. '나'와 요코는 "어렸을 때부터 〈엄마 같애〉라는 말로 서로를 폄하"[415]하면서도 자신들도 성에 대해 도구적으로 접근하거나 사물화된 성적 경험, 왜곡된 성적 관계를 유지하는 등 엄마의 타락한 성적 욕망을 반복적으로 재생한다. 처자식이 있는 후지키와 내연의 관계를 유지하면서 사양길에 접어든 부동산업으로 간신히 생활을 유지하고 있는 어머니는 아버지의 집을 담보로 잡아 자신의 경제적 야망을 실현시키고자 하는 의도로 아버지와의 '부부놀이'

---

414) 유미리, 「가족 시네마」, 88쪽.
415) 유미리, 「가족 시네마」, 96쪽.

에 관심을 보인다. 남편을 '은행'으로 여기고 '나'에게 새 집의 권리증을 훔쳐오라고 시키는 등, 자신의 신조대로 아무런 죄의식 없이 '돈'과 '섹스'에만 골몰하면서 자식들에게 성적으로, 윤리적으로 타락한 어머니의 모습을 보여준다. 그러나 어머니의 현실은 그러한 욕망의 추구가 자신의 행복한 생활의 구현과는 무관하다는 것을 보여준다. 아버지에 대한 성적 불만족과 경제적 불안으로 별거를 선택한 후 자신의 욕망에 충실하고자 자식들조차 방치하며 20여 년의 세월을 지내왔지만 어머니는 여전히 "백 엔짜리 라이터를 꼭 쥐고 벼랑 끝에서 살고 있지만, 점화하는 순간은 영원히 오지 않을"[416] 불안정하고 체념적인 삶에서 벗어나지 못한다. 가부장을 중심으로 가족 구성원들의 공동체적 삶의 방식을 미덕으로 삼았던 기존의 가족 개념이 해체되고 개인의 욕망을 중시하는 자유주의적 사고가 팽배해진 시대적 배경을 발판으로 하여 어머니는 자신의 성적 욕망을 성취하기 위해 가족의 영역에서 일탈하여 욕망의 그림자를 뒤쫓지만 어머니의 욕망은 결코 채워질 수 없는 결핍된 욕망이며 그러한 욕망의 일시적 구현조차 벼랑 끝에서 이루어지듯 위태롭고 불안한 형태를 지닌다. 이처럼 어머니에게 가족은 자신의 성적, 물질적 욕망을 구현하기 위한 하나의 도구로 상정되며 이러한 어머니의 성적 방종과 물질중심의 가치관은 자식들의 왜곡된 삶의 형태를 주조하는 직접적 원인으로 작동한다. 10년 전 고등학교 중퇴 후 소극단의 오디션에 합격하여 배우 생활을 시작한 요코는 이후 프로덕션에 소속되어 성인 비디오를 찍거나 CM 엑스트라로 활동하면서 근근히 아르바이트로 살아간다. 그녀는 색다른 가족

---

416) 유미리, 「가족 시네마」, 87쪽.

영화를 찍어보자는 영화감독 가타야마의 제안으로 자신의 가족들을 한 자리에 불러 모은다. 언니인 '나'의 의견은 무시한 채 자신의 영화에 협조할 것을 강요하는 요코의 모습 또한 가족을 자신의 입신의 도구로 상정하고 '가족'을 연기하는 냉소적 모습을 보여준다. 어머니에 의해서 '돈은 많이 들지만 개를 한 마리 기르고 있다고 생각하는 수밖에 없'다는 취급을 받는 가즈키는 테니스를 통해 불화한 현실로부터 도피하고자 하며 자신의 성적 욕망을 거세시킴으로써 어머니의 성적 방종에 대한 무언의 저항감을 표시한다.

이처럼 세속적인 물질적 욕망과 자기 과시의 허세에 빠져있으면서 가족을 방치하고 왜곡된 형태로 가족에게 환심을 얻으려는 아버지의 형상과, 자신의 성적, 물질적 욕망을 일방적으로 주장하면서 타락한 형태로 그것을 충족시키고자 하는 어머니의 형상은 허위적 '중류의 식'에 사로잡힌 이 시대 군중의 심리를 단적으로 대변하면서 속물적 욕망의 대리물로서의 '가족'의 의미를 증폭시킨다. 개인의 욕망을 충족시키는 도구적 수단으로서의 '가족'은 결국 왜곡된 욕망들이 난무하는 유희의 공간이며, 세속의 무대에서 행해지는 환멸적 '연극'에 불과하다.

「가족 시네마」에서는 '나'의 가족들이 서로 다른 각자의 욕망을 실현하기 위하여 20년 만에 "다큐멘터리도 아니고 픽션도 아닌, 그 경계를 넘어서는 획기적인 영화"[417]를 찍기 위해 한 자리에 모이는 과정을 보여준다. 이 문구야말로 유미리 소설을 가장 잘 설명하는 구절이라 할 수 있다. 작가의 자전적 경험을 거의 그대로 재생하되 그러한 실제

---

417) 유미리, 「가족 시네마」, 15쪽.

사건과 작가의 문학적 아우라가 어우러져 새로운 지점으로 월경하는 유미리의 소설은 '가족'이라는 범주 안에서 더욱 탁월한 장인적 솜씨를 보여준다. '가족'이라는 연극적 무대 위에서 저마다의 욕망을 발산하는 '나'의 가족 구성원들은 현대 사회에서 가파르게 붕괴해가는 '가족'의 현 상황과 역설적 의미망을 예리하게 드러낸다. 쓰즈키구의 새 집에 함께 모여 살 것을 종용하면서 가족이라는 이름 아래 가장으로서의 권위를 회복하고자 하는 아버지, 아버지와의 만남을 빌미로 쓰즈키구의 새 집을 자신의 명의로 바꾸고자 하는 물질적 욕망을 드러내는 어머니, 가족들의 불행과 갈등의 현장을 자신의 직업적 도구로 삼는 요코 등 '가족'이라는 이름 아래 이들은 '놀이'와 '연극'으로서의 허구적 가족의 모습을 연기한다. "가족이란 어느 집이나 다 연극"[418]이라는 요코의 냉소적 태도는 가족이 가진 허위성을 적나라하게 드러내는 「가족 시네마」의 주제의식이라 할 수 있으며, 이는 가족 간에 팽배한 '분노와 곤혹감', 증오의 감정을 재확인하는 과정으로 이어진다.

> 우리들 사이에 지금까지도 사라지지 않고 확실하게 남아 있는 것은, 의식이 서로 닿을 때마다 접촉 불량을 일으켜 웅성거리는 증오와 짜증이다. (중략) 다섯 명 모두 서로에게 증오심을 품고 있었음을 알 수 있다.[419]

평소에는 외면하고 있었지만 세월의 흐름에도 불구하고 서로에 대한 적대감과 혐오의 감정은 마주칠 때마다 새롭게 부각되는 아물지

---

418) 유미리, 「가족 시네마」, 16쪽.
419) 유미리, 「가족 시네마」, 23쪽.

못한 상처이다. 따라서 이러한 증오심을 재확인하는 자리인 영화촬
영장은 '나'에게 '어색하고 답답한 분위기', '참혹함', '수치심'을 불러
일으키는 곤혹스러운 공간이다. 또한 서로에 대한 증오심을 거짓으로
은폐하고 스스로를 카메라 앞의 상품으로 전락시키는 가족들의 허위
적 태도는 '나'에게 또다시 가족이라는 '연극'이 발산하는 환멸적 정서
를 각인시킨다. 카메라 앞에서 여전히 자신의 입성과 이미지에만 신
경쓰는 아버지와 '요코에게 속죄하는 마음으로 하고 있'다는 미명 아
래 자신의 본질적 욕망을 포장하려는 어머니의 모습은, 자식들의 방
황과 불행을 주조한 자신들의 행위를 정당화하고 외면하는 파렴치한
면모를 보여준다. 이렇게 오랜 시간 자신의 굴절된 삶의 원인이 된 부
모와 형제들에 대해 '나'는 자신의 적대적인 감정을 양가적 태도로 은
폐하는데, 이는 아직까지 자기 안에서 '가족'이라는 허위적 상징물을
배제하지 못했음을 보여준다.

> 요 3년 동안 가족이란 족쇄에서 해방되었다고 생각하고 있었는데,
> 불과 며칠 사이에 나는 다시 걸려들고 말았다. 이미 조련이 끝난 래브
> 라도 리트리버처럼, 어머니의 목소리에 민감하게 반응할 수밖에 없는
> 것이다. "붕괴된 가족의 복제품 아닌가."[420]

물리적인 거리의 유지를 통해 해소되었다고 여긴 '가족의 족쇄'는
여전히 자신을 옭아매는 부정적 기제로서 나의 내면에 잠재해 있다.
아버지나 어머니의 전화 연락과 요구, 일방적인 방문에 '나'는 곤혹스

---

420) 유미리, 「가족 시네마」, 74쪽.

러운 감정을 감추지 못하면서도 결국 순응하고 마는 이중적 태도를 보인다. 부모와 형제들에 대한 증오와 환멸의 이면에는 아직까지 서로에 대한 갈망과 연민의 감정이 남아있음을 '나'의 모순된 행위가 증명하는 것이다. 주인의 명령에 무의식적으로 반응하는 조련견처럼 부모와 가족이라는 대상의 요구에 습관적으로 대응하는 나의 불분명한 태도는 '가족'이라는 붕괴된 공동체를 반복적으로 재생하면서 스스로의 어리석음을 각인하는 무위한 행동과 연동한다. '가족'이라는 구속적 형태에 강한 반발심을 갖고 있는 '나'는 모든 형태의 집단적 친밀감에 반발을 느끼면서 세계로부터 격리된 자신을 만들어 나간다.

> 하시즈메는 스태프 전원을 이름으로 부르며, 이 농원을 패밀리화하고 있다. 농원주 겸 양호학교 선생처럼 행동하는 그의 건전함에, 나는 마음 한 구석으로 강한 반발심을 느끼고 있었다. (중략) 처음 만나자마자 〈모토미 짱〉이라 부른 그에게 증오심마저 품었다.[421]

가족이라는 이름으로 서로에게 일말의 죄의식도 없이 상처를 주고 예의없이 행동하는 방식에 고통받아온 '나'는 '가족'의 형태로 이루어지는 모든 우호적 행동에 강한 반발심을 느낀다. '가족'이라는 공동체적 가치를 강요하며 이루어지는 구성원 간의 격의 없음, 친밀함이 어느 사이에 개인을 침해하는 소집단의 폭력으로 다가오기 때문이다. 이러한 가족에 대한 부정적 인식과 증오의 감정은 외부 세계로 전이됨으로써 세계와 불화하는 삶의 과정을 유발한다.

---

421) 유미리, 「가족 시네마」, 76쪽.

무슨 일이 생긴다 해도, 우리 형제에게는 대수로운 일이 아니다. 아버지의 폭력에도, 어머니의 성적 방종이 초래한 치욕에도, 우리는 그럭저럭 견디어 왔다. 비굴할 정도로 순순히 받아들였다고 해도 좋다.

나나 요코나 가즈키 또한 단단히 뿌리내린 아버지와 어머니에 대한 증오심을, 바깥으로 향하게 할 수밖에 없었다. 그저 타인과 타협하지 못하여, 미워했을 뿐이다. 부모를 증오하는 죄에 비하면, 값싼 대가라 해야 할 것이다.[422]

가족과의 불화는 외부 세계와의 불화로 이어지고, 부모에 대한 은폐된 증오심은 자신 안에서 더욱 큰 외상으로 작동한다. 상처와 환멸감만을 남겼던 '가족'이라는 허위적 구조물은 여전히 '나'의 내면에서 폐기되지 못한 채 소통불능의 불행한 삶의 원인이자 결과로 각인되어 있다. 자신을 방치했던 '가족'에 대한 결핍감은 자신을 보호해 줄 의존의 대상을 찾아 방황하는 '나'의 타성적인 행동으로 표출되는데, 이는 '가족'을 거부하면서도 '가족'이 가지고 있는 '안정과 보호'라는 긍정적 가치를 획득하고자 하는 무의식적 태도에서 기인한다고 볼 수 있다. 이처럼 자신의 붕괴된 '가족'을 증오하면서도 '가족'이라는 가치에 은연중 의존하려는 '나'의 모순적 태도는 후카미와의 만남을 통해서 복합적으로 드러난다.

후카미는 '나'가 근무하는 원예 회사에서 기획상품으로 채택된 꽃병의 디자인을 의뢰하기 위해 찾아간 70대의 노(老)조각가이다. '나'는 후카미의 '유희 감각'에 이끌려 그의 집에서 기숙하게 된다. 네 번의 결혼과 이혼을 경험한 후카미는 '가족'의 불완전성과 허약성에 대해

---

422) 유미리, 「가족 시네마」, 106쪽.

냉철한 견해를 제시한다.

> "왜 이혼한 거죠?" "뭐가 됐든 깨지잖아." "깨지나요?" "깨지지, 아무리 단단한 돌이라도, 여지없이 깨져."[423]

> 바닥에 떨어진 머리카락을 주워 모아 배배 꼬아서 라이터로 불을 붙였을 때의 냄새와, 노인의 전신에 얇은 얼음처럼 퍼져 있는 죽음의 냄새가 유사하다고 말해도 아무도 이해하지 못할 것이다. 나는 그와 타협할 수 있다. 현실감 없는 사람이 아니면 매력을 느끼지 못한다.[424]

모든 사물, 관계, 구조물은 깨지기 마련이라는 후카미의 냉소적이면서 비판적인 태도는 나에게 역설적인 안도감을 준다. 폴라로이드 카메라로 여성의 엉덩이를 촬영하는 후카미의 유희 감각, 비현실적인 죽음의 감각에 매료된 '나'는 그에게 자신의 '엉덩이'를 제공하며 그와의 동거를 결심한다. 자신의 불행을 더욱 환기시키면서도 역설적으로 현실의 고통스러운 관계망을 무화시키는 '죽음의 냄새'는 '나'가 끊임없이 희구해온 안식의 공간, 위무의 공간을 표상한다. 환상에 근거한 의존 관계만이 '가족'이라는 허위적 관계망을 해소하고 자신을 지탱하는 단서가 되는 것이다. 하지만 이러한 '가족'에 대한 또다른 환상의 갈구는 후카미의 냉담한 태도로 말미암아 좌절된다. 동거남인 이케와 헤어질 결심을 하고 후카미와 동거할 생각으로 찾아간 아파트에서 '나'는 스물두셋 정도의 젊은 여자와 함께 있는 후카미를 발견한다. 결

---

423) 유미리, 「가족 시네마」, 62쪽.
424) 유미리, 「가족 시네마」, 114-115쪽.

국 '나'는 후카미의 유희 감각에 동조한 하나의 '엉덩이'에 불과했으며 후카미와 자신의 관계 또한 사물화된 신체를 통해서 유지되었던 허구적 관계에 불과했던 것이다. 후카미의 집에서 도망치듯 빠져나온 '나'는 어머니의 말을 떠올린다.

> 어머니가 어느 날 차 안에서 한 말이 여권에 찍힌 도장처럼 떠올랐다.
> "이걸로 너도 혼자가 된 거야, 집을 빠져 나온 거라구."[425]

아버지의 실직으로 말미암아 '지금까지 같이 쓰던 의료보험증'은 실효를 상실한다. 자신의 불행한 삶을 주조한 부모를 증오하고 부모와의 관계에서 벗어나려고 하면서도 '의료보험증'이라는 '가족' 간의 끈을 놓지 않던 '나'는 후카미의 행동을 통해 자기 내면의 은폐된 목소리와 대면하게 된다. 즉 '가족'이 자신을 얽어매는 것이 아니라 자신이 가족이라는 허위적 구조에 은연중 기대고 있다는 자각을 하게 되는 것이다. 아버지의 실직으로 인하여 가족이라는 허위적 '자존심'을 유지하던 틀이 붕괴되면서 나는 '가족'에 붙들려 있던 자신의 환상이 자기 스스로 주조한 의존관계에 의해 유지되고 있었다는 깨달음을 얻게 된다. 결국 「가족 시네마」는 유희와 연극으로서의 가족의 허위성에 대한 고발이면서 동시에 그러한 허위적 구조물에 기대어 있던 자신의 욕망 또한 냉정하게 대면하고 인식함으로써 마침내 '가족'을 벗어난 독립적 개체로서의 자아, 혹은 자기중심의 새로운 공동체를 형성할 수 있는 주체 정립의 방향성을 암묵적으로 암시하고 있다고 할 수 있

---

425) 유미리, 「가족 시네마」, 118쪽.

다. 허위와 환멸에 기반한 '가족'을 전복하는 '반(反)가족'의 생성 가능성은 이러한 연극으로서의 허위적 가족을 완전히 분해하는 가운데에서 새롭게 전유될 수 있는 것이다.

2) '대체(代替) 어른'의 발견과 새로운 가족 공동체의 가능성

가) 부재한 아버지와 '대체(代替) 어른'의 발견

『돌에서 헤엄치는 물고기』, 「풀하우스」, 「가족 시네마」를 통해서 작가의 자전적 경험에 기반한 '가족'의 허위성과 각 구성원들의 무의식적 욕망의 지점들을 천착했던 작가는 『골드러시』, 「여학생의 친구」에 이르러 개인의 경험을 집단적, 사회적 맥락으로 확장시키면서 현대가족의 불모성에 대한 철저한 해부와 냉철한 비판의식을 보여준다. "유미리의 가족은 단순한 사회구성체로서의 가족이 아니라 개인의 실존과 국가 및 사회란 '보편성으로 통하는 창(窓)'426)"이라는 언급은 유미리가 궁극적으로 추구하는 작가의식의 지향점이 어디인가를 시사한다. 작가 또한 "가족에 정신적 상처가 있는 사람은 근원적 불안을 갖는다. 개인은 가족의 영향을, 가족은 사회와 국가의 영향을 받는다. 결국 가족의 붕괴를 그리면 국가의 붕괴를 설명할 수 있다"427)고 언급함으로써 개인사적 궤적으로서의 '가족'이 사회·역사적 흐름의 자장 아래에서 어떻게 그 존립 근거를 형성하며 의미화 되는가를 짚어낸

---

426) 이동관, 「인터뷰-日 아쿠타가와문학상 수상 동포 유미리씨」, 『동아일보』 1997.
    1. 21.
427) 위의 글.

다. 왜곡되고 단절된 가족 관계와 붕괴 양상, 인간 내면의 상실과 좌절의 과정을 직접적으로 배태하는 현대가족에 대한 적나라한 묘사와 통렬한 해부는 불모화된 가족의 형상을 통해 해체되고 타락한 현대 사회의 폐부를 집요하게 추적함으로써 개인의 자전적 고백을 넘어 사회적 고발과 문제 제기의 단계로까지 나아가는 폭넓은 작가 의식의 면모를 보여준다. 극단적 배금주의의 현현(顯現)과 인간성의 파멸이라는, 현대사회의 반윤리적 측면들을 한 가족의 비극적 결말을 통해 형상화하고 있는『골드러시』나 원조교제라는 사회적 이슈를 몰락해가는 가족의 구도 속에서 파악한「여학생의 친구」는 작가가 지속적으로 천착해 온 가족의 문제를 사회적 맥락 속에 재구성하여 심화시킨 탁월한 결과물이라 할 수 있다.

　이 두 작품에서도 가족의 위기를 주조하는 주요 인물로 '아버지'가 등장한다. 각 작품에 나타난 아버지의 형상은 사뭇 이질적이지만 가족들을 유기하고 소외시키는 무책임하고 무관심한, '부재하는' 아버지라는 점에서는 공통점을 지닌다.『골드러시』에서 주인공 소년(카즈키)의 아버지 유미나가 히데토모는 '베가스'라는 파칭코 가게를 운영하는 '그룹 이카로스'의 사장으로 물질만능과 배금주의적 가치관으로 중무장한 인물이다. 히데토모는 돈으로 해결되지 않는 일은 아무 것도 없다고 자신하며 물질적인 풍요 속에서도 불행한 가족들의 모습을 이해하지 못한다.「여학생의 친구」에서 미나의 아버지 쇼조는 외도로 가족을 방치하면서 경제적 지원만으로 아버지라는 명맥을 이어왔으나 회사의 부도로 인해 그마저도 위태롭게 되자 자살해서 보험금을 타게 해주겠다는 등의 무책임하고 허무맹랑한 발언으로 가족들을 더욱 혐오스러운 상황으로 밀어넣는다. 아즈사의 아버지 슌이치 또한 대화와 친밀감이 상실된 파편화된 현대가족의 허위적 관계상을 희극적으로 드러낸다. 「풀하우스」, 「가족 시네마」에서와 마찬가지로 혈연 중심의 '가족공동체'라는 사회적 구성물이 그 구심점인 아버지의 타락과 기만적 태도, 무책임한 행위들로 말미암아 어떻게 붕괴되면서 그 구성원들을 비극적인 결과들로 이끄는지를, 작가는 첨예한 사회적 이슈와의 접합을 통해서 생생하게 묘파해내고 있다. 무엇보다도 작가는 물질 중심의 자본주의적 가치관이 개인과 가족 구성원들을 포획하고 소외로 이끄는 과정들을 치밀하게 천착함으로써 한 개인, 한 가족의 개별적 경험들이 현대사회에 만연한 자본주의적 병리 현상의 보편적 주제로 확장되는 지점을 보여준다. 즉 작품 안의 와해되고 왜곡된 가족의 풍경은 그대로 현대사회의 일그러진 자화상의 축소판으로 재현된다. 허위적 중류의식과 속물적 욕망의 증식이 물질중심, 소비지향의 가치관과 배합되면서 자본주의적 세계관에 매몰된 모든 인간관계들을 서서히 붕괴시켜 가는 과정을 작가는 명확히 간파하고 있는 것이다.

「여학생의 친구」는 자본주의적 가치관의 본질에 대해 역설하면서 그러한 물질 중심, 소비 중심의 가치관이 가족 혹은 동료 간의 관계성에 어떠한 영향을 미치며 어떻게 개인의 내면을 장악하는지를 겐이치로와 미나라는 두 인물을 중심으로 집약적으로 보여준다.

보다 행복하게 살기 위해서 필요한 것은 돈밖에 없다는 생각은 2차 대전이 끝난 후 10년 정도까지만 해도 그리 보편화되지 않은 사고였다. 그런데 고도 경제 성장기에 사람들의 의식에 깊이 침투하여 지금은 굳건한 사상이 되고 말았다. 오늘날 사람들은 시민이라기보다 소비자이고, 보다 많이 소비하는 인간이 존경을 받고 있다. 그래서 비용이 많이

드는 노인은 경멸의 대상일 뿐이다. (중략) 우수한 점원으로 일할 수 있
는 노인을 고용하지 않는 진정한 이유라면, 젊은 사람들은 자기들이 번
돈은 물론, 텔레비전 광고에 에어로빅복 차림으로 외설적인 춤을 추는
여자나 등장시키는 소비자 금융에 빚까지 져가면서 소비하지만, 노인
은 일당 5천 엔 중에서 2천 엔을 저금하는 사회의 적이라고 간주되기
때문일 것이다. 자본주의는 무섭다.[428]

대량소비를 중심으로 재편된 자본주의 사회를 비판하면서도 그 논
리를 은연중 재생하는 겐이치로는 대규모 식품회사에서 정년퇴직한
후 아들 가족과의 무미건조하고 불편한 동거 생활을 유지하며, '아무
도 자기를 필요로 하지 않는다'는 자괴감과 일하고 싶어도 일하지 못
하는 무력감에 휩싸인 채 하루하루를 살아간다. "가정에서도 자본주
의의 원리를 철저하게 적용해야 한다"[429]든가 "돈이 아니면 무엇으로
애정을 표시한단 말인가"[430]라는 겐이치로의 냉소적인 태도는 그 스스
로가 가정에서나 회사에서 교환가치를 중심으로 한 인간관계를 재생
해왔으며 현대 자본주의 사회의 적절한 구성원으로서의 역할을 충실
히 수행해 왔음을 인정하는 무의식적인 자기 고백임과 동시에 그러한
물신화된 관계에서 파생되는 소외와 체념, 불안의 내면심리를 은연중
표출하는 반어적 행위이다. 자신의 아들을 상대로 가상의 원조교제라
는 사기행위를 벌이면서 경멸과 조소의 포즈를 보이는 겐이치로의 내
면에는 자신의 존재 가치를 돈으로밖에 환산하지 못하는 아들 내외에

---

428) 유미리, 김난주 역, 「여학생의 친구」, 『여학생의 친구』, 열림원, 2000, 13-14쪽.
　　이후에는 작가, 작품명과 쪽수만 표시하였다.
429) 유미리, 「여학생의 친구」, 28쪽.
430) 유미리, 「여학생의 친구」, 31쪽.

대한 냉소적 체념과, 무의미한 현실을 벗어나려는 무익한 시도가 공존한다. 그 스스로 '아버지'로서 인정받지 못하는 현실은 그대로 자기 아들에게 대물림되어 조롱거리로 전락한 '아버지'의 형상을 재생산한다.

획일화된 유행 패턴을 쫓아 생활하며 '사막의 오아시스' 같은 신기루 속에서 암울한 현실을 견뎌나가는 '고 갸루(高 girl)' 중 한 명인 미나 역시 아버지가 부재한 불안정한 현실 속에서 원조교제라는 막다른 탈출구를 모색한다. 친구들 간에 서로 따돌림 당하지 않기 위해서 의식적으로 가볍게 행동하고 서로의 진심을 외면하는 여학생들의 허위적 관계성은 불모화되고 소통이 단절된 현대사회의 부정적 단면을 여실히 보여준다. 어디에도 소속되지 못하는 불안과 소외의 내면심리는 자본주의적 경제 논리에 포섭됨으로써 파편화된 인간관계의 구조 속에 잠식되며 붕괴된 가족과 공동체 안에서 그러한 현실적 사회 구조를 내면화하게 된다.

> "스무 살이 될 때까지 매달 2만 엔씩 송금하겠다고 한 약속은?"
> 미나는 아버지를 똑바로 쳐다보았다.
> 움푹 들어간 눈, 안경 뒤에서 조그만 눈이 겁에 질려 있다.
> "하다하다 안 되면 자살하면 돼. 1억 정도는 남길 수 있을 테니까. 미나는 앞으로 어떻게 할 거지? 대학에 갈 거냐?"
> 쇼조는 갑자기 밝은 목소리로 물었다.
> "회사 망한다면서?"
> "돈은 남긴다고 했잖아."
> 위세가 당당했던 시절의 자신만만한 말투였지만, 볼은 부들부들 떨고 있었다. 미나는 경멸과 연민과 증오가 뒤섞인 감정을 어쩌지 못하여 난파선처럼 흔들리면서, 무슨 재주로 자살을 한다고, 이런 남자가 자살

을 한다면, 옛날 고리짝에 내가 먼저 했을 거야, 라고 소리를 지르고 싶
은 심정이었다. (중략) 만약 이 남자에게 가족에 대한 애정이 조금이나
마 남아 있다면, 자존심이 있다면, 자살할 수 있을 것이다. 그러나 너 같
은 자식은 어림도 없다![431]

「여학생의 친구」에서 미나, 아즈사 등의 등장인물들은 자신의 부모
를 '너 같은 자식', '그 사람' 등으로 호칭하면서 '가족', '부모'라는 기본
적 혈연관계에 내장된 상호관계성, 신뢰, 애정의 표식들을 무화시킨
다. 자신의 물질적, 심리적 결핍을 채워주지 못하는 부모는 그대로 경
멸의 대상이며 자신의 요구를 무책임하게 외면하는 타자적 존재의 다
른 이름이다. 이러한 십대 여학생들의 위악적이면서도 냉소적인 태도
는 절박한 생존의 논리와 직결되어 있다는 점에서 단순한 사춘기적
고뇌와 치기라고 단정짓기는 어렵다. 이들에게 '돈'이란 또래 사회 안
에서 자신의 실존적 가치를 증명하는 보증서와도 같은 것이며, 붕괴
되고 파편화된 가족 안에서 소외되고 배척당한 자기 존재를 위무하
는 일종의 위자료와 같은 것이다. "밥 먹여주고, 학교에 보내주고, 시
집 보내주는 사람"[432]이라고 자신의 아버지를 규정하는 아즈사의 냉소
적 발언은 자신의 무책임과 타락한 행위를 돈으로 메우려는 '부재한
아버지'를 조롱하는 역설적이고 반어적인 표현에 불과하다. 이들에게
진정으로 필요한 것은 밥과 학비와 결혼지참금이 아니라 그들의 불안
과 소외된 현실을 함께 나누고 해결해 줄 '믿을 만한 어른'이다. 겐이
치로의 '사소한 장난'의 결과로 얻게 된 '원조비용'을 거절하는 미나의

---

431) 유미리, 「여학생의 친구」, 66쪽.
432) 유미리, 「여학생의 친구」, 99쪽.

행위는 물질적인 원조와는 다른, 자신을 이해하고 도울 수 있는 믿을 만한 '보호자'로서의 '어른'으로 겐이치로와의 관계를 상정하려는 내면적 욕구가 표출된 결과이다.

이처럼 붕괴되고 왜곡된 현대 사회와 가족 안에서 '아이'들이 원하는 것은 환멸적 가족구조에 기반한 물질적 풍요와 원조가 아니라 자신의 삶을 의지하고 맡길 수 있는 신뢰의 대상, '믿을 수 있는 어른'으로 구성된 새로운 공동체이다. 『골드러시』에서 물신주의의 화신인 아버지 히데토모를 살해하고 자폐적 공황상태에 빠져있는 소년(가즈키)을 보살피고 위무하는 이들은 가정부인 교코와 소년의 어릴 적 놀이상대인 카나모토이다. 이들은 물질로 모든 것을 보상하려는 아버지와 그 반대급부로 세상적인 모든 욕망과 관계를 단절시키고 자기만의 세계로 침잠한 어머니를 대신하여 소년을 보호하고 소년의 과오를 함께 짊어지려는 의지를 보여주는 인물들이다. 스스로 어른이 되어 '아버지의 세계'를 지배하려던 소년은 무의식적으로 카나모토에게 '아버지'의 형상을 희구하는데 이는 믿을 만한 '대체 어른'을 중심으로 재구성된 새로운 유형의 공동체를 희구하는 작가의 욕망이 은연중 발현된 대목이라고 볼 수 있다.

> 나한테 어른으로서의 무엇이 결여되어 있는 것일까. (중략) 카나모토는 나한테 선생님이다. 진을 마시는 모습도 녹슨 쇠 같은 목소리의 울림도, 모든 것을 초월한 듯한 냉정함도, 소년에게는 그 모두가 좋아보였다. 소년은 카나모토의 사랑을 얻고 싶었다. 어떻게 하면 나를 좋아하게 될까. 어떻게 하면 이 남자의 마음을 사로잡을 수 있을까. (중략)
>
> "내 아빠가 돼주세요."

느닷없는 말이 입에서 굴러 떨어졌다. 소년도 자기가 무슨 말을 하고 있는지 몰랐다.

카나모토는 열네 살 난, 아니 네다섯 살 아이의 천진함이 드러난 어린 소년의 얼굴에 가슴이 뭉클하였다. 이 아이는 벌써 오래 전부터 엄마와 아빠를 대신해줄 누군가를, 신뢰할 수 있는 강한 어른을 찾고 있었던 것이다. 아니면 따뜻한 손으로 비호해줄 어른을, 절대로 배신하지 않고 모든 것을 받아들여주는 어른을.[433]

'신뢰할 수 있는 강한 어른', '따뜻한 손으로 비호해줄 어른', '절대로 배신하지 않고 모든 것을 받아들여주는 어른'이 존재하는 공간은 상호이해와 안정, 신뢰와 사랑이 거세된 허위적 가족의 형태가 완전히 붕괴된 폐허의 자리에서 작가가 조심스럽게 제기하는 새로운 가족 공동체의 모형이다. 『돌에서 헤엄치는 물고기』에서 '나'가 어려울 때마다 나타나는 환영의 이미지, 자신을 위무하고 보호하며 그리움의 감정을 주조하는 '대리적 아버지'로서의 '감나무집 남자'는 『골드러시』에 이르러 카나모토라는 더욱 강하고 구체적인 '대체 어른'의 이미지로 구현되며, 『생명』에서는 실제 인물이면서 이후 작가의 새로운 삶의 기반을 제공한 히가시 유타카와의 관계성 안에서 '대체가족'의 형상이 현실적인 외양을 입고 구상된다.

나) 대체가족(代替家族)의 구상(構想)과 실현

『생명』은 유미리가 유부남과의 사이에서 잉태된 아이를 출산하기

---

433) 유미리, 김난주 역, 『골드러시』, 솔, 1999, 289-290쪽.

로 결심하고 미혼모로 새로운 생활을 시작하기까지의 절망과 좌절의 극복 과정을 히가시 유타카의 식도암 말기 투병 일지와 교차하여 써 내려간 논픽션이다. 히가시 유타카는 유미리가 고등학교 중퇴 이후 새로운 삶을 시작했던 '도쿄 키드 브라더스' 뮤지컬 극단의 작가 겸 연출가로, 유미리가 작가의 길을 선택하는 데 결정적인 역할을 했으며 가족 이상으로 그의 인생에 중요한 영향을 끼친 인물이다.

> 나는 열일곱 살 때부터 거의 10년 간, 히가시와 생활을 함께 했다. 함께 보낸 시간으로 따져 보면, 부모형제와 지낸 세월보다 훨씬 더 오랫동안 친밀한 관계를 맺었고, 헤어지고 나서도 한 달에 한두 번은 전화를 걸거나, 만나서 얘기를 나누는 관계를 지속하고 있었다.[434]

유미리의 가족이 암울한 유소년기의 부정적 자기인식을 배태하는 원초적 배경으로 작용했다면 히가시와의 만남은 이러한 자신의 삶과 정면으로 맞대응하면서 문학적 행위를 통한 응전의 시간을 주조하도록 종용한다. 유미리는 한 기자와의 인터뷰에서 '히가시는 당신한테 어떤 사람이었느냐'는 물음에 다음과 같이 대답한다.

> "때에 따라선 사제지간이고, 연인 사이, 부녀(父女), 라이벌이기도 했습니다. (중략) 하지만 그를 잃었던 날 문득 이런 생각이 들었지요. '히가시 유타카는 나 자신이었구나.' 지금도 나는 그날 그를 잃음으로써 나 자신을 땅 속에 묻었다고 생각합니다."[435]

---

434) 유미리, 김유곤 역,『생명』, 문학사상사, 2000, 31쪽. 이후에는 작가, 작품명과 쪽수만 표시하였다.
435) 권기태,「「…일기」 작가 유미리 "그가 떠난 날 내 자신도 묻었다"」,『동아일보』,

'가족과도 같은 관계'이면서 동시에 그를 넘어서 모든 인간관계의 중심을 형성했던 히가시의 존재는 다름 아닌 작가 자신의 삶의 형태를 규정하고 구성했던 또다른 자아이며 작가의 삶에 있어서 가장 굳건한 지지대의 위치를 점유했던 인물이다. 이런 히가시의 죽음 선고는 자신의 존재를 다시금 환기하고 그 의미를 변용, 확장시키는 견인차의 역할을 한다.

> 내가 아기를 낳아야겠다고 결심한 것은 히가시가 진찰을 받은 바로 이날인 것 같다. 삶과 죽음이라는 사실이 동시에 또렷한 윤곽으로 내게 다가왔을 때, 태내의 아이와 히가시, 그 두 목숨을 지키지 않으면 안된다는 사명감과도 같은 감정의 회오리 속에 휘말려든 것이다. 히가시가 암에 걸리지 않았더라면, 나는 중절 수술을 했을지도 모른다. 한 생명의 종막을 막지 못하는 내가 어떻게 또 하나의 생명의 시작을 박탈할 수 있겠는가? 나는 내 뱃속의 아기와 암에 걸린 히가시라는 두 존재가 생명이란 유대로 이어져 있는 것 같은 기이한 감각에 휩싸였다. 그리고 생명의 탄생과 재생을 위해 가능한 한 내 모든 힘을 아낌없이 다 바쳐야겠다고 마음을 굳혔다.[436]

작가인 '나'를 중심으로 태내의 아기와 히가시는 '생명'이라는 유대적 관계로 이어져 있다. 또한 이들의 관계는 작가의 자살 욕구를 억제하면서 생명의 보존을 강제한다는 점에서 작가의 '생명'과도 연결되어 있다. 이전의 유미리의 작품이 불행한 가족사와 함께 소멸하려는 '죽음'의 이미지로 팽배해 있었다면, 『생명』에서는 새로운 생명인 아

2005. 1. 26.
436) 유미리, 『생명』, 37쪽.

기와 죽음을 앞에 두고 삶의 의지를 다지는 히가시, 그리고 이 두 생명을 자신의 힘으로 지켜내려는 작가의 강한 결의가 '생명'의 갈구라는 희망적 메시지로 승화된다. 죽어가는 애인과 아버지 없는 아이, 미혼모로 구성된 새로운 '대체가족'의 형태가 '생명'이라는 본원적 가치만으로 새롭게 구성되는 것이다. 부모와 자식이라는 혈연으로 연결된 기본적 가족의 요건을 벗어나는 지점에, 서로에 대한 헌신과 '생명'의 절박함으로 생성된 유대감만으로 하나의 강고한 '대체가족'의 형성이 가능함을 작가는 『생명』을 통해 역설하고 있다.

> 내 아기가 이 세상에서 최초로 대면한 것은 엄마도 아니고 아빠도 아니고, 혈연으로 맺어진 친척도 아니고 바로 히가시 유타카였던 것이다.[437]

작가가 초기작 『돌에서 헤엄치는 물고기』에서부터 희구했던 '대체어른'의 이미지, '신뢰할 수 있는 어른'이자 헌신과 사랑으로 가족을 돌보는 '아버지'의 형상은 히가시를 통해 구현된다. 출산의 과정을 지켜보고 태어난 아기를 정성껏 돌보면서 '남편'과 '아버지'의 역할을 동시에 해내는 히가시의 모습은 작가가 끊임없이 갈망했던 '대체가족'의 모태를 형성한다. 허위적 가족의 행태로 말미암아 가족에 대한 부정적 인식과 거부의 과정을 주조해 왔던 작가는 자신의 삶에서 '미해결의 장'으로 남아있던 가족에 대한 의구심을 자신이 스스로 한 아기의 엄마가 되고 그 아기를 키워나가는 과정을 통해서 해소해 나간다. 결국 가족에 대한 작가의 신랄한 비판과 환멸적 시선은 새로운 생명

---

437) 유미리, 『생명』, 221쪽.

의 출산과 죽음을 이기는 생명의 희구라는 절박한 '재생'의 통로를 통과하는 과정 속에서 고통스럽게 담금질되면서 "피로 맺어져 있지도 않았고, 혼인이라는 제도로 보증되어 있는 것도 아니지만, 그렇기 때문에 더욱 튼튼하고 질긴 끈처럼 여겨지"는 '대체가족'을 탄생시킨다.

열여덟 살 때 글을 쓰게 된 나는 내 가족의 모습을 마구 비틀어 놓거나 꺾어 구부려뜨려서, 희곡이나 소설에 되풀이해 가며 등장시켰다. 왜 그랬는가? 내 마음속에서 가족은 완료돼 있는 것이 아니라, 미해결인 채로 남아 있기 때문이었다고 말할 수밖에 없다.

나는 가족으로 인해 상처 입은 영혼으로, 상처 받은 가족을 사랑하며 찾아 헤매고 있었던 것이다. 그러기에 가족의 붕괴를 테마로 하면서도 항상 가족 재생의 이미지를 가슴에 품어 왔다. 혹시나 작가이기 이전에 나 자신이 가족 재생 이야기의 '핵'으로서 아기를 낳아 보자고 결심했는지도 모른다. (중략) 하지만 내가 마음속으로 그려 보고 있던 우리 집은 히가시 유카타와 나와 타케하루의 3인 가족―, 한 방주(方舟)를 타고 홍수에서 살아남아 신천지로 향한다는 이미지였다. 피로 맺어져 있지도 않았고, 혼인이라는 제도로 보증되어 있는 것도 아니지만, 그렇기 때문에 더욱 튼튼하고 질긴 끈처럼 여겨지기도 한다. 서로의 목숨 때문에 서로가 필요하다는 오직 한 가지 근거에 의해 세 사람은 맺어져 있는 것이다.[438]

'서로의 목숨 때문에 서로가 필요하다는 오직 한 가지 근거'만이 '대체가족'을 형성하는 기본 핵이 된다. 이는 '가족'이라는 이름으로 시

---

438) 유미리, 『생명』, 255-256쪽.

로에게 행해진 무책임하고 허위적인 소외와 불안의 기운을 털어낸 자리에서 새롭게 시작되는 '대체가족'의 강령으로, 서로의 삶을 존중하고 그 삶의 과정들을 이해하고 책임지는 가운데, 즉 서로의 목숨을 자신의 생의 기운으로 받아들이는 과정에서 실현가능한 것이다. 작가는 스스로 부모가 되고 보호자가 됨으로써, 즉 그 스스로 '대체 어른'으로 성장해감으로써 이러한 '대체가족'의 주체로 발전하게 된다. '절대로 아이는 낳지 않겠다'고 결심했던 작가는 자신의 아기를 출산하는 과정, 새로운 가족의 형태를 만들어가는 과정을 통해서 자신이 희구했던 신(新)가족의 재생을 실험한다. 혈연이라는 일차적 가족관계를 지양하는 가운데 오로지 서로에 대한 절실한 '필요'와 그 필요에 부응하는 구성원들 간의 부단한 노력과 헌신만이 '가족'이라는 불완전한 모형을 재구성하고 보완해낼 수 있음을 작가는 자신의 직접적인 체험을 통해 검증해낸다. 이처럼 '대체가족'의 발상과 실현의 과정은 작가가 스스로에 대한 부정적 인식을 극복하고 주체적인 '대체 어른'으로 성장하는 통과의례를 거치면서 비로소 완성의 형태로 제시된다.

나. 불구적 신체성과 소외의 경험으로서의 섹슈얼리티

1) 신체적 스티그마와 자기 구원의 가능성

가) 신체적 스티그마와 훼손된 자아

유미리의 자전적 서술에 나타난 가정불화와 집단적 폭력의 경험 등은 모두 신체적인 결핍의 흔적과 연결된다는 점에서 자기부정의 비체적 신체성, 트라우마가 각인된 신체성과 연동한다. 유미리의 자전적 소설인 『물가의 요람』에는 유년 시절 학급 아이들로부터 따돌림을 당했던 경험이 세밀하게 서술되어 있다.

> 반 아이들은 나를 날로 못살게 굴었다. 덧신을 소각로에 던져 넣기도 하고, 의자에 깔아 두었던 방재용 쓰개 안에다 압침을 숨겨 두기도 하고, 그런 일들이 다반사였다. 하지만 가장 당황스러웠던 일은 급식 당번인 내가 덜어 준 스튜를 반 아이들 전원이 거부했던 일이다.
> "왜 안 먹는 거니?"
> 담임 선생님이 모두에게 물었다.
> "병균을 덜어 줘서요."
> 누가 그렇게 대답하자 웃음이 교실 전체에 퍼졌다. 반장이 손을 들고 말했다.
> "미리는 지저분하니까 급식 당번에서 제외시켜 주세요."[439]

집단적으로 반 아이들에게 따돌림을 당했던 유미리는 아이들에게 지저분하고 병균을 옮기는 아이로 '규정'된다. 실제적인 사실 여부와는 상관없이 자신의 열등성, 타자성이 신체적인 결핍성, 신체적 스티그마(stigma)로 고착되는 것이다. 김학영의 작품에서도 보여지듯이 타자에 대한 거부감, 적대적 감정은 특정한 신체적 표식이나 차별적인 시선에 노출된 타자의 외적 형상과 연결됨으로써 부정적인 고정관

---

439) 유미리, 『물가의 요람』, 고려원, 1998, 67-68쪽. 이후에는 작가, 작품명과 쪽수만 표시하였다.

념을 공고하게 주조해낸다. 스티그마는 일반적으로 어떤 집단이나 사람의 특성 혹은 명성을 손상시키는 것, 불명예나 치욕의 표시, 정상이나 표준으로 생각되지 않는 어떤 것을 나타내는 표시나 기호로 정의할 수 있으며, 사회적 시류에 의해 개인이나 집단의 어떤 특정 행동 성향이 부정적 특성으로 간주되거나 다수 또는 특정 계층의 사회 구성원들에게 곡해되어 고정관념처럼 받아들여져서 편견으로 간주되는 관념[440]을 일컫는다. 스티그마(낙인)는 크게 세 가지 유형으로 구분된다. 첫째는 신체적인 혐오에서 오는 낙인으로 다양한 신체적 기형이나 불구에서 기인한다. 두 번째는 성격상의 결함에 의한 낙인으로, 예를 들면, 정신장애, 구금, 마약중독, 알코올중독, 동성애, 실업, 자살시도, 과격한 정치행동과 같이 알려진 기록을 통해 나약한 의지, 횡포하거나 지나친 격정, 위험하며 완고한 신념, 부정직하다고 추론된 성격에 기인한다. 마지막으로 인종, 민족, 종교에 대한 종족 낙인(tribal stigma)이 있는데, 이는 가계(家系)를 따라 전해지며 가족 구성원 모두를 오염시킨다.[441]

『돌에서 헤엄치는 물고기』에서는 기형적인 신체적 조건에서 비롯되는 신체적 스티그마, 열등성의 표지를 그대로 한 인물의 외모에 물리적으로 드러냄으로써 그러한 신체적 결함을 바라보는 외부적 시선의 폭력성을 정면으로 표출해 낸다. 박리화의 얼굴에 각인된 종양은 외부 세계로부터 배척당한 흔적이면서 동시에 두려움과 멸시의 대상

---

440) 류현성, 「〈달리는 두 기차〉에 나타난 사회적 스티그마의 제의적 치유」, 『드라마연구』 27, 2007, 188쪽.
441) Goffman, Erving, 윤선길·정기현 역, 『스티그마-장애의 세계와 사회적응』, 한신대학교출판부, 2009, 17쪽.

이 되며, 이방인, 괴물의 이미지를 형성함으로써 그 개인을 사회로부
터 고립시키고 추방하려는 부정적 기표로 작동한다.

> 나는 리화의 얼굴이 팽창하지 않을까 하는 공포감을 떨쳐버리려고
> 애썼다. 김지해는 얼이 빠진 시선을 유키노와 리화의 중간쯤에 두고 절
> 대 리화를 보려 하지 않았다. 나는 머릿속에서 리화의 얼굴을 지워버리
> 고 리화의 눈 한곳에만 모든 신경을 집중시키는 데 성공했다.[442]

> 우리들은 걸었다. 스쳐 지나가는 사람들은 우리들과 마주치면 표정
> 을 바꿨다. 사나운 눈초리로 쏘아보거나 눈살을 찌푸리고 눈을 돌리거
> 나 아예 무관심한 척하는 얼굴들. 어떤 얼굴이든지 그 눈 속에 비밀을
> 숨기고 있었다. 쓰라릴 정도로 몸을 찔러대는 수없이 많은 시선을 받으
> 면서 나는 너무나도 조용한 그녀의 옆얼굴을 보았다. 그리고 눈 주위로
> 번지는 미세한 경련에서 그녀의 마음을 헤아려보았다. 나는 리화의 머
> 릿속에 어떤 생각이 숨어 있는지 알고 싶었다.[443]

보통 사람과 다른 외모, 신체적 이상(異常)의 흔적은 그 사람의 내면
적 본질과는 상관없이 그 사람을 자신들과 다른 존재, 근접할 수 없는
혐오스러운 존재로 규정한다. 시선이라는 벽에 사로잡혀 자신의 존재
를 끊임없이 속박당해야 하는 리화는 그러한 신체적 감금, 결핍의 징
조로부터 해방되고자 하는 욕망을 하늘로 날아오르는 물고기의 형상
을 통해 표출한다.

---

442) 유미리, 『돌에서 헤엄치는 물고기』, 56쪽.
443) 유미리, 『돌에서 헤엄치는 물고기』, 86쪽.

해저에 숨은 물고기, 수면에 떠오르는 물고기, 바다와 하늘의 경계
선, 수평선에 몸을 걸친 물고기, 날치처럼 가슴지느러미를 펴고 물 위
를 날아다니는 물고기, 공중에 떠 있는 물고기, 새가 되어 하늘을 마음
껏 헤엄치는 물고기, 새가 떨어져서 바다에 잠겨 물고기가 되어가는 과
정처럼 보이기도 한다.[444]

하지만 하늘을 향해 날아오르는 물고기의 형상은 석판에 갇혀 있는
'돌에서 헤엄치는 물고기'이다. 자신을 구속하는 신체적 압박으로부터
자유로워지고 싶은 욕망은 돌처럼 단단한, 사물화된 시선에 갇혀버린
다. '돌'은 리화의 존재를 장악하는 얼굴의 종양으로 해석될 수도 있으
며, 자신을 얽매는 현실의 편견적 시선을 암시하기도 한다. 자신의 신
체적 스티그마에 대해서 리화는 외부의 노골적인 혐오의 시선에 정
면대응함으로써 그러한 자기부정의 난관을 극복하고자 한다. 하지만
내면 깊이 잠재된 자신의 열등성에 대한 자의식은 현실 세계에서 치
유되지 못하고 신흥종교의 비현실적 공간으로 침잠하게 된다. "나는
살해당해 매장된 다음, 새로운 자궁에 나타나 새로운 생명을 부여받
았"[445]다는 리화의 음성은 결핍된 육체성을 벗고 새로운 형태로 재탄
생하고 싶은 리화의 욕망을 간접적으로 표현하는 주문과도 같은 것이
다. 이처럼 리화에게 자신의 존재를 현실적 세계로부터 박탈하는 결
핍의 근원으로서 얼굴의 종양이 신체적 스티그마로 작용한다면, '나'
에게는 재일조선인이라는 혈연적 열등성이 사회적 스티그마로 작동
한다. '가계(家系)를 따라 전해지며 가족 구성원 모두를 오염'시키는

444) 유미리, 『돌에서 헤엄치는 물고기』, 62쪽.
445) 유미리, 『돌에서 헤엄치는 물고기』, 298쪽.

'종족 낙인'은 재일조선인 가족 모두에게 지워지지 않는 흔적을 남긴다. 혈연은 재일조선인을 일본사회의 이방인으로 만드는 표지이며 재일조선인이라는 신분은 일본사회의 중심에서 밀려나 주변으로 가는 스티그마이다.[446] 재일조선인으로서 낙인은 앞서 살펴본 집단 폭력의 기억, 자기 소외의 경험과 연결되면서 더욱 복합적인 결핍의 조건을 만들어낸다.

> 내게 있어서 김치와 놀림, 괴롭힘은 같은 뜻이다. 그렇다고 나와 내 동생들이 재일 한국인이었기 때문에 괴롭힘을 당했다고는 생각지 않는다. 하지만 어쩌면 엄마가 거지처럼 다리 밑에서 김치를 팔아야 했던 것도, 동생의 단발머리도, 우리 일가가 〈이물(異物)〉이었기 때문은 아니었을까 하고 생각하기도 한다. 한국의 풍습, 김치 냄새가 우리 가족의 일상생활에 아주 자연스럽게 배어 있었던 것이리라.[447]

'김치'라는 사물은 나의 이질적인 신체성을 대변하는 하나의 징표이며 재일조선인이라는 열등한 '냄새'를 제공하는 표상물이다. 가난과 불행의 냄새, 일본 사회와 동화되지 못하는 이질적인 이방인적 존재를 환기시키는 소도구로 '김치'는 일종의 문화적, 사회적 스티그마의 표식이라 할 수 있다. 사회적 스티그마는 한 개인이나 집단의 특성을 정상의 범주를 벗어난 이상이나 비정상 관념으로 고정관념화하는 사회적 편견에 기인한 것으로, 계층 간의 차별을 정당화시키는 수단으

---

446) 변화영, 「재일한국인 유미리의 소설 연구-경험의 문학교육적 가능성에 관한 시론-」, 『한국문학논총』45, 2007, 511쪽.
447) 유미리, 『물가의 요람』, 66쪽.

로 활용되기도 하며 사회적 불평등을 합리화시키는 역할을 하기도 한다. 또한 계층이나 집단의 부정적 성향을 두드러지게 부각시켜 그 관념이 편견이나 생물학적 결정론에 의해 또는 사회 지배계층이나 특정 부류에 의해 주도적으로 인식될 경우 커다란 사회적 갈등 양상을 만들어 내게 된다.[448] 재일조선인에 대한 일본인의 낙인, 혹은 한국인의 편견의 시선은 자신들의 행동을 '정상'이라고 규정하는 고정관념에 의해서 형성된 '사회적 스티그마'이다. 이처럼 재일조선인이라는 존재적 근거는 "어렸을 때부터 내 속에 살고 있는 물고기"이며 "몇 번씩이나 입 속에 손가락을 넣어 토해내려고 했지만 토해낼 수 없었던 물고기"이다.[449] 이제는 얼굴의 종양처럼 굳어버린 존재적 결핍과 낙인의 흔적은 계속적인 외부의 차별적 시선에 노출되면서 반복적으로 재확인되는 존재적 표식이 된다.

나) 타자에 대한 전복적 시선과 회복의 가능성

재일조선인이라는 존재성, 집단으로부터 폭력적으로 배제당하는 이지메의 경험 등은 모두 같은 맥락에서 차별받는 존재적 표식이다. 혈연은 재일조선인을 일본사회의 이방인으로 만드는 표지이며 재일조선인이라는 신분을 중심에서 밀려난 주변인, 타자로 구축하는 사회적 스티그마이다. 이러한 부정의 존재적 낙인으로서의 스티그마는 작가에게는 연민과 끌림의 대상이다. 상처받은 것들, 약하고 어린 것들,

---

448) 류현성, 앞의 논문, 188-189쪽 참조.
449) 유미리, 함정연 역, 『돌에서 헤엄치는 물고기』, 동화서적, 1995, 112-113쪽. 이후에는 작가, 작품명(연도)과 쪽수만 표시하였다.

추하고 스러져가는 것들에 대한 연민과 관심, 환멸과 끌림, 자기동일시의 시선은 유미리 소설에서 계속적으로 드러나는 중요한 모티프이며 그러한 존재들과의 조우를 통해서 작중 인물들은 안식과 구원의 가능성을 얻는다.

유미리는 『돌에서 헤엄치는 물고기』가 자신의 한(恨)을 쓰고자 구상되었으며, 이러한 한의 본질은 '현실과의 화해'임을 밝히고 있다.[450] 작가는 '리화'라고 하는 인물이 작중의 '나'에게 있어서 얼마나 중요한 인물이며 성스러운 존재인가라는 것을 드러내기 위해 소설에 심혈을 기울였으며, '리화'의 얼굴에 관해 침묵하고 있는 '나'를 비난하기 위해 희곡 형식으로 '리화'의 얼굴을 극명하게 묘사하고 있다고 언급한다.[451] 이처럼 '리화'는 '나'를 구성하는 스티그마적 열등의 표식을 침묵으로 은폐하는 것이 아니라 정정당당히 표출함으로써 '한'으로 승화된 구원의 가능성을 드러낼 것을 지시하는 인물이다. '돌'-사회적, 신체적 스티그마-에서 벗어나 자유롭게 헤엄치며 자신과 화해하는 물고기의 형상은 자신의 신체적 스티그마를 적극적으로 극복하려고 했던 '리화'의 모습을 투영한 것이며, 자기 부정의 스티그마에서 벗어나 훼손된 자아를 회복하려는 작가의 의지를 반영하는 것이라 할 수 있다. '물고기가 점점 변화하여 새가 되어가는 과정'을 '나'에게 알려준 '리화'는 내가 근원적인 불행의 자장에서 벗어나 증오를 화해의 과정으로 변모시키도록 도와준 '부적' 같은 존재이다.

"나한테는 네가 부적 같은 존재야." (중략) 그때 비로소 나는 증오를

450) 유미리, 『창이 있는 서점에서』, 30쪽.
451) 위의 책, 38-40쪽.

품을 수 없는 존재로서 리화를 필요로 했다는 것을 깨달았다. 그랬다.
나는 이 더러운 세상과 증오로서 얽혀왔던 것이다. 그리고 리화와 감나
무집 남자만은 태어나서 처음으로 증오라는 감정 없이 가까이할 수 있
었던 것이다. 지금 나는 이 두 사람을 다 잃으려 하고 있다. (중략) 장지
문이 열렸다. 나는 내 눈을 의심했다. 감나무집 남자가 거기 서 있는 것
이다. 현실의 풍경에서 빠져나와 꿈속에 나타난 사람처럼. 환각일까.
나는 리화와 감나무집 남자의 모습을 현실의 것으로 생각할 수 없었다.
혼자 남겨진다는 감각 외에는 모두 비현실적이었다.[452]

이처럼 '나'는 자신의 상처를 치유하고 '더러운 세상'에 대한 증오를
소멸시킬 수 있는 화해의 도구로서 '리화'와 '감나무집 남자'를 추구한
다. '리화'와 '감나무집 남자'는 모두 자기 안에 상처를 지닌 사람들이
며 결핍을 내장한 인물들이다. 결핍되고 스티그마를 소유한 인물들을
통해 '나'는 비로소 나의 스티그마, 나의 상처와 맞대면할 수 있게 되
며 치유와 화해의 가능성을 타진하게 되는 것이다.

'감나무집 남자'는 내가 어려울 때마다 나타나는 환영의 이미지이며
"어서 가"라는 내면의 목소리에 의해 '누군가에게 등을 떠밀리듯이'
무의식중에 찾아가게 되는 남자이다. 왜소한 외모에 이혼의 경력을
가지고 있으며 '성불능'으로 암시되는 감나무집 남자는 아버지의 이
미지와 겹쳐진다. 무능력하고 가족들을 불행의 나락으로 빠뜨렸던 폭
력적인 실제의 아버지를 대신하여 자신을 위무하고 보호하며 그리움
의 감정을 주조하는 감나무집 남자는 일종의 '대리적 아버지'로 기능
한다.

---

452) 유미리, 『돌에서 헤엄치는 물고기』, 300-302쪽.

나는 내가 어째서 이 남자에게 말할 수 없는 그리움을 느끼는 것인가 의아했다. 미소를 그치지 않는 유영처럼 나를 응시하고 있는 남자, 갑자기 그가 불능임이 틀림없다고 나는 확신했다. 성을 잃어버린 남자와 만난 것은 아마도 처음일 것이다. 태어나서 처음으로 성의 긴장에서 해방된 기분이었다. 이 남자를 오래 전부터 알고 있었던 것 같다. 전생에서부터. 집 안에 떠돌고 있는 냄새는 아버지 집의 냄새와 흡사했다.[453]

성이 거세된 남성과의 만남, 태어나서 처음으로 성의 긴장에서 해방된 기분을 느끼게 하는 감나무집 남자는 성의 영역을 초월하여 관계하는 최초의 남자인 '아버지'를 의미한다. '전생에서부터 나와 아는 사이'였던 친밀한 관계로서의 아버지와 딸의 관계가 감나무집 남자와 '나' 사이에 이루어지는 것이다. 이처럼 자신의 타자성, 스티그마를 환기시키는 존재이면서 그러한 결핍된 내면의 상처를 치유하도록 이끄는 구원자로서 '리화'와 '감나무집 남자'는 다른 소설들에서도 유사한 형태로 제시된다.

「콩나물」에서 '나'는 지능이 모자란 마흔의 중년남성인 유키토에게 '뿌리치기 힘든 매력을 느낀다'. 그의 신체적 결핍, 스티그마가 나의 상처와 공감했기 때문이다. '리화'의 '물고기'가 침묵하던 자기 내면의 목소리를 일깨운 것처럼 유키토의 '흠'은 나를 발견하고 '소리를 내 말을 걸어온다'.

---

453) 『돌에서 헤엄치는 물고기』(1995), 24-25쪽. 개정판인 2006년판에는 이 부분이 다음과 같이 서술되어 있다. "등에 깃털이 스쳐간 것처럼 나는 무심코 몸을 떨었다. 이 남자는 오래 전부터 나와 아는 사이였다. 전생에서부터. 나는 이 말을 삼켰다. 집 안에 감도는 냄새는 아버지 집의 냄새와 매우 흡사했다."(유미리, 『돌에서 헤엄치는 물고기』, 28-29쪽)

유키토와 나는 흠이 있는 사람들이다. 나는 다른 사람과 관계를 맺고 싶다고 생각하면서도 우정이나 애정 같은 뭔가를 보태려 하지는 않는다. 서로에게 부족한 것을 확인할 뿐이다. 그리고 상대의 흠에 집착하고 싶다. 흠을 찾으려 한 적은 한 번도 없다. 오히려 흠이 나를 발견해 소리내 말을 걸어 온다. 그 소리는 보통 가늘고 희미한 것이지만 유키토의 소리는 분명히 판별할 수 있었다.[454]

유키토의 '흠'은 나의 '흠'을 비판하거나 차별적으로 대하지 않고 있는 그대로 받아들이는 안식의 공간이며 치유의 공간이다. 그러므로 '나'는 그의 애정을 갈구하면서 그와의 결혼을 결심하게 되는 것이다. 「가족 시네마」에서 '나'가 후카미의 죽음의 냄새에 끌렸던 것도, 작가가 어린 시절, 죽은 자들의 공간에서 용서와 치유를 얻었던 것도 모두 이러한 '흠', 스티그마를 공유한 결핍되고 상처받은 것에 대해 연민과 동일시의 감정을 느꼈기 때문이다. 이처럼 작가는 연약한 타자를 구원자의 위치에 올려놓고 전복적으로 사유함으로써 치유의 가능성과 글쓰기의 윤리성을 획득해왔던 것이다.

묘지를 바라보다 보면 학교나 집에서 곤두섰던 신경이 편안하게 가라앉는 것을 느낄 수 있었다. 나는 살아 있는 인간보다 죽은 자들과 더 친했다. 가방 안에는 나카하라 주야(中原中也)나 다자이 오사무(太宰治) 같은 작가의 책이 들어 있었고, 죽은 자하고만 마음놓고 얘기할 수 있었던 것이다. 살아 있는 인간은 어김없이 나에게 상처를 주었지만 죽은 자는 나를 용서하고 치유해 주었다. (중략) 지금도 길을 걷다보면 어떤

---

454) 유미리, 곽해선 역, 「콩나물」, 『풀하우스』, 고려원, 1997, 160쪽.

시선을 느끼고 자기도 모르게 주위를 돌아보는 경우가 있다. 나는 현실과 어긋나 있고, 그 틈으로 죽은 자들이 나를 응시하고 있는지도 모르겠다.[455]

'죽은 자하고만 마음놓고 얘기할 수 있'는 작가의 존재적 감수성은 이후 역사적 집합기억 속의 타자를 이끌어내어 그들의 목소리를 복원하는 윤리적 글쓰기의 근원이 된다. 차별적 폭력과 인종적 억압에 감금당한 스티그마적 존재성을 극복하고 자기회복의 가능성을 주조하고자 하는 작가적 의지는 결핍된 타자들의 아픔과 전복적 힘을 적극적으로 사유하면서 타자에 주목하는 글쓰기의 수행으로 나아가게 된다.

2) 타락과 소외의 경험으로서의 성(性)충동

가) 타락한 여성의 강박적 유전

유미리에게 성(性)의 문제는 가족, 재일조선인 등과 함께 자신의 존재적 근원을 탐구하는 또하나의 핵심적 주제의식이다. 외할머니와 어머니, 자신과 여동생으로 이어지는 성적 자유분방함과 사물화된 섹슈얼리티의 구현, 그리고 타락한 여성의 이미지는 유미리의 소설 속에서 인물 간 관계망의 중심축으로 제시되며, 성적 도구로 전락한 부정적 여성성의 부각, 성적 쾌락에의 집착과 허무의식 등은 유미리의 서사를 구현하는 하나의 기본 틀거리로 제시된다. 이러한 성적 페티시

---

455) 유미리, 『물가의 요람』, 138-139쪽.

즘의 근원은 어머니의 가계를 따라 반복적으로 재생되는 피의 유전적
발현이다.

> 그날부터 두 사람의 관계가 삐걱거렸다. 그보다도 엄마는 이미 아버
> 지에 대한 애정이 손톱만큼도 남아 있지 않았다. 그래서 그 일을 핑계
> 삼아 아내와 엄마로서 필요한 자제심을 모두 버리고 내달리기 시작했
> 으리라. 바람난 아버지를 목격했다고 나한테 말한 것도 변명에 지나지
> 않는다고 생각한다. 엄마의 몸 속 깊이 틀어박혀 있던 자아와 그것을
> 지탱하던 욕망이 한꺼번에 분출한 것이다. 쉰 살이 넘어서 가슴을 풍만
> 하게 만드는 수술을 할 정도로 남자에 미쳤던 자신의 엄마처럼, 엄마는
> 카바레에서 알게 된 남자들과 차례차례 육체관계를 가졌다.[456)]

> "그런 것까지 엄마를 따라할 필요는 없지 않겠어? 당신 엄만 남자와
> 싸울 때면 으레 식칼을 들이댄다면서? 피의 반복적인 강박관념이라는
> 건가?"[457)]

자전적 에세이인 「자동응답기」[458)]라는 소품에는 작가의 외할머니
와 어머니에 대한 이야기가 나온다. 외할머니는 엄마가 다섯 살 때 가
족을 버리고 다른 남자의 품으로 달려간 인물이다. 아버지와 어머니
가 결혼할 무렵 15여 년 만에 나타난 외할머니는 어머니의 다이아몬
드 반지와 백금 목걸이를 훔쳐서 그것을 판 돈으로 쉰 살의 나이에 가
슴을 풍만하게 하는 수술을 받는다. 여동생의 시계를 전당포에 맡기

---

456) 유미리, 『돌에서 헤엄치는 물고기』, 39쪽.
457) 유미리, 『돌에서 헤엄치는 물고기』, 206쪽.
458) 유미리, 김난주 역, 「자동응답기」, 『가족 스케치』, 민음사, 2000, 226-228쪽 참조.

고, 어머니에게 가짜 양주를 비싼 값에 팔아넘기기도 한다. "그런 인간은 엄마도 아니야"라며 울던 어머니도 가족을 버리고 다른 남자에게로 갔으며 엄마의 여동생도 세 번이나 결혼하고 이혼했다. 나와 여동생은 어디에 있는지 알 수 없는 외할머니를 떠올리며 "아이는 낳지 말자"고 약속한다. 에세이에 서술된 자전적 경험은 그대로 소설 속에 재현된다. 가족들을 기만하면서까지 자신의 성적인 쾌락만을 추구하는 외할머니의 불순한 피는 어머니와 이모를 이어 '나'와 여동생에게까지 이어진다. 『돌에서 헤엄치는 물고기』에서 포르노배우를 하며 '전화사서함'으로 성매매 행위를 하는 여동생과 가자모토와 쓰지의 사무실을 오가며 성적인 만족을 구하는 '나'는 이러한 외할머니, 어머니의 '피의 반복적인 강박관념'에 매몰되면서 더욱 물신화된 성적 행위에 집착한다. 가자모토의 불륜 현장을 목격하고 '나'가 식칼을 들이대며 난장을 부리자 어머니의 과거를 들춰내며 냉소하는 가자모토의 행위는 이러한 '피'의 유전이 단순히 타락한 여성의 방종한 피에만 국한되는 것이 아닌, 재일조선인으로서의 부정한 피의 유전이라는 이중적 의미까지 내포하고 있음을 암시한다. '나'를 관통하는 부정한 피의 내력은 외할머니와 어머니를 통해 전해내려온 재일조선인 여성의 방탕하고 무절제한 피, 광포한 행위의 근원으로까지 확장된다. 그러므로 그러한 자신의 혈통적 피의 근원을 경원시하면서도 그러한 피의 유전에 충실한 방종한 성생활에 몰두하는 이면에는 자신의 부정적 존재에 대한 방기와 체념의 정서가 동반되고 있다고 할 수 있다. 쓰지에게 자신의 성적 행위가 거절당한 이후 '썩은 시체처럼 자신을 덮치는 비참한 쾌락의 기억'을 지우기 위해 아파트 옥상에서 투신자살을 시도하는 행위나 다른 여인과 잠자리를 한 애인 가자모토에게 식칼을 휘두르며 위협을 하는 행위는 모두 성적인 쾌락이 죽음의 충동과 연결되어 있음을 보여준다. 결국 성적 쾌락의 추구는 자신의 부정성, 결핍된 존재의 공백을 메우려는 무의미한 행위에 불과하며 그러한 극단적인 노력이 거절당할 때 그 이면의 죽음 충동으로 내달리게 되는 것이다. 가자모토와의 대결 이후 쓰지에게 찾아가 성적 관계를 맺는 행위도 성충동—죽음충동—성충동으로 이어지는 환원적인 욕망의 구조를 재현하는 것이라 할 수 있다.

성적 쾌락의 추구는 항상 중년 남성과의 불륜이라는 형태로 이루어지는데, 이는 이양지의 경우와 유사한 내적 욕망의 구조를 가지고 있다고 할 수 있다. 즉 아버지에 대한 애증의 감정이 중년 남성들에게 전이되며, 가족에 대한 부정적 인식이 유부남과의 관계를 지속시키는 것이다.

> 나는 그의 아내 얼굴을 한 번도 본 적이 없다. 그러나 꿈속에서는 몇 번이고 보았다. 항상 어두운 색의 드레스를 입고 있는 여자. 눈을 뜨면 사라지는 게 아니라 현실의 시간을 침식해들어올 것 같은 그런 꿈. 그의 아내는 언제나 무섭게 나를 쏘아보았다. 이것 또한 엄마에게 이어받은 피, 숙명인 것일까.[459]

십수 년 동안 유부남과 내연관계를 유지하고 있는 어머니를 떠올리며 '나'는 이것조차 숙명적인 유전의 결과인가 자문한다. 불안하고 부정한 피를 물려받은 '나'는 불륜 상대의 부인에게 죄책감과 두려움을 느끼는데, 이는 유부남과의 성적 쾌락의 추구가 순수한 성적 욕구에

---

459) 유미리, 『돌에서 헤엄치는 물고기』, 215쪽.

서가 아닌 자신의 열등한 존재를 무화시키기 위한 수단으로 상정되기 때문이다. 그러므로 자신의 행위는 정당화될 수 없는, 자신의 열등한 존재를 재환기하는 자기 부정적 행위의 소산이라 할 수 있다. '나'는 어머니의 방종한 생활로 인하여 불행한 유년 시절을 겪었음에도 불구하고 자신 또한 파행적인 성적 행위에 매몰됨으로써 자신 안의 어머니의 피를 긍정할 수밖에 없는 존재적 딜레마에 빠진다. ""언니는 엄마를 쏙 빼닮았으니까"라는 여동생의 저주에 묶여 꼼짝할 수가 없"[460) 는 '나'에게 자신의 근원적인 존재적 증거를 재확인하면서 동시에 그러한 자기 존재를 폐기하고자 하는 양가적 욕망은 자아의 내면을 더욱 혼란스럽게 만드는 기폭제가 된다. 아버지, 어머니와의 무책임하고 환멸적인 가족 관계에 염증을 느끼면서도 그것에서 벗어나지 못하는 '피'의 불가피한 속성이 '강박적 유전'이라는 형태로 재현되는 것이다. 이처럼 『돌에서 헤엄치는 물고기』에서 외할머니와 어머니, '나', 여동생에게 공통적으로 나타나는 타락한 여성의 이미지는 소외의 경험, 혹은 자기 위안의 경험으로서의 성행위의 양면성을 드러낸다. 성적 도구로만 취급되는 부정적 여성성은 어머니의 피로 연결된 부정한 '나'의 여성적 존재를 훼손하고 폐기하려는 소외의 경험과 연결되며, 여러 남성들과의 왜곡된 성관계를 통해서 성적 쾌락을 얻으려는 시도는 그러한 불구적 관계에서나마 존재적 위안을 얻으려는 고독감의 역설적 발로를 보여준다. 끊임없이 성충동에 시달림으로써 불안한 현실에서 탈출하고자 하지만 그러한 극단적인 성충동은 결국 죽음의 충동과 연접함으로써 자기 부정적인 악순환에 빠지게 된다.

---

460) 유미리, 『돌에서 헤엄치는 물고기』, 51쪽.

나) 소외의 경험으로서의 성(性)과 모성 부정

이처럼 '나'에게 성적 쾌락은 죽음 충동과 연동하며 환희와 소외의 순간을 동시에 선사하는 양가적 경험이다. 이는 다음과 같은 작가의 자전적 언급에서도 확인할 수 있다.

나는 왠지 모르게 섹스를, 자신을 짓밟고 못살게 굴며 엉망진창으로 만들고, 갈기갈기 찢어 놓는 행위라고 생각하는 경향이 있다. (중략) 알지 못하는 미지의 남자와 감정 없이 육체만으로 섹스를 하는 편이 더 큰 쾌감을 얻을 수 있지 않을까, 하는 생각을 버릴 수가 없다. 10대 초반 무렵에 면도칼로 손목을 긋거나, 시너를 마시던 자해(自害)의 충동이 그 뒤 섹스로 향해진 것 같은 느낌이 든다.461)

위의 예문에서 살펴볼 수 있는 것은 명백히 자기파괴적 욕구로서의 성행위의 위상이다. 성(性)은 사랑의 욕구-에로스-가 아닌 죽음의 욕구-타나토스-에서 기인한다. '자신을 짓밟고 못살게 굴며 엉망진창으로 만들고, 갈기갈기 찢어 놓는 행위'로서의 성행위는 '성'에 대한 작가의 인식이 부정적 환경으로부터 비롯되었다는 유추를 하게 한다. 자전적 경험에 비추어 볼 때 일차적으로 '성'은 어머니와 연결된다. 그러나 어머니의 '성'은 부부간의 정상적인 사랑의 관계에서 이루어지는 일상적인 행위가 아니다. 어머니의 '성'은 가족을 붕괴시키고 개인의 욕망이 타인을 어떻게 고통스럽게 하는가를 명백히 인지시키는 불행의 근원으로서의 행위이다. 이러한 불순한 경험으로서의 어머

---

461) 유미리, 김유곤 역, 『남자』, 문학사상사, 2000, 42쪽.

니의 '성'과 함께 어린 시절 성추행당한 여러 번의 경험들은 작가에게 '성'이 충동적이고 자기소멸적인 행동과 유사하다는 인식을 심어준다. '면도칼로 손목을 긋거나, 시너를 마시던 자해의 충동'은 암울한 현실을 일시적으로 벗어나려는 불안한 심리를 반영하는 일탈행위이다. 이러한 현실도피적인 충동이 섹스라는 순간적 쾌락의 충족과 연결되는 것이다. 순간적 쾌락, 가학적인 성충동은 타인과의 관계를 말소시킨 상태에서 이루어진다는 점에서 소외된 경험의 하나로 볼 수 있다. '미지의 남자와 감정없이 섹스를 하는 편이 더 큰 쾌감을 얻을 수 있'을 것이라는 언급은 역설적으로 쾌락만을 주조하는 성행위의 비인간성, 즉물성을 드러내는 것이며, 사랑하는 사람과의 성행위가 주는 친밀감과 위로의 경험에 대한 불가능성을 미리 감지하고 스스로 차단함으로써 관계에서 오는 상처의 두려움을 최소화하려는 의지의 발현으로 볼 수 있다. 이러한 맥락에서 작가에게 성행위는 소통의 불능과 소통의 갈망이 동시에 구현되는 양가적 지점이다. 가족과 부모와의 원활한 의사소통, 심리적 일치감을 경험하지 못한 불우한 유년 시절을 유추해볼 때 그러한 관계의 단절과 배반에 대한 두려움이 즉물적이고 순간적인 쾌락에 집착하는 왜곡된 형태의 소외적 성경험으로 이어지고 있다고 할 수 있다. 이처럼 10대들의 일탈적 행위와 유사한 자해의 충동으로서 성행위는 관음증적 욕망에 기반한 사물화된 성충동으로 이어지는데, 이것 또한 자신의 일탈 행위를 누군가에게 보여줌으로써 자신의 욕망을 인정받고 싶은 미성숙한 자기 과시의 행위를 나타내는 것이라 할 수 있다.

쓰지와 관계할 때마다 가자모토를 배신하고 있다는 의식 때문에 강

렬한 쾌락이 배가되고 있음을 부정할 수 없다. 마음속으로는 오히려 들
키기를 원하고, 일부러 보여주고 싶은 욕망이 항상 꿈틀대는 것이다.[462]

자신의 부정적 존재를 파기하고 죽음의 욕망을 충족시키고자 하는
욕구와 함께 세상을 향해 자신의 소외된 경험과 고독감을 표출함으로
써 역설적으로 위로받고 사랑받고 싶은 간절한 마음이 교란된 성관계
의 그물망을 통해 발화되는 것이다. 이렇게 소외된 경험으로서의 성
관계는 원치 않는 결과를 가져오기도 하는데, 임신과 낙태의 경험이
그것이다. 자기와 같은 불행한 삶의 형태를 반복적으로 재생할 수 없
다는 자기 부정적 인식은 "아이는 낳지 말자"는 동생과의 암묵적 합의
를 주조해왔다. 하지만 불가피하게 임신을 하게 되고 새로운 생명을
자신의 몸속에 배태하는 순간 여성에게 성적인 행위는 쾌락 이상의
복합적인 의미망을 생성한다. 『돌에서 헤엄치는 물고기』에서 '나'는
쓰지와의 성관계를 통해 임신을 하게 된다. 하지만 아이는 이미 뱃속
에서 죽은 뒤이다. '불육증'이라는 병명은 '불임증'만큼이나 여성의 신
체를 불모의 대지로 만드는 상징적 표현이다. 죽은 아이를 낙태하기
위하여 쓰지에게 병원비를 받아 나오는 길에 '나'는 자신에게 풍겨나
오는 죽음 이후의 냄새, 타나토스의 욕망이 거세된 이후의 고요한 소
멸의 냄새를 감지한다. 새로운 생명을 키워낼 수 없는 메마른 공간, 자
기파괴적 욕망으로 거세된 신체의 잔해만이 존재하는 공간은 죽음과
마주하는 절대적인 소외의 경험을 이중으로 배태시킨다.

---

462) 유미리, 『돌에서 헤엄치는 물고기』, 179쪽.

꽃병의 꽃과 물이 썩어갈 때의 냄새, 장례가 끝나고 장식물을 치운 후 집 안에 감도는 냄새, 그리고 히간 때의 묘지 냄새와도 닮았다. 내 몸에서도 똑같은 냄새가 났다.[463]

이처럼 임신 중 아이가 뱃속에서 죽는 사건은 자아의 현실 안에 삶과 죽음이 동시에 존재하고 있음을 뜻하며 고통스러운 낙태의 과정을 통해서 죽음을 잉태하는 부정적 여성성의 형태를 보여줌으로써 여성 존재를 소외시키는 불모의 경험으로서의 '성'의 의미를 재각인시킨다.

옆 분만실에서 울음소리가 들렸다. 갓난아기의 울음소리에 나는 가슴이 터질 것 같았다. 마치 내 가랑이 사이에서 들려오는 것 같았다. 입을 열어 누군가를 부르려고 했지만 혀가 굳어져서 소리가 나오지 않았다. 그 순간 질 속에서 봉과 함께 걸쭉하고 뜨거운 덩어리가 한꺼번에 밀려나왔다. 나는 아무도 없는 병실에서 상반신을 일으키고 두 넓적다리 사이에 쏟아져나온 핏덩어리를 들여다보았다. 탯줄로 연결되어 있는 그것은 여자아이 같아 보였다.[464]

하지만 그러한 죽음을 잉태한 부정한 토대로서의 여성의 신체는 애초에 생명을 주조하는 공간이었다는 점에서, '나'가 목격한 내 안의 죽음은 의도되지 않은 또하나의 소외된 경험으로 인식된다. 육 년 전 유도분만으로 낙태한 오 개월 된 태아의 핏덩어리를 보면서 '나'는 자신과 탯줄로 연결되어 있는 죽음의 형상을 목격한다. 태어났다면 여자

---

463) 유미리, 『돌에서 헤엄치는 물고기』, 263쪽.
464) 유미리, 『돌에서 헤엄치는 물고기』, 271쪽.

아이였을지도 모르는 헛된 생명은 옆 분만실의 살아있는 아기의 울음 소리와 대비되는 죽음의 표상이다. 외할머니와 어머니, 그리고 자신의 불온한 피를 물려받았을지도 모르는 그 '여자아이'의 의도적 죽음은 자신의 피에 대한 거부감, 세대의 강박적 유전에 대한 차단이면서 동시에 자기 존재성에 대한 부정의 증거이다. 이처럼 유미리에게 있어 성행위, 성충동은 타락한 여성 가족들을 환기시키면서 그들의 소외된 성경험을 반복적으로 재생하는 도구이면서 동시에 자신의 모성적 근 거로서의 여성적 신체를 죽음의 욕망을 통해 훼손시킴으로써 불모의 존재성을 배태하는 자기 소멸의 과정이 된다.

다. 역사적 타자성의 극복과 환대의 윤리

1) 경계인으로서의 이중적 타자성과 난민의식

가) 환멸과 자기부정의 이중적 타자의식

「가족 시네마」,「풀하우스」등 현대 자본주의 사회에서 붕괴된 가족의 허위적 구조를 천착한 유미리의 문학 작업들은 흔히 재일조선인의 존재적 특수성을 드러내기보다는 현대 사회의 보편적인 병리 현상에 주목하고 있는 것으로 알려져 있다. 하지만 그의 글쓰기의 시초가 되는 희곡 작품이나 최초의 소설 작품인『돌에서 헤엄치는 물고기』를 살펴보면 이러한 실존적 억압과 소외의 밑바탕에는 재일조선인으로서 겪어야 했던 차별적 생활상과 이질적인 감각의 공존이 실재하고 있음을 알 수 있다. 작가가 애초부터 재일조선인으로서의 자신의 존재를 은폐하고 보편적 주제를 천착했다기보다는 자신의 불행을 직시하고 그것을 자전적 형태로 소설화하는 과정에서 각각의 인물들의 고통스러운 삶의 재현이 보편적 주제의 구현으로 자연스럽게 녹아들어 갔다고 하는 편이 옳을 것이다. 재일조선인으로서의 존재적 열등성과 결핍의 지점을 인식하고 그 부성(負性)을 극복하고자 하는 작가적 노력은 결국 타자화되고 소외된 인간 군상들에 대한 천착이라는 문학 본연의 보편적 주제의식과 연결되는 것이다.

『돌에서 헤엄치는 물고기』에는 주인공의 직접적인 한국 방문 과정과 조국에서 겪게 되는 부정적 경험들이 비교적 상세하게 그려져 있다. 소설 속 핵심 인물인 박리화와의 만남이 이루어진 장소로서 주인공인 '나'에게 한국 방문은 중요한 의미를 갖는다. 하지만 '나'의 한국 방문 경험은 자신의 열등한 타자성을 환기하고 소외의 과정을 주조한다는 점에서 경계인으로서의 재일조선인의 억압적 측면을 강화하는 자기부정적 사건으로 체험된다. 김지해라는 인물을 중심으로 이루어지는 한국 사회와 '나'와의 기만적인 소통불능의 관계가 재일조선인으로서의 자신의 존재성을 다시금 부정하고 억압하게 하는 환멸적 기제로 작동하는 것이다. 이러한 한국에서의 경험은 일본 사회 안에서는 고착화된 재일조선인의 왜곡된 이미지를 강화하고 반복적으로 재생하는 의도적 과정과 맞물림으로써 중층적인 소외의 양상을 생성해 낸다.

먼저 한국 사회가 재일조선인을 바라보는 이중적이고 타자화된 시선은 재일조선인들의 역사적 특수성을 배제한 채 민족과 국가적 당위성만을 강요하는 한국인의 일방적 태도에 의해 강화된다. 극작가인

'나'(양 히라카)의 대본을 한국에 소개하고 동시상연하려는 계획을 가지고 '나'와 접촉하는 한국인, 김지해는 재일조선인인 '나'에 대해 호의와 경멸이라는 이중적 태도를 동시에 보이는 인물이다. 재일조선인으로서 일본의 극단에서 호평을 받고 있다는 긍정적 입지점이 김지해의 환심을 유발한 지점인데, '차별적인 사회적 편견을 딛고 일본 사회에서 인정받고 있는 자랑스러운 한국인'을 한국 사회에 소개한다는 김지해의 의도는 이미 재일조선인을 한국을 선전할 하나의 도구적 수단으로 상정하고 있음을 암시한다. "양선생님을 조국과 만나게 해드리고 싶습니다."[465]라는 김지해의 발언은 자신이 한국을 대표해서 '나'와 조국을 연결한다는 무언의 자부심과 우위적 입장을 드러내는 것이라 할 수 있다. '나'가 한국 방문에서 부딪치는 문화적 차이와 이질감에 대해 일본과 대비되는 한국적인 것을 부각시키면서 자신의 민족적 우위성을 드러내고자 하는 김지해의 태도는 경계인으로서의 '나'의 입장을 은연중 조소하면서 열등한 지위로 폄하하려는 의도를 내포한다. 즉 태어날 때부터 일본에서 살아온 '나'의 문화적, 역사적 배경과 특수성을 전혀 염두에 두지 않은 채, 일방적인 민족적 정체성의 주입을 강조하는 김지해의 태도는 재일조선인의 실존 자체를 인정하지 않으면서 그 성과는 한국적인 것으로 전유하려는 왜곡된 태도를 보여준다.

김지해의 일방적인 민족우위적 태도는 '나'가 한국에서 맞닥뜨린 여러 불쾌한 경험들과 서로 연동하면서 나에게 한국에 대한 부정적, 환멸적 정서를 반복적으로 환기시킨다. 그러나 이러한 조국에 대한 부정적 시선은 한편으로는 자기 존재적 근거에 대한 부정, 즉 자기 자신

---

465) 유미리, 『돌에서 헤엄치는 물고기』, 12쪽.

에 대한 불안과 부정의 심리 상태를 반영한 것이라는 점에서 복합적
의미망을 지닌다.

> (전략) 출입국관리소 직원은 여권을 제시하자 힐끗 쳐다보기만 할
> 뿐이었다. 보여달라고 요구할 게 틀림없다고 생각하고 땀으로 찐득거
> 리는 오른손에 줄곧 들고 있던 외국인등록증을 직원에게 들이밀까 생
> 각하다가 도로 주머니 속에 집어넣고 출구로 향했다. 이유 없는 불쾌감
> 이 목구멍 깊은 곳에서 부글거리며 끓고 있었다. 짐 검사도 하지 않았
> 다. 동포라는 이유로 무시당하고 있다는 것에 굴욕감을 느끼는 나 자신
> 에게 놀라고 있었다.[466)]

공항에서 자신의 '외국인등록증'을 요구하지 않는 행위는 '나'에게
낯선 사건으로 다가온다. 일본을 생활의 근거지로 하면서도 항상 '외
국인'으로서 자신의 존재를 증명하지 않으면 안되는 역설적 상황은
이제 '나'에게는 체화된 차별의 징표이다. 하지만 한국의 공항에서 자
신을 여타의 한국인과 동일하게 취급하고 자신의 '외국인등록증'에
대해서는 관심도 보이지 않는 직원에게 '나'는 일본인이 아닌, '동포
라는 이유로' 무시당하고 있다고 느낀다. 일본 사회에서 일본인과 똑
같은 겉모습을 지닌 채 똑같은 생활을 영위하지만 재일조선인이라는
이유로 자신의 열등한 존재성을 내면화할 수밖에 없었던 '나'는 그러
한 존재성이 한국 공항에서 그대로 드러나는 것에 대해 굴욕감을 느
낀다. 한국 공항이 상징하는 조국 공간은 자신의 열등한 존재성을 해
소하고 극복하게 할 긍정적 공간이라기보다는 무의식적으로 체화된

---

466) 유미리, 『돌에서 헤엄치는 물고기』, 53쪽.

피차별 의식을 직접적으로 부각시키는 무신경한 공간이다. '동포라는 이유로 무시당하고 있다'고 느끼는 이면에는 재일조선인이 일본 사회에서 겪어온 차별과 억압의 현실이 조국 안에서는 관심 밖의 사안으로 은폐되고 있다는 놀라움이 내재한다. 따라서 자신을 일본인이 아닌 '동포'로 인식하는 한국 사회에 나는 친밀감과 안도감이 아닌 이질적인 경계 심리를 갖는다. 이러한 불안감과 경계 심리는 한국인과의 접촉을 통해서 보다 선명하게 촉발된다.

김지해의 소개로 한국의 극단을 방문한 '나'는 한국어에 대한 그들의 예민한 반응에 당혹감과 부당함을 느낀다. 한국이라는 나라, 한국어라는 언어는 나에게 양가적인 심리 상태를 유발하는 대상이다. 아버지와 어머니에 대한 부정적 인식은 그들의 한국어와 한국적 정서에 대한 거부감과 반발심을 불러일으키는 동인이 되어 왔으며, 따라서 아무런 위화감 없이 한국과 한국어를 자신의 민족적 근거로 받아들인다는 것은 자신의 고통스러운 삶의 과정을 탈각시키는 자기기만적 행위가 되는 것이다. 이러한 나의 태도에 대해 한국인들은 경원시하는 반응을 보이며 결핍된 민족성의 증거이자 존재적 허점으로 간주한다.

"일본인인 유키노 씨가 한국말을 하는데 왜 한국인인 양선생님은 못 하시는지 묻는군요." 나는 얼굴 중에서 유일하게 움직이지 않고 있는 그들의 이마에 시선을 고정하고선 아버지와 엄마가 싸울 때면 한국어를 썼던 일이며, 아버지한테 총채로 맞아가면서 아리랑 노래와 큰절하는 법을 배웠던 이야기들을 늘어놓았다. 그리고 몇 마디 들어본 적 있는 한국말을 소리내어 말하려고 애를 써보았다. 몇 십 년 동안이나 기름을 치지 않은 녹슨 자전거를 탈 때처럼 삐걱거렸다. 당연한 일이라고

마음속으로 변명은 했지만, 정작 입에서 나온 말은 내가 생각해도 전혀
엉뚱한 말이었다.

"그래서 이미지가 나빠요, 한국말과 한국이라는 나라가."

김지해는 내 말을 통역하지 않고 성명서를 읽듯이 그들이 하는 한국
말만을 통역했다.

"한국어 공부를 해두는 게 좋지 않을까요?"

"언젠가 양선생님이 한국어로 대본 쓸 날을 기대하겠습니다."[467]

'아버지와 엄마가 싸울 때면 한국어를 썼던 일이며, 아버지한테 총
채로 맞아가면서 아리랑 노래와 큰절하는 법을 배웠던 이야기들'은
나에게 한국과 한국어에 대한 부정적 인식을 배태하게 한 불행한 경
험들이다. 나는 자신의 과거의 경험들을 제시함으로써 한국과 자신의
왜곡된 관계성을 토로하고자 한다. 하지만 나의 이야기들은 그들에게
제대로 전달되지 않는다. 자신의 말과 생각을 전달하는 통역자인 김
지해가 그들 간의 소통을 검열하고 가로막기 때문이다. 한 재일조선
인의 억압적 상황, 불우한 과거사는 이들에게 중요하지 않은 하나의
개인사적 배경일 뿐이다. 이들은 어려운 재일조선인의 환경을 극복하
고 '한국어로 대본을 쓰면서' 조국을 그리워하는 이상적인 재일동포
의 모습을 희구한다. 이러한 고정화된 이미지에서 벗어난 '나'의 행동
과 발언은 그대로 묵살되고 '나'의 실존은 왜곡된 형태로 변형된다. 한
국 사회에서 재일조선인이 한국어를 말할 수 없다는 언어적 제약은
한국인들에게 인신적 공격과 적대감의 표적이 된다. 문화적인 격차가
존재하는 한국 사회에서 '나'가 느끼는 괴리감과 모멸적 시선은 이러

---

467) 유미리, 『돌에서 헤엄치는 물고기』, 70-71쪽.

한 자기의 존재를 부정하고 조정하려는 한국 사회의 관행적, 무의식적 사고방식에서 기인하며 '나'에게 한국 사회는 경계인으로서의 자신의 혼종적 위치를 배제당하는 위협적인 공간이며 동시에 이방인으로서의 자신의 존재를 억압당하고 은폐당하는 환멸과 공포의 공간으로 설정된다.

이러한 자기 부정과 두려움의 정서는 부산에서 일어난 상징적 사건으로 더욱 증폭된다. 부산에서 '나'의 희곡이 상연되는 날, 부산으로 내려와 기자회견을 하기로 한 '나'는 김지해에게 그 희곡을 작가가 직접 한국어로 쓴 걸로 해달라는 부탁을 받는다.

> "(전략) 재일한국인인 양선생님이 직접 우리말로 쓴 희곡을 조국에서 상연한다고 해야 더 화제가 되거든요. 저를 믿어주세요." (중략) "이 일은 보류해주세요. 일본에 돌아가서 다시 생각해본 다음 연락하겠어요." "양선생님, 히스테리로군요." (중략) "공연을 취소하려면 양선생님이 신문기자들 앞에서 사과하세요." "왜 내가 사과해야 하죠? 당신이야말로 내게 사과 한 마디쯤 해야 되는 게 아닌가요?" "양선생님은 모를 겁니다. 제가 얼마나 열심히 노력했는지. 번역도 잠도 안 자고 했습니다." 김지해는 내가 서 있는 차도에서 한 단 높은 인도에 올라섰다. "어쨌든 서울로 돌아가겠어요." (중략) "혼자서 서울까지 갈 수 있겠습니까?" 김지해는 나를 바보 취급하듯 말했다. "지금 당장 내 눈앞에서 사라져주세요. 그렇지 않으면 당신을 때리겠어요." 김지해는 떨고 있는 내 주먹에 눈길을 주더니 한국말로 "미친 개"하고 내뱉고는 사라졌다.[468]

468) 유미리, 『돌에서 헤엄치는 물고기』, 98-102쪽.

'나'는 있는 그대로의 나를 배제하고, 오랜 역사와 문화적 변용을 거치면서 형성되어온 재일조선인의 역사를 전면적으로 부정하면서 하나의 '화제적 사건'으로 자신의 존재를 부각시켜야 하는 상황에 직면한다. 한 마디 상의도 없이 자신의 공과를 드러내기 위해서 일종의 거짓말도 서슴지 않는 김지해의 태도는 '나'에게 혐오감과 분노를 불러일으킨다. 하지만 이러한 나의 정당한 분노에 김지해는 도리어 화를 내고 '나'를 음해하는 언동을 보인다. 한국 사회에서 요구하는 재일조선인의 형상을 무리하게 재생함으로써 한국 사회의 단일민족국가 이데올로기의 정당성에 부합하려는 김지해의 태도는 한국 사회가 노정한 편협한 민족주의 가치관의 일단을 단적으로 보여준다. 말도 통하지 않는 낯선 도시에서 서울로 돌아오기 위해 고군분투하던 '나'는 부산 지하철역에서의 배타적 사건을 통해 더욱 공포스럽고 혐오스러운 형태로 조국의 부정적 시선을 경험한다.

> 사람들의 시선이 일제히 내게로 쏠렸다. 깊이 파인 다갈색 눈, 불거진 광대뼈, 긴 턱, 정신이 들자 나는 적의에 찬 표정의 열몇 명의 한국 사람들에게 둘러싸여 있었다. (중략) 그들은 마치 달궈진 부젓가락을 휘두르듯 내게 마구 욕설을 퍼부었다. 나는 공포에 질려 앞으로 고꾸라졌다. 옆으로 나뒹굴면서 입을 뻐끔거렸다. 그들의 얼굴은 추악하게 새빨개졌고 숨을 헐떡이느라 콧구멍이 부풀어 나를 눌러 죽일 듯이 가까이 죄어들었다. 나는 '서울' '티켓' '교포' '하나세바와카루(말해보면 알 수 있다)' '재일한국인' 따위의 말을 필사적으로 더듬거렸다. 머릿속에서는 음성이 되지 않는 모국어 조각들이 찢어지는 소리를 내고 있었다.[469]

---

469) 유미리, 『돌에서 헤엄치는 물고기』, 104-105쪽.

재일조선인이 한국어를 말할 수 없다는 사실은 단순한 우연의 결과
가 아닌 죄의식과 자기혐오적인 공격에 노출되는 억압적인 경험으로
각인된다. 부모에 의해서 폭력의 언어로 인식된 한국어는 한국 사회
안에서 똑같은 형태로 재생됨으로써 한국 사회에 대한 부정적 시선,
타자의식을 강화한다.

이러한 이방인이자 자격을 갖추지 못한 열등한 타자로서의 재일조
선인의 이미지는 일본 사회 안에서 인종주의적 편견과 차별에 노출되
면서 또다른 왜곡된 자아상을 주조하는 근거가 된다. 극단의 연출가
인 가자모토는 '나'의 대본을 비판하면서 수정할 것을 요구한다. 가자
모토의 요구에 불응한 '나' 대신 가자모토가 고쳐놓은 대본의 장면은
관객을 압도하는 강렬한 이미지로 호평을 받게 된다.

> 가자모토가 고쳐놓은 이 장면은 압권이었다. 닭장 밑에 부모를 생매
> 장한 소녀는 언니 오빠와 함께 아침식사 준비를 한다. 그리고 부모의
> 단말마의 비명 소리를 들으면서 "참 맛있네"라며 김이 오르는 밥에 김
> 치를 얹어 먹는 것이다. 이 장면은 내 대본에는 없었다. 콧등을 세게 얻
> 어맞은 것처럼 눈시울이 화끈거렸다. 한국 민요를 현대적으로 편곡한
> 음악이 울려퍼지는 가운데 무대는 어둠 속에 잠겨들었다. 나는 눈동자
> 를 한곳에 고정시키고 어둠 속을 꿰뚫어보려고 했다. 그러자 어둠보다
> 진한 검은 점 같은 것이 보였다. 이 순간만 어둠 속의 나와 내 속의 어둠
> 이 하나가 되어 현실과 허구, 외부와 내부, 생과 죽음이 융합되는 것이
> 다. 그리고 내게는 이 극장의 어둠이 모든 밤이며, 영원한 밤인 우주로
> 부터 퍼올린 어둠이었다.[470)]

---

470) 유미리, 『돌에서 헤엄치는 물고기』, 143-144쪽.

어쩌면 그때 처음으로 내가 한국인이라는 사실을 의식하게 되었는
지도 모르겠다. 나한테는 아무한테도 밝혀서는 안되는 캄캄한 굴 같은,
조심조심 걷지 않으면 언젠가 발을 헛디딜 수도 있는 〈함정〉 같은 것이
있다고 생각했다.[471]

가자모토가 수정한 장면에는 재일조선인들의 야만성, 강렬한 즉물
성을 토대로 새로운 인물상을 창조하고자 하는 욕망이 투영된다. 부
모를 생매장하고 아무런 동요없이 '김치'를 먹는 소녀의 이미지는 그
대로 재일조선인에 대한 왜곡된 형상, 정형화된 부정적 이미지를 재
생산하는 의도적 기제로 작용한다. 이러한 부정적 자기 존재의 형상
과 마주하여 '어둠'의 공간, '함정'과 같은 캄캄한 굴레에 갇히게 되는
것은 너무나 당연한 결과이다. 일본 사회 안에서 재일조선인은 조심
해서 걷지 않으면 한 순간 나락으로 추락할 수 있는 위기적 존재의 대
명사이며 불안과 교란의 정서를 주조하는 결핍의 표상인 것이다.

나) 난민과 '버림받은 자'로서의 자아의식

위협적으로 자신의 존재를 부정하고 이중적 타자의식을 조장하는
재일조선인의 형상은 끊임없이 부유하고 정착하지 못하는 난민의 이
미지와 겹쳐진다. 뿌리없는 디아스포라적 상황을 계속적으로 재생해
온 아버지와 어머니의 생활 태도는 나에게 집없음의 불안함, 도망자
의 정서를 각인시킨다.

---

471) 유미리, 『물가의 요람』, 53쪽.

아버지와 엄마는 소라게처럼 빈번하게 이사를 했다. (중략) 이사하
는 시간은 무슨 이유에선지 항상 한밤중이었다. 나는 야반도주를 하는
것 같아서 공연히 뒤가 켕기는 기분이 들었다. (중략) 자기 나라를 포기
하고 밀항선으로 바다를 건너온 아버지와 엄마는 죽을 때까지 계속 누
군가로부터 도망치지 않으면 견딜 수 없었던 것일까. (중략) 두 사람은
기준을 항상 버리고 온 고향의 생활에다 두었으니까. 그 이상의 생활을
누리는 것에 죄의식 비슷한 감정을 가졌던 게 아닐까.[472]

이러한 재일조선인의 난민 이미지, 떠돎의 이미지는 붕괴된 가족으
로부터 소외되었던 개인사적 경험과 중첩되어 더욱 근본적인 불안과
강박적 두려움을 주조한다. 부모가 별거해 살고 있는 집들을 전전하
며 어린 시절부터 안정된 안식의 장소를 갖지 못했던 인물들은 성장
후에도 자신의 집이 아닌 타인의 공간을 부유하며 거리에서 방황하는
난민, '벌거벗은 자'의 형상을 보여준다. 혼자 거주하는 집, 홀로 남겨
진 집에 대한 두려움은 낯선 이들을 따라 그들의 집으로 쫓아 들어가
는 무의식적 행위로 이어지며, 작품 속 인물들은 안정된 인간관계를
형성하지 못한 채 끊임없이 새로운 동거자를 찾아 배회한다. 가자모
토와 쓰지를 동시에 만나고 감나무집 남자의 집으로 찾아가는 행위는
이러한 자신의 불안한 존재감을 무화하려는 강박적 노력의 일환이다.

처음 감나무집 남자의 집에 간 건 삼 년 전이었다. (중략) 나는 남자
의 뒤를 따라갔다. (중략) 나는 어릴 때부터 자주 사람의 뒤를 밟았다.
초등학교 이학년 때도 나는 처음 보는 중년 남자의 뒤를 밟은 적이 있

---

472) 유미리, 『돌에서 헤엄치는 물고기』, 34-35쪽.

었다. 얼굴 가득 넘치는 웃음을 담은 남자였다. (중략) 또 한번은 중학교 이학년 때로 기억한다. 길에서 노인이 자전거 짐받이에 쌓아놓은 종이상자를 끈으로 묶으려는 중이었다. (중략) 나는 그의 뒤를 따라갔다.[473)](#)

한 인간의 기본적인 생활의 유지와 정서적인 안정감을 책임져야 할 가정의 붕괴로 말미암아 '나'는 끊임없이 그러한 결핍을 충족시킬 대상과 공간을 찾아 부유한다. '아버지'의 형상을 한 중년 남성들을 따라 그들의 '집'으로 들어가고자 하는 무의식적 욕망은 디아스포라로서의 자신의 근원적 상황을 인식하고 그로부터 벗어나고자 하는 재일조선인의 존재적 결핍성과 연결되면서 그 의미가 증폭된다.

유미리는 한 인터뷰에서 "'귀국'하면 연락을 달라는 팩스를 많이 받았는데 그때마다 한국에 귀국하는 건지 일본에 귀국하는 건지 혼돈되었습니다. 재일동포란 (고국을 찾아) 방황하는 나그네라는 느낌입니다."[474)](#)라고 언급함으로써 자신의 '난민'으로서의 첨예한 자의식을 토로한다. 자신의 민족적 귀속을 상징하는 명백한 '조국'이 있음에도 불구하고 유미리는 자신의 '정처없음', '나그네'로서의 실존적 망향의 정서를 정직하게 표출하고 있다. 아무런 위화감 없이 '돌아갈 나라'로서의 '귀국'의 의미망을 작가에게 선사하는 두 국민국가의 틈바구니에서 유미리는 어디에도 소속되지 못한 디아스포라로서의 자신의 실존적 위치를 되새기며 그 경계와 혼돈의 지점에서 자신의 문학 세계를

---

473) 유미리, 『돌에서 헤엄치는 물고기』, 22-25쪽.
474) 김순덕·권기태, 「인터뷰-日 아쿠타가와賞 수상 유미리씨」, 『동아일보』, 1997. 3. 21.

구축할 수밖에 없음을 시사한다.

　이렇게 방황하며 떠도는 난민의 이미지는 한 걸음 더 나아가 '버림받은 자'라는 존재적 폐기의 경험과 연결된다. 이 경험 또한 가족과의 관계에서 일차적으로 생성된 것으로 '나'는 아버지에 의해 낯선 곳에 버려진 공포스러운 경험을 기억하고 있다.

　　아홉 살 때였다. 무슨 벌이었는지는 잊어버렸지만 아버지가 나를 발가벗겨놓고 총채로 매를 때렸다. 온몸이 지렁이가 들러붙은 것처럼 부르튼 나를 아버지는 차에 실었다. 한 번도 가본 적 없는 동네의 공원에 도착하자 아버지는 시체를 버리듯 알몸인 나를 차에서 내던졌다. 그때도 지금처럼 목덜미가 섬뜩해지면서 누군지 모를 사람의 시선을 느꼈었다.[475]

　낯선 한국의 타인의 집에서 '나'는 '한밤중에 집 밖으로 내쫓겼던 때의 기억'을 떠올린다. 아버지의 폭력과 방치, 그리고 유기(遺棄) 속에서 나의 자아는 더할 나위 없이 피폐해지고 고갈되었으며, 살아있으면서도 '시체'가 된 듯한 비체적 경험에 노출된다. 아버지에 의한 '버림받음'의 충격적 경험과 더불어 유미리는 자신의 어린 시절의 경험을 반추하며 부모 특히 어머니와의 강제적 분리의 기억을 언급하고 있는데, 이러한 원초적인 박탈과 격리의 경험은 부모를 비롯한 타인과의 소외된 인간관계를 형성하는 주요한 기제가 된다.

　　나는 세 살 때까지 고모네 집에서 살았다.
　　세 살이 되기까지 엄마와의 관계가 희박한 아이들은 정신 장애를 일

---

475) 유미리, 『돌에서 헤엄치는 물고기』, 93쪽.

으키는 경우가 많다고 어떤 심리학 책에 씌어 있었다. 가장 중요한 시기에 엄마와 따로 살았다는 것이 그 후 나의 대인 관계에 영향을 끼쳤는지도 모를 일이다.

"넌, 근본적으로 애정이란 것이 결핍되어 있는 거 아니니? 사랑받고 싶다는 생각은 해도 사랑한 적은 없는 거 아니야?"

어떤 친구는 나한테 그런 말까지 했다.

그것이 나의 트라우마(Trauma, 마음의 상처나 쇼크), 엄마와의 관계 때문에 생긴 장애라는 것이다.[476]

부모와의 강제적 격리의 경험이 무조건적인 애정 결핍 현상으로 이어지는 것은 아닐 것이다. 작가가 현재의 시점에서 과거를 거슬러 역추적하고 있는 자아 형성의 과정은 자신의 존재적 결핍의 근원을 탐색하려는 시도와 연결된다는 점에서 사후적인 판단의 결과물일 수도 있다. 하지만 이후의 부모의 무책임한 행동방식, 가족의 균열과 불신을 조장한 내부적 과정들을 살펴볼 때, 이러한 어린 시절의 부모로부터의 분리와 무조건적인 사랑에 대한 결핍은 '버림받은 자'로서의 존재적 추락감, 부정적 자의식의 근거가 되었다고 볼 수 있다. 또한 이러한 박탈의 경험이 앞서 살펴본 대로 '난민'으로서의 부모의 불안정한 생활상, 정주하지 못하는 디아스포라적 자의식으로부터 연유한다고 했을 때, 개인과 가족을 넘어 사회적 영역으로 확장되는 존재적 불안의식의 근원을 우리는 재일조선인이라는 민족적 근거에서 유추해볼 수 있을 것이다. 이처럼 재일조선인이라는 열등한 존재성은 부유하고 방황하는 난민의 이미지, 버림받은 자의 고통스러운 경험과 연결되면

---

476) 유미리, 『물가의 요람』, 20쪽.

서 어디에서도 안주하지 못하는 이중적 타자의식을 반복적으로 재생해낸다.

2) 미시서사로 구현되는 역사적 타자의 복원

가) 사장(死藏)된 '이름'의 복원과 '한(恨)'의 표상

붕괴된 가족과 허위적 인간관계 안에서 고통 받으며 재일조선인으로서의 이중적 타자의식에 시달리던 작가는 미혼모로서 자신의 아이를 출산하고 양육해가는 과정을 거치면서 새로운 영역의 작품 세계를 구상하게 된다. 자신의 피에 강박적인 거부감을 가지고 '아이는 낳지 않겠다'고 결심했던 작가는 아들의 출산으로 인하여 새롭게 자신의 피의 근원에 대해 고찰하게 되고, 『8월의 저편』이라는 역사 장편소설을 탈고하게 된다. 창작 초기부터 염두에 두었던 '외할아버지의 이야기'가 모성과 타자에 대한 연민이라는 자기 안의 긍정적 자의식을 발굴하고 모색해가는 과정과 연동하면서 비로소 구체적인 형상을 입게 된 것이다. 『8월의 저편』[477]은 유미리의 외할아버지, 마라토너 양임득

---

477) 『8월의 저편(8月の果て)』은 한일 언론사상 처음으로 한국의 『동아일보』와 일본의 『아사히신문(朝日新聞)』에 공동으로 연재된 장편소설이다. 유미리는 연재를 앞두고 한 인터뷰에서 "외할아버지의 이야기는 제가 소설가로 데뷔할 때부터 염두에 두었던 소재입니다. 먼 길을 돌아 이제 다시 출발선에 선 기분이에요."라고 언급하면서 '한국, 일본, 재일한국인의 과거, 현재, 미래를 이야기할 작품'에 대한 포부를 밝히고 있다. 유미리는 작품의 완성도를 위해 수차례 한국을 찾아 서울과 경남 밀양 등지에서 외할아버지의 지인을 수소문하는 등 치밀한 취재를 감행했으며, 근대사를 주제로 한 TV드라마 녹화테이프를 100여 시간 분량이나 입수해 샅샅이 살피며 복식과 풍습 등을 연구하는 등 역사적 사실의 충실한 재현을 위해

을 주인공으로 하여 4대에 걸친 가족사를 허구와 실제의 교직, 다양한
실험적 형식의 도입을 통해 형상화해낸 소설로 일제 강점기, 해방기,
한국전쟁 등을 거치면서 역사의 밑바닥에서 고통받고 사상되어 가는
역사적 타자들의 미시적 목소리를 특유의 미적 감각으로 치열하게 형
상화해낸 작품이다. 총 30장의 긴 단락으로 이루어진『8월의 저편』
은 연대기적 서사에 해당하는 3장에서 27장까지의 부분에서, 외할아
버지를 형상화한 이우철의 가족사를 애증의 인간사, 격동의 현대사와
종적, 횡적으로 교차시키면서 방대한 규모의 역사 서사를 탄생시킨다.
개인적인 욕망과 고뇌의 지점과 연동하는 각 인물들의 복합적 연관
관계는 이름없는 한 개인의 미시서사가 어떻게 역사적 현실과 조우하
면서 변형되고 왜곡되며 파괴되는지를 면밀히 보여주고 있다. 무엇보
다도 이 소설이 개인사적 족보의 나열에 그치지 않고 보편적인 윤리
회복의 단계로 진입하는 것은 작가가 역사의 거대한 흐름 속에서 희

주도면밀한 사전작업들을 수행했다.(유윤종,「유미리 장편소설 '8월의 저편' 18
일부터 연재 시작」,『동아일보』, 2002. 4. 15. 참조.) 유미리는 '일제 강점기 손기
정 선수와 함께 조선의 마라톤 기대주였으며, 1940년 제 12회 도쿄올림픽에 나
갈 예정이었으나 중일전쟁 발발로 올림픽 출전의 꿈을 이루지 못한 외할아버지
양임득(梁任得 · 80년 68세로 작고)씨의 한(恨)과 열정을 체험하기 위해' 2002
년 3월 17일 동아서울국제마라톤 대회에 참가했으며 4시간54분22초의 기록으로
완주하였다.(나성엽,「〈동아마라톤〉 유미리 완주기 "이제 당당해질 수 있어요"」,
『동아일보』, 2002. 3. 17. 참조.) 아사히신문 2002년 4월 17일자 석간과 동아일보
2002년 4월 18일자 조간부터 연재를 시작한『8월의 저편』은 2004년 3월 16일(동
아일보), 총 527회를 끝으로 미완 종결되었는데, 당초 2003년 9월 중 연재를 끝낼
생각이었지만 집필중 구상이 확장되어 6개월간 연장되었으며 "저자인 유씨의 구
상이 넘쳐나 신문연재에 의한 완결이 불가능하게 돼 유감스럽지만 미완인 채로
연재를 마친다."는 아사히신문사측의 결정으로 미완성인 채 종결되었다.(「유미리
아사히 연재소설 '8월의 저편' 미완 종결」,『동아일보』, 2004. 3. 17.) 이후 완성된
작품이 2004년 8월 일본의 신초사(新潮社)와 한국의 동아일보사에서 동시 출간되
었다.(박원재,「'8월의 저편' 韓日 동시출간 유미리」,『동아일보』, 2004. 8. 13.)

생되고 박탈당한 개인의 은폐된 이름을 호명하고 복원함으로써 진정한 '집합기억'으로서의 민중의 역사를 서술하고 있기 때문이다. 개인의 기억은 타인의 존재를 필요로 하며 일정한 시공간이 제한된 집단속에서 이루어진다는 의미에서 집합기억(collective memory)이라고할 수 있다. 지극히 개인적인 기억이라도 사회적 지평으로 바라보면집합기억인 것이다.[478] 결국 모든 개인의 기억은 역사의 한 지평에서이루어진 역사적, 집단적 기억의 한 부분을 구성한다는 점에서 그 의미가 확장되며 역사적 기억으로 편입되어 복원될 권리를 가진다. 한국과 일본 사회로부터 소외되어 부유하던 디아스포라적 경험과 부정적 자기 인식은 유미리의 타자에 대한 환대적 글쓰기를 통해 새롭게전유된다. 역사적 하위 주체로서의 '일본군 성노예'[479]의 적나라한 실

478) 변화영, 「記憶의 敍事敎育的 含意-유미리의 『8월의 저편』을 중심으로-」, 『한일민족문제연구』11, 2006. 6쪽.

479) 흔히 '종군 위안부(從軍 慰安婦)'로 알려져 있는 '일본군 성노예'는 주로 1930년대에서 1945년 사이에 일본 제국주의 정부에 의해 강제로 동원되어 일본 군인들의 성(性) 노예 생활을 해야 했던 여성들을 지칭한다. 학자들은 군대의 성 노예로 동원된 한국 여성의 수가 8만 명에서 20만 명에 이르는 것으로 추정하고 있다. 한국정신대문제대책협의회(이하 정대협)는, 군대를 따라가는 위안부 여성이라는 의미를 지닌 '종군 위안부'란 용어를 지양하고 '일본군 성노예'로 개념화해야 한다고 본다.(양현아, 「한국인 '군 위안부'를 기억한다는 것-민족주의, 섹슈얼리티, 그리고 강요된 침묵」, Kim, Elaine H. · Choi, Chungmoo 편저, 박은미 역, 『위험한 여성-젠더와 한국의 민족주의』, 삼인, 2001, 157쪽) 위안부라는 용어가 군인의 편에서 사용된 것으로 피해자의 노예적인 상황을 은폐하고 있다는 지적은 일본과 한국에서 광범위하게 제기되고 있다. 이미 UN 등 국제 활동에서는 군대 성노예(military sexual slavery)라는 용어를 사용해 왔으며, '전쟁 노예'(吉見義明), '성노예'(강만길)를 사용하는 것이 옳다는 주장도 있다. 이것은 당시에 사용되었던 구체적인 개념이 아니므로 다소 추상적일 우려가 있으나, 그 실제적 상황을 가장 적절히 표현하는 용어라고 볼 수 있다.(정진성, 「일본 군'위안부' 정책의 본질」, 한국사회사연구회, 『한말 일제하의 사회 사상과 사회 운동』, 문학과지성사, 1994, 178쪽) 본고에서는 정대협과 정진성, 강만길 등의 논의를 따라 '일본군 성

상을 면밀한 재구성과 생생한 묘사를 통해 형상화하고, 이름없이 사라져간 정치적 타자, 역사적 타자들을 역사의 수면 위로 끌어올리는 작업은 작가 자신이 처절한 소외와 좌절의 경험 속에서 소수자, 타자의 목소리에 누구보다도 민감하게 반응할 촉수를 벼려왔기 때문에 수행 가능한 것이다. 『돌에서 헤엄치는 물고기』가 작가 자신의 한(恨)을 쓰고자 구상된 소설[480]이라면 『8월의 저편』은 작가 개인의 한(恨)을 초월하여 역사적 피해자, 역사적 박탈자, 역사적 타자의 집단적 한(恨)을 문학적 맥락 속에 재구성하고자 한 작품이다. 이러한 역사적 이면을 작품을 통해 서사화하고 환기시킴으로써 냉철한 작가적 시선 속에 재구성되고 새롭게 창조되는 미시서사의 가능성을 타진하고 있는 것이다.

유미리는 자신의 소설 『8월의 저편』에 대하여 "'귀향할 수 있는 곳이 없는 귀향'에 대한 이야기, 돌아갈 집이 없지만 집을 향해 발걸음을 서두르는 것"[481]이라고 언급함으로써 현재 재일조선인이 처한 실존적 상황을 예리하게 암시하고 있다. 이는 또한 디아스포라로서의 자신의 위치를 겸허히 받아들이되, 끊임없이 자신의 근원에 대해 희구하고 민족의 기억과 개인의 기억이 합치되는 지점에 주목함으로써 인간 역사의 보편적 진실과 진정성 탐구라는 문학 본연의 가치를 구현하고자 하는 작가의 강인한 실천 의지와 연결된다고 할 수 있다. 유미리는 무엇보다도 '이름'이라는 화두를 통하여 식민의 굴레와 민족적 비극의 상황 안에서 발생하는 인간 소외의 경험을 밀도있게 형상화하고 있다. 재일조선인의 역사 안에서 '본명'과 '통명'이 가지는 민족적 의미

노예'라는 용어를 사용하였다.
480) 유미리, 『창이 있는 서점에서』, 30쪽.
481) 유윤종, 앞의 글.

망을 고찰할 때, 그러한 차별적 억압구조의 기원이라 할 수 있는 '이름
의 박탈', '창씨개명'의 경험은 한 인간이 자신의 존재적 근원을 부정
당하고 은폐당하는 억압과 고난의 과정을 상징적으로 드러내는 장치
라 할 수 있다. 작가 자신의 이름의 모태가 되는 '밀양'을 중심으로 이
야기가 전개되는 『8월의 저편』이 작가 개인의 존재적 의미를 희구하
는 작품임과 동시에 이름없는 타자들의 방명록이 되는 까닭을 작가는
다음과 같이 역설하고 있다.

> "미리(美里)라는 이름은 이야기를 풀어나가는 중요한 '열쇠'다. 소설
> 의 배경인 밀양의 옛이름 '미리벌'이다. 내 이름을 지어준 외할아버지
> 는 엄마에게 내 이름의 뜻을 말해주지 않았다. 내 이름의 수수께끼를
> 풀어나가는 작업을 테마로 하고 싶었다. 요즘에야 깨닫지만 이 소설은
> 이름에 얽힌 이야기다. 자신의 이름을 잃어버린다는 것, 즉 창씨개명이
> 라는 것이 얼마나 잔혹한 것인가. 주인공 우철도 힘들 때마다 죽은 동
> 생의 이름을 부른다."[482]

창씨개명은 1937년 중·일 전쟁 발발 이후 '내선일체'라는 미명 하
에 강행된 조선민족 말살정책(황민화 정책)의 '완성편'으로서, '징
병제'를 통한 황국군대 양성이라는 최종적 목표를 위해 시행된 것이
다.[483] 그러므로 작품 안에서 '이름'을 잃어버린다는 것은 개인의 존재

482) 이영이, 「인터뷰-'8월의 저편' 유미리씨 "삶도 마라톤도 고통의 질주죠"」, 『동아
     일보』, 2002. 8. 16.
483) 정운현, 「해설 : 일제 잔재의 청산과 창씨개명 문제」, 정운현 편역, 『創氏改名』, 학
     민사, 1994, 301-303쪽 참조. 1937년 중·일 전쟁 이후 가속화된 황민화 정책
     을 연대순으로 살펴보면, 먼저 일제는 '1면 1신사(1面1神社)' 정책을 추진하면서
     매달 6일을 '애국의 날'로 정해 일장기 게양, 기미가요 봉창, 조서 봉독, 동방 요

적 망각을 넘어서 민족적 정체성과 기원까지 박탈당하는 전면적 자기 부정의 과정을 의미하는 것이다. '구니모토 우테쓰'라는 이름은 마라토너로서의 꿈을 빼앗기고, 고향을 떠나 낯선 일본땅에서 부유해야 했던 '이우철'의 나라 잃은 백성으로서의 망국, 망향의 한을 상징하는 수인(囚人)의 표식과도 같은 것이다. 작가는 '부르지 않으면 사멸하고 마'는 조상의 이름, 자신의 민족적 뿌리와 얽혀있는 밀양의 가족들의 이름을 하나하나 불러내고 위무함으로써 그 이름에 담긴 개개인의 존재적 의미망을 복원해낸다. 또한 침묵당한 타자들의 역사를 공유하고 발설함으로써 유린당한 식민의 기억들을 치유하는 영매(靈媒)로서의 역할을 자임한다.

나) 전유된 타자의 목소리와 환대의 윤리

이우철의 가족사와 애증의 상관관계를 복합적으로 재구성한 소설

배, 신사참배를 더욱 힘써 행하게 하였으며, 10월에는 '황국신민의 서사'를 제정, 전국에 시행케 하고, 다시 12월에는 '어진영(御眞影)', 즉 일황의 사진을 전국 학교에 배포하여 배례케 하였다. 이듬해인 1938년에는 조선 전역에서 전시동원체제 확립에 열을 올렸는데, 1월에 '육군특별지원령'을 공포하고, 5월에 조선 전역에 '국가총동원법'을 적용시킨 후, 6월에는 '근로보국대' 조직을 지시하였으며 7월에는 전국 규모의 전시동원단체인 '국민정신총동원조선연맹'을 창립하였다. 또한 4월에는 조선내 각종 학교의 명칭, 교육내용을 일본인 학교와 동일화시키고, 조선어 사용금지를 골자로 한 '조선교육령' 개정이 이루어졌다. 이후 일제는 1940년 2월 11일부터 8월 11일까지 6개월간의 '창씨개명' 신고기간을 통해 강압적인 '창씨개명' 정책을 시행했으며 이 기간 내에 창씨계를 제출하지 않은 경우에는 조선식 이름을 그대로 일본식으로 읽는 소위 '법정창씨'를 강행했다. 이러한 '창씨개명' 작업은 1942년 실시된 '징병제'에 대비하여 이름에 따른 혼선을 없애기 위한 정책으로 시행된 것이다. 결국 '창씨개명'은 '황민화' 과정을 거쳐 '내지화'하여 간 다음, 종국적으로는 '징병제'를 통한 황국군대 양성에 그 근본 취지가 있었음을 알 수 있다.(위의 책, 301-309쪽 참조)

의 전반적 서사 내용과는 별개로, 현재의 작가가 직접 작품에 출현하여 타자의 혼을 불러내고 위무하는 소설의 처음과 마지막 장면은 이 소설이 지닌 환대의 윤리적 지점이 어떤 방식으로 작동하는가를 보여준다. 프롤로그에 해당하는 1, 2장과 에필로그에 해당하는 28-30장 중에서 1장과 29장은 이 작품이 지닌 '한풀이', '살풀이'로서의 의미를 직접적으로 형상화한 부분으로 죽은 자를 불러내어 그들의 영혼을 위무하고 이승에서 맺힌 원한을 풀어내며 극락왕생하기를 기원하는 씻김굿의 형태로 구성된다. 직접 유미리의 이름이 언급되고 있는 이 부분에서는 외할아버지 이우철을 비롯하여 서로간의 애증의 감정, 원망과 후회의 감정을 해소하지 못하고 죽어간 가족 구성원들이 차례차례 불려나오고 그들의 세세한 상처의 지점들이 드러나면서 위로의 굿판이 벌어진다. 무엇보다도 이우철의 동생 이우근과 일본군 성노예로 끌려간 김영희의 혼을 불러내어 영혼결혼식을 치르고 그들의 억울한 넋을 위로하는 장면은 한국의 역사 안에서 채 해명되지 못한 유린의 현장, 억압적 기억들을 소환함으로써 그들의 한(恨)을 풀어내고자 하는 작가의 간절한 의도가 개입된 것이다.

> **유미리** (숨을 들이쉰 채로)…… 할배의 남동생, 이우근이 스물세 살 때 행방불명됐어요. 학교 운동장에서 달리기를 하다가 다리에 총을 맞아서…… 할배는 장거리 러너였고 작은할배는 중거리 러너였습니다. 작은할배도 올림픽 출전이 기대될 만큼 성적이 우수했다고 하는데…… 좌익 활동을 해서 경찰에 쫓기고 있었어요.
> **무당 3** 걷어찼어…… 구멍에…… 남자 둘이 둘러싸고 있는 게 보

여.(중략)

무당 3 쉿! 입을 움직이고 있다…… 물고기처럼 입만 움직이고 있어
…… 입 속에 흙이…… 죽어서 매장된 게 아니야…… 아직 숨
통이 끊어지지 않았는데 흙을 덮었어……비가 점점 더 오네
…… 아아 비가…… 파내주지 않으면 울지도 말하지도 못해.

유미리 ……어떻게든 유골을 찾아내서 할배 옆에다…….

무당 3 너의 사명은 뼈를 찾아내는 것이 아니다. 혼을 끌어올려야지.
닻처럼 가라앉아 있는 너 가족의 혼을. 하나가 아니야. 할배
도 할배의 동생도 첫 부인도 첫 아들도 할매도 일본 할매도
모두모두 무거운 한을 껴안고 가라앉아 있어. 끌어올리겠다
고 약속할 수 있나? 약속은 지키면 끝나지만 지키지 않으면
그대로 남아 있어. 너가 죽어도 끝나지 않아.

유미리는 약속이란 말 속에 우두커니 서 있다.[484]

해방 이후 '조선민주주의 애국청년동맹'의 일원으로 좌익운동을 하
다가 체포되어 살아있는 상태에서 생매장당한 유미리의 작은할아버
지, 이우근의 억울한 죽음은 가족 모두의 한(恨)과 연결된다. 작가는
그 죽음의 진실을 수면 위로 끌어올려 환기시키고 고인의 넋을 위로
함으로써 은폐된 개인의 기억이 담지하고 있는 역사성과 현재적 의미
망에 주목하고자 한다. 이우근의 죽음은 비단 유미리 개인의 사적 영
역에 국한된 개별 사건이 아니라 그와 함께 사상되어 간 무수한 이름
없는 민중들의 집단적 죽음을 표상하는 역사적 집합기억으로 그 지평
이 확대되는 것이다. 역사적 타자의 목소리를 복원하고 그들의 한을

---

484) 유미리,『8월의 저편 상』, 35-36쪽.

승화시키는 작업은 작가에게 있어 '죽은 후에도 지켜야 할' 절체절명
의 문학적 의무, 역사적 약속이 된다.

　이우근의 억울한 죽음과 함께 작가가 작품 안에서 치밀하게 재현
하고 있는 인물은 '일본군 성노예'로 끌려가 처참하게 유린당하고 끝
내 이름없이 사라져간 '김영희'라는 여성이다. '일본군 성노예' 문제
는 해방 이후 거의 50년 가까이 침묵 속에 가려져 있던 민족의 수난사
이자 은폐된 여성 억압의 역사이다. 양현아는 '일본군 성노예'에 대한
일본과 한국 사회의 '침묵'이 '군 위안부 문제를 재현하는 데 있어서
중요한 구성 요소이자 맥락'[485]이라고 설명하면서, '위안부 문제에 대
한 길고도 깊은 사회적 침묵이 가지는 복잡성은 이 문제가 특히 젠더
(gender) 및 성(sexuality)과 관련되어 있다는 사실에 놓여져 있다'[486]
고 언급한다. 즉 '일본군 성노예' 문제를 바라보는 한국의 민족주의 담
론의 시선이 다분히 가부장적인 남성 주체의 입장, 즉 '민족의 수치'와
'정조의 박탈'이라는 관점에서 이루어짐으로써 생존자 여성들의 공적
인 기억은 역사적 맥락에서 주변화되고 그들의 고통과 참혹한 과거사
는 은폐되면서 침묵을 강요당하게 되었다는 것이다. '일본군 성노예'
에 대한 문학적 형상화 작업 또한 거의 변방의 영역이었다고 해도 과
언이 아니다. 한국 여성의 입장에서 '일본군 성노예'의 강압적 경험은
'외국인 남성에 의한 지속적이고 집단적인 강간이며, 강제 동원, 학대,
감금, 질병, 죽음 그리고 사회적 소외를 초래한 총체적 인간성 말살의
범죄'[487]임에도 불구하고 그러한 역사적 사실이 수치스러운 민족적 과

---

485) 양현아, 앞의 글, 159쪽.
486) 위의 글, 165쪽.
487) 위의 글, 174-175쪽.

거로만 치부됨으로써 사회적 공론화의 과정이 암묵적으로 거부되어
져 온 것이다. 그러므로 '일본군 성노예'에 대한 유미리의 적극적인 문
학적 재현과 의미 부여는 민족적, 성적 소수자이자 피해자인 이름없
는 여성들, 역사적 타자의 은폐된 기억과 목소리를 복원하고 정당한
역사적 위치를 부여하고자 하는 작가적 사명이 투영된 것이라 할 수
있다.

　작품의 말미에 등장하는 이우근과 김영희의 영혼결혼식에서 김영
희의 영혼은 유미리 안으로 들어온다. 바다에 몸을 던져 죽는 순간까
지 자신의 욕된 이름을 밝히지 못했던 김영희는 이우근과의 영혼결혼
식을 통해서 자신이 흠모하던 이우근에게 자신의 이름을 밝힌다.

> **무녀 1**　순결한 몸을 더럽히고, 가장 연약한 곳을 깨물린 딸이여. 한
> 을 닻으로 하여 혼을 바다에 묻은 딸이여. 너의 혼은 순결하
> 다, 아무도 너의 혼마저 더럽힐 수는 없느니. 신부의 옷을 입
> 고, 극락정토로 가거라. (중략)
>
> **무녀 2**　바다에 몸을 던진 신부여, 생매장을 당한 신랑이여, 두 분에
> 게 피를 올립니다. 피로써 두 분의 더러움을 깨끗이 씻어내
> 겠습니다. (중략)
>
> **유미리**　안녕히 가시소! 겨우 그런 몇 마디만 했지예 그날은 왜 그렇
> 게 덥고 왜 그렇게 밝았는지 내 이름을 가르쳐드릴게예 당
> 신에게만(무녀의 귀에 입을 대고) **김영희**[488]

김영희라는 소녀의 이름은 이 시대 이 땅에서 유린당하고 착취당했

---

488) 유미리, 김난주 역, 『8월의 저편 하』, 동아일보사, 2004, 419-422쪽.

던 민중의 다른 이름이다. 지배자의 역사에서 배제당한 채 아무도 기억하지 않는 역사의 공백 안에서 오랜 무명의 세월을 견뎌온 연약한 민초들의 대명사이다. 유미리는 자신 안에 김영희의 영혼을 받아들이고 그녀의 애절한 한을 자신의 입을 통해서 발설함으로써 그의 유린된 육체를 씻겨내고 해원(解冤)과 승천(昇天)의 의식을 행한다. 영혼 결혼식을 통해서 역사적 타자를 기억해내고 그녀의 이름을 드러내는 작업은 타자를 환대하는 문학적 전유의 한 전형을 보여주며 역사적 타자(손님, hôte[489])들을 역사의 주인으로 치환시키는 윤리적 행위를 촉발한다.

이처럼 『8월의 저편』에서는 역사의 이면에 존재하는 기층 민중들의 삶의 서사가 면밀하게 재구성되며, 재일조선인으로서의 작가의 존재적 기원이 탐구된다. 무엇보다도 역사적 타자이며 기억으로부터 추방된 역사적 하위 주체들이 서사화되면서 타자에 대한 환대적 말걸기를 통해 말소된 기억의 복원과 치유의 과정이 이루어진다. '일본군 성노예'로 끌려간 수많은 소녀들과 이름없이 희생된 정치적 타자들의 목소리를 복원하고 애도와 영혼의 위무를 통해서 이들을 집합기억의 영역으로 이끌어내는 과정은 타자를 환대하는 문학적 전유의 구현과 연동하면서 작가의 윤리적 임무의 수행을 완성한다.

---

489) hôte는 프랑스어에서 주인과 손님이라는 두 가지 뜻을 가지고 있다. 정확히 말해 hospitalité를 베푸는 사람과, 아울러 hospitalité를 받는 사람을 의미한다. 이는 환대에 내재적인 주객 전도의 상황을 상징적으로 드러내는 것이다.(Derrida, Jacques, 남수인 역, 『환대에 대하여』, 동문선, 2004, 135쪽 참조)

IV

재일조선인 문학
주체 서사의 방향성

1. 재일조선인 문학의 혼종적 가치와 전망

김학영, 이양지, 유미리로 이어지는 재일조선인 작가의 세대별 감각
은 일본 사회와 조국(남한과 북한)을 억압된 타자, 차별적 마이너리티
의 시선으로 새롭게 조망함으로써 기존의 한국 문학, 일본 문학이 감
지하지 못했던 역사적 공백, 문학적 여백들을 발굴해내며 외부에서
내부, 경계에서 중심을 내파하는 문학적 가능성을 보여준다. 각각의
작가들은 자신들이 처한 시대적, 역사적 상황과 치열하게 조우하고
교섭하면서 한 걸음씩 전진한다. 김학영이 내셔널리즘에 대한 비판적
인식과 정치적 편향성에 대한 통렬한 점검을 통해 배타적 국민국가의
틀을 넘어서는 혼종적 정체성의 가능성을 감지했음에도 불구하고, 재
일 2세대가 지닌 역사적 부채의식, 의식과 현실의 괴리로부터 해방되
지 못하고 결국은 재일 1세대의 조국지향적 감수성에 저항적으로 굴
복하는 세대적 한계를 노정한 것은 시대적 주류와 불화한 한 개인의
고뇌와 비자발적 타협의 결과이다. 이러한 역사적 보편 담론의 자장
아래에서 고군분투하는 한 열외자(列外者)의 모습은 재일조선인 문학
의 복합적 의미망과 범주를 생성하는 하나의 사례가 된다. 이양지 또

한 근대화의 도정에 놓인 남한 사회에서의 모국체험을 통해 상상적으로 주조된 조국의 형상과 민족적 정체성이라는 당위적 관념을 부정하고 주체적 감각으로 체현되는 경계적 정체성, 실존적 자의식을 획득한다. 이러한 치열한 자기 해체와 재구성의 과정은 분열과 통합의 상반된 가치 체계 안에 양립하는 새로운 언어적 세계를 구축한다. 자본주의 사회의 병폐와 허위적 양상을 극단적으로 재현하는 현대 가족의 붕괴와 파편화에 주목하는 유미리는 타자화되고 소외된 개인의 경험을 역사적 타자, 소수자의 목소리와 교접시킴으로써 새롭게 복원되고 확장되는 치유와 환대의 윤리적 글쓰기를 발흥한다. 이처럼 전(前)세대에 대한 부채의식과 시대적 조류, 국민 국가의 규율 체계, 억압과 차별의 식민지 역사의 흔적들을 냉철히 재규명하고 전복해 나가는 가운데, 협소한 지역적, 민족적 정체성을 넘어서 경계적, 혼종적 정체성에 기반한 문학 세계를 산출해 가는 이들의 창작 행위는 경계를 사유하면서 경계를 넘어서는 미래지향적 방향성을 내포하고 있으며, 중간자, 경계자로서의 위치를 넘어서 중개자, 혼종적 가치의 전파자로서의 역할을 역동적으로 수행할 가능성을 담지하고 있다고 하겠다. 다음과 같은 강상중의 언표는 그러한 역동적 가능성을 타진할 역사적 근거를 제공한다.

　'재일 한국인'이 자기 자신을 일본이라는 '내셔널한' 공간에 갇힌 민족적 소수자가 아니라 경계를 초월한 복수의 정체성을 지니고 사는 존재로 자각해가고 있다는 점이다. 이제는 '재일 지향'이냐 '본국 지향'이냐 하는 양자택일의 문제설정이 무너지고 그 경계설정 자체가 무의미한 일이 되어가는 추세다. 이처럼 '재일'을 월경적(越境的)인 민족적 소

수자로서 자각하는 것은 동시에 한국의 역사적인 전환과 밀접하게 연관되어 있다.[1]

이제 재일조선인 문학은 일본과 조국의 '국민'이라는 지엽적 발화 대상을 넘어 세계를 향한 목소리를 주조하고 있다. 유미리의 경우, 영어권, 프랑스, 독일, 이탈리아, 한국, 중국, 대만 등에서 작품이 번역, 소개되었으며, 대만에서는 모든 작품이 번역된 상황이다.[2] '아마 자신은 한국보다 대만에서 더 잘 알려져 있'을 것이라고 언급하면서 그 이유를 '대만이 분단국가에 속하기 때문에 역사적인 것에 그 원인이 있지 않을까라고 생각한다'는 유미리의 발언은 재일조선인으로서 식민 지배의 구종주국인 일본에서 창작을 하는 자신의 역사적, 타자적 위치를 정확하게 인식하고 있음을 보여준다. 이제 재일조선인 작가들의 발화 위치는 '일본'이라는 정주지를 넘어서, 자신의 실존과 존재 근거를 구성하는 양 국가의 범주를 해체하며, 세계를 향해 나아가고 있다고 보아야 할 것이다. 일본 사회와 한국 사회 양쪽에 모두 균열을 낼 수 있는 이들의 혼종적 발화 가능성이 전지구적 다문화사회로 진입한 세계적 디아스포라의 환경에 긍정적인 해답을 줄 수 있을 것으로 판단되기 때문이다.

스튜어트 홀(Hall, Stuart)은 "디아스포라 경험은 …… 정수 혹은 순수함이 아니라 필연적인 이질성과 다양성을 인식함으로써 또한 차이를 거부함이 아니라 이것을 통한 '정체성'의 개념으로써 혼종성으로

---

1) 姜尙中, 이경덕 역, 『동북아시아 공동의 집을 향하여』, 뿌리와 이파리, 2002, 5-6쪽.
2) 김정혜, 「유미리의 작가적 지향의식」, 전북대학교 재일동포연구소 편, 『재일동포 문학과 디아스포라 2』, 제이앤씨, 2008, 288쪽.

정의내려진다. 디아스포라 정체성은 변신과 차이를 통해 끊임없이 그들 스스로를 새롭게 생산하고 재생산하는 것이다."³⁾라고 언급하고 있다. 이러한 디아스포라의 혼종적 정체성, '이질성과 다양성을 담보하는 차이의 산물'로서의 디아스포라의 경험은 그대로 재일조선인 문학을 설명하는 키워드가 되면서 앞으로의 방향성을 시사하는 중요한 언질로 작용한다. 유미리는 한 인터뷰에서 "혹 1년쯤 한국에 머무른 뒤 한국말로 글을 쓰기 시작할 수 있지 않을까 하는 생각이다. 그것은 이방인 의식을 확실하게 더해줄 것이다. 태어나서 자연스럽게 배운 말이 아니라 인위적으로 습득한 말이기 때문에."⁴⁾라고 언급함으로써 조국의 언어를 배울수록 더욱 큰 좌절과 정체성의 혼란에 직면했던 이양지의 고뇌의 지점을 환기시키고 있는데 이는 역설적으로 '이방인'라는 자신의 타자적 위치를 적확하게 직시하고 그것을 자신의 문학적 발판으로 삼아 도약하고자 하는 작가의 강인한 의지의 발현과 맞닿아 있다고 볼 수 있다. 즉 그러한 자기 안의 어긋남, 이질성, 차이의 인식을 자신의 문학적 생성의 긍정적 자양분으로 삼고자 하는 디아스포라적 상상력의 의지적 발로야말로 재일조선인 문학을 위시한 한민족문화권 문학의 미래적 전망을 투시하는 강력한 무기가 되는 것이다. 이처럼 '차이'로서의 문학, 혼종성으로서의 문학적 의미망은 재일조선인

3) 스튜어트 홀(Hall, Stuart), "Cultural Identity and Diaspora.", Ed. Jana Evans Braziel and Anita Mannur, *Theorizing Diaspora: A Reader*, Oxford: Blackwell, 2003, pp. 232-246.(성정혜, 「탈식민 시대의 디아스포라와 혼종성: 살만 루시디의 『자정의 아이들』, 『수치』, 『악마의 시』」, 이화여자대학교 영어영문학과 박사학위논문, 2010, 13쪽에서 재인용)
4) 유윤종, 「인터뷰-교포작가 유미리 "불행은 내 창조력의 원천」, 『동아일보』, 2000. 6. 12.

작가 이회성의 단언을 통해 이미 재일조선인 문학의 내부에서 자기
각성의 형태로 고찰되고 있음을 알 수 있다.

> "우리가 아무리 일본어를 쓴다고 하더라도 자신의 정체성을 진지하
> 게 추구하고 동시에 일본문학에서도 배우면서 창작한다면, 그 문체는
> 어떤 새로운 공간, 값진 내용을 담을 수가 있고, 또 그 작품이 종래의 일
> 본어를 이화(異化)시키는 생활력을 가질 수 있습니다. (중략) 그러니
> 우리는 이 이화작용(異化作用)을 야기하는 작품을 창조함으로써 재일
> 동포문학을 활성화시킬 수 있고 앞으로도 존재할 수 있을 것입니다. 또
> 이것은 일본문학 자체를 더 풍부히 하고 다성적(多聲的)으로도 중층적
> (中層的)으로도 문학 자체의 영역을 넓히는데 도움이 될 것입니다. 앞
> 으로 아시아의 문학이 더 접근해갈 것이 예견되는데 재일문인들의 존
> 재와 역할이 어떤 중개자(仲介者)적 위치를 차지하고 있는 듯합니다."[5]

이회성의 위와 같은 발언은 재일조선인 문학이 한국문학과의 관계
안에서 범민족적 세계문학으로의 도약 가능성을 내포한 교두보적 역
할을 자임할 것임을 보여준다. 이는 홍기삼이 신세대 재일조선인 문
학을 염두에 두면서 언급한 식물학의 '복조(伏條)'[6] 현상의 긍정성과
연결된다. "여러 가지[枝]가 함께 존립 근거를 이루는 큰 뿌리는 모국

5) 이회성, 「일본 속의 한국문학과 문학인」, 『한국문학』, 1996. 겨울, 92-93쪽.
6) 복조(伏條)란 보리수같이 가지가 무성한 수목의 경우, 가지가 길게 자라서 멀리 뻗
어나가고 그 뻗은 가지가 땅에 닿아 다시 뿌리를 내리는데 그 뿌리가 땅으로도 박
히고 지상으로는 기둥처럼 자라나는 현상을 말한다. 그러니까 무성한 가지가 담을
넘어가 열매를 탐스럽게 맺을 뿐 아니라 뒤에는 가지가 그 옆집 마당에 뿌리를 내
려 두 개의 뿌리를 함께 갖게 되는 것이다.(홍기삼, 「재일 한국인 문학론」, 홍기삼
편, 『재일한국인문학』, 솔, 2001, 33쪽)

의 마당에 있고 개별적 근거를 이루는 개개의 가지들은 옆집 마당에
제 뿌리를 내리게 되는 것", 그럼으로써 타민족, 타문화 국가에 새로운
문화적 이접과 생성의 과정을 구축하는 것, 이것이 바로 혼종성의 개
념과 합일되는 지점이라 할 수 있을 것이다. 식민의 결과에 의해 강압
적으로 수용된 혼종의 경험이 그 뿌리의 개별적, 경계적 정체성을 뛰
어넘어 탈민족, 탈식민의 가능성을 배태한 능동적인 혼종적 정체성의
열매로 재탄생할 때, 재일조선인 문학이 가지는 문학사적, 문화사적
의미는 더욱 값진 것이 될 것이다.

2. 재일조선인 문학의 역사적 대항의식

재일조선인의 이러한 혼종성의 자리는 스스로에 대한 새로운 존재 규정에서부터 구축된다고 볼 수 있다. 유미리는 김정혜와의 인터뷰[7]에서 재일의 근간을 언급하며 "재일한국인이 일본어로 쓰고 있는 것 그것은 어떤 일인 것인가? 재일의 아픔을 일본인도 한국인도 모른다. 자신은 일본인도 아니다. 재일한국인도 아니다. '아니다'라고 하는 곳에 있을 자리를 두고 싶다"고 토로하고 있다. 이러한 이중의 자기부정으로부터 존재적 근거에 대한 재탐색과 스스로의 힘으로 실존적 자리를 구축하고자 하는 긍정적 생의 의지가 발현된다고 할 수 있다. 또한 유미리는 "독자는 일본인이라고 설정하지 않았다. 독자는 국적에 관계없이 거처할 자리가 없는 사람이다"라고 언급함으로써 재일조선인이라는 디아스포라적 존재성을 극명하게 드러내면서 난민, '호모 사케르'로 상징되는 자본주의 주권 권력에 복속된 '벌거벗은' 타자들을 환기하는 글쓰기를 지속할 것임을 암시하고 있다. 유미리는 자신의

---

7) 김정혜, 앞의 논문.

작품이 한국문학과 일본문학 어느 쪽 문학사에 속하기보다는 두 문학
사의 '가교(架け橋)'로 자리하기를 원하면서도 그러한 재일조선인이
라는 타이틀이 현재 일본문단에서 주목받는 것은 일종의 '역차별'이
라고 주장한다. 이는 스피박이 제1세계에서 활동하는 제3세계 지식
인들이 자신의 제3세계적 특수성을 드러냄으로써 역설적으로 자신의
입지를 강화하고 존재를 특화시키는 공모적 상황을 주조하고 있음을
비판한, 제3세계 지식인의 윤리적 위치에 대한 고찰과 맞물리는 통찰
적 사유의 한 지점을 보여준다고 할 수 있다. '재일조선인'이라는 첨예
한 각성을 내면화하면서도 그러한 자신의 입지 조건이 상품화되지 않
도록 견제하며 자신의 윤리적 문학행위를 지속해가는 것, 이것이 유
미리, 또는 재일조선인 문학이 견지하며 나가야 할 대항적 지향점이
라 할 수 있다.

　이러한 문학적 상승행위를 통과할 때 "이들의 상상력은 이중의 난
관, 즉 두 제국주의의 접점을 넘어서는 동시에 넘어서"[8]질 것이다. 그
들은 "생존과 사회적 상승을 위해 끊임없이 상상력을 발휘해야 하기
때문에 상상력이 훨씬 풍부할 수밖에 없"[9]다. "내 문학에는 한국인도
일본인도 아닌 '나이(ない)'(아니다, 없다란 의미의 일본어)에서 비롯
된 내면적 대립이 깔려있다. 풍요로운 세상에서 '없다'는 것은 귀중하
다. 나는 중졸 학력밖에 없고 가족은 없어졌다. 이것이 나의 풍성함의
원천이다."[10]라고 고백하는 유미리의 겸허한 발언은 바로 이러한 문학

---

8) Spivak, G., 문학이론연구회 역, 『경계선 넘기』, 인간사랑, 2008, 46쪽.
9) 위의 책, 46쪽.
10) 이동관, 「인터뷰-日 아쿠타가와문학상 수상 동포 유미리씨」, 『동아일보』 1997. 1.
　　21.

적 상상력의 원천이 고난과 결핍의 존재적 근거에서 비롯되었음을 방증하는 명백한 사례이다. 부단히 자기 자신의 결핍성을 직시하고 그 안에서 강력히 제련된 문학적 고갱이들을 길어올리는 작업은 가장 낮은 곳에서 더욱 깊이 사유함으로써 전복적인 상승의 가능성을 주조하는 문학적 전화(轉化)의 지점이 된다.

이처럼 자기 존재적 물음의 끊임없는 변용과 문학적 상상력을 확장하려는 의식적 노력만이 재일조선인 문학을 영위시키는 전략적 조건이 될 것이다. 다음과 같은 서경식의 언급은 재일조선인 문학이 견지해야 할 역사적 위치와 역할에 대한 냉철한 사유를 발흥한다는 점에서 참조할 만하다.

> 에드워드 사이드는 역사서술이나 문학에서 지배층의 서사(master narrative)에 피지배층의 대항서사(counter narrative)를 대치시키는 작업이 인류의 '새로운 보편성'을 구축하기 위해 중요하다고 강조했다. '일본인의 서사'와 '자본주의적 근대라는 승자의 서사'로 뒤덮여가는 일본 사회에서 나는 재일조선인 입장에서의 대항서사를 만들어나가는 일을 스스로의 역할로 삼았다.[11]

자신의 피지배층으로서의 위치를 자각하고 '재일조선인 입장에서의 대항서사'를 만들어가는 과정은 재일조선인 문학의 미래적 방향성과 한 궤에 놓일 것이다. 타자화된 역사적 특수성을 대항서사의 교두보로 삼고 전진할 때 '새로운 보편성'의 획득과 의미화가 가능하게 된다.

---

11) 徐京植, 임성모 · 이규수 역, 『난민과 국민 사이』, 돌베개, 2006, 6-7쪽.

앞서 고찰한 대로 재일조선인 문학은 치열한 역사의식, 사회의식에 기반한 문학 활동을 해왔다는 점에서 그 사상의 무게와 진정성이 결코 녹록치 않다. 북한과 남한, 일본 천황제에 내재한 독재적 권력 시스템, 그러한 시스템을 공고하게 하는 왜곡된 내셔널리즘에 대한 비판(김학영), 근대 국가의 규율권력 담론에 대한 신체적 거부와 신랄한 문제 제기(이양지), 역사의 이면에 존재하는 억압적 기억에서 이름없이 매장당한 역사적 타자를 호명하고 복원함으로써 타자의 윤리를 사유하는 태도(유미리) 등은 엄중한 역사적 대항의식을 기반으로 자신의 문학적 사유를 심화, 확장해가는 문학자 본원의 윤리적 자세를 보여준다. 그러므로 이들이 균열을 내고 새롭게 교섭, 혼합하면서 주조해내는 문학적 성과들은 탈경계 시대, 탈식민시대에 지향해야 할 새로운 민족의식의 발현태라 할 수 있다.

3. 한국문학과의 접점과 통합의 모색

민족과 국가라는 단일한 범주에서 벗어나 경계 위에서 사유하며 문학적 지경을 넓혀가는 재일조선인 문학자들의 작업은 한국문학이 미처 감지하지 못한 역사적 여백과 틈새를 주목하고 세밀하게 형상화해 낸다는 점에서 한국문학의 외연을 다각도로 확장시킬 가능성을 내장한다. 식민의 고통과 저항의 경험, 디아스포라적 유랑과 고향 상실의 모티프, 망각된 역사적 사건과 형해화된 미시적 기억의 복원 등, 재일조선인 문학이 주목하고 현재의 시공간 안에 재현해내고자 하는 주제의식들은 그대로 한국문학의 주제적 맥락과 밀접하게 조우하면서 공통의 접점을 산출해낸다. 그러므로 재일조선인 문학의 역사적 고찰과 주제론적 연구, 논의의 활성화와 더불어 한국문학과의 공시적·통시적 접점을 추출해내고 그 연관관계 및 비교문학적 고찰을 행함으로써 다방면의 접목, 교차 지점들을 재구축해내는 작업은 한국문학의 양적, 질적 발전과 더불어 재일소선인 문학을 위시한 한민족문학권의 문학을 거시적으로 조망하는 문학적 지형도 구상의 출발점이 될 것이다.

일례로 앞선 연구사에서 검토한 바와 같이 김석범의 『화산도』를 위

시하여 제주 4·3 항쟁을 중점적으로 형상화한 작품들은 이미 현기
영의 「순이삼촌」 등과 같은 한국문학 내의 동일한 주제의 작품들과의
비교문학적 연구 작업을 통해 적극적인 친연성 재고의 가능성을 시사
한 바 있다. 이처럼 연구방법의 하나로 역사적 배경의 상동성을 중심
으로 주제론적인 접근 방법을 활용해볼 때 여러 가지 비교문학적, 통
합적 연구의 단초를 마련해볼 수 있을 것이다. 가령 만주 지역을 배경
으로 혹독한 가난과 민족적 차별을 형상화한 강경애의 「소금」은 나라
잃은 식민지 디아스포라의 빈곤한 삶의 형태를 주조한다는 점에서 양
석일의 『피와 뼈』에 나타난 빈곤한 난민의 형상과 겹쳐지며, 유미리의
『8월의 저편』에 나타난 일본군 성노예의 처참한 비극상은 기지촌 소
설을 다룬 일련의 작품들과 탈식민주의의 입장에서 함께 논의될 가능
성을 모색해볼 수 있다. 더불어 노라 옥자 켈러의 『종군위안부』, 『여우
소녀』, 이창래의 『제스처 라이프』 등의 재미한인 문학에 나타난 동일
한 주제의식의 작품을 동시에 비교 연구한다면, 각 지역과 문화, 역사
의 상이성을 반영하면서 새롭게 의미화되는 새로운 문학사적 성과들
을 획득해낼 수 있을 것이다. 이처럼 한국문학 내부로 환원되는 좁은
의미의 폐쇄적 통합이 아니라 한국문학을 기점으로 하여 한민족문화
권의 문화적, 문학적 다양성을 포용하고 교섭함으로써 광활한 의미의
열린 통합의 지점을 모색하려는 적극적 노력들이 현 시점에서 병행되
어야 할 문학사적 요구라 할 것이다.

　이제 재일조선인 문학이 가진 교섭의 가능성, 타자에 대한 윤리적
시선, 근대 사회를 비판적인 경계인의 시선으로 조망할 수 있는 혼종
적 발화의 가능성을 적극적으로 모색하면서, 그러한 마이너리티의 목
소리들이 일본과 한국 사회 양쪽에 모두 긍정적인 균열을 냄으로써

올바른 역사 인식에 근거한 통합적 한국문학사의 전범을 구축할 수 있다는 가능성을 우리는 능동적으로 인지해야 할 것이다. 또한 그 역할의 한 축을 재일조선인 문학이 감당해야 함을 적극적으로 인식하고 그러한 미래지향적 전진의 대열에 한국문학 연구자들도 적극적으로 동참함으로써 균형 잡힌 문학사 구축의 한 시대를 열어야 할 것이다. 이것이 본고가 한국문학 연구자로서 재일조선인 문학을 조망하는 윤리적 자세이며 지향적 가치라 하겠다. 타자의 위치에서 타자를 사유하고 타자를 환대함으로써 그 타자성을 넘어서는 것, 이것이 재일조선인 문학이 우리에게 선사하는 새로우면서도 '오래된' 문학적 메시지가 될 것이다.

V

결론

　본고에서는 김학영, 이양지, 유미리를 중심으로 재일조선인 문학에 나타난 가족, 신체, 민족의 표출 양상과 구현 방식을 고찰함으로써 재일조선인 주체 서사의 한 표본을 추출해내고, 일본과 한국 사회에서의 재일조선인의 양가적 위치를 좀더 객관적이고 능동적으로 검증할 근거를 마련하고자 하였다. 더불어 일방적인 혹은 강압적인 포섭과 배제의 대상이 아니라 이해와 공감에 기반한 재일조선인의 주체 서사를 규명해내는 작업이 무엇보다 절실하다는 문제의식 아래, 역사적, 문학적 타자로서 자신의 결핍된 존재성을 보완하고 적극적으로 사유하고자 하는 이들의 주체 서사가 선긋기와 거리두기의 선별적 가치기준에 포획되는 것이 아니라 포용과 교섭의 연대적 움직임 속에서 자유롭게 산포되어야 함을 언급하고자 하였다.

　텍스트 분석에 앞서 본고는 먼저 Ⅱ장에서 탈식민 주체와 '가족', '신체', '민족'의 각 주제별 개념에 대한 이론적 고찰을 수행하였다. 재일조선인 문학이 각 주제와 조응하는 지점을 천착하여 역사적, 문화사적 접근 방법을 채택하였다. 우선적으로 재일조선인 작가를 탈식민

주체의 입장에서 고찰함으로써 재일조선인 문학의 주체 서사가 경계
적, 혼종적인 탈식민적 가능성을 담보하고 있음을 밝히고자 하였다.
재일조선인은 식민 주체인 일본을 무의식적으로 모방하면서 대항하
는 양가적 모방의 원리를 반복적으로 구현함으로써 탈식민적 거점을
형성한다. 재일조선인들은 일본의 동일시 담론을 위협하고 균열시키
는 '초과'된 양가적 모방자들이며 이러한 재일조선인의 분열된 형상
을 재현하는 재일조선인 작가는 '지배담론의 양식과 규범을 이질화시
키는 식민지적 욕망의 환유적인 부분적 대상들이며, 지배담론 속에서
'부적합한' 식민지적 주체들'[1]이다. 식민국가의 감시적 시선은 이들의
문학적 '응시(gaze)' 앞에서 분열되고 굴절된다. 다음으로 각 주제에
대한 이론적 고찰을 수행하였다. 먼저, 재일의 원체험으로서의 가족
서사라는 측면에서 재일조선인 문학에 드러난 자전적 경험의 의미와
글쓰기의 상관성에 대해서 고찰하였다. 재일조선인 작가들에게 글쓰
기의 동인(動因)은 억압적인 과거의 기억들을 소환하고 매장하며, 애
도함으로써 새로운 출발의 가능성을 추출하고자 하는 자기 구제의 내
적 요구로부터 나온다. 타율적으로 감내해야 했던 고통스러운 경험의
흔적들은 글쓰기를 통해서 비로소 정화되며 미래적 삶을 모색하는 동
력으로 변환된다. 김학영, 이양지, 유미리는 모두 자신의 불우한 유년
의 경험을 극복하고 글쓰기라는 수행적 행위를 통해서 '어떻게 살아
가야 하는가'라는 세계와의 주체적 교류의 의지를 피력하고, 자신을
통찰하고 객관화하면서 새롭게 거듭나는 주체의 형상을 주조했으며,
과거의 암울한 기억을 장사(葬事)지내고 승화시킴으로써 새로운 주체

---

1) Bhabha, Homi K., 나병철 역, 『문화의 위치』, 소명출판, 2002, 184쪽.

서사의 가능성을 타진한다. 이처럼 작가들에게 글쓰기는 과거의 고통스러운 기억과 맞서 주체의 생성과정을 도모하는 장(場)이며, 폭력적, 억압적 경험의 주박(呪縛)에서 풀려나는 제의적 공간이다. 두 번째로 신체에 각인된 재일의 수난사에 대해서 고찰하였다. 식민 주체가 피식민적 타자를 관리하고 통제하는 일차적 장소는 '신체'이다. 그들의 신체를 규정하고 인식하는 방식, 특정한 이미지를 주입하고 각인시키는 과정을 통해서 그들의 열등하고 차별적인 존재성은 반복적으로 재생산된다. 몸은 타인의 시선에 직접적으로 노출되는 무방비의 지점으로 대상화의 위험성을 항시 내포한다. 이러한 관점에서 볼 때 재일조선인의 신체는 인종주의적 차별의 대상인 동시에 근대 규율 체계의 미시적 권력망이 통과하는 장소이며, 역사적 트라우마가 출몰하는 지점이다. 이러한 재일의 수난사는 비체화되고 젠더화된 하위주체, 말할 수 없는 존재들의 재현을 통해 기술된다. 마지막으로 디아스포라의 탈경계적 상상력이 민족이라는 범주 안에서 어떠한 형태로 발현되는가를 고찰하였다. 근대 국민국가의 성립과 제국주의적 침탈의 도정에서 산출된 디아스포라는 환대받지 못하는 '비국민'의 대명사이며, 이러한 디아스포라적 위치가 재일조선인 문학이 산출되는 지점이다. 재일조선인의 식민지 디아스포라적 상황은 자신의 의지와 상관없이 강압적으로 민족적, 문화적 뿌리를 이식당한 이산자, 이주자들에게 정체성의 문제를 야기한다. 재일조선인들이 자신의 정체성을 '발견'하고 '획득'하며 '존속'시키고자 하는 열망은 필연적으로 '탈식민'의 과제를 동반하며 이때의 '탈식민'은 비가시적으로 구조화된 일본 사회 내부의 식민적 시선을 응시하고 전유한다는 점에서, 그리고 불가피하게 이접된 디아스포라적 경험이 새로운 형태의 교섭을 가능하게 한다는 점에서 양가적이고 혼종적인 주체 형성의 필연성을 주조한다. 바흐친 (Bakhtin, Mikhail M.)의 '의도적 혼종화(intentional hybrid)' 개념, 호 미 바바의 혼종성 개념은 이러한 탈식민적 주체 형성의 이론적 바탕 이 되며, 이양지의 언어적 혼종화, 김학영의 중간자 개념, 유미리의 역 사 지우기와 역사 복원하기의 문학적 양상은 재일조선인 주체가 기입 하는 혼종화의 역동성, 저항가능성을 고찰할 근거로 작동함을 고찰하 였다.

Ⅲ장에서는 구체적으로 작가의 자전적 경험의 기술과 문학 작품에 나타난 사건과 인물 연구를 중심으로 재일조선인 문학의 주체 서사 양상이 각각의 작가들에게 어떤 변별적인 형태로 구현되는지 고찰하 였다.

먼저 1장에서는 김학영 문학에 나타난 주체 형성 과정을 가족, 신 체, 민족의 범주 아래서 고찰하였다. 김학영 소설의 기본 구조를 이루 는 '폭력적이고 광기어린 아버지의 세계와 불화한 가족으로부터 벗어 나 자기 회복과 정체성의 확립을 모색'하고자 하는 욕망은 현실의 부 모를 상상적으로 부정하고 새로운 주체의 형상을 모색하는 '가족로망 스'의 서사구조와 합치한다. 그러나 재일조선인 1세대 아버지와 '부성 은유'로서의 일본 사회에 대항하여 독립적인 주체 서사를 구현하고자 했던 인물들은 현실적인 차별의 '벽'과 아버지에 대한 애증병존의 양 가적 감정에서 벗어나지 못하고 슬픔과 우울의 정조에 침잠하며 젠더 화된다. 작가의 원초적 결핍의 상징이었던 '말더듬이'는 거세된 신체 이면서 동시에 글쓰기의 기원으로 작동함으로써 새로운 발화의 가능 성을 얻는다. 하지만 재일조선인 여성은 '젠더화된 하위주체'이자 '말 할 수 없는 존재'로 규정되며 이러한 침묵의 서사에는 아버지의 권위적 폭력성과의 작가적 공모가 존재한다. 작가의 민족의식 또한 아버지와의 길항 관계에 따라 저항과 지향의 양가적 인식이 공존하는데 일본의 천황제 내셔널리즘과 경직된 북한 조직을 비판하면서도 결국에는 역사와 민족이라는 거대서사의 범주 안에 아버지를 겹쳐놓음으로써 아버지와 주체 사이의 첨예한 갈등의 지점을 서둘러 봉합해 버린다. 아버지의 역사성 안에 자신의 혼종적 자의식을 봉합해버림으로써 모순되고 착종된 균열의 주체 서사를 형성할 수밖에 없었던 김학영의 문학은 '착종과 봉합의 주체 서사'로 명명할 수 있을 것이다.

2장에서는 이양지 문학을 중점적으로 고찰하였다. 한국 유학이라는 작가의 모국 체험을 기반으로 일본뿐 아니라 한국 안에서 재일조선인이 겪는 정체성의 혼란과 긴장관계를 가감 없이 작품 안에 드러내고 있는 이양지는, 이분법적이고 단일적인 민족 정체성 논리를 넘어 중층적이고 모순적이며, 경계에 직면한 자아의 복합적 내면을 폭로하는 예리한 관찰자이자 경험자로서의 시선을 보여준다. 아버지의 '일본적인 것'과 대비되는 어머니의 '조선적인 것'은 열등하고 차별적인 존재의 상징적 표상이 되며 '일본적인 것'과 '조선적인 것'의 대립과 반목 양상, 그에 따른 작중 인물들의 정체성 혼란과 부정적 자기 인식은 이양지 소설이 일관되게 보여주는 불안한 경계성, 교란된 혼종성의 기본구조를 이룬다. 해체된 가족 안에서 존재적 불안과 정체성 혼란, 열등한 자아의식에 몸부림치던 인물들은 부정적인 자기 존재를 극복하고 새로운 자아 정체성을 확립하기 위해 '모국 체험'이라는 모험을 감행하게 된다. 그 과정에서 전통문화와의 접합, 이질적 근대 조국의 생활 체험, 그리고 모국어와 모어로 대변되는 조국과 경계적 자아의 갈등과 길항의 양상은 주체를 끊임없이 교란시키며 재일조선인의 비체성, 섹슈얼리티의 구현을 통한 분열적 자의식의 표출양상을 보여준다. 규율화된 근대 조국의 시·공간 경험을 해체하고 치열한 언어 의식의 탐구를 통해 조국과의 긴장관계를 유지해온 이양지는 「유희」 이후 「돌의 소리」를 통해서 일본어와 한국어, 그 경계적 지점에서 어느 한쪽으로의 포섭이나 봉합이 아닌, 두 언어를 자기 안에 양립시키고 그럼으로써 두 언어가 동시에 작동하는 혼종적 글쓰기, '이중 언어적 글쓰기'를 시도한다. 두 언어를 한 자아 안에 통합시키는 과정은 의식적 각성을 담보로 서로의 언어에 새로운 저항적 담론을 생성하는 '의도적 혼종화'를 통해서 이루어진다. 한쪽으로의 일방적 통합이 아닌 서로를 끊임없이 견제하는 가운데 새로운 교섭의 언어, 혼종적 정체성을 구현하려는 이양지의 문학은 '교란과 양립의 주체 서사'로 명명하였다.

3장에서는 유미리의 문학 세계를 고찰하였다. 균열되고 붕괴된 가족의 허위성과 유희적 풍속도를 유미리만큼 적나라하게 묘파하고 있는 작가도 드물 것이다. 폭력적이고 무책임하며 소비지향적인 아버지와 성적, 물질적 욕망으로 점철된 어머니를 중심으로 각각의 욕망의 지점들을 폭로하고 환멸과 증오의 감정들을 배태하는 공동(空洞)의 '풀하우스'는 현대 사회에서 해체되고 왜곡되어 가는 가족의 소외적 형태를 상징적으로 드러내는 장치이다. 불행한 가족사를 삶의 동력으로 삼고 있는 자전적 인물들은 신체적 결핍과 스티그마를 내장한 채 성적인 타락과 무의미한 유희에 빠지면서 스스로를 소외시키고 타자화하는 방식으로 현실의 고통을 견뎌나간다. 하지만 소수자, 타자에 대한 연민의 시선, 정서적 공감은 재일조선인을 중심으로 한 미시서사를 구현하고 역사적 타자이며 집단적 기억으로부터 추방된 역사적 하위주체들을 호명하고 서사화함으로써 타자에 대한 환대적 말걸기, 윤리적 글쓰기를 수행한다. 이처럼 가족, 민족, 역사 등의 기존의 허위적 구조물들을 전복하고 소수자와 타자의 목소리로 새롭게 전유함으로써 재일조선인 문학의 윤리적 과제를 수행하고 있는 유미리의 문학은 '전복과 전유의 주체 서사'로 명명하였다.

Ⅳ장에서는 김학영, 이양지, 유미리를 중심으로 각각의 주제적 맥락 아래 고찰한 작품 세계를 전체적으로 조망하면서 재일조선인 문학 주체 서사의 미래적 방향성에 대해 논해보고자 했다. 비판적 지식인 작가로서 김학영, 한국 사회를 이방인의 시선, 내부적 타자의 시선으로 점검하는 이양지, 타자의 목소리에 귀 기울이고 기억의 복원을 통해서 환대의 윤리를 구현하는 유미리 등 재일조선인 작가들의 경계적 인식, 혹은 탈경계적 상상력은 재일조선인 문학이 한국문학 혹은 일본문학의 협소한 범주를 월경하여 세계의 문학과 교섭하면서 진정한 마이너리티의 문학을 생성할 가능성을 담보하고 있음을 역설하였다.

김학영, 이양지, 유미리의 문학에서 중요한 화두로 제기되는 가족, 신체, 민족의 주제의식은 서로 밀접한 상관성과 영향관계를 가지면서 주체 형성의 근본적 토대로 작용한다. 폭력적 아버지로부터 각인된 신체적 열등성의 표식인 '말더듬이'의 형상은 김학영이라는 작가를 탄생시킨 원초적 이유가 되며 이러한 치유와 자기 구원으로서의 글쓰기를 통해서 작가는 내면의 트라우마를 끊임없이 상기시키는 문학적 작업을 수행한다. 민족적 지향점으로서의 조국과 현실적 정주 공간으로서의 일본 사회를 비판적으로 조망하면서 '중간자'로서의 첨예한 자기 인식을 궁구했던 김학영은 결국 민족과 연동하는 아버지와의 능동적 화해와 주체적 자아 정립의 과정을 완수하지 못한 채 착종되고 분열된 자아를 강압적으로 봉합하고 만다. 해체된 재일 가족 안에서 정체성의 혼란과 불안한 존재 의식을 피력했던 이양지는 여성과 재일조선인이라는 신체적 표상을 통해 구현되는 비체적 존재성을 극복하기 위해 모국으로의 귀환을 꿈꾸지만 결국 근대적 규율 체계에 포획된 또다른 억압과 교란의 순간에 직면하고 만다. 마침내 생래적인 '일본적인 것'과 의식적인 '조선적인 것'을 의도적으로 접합시킨 언어적 혼종, 존재적 혼종의 가능성을 주조하는 가운데 이양지는 민족적 근원지로서의 재일조선인이라는 범주를 월경한 경계적 주체 형성의 가능성을 배태한다. 전 작품 세계를 통해 일관되게 가족의 문제를 천착해 온 유미리는 소외와 균열, 신체적 낙인과 자기 부정의 토대인 허위적 가족 구조를 전복적으로 해체하면서 보편적 주제로서의 가족의 의미망을 역사적 타자와 디아스포라의 복원이라는 특수한 시대사적 맥락에 위치시킴으로써, 치유와 환대의 공간으로 전유된 민족과 가족의 새로운 의미망을 창출해낸다. 주체적인 모성의 회복을 통해 자신을 중심으로 한 '대체 가족'의 모델을 구현한 유미리는 역사적, 사회적 타자와 소수자의 미시적 서사를 서술하는 대항적 문학 행위를 도모하는 단계로 나아간다. 결국 재일조선인 문학에 내장된 주체 서사의 방향성은 자신의 특수한 역사적, 실존적 현존재를 인식하고 수용하는 가운데 보편적 인류의 가치와 역사적 대항의식, 환대의 윤리를 구현하는 시대적 요구에 부응할 사명을 적극적으로 인식하고 실천하는 도정 안에 놓여있다고 할 수 있다.

본고는 한국 문학사 안에서 이제 막 주목받기 시작한 재일조선인 문학 연구의 필요성과 가능성을 타진하는 하나의 시도로 진행되었다. 각 세대별 주요 작가를 중심으로 핵심적 주제 의식을 추출하고 그 주제 간의 상관성에 주목하여 각 작가의 통합적 작품 세계의 면모를 밝히고자 하였다. 재일조선인 문학의 역사적 배경과 조국, 일본과의 관계의 복합성을 드러낼 수 있는 통시적, 공시적 주제의식으로 가족, 신체, 민족이라는 주제양상을 설정하고 주제 간의 상관성을 중심으로 각 시대마다, 혹은 각 작가마다 특징적으로 구현되는 주체 서사 양상을 추출해냄으로써 개별 작가들의 문학적 지향점뿐 아니라 재일조선인 문학에 공통적으로 드러나는 주제의식의 구현양상도 더불어 규명하고자 하였다. 지금까지 공통된 주제의식으로 세대별 작가를 아울러 비교 연구한 작업은 미흡했다고 할 수 있다. 본고는 작가와 주제를 종적, 횡적으로 교차시키면서 재일조선인 문학이 자신만의 특수성과 보편성에 기반하여 구현해내는 공통의 역사의식, 주제의식을 추출해내고자 하였으며, 그러한 주제의식이 재일조선인 작가 개개인의 작품 세계를 특징적으로 보여주는 하나의 시금석 역할을 함과 동시에 세대가 진행될수록 그 의미망이 변용, 확장되고 있음을 밝히고자 했다. 또한 '민족적 정체성'이라는 단일한 주제의식 아래에서는 통합적으로 조망할 수 없었던 재일조선인 문학의 분열되고 착종되며 혼종된 자의식의 측면을 긍정적인 미래적 방향성을 도출해내는 하나의 가능성이라는 측면에서 고찰하고자 하였다. 이러한 연구 과정을 통해 재일조선인 문학이 경계에서 부유하며 소멸되어 가는 과거의 역사적 기억으로 머무르는 것이 아니라, 세계문학을 지향하는 저항적 마이너리티 문학의 기수로서 경계를 넘어 전복적으로 사유하고 타자를 향한 환대적 행동방식을 보여줄 문학적 힘을 내장하고 있음을 밝히고자 하였다. 그러한 시도로 이루어진 일정한 연구 성과들이 본고의 일차적 의의라 하겠다.

본고의 문학 텍스트는 일본어 텍스트와 국내 번역 텍스트를 아울러 참조, 고찰하였으나 대체로 국내 번역본에 치중하여 연구를 진행하였다. 연구 대상으로 일정 부분 일본어 원문이 아닌 번역본을 사용하는 것에 대한 한계성은 분명히 이 연구가 안고 가야 하는 부성(負性)이다. 그러나 번역된 글이 '다른 해석이 가능하다거나 다른 시각이 가능한 법이므로 어떤 의미에서는 더욱 폭넓어지는 게 아닐까'라는 양석일의 발언[2]이 언어를 뛰어넘는 문학 해석의 가능성, 문학적 상상력의 보편성을 상기시킨다고 했을 때, 본고 또한 일본어와 한국어의 경계에서 탈주하는 새로운 문학 연구의 의미망을 생성할 수 있다는 가능성의 회구를 연구의 실마리로 삼았다. 일본어 원문과의 상세한 대조 및 텍스트 분석은 조만간의 과제로 남기면서 앞으로 더욱 투명하고 창발적인 연구 작업을 수행하고자 한다. 2, 3세대에 국한된 재일조선인 작가의 작품을 한정된 주제 의식으로 고찰하는 데 있어서의 지엽적, 혹은 평면적 분석의 한계, 재일조선인 문학 전반을 조망하는 거시적 관점의 누락과 일편향성 등의 위험성을 지적하며, 한민족 문화권 안에서 재일조선인 문학의 위치와 역할, 그 보편성과 특수성을 아우르는

---

2) "그런데 번역으로 읽어도 나름대로의 영향이랄까, 가치를 받아들일 수 있습니다. 자신의 마음속에서 새로운 것이 재생산되는 겁니다. 언어란 그런 것이라고 생각합니다. 가령 한국어를 몰라서 한국어로 읽지 못한다고 해도 전혀 모르는 것은 아니라는 애깁니다. 번역된 것을 읽고 한국을 이해하면, 한국에 있는 사람이나 한국에서 원문으로 읽은 사람과는 다를지 모르지만, 거꾸로 다른 해석이 가능하다거나 다른 시각이 가능한 법이므로 어떤 의미에서는 더욱 폭넓어지는 게 아닐까 생각합니다. 다시 말해 언어의 가능성은 그런 의미에서 벽을 뛰어넘는 것이라고 생각합니다."(양석일, 고스기 야스시, 강상중, 사카모토 히로코, 「종합토론 : 국가에 흡수되지 않는 아이덴티티란? 아시아라는 주체에 대한 물음」, 小杉泰 외 엮음, 황영식 역, 『정체성-해체와 재구성』, 한울, 2007, 348쪽)

통시적 고찰 아래 더욱 다양한 주제 의식들을 면밀히 발굴, 확장해내고 통합적인 재일조선인 문학사 서술의 밑그림 형성에 일조하고자 하는 이후의 작업들을 과제로 남긴다.

500

참/고/문/헌

1. 기본 자료

金鶴泳,『凍える口 金鶴泳作品集』, クレイン, 2004.

_____,『土の悲しみ 金鶴泳作品集Ⅱ』, クレイン, 2006.

李良枝,『李良枝全集』, 講談社, 1993.

柳美里,『フルハウス』, 文藝春秋, 1996.

_____,『家族シネマ』, 講談社, 1997.

_____,『水辺のゆりかご』, 角川書店, 1997.

_____,『ゴールドラッシュ』, 新潮社, 1998.

_____,『女學生の友』, 文藝春秋, 1999.

_____,『男』, メディアファクトリー, 2000.

_____,『命』, 小學館, 2000.

_____,『8月の果て』, 新潮社, 2004.

_____,『石に泳ぐ魚』, 新潮社, 2005.

磯貝治良・黑古一夫,『〈在日〉文學全集』第1卷~第18卷, 勉誠出版, 2006.

김학영, 하유상 역,『얼어붙는 입』(『한국문학』 1977. 9. 별책부록), 한
　　　국문학사, 1977.

_____, 하유상 역,『月食』, 예림출판사, 1979.

_____, 장백일 역,『알콜램프』, 문학예술사, 1985.

_____, 강상구 역,『얼어붙은 입』, 한진출판사, 1985.

_____, 강상구 역,『흙의 슬픔』, 일선기획, 1988.

_____, 강상구 역, 『반추의 삶』, 일선기획, 1990.

_____, 하유상 역, 『얼어붙는 입 · 끌』, 화동출판사, 1992.

_____, 하유상 역, 「鄕愁는 끝나고 그리고 우리는(Ⅰ)」, 『北韓』141, 1983. 9.

_____, 하유상 역, 「鄕愁는 끝나고 그리고 우리는(Ⅱ)」, 『北韓』142, 1983. 10.

_____, 하유상 역, 「鄕愁는 끝나고 그리고 우리는(Ⅲ)」, 『北韓』143, 1983. 11.

_____, 하유상 역, 「鄕愁는 끝나고 그리고 우리는(Ⅳ)」, 『北韓』144, 1983. 12.

이양지, 이문희 역, 『刻』, 중앙일보사, 1985.

_____, 신동한 역, 『나비타령』, 삼신각, 1989.

_____, 김유동 역, 『由熙』, 삼신각, 1989.

_____, 신동한 역, 『돌의 소리』, 삼신각, 1992.

_____, 이상옥 역, 『해녀』, 삼신각, 1993.

유미리, 함정연 역, 『돌에서 헤엄치는 물고기』, 동화서적, 1995.

_____, 곽해선 역, 『풀하우스』, 고려원, 1997.

_____, 김난주 역, 『가족 시네마』, 고려원, 1997.

_____, 김난주 역, 『물가의 요람』, 고려원, 1998.

_____, 김난주 역, 『타일』, 민음사, 1998.

_____, 김난주 역, 『골드러시』, 솔, 1999.

_____, 김난주 역, 『여학생의 친구』, 열림원, 2000.

_____, 김유곤 역, 『남자』, 문학사상사, 2000.

_____, 김유곤 역, 『생명』, 문학사상사, 2000.

_____, 김난주 역,『루주』, 열림원, 2001.

_____, 한성례 역,『돌에서 헤엄치는 물고기』, 문학동네, 2006.

_____, 김난주 역,『8월의 저편 상 · 하』, 동아일보사, 2004.

_____, 김훈아 역,『비와 꿈 뒤에』, 소담, 2007.

_____, 권남희 역,『창이 있는 서점에서』, 무당미디어, 1997.

_____, 김난주 역,『가족 스케치』, 민음사, 2000.

_____, 김난주 역,『훔치다 도망치다 타다』, 민음사, 2000.

_____, 김난주 역,『물고기가 꾼 꿈』, 열림원, 2001.

_____, 한성례 역,『세상의 균열과 혼의 공백』, 문학동네, 2002.

_____, 송현아 역,『그 남자에게 보내는 일기』, 동아일보사, 2004.

_____ · 정진수 편,『유미리 戱曲集』, 도서출판 藝音, 1994.

2. 논문 및 평문

강계숙,「1960년대 한국시에 나타난 윤리적 주체의 형상과 시적 이
    념-김수영 · 김춘수 · 신동엽의 시를 중심으로-」, 연세대학교
    국어국문학과 박사학위논문, 2008.

강내희,「한국의 식민지 근대성과 충격의 번역」,『문화과학』31, 2002.

강윤신,「이양지 소설 연구-『나비타령』· 『유희』를 중심으로」, 동국대
    학교 문화예술대학원 석사학위논문, 2003.

강진구,「전후 일본 문학에 나타난 한국의 표상체계 연구Ⅱ-가지야마
    토시유키 문학에 나타난 한국의 이미지」,『민족문학사연구』
    30, 2006.

_____「전후 일본문학 속에 나타난 한국의 표상체계 연구Ⅰ-林靑梧

장편소설 『飢餓革命』을 중심으로-」, 『우리문학연구』18, 2005.

_____, 「金城一紀의 『GO』를 통해 본 재일 신세대 작가의 민족 인식-李恢成의 『砧をうつ女』와 비교를 중심으로-」, 『語文學』101, 2008.

고명철, 「식민의 내적 논리를 내파(內波)하는 경계의 언어-재일 시인 김시종의 시선집 『경계의 시』를 읽으며」, 『문학들』12호, 2008. 여름.

고봉준, 「재일조선인 문학에서 '기억'과 '망각'의 문제-재일 2세대와 3세대 문학을 중심으로」, 『우리어문연구』30, 2008.

고석규, 「다시 생각하는 한국의 식민지 근대성과 민족주의」, 『문화과학』31, 2002.

고화정, 「이질적 타자, 재일조선인의 초상-「GO」, 「피와 뼈」, 「박치기!」를 중심으로」, 『황해문화』, 2007. 겨울.

공종구, 「강요된 디아스포라-손창섭의 『유맹』론」, 『한국문학이론과 비평』32, 2006.

구수경, 「근대성의 구현체로서 학교: 시간·공간·지식의 구조화」, 한국교원대학교 교육사회전공 박사학위논문, 2007.

구재진, 「국가의 외부와 호모 사케르로서의 디아스포라-현월의 〈그늘의 집〉 연구」, 『비평문학』32, 2009.

권기태, 「'…일기' 작가 유미리 "그가 떠난 날 내 자신도 묻었다"」, 『동아일보』, 2005. 1. 26.

권명아, 「유미리 문학의 시발점 '가족 해체'와 '인간'-《가족시네마》《타일》을 중심으로」, 『문학사상』, 2000. 6.

_____, 「한국 전쟁과 주체성의 서사 연구」, 연세대학교 국어국문학과

박사학위논문, 2002.

권성우, 「재일 디아스포라 여성소설에 나타난 우울증의 양상-고(故) 이양지의 작품을 중심으로-」, 『한민족문화연구』30, 2009.

권숙인, 「디아스포라 재일한인의 '귀환': 한국사회에서의 경험과 정체 성」, 『국제·지역연구』17권 4호, 2008. 겨울.

권준희, 「재일조선인 3세의 '민족' 정체성에 관한 연구-조선학교 출신 '조선적'을 중심으로」, 연세대학교 사회학과 석사학위논문, 2002.

_____, 「'分斷내셔널리즘'과 '朝鮮籍' 在日朝鮮人-재일조선인 3세의 '조선적' 개념에 대한 해석을 중심으로」, 『한일민족문제연구』 3, 2002.

권채린, 「전상국 소설 연구 : 악의 표출양상을 중심으로」, 경희대학교 국어국문학과 석사학위논문, 2000.

권혁태, 「'재일조선인'과 한국사회-한국사회는 재일조선인을 어떻게 '표상'해왔는가」, 『역사비평』, 2007. 봄.

_____, 「재일조선인이 던지는 질문」, 『황해문화』, 2007. 겨울.

김명섭·가타 요시히로(緖方義廣), 「'재일조선인'과 '재일한국인': 통합적 명명을 위한 기초연구」, 『21세기 정치학회보』17집 3호, 2007.

김명인, 「한국 근현대소설과 가족로망스-하나의 시론적 소묘」, 『민족문학사연구』32, 2006.

김부자, 「HARUKO-재일여성·디아스포라·젠더」, 『황해문화』, 2007. 겨울.

_____, 「재일동포 여성의 생활과 남북통일에 대한 의식」, 『여성학논

집』12, 1995.

김상기, 「폭력 메커니즘과 기독교 담론윤리 구상-제주 4·3 사건을
　　　중심으로-」, 연세대학교 신학과 박사학위논문, 2007.

김석범, 「왜 일본語문학이냐」, 『창작과 비평』, 2007. 겨울.

김성보, 「북한의 주체사상·유일체제와 유교적 전통의 상호관계」,
　　　『사학연구』61, 2000.

김순덕, 「출판-방송-연극계, 아쿠타가와賞 수상 유미리 신드롬」, 『동
　　　아일보』, 1997. 2. 10.

＿＿＿·권기태, 「인터뷰-日 아쿠타가와賞 수상 유미리씨」, 『동아일
　　　보』, 1997. 3. 21.

김승희, 「상징 질서에 도전하는 여성시의 목소리, 그 전복의 전략들」,
　　　『여성문학연구』2, 1999.

김아미, 「라캉의 주체 형성 과정을 통해서 본 시각의 타자성에 관한
　　　연구 : 욕망의 원인 "대상 a"를 중심으로」, 서울대학교 미학과
　　　석사학위논문, 2005.

김영심, 「재일한국인에 대한 접근 혹은 일탈-〈달은 어디에 떠 있는
　　　가〉와 〈가족시네마〉를 중심으로」, 『문학과 영상』, 2000. 가을.

김영화, 「在日濟州人의 世界-梁石日의 『피와 뼈』」, 『탐라문화』19, 1998.

김응교, 「15엔 50전, 광기와 기억-쓰보이 시게지의 長詩 「15엔 50전」
　　　(1948)에 부쳐」, 『민족문학사연구』27, 2005.

＿＿＿, 「재일 디아스포라 시인 계보, 1945~1979-허남기, 강순, 김시
　　　종 시인-」, 『인문연구』55, 2008.

김인경, 「'가족'에서 '민족'으로의 이동을 통한 정체성 모색-유미리
　　　론-」, 『국제한인문학연구』6, 2009.

김재용, 「폭력과 권력, 그리고 민중-4·3문학, 그 안팎의 저항적 목소리」, 역사문제연구소 外 편, 『제주 4·3 연구』, 역사비평사, 1999.

김정위, 「이슬람력의 기원과 현재」, 『역사비평』50, 2000.

김종회, 「남북한 문학과 해외 동포문학의 디아스포라적 문화 통합」, 『한국현대문학연구』25, 2008.

_____, 「재외 한민족문학 연구-재외 한인문학의 범주와 작품세계」, 『비교한국학』14. 1, 2006.

_____, 「한민족 문화권의 새 범주와 방향성」, 『국제한인문학연구』창간호, 2004.

김춘미, 「바깥 세상과의 관계 재정립 시도하기」, 『서평문화』26, 1997. 여름.

김필동, 「近代日本의「東京表象」研究-明治前期를 中心으로-」, 『일본학연구』22, 2007.

김현미, 「성문학의 도전인가 성의 상품화인가」, 『주간동아』238호, 2000. 6. 15.

_____, 「엄마 된 유미리, 이제 가족애를 안다」, 『주간동아』248호, 2000. 8. 24.

김현일, 「시간과 서양문명」, 『역사비평』50, 2000.

김화임, 「미하일 바흐친과 잡종성」, 하이브리드컬처연구소, 『하이브리드 컬처』, 커뮤니케이션북스, 2008.

김환기, 「金鶴泳 文學論-作家的 苦惱의 原質, 그로부터의 解放口 摸索」, 『한일민족문제연구』9, 2005.

_____, 「김길호(金吉浩) 문학을 통해 본 재일문학의 변용」, 『일본학

보』72, 2007.

_____, 「김학영 문학과 '恨'-'恨'의 내향적 승화를 중심으로-」,『일본학』21, 2002.

_____, 「김학영론-에세이를 중심으로」,『일본학』20, 2001.

_____, 「김학영의『얼어붙은 입』론」,『일어일문학연구』39, 2001.

_____, 「이양지 문학론-현세대의 '무의식'과 '자아' 찾기-」,『일어일문학연구』43, 2002.

_____, 「이양지의『유희』론」,『일어일문학연구』41, 2002.

_____, 「재일 디아스포라 문학의 '혼종성'과 세계문학으로서의 가치」,『일본학보』78, 2009.

_____, 「재일 디아스포라 문학의 형성과 분화」,『일본학보』74, 2008.

_____, 「재일 코리언 문학에 나타난 '女性像' 고찰」,『일본학보』80, 2009.

김희숙, 「이양지의『유희』를 통해 본 재일 문학의 현재적 의미」,『한국문예비평연구』23, 2007.

_____, 「재일인의 현실인식-이양지의『刻』,『由熙』,『돌의 소리』를 중심으로」,『한국문예비평연구』25, 2008.

나성엽, 「〈동아마라톤〉 유미리 완주기 "이제 당당해질 수 있어요"」,『동아일보』, 2002. 3. 17.

남기혁, 「한국 전후시에 나타난 '가족' 모티브 연구」,『한국문화』35, 2005.

남성달 · 박정이, 「유미리『가족시네마』론-가족 관계를 중심으로-」,『한일어문논집』9, 2005.

남현정, 「김사량 소설에 나타난 탈식민주의」, 한국교원대학교 국어교육전공 석사학위논문, 2009.

류현성, 「〈달리는 두 기차〉에 나타난 사회적 스티그마의 제의적 치유」, 『드라마연구』 27, 2007.

리진 · 권철 · 강상구 · 가와무라 미나토 · 임헌영 좌담, 「한민족문학의 오늘과 내일」, 『한국문학』, 1996. 겨울.

문학사상사 자료조사연구실, 「유미리의 상처투성이 삶과 작품 이야기」, 『문학사상』, 2000. 6.

박성래, 「한국 전근대 역사와 시간」, 『역사비평』 50, 2000.

박원재, 「'8월의 저편' 韓日 동시출간 유미리」, 『동아일보』, 2004. 8. 13.

박유하, 「〈재일문학〉의 장소와 교포 작가의 〈조선〉표상」, 김태준 편, 『일본문학에 나타난 한국 및 한국인상』, 동국대학교출판부, 2004.

박은주, 「기억과 망각의 '역설적 결합'으로서의 글쓰기-카프카의 텍스트에 나타난 기억 구상」, 『뷔히너와 현대문학』 21, 2003.

박정이, 「기억의 공간 '아파치 부락'-梁石日 『밤을 걸고서』와 『大阪日日新聞』을 중심으로-」, 『일본어문학』 45, 2009.

_____, 「김학영 문학에 있어 '정체를 알 수 없는' 표현의 의미」, 『일어일문학』 34, 2007.

_____, 「양석일 『밤을 걸고서』의 세 공간의 의미」, 『일어일문학연구』 71, 2009.

_____, 「유미리 『8월의 끝(8月の果て)』에 보이는 '경계'」, 『일어일문학』 38, 2008.

_____, 「이회성 문학의 특징-시대별 특징을 중심으로-」, 『일어교육』 32, 2005.

_____, 「재일 2세 문학의 변용(1)-이양지 『유희』와 이기승 『0.5』의 '신선함'을 중심으로」, 『일본어문학』38, 2007.

박정희, 「이주, 트라우마 그리고 치유의 글쓰기」, 『헤세연구』20, 2008.

박종희, 「이양지 문학의 경계성(境界性)과 가능성-재일한국인 문학의 계보 속에서」, 숙명여자대학교 일본학과 석사학위논문, 2005.

박청호, 「유미리 문학의 중심에 있는 것-키워드 속에 숨겨진 욕망과 저항」, 『문학사상』, 2000. 6.

배대화, 「도스토예프스키, G. 프로이트, J. 크리스테바」, 『노어노문학』 16권 2호, 2004.

변화영, 「고백과 용서의 담론-이회성의 『백년 동안의 나그네』를 중심으로」, 『국어문학』44, 2008.

_____, 「記憶의 敍事敎育的 含意-유미리의 『8월의 저편』을 중심으로-」, 『한일민족문제연구』11, 2006.

_____, 「재일한국인 유미리의 소설 연구-경험의 문학교육적 가능성에 관한 시론-」, 『한국문학논총』45, 2007.

서종택, 「민족 정체성과 실존적 개인」, 『한국학연구』11, 1999.

성정혜, 「탈식민 시대의 디아스포라와 혼종성: 살만 루시디의 『자정의 아이들』, 『수치』, 『악마의 시』」, 이화여자대학교 영어영문학과 박사학위논문, 2010.

소명선, 「현월의 『말 많은 개』론-재일제주인 사가(Saga)-」, 『동북아 문화연구』19, 2009.

손종업, 「『찔레꽃』에 나타난 식민도시 경성의 공간 표상체계」, 『한국 근대문학연구』16, 2007.

송명희 · 정덕준, 「재일(在日) 한인 소설 연구-김학영과 이양지의 소설을 중심으로」,『한국언어문학』62, 2007.

송연옥, 「식민지주의에 대한 저항-재일조선인 여성이 창조하는 아이덴티티」,『황해문화』, 2007. 겨울.

송하춘, 「在日 韓人소설의 민족 정체성에 관한 연구-李恢成의 소설을 중심으로-」,『한민족어문학』38, 2001.

신은주, 「서울의 이방인, 그 주변-이양지, 「유희(由熙)」를 중심으로-」,『일본근대문학-연구와 비평』3, 2004.

양명심, 「이회성 초기작품에 나타난 '정체성'에 관한 연구」, 건국대학교 일어일문학과 석사학위논문, 2003.

염무웅, 「세계화와 한민족문학」,『한국문학』, 1996. 겨울.

염운옥, 「야나기 무네요시와 '오리엔탈 오리엔탈리즘'」,『역사와 문화』14, 2007.

오성철, 「세속 종교로서의 학교-학교 규율의 이데올로기」,『당대비평』16, 2001.

와타나베 나오키, 「관계의 불안 속에서 헤매는 〈삶〉-이양지(1955~92) 소설의 작품 세계-」,『일본연구』6, 2006.

원덕희, 「金鶴泳試論」,『日本研究』6, 1991.

_____, 「金鶴泳文學研究-作家의 經驗이 갖는 의미를 中心으로-」, 중앙대학교 일어일문학과 석사학위논문, 1994.

유미리, 「[재일동포 작가 유미리 방북기] '안개의 나라' 조선의 스크린에 비친 조국의 얼굴」,『민족21』98, 2009.

유숙자, 「金鶴泳論」,『비교문학』, 1999. 12.

_____, 「李良枝論-언어와 정체성의 상관관계를 중심으로-」,『한림일본학연구』6, 2001.

_____,「李良枝의 소설「각(刻)」에 나타난 在日性 연구」,『일본어문학』6, 1998.

_____,「張赫宙의 문학행로 :「餓鬼道」에서「岩本志願兵」까지」,『한림일본학연구』, 5, 2000.

_____,「在日한국인 문학의 현주소」,『리토피아』4, 2001. 겨울.

_____,「재일한국인 작가 유미리 문학 소묘」,『문화예술』, 1997. 3.

_____,「재일한국인 작가의 문학세계」,『문화예술』, 1996. 8.

_____,「타자(他者)와의 소통을 위한 글쓰기-柳美里 문학의 원점-」,『일본학』19, 2000.

유윤종,「인터뷰-교포작가 유미리 "불행은 내 창조력의 원천」,『동아일보』, 2000. 6. 12.

_____,「유미리 장편소설 '8월의 저편' 18일부터 연재 시작」,『동아일보』, 2002. 4. 15.

윤명현,「柳美里 小說에 나타난 家族의 意味」,『동일어문연구』14, 1999.

_____,「柳美里의 小說에 나타난 家族의 意味」, 동덕여자대학교 일어일문학과 석사학위논문, 1998.

_____,「李良枝 문학 속의 '在日的 自我'연구」, 동덕여자대학교 일어일문학과 박사학위논문, 2006.

_____,「李良枝 文學과 祖國」,『일본학보』53, 2002.

_____,「이양지 문학에 나타난 집단적 폭력」,『동일어문연구』19, 2004.

_____,「李良枝 文學-이질적 자아의 발견과 문학적 배경」,『동일어문연구』23, 2008.

윤상참, 「인터뷰-芥川賞 수상 유미리『日우익 협박 싸우겠다』」, 『동아
　　　일보』, 1997. 2. 21.

윤송아, 「이양지〈해녀〉연구」, 『국제한인문학연구』6, 2009.

_____, 「재일조선인 한글 문학의 주제양상-'문예동(文藝同)'과의 상
　　　관성을 중심으로」, 『Asia Diaspora』5, 2009.

_____, 「근대적 시·공간 경험의 해체와 탈주 욕망-이양지 「각(刻)」
　　　을 중심으로-」, 『국제어문』48, 2010. 4.

윤정화, 「재일한인작가의 디아스포라 글쓰기 연구」, 이화여자대학교
　　　국어국문학과 박사학위논문, 2010.

이광호, 「고백을 넘어서 : 우리가 유미리를 읽는 몇 가지 이유」, 『세계
　　　의 문학』, 1998. 봄.

이동관, 「인터뷰-日 아쿠타가와문학상 수상 동포 유미리씨」, 『동아일
　　　보』 1997. 1. 21.

이명재, 「나라 밖 한글문학의 현황과 과제들-한민족 문학의 통일을
　　　모색하며-」, 『통일시대 문학의 길찾기』, 새미, 2002.

이미숙, 「재일 한국인 문학과 '집'-이회성과 유미리 문학을 중심으
　　　로-」, 『한국문화연구』8, 2005.

이상민, 「장용학 소설에 나타난 탈근대적 주체의 형성 양상에 관한 연
　　　구」, 가톨릭대학교 국어국문학과 박사학위논문, 2003.

이선미, 「미국이민 서사의 '고향' 표상과 '민족' 담론의 관계-1970년
　　　대 초반 박시정의 소설 중심으로」, 『상허학보』20, 2007.

이　성, 「재일조선인과 참정권」, 『황해문화』, 2007. 겨울.

이승하, 「한국 현대시에 나타난 폭력과 광기」, 『이화어문논집』20,
　　　2002.

이양지 · 김경애 대담, 「춤 사랑은 宿命的인 것-作品 「由熙」로 日本 「아쿠다가와 文學賞」 받은 李良枝씨와」, 『춤』160호, 1989. 6.

_____, 「正義具顯도 춤을 통해서-作品 「由熙」로 日本 「아쿠다가와 文學賞」 받은 李良枝씨와(2)」, 『춤』161호, 1989. 7.

_____, 「「마음」은 춤으로밖에 表現할 수 없어-作品 「由熙」로 日本 「아쿠다가와 文學賞」 받은 李良枝씨와(3)」, 『춤』162호, 1989. 8.

이영미, 「가네시로 가즈키의 《고(GO)》에 나타난 '국적(國籍)'의 역사적 의미」, 『현대소설연구』37, 2008.

이영이, 「佛르몽드 유미리씨 집중조명」, 『동아일보』, 2002. 7. 26.

_____, 「인터뷰-'8월의 저편' 유미리씨 "삶도 마라톤도 고통의 질주죠"」, 『동아일보』, 2002. 8. 16.

이은영, 「이름과 언어를 통해 본 재일한국인의 아이덴티티」, 중앙대학교 일어일문학과 석사학위논문, 2005.

이은정, 「소수민족 여성작가작품의 모녀관계 양상 연구-토니 모리슨의 『빌러비드』와 노라 옥자 켈러의 『종군위안부』를 중심으로-」, 중앙대학교 영어영문학과 석사학위논문, 2005.

이재봉, 「국어와 일본어의 틈새, 재일 한인 문학의 자리-『漢陽』, 『三千里』, 『靑丘』의 이중 언어 관련 논의를 중심으로-」, 『한국문학논총』47, 2007.

이재정, 「남북한 재외동포 정책에 관한 비교 연구-탈냉전기 정책 변화를 중심으로-」, 고려대학교 정치외교학과 석사학위논문, 2004.

이정희, 「김학영(金鶴泳)론-『얼어붙는 입』, 『끌』, 『서곡』, 『흙의 슬픔』을 중심으로-」, 세종대학교 일어일문학과 석사학위논문,

2007.

이한정, 「이양지 문학과 모국어」, 『비평문학』 28, 2008.

_____, 「한국에 있어서 『사소설』의 인식과 번역」, 『일본어문학』 34, 2007.

이한창, 「『광조곡』을 통해 본 양석일의 문학세계-택시 운전사 체험작품을 중심으로-」, 『일본학보』 45, 2000.

_____, 「민족문학으로서의 재일 동포문학 연구」, 『일본어문학』 3, 1997.

_____, 「소외감과 내향적인 김학영의 문학세계-「얼어붙은 입」과 「흙의 슬픔」을 중심으로-」, 『일본학보』 37, 1996.

_____, 「梁石日의 多樣한 文學世界」, 『한일민족문제연구』 9, 2005.

_____, 「양석일의 작품세계」, 『한국일본어문학회 학술발표대회논문집』, 2001.

_____, 「재일 교포문학의 작품성향 연구-정치의식 변화를 중심으로-」, 중앙대학교 일어일문학과 박사학위논문, 1996. 12.

_____, 「재일 교포문학의 주제 연구」, 『일본학보』 29, 1992.

_____, 「재일 동포문학에 나타난 부자간의 갈등과 화해-1, 2세대 작가의 작품을 중심으로-」, 『일어일문학연구』 60, 2007.

_____, 「재일 동포조직이 동포문학에 끼친 영향-좌익 동포조직과 동포작가와의 갈등을 중심으로-」, 『일본어문학』 8, 2000.

_____, 「재일교포문학 연구」, 『외국문학』, 1994. 겨울.

_____, 「재일동포 문인들과 일본문인들과의 연대적 문학활동-일본문단 진출과 문단 활동을 중심으로-」, 『일본어문학』 24, 2005.

_____, 「체제와 가치에 도전한 梁石日의 작품세계」, 『일본어문학』 13,

2002.

이현재, 「여성주의적 정체성과 인정이론-헤겔 변증법의 여성주의적 재구성」, 『시대와 철학』16권 1호, 2005.

이회성, 「일본 속의 한국문학과 문학인」, 『한국문학』, 1996. 겨울.

임헌영, 「재일 동포문학에 나타난 한국여성의 초상」, 『한국문학연구』 19, 1997.

_____, 「해외동포 문학의 의의」, 『한국문학』, 1991. 7 · 8 합병호.

장박진, 「초기 한일회담(예비~제3차)에서의 재일한국인 문제의 교섭 과정 분석: 한일 양국의 교섭목표와 전후 '재일성(在日性) 형성 의 논리」, 『국제 · 지역연구』18권 2호, 2009. 여름.

장사선, 「일본에서의 한국 현대문학 연구-역사적 반성 및 협동 연구 전망-」, 『한국현대문학연구』30, 2010.

_____, 「재일 한민족 문학에 나타난 내셔널리즘」, 『한국현대문학연구』21, 2007. 4.

_____, 「재미 한인소설에 나타난 폭거와 응전」, 『한국현대문학연구』 18, 2005.

_____ · 김겸향, 「이회성 초기 소설에 나타난 원형적 욕망의 양상」, 『한국현대문학연구』20, 2008.

_____ · 지명현, 「재일 한민족 문학과 죽음 의식」, 『한국현대문학연구』27, 2009. 4.

_____, 「재일 한민족 소설에 나타난 가족의 의미 연구」, 『한국현대문학연구』23, 2007.

전진성, 「트라우마, 내러티브, 정체성-20세기 전쟁 기념의 문화사적 연구를 위한 방법론의 모색-」, 『역사학보』193, 2007.

정상우, 「개항 이후 시간관념의 변화」, 『역사비평』50, 2000.

정승화, 「근대 남성 주체와 동성사회적(homosocial) 욕망-프로이트의 오이디푸스 서사와 멜랑콜리 이론을 중심으로-」, 연세대학교 비교문학협동과정 석사학위논문, 2002.

정영환, 「'반동'의 시대-2000년대 재일조선인 탄압의 역사적 위상」, 『황해문화』, 2007. 겨울.

정주미, 「최양일의 영화적 문법을 통한 재일조선인에 대한 시선 I-「달은 어디에 떠 있는가」를 중심으로-」, 『한국일본어문학회 학술발표대회논문집』, 2008.

조경란, 「문학의 황무지 '성(性)'의 개척에 도전-'가족'이란 좁은 영토에서 광활한 인간의 '대지'로」, 『문학사상』, 2000. 6.

조경희, 「한국사회의 '재일조선인' 인식」, 『황해문화』, 2007. 겨울.

조관자, 「이양지가 찾은 언어의 뿌리」, 『사이間SAI』3, 2007.

조수일, 「김석범 초기작품 연구-폭력과 개인의 기억을 중심으로-」, 건국대학교 일본문화 · 언어학과 석사학위논문, 2010.

지명현, 「이양지 소설 연구-공간에 나타나는 정체성의 변화를 중심으로-」, 『국제한인문학연구』2, 2005.

최범순, 「『계간 삼천리』(季刊三千里)의 민족정체성과 이산적 상상력」, 『일본어문학』41, 2009.

최현식, 「혼혈/혼종과 주체의 문제」, 『민족문학사연구』23, 2003.

최혜실, 「식민자/피식민자, 남성/여성, 부자/빈자-노라 옥자 켈러의 『종군위안부』를 중심으로」, 『여성문학연구』7, 2002.

키타무라 케이코, 「자서전을 통한 자이니찌(재일 한인)의 정체성에 관한 연구」, 서울대학교 국제대학원 석사학위논문, 2006.

하상복, 「프란츠 파농의 탈식민주의적 실천 : 유럽중심주의와 인종주의 비판」, 『새한영어영문학』50. 4, 2008.

한 기, 「유미리를 어떻게 읽을 것인가」, 『문예중앙』, 1998. 여름.

허명숙, 「민족 정체성 서사로서 재일동포 한국어 소설」, 『현대소설연구』40, 2009.

_____, 「총련계 재일동포 소설의 주제적 특성」, 『한중인문학연구』26, 2009.

호소미 카즈유키, 「세계문학의 가능성-첼란, 金時鐘, 이시하라 요시로의 언어체험」, 『실천문학』, 1998. 가을.

호테이 토시히로, 「해방 후 재일 한국인 문학의 형성과 전개-1945 ~60년대 초를 중심으로」, 『인문논총』47, 2002.

홍성태, 「근대화에서 근대성으로」, 『문화과학』31, 2002.

홍용희, 「재일조선인 디아스포라 시의 특성 고찰」, 『한국현대문학연구』27, 2009.

황봉모, 「현월(玄月)「그늘의 집」-‘서방’이라는 인물-」, 『일본연구』23, 2004.

_____, 「현월(玄月)「땅거미」에 나타난 성(性)-공동체의 남성과 여성」, 『일본연구』39, 2009.

_____, 「현월(玄月)『무대배우의 고독』-노조무(望)의 페르소나(persona)-」, 『일본연구』35, 2008.

_____, 「현월(玄月)의『나쁜 소문』-‘소문’이라는 폭력-」, 『일본연구』28, 2006.

후지이 다케시, 「낯선 귀환: 〈역사〉를 교란하는 유희」, 『인문연구』52, 2007.

Chow, Rey, 심광현 역, 「종족 영락의 비밀들」, 『흔적』2, 문화과학사, 2001.

Field, Norma, 김영희 역, 「선망과 권태와 수난을 넘어서-재일조선인과 여타 일본인의 해방의 정치학을 향하여」, 『창작과비평』, 1994. 봄.

岡眞理(오카 마리), 송태욱 역, 「타자의 언어」, 『흔적』2, 문화과학사, 2001.

徐京植, 「모어와 모국어의 상극-재일조선인의 언어 경험」, 『황해문화』, 2007. 겨울.

梁石日, 김응교 역, 「『아시아적 신체』와 『어둠의 아이들』」(고려대학교 일본연구센터 특별강연회 자료집), 2010. 4. 2.

尹建次, 「근대 기획과 탈근대론, 그리고 탈식민주의」, 『문화과학』31, 2002.

3. 국내 단행본

고부응 엮음, 『탈식민주의—이론과 쟁점』, 문학과지성사, 2003.

권명아, 『가족이야기는 어떻게 만들어지는가』, 책세상, 2000.

_____, 『식민지 이후를 사유하다-탈식민화와 재식민화의 경계』, 책세상, 2009.

_____, 『탕아들의 자서전』, 태학사, 2008.

김광열 · 박진우 · 윤명숙 · 임성모 · 허광무, 『패전 전후 일본의 마이너리티와 냉전』, 제이앤씨, 2006.

김석, 『에크리-라캉으로 이끄는 마법의 문자들』, 살림, 2007.

김영옥 엮음, 『"근대", 여성이 가지 않은 길』, 또하나의문화, 2001.

김은경 외, 『가정폭력-여성인권의 관점에서』, 한울, 2009.

김인덕, 『우리는 조센진이 아니다』, 서해문집, 2004.

김종갑, 『근대적 몸과 탈근대적 증상』, 나남, 2008.

_____, 『타자로서의 몸, 몸의 공동체』, 건국대학교출판부, 2006.

김종회, 『디아스포라를 넘어서』, 민음사, 2007.

_____ 편, 『북한문학의 이해 3』, 청동거울, 2004.

_____, 『한민족문화권의 문학』, 국학자료원, 2003.

_____, 『한민족문화권의 문학2』, 국학자료원, 2006.

김철, 『'국민'이라는 노예-한국 문학의 기억과 망각』, 삼인, 2005.

김학동, 『재일조선인 문학과 민족-김사량 · 김달수 · 김석범의 작품세
　　　계』, 국학자료원, 2009.

김학렬 외, 『재일동포 한국어문학의 전개양상과 특징 연구』, 국학자료
　　　원, 2007.

김형규, 『민족의 기억과 재외동포소설』, 박문사, 2009.

김환기 편, 『재일 디아스포라 문학』, 새미, 2006.

나병철, 『가족로망스와 성장소설-반오이디푸스 문화론』, 문예출판사,
　　　2007.

몸문화연구소 편, 『기억과 몸』, 건국대학교출판부, 2008.

_____, 『일상속의 몸』, 쿠북, 2009.

심현섭 외 8인 공저, 『의사소통장애의 이해』, 학지사, 2005.

양왕용 · 민병욱 · 박경수 · 김형민, 『일제 강점기 재일한국인의 문학
　　　활동과 문학의식 연구』, 부산대학교출판부, 1998.

여성문화이론연구소 정신분석세미나팀, 『페미니즘과 정신분석』, 도

서출판 여이연, 2003.

유숙자,『在日한국인 문학연구』, 월인, 2000.

유제분 엮음, 김지영 · 정혜욱 · 유제분 역,『탈식민페미니즘과 탈식민 페미니스트들』, 현대미학사, 2001.

윤상인,『문학과 근대와 일본』, 문학과지성사, 2009.

윤인진,『코리안 디아스포라』, 고려대학교 출판부, 2004.

이승환,『유창성장애』, 시그마프레스, 2005.

이정석,『재일조선인 문학의 존재양상』, 인터북스, 2009.

이진경,『근대적 시 · 공간의 탄생』, 푸른숲, 2002.

전북대학교 재일동포연구소 편,『재일동포 문학과 디아스포라 1 · 2 · 3』, 제이앤씨, 2008.

정운현 편역,『創氏改名』, 학민사, 1994.

정은경,『디아스포라 문학』, 이룸, 2007.

정진성,『일본군 성노예제』, 서울대학교출판부, 2004.

최종렬,『타자들-근대 서구 주체성 개념에 대한 정신분석학적 탐구』, 백의, 1999.

태혜숙 외,『한국의 식민지 근대와 여성공간』, 여이연, 2004.

_____,『탈식민주의 페미니즘』, 여이연, 2001.

한국영미문학페미니즘학회,『페미니즘, 어제와 오늘』, 민음사, 2000.

한승옥 외,『재일동포 한국어문학의 민족문학적 성격 연구』, 국학자료원, 2007.

한일민족문제학회 엮음,『재일조선인 그들은 누구인가』, 삼인, 2003.

홍기삼 편,『재일한국인문학』, 솔, 2001.

_____,『문학사와 문학비평』, 해냄, 1996.

4. 번역서 및 외서

Agamben, Giorgio, 박진우 역,『호모 사케르』, 새물결, 2008.

Anderson, Benedict, 윤형숙 역,『상상의 공동체-민주주의의 기원과 전파에 대한 성찰』, 나남출판, 2002.

Badiou, Alain, 이종영 역,『윤리학』, 동문선, 2001.

Benhabib, Seyla,『타자의 권리-외국인, 거류민, 그리고 시민-』, 철학과현실사, 2008.

Bhabha, Homi K., 나병철 역,『문화의 위치』, 소명출판, 2002.

Butler, Judith · Spivak, G.의 대담, 주해연 역,『누가 민족국가를 노래하는가』, 산책자, 2008.

Chow, Rey, 장수현 · 김우영 역,『디아스포라의 지식인』, 이산, 2005.

Creed, Barbara, 손희정 역,『여성괴물, 억압과 위반 사이』, 여이연, 2008.

Derrida, Jacques, 남수인 역,『환대에 대하여』, 동문선, 2004.

Fanon, Frantz, 이석호 역,『검은 피부 하얀 가면』, 인간사랑, 1998.

Freud, Sigmund, 김정일 역,『성욕에 관한 세 편의 에세이』, 열린책들, 1996.

_____, 윤희기 역,『무의식에 관하여』, 열린책들, 1997.

Gandhi, Leela, 이영욱 역,『포스트식민주의란 무엇인가』, 현실문화연구, 2000.

Girard, Rene, 김진식 · 박무호 역,『폭력과 성스러움』, 민음사, 2000.

Goffman, Erving, 윤선길 · 정기현 역,『스티그마-장애의 세계와 사회 적응』, 한신대학교출판부, 2009.

Herman, Judith Lewis, 최현정 역, 『트라우마-가정폭력에서 정치적 테러까지』, 플래닛, 2007.

Hunt, Lynn, 조한욱 역, 『프랑스 혁명의 가족 로망스』, 새물결, 1999.

Julien, Philippe, 홍준기 역, 『노아의 외투』, 한길사, 2000.

Kearney, Richard, 이지영 역, 『이방인, 신, 괴물』, 개마고원, 2004.

Kikuchi)Yuko, *Japanese Modernisation and Mingei Theory: Cultural Nationalism and Oriental Orientalism*, London and New York: Routledge Curzon, 2004.

Kim, Elaine H. · Choi, Chungmoo 편저, 박은미 역, 『위험한 여성-젠더와 한국의 민족주의』, 삼인, 2001.

Kristeva, Julia, 김인환 역, 『검은 태양-우울증과 멜랑콜리』, 동문선, 2004.

Lacan, Jacques, 민승기 외 역, 『욕망이론』, 문예출판사, 1994.

Lemaire, Anika, 이미선 역, 『자크 라캉』, 문예출판사, 1994.

MaAfee, Noëlle, 이부순 역, 『경계에 선 줄리아 크리스테바』, 앨피, 2007.

McLeod, John, 박종성 외 편역, 『탈식민주의 길잡이』, 한울아카데미, 2003.

Miller, Alice, 신홍민 역, 『폭력의 기억, 사랑을 잃어버린 사람들』, 양철북, 2006.

Moore-Gilbert, B., 이경원 역, 『탈식민주의! 저항에서 유희로』, 한길사, 2001.

Morton, Stephen, 이운경 역, 『스피박 넘기』, 앨피, 2005.

Oliver, Kelly, 박재열 역, 『크리스테바 읽기』, 시와반시사, 1997.

Robert, Marthe, 김치수·이윤옥 역,『기원의 소설, 소설의 기원』, 문학
    과지성사, 1999.

Said, Edward W., 박홍규 역,『오리엔탈리즘』, 교보문고, 1991.

Shilling, Chris, 임인숙 역,『몸의 사회학』, 나남출판, 1999.

Spivak, G., 문학이론연구회 역,『경계선 넘기』, 인간사랑, 2008.

_____, 이경순 역,『스피박의 대담』, 갈무리, 2006.

川村 湊(가와무라 미나토), 유숙자 역,『전후문학을 묻는다-그 체험과
    이념-』, 소화, 2005.

姜尚中 외 엮음, 이강민 역,『공간-아시아를 묻는다』, 한울, 2007.

_____, 고정애 역,『재일 강상중』, 삶과꿈, 2004.

_____, 이경덕·임성모 역,『오리엔탈리즘을 넘어서』, 이산, 1997.

姜在彦·金東勳, 하우봉·홍성덕 역,『재일 한국·조선인-역사와 전
    망』, 소화, 2000.

小林秀雄(고바야시 히데오), 유은경 역,『고바야시 히데오 평론집-문
    학이란 무엇인가』, 소화, 2003.

小杉泰(고스기 야스시) 외 엮음, 황영식 역,『정체성-해체와 재구성』,
    한울, 2007.

金壎我,『在日朝鮮人 女性文學論』, 作品社, 2004.

外村大(도노무라 마사루), 신유원·김인덕 역,『재일조선인 사회의 역
    사학적 연구』, 논형, 2010.

南博(미나미 히로시), 서정완 역,『일본적 自我』, 소화, 2002.

朴一, 전성곤 역,『재일 한국인』, 범우, 2005.

坂元ひろ子(사카모토 히로코) 외 엮음, 박진우 역,『역사-아시아 만들
    기와 그 방식』, 한울, 2007.

徐京植・高橋哲哉(타카하시 테츠야), 김경윤 역, 『단절의 세기 증언의 시대』, 삼인, 2002.

_____・多和田葉子(타와다 요오꼬), 서은혜 역, 『경계에서 춤추다』, 창비, 2010.

_____, 『고통과 기억의 연대는 가능한가?』, 철수와영희, 2009.

_____, 김혜신 역, 『디아스포라 기행』, 돌베개, 2006.

_____, 임성모・이규수 역, 『난민과 국민 사이』, 돌베개, 2006.

徐龍達, 서윤순 역, 『다문화공생 지향의 재일 한조선인』, 도서출판 문, 2010.

鈴木裕子(스즈키 유코), 『일본군 위안부 문제와 젠더』, 나남, 2010.

鈴木登美(스즈키 토미), 한일문학연구회 역, 『이야기된 자기』, 생각의 나무, 2004.

辛淑玉, 강혜정 역, 『자이니치, 당신은 어느 쪽이냐는 물음에 대하여』, 뿌리와이파리, 2006.

朝尾直弘(아사오 나오히로) 엮음, 서각수・연민수・이계황・임성모 역, 『새로 쓴 일본사』, 창비, 2003.

尹建次, 박진우 외 역, 『교착된 사상의 현대사-1945년 이후의 한국・일본・재일조선인』, 창비, 2009.

_____, 이지원 역, 『韓日 근대사상의 교착』, 문화과학사, 2003.

_____, 정도영 역, 『現代日本의 歷史意識』, 한길사, 1990.

伊藤整(이토 세이) 외 3인 공저, 유은경 역, 『일본 私小說의 이해』, 소화, 1997.

_____, 고재석 역, 『近代 日本人의 발상형식』, 소화, 1996.

鄭敬謨, 이호철 역, 『일본의 본질을 묻는다』, 창작과비평사, 1988.

小森陽一(코모리 요우이치) · 高橋哲哉(타카하시 테츠야), 이규수 역,
『내셔널 히스토리를 넘어서』, 삼인, 2001.

보론:『8월의 저편』에 나타난
'일본군 성노예' 재현의 의미*

1. '기억의 투쟁'으로서의 '일본군 성노예'의 재현

본고는 재일조선인 작가 유미리의 『8월의 저편』에 나타난 '일본군 성노예'의 재현 양상과 그 의미망을 추출하는 것을 목적으로 한다. 해방 이후 식민지 구종주국인 일본 안에서 자·타의적인 정주를 강요받게 된 재일조선인 작가들은 분단된 조국과의 양가적 길항 관계와 일본 사회에 대한 대항적 민족의식을 기반으로 치열한 문학적 형상화 작업을 지속해 왔으며, 일본 문단 안에서 일정한 성과를 축적하면서 그 존재 가치를 부각시켜 왔다. 한국에서 태어나 일본으로 건너온 재일 1세대 작가들이 불연속적인 신체·정서·문화적 기억들을 반추해 내면서 조국에 대한 정치·사상적 지향과 적극적 참여 의지를 동반한 문학 작업들을 지속해 왔다면, 일본 사회에서 태어나 일본의 문화

---

* 본고는『국제한인문학연구』제8호(국제한인문학회, 2011. 8)에 게재된 글임을 밝힌다.

와 언어를 일차적인 존재 기반으로 하는 재일 2, 3세대 작가들은 조국이라는 당위적 개념에 대한 '실감의 결여'와 이등 국민으로서의 타자적 열등감을 내면화하면서 그러한 내 · 외면적 불일치성을 다양한 문학적 시도들을 통해 타개하고자 했다. 양석일, 유미리, 현월 등 현재 일본 문단에서 활발한 문학 작업을 수행하고 있는 작가들은 '민족'이라는 협소한 주제적 범주를 뛰어넘어 불구적 성의식, 가족 해체, 빈곤, 폭력, 아동유기(兒童遺棄) 등 병리적 자본주의 사회의 폐부를 날카롭게 진단하는 문학적 행보들을 보여주고 있으며, 이러한 주제적 보편성과 실천적 관점은 이후 재일조선인 문학의 향방을 가늠하는 하나의 표적으로 기능한다.

2002년 4월부터 2004년 3월까지, 한일 언론사상 처음으로 한국의 『동아일보』와 일본의 『아사히신문(朝日新聞)』에 공동으로 연재된 유미리의 장편소설, 『8월의 저편』(2004)은 유미리의 전체 문학세계 안에서 하나의 획기적 변모 지점을 보여주는 작품이라 할 수 있다. 초기 작품에서 불우한 가족사를 배태한 역사적 기원으로서 부정적 자기인식의 근간이 되었던 재일조선인이라는 존재성, 조국과의 배타적 상관관계는 『8월의 저편』에 이르러 좀더 심도있는 천착과정을 동반하며 일정정도 변모된 양상을 보인다. 경계인으로서의 이중적 타자의식과 디아스포라적 존재인식을 부각시켰던 초기의 '조국' 형상은 후기 작품(『8월의 저편』)에 이르면 자신의 역사적 존재성을 재검증하고 규명하는 하나의 교두보이자 문학적 지평 확장의 토대로 변용됨으로써, 타자를 윤리적으로 전유하는 환대의 글쓰기로 나아가는데[2] 이는 이

---

2) 「서문」, 이한정 · 윤송아 엮음, 『재일코리안 문학과 조국』, 지금여기, 2011, 9쪽.

미 이전의 논의[3]에서 밝힌 바, 본고에서는 그러한 문제의식을 더욱 심화 · 발전시키는 시도로서 『8월의 저편』에 나타난 '일본군 성노예'의 재현 양상과 그 의미망을 중점적으로 고찰하고자 한다. 작가는 좌절과 핍박으로 점철된 자신의 가족사 안에 '김영희'라는 '일본군 성노예'의 형상을 의도적으로 배치함으로써 식민적 착취와 억압에 기반한 민족사적 현실이 개인사적 고난과 교차하는 지점을 면밀히 드러내고 있으며, 한국 근현대사에서 유폐되고 상실된 역사적 타자의 이름을 호명하고자 하는 실천적 소임까지 염두에 둔다. 유미리가 소설의 도입부와 결말에서 펼쳐내는 씻김굿의 난장은 가족들의 한(恨)서린 귀혼들을 불러내고 위무하는 화해와 해원(解寃)의 자리이면서 동시에 식민지 역사 속에서 유린당하고 사장(死藏)되어 간 수많은 민중들의 목소리에 귀 기울이고자 하는 환대와 복원의 자리이기도 하다.

'일본군 성노예'를 재현하는 유미리의 문학 작업이 또다른 측면에서 주목을 요하는 것은, 해방 이후 암묵적인 배제와 침묵 속에 역사적 무의식의 영역으로 침잠되어 온 '일본군 성노예'의 실상을 작가가 치열하게 문학적으로 복원해내고 있기 때문이다. 1991년 8월 김학순씨의 '위안부' 증언 이후 참혹한 역사적 실체를 드러낸 '일본군 성노예' 문제는 과거 식민의 경험이 때 이른 '청산'과 '화해'의 영역이 아니라 '진상규명'과 '투쟁'의 영역임을 입증했다. 이는 현재까지 일본 사회 안에서 식민의 후유증을 앓고 있는 재일조선인들의 피억압 · 피차별 경험과 공명하는 지점으로, 그들에 대한 증언과 분유(分有)의 작가적 수

---

3) 졸고, 「역사적 타자성의 극복과 환대의 윤리─유미리의 〈돌에서 헤엄치는 물고기〉, 〈8월의 저편〉을 중심으로」, 위의 책, 227-259쪽 참조.

행은 역사적 타자의 끝나지 않은 수난의 삶을 윤리적으로 전유하려는
강고한 핍진성을 드러낸다.

김미영[4]에 의하면, 한국에서 '일본군 성노예'를 주제로 출간된 문학
작품은 윤정모의 『에미 이름은 조센삐였다』(1982), 고혜정의 『날아
라 금빛 날개를 타고』(2006) 정도이다. 역사적 사건으로도 문학적 형
상화로도 '일본군 성노예'에 대한 관심과 접근이 극히 미흡했던 이면
에는 가부장적인 남성 주체의 입장에서 '일본군 성노예'를 '민족의 수
치', '정조의 박탈'과 연관시켜 바라보았던 한국 민족주의 담론의 억
압적 시선이 놓여 있다.[5] 이러한 한국 사회 내부의 의도적 침묵에 맞
서 예외적으로 '일본군 성노예'의 문학적 형상화는 해외 한인 문학자
들에 의해서 종종 다루어져 왔다. 노라 옥자 켈러(Nora Okja Keller)의
『종군위안부(Comfort Woman)』(1997)나 이창래(Chang-rae Lee)의
『제스처 라이프(Gesture Life』(1999), 테레즈 박(Therese Park)의 『천
황의 선물(A Gift of the Emperor』(1997) 등은 일제 군국주의의 범죄

---

4) 김미영, 「시간의 현상학 : 역사와 내러티브(문학)-종군위안부를 다룬 소설분석을
   중심으로」, 『한국현대문학회 2006년 여름 학술발표회 자료집』, 2006. ; 「역사 기술
   과 변별되는, 문학의 내러티브의 특성-한국인 종군위안부 소설을 중심으로-」, 『어
   문학』93호, 2006. 참조.
5) 정진성은 '일본군 성노예' 문제가 역사적으로 은폐되어온 이유를 몇 가지로 들고
   있는데, 일차적으로 일본 정부와 군의 관련 자료의 은폐, 그리고 일본 정부의 아시
   아 국가들에 대한 경시의 태도 및 미국의 전후 처리의 미흡함과 암묵적 동조, 유교
   문화의 영향으로 인해 가해자와 피해자를 포함한 실제 경험자들이 죄책감 또는 수
   치심 때문에 침묵하고 있었던 것, 식민지 시기 피해사, 특히 이 시기의 여성사 분
   야의 연구가 부진했던 것 등을 들고 있다.(정진성, 「일본 군'위안부' 정책의 본질」,
   한국사회사연구회, 『한말 일제하의 사회 사상과 사회 운동』, 문학과지성사, 1994,
   172-173쪽 참조) 이중에서도 특히 '일본군 성노예' 피해자가 이중의 구속(피식민
   자이자 여성)에 갇힘으로써 표면화된 논의의 틀조차 마련하지 못했다는 점은 중요
   하게 짚고 넘어가야 할 부분이다.

적 폭력 행위가 피식민 여성들을 어떻게 유린하면서 집단적인 죽음의 광장으로 내몰았는가를 정치하게 보여준다.

유미리의『8월의 저편』또한 같은 맥락에서 실천적 의미를 지닌다. 열세 살의 어린 소녀가 위안부 모집책에게 속아서 전쟁터로 끌려가고 일본군의 성노리개로 착취당한 후 바다에 투신하여 죽음에 이르게 되는 과정을 작가는 역사적 사실의 재현과 문학적 상상력의 접합을 토대로 치밀하게 재구성해내고 있다. 서경식이 언명하듯이, '일본군 성노예'의 육성을 증언하고 그들의 기억과 경험을 현재에 재현하는 문학적 과제는 단순히 일본과 피식민 아시아 국가들의 이항대립적 구도 안에서 '사죄'와 '보상'을 받아내고자 하는 의도가 아니라, '일본군 성노예'의 문제를 세계적으로 보편적인 문맥 아래 위치 짓고, 세계대전이나 홀로코스트라는 20세기의 미증유의 정치폭력을 극복하는 인류사적인 과제의 일환으로 상정하려는 '기억의 투쟁'에 대한 적극적 참여 의지와 맞물리는 것이다.[6] '여성에 대한 멸시사상, 식민지에 대한 폭압적 민족말살정책, 그리고 계급문제가 복합되어 일본의 군국주의 국가의 강제력에 의해 이루어진 전쟁 범죄의 극단적 표출'[7]인 '일본군 성노예'의 실상은 일본의 제국주의적 침탈과 식민 정책의 구조적 본질을 폭로하는 명백한 증거물이라 할 수 있다.

본고에서는 이러한 '기억의 투쟁'으로서의 '일본군 성노예'의 문학적 형상화가 어떠한 형태로 이루어지고 있으며 어떠한 정치 · 역사적 맥락 안에서 그 의미망을 생성하고 있는가를 고찰하고자 한다. 치밀

---

6) 서경식, 권혁태 역,『언어의 감옥에서』, 돌베개, 2011, 159쪽 참조.
7) 정진성,「해설: 군위안부의 실상」, 한국정신대문제대책협의회 정신대연구회 편,『강제로 끌려간 조선인 군위안부들-증언집1』, 한울, 1993, 29쪽.

한 구성력과 방대한 자료 섭렵을 기반으로 식민 공간의 강압적 폭력성과 인권 유린의 현장을 재현하고 있는『8월의 저편』은 은폐된 역사적 기억들을 복원하고 공론화함으로써 과거 식민의 역사를 통합적으로 재구성하고 극복할 가능성을 제시한다.

2.『8월의 저편』에 나타난 '일본군 성노예' 재현 양상

『8월의 저편』에서 '김영희'라는 어린 여성을 중심으로 '일본군 성노예'의 실상을 재현하고 있는 대목은 크게 세 부분으로 나뉜다. '김영희'(에이코, 소녀, 나미코)[8]가 일본인 민간업자의 취업알선 제안에 속아서 무한으로 끌려가기까지의 여정, 일본군 위안소 '낙원'에서의 '일본군 성노예' 생활, 그리고 해방 후 귀향과 죽음을 선택하기까지의 과정[9]인데, 시공간적 이동 경로를 따라 증폭되는 한 인물의 처절한 생존과 유린의 경험은 그대로 피식민자의 디아스포라적 수난의 역사를 반영한다.

먼저 철도 여행과 근대화된 도시 풍경의 묘사, 고쿠고(일본의 표준

---

8) 작가가 김영희를 명명하는 방식은 소설의 전개 과정에 따라 변모한다. 19장에서 처음 서사에 등장하는 김영희는 창씨개명한 이름인 '에이코'로 명명된다. 그후 삼랑진역에서 민간인 모집책을 따라나서는 시점부터 개별성을 무화시킨 익명의 '소녀'로 등장하다가, '낙원'에 도착하여 '일본군 성노예'로서의 생활을 시작한 시점부터는 위안소관리인인 '아버지'가 지어준 '나미코'라는 이름으로 명명된다. 이처럼 김영희의 이름은 그녀의 존재를 둘러싼 사회 · 역사적 맥락, 유린의 과정에 따라 변형되며 작중 유미리의 씻김굿의 해원과정을 통하여 '김영희'라는 이름을 회복한다.
9) 첫 번째 과정은 '19장 아메 아메 후레 후레 · ①', 두 번째 과정은 '20장 낙원으로', '22장 낙원에서', 세 번째 과정은 '24장 잃어버린 계절'에서 형상화되고 있다.

어·國語)의 보급과 통합적 언어 정책을 통한 대동아공영권 구상의
제시 등, 일본이 조선과 만주 지역을 중심으로 실현하고자 했던 '대일
본제국' 식민 전략의 현상적 결과물이 '김영희'의 예정된 고난의 길을
따라 전시된다. 이러한 환영(幻影)과도 같은 근대 문물 체험의 도착지
에는 역설적으로 전쟁이라는 가장 전방위적이고 폭력적인 야만의 공
간이 존재한다. 1930년대 초부터 종전에 이르는 기간 동안 '일본군이
주둔했던 모든 곳'에 세워진 일본군 위안소는 반인륜적이고 모멸적인
형태로 이루어진 민족 말살, 인권 유린의 향연장이자 극단의 비이성
적 행위가 자행되는 윤리적 치외법권의 공간이었다. 이러한 '일본군
성노예'의 참혹한 삶의 현장이 작품 안에서 '낙원'이라는 무한의 한 군
위안소를 배경으로 적나라하게 공개된다. 생의 밑바닥까지 철저하게
착취당한 '일본군 성노예'들은 패전 이후 낯선 이국땅에 그대로 유기
되거나 집단적으로 처형되었으며, 우여곡절 끝에 조국으로 돌아간다
고 해도 지울 수 없는 외상(外傷)에 시달리며 침묵의 세월을 견디거나
자기부정의 형태로 죽음을 선택할 수밖에 없었다. '김영희' 또한 고향
인 밀양으로 돌아오는 배 안에서 치욕의 삶을 끌어안고 바다로 뛰어
든다. 그러나 이러한 '김영희'의 강제된 죽음과 사장된 이름은 억울하
게 죽어간 역사적 타자의 '혼을 끌어올리려는' 작가적 소명을 통하여
새롭게 복원되고 정당한 의미를 획득하게 된다. 본고에서는 고난의
전조(前兆)로서의 기만적인 철도 여행의 과정과, '증언'을 통해 재구성
된 '일본군 성노예' 제도의 실상을 중점적으로 고찰함으로써 '일본군
성노예'의 문학적 재현이 가지는 실천적 의미망과 윤리적 전유의 가
능성을 짚어보고자 한다.

가. 일제 식민 정책의 전시적 표출-철도와 도시풍경, 일체화된 언어

'김영희'(이하 '소녀')가 정신대 모집책에게 매수되어 '일본군 성노예'로 팔려가는 과정은 일본의 제국주의적 근대화 정책과 맞물려 전개된 식민지 침탈 경로를 따라 이루어진다. 철도, 도시 건설, 언어 동화 정책 등은 모두 일본의 식민지 수탈과 대륙 침략이라는 제국주의적 야망을 완수하기 위한 주춧돌로 작용한다.

'하카다 군복공장'에 취직을 시켜준다는 감언이설 속에 부모 몰래 고향을 떠난 '소녀'는 기차를 타고 국경을 넘어 다롄에 도착한다. '죽을 때까지 밀양에서 한 발짝도 못 나가는' 평범한 삶의 궤도를 벗어나, 삼랑진역에서 경성, 신막, 평양, 신의주, 안동을 거쳐 봉천으로 이어지는 '대륙'호, 봉천에서 다롄까지 운행하는 '비둘기'호를 타고 밀양에서 만주까지의 국토 횡단 여행을 감행한 '소녀'는 철도를 따라 펼쳐지는 새로운 도시의 풍광과 문화적 충격에 감탄하며 자기 앞에 놓인 신천지를 탐구한다. '포신처럼 길고 검게 빛나는 기관차, 검정 바탕판에 하얀 글자로 파시로 582'라고 쓰인 '대륙'호를 타고 미지의 공간으로 전진하면서 철도의 외관과 작동 원리, 운행 과정 등을 호기심어린 시선으로 세밀하게 관찰하기도 하고, 각 도시의 풍물과 외양, 새롭게 경험하는 음식 문화에 대해 자세히 묘사하기도 한다. 기차의 식당차, 양식(洋食), 커피, 포크, 나이프, 맥주, 푸딩, 오므라이스 등 새롭게 맞닥뜨린 근대적 문물의 기표들은 여학교에 진학하여 '나 자신을 만들고 싶'어하며, '이국'의 대기에서 '자유'를 의식하는 문명 지향적 소녀의 순수한 욕망을 자극하면서 철도 노선의 이동 경로를 따라 지속적으로 제시된다. 작가는 '소녀'의 무구한 시선을 통하여 조선에서부터 만주에 이르기까지 '철도 노선으로 구현된 제국의 공간적 기획을 목격'[10] 하는 한 인물을 구현해낸다.

그러나 주지하다시피 조선과 만주를 횡단하며 질주하는 철도는 '근대의 실험실'[11]로서의 일제의 식민지를 관통하는 대표적인 '근대적 기념물'이다. 일제가 조선과 중국대륙에 부설한 한국 · 만주 철도는 정치, 경제, 사회, 문화의 모든 면에서 근대성과 침략성을 동시에 내포하고 있던 시대적 총아였으며, 제국주의적 문명화 작용을 통해 조선과 중국의 사회경제를 침략과 수탈에 적합하도록 변모시켜간 핵심적인 교통운수기관이었다.[12] 한국철도와 만주철도를 일체화시켜 조선을 발판으로 한 대륙 침략의 제국주의적 이상을 실현하고자 했던 일본에게 조선의 철도사업은 '한국 경영의 골자'[13]이자 궁극적으로는 중국대륙과 러시아 침략을 위한 발판으로 인식되었으며, 러일전쟁을 속전속결하기 위해 서두른 경부 · 경의철도의 부설은 군사적 목적뿐 아니라,

---

10) 이경훈, 「식민지와 관광지-만주라는 근대 극장」, 『사이間SAI』6호, 2009, 78쪽.

11) 강상중, 이경덕 · 임성모 역, 『오리엔탈리즘을 넘어서』, 이산, 1997, 15쪽.

12) 이군호, 「일본의 중국 및 만주침략과 남만주철도-만주사변(1931) 이전까지를 중심으로」, 『평화연구』12권 1호, 2003/2004년 겨울, 149쪽.

13) 조선을 일본의 식민지로 삼기 위한 구체적 방침을 명시하고 있는 『대한방침(對韓方針) 및 대한시설강령(對韓施設綱領)』(1904. 5. 31)에는 "교통 및 통신기관의 중요한 부분을 우리 쪽이 장악하는 것은 정치상 군사상 경제상의 여러 점에서 매우 긴요한 것으로서 그 중 교통기관인 철도사업은 한국 경영의 골자라고도 할 수 있는 것이기 때문에 다음과 같은 순서를 따라 실행하는 것이 매우 필요하다"고 언급하면서, 경부철도(한국 남도를 종관하는 가장 중요한 선로), 경의철도(황해 방면에서 한국 북도를 총관하여 경부선로와 이어져 한반도를 일관하고 마침내는 동청철도 및 관외철도와 접속하여 대륙 간선의 일부를 형성할 중요한 선로) 등 주요철도 부설에 대한 의의 및 권리 획득에 대한 자세한 지침을 명시하고 있다.(권태억 외, 『자료모음 근현대 한국 탐사』, 역사비평사, 1994, 132쪽 참조)

일본의 상품판매시장을 확장하고 식량과 천연자원을 약탈하기 위한 대동맥으로 작용했다.[14] 또한 만주에 있어서 정치, 경제, 문화에 걸친 전면적인 침략정책 수행의 가장 근간이 되는[15] 만철(남만주철도주식회사)의 설립과 운영체제는 제국주의적 팽창과 침략을 전면화, 가속화시키는 근대적 기술 구현의 제도적 장치로 기능한다. '소녀'가 철도여행의 초입에서 '긴 긴 터널로 헤매는 듯한 불안'을 느끼는 것은 식민적 근대성이 내포한 문명 건설의 폭력성과 침략성의 은폐된 속성을 은연중 감지했기 때문이다.

철도와 더불어 근대적 문명화의 표징으로 제시되는 만주의 도시 풍경 또한 같은 맥락에서 설명될 수 있다. '아시아 민족의 낙토 만주'의 대표 도시인 다롄은 일본 도시를 본떠 건설된 계획도시이다. 철도라는 근대적 교통기술에 근거한 균질 공간의 성립은 대상(지역)의 고유성을 통일적인 원리와 규칙 하에 존재하는 차이로 환원시키고 공허한 공간 속에서 (과정으로서) 연결되고 연속되는 것[16]으로 변형시킨다. 조선, 만주라는 피식민 공간은 철도라는 근대적 장치를 통해 민족 혹은 지역 고유의 특성을 무화시킨 채 일본의 복제판으로서의 동질화된 공간으로 탈바꿈한다. '도쿄의 우에노 역을 본떠서 만든' 다롄역은 일본의 복제 도시로 들어가는 관문이 된다.

"(전략) 역 주변은 일본 사람들이 사는 곳이다. 와카사마치, 미가와

14) 박천홍, 『매혹의 질주, 근대의 횡단-철도로 돌아본 근대의 풍경』, 산처럼, 2003, 85쪽 참조.
15) 이군호, 앞의 논문, 159쪽.
16) 이효덕, 박성관 역, 『표상 공간의 근대』, 소명출판, 2002, 234쪽.

마치, 나니와마치, 이세마치, 이렇게 나뉘어 있고, 골목 안쪽으로 들어
가면 빨간 초롱을 내건 처마가 죽 이어져 있는데, 손님도 주인도 다 일
본 사람이라, 여기가 어딘가 싶을 때도 있다. 하카다인지, 오사카인지,
도쿄인지…… 잘 봐라, 일본인들 거리하고 똑같지?"

　소녀는 이상했다. 거리는 사람들이 모여들면서 자연발생적으로 생겨
나고, 사람들이 늘어나면서 점점 커지는 것이라고 생각했는데, 다롄은
어떤 높은 일본 사람의 머릿속에 있던 계획을 종이에 옮겨 쓰고, 그것
을 그대로 실현한 거리다. 다롄만 그런 게 아니다. 봉천도 그렇고 신경
도, 일본 사람들은 머릿속에서 이 대륙을 재구성하고 있는 것 같다……
왕도낙토…… 식민지…… 대동아공영권…… 중국 침략…… 오족협화
…… 항일구국…… 만몽 개척…… 삼광 작전…….[17]

　"저기 저 커다란 건물이 기쿠야 백화점이다. 바로 앞에 있는 골목길
로 들어가면 술집 거리고, 밤이 되면 줄줄이 내단 전구가 가로등처럼
빛나지. 시나노마치하고 수직으로 만나 동쪽으로 쭉 뻗어 있는 길이 보
이지, 저 길 좌우가 나니와마치다. 아직 셔터를 올리지 않아 잘 모르겠
지만, 악기점, 과자 가게, 카페, 댄스홀, 오뎅 가게, 국수 가게, 장어구이
집, 옷가게, 구두 가게, 시계포, 철물점, 골동품 가게, 단팥죽 가게……."

　"없는 게 없네요."

　"그래, 이 대륙에는 없는 게 없지. 다롄에는 니혼바시도 있고, 긴자도
있다. 없는 건 황거(皇居) 정도랄까, 하하하하하."(123)

　만주는 '어떤 높은 일본 사람의 머릿속에 있던 계획을 종이에 옮겨

---

17) 유미리, 김난주 역, 『8월의 저편 下』, 동아일보사, 2004, 118-119쪽. 이하 본문에
　　쪽수만 표시.

쓰고, 그것을 그대로 실현한 거리'다. 만주 지역 고유의 문화와 풍습, 생활환경을 배제하고 일본의 제국주의적 구상에 따라 계획적으로 조작된 만주의 도시는 일본의 정치 · 경제 · 문화권의 공간적 확장이자 대동아공영권 실현의 전략적 토대가 된다. 러일전쟁(1904-5) 이후 여순을 중심으로 국민적 위령공간의 순례지로 자리잡았던 만주는 만주전쟁(만주사변, 1931)과 만주국 수립 이후 제국일본을 리드할 '근대화'의 중심지로 자리매김되었다. 다롄(大連)과 신경(新京)은 만주가 표상하는 새로운 근대성의 첨단 전시공간이 되었으며, 제국 일본의 새로운 중심지를 지향하는 미래의 '왕도낙토(王道樂土)'로 발돋움하기 시작했다. 따라서 만주국 수립 이후의 만주 관광은 최첨단 근대도시를 관람케 하는 이벤트로서의 기능으로 차츰 그 무게중심이 옮아가기 시작했으며[18] '제국의 근대성을 만끽하는 장'[19]으로 설정되었다. '야마토 호텔, 다롄 시청, 동척 빌딩, 중국은행, 요코하마 쇼킨은행, 관동 통신국, 조선은행, 다롄 경찰서, 영국 영사관'(117) 등 근대적 관광, 금융, 통신, 치안 기관들이 포진해있는 다롄의 거리는 만주의 '니혼바시'이자 '긴자'로, 대륙에 이룩된 '대일본제국'의 모형물이자 외관의 동일성을 통해서 내면적인 동화를 강제하고 일본의 정신을 구현하는 근대적 교육장이 된다.

이처럼 철도라는 운송수단을 통해 일본의 문화와 정신을 전달하는 과업은 언어적 통합 과정을 통해 심화된다.

---

18) 임성모, 「팽창하는 경계와 제국의 시선-근대 일본의 만주 여행과 제국의식」, 『일본역사연구』23, 2006, 106-108쪽 참조.
19) 위의 논문, 111쪽.

"(전략) 일본은 섬나라에서 대륙 일본으로 새롭게 태어났어요. 일본 민족이 왕도낙토, 동양 평화를 실현하기 위해서는 헌신보국의 열렬한 마음으로 바다를 건너, 조선 사람과 지나 사람들을 지도하면서 개발 경영에 정진하여 국난의 배제에 공헌해야 하는 겁니다. (중략) 일본의 피가 흐르지 않는 다른 민족에게 일본의 정신을 어떻게 전달할 것인가, (중략) 결국 국어입니다. 국어밖에 없어요. 국어로 말해야 비로소 일본적 정신을 육성할 수 있고, 국어란 토양에서만 애국을 계몽할 수 있는 겁니다. 조선 사람도 1911년에 조선교육령을 시행하면서 일본어를 가르치고, 1940년에는 창씨개명을 실시하면서 달라지지 않았습니까? 그런 정책을 대륙에서도 실시해야 합니다. 우리가 교육자이면서 통치자의 일원이 돼야 하는 거죠.(후략)"(104-105)

다롄 니혼바시 심상소학교 교사가 역설한 식민 통치와 대륙 개척의 논리는 국어교육을 통한 통합과 동화정책의 중요성을 강조한다. 교통·통신망의 발달, 신문·출판 등의 미디어의 성립과 침투, 징병 제도나 교육 제도 같은 국민 동원 제도의 확립과 보급을 뜻하는 근대적 기술의 확립은 이러한 국가 운영 제도를 효율적으로 이용하기 위한 단일하고 균일한 언어를 필요로 하며, 따라서 근대 언어 정책이 지니는 한 가지 측면은 이런 국민국가 형성의 논리를 가진 국가 공용어를 만드는 것이다.[20] 동일한 언어를 사용한다는 사실이 '국어'를 사용하는 집단으로 하여금 귀속 의식을 갖게 하고, 한 사람 한 사람의 차이를 초월하여 국민이라는 전체 속에 무매개적으로 동일화시켜 버리기 때

20) 야스다 도시아키,「제국 일본의 언어 편제-식민지 시기의 조선·'만주국'·'대동아공영권'」, 미우라 노부타카·가스야 게이스케 엮음, 이연숙·고영진·조태린 역,『언어 제국주의란 무엇인가』, 돌베개, 2005, 87-88쪽 참조.

문에 '국어'라는 집단적인 언어의 사용은 '국민'의 일체성과 대등성을
보증하는 하나의 징표로 간주된다.[21] 식민지 동화정책의 핵심에는 반
드시 식민지의 언어를 내면화시킬 언어교육이 자리하게 된다. 일본어
를 '단순히 많은 언어 중 하나가 아니고 대일본제국이 서양과 대항하
기 위한 '일본 문화'의 핵심이며 현지 주민에 대한 권위의 근거이자 주
민들의 사상을 '일본화'하기 위한 수단'[22]으로 규정한 일본은 자국의
국민 국가 형성 과정에서뿐만 아니라 주변 국가들을 식민화하고 통치
하는 수단으로서 강압적인 언어 동화정책을 시행해왔으며,[23] 이는 언
어라는 한 민족의 정신사적, 문화적 근간의 식민화를 통해 전면적이
고 통합적인 식민 체제를 구축하고자 하는 심화된 제국주의적 기획이
라 할 수 있다.

 이처럼 작가는 '소녀'의 철도 여행 체험을 통해 근대 문물의 전시와
문화적 충격이라는 표면적 언술 뒤에 숨어있는 제국주의적 식민 정
책의 의도를 간파해낸다. 조선과 중국, 러시아로 이어지는 대륙 침략
과 식민화 과정의 정책적 사업 기지로서의 철도의 부설, 그러한 철도
의 경로를 따라 조성된 일본의 복제품이자 근대적 문물의 전시장으로

---

21) 이효덕, 앞의 책, 306-307쪽 참조.
22) 오구마 에이지, 「일본의 언어 제국주의-아이누, 류큐(琉球)에서 타이완(臺灣)까
 지」, 미우라 노부타카 · 가스야 게이스케 엮음, 앞의 책, 74쪽.
23) 근대 일본의 언어 정책은 청일전쟁을 전후로 본격적으로 이루어진다. 국민형성 ·
 국민교화라는 기능과 이언어(異言語) · 이변종(異變種)을 제외하는 의도를 가진
 '고쿠고' 개념은 균질적인 언어 공간을 창출하는 각종 장치(학교 교육 · 법 체계 ·
 전신 · 군대 제도 등)의 확립 · 보급과 맞물려 '국민 정신'이 머무는 곳으로서 그
 위상이 정립된다. 이후 식민지 국가들에도 이러한 '고쿠고'의 이념이 강제되어 조
 선에서는 민족어 말살 정책으로 이어졌으며, '대동아 공영권'이 설정된 1940년 후
 에는 '동아 공통어'라는 명칭으로 만주국 등에 일본어를 보급하여 식민지 공간의
 언어적 계층화를 꾀하게 된다.(야스다 도시아키, 앞의 글 참조)

서의 만주 도시의 풍경, 그리고 각 나라의 고유한 언어를 배제하고 일본어를 하나의 '국어'로 사용하도록 강제함으로써 정신적 · 문화적 통합과 동질화를 꾀하는 언어제국주의적인 면모는 이후 전개될 '일본군성노예' 제도의 식민주의적 속성과 긴밀한 연관관계를 주조한다.

결국 '소녀'의 철도 여행은 일본의 근대적 식민주의가 배태한 파멸과 고난의 여정을 예비하는바, 작품 안에서 계속적으로 제시되는 불안과 죽음의 이미지는 '소녀'의 앞으로의 삶의 과정이 평탄치 않을 것임을 암시한다. '소녀'가 낯선 남자를 따라 하카다 군복공장에 가기로 결정했을 때 '죽음의 예언자'인 아랑이 그녀 앞에 나타나는 것이나 (70) 강물에 처박히는 꿈(85), 돌아가신 아버지에 의해 하늘로 떠오르는 꿈(92), 그리고 강물에 알몸으로 잠겨 있는 꿈(120) 등이 계속적으로 출몰하는 것은 '소녀'가 앞으로 죽음과도 같은 고난의 상황에 직면할 것임을 예시하는 환기적 장치라 할 수 있다.

화려한 근대 문물의 전시적 파노라마 속에 은폐된 식민 지배자의 제국주의적 산물들은 순진무구한 '소녀'의 시선 앞에서 별천지의 새로운 세계를 가리키는 나침반으로 전도(顚倒)된다. 자기 미래에 대한 환상과 희망을 현시하는 '소녀'의 철도 여행은 그 끝이 고통과 죽음의 공간인 '군위안소'로 연결된다는 점에서, 그 아이러니적 효과는 극대화된다. 또한 파멸을 향해 가는 '소녀'의 여정이 일본 식민제국의 파국을 야기하는 전쟁 수행과 맞물려 전개된다는 점에서, 그리고 그 과정이 암묵적인 불안과 자기기만 속에 철저히 은폐된 채 제시되고 있다는 점에서 구조적 동일성을 보여준다. 작가는 군위안소 '낙원'으로 끌려가는 '소녀'의 기만적 여정을 통해 종말을 향해 치달아가는 일본의 제국주의적 욕망을 역설적으로 폭로해낸다.

나. 제국주의적 욕망의 환부-군위안소 '낙원'의 의미망

하카다의 군복공장 대신 다롄 항에서 상하이항을 거쳐 무한에 도착
한 '소녀'는 군용트럭에 실려 군위안소 '낙원'에 끌려가게 된다. '아버
지'라고 불리는 위안소 관리인으로부터 '나미코'라는 이름을 부여받은
'소녀'(이하 나미코)는 군의관의 강압적인 성병검사와 강간행위를 시
작으로 '일본군 제3사단 연대기지'에서의 '위안부' 생활을 시작한다.
나미코 그리고 함께 연행되어 온 고하나를 비롯한 '낙원' 위안부들의
비참한 생활상과 성적 착취 과정은 '일본군 성노예' 생존자들의 육성
및 이를 기초로 한 연구자료들[24]의 내용과 상당부분 일치한다. 방대한

---

24) 주요 연구자들의 연구결과를 중심으로, (작품 내용과의 연관 하에) '일본군 성노
    예' 제도의 전말을 살펴보면 다음과 같다.
     일본군 위안소는 일본 군대가 아시아 대륙에 진출하기 시작한 1930년대 초부터
    설립되기 시작했다. 1932년 상해에, 1934년 만주에 군위안소가 설립되었으며 남
    경대학살 전후인 1937년은 군위안소가 보다 적극적이고 체계적으로 확대된 시기
    로, 조선으로부터의 위안부 동원은 군위안소 제도가 정착한 1937년 이후부터 본
    격화되었다. 일본군 위안소는 중국·만주·남양군도 등 일본군의 점령 지역은 물
    론, 대만과 한국 등의 식민지와 일본 내지까지, '일본군이 주둔했던 모든 곳'에 분
    포했다. 군위안소 설립의 직접적 목적은 군인들의 사기 진작, 군인들의 성병 감
    염 방지, 점령 지역 안에서 주민에 대한 일본 군인들의 강간 사건 방지, 군사기밀
    누설 방지 등이었으며, 위안부의 동원 방식은 대부분 취업 사기와 폭력(폭행, 협
    박, 권력남용 등)을 포함한 강제 연행, 유괴납치, 인신매매 방식이었다. 연행자는
    군인·헌병·경찰·또는 관리가 한 경우, 민간인이 모집 과정이나 교통 편 등에
    서 군·경찰의 도움을 받아서 한 경우로 나누어지는데, 민간인에 의한 연행의 경
    우에도 군이 배나 트럭 등 교통편의를 제공하거나, 중도에 군인이 위안부들을 체
    계적으로 강간하는 등, 군대의 간섭과 통제가 가해졌다. 취업사기는 대부분 일본
    에 가면 좋은 일자리를 구할 수 있다고 하는 말로 유인한 경우로, 가장 많은 부분
    을 차지한다. 위안부들은 대부분 빈곤한 농촌의 여성들이었으며 낮은 수준의 학
    력을 가진 사람들이었다. 위안부의 나이는 대체로 14세에서 19세의 미혼 여성이
    대부분이었으며 더 나이 어린 소녀들과 기혼녀들을 연행해가기도 했다. 위안부들

분량의 기초자료와 증언록을 토대로 거의 논픽션에 가까운 서술을 보이고 있는 '일본군 성노예'의 재현 장면은 문학적 상상력을 압도하는 극한의 생존 상황과 참담한 현실인식을 적나라하게 보여준다. '일본군 성노예'의 실상을 문학적으로 '증언'하는 행위는 고통스러운 기억을 현재의 역사 속으로 끌어올리는 과정이며, 이러한 '증언'을 듣는 것은 단지 말로 증언된 것의 의미를 아는 것이 아니라 그때 그 장소를 채우는 무질서하고 단편적이며 떠도는 생각 모두를 온몸으로 체험하는 것[25]을 의미한다. 『8월의 저편』은 작가나 독자 모두에게 '일본군 성노예'에 대한 기억을 총체적으로 분유할 수 있는 계기를 제공한다. 생존

은 하루에 한 사람이 많은 경우 40~50명, 보통 20~30명, 적을 때도 5~6명 정도의 일본군의 '정욕을 채우는' 대상이 되었다. 그리고 그것을 거절할 경우 매를 맞거나 심할 때는 전기고문도 받았다. 위안소 규정에는 계급별 위안소 사용 시간, 요금, 성병 검진 및 기타 위생 사항 등이 명기되어 있었다. 위안부에 대한 급료의 지불은 거의 대부분 제대로 이루어지지 않았다. 위안부에 대한 정기 성병 검사는 군위안소 제도에 있어서 매우 중요한 사항으로 일주일, 2주, 한 달에 한 번씩 군의에 의한 검진을 받았다. 일본군은 군인들 사이에 성병이 퍼지는 것을 막기 위하여 군인들에게 또는 위안소에 삿쿠(피임구, 이름이 '돌격 1번'이었고 철모라고 부르기도 했음)를 공급하고 반드시 이것을 사용할 것을 지시했다. 삿쿠는 세탁하여 중복 사용된 경우도 많았다. 위안부들이 성병에 걸렸을 때는 낙태, 불임을 유발하는 '606호'라는 주사를 맞았으며, 임신, 출산, 월경, 질병 등 위안부들의 여건과는 상관없이 무차별적인 성노예 행위가 강요되었다.(정진성, 「일본 군'위안부' 정책의 본질」, 앞의 책. ; 정진성, 「해설: 군위안부의 실상」, 앞의 책.; 강만길, 「일본군 '위안부'의 개념과 호칭 문제」, 한국정신대문제대책협의회 진상조사연구위원회 엮음, 『일본군 '위안부' 문제의 진상』, 역사비평사, 1997.; 여순주, 「일본군 '위안부' 생활에 관한 연구」, 위의 책.; 윤정옥, 「'조선 식민정책'의 일환으로서 일본군 '위안부'」, 위의 책.; 조최혜란, 「일본군 위안소에서의 범죄적 행위와 피해사실」, 한국정신대문제대책협의회 2000년 일본군성노예전범 여성국제법정 진상규명위원회 엮음, 『일본군 '위안부' 문제의 책임을 묻는다-역사 · 사회적 연구』, 풀빛, 2001.; 요시미 요시아끼(吉見義明), 「종군위안부와 일본국가」, 요시미 요시아끼(吉見義明) 편집해설, 김순호 역, 『자료집 종군위안부』, 서문당, 1993. 참조)

25) 오카 마리, 송태욱 역, 「타자의 언어」, 『흔적』2, 문화과학사, 2001, 396쪽.

자들의 증언은 '지배 담론이 개입된 '공식적 기억(official memory)'이 공격될 수 있는 지점'으로 작용하며 '지배 담론과 경합할 수 있는 대항 담론(counter-discourses)의 가능성을 지니고 있'[26]다는 점에서 이러한 '증언'의 문학적 재현은 그 자체로서 실천적 의미를 가진다고 할 수 있다.

작품에서 재현되고 있는 '일본군 성노예'의 현실은 식민지 여성에 대한 멸시와 착취, 여성의 신체를 사물화하는 폭력적 시선, 그리고 인권 유린의 일상적 편재라는 중층적 억압구조를 내장함으로써 야만과 폭압에 기초한 일제 식민 정책의 강고한 본질을 폭로해낸다.

먼저 '일본군 성노예' 제도는 무엇보다도 식민지 여성의 강제 연행과 착취에 근거한다. 전쟁 기간 중 '일본군 성노예'의 80~90%가 조선인이었다는 사실은 지금까지 '일본군 성노예' 문제에 있어서 상식처럼 받아들여져 왔다.[27] 아시아 태평양 전쟁이 심화됨에 따라 강제 징용과 징병 등으로 수많은 조선인들이 사지(死地)로 끌려가 무자비한 노역과 착취, 죽음을 강요당한 것과 같이 조선인 여성들은 일본군들의 정신적, 육체적 배설구로서 무차별적으로 제공되었다. 여성의 순결을 강조했던 유교적 가부장제 사회 안에서 성장한 나이 어린 조선인 여성들은 '위생적 공동변소'로 취급받았다. 그들은 전쟁이라는 비이성적이고 폭력적인 공간 안에 유폐된 일본군 병사들의 공포심과 불안정한 긴장 상태를 해소할 유일한 배출구이자, '위안'의 장소였다. 하루

---

26) 양현아, 「한국인 '군 위안부'를 기억한다는 것-민족주의, 섹슈얼리티, 그리고 강요된 침묵」, Kim, Elaine H. · Choi, Chungmoo 편저, 박은미 역, 『위험한 여성-젠더와 한국의 민족주의』, 삼인, 2001, 159쪽.
27) 정진성, 「일본 군'위안부' 정책의 본질」, 앞의 책, 182쪽.

에도 수십 명에 달하는 군인들의 성적 착취와 물리적 폭력에 시달리며 식민 국가의 전쟁에 '성적 소모품'으로 동원된 '일본군 성노예'들의 실상은 종국적으로 '피지배국 그리고 피지배 민족으로서 조선 여성이 계획적으로, 조직적으로, 집단적으로 지배국의 군대에 강간당한 문제'이며 '일본 정부의 조선 지배정책이었던 민족 말살정책의 일환'[28]이라고 볼 수 있다. 작품 안에서는 이러한 식민지 여성에 대한 노골적인 차별과 착취가 일상적으로 자행된다.

"여보하고 개는 두드려 패야 말을 듣는단 말이야."(146)

"(전략) 공중화장실이 한두 개 망가졌다고 대일본제국이 망하는 거 아니니까. 요란 떨지들 말고."(208)

조센진 주제에 뭐가 그렇게 말이 많아! 더러운 여보 자식! 여보! 여보!(235)

'낙원'에 끌려온 첫 날 나미코는 군의관의 강간 행위를 피해 달아나다 '아버지'에게 붙잡혀 무자비한 폭력을 당한다. 조선인을 뜻하는 '여보'는 '조센징', '조센삐'[29]와 더불어 조선 민족을 폄훼하고 경멸하기 위해 의식적으로 사용된 용어이다. '개'와 같은 짐승과 비견되는 '더러운' 조선인에 대한 폭력을 정당화하는 맥락에는 '타자의 몸'에 대한 차

---

28) 윤정옥, 「'조선 식민정책'의 일환으로서 일본군 '위안부'」, 앞의 책, 275쪽.
29) '삐'는 중국어로 여성의 성기를 의미한다. 즉 '조센삐'는 조선여성을 하나의 성적 도구로 규정하는 성차별적, 인종차별적 용어이다.

별과 편견을 노골적으로 보여주는 인종주의[30]적 시선, 식민자의 우월한 시선이 내재해 있다. 낙태 후유증으로 사망한 고하나의 죽음을 '공중화장실'의 파손과 연결시키며 '대일본제국'의 일개 부품으로 전락시키는 식민 지배자의 논리는 피식민 국민들에 대한 도구적, 억압적 인식을 극단적으로 표출하는 일례이다. 이러한 피식민 여성들에 대한 유린과 착취의 과정은 한걸음 더 나아가 지배국가에 대한 충성과 의무를 강요하는 철저한 종속의 자세를 강제한다.

> "(전략) 은혜 갚을 기회가 주어진 셈이니까, 감사하는 마음으로 나라를 위해서 싸우는 병사들, 잘 받들어."(146)

> "(전략) 지금은 참을 때다. 너희들은 항상 중요한 임무를 수행하고 있다는 것을 잊지 말고, 전선에서 싸우고 있는 병사들과 마음을 하나로 합하여 오늘도 조국을 위해 몸 바치기 바란다. 이상."(150)

일본군 장교는 식민지 여성들에 대한 성착취 행위가 거룩한 성전(聖戰)에 참여하는 애국적 임무임을 강조함으로써 '일본군 성노예' 제도를 정당화한다. 그들의 예속적인 성행위를 식민 국가에 대한 '은혜를 갚을 기회'로 전유함으로써 자발적인 국가 임무 수행이라는 미명하에 그 폭력적 행위의 기원조차 식민지 여성들의 몫으로 돌리려는 기만적인 획책술을 도모하는 것이다. 이처럼 '일본군 성노예' 제도는 식민지 조선의 여성들을 일본의 침략전쟁을 미화하고 독려하는 성적

---

30) 염운옥, 「인종주의로 바라본 타자의 몸」, 몸문화연구소 편, 『일상 속의 몸』, 쿠북, 2009, 143쪽.

도구이자 일상적 배출구로 전락시켰으며 그러한 유린 행위조차 국가에 대한 충성과 의무라는 지배이념으로 포장하여 정당화하는 철저한 기만성을 보여준다.

다음으로 '일본군 성노예' 제도는 여성의 신체에 대한 사물화된 인식과 폭력적 훼손을 지속적으로 자행해 왔다. '일본군 성노예' 제도는 일차적으로 여성의 신체를 하나의 사물로, 한시적 소모품으로 상정한다. '일본 군부의 부속품'이자 정욕처리의 대상으로서 인간이 감당할 수 없는 수준의 성적 수탈 행위를 강제당한 '일본군 성노예'는 그 '쓸모'에 따라 '처분'되거나 '충당'되었다. 교체와 변형이 가능한 성적 도구로 여성의 신체를 바라보는 폭력적 시선은 '일본군 성노예'를 지시하는 이름의 명명법에서 상징적으로 드러난다. '일본군 성노예'들은 위안소에서 '하루코', '게이코', '노부코' 등의 일본식 이름을 주인이나 군인에게서 받아 사용했으며 이름 없이 번호로 불리기도 했다.[31] 이들에게 이름이 부여되는 과정은 그대로 여성의 존재를 살아있는 성적 도구로 환산하는 과정을 보여준다.

> "이름이 없으면 안 되니까, 그렇지, 아이코, 아니지 아니지, 아이코는 제 발로 물에 빠져 죽었으니 재수 없고, 다케오하고 나미코라고 아니?" (중략) "그럼 오늘부터 너는 나미코, 너는 고하나다."(141)

> "이름이 뭐지?"
> "마음대로 부르세요."
> "좋아 그럼, 미도리라고 부르지."

---

31) 여순주, 「일본군 '위안부' 생활에 관한 연구」, 앞의 책, 121쪽.

"……누구 이름인가요?"

"고향에 두고 온 약혼녀."(186)

　이들에게 이름은 자신들의 고유한 존재가치를 증명해줄 단서가 아니라, 대체가능하고 사용가능한 신체에 새겨진 일종의 상품 목록과도 같은 것이다. 수많은 나미코와 고하나가 일본군인들을 상대로 '위안'을 제공하고, '만인의 아내'로 변용되어야 했던 것이다.

　이러한 '일본군 성노예' 여성의 사물화 과정은 실제적인 신체적 수탈과 훼손의 과정을 거치면서 더욱 증폭되어 간다. 여성의 수치심을 극대화하는 일상적인 위생점검(성병검사), 성병과 결핵 등 신체적 질병의 만연과 환자의 방치, 원치 않는 임신과 강제적 낙태, 출산 이후의 아이의 유기(遺棄) 등 여성으로서의 성적 권리와 모성권을 박탈당한 채 성적 착취와 침해에 시달리는 '일본군 성노예'의 형상은 작품의 서사를 구성하는 기본틀로 작동한다.

　"잠도 잘 자야지. 평일에는 대충 열 명 정도지만, 토요일이나 일요일에는 열셋, 열넷을 상대하는 날도 있다. 바지 내린 채로 일 끝내고, 허리띠 묶으면서 밖으로 나가고, 거기 씻을 새도 없이 다음 남자가 들어온다. 개구리처럼 내내 다리 쩍 벌리고, 밤 되면 하도 아파서 오므려지가 않는다."(153)

　"하지만, 안쪽 나무문에다 빨간 패 달고, 바깥에다 '휴가'라고 쓴 종이 내다 붙여도 병사들은 들어오잖아. 피 묻으면 때리니까, 솜을 깊숙이 쑤셔넣기는 하는데 열 명이고 스무 명이고 상대하다 보면, 자궁 안으로 들어가버린다니까. 그럼 제 손으로는 어떻게 할 수 없으니까 군의

관한테 꺼내달라는 수밖에 없지. 자궁이 떨어져 나가는 것처럼 아프더라."(163)

언니의 태아는 부추 뿌리 즙을 짜 마셨는데도 떨어지지 않았다. 일주일 전 아침이었다. 나무문을 열자 잠옷은 이미 피에 푹 젖어 있고, 언니는 사타구니를 핥는 고양이 같은 자세로 한참 아기의 다리를 잡아당기는 중이었다. 아이가 거꾸로 들어앉아 있었던 것이다. 군의를 불러오겠다고 하자 부르지 말라고 했다. 고하나 언니는 신음 소리 하나 내지 않고 힘을 주었다. 엉덩이가 나오고, 만세를 부르는 꼴로 팔과 어깨가 나오고, 마지막으로 나온 머리는 푸르죽죽한 포도색이었다. 그냥 봐도 죽었다는 것을 알 수 있었다. 나는 탯줄을 잡아당겼다. 도중에 끊어지지 않도록 조심, 조심, 천천히 천천히…… 언니는 정신을 잃었다.(204)

여성 신체에 대한 유린 과정은 정신적 수탈 행위를 동반함으로써 더욱 참담한 결과를 야기한다. '일본군 성노예'는 군인들의 분풀이 대상이 되거나 정신적 위안을 제공하도록 강요당함으로써 이중삼중의 고통과 수모에 시달리게 되며 결국 아편중독이나 알코올중독, 정신이상, 자살 등 스스로 자신의 삶을 포기하는 상황으로 내몰리게 된다. 몸에 대한 경험은 누가 나를 바라보는가 하는 문제, 몸이 속해 있는 생활세계의 상황과 떼어놓고서 생각할 수 없다[32]는 점에서 이러한 '일본군 성노예'의 사물화된 신체 경험, 유린의 경험은 시간이 흘러도 회복되지 않는 고통과 자기부정의 근원이 된다.

마지막으로 '일본군 성노예'에게 일상적으로 자행된 인권 유린의 상

---

32) 김종갑, 『타자로서의 몸, 몸의 공동체』, 건국대학교 출판부, 2006, 91쪽.

황은 극단으로 치달은 제국주의 전쟁의 야만적 폭력성을 적나라하게
보여준다. 외출과 휴식도 제대로 할 수 없는 철저한 통제와 감금 생활
속에서 '일본군 성노예'는 잔학한 처벌과 보복행위에 일상적으로 노
출된다.

> "괜히 엉뚱한 생각 안 하는 게 좋을 거야. 도망쳐봐야 아무 소용없어.
> 군인들 손에 다시 끌려와서, 총검으로 젖가슴 도려내고, 거기에 총 맞
> 는 여자도 봤어. 아직 숨이 붙어 있는데 다른 여자들 보는 앞에서 불질
> 러버렸어. 판자 위에 올려놓고 장작불로, 도중에 비가 내려서 불길이
> 좀 잦아들길래, 막대기로 쑤셔봤더니 시체에서 기름이 죽죽 흘러나오
> 더라구. 지금도 갈비 먹을 때마다 떠올라."(145)

> "(전략) 단 숙사에서 9미터 이상 떨어져서는 안 된다. 그 이상 멀리
> 가면 주의를 주고, 주의를 주는데도 돌아오지 않으면 발사한다."(159)

> "아버지가, 이 더러운 조선년, 정신 차리게 해주겠다면서 전기 고문
> 을 했어. (중략) 아버지는 사유리 머리채를 낚아채 잡아당기면서, 전기
> 선을 뽑아서 손목하고 발목을 꽁꽁 묶더니, 이년, 눈 떠! 라고 소리 꽥
> 지르면서 전압기 회전판을 돌렸어."(165)

'일본군 성노예'들은 인간으로서의 존엄성을 철저하게 침해받으며
일본군의 성적 노리개로서 수명이 다할 때까지 잔혹하게 착취당했다.
일본군은 '일본군 성노예'들을 최전방 전투지구까지 데리고 다니면서
'위안' 행위를 시킴으로써 '일본군 성노예'들이 군사행동을 같이하거

나 심지어는 '전사'하게 했다[33]으며, 전쟁에 패하여 전장에서 철수할 때도 이들의 안위나 사후 생존 문제는 염두에 두지 않았다. 패전시 일본군 군대가 '일본군 성노예'들을 데리고 귀향한 경우는 극히 드물다. 패전시 '일본군 성노예' 처리 방법으로는 위안소에 유기한 경우, 일본 군인들과 함께 자살을 강요한 경우, 굴에 넣거나 잠수함에 실어서 죽인 경우 등 조선에서의 모집 과정과 위안소에서의 대우보다 더욱 잔혹했다. 많은 전(前)위안부들이 어느 날부터 갑자기 군인들이 위안소에 오지 않았다고 증언했으며 이들은 많은 어려움을 겪으면서 스스로 귀국하거나, 미군 수용소를 거쳐 귀국하게 된다.[34]

이와 같이 '일본군 성노예' 제도는 계획적이고 조직적으로 이루어진 억압적 식민 정책의 일환이며, 여성의 정신과 신체, 성적 권리를 말살하고 사물화한 폭력적 유린 행위이자 인간에 대한 기본적인 존엄성과 가치마저 철저히 훼손한 일상적 착취 기제였다. 『8월의 저편』은 민족 차별과 성 차별이 응축된 복합적 억압구조로서의 '일본군 성노예' 제도를 역사적 수면 위로 끌어올려 '증언'과 '기억'을 통한 문학적 형상화를 구현해냄으로써 일제 식민 정책의 가장 적나라한 치부를 폭로·고발하고 침묵 속에 가려진 역사적 타자의 고통을 공유하고자 하는 윤리적 과제를 수행해낸다.

---

33) 강만길, 「일본군 '위안부'의 개념과 호칭 문제」, 앞의 책, 30쪽.
34) 정진성, 「일본 군'위안부' 정책의 본질」, 앞의 책, 187-188쪽 참조.

3. '증언'과 '기억'을 통한 윤리적 서사의 가능성

　패전 후 위안소에 버려진 '김영희'는 필사적인 탈출 과정을 거쳐 고향으로 돌아가는 귀국선에 오른다. 그곳에서 '김영희'는 유미리의 외할아버지인 이우철을 만난다. 징병을 피해 일본으로 피신했다가 조국으로 돌아가는 이우철과 '김영희'의 만남은 '일본군 성노예'의 목소리를 작품 안에 재현하기 위해 작가가 마련한 의도적 장치이다. '김영희'는 이우철에게 자신의 과거에 대해 일종의 '고해성사'를 행한다. 작가는 이우철을 통해 '일본군 성노예'인 '김영희'의 '증언'을 공유하고 이를 '기억'하고자 한다.

　　"……아무한테도 얘기 안 한다고…… 무덤까지 가지고 갈 비밀이라고 생각했는데…… 하지만도…… 사실은…… 얘기하고 싶었어예…… 누구한테 다 털어놓고…… 되돌이킬 수 없을 만큼 더럽고 상처입은 몸이지만, 네 잘못이 아니라고, 어리석기는 했어도 요만큼도 잘못한 것은 없다고, 그런 말을 듣고 싶었어예…… 안 그러면……나…… 죽을 수도 살 수도……."

　　"얘기해라."

　　"……"

　　"날 믿고."

　　"……"

　　"……너한테 들은 얘기, 잊지는 않을 테지만……아무한테도 말은 안 할 기다."

　　"……"

　　"내는 믿는다. 너는 눈처럼 깨끗하고, 아기처럼 무구하다고……다 말해라."

"……다……"

"다 들어줄게."

"……아저씨를…… 믿겠습니다."(242)

　'김영희'는 이우철에게 자신의 과거를 진술함으로써 유미리 일가와의 연결고리를 형성한다. 이우철의 남동생 이우근을 짝사랑했던 순수한 소녀, '김영희'는 일본군 성노예로서 처참하게 능욕당했던 자신의 과거를 작가의 개인사 안에 접합시킴으로써, '일본군 성노예' 경험을 분유할 토대를 마련한다. 유미리의 개인사 또한 '일본군 성노예'라는 식민적 사건을 역사적 수면 위로 끌어올리는 교두보가 됨으로써 그의미망이 확대되고 공유의 정당성을 획득한다. 이처럼 작가는 자신의 가족사 안에 '일본군 성노예'인 '김영희'의 경험과 고난을 재현할 문학적 굿판을 마련함으로써 자신의 창작 행위가 역사적 타자들의 피맺힌 육성과 증언을 발설하고 왜곡된 역사적 기억들을 복원하는 실천적 좌표로 기능하도록 만든다.

　'일본군 성노예'의 '증언'을 듣는 행위는 그 자체로 그들의 고통을 나누고 그러한 고통에 참여하고자 하는 수행적 행위이다. 작가는 그들의 '증언'을 '듣고', 작품을 통해 발화함으로써 그 또한 한 사람의 증언자로 재탄생한다. '기억을 증언한다는 행위, 그 증언을 들은 사람이 그것을 '사건'으로 다시 타자에게 말하려고 할 때, 나 역시 새로운 증언자가 되는 것 그리고 '사건'을 증언한다는 것이 원리적으로 내포하는 곤란함을 나 역시 몸으로 체험하는 것',[35] 이것이 바로 작가가 『8월의 저편』을 통해 감수하고자 한 윤리적 자세가 아닐까.

유미리는 『8월의 저편』을 통하여 가족 해체와 소외, 차별적 경험들
에 기반한 개인적 고통과 불우한 가족사의 근저에 민족사적 수난의
기억들을 접합시킴으로써 자신의 문학적 여정이 역사적 지평으로 확
장되는 전환점을 마련한다. 재일조선인의 곤고한 삶의 형태가 식민지
배라는 역사적 배경으로부터 유발된 강제적 박탈과 타율적 이산(離
散)에서 기인한다고 했을 때, 여전히 침묵과 배제의 영역에서 잊혀져
가는 역사적 타자의 '증언'을 분유하고 고통의 '기억'을 소환해내는 유
미리의 문학 작업은 타자로서의 공명과 진정성 탐구라는 문학 본연의
실천적 책무에 부응하는 행위라 할 수 있다. '일본군 성노예'의 문학
적 재현은 비단 소외된 역사적 주변인들을 위무하고 기억하는 것에서
멈추는 것이 아니라 제국주의적 식민 정책의 폭력적 기원을 폭로하고
그로 말미암은 참혹한 유린의 경험을 공유하고 발설함으로써 식민의
역사를 극복할 실천적 도정을 마련한다는 점에서 윤리적 전유의 가능
성을 시사한다.

---

35) 오카 마리, 앞의 글, 392쪽.

참/고/문/헌/

1. 기본자료

유미리, 김난주 역, 『8월의 저편 上 · 下』, 동아일보사, 2004.

2. 단행본

강상중, 이경덕 · 임성모 역, 『오리엔탈리즘을 넘어서』, 이산, 1997.
권태억 외, 『자료모음 근현대 한국 탐사』, 역사비평사, 1994.
김종갑, 『타자로서의 몸, 몸의 공동체』, 건국대학교 출판부, 2006.
미우라 노부타카 · 가스야 게이스케 엮음, 이연숙 · 고영진 · 조태린
　　　　역, 『언어 제국주의란 무엇인가』, 돌베개, 2005.
박천홍, 『매혹의 질주, 근대의 횡단-철도로 돌아본 근대의 풍경』, 산
　　　　처럼, 2003.
서경식, 권혁태 역, 『언어의 감옥에서』, 돌베개, 2011.
이한정 · 윤송아 엮음, 『재일코리안 문학과 조국』, 지금여기, 2011.
이효덕, 박성관 역, 『표상 공간의 근대』, 소명출판, 2002.
한국정신대문제대책협의회 2000년 일본군성노예전범 여성국제법정
　　　　진상규명위원회 엮음, 『일본군 '위안부' 문제의 책임을 묻는
　　　　다-역사 · 사회적 연구』, 풀빛, 2001.
한국정신대문제대책협의회 정신대연구회 편, 『강제로 끌려간 조선인
　　　　군위안부들-증언집1』, 한울, 1993.

한국정신대문제대책협의회 진상조사연구위원회 엮음, 『일본군 '위안부' 문제의 진상』, 역사비평사, 1997.

Kim, Elaine H. · Choi, Chungmoo 편저, 박은미 역, 『위험한 여성-젠더와 한국의 민족주의』, 삼인, 2001.

吉見義明 편집해설, 김순호 역, 『자료집 종군위안부』, 서문당, 1993.

3. 논문

김미영, 「시간의 현상학 : 역사와 내러티브(문학)-종군위안부를 다룬 소설분석을 중심으로」, 『한국현대문학회 2006년 여름 학술발표회 자료집』, 2006.

_____, 「역사 기술과 변별되는, 문학의 내러티브의 특성-한국인 종군위안부 소설을 중심으로-」, 『어문학』93호, 2006.

염운옥, 「인종주의로 바라본 타자의 몸」, 몸문화연구소 편, 『일상 속의 몸』, 쿠북, 2009.

오카 마리, 송태욱 역, 「타자의 언어」, 『흔적』2, 문화과학사, 2001.

이경훈, 「식민지와 관광지-만주라는 근대 극장」, 『사이間SAI』6호, 2009.

이군호, 「일본의 중국 및 만주침략과 남만주철도-만주사변(1931) 이전까지를 중심으로」, 『평화연구』12권 1호, 2003/2004년 겨울.

임성모, 「팽창하는 경계와 제국의 시선-근대 일본의 만주 여행과 제국의식」, 『일본역사연구』23, 2006.

정진성, 「일본 군'위안부' 정책의 본질」, 한국사회사연구회, 『한말 일제하의 사회 사상과 사회 운동』, 문학과지성사, 1994.

찾/아/보/기

ㅊ

ㅋ

ㅌ

윤송아(尹頌雅)

이화여대 기독교학과와 경희대 국어국문학과를 졸업하고 경희대 국어국문학과 대학원에서 문학박사 학위를 받았다. 현재 경희대 강사와 동덕여대 학술연구교수로 재직 중이다. 주요 논저로『재일코리안 문학과 조국』(공저),『'재일'이라는 근거』(공역),『월경하는 한국문학사』(공저) 등과 「재일조선인 문학에 나타난 민족교육의 역사와 탈식민성-『보쿠라노하타』의 초창기 민족교육 재현양상을 중심으로-」외 다수의 논문이 있다.

재일조선인 문학의 주체 서사 연구
-가족·신체·민족의 상관성을 중심으로-

초 판   인 쇄 | 2020년 12월 7일
초 판   발 행 | 2020년 12월 7일

지   은   이   윤송아

책 임 편 집   윤수경

발   행   처   도서출판 지식과교양
등 록 번 호   제2010-19호
주   소   서울시 강북구 우이동108-13 힐파크103호
전   화   (02) 900-4520 (대표) / 편집부 (02) 996-0041
팩   스   (02) 996-0043
전 자 우 편   kncbook@hanmail.net

ISBN 978-89-6764-163-4 93800   정가 34,000원